HEYNE BÜCHER

W0332851

Fantasy

Herausgegeben von Wolfgang Jeschke

Von Jo Clayton erschienen in der Reihe
HEYNE SCIENCE FICTION & FANTASY:

Die Trilogie ›Der Brann-Zyklus‹

Seelentrinkerin · 06/4647
Blaue Magie · 06/4648
Das Sammeln der Steine · (in Vorb.)

JO CLAYTON

Seelentrinkerin

Erster Roman
des Brann-Zyklus

Deutsche Erstausgabe

Fantasy

WILHELM HEYNE VERLAG
MÜNCHEN

HEYNE SCIENCE FICTION & FANTASY
Band 06/4647

Titel der amerikanischen Originalausgabe
DRINKER OF SOULS
Deutsche Übersetzung von Horst Pukallus
Das Umschlagbild schuf Dieter Rottermund
Die Illustrationen im Text zeichnete Johann Peterka

Redaktion: Friedel Wahren

Printed in Germany 1990
Umschlaggestaltung: Atelier Ingrid Schütz, München
Satz: Schaber, Wels
Druck und Bindung: Elsnerdruck, Berlin

ISBN 3-453-03912-2

INHALT

1
Ein Dieb und seine Schwester
Seite 9

2
Flucht aus Arth Slya
Seite 72

3
Mit Sammang Schimli über die Schmale See
Seite 176

4
Mit Taguiloa dem Tänzer von Silili nach Andurya Durat
Seite 224

5
Andurya Durat: Befreiung und andere Wunder
Seite 368

6
Weiter
Seite 457

I

Ein Dieb und seine Schwester

Aituatea wechselte die Beugung der Knie, um den Schmerz in der Hüfte zu mildern, bewegte sich vorsichtig, um zu vermeiden, daß unter ihm die aufgestapelten Ballen quietschten, die Ballen ungewaschener, ungegerbter Vliese, deren Gestank ihm in die Nase stieg, aber ihn vor dem Geruchssinn und den Zähnen der Rattenhunde schützten, wie sie die Wächter mitführten. Er hob ein wenig den Kopf und spähte hinaus in die Nebelschwaden, die übers stille dunkle Wasser der Bucht wallten. Eine unstete Brise strich ihm über das Gesicht, zupfte an dem an den Kopf geklatschten Haar, trug den Ohren gerade genug Geräusche zu, um Ruhe und Frieden der Nacht zu betonen. »Die Sache ist 'n Fehlschlag«, flüsterte er der Person neben seiner Schulter zu. »Sie kommt nicht.«

»Der Mann auf dem Berg hat gesagt ...« Die Stimme seiner Schwester glich dem Klirren von Eiskristallen, die zersprangen. »Schau dort!« Sie deutete über die flachen Lagerhäuser hinter den Kaianlagen hinweg, deren unregelmäßige Umrisse die Fackeln von hinten erleuchteten, die vor den die ganze Nacht hindurch geöffneten Weinbuden, Freudenhäusern und Speisehäusern brannten. Endlich ging der Wunde Mond auf, er stand wie ein zerlaufener Klecks geronnener Milch jenseits des an Türmchen und Spitzen reichen Tempeldachs. Sie schwang den Arm, farblos und durchsichtig wie Glas, umgeben von Geschimmer wie von Kristall auf Samt, in eine andere Richtung, zeigte auf den Hafen. »Und da«, fügte sie hinzu. Sie schien völlig aus Kristall zu bestehen, sogar die Lumpen, die sie am Leib hatte, wirkten so. »Hinter den Woda-an. Ein Blindes Schiff aus Phras wirft Anker.«

Aber statt dorthin schaute Aituatea hinüber zu den vom immer dichteren Nebel umwehten Woda-Wohnbooten, auf deren buckligen Dächern sich im Mondschein Glanzlichter spiegelten wie auf den Rückenpanzern von Käfern. Ein Blindes Schiff. Die Woda-an mochten diese Blinden Schiffe nicht. Hier und da flammten zwischen den Wohnbooten Fackeln auf, als die Woda-an den Besucher bemerkten, Klapperrasseln lärmten los, ertönten lauter, verklangen, fingen an einer anderen und noch einer anderen Stelle zu rattern an und verstummten ebenso, um den Schutz Godalaus und ihrer Nebengottheiten gegen das von dem schwarzen Schiff ausgedünstete Böse zu beschwören; es hatte keine Augen, so daß man es während der Überquerung des Meers nicht sehen konnte. Mit der für Hina eigentümlichen Verachtung für den Aberglauben fremder Völker belächelte er ihr Verhalten. *Morgen wird es von ihnen im Tempel wie von Wasserflöhen wimmeln. Wo bleibt die verfluchte Streife? Ich will fort. Sie wird nicht kommen. Jetzt nicht mehr.* Er stützte das Kinn auf die Fäuste und beobachtete das Schiff. Er döste; hinter seinem Rücken stieg der Wunde Mond immer höher. Die Streife der Wächter hatte Verspätung. Wahrscheinlich lungerten die Kerle bei den Weinbuden herum. Von ihm aus sollten sie dort bleiben. »Laß uns abhauen«, raunte er. »Das Schiff hat für die Nacht Anker geworfen. Es kommt niemand an Land.« Er drehte den Kopf, um seine Schwester anzusehen. Sie hatte, sann er, ihren Trotz mit ins Wasser genommen. Sie stand neben seiner linken Schulter, wie sie da seit jener Nacht stand, da sie durch Wasser, Luft und Schrecken zu ihm geschwommen kam, während ihr Leichnam schon auf dem Grund der Bucht schaukelte.

Das schwärzliche Glitzern, das ihre Augen abgaben, blieb dem Schiff aus Phras zugewandt, als hätte sie ihn nicht gehört. »Der Mann auf dem Berg hat gesagt«, entgegnete sie, »daß sie kommen wird.«

»Doppelzüngiger alter Fuchs.«

Sie fuhr herum, stampfte neben ihm mit dem kristallenen Fuß auf, das kristallische Haar flog ihr um den Kopf. »Schweig, Dummkopf! Er könnte dich verwünschen und aus deinem Körper vertreiben, und was sollte dann aus mir werden?«

Aituatea rieb ölige Vliese zwischen den Händen, schauderte bei den Erinnerungen, die ihre Äußerung hervorrief. Ein Greis kniet in seinem Berggarten, gräbt in der Erde. Ein reinlicher Greis mit kurzem weißen Bart und weißen Haarbüscheln über den Ohren pflegt Reihen von Bohnen und Kohlköpfen. Ein Greis in sackartigem Gewand und ohne Schuhe, sogar ohne Strohsandalen, aber mit Augen, deren Blick sich bis in die Seele bohrt. Aituatea hob die Schultern, versuchte eine wachsende Furcht abzuschütteln, verharrte sofort, als er das leise Knarren hörte, bei dem Ballen sich gegen Ballen lehnte. Voller Unbehagen starrte er hinüber zu dem Blinden Schiff. »Bald wird's vorbei sein«, flüsterte er bei sich, »es muß bald vorbei sein.« Er versuchte sich einzureden, es sei tatsächlich so, er sei damit fertig, sich mit Angelegenheiten zu befassen, die ihm Entsetzen einflößten. Er wünschte, die Kadda-Hexe wäre schon tot, Hotea könnte ihren Frieden haben, wäre nicht diese Blutsaugerin, und er müßte nicht länger Hoteas Schimpfen und Klagen erdulden, ihre ständige Gegenwart, die Unmöglichkeit, sich ihren Augen zu entziehen. Am liebsten wäre er ohne weiteres von den Ballen geklettert und hätte Selt für das nächste Dutzend Jahre verlassen, aber das durfte er auf keinen Fall tun. Täte er es, würde er Hotea *niemals* los, sie bliebe sein ganzes Leben lang bei ihm — und danach auch noch. Er unterdrückte ein Aufstöhnen.

Auf dem Wasser brannten die in der Bootssiedlung der Woda-an verstreut sichtbaren Fackeln herab, die Klapperrasseln schwiegen. Aber hinter Aituatea schoß nun vom einzigen Berg der Selt-Inseln, auf dem der Tempel stand, Rakete um Rakete in die Dunkelheit empor, erzeugte Zischen, Knattern und Krachen, um die Feinde Godalaus und ihrer Nebengottheiten zu verscheuchen. Ein Abschnitt eines Abzählreims für ein Festfeuerwerk ging ihm durch den Sinn.

Blauer Glanz für Godalau,
Meeresgöttin und Himmelskönigin,
Roter Schein den Gadajine,
Feuerspeiern und Sturmdrachen,
Gelbes Leuchten sei Jah'takash,
Meisterin aller Überraschungen,
Grüner Schimmer gespendet Isayana,
Herrin über Same, Geburt und Kindheit,
Lila Gefunkel werde Geidranay,
dem Sanften Riesen, Hüter des Steins,
Mondhelles Licht um Tungjiis Glück,
Mann und Weib in einer Gestalt ...

Glück, dachte Aituatea. *In den vergangenen sechs Monaten hat mich das Glück verlassen. Dummes, dummes, dummes Mädchen.* (Diesen letzteren Gedanken wiederholte Aituatea immer wieder, und zwar mit einer gewissen Genugtuung.) *Nie überlegt es, bevor es etwas tut. Geht am Tag nach der Jahreswende zum Tempel, obwohl es weiß, daß dort Temueng-Preßrotten umherschwärmen, um Hina-Mädchen aufzugreifen und sie für das neue Jahr zu Fronmaiden zu pressen. Hotea hätte vorher nachdenken sollen, erst einmal überlegen ...*

Was ist geschehen? hatte er sie gefragt. Wo hast du die ganze Zeit gesteckt?

Vielen Dank für deine Besorgnis, hatte sie geantwortet. Er hatte ihre Stimme im Kopf wie das Zirpen einer Grille vernommen, es ähnelte einem Jucken hinter den Ohren. Ich bin im Tempelhof gewesen, sagte sie, die Augen, wie Glas schimmernd, voller Vorwurf. Du warst ja sonstwo, Bruder, im Freudenhaus oder beim Spiel mit den wertlosen Faulenzern, die du deine Freunde nennst, und als ich in die Hauskasse schaute, war kein Geld mehr drin, Essen oder Tee konnte man nicht einmal mehr riechen. Was hätte ich nach deiner Meinung tun sollen — etwa hungern? Ich wußte doch, daß am Tag nach Jahreswende jeder Hina mit einer Münze zuviel und unverheirateten Töchtern Fäustevoll Räucherwerk verbrennt. Ich guckte mir einen Wollhändler aus, an dessen Gürtel eine dicke Börse baumelte, und schlich mich an ihn ran. Ich war so sehr damit beschäftigt, auf Fluchtwege zu achten und mich durch seine Töchterschar zu schieben, daß ich völlig vergaß, an Preßrotten zu denken. Wären nicht diese albernen Gänse gewesen, hätte ich die Kerls wahrscheinlich kommen hören und wäre abgeschwirrt. Aber ich habe sie nicht gehört, und wir sind allesamt geschnappt worden. Sie schleppen mich und die Töchter des Wollhändlers den Damm entlang, ich hoffe, daß man mich ins Haus eines kleinen mickrigen Havalars bringt, von wo ich mich leicht verdrücken und ein, zwei Sachen mitgehen lassen kann, um mich für den Ärger zu entschädigen, aber da sehe ich schon, wir nehmen den Weg hügelaufwärts, hinauf zum Tekora-Palast. Ich fluche dir, Bruder, und fasse den Vorsatz, dir die Haut, bin ich erst wieder daheim, in Streifen abzuziehen. An dieser Stelle des Erzählens war sie bereits erheblich ruhiger geworden, schwebte im Zimmer umher, berührte mit lebhaftem Streicheln ihrer nichtstofflichen Finger vertraute Gegenstände, als ob sie sich von ihnen Bestätigung verspräche. Einen Augenblick lang verweilte sie am Teekessel und lächelte, während sie den Teeduft genoß. Ich weiß, auch von dort kann ich leicht verschwinden, und ich weiß auch, daß der Tekora ein gemeiner Schurke ist, was Ausreißerinnen angeht. Von so etwas hast du keine Ahnung, was, Bruderherz? Die einzigen Frauen, die dich interessieren, sind die nichtsnutzigen Huren in den Freudenhäusern.

Aituatea schnitt eine finstere Miene. Soweit er erkennen konnte, hatte der Tod die Launen seiner Schwester nicht im geringsten beeinflußt. Davon brauchst du jetzt nicht zu schwafeln, hatte er gesagt. Erzähl weiter, was sich ereignet hat.

Sie werden im Gesicht gebrandmarkt, Bruder, wäre ich im Gesicht als Diebin und Ausreißerin gebrandmarkt worden, wer hätte mich noch in seine Nähe gelassen? Also habe ich, als der Temueng-Hausmeister mich zur Arbeit in des Tekoras Kindergarten einteilt, alle Bereitschaft, vor den Temueng-Schlampen zu buckeln, obwohl ich ihnen lieber die dürren Gurgeln durchschnitte. Hotea zog eine Grimasse des Widerwillens. Und weißt du, was sie mir zumuten? Ihren Krempel zu tragen, hinter ihnen aufzuräumen, diese Temueng-Kebsen rühren keinen Finger, ich muß mir die Füße wundlaufen, um ihnen Kram zu holen, den sie sich mühelos selber besorgen könnten. Das Zirpen ihrer Stimme klang nach Verbitterung und Zorn. Sie war wütender, als Aituatea sie je erlebt hatte, so hatte er sie nicht einmal damals gesehen, als er vierzehn wurde und mit dem Haushaltsgeld zu einem Freudenmädchen ging, wie hatte es doch geheißen? Er schüttelte den Kopf, vermochte sich weder an den Namen zu entsinnen noch ans Aussehen des Mädchens. Nach einem Monat unter solchen Umständen, sagte Hotea, neige ich dann doch zum Weglaufen, selbst wenn es hieße, ich müßte Utar-Selt verlassen und für das restliche Jahr verborgen im Elend schmachten. Du könntest, dachte ich mir, lieber Bruder, allein für dich sorgen, doch ich hatte vor, dich zu warnen, für den Fall, sollte man dich, ließe das Glück dich einmal in solchem Maß wie mich im Stich, womöglich mit mir in Verbindung bringen. Den Kindergarten umgibt eine hohe Mauer, aber nahebei stehen viele Bäume. Auf der anderen Seite der Mauer liegen ein Zugangsweg für die Wächter und ein ziemlich steiles Kliff, aber das macht mich nicht bang, ich kann ebensogut wie du klettern, Bruder, und im Schwimmen bin ich besser. Schließlich habe ich mir vorgenommen, in der folgenden oder übernächsten Nacht über die Mauer zu entweichen, aber da sticht mich die fette alte Tungjii unversehens wieder ins Hinterteil. Des Tekoras jüngste Tochter verschwindet. Mehrmals drosch Hotea mit der Faust auf Aituateas Schulter, er schrak vor dem Brennen der Berührungen zurück. Er sprang fort, hielt sich den Kopf, als die plötzliche Bewegung seinen Affen aufschreckte, der Dämon aus dem Innern des Schädels gegen die Schläfen lostrommelte. Hotea lachte, der Hohn in ihrer lautlosen Stimme bewirkte, daß sich Aituatea schier die Nackenhaare sträuben wollten. Du Trottel, sagte sie, treibst du's weiter so, wirst du dich totsaufen. Du brauchst eine Ehefrau, das heißt, eine tüchtige Frau, die besser auf dich achtgibt, als ich es konnte, dir Söhne schenkt. Du willst doch nicht, daß unsere Familie mit dir ausstirbt, oder, Bruder? Hotea schüttelte sich, ihre Gestalt zerstob, fügte sich neu zusammen. Hör zu, sagte sie, du mußt etwas gegen diese Hexe unternehmen, solange sie lebt, werde ich keinen Frieden finden. Sie rang die Hände, huschte aufgeregt im Zimmer hin und her, beruhigte sich erst nach und nach wieder, während der Großmuttersgeist ihr den Arm tätschelte, die zerfransten Lippen bewegte, keine Worte, sondern nur unverständliche Brabbeleien hervorbrachte. Hotea kam wieder vor Aituatea geschwebt. Des Tekoras jüngste Tochter, wiederholte sie, drei Jahre, sie hatte gerade laufen gelernt, die scheußliche kleine Laus, man hätte sie sofort nach der Geburt ersäufen sollen. Am Vorabend des Neumonds kehrt man das Unterste zuoberst, wir müssen zweimal soviel schuften. Zunächst mache ich mir keine sonderlichen Gedanken über das Balg, höchstens daß ich's am liebsten eigenhändig erwürgen würde, fände ich es, das Kind hat mir mit seinem Verschwinden meinen Plan verdorben. Drei Tage später entdeckt man es im Springbrunnen des Kindergartens, mit dem Gesicht nach unten, geschrumpft und blutleer wie ein ausgesaugter Käfer. Nicht ertrunken, aber jedenfalls tot. Mir war schon vorher vorm Fortlaufen bang, aber jetzt …! Der Tekora würde Silili Stein um Stein und Balken um Balken abtragen lassen, um mich aufzuspüren … Dachte ich derzeit auf alle Fälle. Die anderen Fronmaiden sind genauso verzagt wie ich. Wir sind Hina in einem Temueng-Haus, deshalb sind wir an allem schuld, auch wenn wir nichts anstellen, und die anderen Maiden sind zu blöd und zu feig, um bloß 'n Schmetterling wegzuscheuchen. Der Hausmeister prügelt uns, allerdings ohne Begeisterung. Alles geht so weiter wie zuvor. Aber am Vorabend des nachfolgenden Neumonds ereilt der Tod noch eine Tochter des Tekoras, und ich erlebe mit, wie's geschieht. Wir Fronmaiden haben Auftrag, reihum im Kinderhort zu schlafen, damit die Töchter nicht umherstrolchen. An dem Abend bin ich an der Reihe. Eine Fronmaid bringt mir einen Becher Tee. Während sie geht, schnuppere ich dran. Kräutertee. Anis und noch was ist drin, ich weiß nicht was. Ich nehme den Becher mit zur Gartentür und schaue mir den Tee genau an, doch ich kann nichts Auffälliges feststellen. Ich schnuppere noch einmal, und mir wird ein wenig schwindlig. Ich kippe den Tee zur Tür hinaus, setze aber den Becher neben meinem Strohsack ab, so daß es aussieht, als hätte ich ihn ausgetrunken. Ich lege mich nieder. Eigentlich fürchte ich mich zu sehr, um zu schlafen, aber trotzdem schlafe ich, bis zum Abend mußte ich für die Schlunzen hin- und herrennen wie eine Sklavin, ich bin müde bis in die Knochen. Irgend etwas weckt mich. Ich rühre mich nicht, öffne aber die Lider einen Schlitz weit, atme gleichmäßig. Gleich darauf sehe ich die Tekamin auf der Schwelle stehen, die neue Hauptfrau des Tekoras, er hat ihr seine übrigen Weiber untergeordnet, und sie sind deswegen außer sich vor Mißgunst, aber was sollen sie tun? Ei ja, Brüderchen, ich habe eine Menge Klatsch und Tratsch belauscht, während ich den Schlumpen diente. Sie kriegen den Tekora kaum noch von weitem zu sehen, seit er diese Frau aus Andurya Durat mitgebracht hat. Niemand weiß, woher sie stammt, wo ihre Familie oder ihr Klan wohnt, sogar die anderen Weiber sind zu ängstlich, um zu fragen. Und nun steht sie da an der Tür, schlank und düster und lieblich, flößt mir schreckliche Angst ein. Sie schleicht herein, berührt das Gesicht der zweitjüngsten Tochter, das Kind steigt aus dem Bett und folgt ihr, und da begreife ich, was sie ist, sie ist eine Kadda-Hexe, eine Blutsaugerin. Danach liege ich auf meinem Strohsack und schlottere vor mich hin, wünsche mir, ich hätte den Tee mit dem Betäubungsmittel getrunken, und im Kopf dreht und dreht sich mir immerzu alles, während ich zu entscheiden versuche, was ich tun soll. Ich erwäge, noch vor Morgengrauen zu fliehen und mich versteckt zu halten. Aber ich muß fortwährend an die Kadda-Frau denken. Ich will nicht, daß sie mir nachschnüffelt, ich habe das Gefühl, sie kann mich mit ihrer Nase aufspüren, wo ich mich auch verberge. Tja, Bruder, also stimme ich am Morgen ein Geschrei an, was blieb mir denn anderes übrig? Und du kannst mir glauben, daß ich kein Wörtchen über die Tekamin geäußert habe. Die anderen Töchter heulen und kreischen, stampfen mit den dünnen Füßen, die älteren Weiber rasen, ziehen Fronmaiden an den Haaren, schütteln die Fäuste. Der Hausmeister verdrischt mich noch einmal, er macht es nur aus Pflichtbewußtsein, und für sich selbst, glaube ich. Er hat auch Furcht und ist froh, sich ein bißchen an meinem Rücken austoben zu können. Im darauffolgenden Monat habe ich mich stark zurückgehalten, das darfst du mir glauben. Ein paarmal versuche ich, mich aus dem Fronmaiden-Schlafsaal zu schleichen, aber die verdammten Mädchen schlafen schlecht, ständig wacht eins auf, sobald ich mich rege. Allerdings gebe ich mir ohnehin keine große Mühe. Noch nicht. Ich sorge mich wegen der Kadda-Frau nicht sonderlich, obwohl sie mich manchmal anschaut, als frage sie sich, ob ich in jener Nacht wirklich geschlafen habe. Ich spiele sogar mit dem Gedanken, ob ich das Fronjahr nicht einfach durchstehen und unbescholten beenden kann, alle diese Botengänge, das Geschleppe und Aufräumen kommen mir mit einem Mal nicht mehr so schlimm vor. Dann nimmt der Wunde Mond stets rascher ab, bis es wieder Vorabend des Neumonds ist, und mich plagt dermaßen die Neugierde, daß ich's nicht aushalten kann. Du hast mir mehr als einmal vorausgesagt, Bruder, meine Neugier werde einstmals mein Tod sein. Hotea hatte gekichert, und mit ihr hatten die anderen Geister gelacht, ein stummes, häßliches Gewirr von Prusten, Kichern und Johlen ausgestoßen. Aituatea hatte sich schlaff auf einen Stuhl sacken lassen und mürrisch abgewartet, bis sie damit aufhörten. Ihn erheiterte eine Zwangslage nicht, die ihn dazu nötigte, entweder einer Blutsauger-Hexe nachzustellen oder für den Rest des Lebens eine herrische ältere Schwester am Hals zu haben. In der Nacht muß ein anderes Mädchen im Kinderhort schlafen, dafür sei Godalau Dank, aber ich beschließe, mich hineinzuschleichen und zu beobachten, was geschieht. Ich sage mir, je mehr ich weiß, um so leichter werde ich entwischen können, ohne daß die Hexe mich zu fassen bekommt. Nun ja, immerhin war's eine einleuchtende Überlegung. Wie es sich bisweilen verhält, wenn die alte Tungjii sich mit Jah'takash trifft und die beiden darauf warten, daß man den Fuß an die falsche Stelle setzt und bis an die Ohren im Kot versinkt, war an dem Abend für mich alles ganz leicht. Die übrigen Fronmaiden legen sich früh zu Bett. Schnarchen. Fast entscheide ich, es genauso zu tun, aber ich tu's nicht. Ich zwinge mich regelrecht dazu, aus dem Bett zu steigen. Mich zu bewegen, hilft mir, bald fühle ich mich weniger schläfrig. Ich stehle mich zum Kinderhort, erschrecke mich unterwegs vor jedem Schatten, und davon hat's viele, der Wind pfeift durch die Flure und versetzt die Lampen ins Schaukeln, aber das ist so etwas, was man abends in großen Gebäuden erwarten muß, deshalb ängstigt es mich nicht, statt dessen ist mir beinahe, als wäre ich daheim, streife mit Ältestem Ohm durch ein fremdes Haus. Im Kinderhort liegen die Gören in festem Schlaf. Die Fronmaid schnarcht auf dem Strohlager. Sie zuckt nicht einmal, während ich über sie hinwegsteige und mich unterm Bett einer der toten Töchter verstecke. Es steht in der Nähe der Gartentür, und ich denke mir, falls etwas schiefgeht, kann ich durch diese Tür flüchten. Die Tür ist einen Spaltbreit offen, ein Keil ihr untergeschoben, um wegen des kräftigen Anisgeruchs Luft einzulassen, das Zimmer zu lüften. Ich liege unter dem Bett und kaue auf der Unterlippe. Ich erwarte, daß sich bald etwas zuträgt. Geräusche des Winds und des Springbrunnens dringen herein, fast kann ich die Fronmaid nicht schnarchen hören. Unterm Bett hat sich reichlich Staub angesammelt. Niemand schaut nach dem Rechten, und wir Fronmaiden tun nicht mehr, als wir unbedingt müssen, aber das bereue ich nun, ich bekomme Staub in die Nase, so daß sie ich weiß nicht wie juckt. Nach einer Weile spüre ich Stiche vom Nacken bis zwischen die Schultern. Eine Zeitlang halte ich noch durch, dann muß ich mich strecken und recken, will ich später dazu imstande sein, zu gehen, ohne auf die Schnauze zu fallen. Ich bin nahezu so weit, daß ich mich wieder ins eigene Bett legen will, schimpfe bei mir auf Tungjii und Jah'takash, da höre ich plötzlich eine Art von Summen. Ich unterlasse sofort jede Bewegung und hoffe, der Wind hat meine Geräusche übertönt. Ich kann dir das Summen nicht beschreiben, ich hatte nie zuvor etwas ähnliches gehört. Immer wieder sinken mir die Lider herab, auf einmal bereitet mir das Wachbleiben alle Mühe. Da kriege ich erneut Staub in die Nase, muß fast niesen, kann es aber mit knapper Not verhindern. Das Gute ist: Das Kribbeln befreit mich vom Bann der Hexe. Ich schiebe mich ans Fußende des Betts und verrenke mir schier den Hals, um die Zimmertür zu sehen. Die Fransen am Saum der Überdecke verbergen mich, und ich fühle mich ziemlich sicher. Unter der Tür steht das

Kadda-Weib. Das Summen verstummt. Aus den Schatten tritt der Tekora neben seine Hauptfrau. Ich stelle das Atmen ein. Er sieht hungrig aus. Mir ist zum Kotzen zumute. Die Kadda-Hexe blickt sich im Schlafzimmer um. Ich habe das Gefühl, sie kann mich sehen. Ich schließe die Augen und male mir aus, ich wäre ein aus dem Garten ins Zimmer gehüpfter Frosch. Selbst mit geschlossenen Augen spüre ich, wie sie mich betrachtet. Ich bin sicher, sie wird mich unterm Bett hervorrufen. Ich denke, es ist höchste Zeit, daß ich in den Garten renne und über die Mauer die Flucht ergreife. Aber nichts geschieht, und ich kann der Versuchung nicht widerstehen, noch einen Blick zu wagen. Die Kadda-Hexe lächelt den Tekora an und nimmt die Hand von seinem Arm. Es ist, als hätte sie ihm Zügel abgenommen. Er geht zum Bett einer Tochter. Er schaut das kleine Mädchen an, blickt dann über die Schulter hinüber zu seiner Hauptfrau. Sie nickt. Er beugt sich vor und flüstert etwas, das ich nicht verstehe, das mir trotzdem in den Ohren schmerzt. Das Mädchen erhebt sich, folgt ihm aus dem Schlafzimmer. Seine eigene Tochter! Hoteas Stimme versagte, als Entrüstung sie packte. Ihre Gestalt geriet ins Wallen, drohte zu zerfleddern, doch sie behielt sich in der Gewalt, klammerte eine Hand fest um den Arm ihres Bruders. Er zuckte zusammen, schrak diesmal jedoch nicht zurück. Die Hexe hält nochmals im Zimmer Umschau, dann verläßt auch sie es. Ich bleibe, wo ich bin, der Länge nach unterm Bett. Ich denke so angestrengt nach wie noch nie, das kannst du mir glauben. Kein Wunder, daß der Tekora seine anderen Weiber vernachlässigt. Er sieht jünger aus. Seine Haut ist sanfter und geschmeidiger als vorher, er ist fülliger geworden, bewegt sich wie ein jüngerer Mann. Jetzt verstehe ich, wie die Hexe ihn sich fügsam macht, und dann wird mir klar: In Kürze wird er keine Töchter mehr haben, er wird sich bald an den Fronmaiden vergreifen — viel zu bald für meinen Geschmack. Wie hoch ist die Aussicht, überlege ich, daß sein Kadda-Weib als erstes Opfer mich auswählt? Keine von uns Hina wird das Ende des Fronjahrs erleben. Ich warte lange unter dem Bett, weil ich befürchte, die Hexe könnte wiederkommen und mich erschnüffeln, aber alles bleibt ruhig. Als ich das erste Zwitschern der Singvögel draußen in den Weiden höre, krieche ich unterm Bett hervor, es ist ja ein Vorzeichen naher Morgendämmerung. Und wenn du den Rest deines Lebens in der Fremde verbringen mußt, sage ich mir, du kletterst das Kliff hinab. Unverzüglich. Schluß mit allem Für und Wider oder Vielleicht. Nichts wie weg. Fort. So weit wie möglich und so schnell wie möglich. Die letzte Tochter schlummert noch, ebenso die Fronmaid, doch binnen kurzem muß eine von ihnen aufwachen, und sobald sie sieht, daß auch die drittälteste Tochter verschwunden ist, wird das Geschrei losgehen. Ich trete den Keil beiseite und reiße die Gartentür auf. Die Kadda-Hexe lauert im Garten. Kaum zwei Schritte kann ich tun, ehe sie mich faßt. Ich will mich ihr entwinden, doch ihre kalten Hände sind so hart und stark wie eiserne Ketten, und irgendwie entziehen sie mir die Kräfte. Es kommt mir so vor, als ob sie mir die Körperkraft aussaugt. Ich gerate vor Furcht nachgerade um den Verstand. Ich fürchte nämlich, sie wird mich an Ort und Stelle aussaufen und bloß eine verschrumpelte Hülse übriglassen. Aber sie tut's nicht, sie führt mich zurück in den Kinderhort und durchs Schlafzimmer in den Korridor. Ich gehe mit ihr, ohne einen Ton von mir zu geben, obwohl ich zu schreien versuche, bringe ich keinen Laut heraus. Irgend etwas bewegt meine Beine, als wäre ich eine Marionette in einem Heiligenstück. Nur wird hier ein ganz und gar unheiliges Stück gespielt. Die Hexe geleitet mich im Palast nach oben, in eine kleine Kammer unterm Dach, stößt mich hinein, und im nächsten Augenblick verspüre ich Schmerz im Hinterkopf. Als ich aufwache, ist es wieder dunkel — oder noch immer dunkel, ich weiß es nicht. Ich hänge an einem Eisengerüst, vergleichbar mit dem Rahmen eines Betts, senkrecht aufgestellt, Hände und Füße sind mir mit Stricken an die Ecken gefesselt. In den Mund hat man mir einen Knebel gestopft, wahrscheinlich wegen des offenen Fensters hoch im Gemäuer zu meiner Rechten, und es riecht stark nach Anis, allmählich habe ich von Anis genug. Der Geruch ist schal, als erfülle er schon lange die Luft in der Kammer, er macht mir wieder gehörige Furcht, mehr Furcht, als wäre er frisch. Sie hatten die Tochter noch nicht ausgesaugt, und es sah ganz so aus, als sollte diesen Monat statt ihrer ich herhalten. Meine Handgelenke und Fußknöchel brennen vom Scheuern der Stricke, mein Mund fühlt sich wie Leder an, der Kopf, als hätte jemand dagegengetreten. Nach kurzer Panik fingere ich an den Stricken herum, bin fast aus dem Häuschen vor Erleichterung, als ich bemerke, daß ich von Knoten mehr verstehe als derjenige, der mich gefesselt hat. Ich kann mich befreien und mache mich daran, einen Fluchtweg zu suchen. An der Innenseite der Tür ist keine Klinke, ich sehe nur ein Loch für eine Kordel oder möglicherweise einen Steckschlüssel. In der Dachkammer findet sich nichts, das ich zum Öffnen der Tür verwenden könnte. Ich zerre das Gerüst ans Fenster und klimme hinauf, um hinauszuschauen, ich klettere vorsichtig, das Gestell quietscht, als müßte es auseinanderbrechen, wenn ich bloß zu kräftig atme. Ich kann mich zum Fenster hinauslehnen und nach unten schauen. So gut wie nichts ist zwischen mir und dem Wasser zu sehen als ein steiles abgestuftes Kliff, die Brandung zwischen den schwarzen Klippen sieht aus wie weiße Runzeln. Weit, weit unten. Der Wind weht mir ins Gesicht, kalt und feucht, aber er tut mir gut. Da berühren Finger einen meiner Fußknöchel. Ich weiß sofort, es ist sie. Mit einem Tritt wehre ich ihren Griff ab, bevor sie mir wieder die Kräfte absaugen kann. Irgendwie kann ich vermeiden, daß ich abstürze, während ich mich zum Fenster hinauswinde, ich empfinde solche Furcht, daß ich mir ausschließlich über eins im klaren bin, nämlich daß ich schnellstens abhauen muß. Hinter mir höre ich Verwünschungen und das Schrammen von Metall, als das Gestell unter der Hexe zusammenbricht. Ich stehe im Fenster und schaue hinab auf die Wogen, die gegen die Felsen schlagen. Drunten bietet sich mir kein Ausweg. Ich blicke aufwärts. Die Dachsporne sind nah, aber nicht so nah, daß ich sie ohne weiteres ergreifen könnte. Ich vernehme hinter mir erneut Flüche und Geräusche, die Hexe schleift irgend etwas ans Fenster. Sie steigt mir nach. Ich wage alles und vollführe einen Sprung. Meine Hände umklammern einen Dachsporn, ich baumele an der Dachkante. Ich mache Anstalten, mich hinaufzuziehen. Finger umfassen meine Fußknöchel. Ich trete fester, immer fester, kann mich aber nicht befreien. Meine Hände rutschen ab. Darum bin ich nun hier. Und ich bleibe, bis die Kadda-Hexe tot ist, bis sie tot drunten bei mir im Wasser weilt, hörst du, Bruder, hast du mich verstanden?

Aituatea schrak auf, als Hotea ihn in die linke Schulter kniff. »Schau da!« Ihr wie kristallener Arm mit den Umrissen aus Mondlicht wies auf das Phraser-Schiff.

Auf dem schwarzen Rumpf des Schiffs leuchteten plötzlich Hornlaternen, es waren Dutzende, ihre Flächen aus dünnem Horn verströmten roten und goldgelben Glanz, sie erhellten das Deck, die eiligen Bewegungen dunkler Gestalten, die sich darauf tummelten. Aituatea hörte Bruchstücke von Äußerungen, zu zerhackt, als daß er sie verstehen konnte, dann einen Stoß in eine Busine, als jemand sich über die Reling beugte, von den Wodaan eine Fähre anforderte. Der Bläser mußte das Signal mehrmals wiederholen, bevor das Dahingleiten einer rötlichen Hornlaterne anzeigte, daß sich von der Wassersiedlung ein Fährboot dem Blinden Schiff näherte.

Eine schlanke Gestalt schwang sich auf eine Weise, die Tatkraft bezeugte, über die Reling, kletterte geschickt und mit Anmut das Tauwerk hinab. Aituatea schluckte den bitteren Geschmack seines Gaumens. Eine Frau. Allein anhand der Umrisse erkannte er sogar aus der Entfernung, daß es sich um ein Weib handelte. Die Seelentrinkerin. Gedämpft fluchte Aituatea. Die Zwänge des seit Jahrhunderten überlieferten Brauchtums, des Zorns und der Scham seiner Schwester, seiner eigenen beeinträchtigten Selbstachtung lasteten schwer auf ihm, trieben ihn zu einem Geschöpf, das ihm den Magen umzudrehen drohte. Er preßte sich eine Hand auf den Mund, unterdrückte einen Ausruf, als noch zwei — aber kleinere — Gestalten einen Augenblick lang auf dem Schanzkleid schwankten, anschließend der Frau hinunter ins Fährboot folgten, Kinder oder Zwerge oder ähnliches. Der Alte auf dem Berg hatte keine Begleiter erwähnt. Aituatea hob den Blick zu Hotea. Sie starrte, ein wenig vorgebeugt, in regelrechter Begehrlichkeit hinüber zu der Frau, die Hände zu Fäusten geballt, ihre Geistergestalt bebte aus schrecklicher Dringlichkeit. Bisher hatte er trotz ihres Scheltens, trotz aller grimmigen Vorwürfe der Feigheit und Schändlichkeit, so oft wiederholt, daß er aufs Zuhören längst verzichtete, keinen vollen Überblick über das Ausmaß ihrer Not gehabt; er wand sich aus Mißbehagen, wie er da auf den Fellen kauerte.

Das Fährboot lief rasch auf den Kai zu, am Heck stand mit dem Ruder ein junges Woda-Mädchen; die Hornlaterne am Bug hinterließ auf schweißiger Haut in der Färbung bräunlichen Honigs kupfrige Glanzlichter. Ein um die Schläfen gebundener Streifen roten Tuchs hielt der Ruderin das kurze schwarze Haar aus dem Gesicht, sie schaukelte wie im Tanz, während sie die schwere Ruderstange handhabte, die Muskeln betätigten sich mit aller Geschmeidigkeit, der Blick war ausdruckslos, hatte etwas leicht Tierhaftes an sich, als lebe sie in diesen Augenblicken ganz in ihrer Körperlichkeit. Aituatea stierte sie an, die Zunge glitt ihm über die trockenen Lippen, das Entstehen von Spannung in den Lenden erinnerte ihn daran, wieviel Zeit verstrichen war, seit er das letzte Mal eine Frau gehabt hatte. Da kam eine stinkige Woda-Schlunze. Er biß die Zähne zusammen, beobachtete sie fortgesetzt. Abstoßend wie eine Kröte. Für seine Begriffe, die Anschauung eines Hina, war sie ein schmutziges Vieh; mit den groben knochigen Gesichtszügen, den breiten Schultern sowie den stämmigen krummen Beinen glich sie eher einem Tier — aber sie erregte ihn geschlechtlich, bis er fast aufstöhnte. Vor sechs Monaten war er zum letztenmal in einem Freudenhaus gewesen. Einmal hatte er es versucht, nachdem seine Schwester in die Bucht gestürzt war, jedoch vergeblich. Hoteas Geist folgte ihm überallhin, als wäre er mit einem Band an Aituateas linker Schulter befestigt; er hatte versucht, ihn für eine Weile loszuwerden, doch ohne Erfolg; er hatte gehofft, Hoteas Gegenwart lange genug vergessen zu können, um Befriedigung zu finden, aber während des Beisammenseins mit dem Mädchen fühlte er unausgesetzt Hoteas Blick auf sich ruhen, den Groll und die Mißbilligung ihrer verdammten Augen, sein Glied war wieder geschrumpft, und er hatte dem Freudenmädchen den doppelten Betrag gezahlt, damit es keine Lächerlichkeiten über ihn verbreitete.

Die Fähre rammte ans Ufergemäuer. Das fremde Weib lachte über irgendeine Bemerkung eines der beiden Kinder, sanftmütig und fröhlich klang das Lachen, es vertrug sich überhaupt nicht mit Aituateas Erwartungen. Eine Seelentrinkerin rief bei ihm schauerliche, bedrükkende Vorstellungen hervor. Das Kichern der Kinder wirkte wie ein Echo ihres Lachens. Gleich darauf erstieg sie die Leiter, betrat die Ufermauer. Die Kinder schlossen sich an. Im Mondschein sahen sie wie Zwillinge aus, wie bleiche kleine Kobolde, die die Frau umhüpften, ihre strengen Antworten mit neuem Gelächter aufnahmen. Nach einem letzten Wortwechsel sprangen die Zwillinge davon, verschwanden im Gewirr der Packkisten und Ballen, zeitweilig auf dem Hafengelände angehäuft, um erst später, nach dem Godalau-Fest, in die Lagerhäuser geschafft zu werden, und die Frau blieb mit einem Lächeln auf den Lippen zurück. Aituatea hörte die Kinder schwatzen, bis ihre lebhaften hohen Stimmchen in einer dreckigen Gasse verklangen. Die Frau drehte sich um, schaute übers Wasser hinüber zum Phraser-Schiff, auf dem nun die Hornlaternen erloschen, als an Bord Nachtruhe einkehrte; dann spähte sie an der Biegung von Selts Küste entlang und in die Richtung der vielen Hänge des Berges Utar. Aituatea sah ihren Blick an der Reihe von Fackeln entlangschweifen, die den Damm beleuchteten, an den Laternen, die den Verlauf der gewundenen Straße säumten; sie hob langsam den Kopf, verharrte schließlich, stand dann reglos da, ihr Blick verweilte, während sie sich mit einem Finger wiederholt versonnen am Mund entlangstrich, auf den höchsten sichtbaren Fackeln, jenen nämlich, die vorm Tor zum Palast des Tekoras brannten.

Sie hatte langes glattes Haar, das im stets helleren Mondschein glänzte wie poliertes Zinn; vorn war es gekürzt, hinten im Nacken zu einem lockeren Knoten gebunden. Im Wuchs war sie größer als die meisten Hina, kräftiger in den Hüften und Schultern, obwohl sie im übrigen einen schlanken, biegsamen Körperbau besaß. Sie trug eine weite Hose aus dunklem Stoff, deren Säume in kurzen schwarzen Stiefeln staken, dazu eine weiße Bluse mit langen Ärmeln und breitem Kragen; darüber einen ärmellosen Kaftan aus Leder. Als eine Bö den Überrock flüchtig beiseite wehte, rutschten Aituateas Brauen aufwärts; darunter ließen sich zwei in Scheiden befindliche Wurfmesser erkennen. Weder stammte die Frau aus Phras, noch zählte sie zu den vielen sonstigen Fremdlingen, wie man ihnen gewöhnlich im Sililier Hafen begegnen konnte; trotzdem war er, berücksichtigte er, was sie war, nicht allzu überrascht.

Aituatea hörte hinter sich des Getrampel und Rattern der Hafenwächter, das Gehechel ihrer Rattenhunde. Er

entschloß sich zu einem Wagnis, nämlich zu bleiben und zu beobachten, wie sich das Weib verhielt.

Während sie mit Langspießen in Zwischenräume stachen, um Betrunkene oder Schläfer hervorzuscheuchen, mit den Rasseln knatterten, um Gespenster und Dämonen zu verjagen, unterdessen johlten, um sich Mut zu machen, stapften die Hafenwächter am Ufer entlang.

Die Frau bewegte sich kaum merklich. Etwas wie Dunstschwaden löste sich von ihr, hüllte sie in ein Rührmich-nicht-an-Gespinst, vermischte sich mit echtem Nebel vom Meer, bis sie bloß noch mit einer lotrechten Trübung in weißlichem Gewalle Ähnlichkeit hatte. In wie gebannter Aufmerksamkeit, aber mit beträchtlichem Unbehagen beobachtete Aituatea das Geschehen, bis die Wächter in seine Nähe gelangten; dann drückte er das Gesicht in die Felle und wartete. Sobald die Streife vorbeigelärmt war, schaute er wieder auf.

Das Gespinst auf der Kaimauer verflog mit einer Schnelligkeit, die Aituatea verblüffte; danach krampfte sich ihm der Magen zusammen, als die Frau auf ihn zuschlenderte, unaufhaltsam und selbstherrlich wie der Wind. Was tat sie hier? Warum war sie nach Silili gekommen? Diese Frage hatte er sich bislang nicht gestellt, aber nun, da er sie sah ... Was hatte sie hier zu suchen? Alter, über den Hinweis hinaus, daß sie jemand sei, der es mit der Hexe aufnehmen könne, hast du uns nichts verraten. Was hast du uns verschwiegen? Was weißt du noch? Der verrückte alte Fuchs hatte nichts ausgeplaudert, was eine Prise Salz wert gewesen wäre.

Der Greis hatte sich hingehockt, die von Erde verkrusteten Hände auf die Oberschenkel gelegt. Augen in der Farbe welken Laubs hatten zunächst Aituatea gemustert, anschließend Hotea, zuletzt an ihnen beiden vorüber hinauf an die Baumwollflocken ähnlichen Wolken geblickt, die durch den frühmorgendlichen Himmel schwebten.

Hotea hatte Aituatea den Ellbogen in die Rippen gerammt. Er war einen Schritt vorwärtsgetorkelt, hatte sich verbeugt und dem Alten die Lackdose angeboten, gefüllt mit dem seltensten Tee, den er zu stehlen vermocht hatte.

Aha! hatte der Alte gemacht. Steif stand er auf, nahm die Dose von Aituatea entgegen. Tretet ein! hatte er gesagt. Er hatte sie in den einzigen Raum seiner kleinen Behausung geführt. Darin herrschte peinliche Sauberkeit, und es war weitgehend kahl, kaum mehr vorhanden als eine Liege mit grobem Bettzeug, ein roher Tisch mit einem der Tür zugewandten Stuhl sowie gegenüber eine aus Kiefernholz gezimmerte Sitzbank. Er ging zu einem Regal — lediglich Brettern, die auf in die Wand getriebenen Pflöcken ruhten —, schob die Dose neben einen Stapel Schriftrollen und einen Pinselbehälter, schlurfte zum Stuhl. Nehmt Platz! hatte er sie aufgefordert.

Aituatea hatte sich über die Schulter umgeschaut. Morgendliches Licht, kühl wie Wasser, durchschwärmt von Faltern, war durch den Eingang hereingedrungen, hatte den Tisch und seine Umgebung erhellt, jede Runzel, jede Warze, jedes Haar im stillen Gesicht des Alten sichtbar gemacht. Obwohl es ihm zuwider war, keine Wand im Rücken zu haben, setzte sich Aituatea auf die Sitzbank, zupfte unruhig an den Falten, die seine Kniehose warf. Er hätte gern die Tür geschlossen, traute sich jedoch nicht, in der Hütte irgend etwas anzurühren, und gleichzeitig bereitete ihm der Gedanke Pein, mit dem Greis in einem abgeschlossenen Raum zu sitzen. Er zuckte zusammen, sah sich aber nicht um, als er auf der Schulter die kalte Glut von Hoteas Hand spürte. Sein Blick huschte in die gleichmütige Miene auf der anderen Seite des Tischs, schweifte ab, fiel erneut auf das Greisengesicht. Der Alte wirkte harmlos und nicht besonders schlau, aber es liefen etliche Geschichten über ihn um und vorwitzige Jugendliche, die sich eingebildet hätten, sie könnten ihm seine Geheimnisse entreißen. In manchen Geschichten hieß es, es sei immer derselbe Alte, aber Temueng für Temueng, Hina für Hina, was er gerade zu sein wünschte.

Die Kate durchzog ein verwehter Geruch nach Zedern und Kräutern; der schwache Wind, der aus dem Freien hereinblies, brachte die würzigen Düfte von Kiefern und Gebirgseichen mit, den schweren feuchten Brodem des Erdreichs, die leichteren undeutlicheren Gerüche von Steinstaub und wilden Orchideen. Warm und friedlich war es, das Säuseln der Brise und das Summen unerkennbarer Insekten betonten noch die Ruhe. Trotz der Umstände entspannte sich Aituatea. Hotea kniff ihn; doch er hielt starrsinnig den Mund. Der Besuch bei dem Alten war ihr Einfall gewesen, eine Lösung, auf die sie verfiel, nachdem sie ihn mit bitterlicher Schelte und Schmähungen nicht zum Handeln hatte drängen können. Wenn sie den Wunsch hatte, daß der Alte ihr half, sollte sie selbst ihn darum bitten.

Auf ihrem ausgestreckten Arm gleißte das Sonnenlicht. Dank einer Kadda-Hexe bin ich ertrunken, brauste sie auf. Ihre Stimme übertönte die leisen Geräusche nicht, die man in der Kate hörte, aber der Greis blickte Hotea an, vernahm offenbar ihre Worte. Ich will ihren Tod! rief Hotea. Ich will sie drunten bei mir im Wasser haben! Tot.

Der Greis hatte geblinzelt, die hellbraunen Augen hatten sich mit vorsätzlicher Bedächtigkeit geschlossen und geöffnet. In seinem zerfledderten braunen Gewand, mit den Büscheln weißen Haars über den Ohren, dem runden Gesicht und den langsamen Bewegungen der Lider kam er Aituatea wie ein Uhu vor. Eine Zungenspitze in hellem Rosabraun war dem Alten über die fahlen Lippen geglitten. Alles stirbt zu seiner Zeit, hatte er geantwortet.

Hotea stieß einen verhaltenen Fauchlaut aus. Aituatea betrachtete seine Hände, empfand eine niederträchtige

Befriedigung. Um so etwas zu hören, hatte Hotea den Alten nicht aufgesucht, solche Sprüche konnte er in jedem Buch gesammelter Weisheiten nachlesen. Jenes Weib nicht, hielt sie dem Greis entgegen, ihre Stimme knisterte vor Ungeduld. Nicht solange es junges Blut gibt, das sie nährt.

Auch sie, hatte der Alte beharrt.

Ich will sie tot, Alter! wiederholte Hotea. Ich will sie tot sehen. Hoteas Hände vollführten ruhelos knappe, flinke, unvollständige Gebärden, als versuche sie, dadurch irgendeinen Beweggrund aufzudecken, der ihn dazu bringen könnte, gegen seine Einstellung zu handeln. Hör zu, sagte sie, Temueng-Kinder haben den Tod gefunden. Meinst du denn, man wird uns Hina dafür nicht büßen lassen? Für jedes Kind werden zehn Hina dran glauben müssen. Wir sind an allem schuld, Alter, ob wir wirklich etwas anstellen oder nicht. Sie können sich ja nicht irren, sie sind die Eroberer, nicht wahr? Und im übrigen: Läßt man die Hexe unbehelligt, wie lange wird's dauern, bis sie auf Utar-Selt jeden ausgesaugt hat? Für einen Augenblick blieb Hotea still; danach erreichte ihre lautlose Stimme Aituateas Kopf noch leiser als gewöhnlich, eine Reihe stummer Nichttöne. Lehre uns, Alter, sagte sie, lehre uns, wie man es mit einer Kadda-Hexe aufnimmt und sie tötet!

Ein Dutzend Herzschläge lang musterte der Greis sie, dann richtete er den unbarmherzigen Blick auf Aituatea. Seine Augen schienen anzuschwellen, immer größer zu werden, bis Aituatea scheinbar nichts anderes mehr sah. Er fühlte sich allmählich so, als müsse er traurig vor sich hinweinen, während diese Augen seine Seele erforschten, Furcht und Unrat bloßlegten, sämtliche schäbige Gemeinheiten, die er seinen Freunden und seiner Schwester angetan, die ganzen Häßlichkeiten, die er tief im Gedächtnis vergraben und an die sich zu erinnern sich geweigert hatte. Während er in die Augen des Alten starrte, begriff er endlich — wie durch einen Zwang —, daß er niemals irgend etwas gegen die Kadda-Hexe unternehmen würde, ohne daß jemand anderes die Hauptgefahr eines solchen Unterfangens trug, er jedes diesbezügliche Handeln immer und immer wieder aufschieben, der Lauf der Jahre ihn stets bösartiger machen würde, seine Schwester immerzu noch unerträglicher.

Der Greis lehnte sich zurück, das runzlige Gesicht, nachdem er die Furcht, den Selbstabscheu Aituateas geschaut hatte, erfüllt von Schmerz. Er sank zusammen, schien zu schrumpfen, die Augen wurden glasig. Eine Kadda-Hexe, raunte er, eine Blutsäuferin, sie erkennt keinen außer dem eigenen Willen an, sie ist böse, läßt keine Rechte gelten, die mit ihren Bedürfnissen unvereinbar sind ... Ich sehe ... Es gibt ein Mittel wider sie ... Ich sehe ... Er zuckte, zog sich weiter in sich zurück. Macht, murmelte er, eine andere Macht tritt auf ... ein alter Gegner ... Langsam schweiften seine Augen umher, aber sie sahen von allem im Innern der Hütte nichts. Aituatea spürte, wie sich ihm der Magen zusammenkrampfte. Jemand kommt, sagte der Alte, seine Stimme sank herab zu einem heiseren Flüstern. Eine Frau ... jemand wie die Hexe ... sie gleicht ihr ... nein, sie ist etwas anderes ... sie trinkt kein Blut, sondern Leben ... weder ist sie böse noch gut ... die Seelentrinkerin kommt am Vorabend des Godalau-Fests. Sendet sie wider die Hexe, laßt sie sie aufspüren, kauft sie mit Das'n vuor, laßt sie die Hexe angehen. Sie trifft beim Aufgang des Wunden Monds ein und reist ab, bevor die Sonne aufgeht. Nach vielen, vielen Jahren kommt die Seelentrinkerin wieder nach Silili ... nach hundert Jahren ... Ah! Ihre Zwecke vermischen sich mit deinen Absichten, erzürnter Geist. Er brabbelte noch einiges, doch von nun an konnte man seine Worte, durchsetzt mit gelegentlichem Auflachen, nicht mehr verstehen. Es hatte den Anschein, als fände er nur allmählich in seinen gewohnten Zustand der Wortkargheit zurück, sähe währenddessen etwas Lustiges, das sein Rückfinden in die

Gegenwart verzögerte. Aituatea saß starr und voller Grausen da. Drei Monate Aufschub; dann mußte er die Auseinandersetzung mit der Hexe wagen oder sich dem eigenen Versagen stellen. Er starrte den Greis an, verfluchte ihn insgeheim für die Festlegung einer so kurzen Frist. Der Alte hob den Kopf, blickte ihn gereizt an. Das ist alles, schien seine Haltung auszudrücken. Ihr habt, was ihr wolltet. Nun schert euch fort!

Schatten breiteten sich von ihm aus, verdrängten mit furchtbarer Finsternis Licht und Wärme. Aituatea wich zurück, kippte die Sitzbank um; Zederngeruch drohte ihn zu ersticken, fluchtartig rannte er aus der Kate.

Erneut ein Kneifen in seine Schulter. Hotea verlor die Geduld. »Folge ihr!« schrillte ihre Stimme. »Halt sie auf! Gib acht, daß sie dir nicht entwischt, du Narr! Du weißt, du wirst sie nicht wiederfinden. Und wir haben nur noch Zeit bis zum Sonnenaufgang.«

Während er unterdrückt Äußerungen des Mißmuts nuschelte, schwang sich Aituatea von den Ballen hinab. Die Hüfte tat ihm weh, aber das war er gewöhnt, fast vergaß er den Schmerz, während er an Lagerschuppen vorbeihastete, die Fährmannsstraße betrat. Die Frau beeilte sich nicht; beinahe hätte man meinen können, sie sei darauf aus, verfolgt zu werden, böte sich als Köder an, streife durchs Dunkel, um alles anzulocken, was dumm oder hungrig genug sein mochte, um sie zu überfallen. Er hielt von ihr Abstand, soweit es möglich war, ohne daß sie aus dem Blickfeld geriet. Zu augenfällig war sein eigentümlicher Humpelgang, selbst im unruhigen, ungewissen Licht der Fackeln, die vor noch geöffneten Geschäften brannten, Schatten warfen, die ebenso schwankten und zuckten wie seine Gestalt. Ohne Anzeichen von Zimperlichkeit umschlenderte sie die Gruppen von Fährleuten und Lastträgern, die sich dem Spiel widmeten, bei Stapeln von Bronze- und Kupfermünzen kauerten, Knochen in kreidegezeichnete Felder aufs

Pflaster warfen. Ab und zu verlangsamte sie ihre Schritte, lauschte mit seitlich geneigtem Kopf den Klängen von Flöten und Hackbrettern, die in schwermütiger Munterkeit aus den Freudenhäusern drangen, überhörte die Beleidigungen, die ihr untätige Huren zuriefen, die in den Fenstern von Obergeschossen lagen, strebte zügiger an bereits geschlossenen Läden vorüber, einem Kräuterhändler, der Stube eines Schamanen, einem Fischverkäufer, einem Gemüseladen, einer Wahrsagerin und etlichen ähnlichen Gewerben. Auch einige Speisebuden hatten schon geschlossen, vor anderen herrschte noch Betrieb, Leute standen davor und aßen Nudeln, eingelegte Bohnen und soßenreiche Salate aus Tonschüsseln oder mampften gebratene Sprotten. Aituatea beobachtete das unvorsichtige Umherstreifen der Frau und fühlte sich immer stärker in seinem Eindruck bestätigt, daß sie die Rolle des Köders in einer von ihr gestellten Falle übernommen hatte. Mag sein, sie hat selbst Hunger, überlegte er, und es schauderte ihn bei diesem Gedanken. Er blieb noch weiter hinter ihr zurück, seine Füße begannen zu schlurfen. Unversehens wunderte er sich, wo die Kinder stecken mochten. Dann und wann glaubte er, sie rufen zu hören, war sich jedoch nie sicher, und der Frau ließ sich nicht anmerken, ob sie derartige Rufe vernahm.

»Wohin geht sie?« brummelte er, bekam wie zur Antwort Hoteas Ellbogen in die Rippen. Es beunruhigte Aituatea, daß die Frau genau den von ihm gewünschten Weg einschlug, nämlich hügelaufwärts und ungefähr nach Norden; es war einfach zu günstig; wie Hotea damals beschrieben hatte, ergab es sich bei Gelegenheit, daß sich die alte Tungjii mit Jah'takash zusammentat, gerade wenn alles leicht ablief, und nur darauf wartete, daß man den Fuß in den Fallstrick setzte. Trotzdem hinkte er dem Weib hinterdrein, getrieben von ängstlicher Erregung, geplagt von Wißbegierde.

Die Frau bummelte an einem beleuchteten Eßstand

vorüber. Der Inhaber lehnte auf der Theke, hinter ihm dampften Töpfe, er würfelte mit einem einzelnen Kunden mit Knochen. Die beiden Männer hielten inne, um der Frau nachzuglotzen, setzten dann das Spiel fort, tuschelten untereinander, redeten wahrscheinlich über das fremde Weib. Einen Augenblick später huschte hinter dem Eßstand ein Schatten hervor. Dank einer ungeschickten Regung der Gestalt sah Aituatea gleich darauf einen Teil des Gesichts, die Umrisse des Körpers, bevor sie wieder mit dem Dunkel verschmolz. Djarko. Verächtlich schnob Aituatea. Der Kerl fiel auf den Köder herein wie ein dummer Lümmel. Aituatea humpelte weiter, achtete noch sorgsamer aufs Unsichtbarbleiben. Djarkos ähnlich blödsinniger Vetter Djamboa konnte nicht weit sein, sie unternahmen ihre Raubzüge stets zu zweit. Als Aituatea den zweiten Schatten erspähte, lächelte er grimmig. Es ist besser, wenn die beiden herhalten müssen, dachte er, als ich. Godalau gebe, daß sie von ihnen satt wird, so daß sie mich anhört, statt mir an die Kehle zu springen.

Die Frau wandte sich in eine der schmalen Seitengassen, die durch die engen Viertel der Ärmeren führten, der Musikanten, Artisten und Arbeiter. Djarko und Djamboa blieben ihr auf den Fersen, aus lauter Habsucht folgten sie ihr fast im Laufschritt. Aituatea folgte achtsamer, versuchte das wiederholte Kneifen in die Schulter zu mißachten, mit dem Hotea ihn dazu verleiten wollte, einzugreifen und das Weib vor den beiden Gaunern zu schützen. Sie schützen? Godalau beschütze mich! Er verlangsamte die unregelmäßige Gangart, bis er in den Schatten nahezu einem solchen Geist ähnelte, wie seine Schwester einer geworden war, wich Kehricht- und Kothaufen aus, mied ihre Schlüpfrigkeit, stieg schemenhaft über Schläfer hinweg, die an den Mauern kärgliche Zuflucht vorm Nebel gesucht hatten, der vom Meer aufs Land kroch. Zu Biegungen, die er nicht einsehen, an Ecken, die er nicht überschauen konnte, schlich er sich mit äußerster Umsicht, lauschte jeweils mehrere Herzschläge lang, bevor er weiterhuschte. Sah man von den trunkenen Schläfern ab, war die Gasse menschenleer, blieb still. Im Innern der hohen schmalen Häuser, die sich gegenseitig stützten, um nicht einzustürzen, schliefen Hina nun schon seit Stunden. Die meisten Leute, die hier hausten, würden bereits beim ersten Sonnenstrahl aufstehen müssen, um noch ein halbes Tagewerk geschafft zu bekommen, ehe sie von der Arbeit ablassen und am Fest teilnehmen konnten. Die Musikanten und übrigen Nachtmenschen befanden sich nicht daheim, würden jedoch vor Sonnenaufgang heimkehren, um sich noch ein paar Stündchen Schlummer zu gönnen, bevor sie sich von neuem auf die Straßen begaben, um den Massen der Feiernden einige Kupfermünzen aus den Taschen zu locken oder sie sonstwie um ihr Geld zu erleichtern.

Abermals kniff seine Schwester Aituatea in die Schulter. »Schau«, sagte sie, »schau da!«

»Hm?«

»Da auf der Erde!« Hotea deutete in eine dreckige Gasse zwischen zwei Häusern. Aituatea verkniff die Augen, sah jedoch nichts. Mit eingeschnürter Kehle schlich er in die Gasse. Sein Fuß stieß gegen etwas. Einen Körper. Er kniete nieder, drehte den Kopf der Gestalt, um ihr ins Gesicht zu sehen. Djarko. Aituatea preßte die Finger unterhalb des Kinns in den feisten Hals. Djarko war tot. Ein Stück weiter in der Gasse sah Aituatea noch ein längliches Etwas liegen. Er sparte sich die Mühe, es genauer in Augenschein zu nehmen, es konnte nur eines bedeuten. Beide waren tot. Und so schnell. Ohne einen Piepser. Große Männer. Zwar dumme, aber starke Burschen. Gefährlich. Nicht einmal ein Stöhnen war von ihnen zu hören gewesen. Wacklig richtete er sich auf, latschte rückwärts aus der Gasse, Schritt um Schritt, während seine Fußsohlen übers festgetretene Erdreich schleiften, entfernte er sich von der Leiche, schaukelte und schwankte. Hotea berührte seinen Arm. Er gab eine Verwünschung von sich, wirbelte herum — und hätte die Flucht ergriffen, hätte die düstere Erscheinung ihm nicht den Weg versperrt.

»Warum schleichst du mir nach?« Die Frau besaß für jemanden ihres Geschlechts eine tiefe Stimme, der er das Bedrohliche so zweifelsfrei anhörte, wie er das eigene Herz pochen hörte. Er schluckte. Sein Mund war zum Sprechen zu trocken. Hotea rüttelte an seiner Schulter, fast zerstob aus Aufregung ihre Geisterhaftigkeit. Sie krallte die Finger in ihn, ließ einen dermaßen überstürzten Schwall von Gerede vernehmen, daß ihm davon der Kopf schmerzte. Er drehte sich von ihr weg, streckte sich vor den Stiefeln der Frau im festgetrampelten Dreck aus. Sie äußerte einen gedämpften Laut des Mißfallens. »Steh auf, Hina, ich verspüre keine Lust, mit deinem Hinterkopf zu sprechen!« Die Schärfe ihres Tonfalls bezeugte, daß ihre Geduld enge Grenzen hatte.

Aituatea raffte sich auf. »Seelentrinkerin«, fragte er, »magst du uns Gehör schenken?«

Sie schüttelte sich das Haar aus dem Gesicht, ihr silbergraues Haar, auf dem sich bei jeder Bewegung des Kopfs wie in senkrechten Spiegelungen der Mondschein schimmerte. »Brann«, sagte sie. »Anders möchte ich nicht gerufen werden. Die andere Anrede gefällt mir nicht. Zumal sie eine Unwahrheit enthält.« Aituatea blickte über die Schulter das Häuflein toten Fleischs an, dann erneut die Frau, ohne etwas zu sagen; er ließ sein Verhalten für sich sprechen. Das Weib hob die Schultern. »Ich habe sie nicht gebeten, mir zu folgen.«

»Manche Köder sind Fischen unwiderstehlich«, meinte Aituatea, verdutzt angesichts der eigenen Verwegenheit.

»Ich trage nicht für alle Torheiten der Welt Verantwortung.« Die Frau rieb sich versonnen mit einem Finger den Mundwinkel, schnitt eine leicht verdrossene Miene, als sie den Blick von Aituatea auf Hotea richtete, die einen Schritt hinter ihm stand. »Du hast mich auf der Ufermauer beobachtet.«

»Du hast mich gesehen?«

»Nicht ich.« Sie schnippte mit den Fingern.

In der Höhe ertönte ein halblautes Schwirren, dann sausten zwei große Ohreulen an Aituatea vorüber, so niedrig, daß er die vom Nebel verursachte Feuchtigkeit ihrer Federn zu riechen vermochte. Sie flatterten höher, ließen sich auf einer Dachkante nieder, die ihm zugewandten gelben Augen blinkten. Da verstand er, was aus den Kindern geworden war; er straffte sich, raffte sich aus seiner unterwürfigen Haltung hoch, hielt den Blick aufs Gesicht der Frau gerichtet, um nicht die Eulen ansehen zu müssen. »Der Alte auf dem Berg hat uns vorausgesagt, daß du in dieser Nacht an Land kommst.«

»Aha. Also wohnt er noch dort?«

»Jemand auf alle Fälle.«

»Du willst etwas von mir.«

»Ja, ich möchte, daß du für Hotea und mich etwas tust. Ich habe etwas, von dem der Alte versicherte, daß du Wert darauf legst. Erledigst du einen Auftrag für uns, sollst du's von mir erhalten.«

»Welchen Auftrag?«

Aituatea wehrte mit den Händen ab, warf den Eulen einen flüchtigen Blick zu. Eine von ihnen stieß leise Rufe aus, die ihm zu gelten schienen. »Laß uns nicht hier darüber reden. Hier ist's zu unsicher.« Er fiel auf die Knie, beugte das Haupt. »Beehre mein Heim, Saöri Brann! Sobald das Wasser kocht, gibt's Tee.«

»Tee?« Branns Brauen rutschten hoch, sie lachte warmherzig auf. »Nun ja, wenn's Tee gibt! Ein Stündchen kann ich erübrigen.« Sie strich sich mit der Hand übers Haar. »Und wer erwartet mich in deinem Heim?«

»Ein paar Geister, sonst niemand. Hast du Bedenken?«

»Geister stören mich nicht.«

Aituatea nickte, trat durch die Gasse, durch die er

Brann gefolgt war, den Rückweg an; er ging langsam, versuchte das Schaukeln seines Körpers nach Möglichkeit einzuschränken, während die Frau ihn mühelos begleitete. »Sie sind für mich 'ne Art von Familie«, sagte er. Das Weib flößte ihm Unruhe in, er redete drauflos, um das Schweigen zu überbrücken. Die Eulen schwirrten vorbei, schwebten erst niedrig, kreisten dann höher, bis sie im Nebel verschwanden.

»Familie?«

»Alle meine Blutsverwandten außer Hotea sind vor zehn Jahren an der Pest gestorben.« Aituatea bog in eine Seitenstraße ab, die auf geraderem Wege nordwärts verlief. »Sie leisten mir Gesellschaft, diese Geister, obwohl sie keine Blutsverwandten sind. Wenn ihre Zeit vertan ist, weichen sie, doch's gibt ja alleweil neue Ertrunkene, Gemeuchelte und Selbstmörder, die ihren Platz einnehmen.«

»Sie werden mich nicht mögen.« Ein Mundwinkel Branns zuckte nach oben. »Tote haben etwas gegen mich.«

»Sie sind auf dich vorbereitet. Ich habe ihnen angekündigt, daß ich dich, wenn möglich, mitbringen werde.«

»Hat der Alte sich mit mir beschäftigt?«

»Hotea und ich haben mit ihm nur über unsere Schwierigkeiten gesprochen.«

»Eure geheimnisvollen Schwierigkeiten, so, hmmm, ich dachte, es wäre niemand mehr da, der sich an mich entsinnt.«

»Wir haben ihn um Hilfe gebeten.«

»Und die soll ich euch erweisen können?«

»Das hat er gesagt.« Für eine Weile strebten sie an den baufälligen Wohnhäusern entlang. Hotea schwebte an Aituateas Seite. Nach und nach lösten überfüllte Elendsbehausungen die Häuser ab, errichtet aus Strandgut und Schutt, aus allem, was die Bewohner gerade hatten finden oder stehlen können. In der Ferne heulte ein Säugling, zwei Männer brüllten sich an — ihre Worte blieben undeutlich, unverständlich —, einmal kreischte eine Frau, dann nicht wieder, aber die Straße, die sie durchquerten, lag in völliger Leere und Stille da. »Die Örtlichkeit, wohin wir unterwegs sind, hat eine ganz besondere Geschichte«, sagte Aituatea. »Vor zwanzig Jahren lebte hier ein Seidenhändler namens Djallasoa. Er verkaufte Ewigkeitsgewänder. Weißt du, was das für Kleider waren? Nein? Nun, zur Anfertigung sucht man sich junge Mädchen ohne den geringfügigsten Makel am Leib; sie weben die Seide, danach läßt man kräftige, gesunde Schwangere die Kleidung besticken, so daß die Kraft des neuen Lebens auf den Stoff übertragen wird. Tausend Goldstücke für das schlichteste solche Gewand sind ein niedriger Preis. Hundertjahrkleider, so nannte man des alten Djallasoas Gewänder auch. Sogar der Temueng-Kaiser kaufte bei ihm ein. Man erzählte, man kriegte nicht mal 'n Schnupfen, wenn man diese Gwänder trug.« Der Nebel umhüllte sie alle drei, als durchmäßen sie eine Traumwelt; die nachlässig und schief gebauten Elendshütten beiderseits der Straße waren im wechselhaften Wallen der Schwaden mal sichtbar, mal unkenntlich. »Djallasoas ältester Sohn, so besagt die Geschichte, war ein wenig unbesonnen, er versetzte einem Woda-Schamanen 'nen Tritt oder dergleichen. Der alte Djallasoa bemühte sich um Beschwichtigung. Aber vergeblich. Der Woda-Schamane kam an Land, entfachte vorm Lagerhaus des Seidenhändlers ein Feuer, schlitzte Djallasoas Gemahlin, den sieben Kindern und zuletzt sich selbst die Kehle auf. Von da an spukten im Lagerhaus neun zornige Geister. Kein Hina-Priester konnte sie austreiben, gleich welchen Ranges, nicht einmal jene, die zum Kreis der Totenrichter zählten. Die Götter lehnten es ab, sich in diese Sache verwickeln zu lassen ...« Die Straße endete. Aituatea umrundete ein Dornengestrüpp und nahm den Weg durchs Gesträuch, beschritt einen ungekennzeichneten Pfad, ihm so vertraut, daß er nicht darauf zu achten brauchte, wohin er die Füße setzte. »Und die übrigen Woda-Schamanen blieben auf dem Wasser, hatten ihre Freude an dem ganzen Aufheben und verweigerten jede Abhilfe. Sämtliche Ewigkeitsgewänder, die Djallasoa in dem Lagerhaus angehäuft hatte, waren von jener Zeit an unverkäuflich, niemand traute sich, sie zu erwerben, solange ihnen ein Woda-Fluch anhaftete.«

Auf der Ödlandfläche, die sie überquerten, wuchs ein Durcheinander von Dornensträuchern, Bambus, verstreuten Weidendickichten und einigen verkrüppelten Eichen. Infolge des Nebels, der die Sicht auf alles trübte, was sich weiter als eine Armlänge entfernt befand, der Stille, nur unterbrochen durch das Tropfen der Nässe von Ästen und Laub, das Knacken abgestorbener Zweige und verdorrten Krauts unter den Füßen, hatte man das Gefühl, man wandere durch den zur Traumlandschaft gewordenen Landstrich einer der Tuschezeichnungen Laksodeas des Älteren, die aufgrund ihrer feinen Verästelungen berühmt waren. Aituatea schätzte Laksodea den Älteren, er besaß mehrere seiner Bilder, Andenken an Nächte erfolgreicher Diebeszüge.

»Warum erzählst du mir das alles?« Aituatea drehte sich um, verblüfft wegen des bissigen Tons der Frage, schaute die Frau an. »Wie weit müssen wir noch gehen? Ich habe diese Nacht Wichtigeres zu tun als durch Büsche und Nässe zu stolpern.«

Aituatea deutete nach vorn, wo sich das Dickicht lichtete. »Wir müssen noch ein wenig weiter als bis zu jener Stelle.« Er rieb sich seitlich am Kopf. »Verzeih uns und hab mit uns Geduld, wenn du's kannst, Saöri, aber niemand weiß, wo Hotea und ich wohnen. Es ist besser so. Ich hatte mit dem Erzählen dieser Geschichte bloß die Absicht, dir die Zeit zu vertreiben. Aber wenn du nichts mehr hören möchtest …«

»Ach, nun kannst du ruhig auch noch den Schluß erzählen, während wir den Weg fortsetzen.«

Aituatea verbeugte sich, ehe er weiterging. »Die Hafenwächter wagten sich nicht in die Nähe des Lagerhauses. Die Seide im Innern war dort trotzdem in Sicherheit, nicht einmal Ältester Onkel mochte sich mit den Geistern anlegen, dabei war er der kühnste Dieb in Silili. Schließlich versammelten der alte Djallasoa und der Rest seines Klans eine wild zusammengewürfelte Schar von Geisterbeschwörern und Totenpriestern, die ins Lagerhaus eindrang, während sie Räucherstäbchen schwenkten, Gongs schlugen und Kracher um sich warfen; mit soviel Gestank und Lärm konnte man die Geister lange genug vertreiben, um die Seide herauszuholen. Man verbrannte die Ewigkeitsgewänder auf einem riesigen Scheiterhaufen am Woda-Born, alles übrige schaffte man hinweg, um es an Fremdlinge zu verkaufen, die es dann aus Tigarezun wegbrachten, je weiter fort, um so vorteilhafter. Und das Lagergebäude überließ man dem Verfall. Der alte Djallasoa hatte vor, es niederzubrennen, doch die anderen Händler stimmten ein Gejammer an, es war ein außergewöhnlich trockener Sommer, deshalb sorgten sie sich, das Feuer könnte auf ihre Lager übergreifen, also ließ er es stehen. Es stand leer, bis die Pest ausbrach. Du weißt von der Seuche?«

»Vor zehn Jahren, hast du gesagt?« Brann schüttelte den Kopf, schob einen Zweig beiseite, der ihr Gesicht zu streifen drohte. »Damals weilte ich in der Fremde, eine halbe Welt weit war ich entfernt.«

Aituatea betrat einen sichelförmigen Streifen des von jeglichem Pflanzenwuchs entblößten Untergrunds. »Hier wenden wir uns gen Osten. Sie war fürchterlich. Ich meine die Seuche. Die Temueng flohen wie Ratten, verhinderten jedoch, daß Hina Utar-Selt verließen. Schiffe in der Bucht rammten jedes Boot, das ablegte, und auf dem Damm errichtete man Sperren.« Er zeigte auf ein flaches breites Gebilde, von dem man im Nebel keine Einzelheiten erkannte. »Der Woda-Born. Hier ist Woda-Land. Heutzutage treibt sich hier niemand mehr herum. Sobald man in einem Haus die Krankheit feststellte, veranlaßten die Beamten seine Einäscherung. Temueng erteilten die Befehle, und Hina-Speichellecker taten das schmutzige Werk. Als unsere Familie erkrankte, Älteste Großmutter starb und Hotea begriff, daß es nicht mehr lange dauern würde, bis jemand mit Feuer kam, brachte sie mich heimlich in das alte Lagerhaus; sie dachte sich, die Geister könnten schwerlich von der Seuche betroffen werden, sie waren ja schon tot, aber Schnüffler fernhalten. Die Woda-Geister waren bereits recht verblaßt, sie gingen schon länger als die meisten irdischen Seelen um, es waren ... Wieviel? Zehn oder mehr Jahre waren verstrichen, aber einige Nächte lang machten sie uns das Leben schwer. Wegen ihres Geheuls, der kalten Windstöße, die aus dem Nichts fuhren, der schwallweisen Ausdünstungen von Furcht, des Gestanks, des Zwickens und Kitzelns konnten wir nicht schlafen, doch nichts von allem, was sie uns antaten, war schlimmer als das, was ringsum geschah. Hotea mußte oft hinaus und mich alleinlassen, um auf Beutezüge zu gehen, uns Essen und Kleidung zu verschaffen. Ich saß gewissermaßen in dem Bau fest und hatte nichts zu tun, darum fing ich mit den Kindgeistern zu spielen an, obwohl sie Woda-an waren, und nach einem Weilchen hatten wir auch mit den Erwachsenengeistern unseren Frieden geschlossen, und als die Woda-an-Geister sich zuletzt verflüchtigten, zogen andere Geister bei uns ein. Niemand hat gern Geister im Haus, es erregt Aufsehen und gilt als Schande. Wenn man's sich leisten kann, holt man 'nen Geisterbeschwörer und läßt den Geist verscheuchen, ein freier Geist im Haus löst ein derartiges Umlaufen von Gerüchten aus, du würdest's gar nicht glauben. Infolgedessen gibt es ständig eine ganze Anzahl obdachloser Geister. Sie erfahren von uns, kommen zu uns, um im Lagerhaus zu wohnen.« Hinter sich hörte er ein Scharren, wirbelte herum. Zwei Bulldoggen kamen aus dem Nebel getrottet, blieben vor ihm stehen, die Mäuler geöffnet wie zu wildem Grinsen, unheimliche kristallgleiche Augen schienen ihn anzulachen. Er vermochte ein Schaudern nicht ganz zu unterdrücken, zwang sich dazu, ihnen den Rücken zuzuwenden, nahm die Richtung zur kleinen Pforte an der Rückseite des Gebäudes, aber er konnte ihre Gegenwart nicht vergessen, er hörte das Patschen und Scharren ihrer Pfoten, bildete sich ein gleichmäßiges Japsen ein, ihm war, als spüre er an den Waden ihren warmen Atem.

Er schob die Pforte auf, trat hindurch. Zwischen der Brandmauer und dem eigentlichen Lager klaffte ein geringer Abstand, ein Freiraum, angefüllt mit Abfällen, die ganz allmählich wieder eins wurden mit der Erde, Knochensplitter, Kisten, Tauwerk, Papier, Seidenreste, Gräten, Segeltuchfetzen, altes Laub. Beim Lagerhaus selbst handelte es sich um einen rechteckigen Bau mit Mauern aus roten Ziegeln und einem Dach aus Schindeln, mit schwarzer Glasur, die von der Feuchtigkeit glänzten. Nässe troff trostlos von schwärzlichen Dachspornen in den unten angesammelten Unrat. Aituatea befaßte sich mit dem Rätselschloß einer kleinen Seitentür, hielt sie Brann und den Bulldoggen auf, folgte ihnen hinein. Am anderen Ende eines kühlen modrigen Flurs schimmerte im offenen Innenhof der Mondschein wie eine perlige Flut, glitzerte im Nebel, der hereingezogen oder eingesaugt worden war vom Atem des alten Lagers. Für einen Augenblick hoben sich Branns Umrisse gegen das Mondlicht ab, während Aituatea die Zugangstür schloß und absperrte, doch als er sich umdrehte, war sie nicht mehr zu sehen. Sobald er das Ende des Gangs erreichte, sah er sie in der Mitte des Innenhofs stehen und nach oben blicken, der Mondschein strömte wie wäßrige Milch über ihr porzellanbleiches Gesicht. Die Geister schwebten zu ihr herab, glichen ebenfalls Schleiern und Schlieren von Nebel, sausten durch sie hindurch und davon. Sie stand völlig reglos da, ließ ihr Verhalten über sich ergehen, als wäre es ein Ritus, der sie langweilte, den sie jedoch um des lieben Friedens willen erduldete, den sie danach erwartete. Die Doggen jagten einander und jede Ratte, die sie aufstöbern konnten, durch die Nebelschwaden, in die finsteren Löcher der Lagerräume im Erdgeschoß und heraus. Danach kamen sie zu Aituatea und schnupperten an seinen Knien, warfen sich gemeinsam herum und umkreisten Brann.

»Zweites Stockwerk zur Linken«, sagte Aituatea, setzte sich zum Treppenhaus in Bewegung. Die Doggen tappten an ihm vorüber, polterten die Treppen hinauf, Rüde und Hündin, Pfote um Pfote patschte die feuchten rutschigen Stufen empor. Aituatea strebte im zweiten Stockwerk ein Stück weit durch den Flur, schloß eine Tür auf, schwang sie einwärts. In der Räumlichkeit, die dahinter lag, war es dunkel und warm, voller Gerüche; es roch nach Zeder, Sandelholz, Lack und Gewürzen, dem heißen Metall des zugedeckten Feuerbeckens und dem Torf, der darin schwelte. Er verneigte sich, breitete die Arme aus. »Beehre meine ärmliche Behausung, Saöri Brann!« Er wandte sich ab, schlurfte ins Düstere, klappte die Läden der Hoffenster auf, entzündete die an der Wand und auf dem Teppich verteilten Lampen. Aus einer irdenen Deckelkanne goß er Wasser in den Kessel, stellte ihn auf die Kohlen, blies in die Glutasche, so daß wieder Flämmchen zu lodern begannen, kehrte schließlich zurück zu seinem Gast.

Brann hatte sich in einem niedrigen Lehnstuhl niedergelassen, ein Bein unterm Leib, das andere ausgestreckt, die Hände ruhten auf den Schenkeln. Im rosigen Lampenschein wirkte das Haar dunkler, eher grau als silbern, die Augen hatten einen Farbton reinen Hellgrüns, so wie junge Weidenblätter im Frühling. Die Bulldoggen hatten sich mittlerweile in Kinder zurückverwandelt, saßen im Schneidersitz zu Branns Füßen, schauten mit der eulenhaften Vorwitzigkeit richtiger Kinder rundum. Sie hatten aschblondes Haar, das eine Kind etwas dunkleres als das andere; die Haare waren dünn und glatt, geschnitten zur kurzen, einer Haube vergleichbaren Haartracht, wie man sie oft bei Buben sah. Wie Aituatea schon vorher beobachtet hatte, glichen sie Zwillingen; in dieser Gestalt wirkten sie dermaßen geschlechtslos, daß es Aituatea regelrecht bestürzte, als er sich daran erinnerte, daß eine der Doggen eindeutig ein Weibchen gewesen war.

»Meine Gefährten«, sagte Brann. »Jaril.« Sie beugte sich vor und berührte den Kopf zu ihrer Rechten. »Yaril.« Sanft strich sie mit der Hand über den leicht helleren Schopf an ihrer linken Seite. »Du hast hier einen netten kleinen Schlupfwinkel, Freund Hina. Tz, das ist mehr als reichlich an Beutegut, um dich an den Strang zu bringen!« Ihr Blick glitt über die Bildrollen an den Wänden, die mit Juwelen durchwirkten Teppiche auf dem Boden, alle die im Lampenschein sichtbaren Kostbarkeiten.

»Sollten die Temueng mich jemals hier aufspüren, wäre das allemal mein Tod.«

Branns Finger klopften auf ihre Schenkel. »Es ist hier recht voll.« Aituatea nahm auf dem Stuhl beim Kohlenbecken Platz, behielt sie im Augenmerk. Sie sah sie alle; soviel war klar. Mondfischer in seinen Lumpen schwebte unter der Zimmerdecke, er war einst ein machtvoller Fischrufer gewesen, gewaltige Bootsladungen voll hatte er heimgebracht, bis ihn eines Tages ein Sturm überraschte und in Sichtweite der Küste ertränkte. Älteste Großmutter hockte bei der Tür, ein längst verschwommener, zerfaserter Geist, sie mußte sich in Kürze vollends verflüchtigen; eine Schwiegertochter, die es satt gewesen war, heruntergemacht zu werden, hatte sie vergiftet. Ältester Bruder saß am Fenster, ein Mitglied der Schwesternschaft der Kordel hatte ihn, nachdem er in ein geheimes Ritual geplatzt war, sachkundig erdrosselt. Kleiner Bruder, auch ertrunken, kauerte hinter Aituateas Stuhl und belauerte die Gestaltwandler. Das Weib ohne Kopf, über das niemand etwas wußte, der Spieler, die mehreren Tänzerinnen und Huren, Kleine Schwester, sogar der griesgrämige alte Temueng, der immer nur mürrisch in der Ecke zu sitzen pflegte, alle waren sie da. Obwohl Älteste Großmutter neben der Tür verdrossen irgendwelches Zeug zu faseln begann, Brann ärgerlich anstierte — die sie nach dem knappen Lächeln jedoch mißachtete —, umschwebten die übrigen Geister die Besucherin, näherten sich ihr langsam. Einer nach dem anderen huschten sie zu ihr, strichen über ihre Gestalt, betasteten sie, um durch die Finger ihren Geschmack aufzunehmen. Als sage der Geschmack ihnen zu, beruhigten sie sich, gaben sich zufrieden, die zerfransten Ränder ihrer Erscheinungen gewannen an Schärfe.

Aituatea lugte in den Kessel, aber das Wasser würde noch etwas Zeit brauchen, bis es kochte; danach betrachtete er stumm seine Hände, voller Abneigung, da nun der geeignete Augenblick vorhanden war, gegen das Aussprechen der Worte, die ihn zu einem Angriff auf die Kadda-Hexe verpflichten müßten. Die Geister scharten sich um ihn, seine Familie, tätschelten ihn, murmelten auf ihn ein, leisteten ihm an Unterstützung und Bestärkung, was sie konnten. Warum brachte er die Sache nicht hinter sich? »Ich weiß nicht, warum du nach Silili gekommen bist.«

»Stimmt.« Brann lächelte, fuhr mit dem Daumen an der Unterlippe entlang. »Du weißt es nicht.«

»Tja, es ist auch unerheblich. Im Palast des Tekoras wohnt eine Kadda-Hexe. Seine Gemahlin.«

»Dann ist der Mann ein Narr.«

»Dem mag ich nicht widersprechen. Und sie ist's, die daran die Schuld trägt, daß Hotea ertrank. Wir möchten, daß du uns dabei hilfst, sie zur Strecke zu bringen.«

»In des Tekoras Palast.« Brann lachte ein herzhaftes, genüßliches Lachen.

Aituatea entsann sich an die Art und Weise, wie sie zu den Fackeln vorm Palasttor hinaufgespäht hatte. Er stand auf, ging zur entfernten Seite der länglichen Räumlichkeit, trat hinter den Wandschirm, der die Ecke abteilte, in der sein Bett stand. Die dunkelrote Lackschachtel lag noch da, wo er sie zwischen den Mulden und Falten der zerwühlten Steppdecken hinterlassen hatte. Er betrachtete das ungemachte Bett und fragte sich, ob er je wieder darin schlafen würde; während er sich auf die Lippen biß, nahm er die Schachtel an sich und kehrte damit zurück zu Brann. Er schob sie auf den niedrigen Tisch neben der Armlehne ihres Stuhls, begab sich auf Abstand. Als er das Feuerbecken anblickte, sah er noch immer keinen Dampf aufsteigen, darum ließ er sich erneut auf seinem Stuhl nieder. »Der Alte hat gesagt, damit könnten wir dich anwerben.«

Brann hob die Schachtel vom Tischchen, setzte sie sich auf die Oberschenkel. Nachdem sie sie sich einen Augenblick lang aufmerksam besehen hatte, entfernte sie den Deckel. Ihr ruckhaftes Einatmen erzeugte etwas wie einen leisen Wisperlaut. »Das'n vuor.« Sie entnahm die schwarze Kanne dem Polster aus feiner weißer Seide, betastete sie; ihr Gesicht bekam einen Ausdruck seltsamer Anspannung, sie drehte das Behältnis um, ihre Finger strichen über den Boden. »Sein Zeichen«, flüsterte sie. »Die letzte Fertigung.« Sie stellte das Kännchen zurück auf den Tisch, faßte einen der Becher, umfing ihn mit beiden Händen. »Daß du dies Geschirr gefunden hast ... ausgerechnet *dies!* Ich erinnere mich ... Slyas Segen, ach, ich erinnere mich ... Diesen Becher hielt ich schon einmal in den Händen, gleich nachdem mein Vater ihn aus dem Brennofen geholt hatte. Ich war mit meinem Vater hinauf zum Tincreal gegangen, wir hatten die letzten Becher zum Brennen dabei, und wir blieben die ganze Nacht und am nächsten Tag bis nach dem Mittagsgesang. Die ersten drei Becher, die er aus dem Brennofen holte, zerbrach er, sie waren nicht gut genug gelungen, und dies war das vierte Stück, er gab es mir in die Hand, und da erkannte ich, was Vollkommenheit ist, zum erstenmal wußte ich, was Vollkommenheit bedeutet ...« Sie schüttelte den Kopf, wie um Schleier zu verscheuchen, die ihre Erinnerungen trübten.

»Der Alte hat gesagt, damit könnten wir dich anwerben.« Aituatea wiederholte seine Äußerung, obwohl er wußte, wie unhöflich und ungehobelt sie war, daß sie Brann vielleicht verärgerten, doch er sah mit Schrecken, wie ihr die Fassung schwand. Er wollte, daß sie ein Mensch voller Macht blieb, eine durch nichts zu erschütternde Person, ganz so, wie er sie das erste Mal erblickt hatte. Wie könnte sie sich der Hexe gegenüber behaupten?

»Und der Alte hat recht, verflucht sei seine verdrehte Seele!« Brann senkte den Becher in sein Polster, setzte der Schachtel den Deckel auf. »Du hast mich angeworben, Hina. Für dies Geschirr und zudem aus mehr Gründen, als du je erfahren darfst, werde ich gegen jene Hexe antreten. Mmm ... Ich will dir etwas verraten: Ich hätt's auch ohne das Geschirr getan.« Sie grinste Aituatea an, sicherheitshalber eine Hand auf der Schachtel. »Versuch nicht, ihn mir abzunehmen, ich würde dich beißen. Im Ernst, Hina, ich kann ein überaus gefühlvolles Weibsbild sein, wenn ich will, und ich habe dich und deine Schwester unter Beobachtung gehabt. Recht leicht hättest du dich ihrer entledigen können, ein wenig Nachdenken und das Geld für eine Geisterbeschwörung hätten genügt, und wer hätt's je erfahren? Meine Gefährten vermelden, daß du kein einziges Mal an eine Geisterbeschwörung gedacht hast. Mir gefällt deine Haltung. Doch genug des Geplauders! Was habt ihr für einen Plan?«

»Kannst du klettern?« Hotea kniff Aituatea. »Wie nett, daß du dich auch wieder einmal bemerkbar machst«, brummelte er. Mit einem heftigen Fauchen des Unmuts wies sie auf den Dampf, der unterm Deckel des Kessels hervorschoß.

»Ich bin am Hang eines Bergs geboren, neben dem die

hiesigen Hügel Mückenstichen gleichen«, sagte Brann und lachte.

»Vorzüglich.« Aituatea entschied sich für die Teekanne, die er bei sich seine Gartenkanne nannte, auf ihre fünf glatten Seiten hatte sie zierliche Orchideen und Bambus gemalt. Während er die Kanne ausschwenkte, schielte er hinüber zu Brann. Ihr Kopf ruhte an der Rücklehne des Stuhls, die Hände lagen locker auf den Armlehnen. Er gab zwei Meßlöffel Schwarztee in die Kanne und schüttete heißes Wasser hinein, trat mit der Kanne zu dem schmalen Tisch am Wandschirm, teilte die flachen Trinkschalen für die Geister aus.

»Wozu tust du das?« Branns Stimme klang gelassen, träge. Als Aituatea sie nochmals anschaute, schien sie halb zu schlafen.

»Für die Familie«, antwortete er, winkte den Geistern; sie kamen und drängten sich um die Schälchen, saugten den Duft des Tees auf. Wieder am anderen Tisch angelangt, füllte er zwei Becher, musterte mit gerunzelter Stirn die Kinder. »Möchten sie auch Tee?«

Brann schüttelte den Kopf. »Nein.« Sie nahm den Becher, den Aituatea ihr reichte, schnupperte den Dampf, der daraus aufwallte. »Mmmm.« Ihre grünen Augen spiegelten Heiterkeit wider. »Du stiehlst nur vom Besten.«

»Richtig.« Aituatea setzte sich wieder, trank einen Mundvoll Tee. »Der Alte erwähnte, du und die Hexe wärt alte Widersacherinnen.«

»So?« Brann verkniff die Lider. »Kennt ihr ihren Namen?«

»Nein.«

»Doch.« Hotea huschte näher. »Doch. Die Nebenfrauen fluchten ihr bei Nennung ihres Namens und mit noch ärgeren Verwünschungen. Sie hat einen sonderbaren Namen, man kann aus ihm weder einen Klan ersehen noch die Familie. Er lautet Ludila Dondi.«

»Ach. Die Dondi.«

»Also kennst du sie.«

»Wir sind uns einmal begegnet. Nur flüchtig. Es war keine Liebe auf den ersten Blick.« Brann drehte den fünfseitigen Becher zwischen den Händen. »Damals war sie noch ein Däumling, aber schon von niederträchtiger Gesinnung.« Sie leerte den Becher, stellte ihn behutsam auf den Tisch. »Nun sprich, junger Hina! Ich werde in der Morgenfrühe auf dem Schiff zurückerwartet und habe mich in dieser Nacht noch anderen Spielen zu widmen.« Sie setzte auch die Schachtel auf dem Tisch ab, beugte sich vor, in den Augen den Glanz von Neugier und Spannung. »Ich höre.«

Die Weiden neigten sich tief übers Wasser, ihre Baumkronen verwoben mit dem Nebel. Der Kahn war nur etwas ähnliches wie eine kleinere Ausgabe der flachen Fährboote, bot kaum Platz für zwei Personen und einen Geist, aber die Kinder hatten erneut die Gestalt gewechselt, waren als Eulen davongeschwirrt. Brann saß am Bug, die Schachtel zwischen den Füßen auf trockenen Planken. Aituatea hantierte an dem nässedurchtränkten Tau, vermochte endlich doch den Knoten zu lösen; die Hände zitterten ihm, doch überwog Erregung seine Furcht. Er stieß den Kahn, während Hotea an seiner Seite schwebte, in tieferes Wasser, schwang sich an Bord. Wenig später lenkte er das Gefährt durch den Nebel, ohne daß ringsherum irgend etwas erkennbar gewesen wäre, man sah nichts als schwache gräuliche Wellen trüben Wassers beiderseits gegen den Kahn schwappen.

Nach einer halben Stunde anstrengenden Ruderns umrundete er Utars Landzunge und steuerte das Boot an den Klippen entlang südwärts; der rauhere Seegang an der Wetterseite der kleinen Insel erschwerte das Rudern beträchtlich. Der Nebel wallte hier weniger dicht, stellenweise aufgerissen vom abendlichen Wind. Schließlich zwickte Hotea von neuem in Aituateas Arm, zeigte auf die Küste. »Dort«, sagte sie, »dort oben ist der Kindergarten.«

»Höchste Zeit.« Während Brann den Bug von den Felsen ablenkte, ruderte Aituatea den Nachen vorsichtig durchs Gewirr der schwarzen Felsbrocken an den Strand. Brann hielt das Boot fest, und er befestigte die Fangleine an einem größeren Felsklotz, breitete dann eine schwere Abdeckung darüber, mit unregelmäßigen grauen und schwarzen Flecken bemaltes Segeltuch, das die Umrisse des Fahrzeugs tarnte und sie für jeden, der zufällig zum Strand blickte, unkenntlich machte. Kaum war er mit Brann an den winzigen Sandstrand gewatet, kamen die Eulen herabgesaust, gaben Rufe von sich, die Schreie klangen nach Eindringlichkeit; sofort entschwanden sie wieder in die Lüfte. Ein paar Augenblicke später ertönten Stimmen und das Stapfen von Füßen, die Geräusche einer Gruppe Bewaffneter, die sich aus der Richtung des Kliffs näherte. Brann suchte Deckung in einer Senke, die sie Blicken von oben entzog. Aituatea gesellte sich zu ihr, spürte allzudeutlich durch die dünne Seide der Bluse ihre Körperwärme; doch die starke Lebenskraft in ihrem Leib ängstigte ihn mehr, als ihre Nähe ihn aufreizte.

»Wie lange dauert's, bis sie wiederkehren?« erkundigte sie sich im Flüsterton.

»Während Hoteas Tätigkeit im Palast beanspruchte ein Rundgang ungefähr eine Stunde. Es gibt keinen Grund, warum sich daran etwas geändert haben sollte. Wir haben ausreichend Zeit, um das Kliff zu ersteigen.«

Infolge Verwitterung war das Kliff gehörig zerklüftet, doch überwiegend erwiesen sich alle Stellen, an denen Hände und Füße Halt finden konnten, als schlüpfrig, das Gestein bröckelte leicht. Trotzdem erklomm Aituatea die Felswand mit verwegener Geschwindheit, entfaltete seine gesamte Geschicklichkeit. An einem Kliff war er alles andere als ein Krüppel. Er erreichte die Höhe der Felswand eher als Brann, stand schon da und wischte sich den Schlick von den Händen, betrachtete die Gartenmauer, als sie erst den Pfad erstieg, den die Wächter benutzten.

Die Mauer war doppelt so hoch wie er, die Steine waren geglättet und einst nahtlos aneinandergefügt worden, aber ein Jahrhundert salzigen Winds und salziger Nässe hatte Schründe geschaffen, für die Finger und Zehen eines geschickten Kletterers schmale Spalten herausgeschliffen. Aituatea warf die Sandalen von den Füßen, stopfte sie in eine Tasche seines Überrocks, schaute Brann an und erkletterte die Mauer. Sobald er die Mauerkrone erklommen hatte, kroch er darauf entlang, bis er sich hinter dichtem Laub befand und von Türen und Fenstern des Kinderhorts aus nicht mehr gesehen werden konnte.

Brann hatte einige Schwierigkeiten beim Überwinden der Mauer, Aituatea mußte ihr eine Hand reichen; wieder spürte er das Brennen ihrer Körperwärme, als er die Faust um ihre Hand schloß. Sie lächelte, als sie sein Unbehagen bemerkte, hockte sich auf die Mauer, zog wieder die Stiefel an.

Über ihren Köpfen kreisten die Eulen, schwangen sich hinunter in den Garten, und sobald sie den Erdboden berührten, verwandelten sie sich erneut in Bulldoggen. Lebhaft liefen sie kreuz und quer durch den Garten, schnüffelten in den Schatten, bis sie sich davon überzeugt hatten, daß sich darin niemand aufhielt, dann kamen sie lautlos zur Mauer, warteten darauf, daß Brann hinabstieg; sie tat es, hangelte sich mühelos und anmutig am Geäst abwärts. Aituatea kletterte ebenfalls hinunter, vollführte zum Schluß einen Sprung, traf härter auf als beabsichtigt, humpelte auf die Türen zu, begleitet von Hotea wie von einem Irrlicht. Obwohl sie still blieb, fühlte er ihre Aufregung. Hier hatte die Hexe ihr aufgelauert. »Schwester«, flüsterte er, »erkunde für uns das Innere.«

Hotea wallte durch die Hauswand, kehrte einige Augenblicke später zurück ins Freie. »Leer«, rief sie, »verlassen! Keine Kinder, keine Eheweiber, keine Fronmaiden. Alle fort. Niemand übrig.« Ihre wie kristallische Gestalt schlotterte. »Auf dem Grund der Bucht müssen die Gebeine zuhauf ruhen.«

»Um so günstiger für uns.« Aituatea zückte aus einer unterm Überrock verborgenen Scheide ein langes schmales Messer, zwängte die Klinge in den Türspalt, bewegte sie auf und ab, bis er merkte, wie sich der Riegel löste und die Tür nachgab. Brann berührte ihn am Arm, ein Zucken durchfuhr ihn wie von einem Zitteraal. Während er einen Aufschrei unterdrückte, blickte er sich um.

»Laß Yaril und Jaril vorauseilen!« Aituatea nickte. Die Bulldoggen drängten sich an ihm vorüber ins Gebäude, ihre Fußnägel riefen drinnen auf dem polierten Holzboden rasches Pochen hervor. Brann ließ den Blick ein letztes Mal durch den Garten schweifen, trat dann — leise wie Hoteas Geist, dem sie folgte — gleichfalls ein. Aituatea zog die Tür zu und hinkte ihnen nach.

Die Luft im Labyrinth der Korridore war abgestanden und roch schlecht, enthielt einen Mischmasch von Fauligkeit; am deutlichsten konnte man jenen Anisgeruch bemerken, den Hotea zu verabscheuen gelernt hatte, vermengt mit Düften anderer Gewürze. In den Fluren lasteten Schatten, Staubbüschel wehten über die Schilfmatten, dahingetrieben durch unstete Zugluft, das einzige, was sich im Palast regte. Die meisten Räume waren leer; nur in wenigen Zimmern ruhten Schläfer, eine Handvoll Hofschmarotzer, durch Ehrgeiz und stärkere Drogen betäubte Männer und Frauen, die sich wahrzunehmen weigerten, was rings um sie geschah. Aituatea schlich mitten durch ihr Untoten-Dasein, die Anforderungen der Stunde bannten seine Furcht und sein Zaudern; es gab kein Zurück mehr, und das bedeutete eine eigene Art von Trost.

Über eine Treppenflucht gelangten sie hinauf zu den

Gastgemächern. Dort herrschten die gleiche gespenstische Leere, der gleiche Todesgeruch, eine ebensolche Schalheit der in widersprüchlicher Weise allerdings nie stillen Luft. Eilends durchquerten sie das Schweigen in die Richtung zu der Treppe, die zu den persönlichen Gemächern des Tekoras hinaufführte.

Die Bulldoggen kauerten sich neben Brann auf die Hinterkeulen, die Stummelschwänze trommelten auf die Schilfmatte. Hotea kam zurückgeflitzt. »Wachen«, sagte sie. »Beiderseits der Schlafzimmertür des Tekoras.«

Brann kratzte sich am Mundwinkel. »Sind sie auf der Hut?«

»Nicht besonders«, antwortete Hotea. »Aber sie sind wach.«

»Hmm. Das heißt, er befindet sich hinter selbiger Tür. Weilt die Hexe bei ihm?«

»Ich werde nachschauen.« Ehe Brann oder Aituatea sie aufhalten konnten, schwebte Hotea schnell wieder die Treppe hinauf.

»Tz-tz, junger Hina, wir wollen hoffen, daß die Dondi schlummert oder abwesend ist, sonst könnte deine Schwester uns großen Ärger einhandeln.«

»Darüber wird sie nicht lange nachdenken.«

»Und du denkst zuviel nach, hm?«

Aituatea entgegnete darauf nichts, während er, um Hotea besorgt, nach oben spähte. Schon nach wenigen Augenblicken war sie wieder da, eine Schliere schwachen Lichts glitt die Schräge herab, gewissermaßen ein Wasserfall von Mädchengeist, verhielt vor ihnen als Strudel gleichsam kristallenen Flitters, der sich flugs von neuem zu Hoteas Erscheinung verdichtete. »Sie liegen beide im Bett, ich glaube, sie schlafen. Ich habe nur flüchtig den Kopf hineingesteckt. Sie haben heute abend geschmaust, es riecht dort ganz fürchterlich.«

»Schlafen ... Gut. Möge es so bleiben.« Brann schlich voraus unter die Treppe, damit ihr Getuschel nicht an die Ohren der Wachen drang. Sie setzte sich mit dem Rücken an die Wand, wartete ab, bis sich Aituatea neben sie gehockt hatte. Er rieb sich mit den Fingern die lahme Hüfte, der Schmerz darin war ihm lieber als die Gedanken im Kopf; die Beschwerden erwiesen sich als fast hinlängliche Ablenkung. »Ein glücklicher Umstand«, murmelte Brann, »sie satt und im Schlaf anzutreffen.« Ein flüchtiges verzerrtes Lächeln. »Weniger gut für denjenigen, an dem sie sich gesättigt haben, aber daran vermögen wir nichts mehr zu ändern. Ich bin darüber, daß die Dondi schläft, in der Tat sehr froh. Dennoch sei gewarnt: Meine Mittel sind, was sie anbetrifft, durchaus begrenzt. Ich möchte keine Schwingungen erzeugen, die sie vorzeitig wecken könnten.« Als Aituatea andeutete, daß er ihre letzten Äußerungen nicht verstand, seufzte sie, versuchte jedoch nicht, sie ihm zu erklären. »Als erstes ist's erforderlich, die Wachen zu beseitigen.« Sie schlug eine Seite ihres ledernen ärmellosen Kaftans zurück, zeigte ihm die beiden Klingen, die darunter in Scheiden staken. »Damit kann ich sie erledigen, aber ohne die Gewähr, daß es lautlos geschieht. Verbluten braucht seine Zeit. Hast du einen besseren Einfall?«

Aituatea nickte, langte unter seinen Überrock, betastete kurz die ans Futter genähten Taschen, brachte ein zusammengeschobenes Blasrohr aus Bambus zum Vorschein. »Das Ding habe ich immer für den ärgsten Notfall dabei. Bislang brauchte ich die Pfeile nicht zu verwenden, aber ich kann aus zwanzig Schritten Entfernung eine Hand treffen. Schwester, wo stehen sie? Was tragen sie an Rüstung?«

Hotea kniete sich zu ihm. »Ungefähr ein Dutzend Schritte hinterm Treppenabsatz. Meine, nicht deine Schritte.« Mit aneinandergelegten Handgelenken streckte sie die Arme aus, winkelte die Hände an. »Dies ist der Winkel, in dem du das Blasrohr aus der nächstmöglichen Deckung anlegen mußt. Sie schauen nicht zur Treppe, während der gesamten Zeit, in der ich sie beobachtete — lange war's freilich nicht —, haben sie's nicht getan.« Ruhelos waberte ihre Geistergestalt. »Es wird 'n schwieriger Schuß, Bruder, sogar du dürftest damit Mühe haben. Sie tragen mit Eisen verstärktes Leder, eiserne Reifen und Helme.« Sie umrahmte das Gesicht mit den Händen, bedeckte Stirn und Kinn. »Mehr hast du nicht als Ziel.«

»Keine Hände?«

»Ach, hab ich vergessen. Handschuhe.«

»Tungjiis Titten, man macht's mir nicht leicht!« Aituatea zog das Blasrohr auseinander, bis es eine Länge von etwa drei Spannen hatte. Über die Schulter sah er die Hunde an; sie standen auf allen vieren, die kristallhellen Augen glommen von interessierter Anteilnahme, die Zungen hingen ihnen aus dem Maul. Er raunte einen Fluch, klaubte aus dem Überrock eine kleine Lackdose, nahm sie in die Hand, die schon das Blasrohr hielt. »Diese zwei ... Können sie die Wachen überwältigen, sollte ich sie verfehlen?«

Ohne eine Antwort zu geben, erhob sich Brann und schlich zum Fuß der Treppe. Die Bulldoggen schnupperten an Aituateas Beinen, als er zu ihr trat, dann tappten sie wie Katzen — langsam und geschmeidig, so daß ihre Zehennägel auf dem Holz keine Geräusche verursachten — die Stufen hinauf. Unmittelbar vor der Biegung der Treppe verschwammen ihre Umrisse, erhielten die Gestalt zweier langer gefleckter Schlangen, die lautlos und nahezu unsichtbar hinauf zum Treppenabsatz glitten.

Auf der Treppe folgte Aituatea ihnen, stellte sich innerlich voll und ganz auf die Erfordernisse des Augenblicks ein. Er kniete sich auf die oberste Stufe und krauchte um die Ecke, verborgen im Schatten, den die Lampe überm Sonnenportal warf, deren Schein auf den zahlreichen Schichten Lack und dem als vergoldete Einlegearbeit in beiden Hälften der Flügeltür eingelassenen Sonnenscheibe glänzte. Er schob einen der vergifteten Pfeile ins Blasrohr, achtete sorgsam darauf, nicht die wie mit Gummi überzogene Spitze anzurühren, klaubte ein zweites Geschoß aus der Dose und legte es neben den Knien auf dem Fußboden bereit. Die Pein in der Hüfte vergessen, vergessen auch die Eisigkeit in der Magengegend, verwendete er die gesamte Aufmerksamkeit aufs Blähen der Wangen, auf das kraftvolle Hinausblasen des Pfeils. Kaum flog das Geschoß davon, füllte er den zweiten Pfeil ins Rohr, verschoß ihn nach dem anderen Wächter.

Erst patschte sich der eine, dann der andere Mann eine Hand auf die Wange, die Augen quollen ihnen hervor, sie stießen erstickte Japser aus, sackten zusammen. Aituatea sprang hoch, sobald er den ersten Wächter taumeln sah, lief hin, war sich jedoch darüber im klaren, daß er nicht rechtzeitig genug zu ihnen gelangen konnte, um sie beide aufzufangen.

Vor den Füßen der zwei Wächter erhoben sich, jetzt wieder Kinder, die Gestaltwandler, fingen die Männer im Niedersacken ab, senkten sie leise zu Boden. Zur Geste der Beglückwünschung berührte Aituatea Stirn und Lippen. Das Paar grinste und nickte ihm mit den blonden Schöpfen zu, die im Dunkeln fahl schimmerten.

Aituatea stieg über einen ausgestreckten Wächter und betrachtete die Flügeltür genauer, fuhr mit den Fingern am Spalt in der Mitte entlang, fühlte die Tür unterm Druck der Hand geringfügig nachgeben. »Schwester«, flüsterte er, »welche Art von Riegel?«

Hotea wallte mit einem Teil ihrer Geistergestalt durch die Tür, wich zurück. »Drehbolzen. Du wirst den Zapfen durchsägen müssen.«

»In der Hoffnung, daß das Geräusch sie nicht weckt?« Verdrossen starrte Aituatea die vergoldete Sonnenscheibe an. »Schöne Hoffnung.« Brann tippte ihm an die Schulter. Er schrak zusammen. »Es wäre mir wahrlich lieber, du tätest das nicht dauernd.«

Sie überging seine Bemerkung wie eine Narretei. »Halt dich bereit!« raunte sie. »Yaril wird uns den Riegel öffnen, doch ihre Gegenwart in der Schlafkammer wird die Hexe wecken.«

Das Kind mit dem helleren Haar verwandelte sich in Dunst und kroch unter der Tür durch. Einen Augenblick später hörte man ein gedämpftes *Tunk*, als die Verriegelung aufschnappte, dann einen durchdringenden wilden Aufschrei. Brann warf sich gegen die Tür, drosch mit dem Handballen gegen den Türspalt, stieß die Flügel auseinander. Sie stürmte ins Zimmer, verharrte vor Yaril, die auf dem Teppich kniete, den Blick fest auf die Hexe geheftet.

Ludila Dondi erhob sich schwungvoll aus dem Bettzeug, Wut machte ihr Gesicht häßlich, im trüben Licht wirkte der nackte Körper gelblich wie Elfenbein, in ihrer Wildheit und der kraftvollen Behendigkeit ihres Aufspringens glich sie einer Tigerin. Sobald sie Brann sah, verhielt sie auf dem Bett so ruckartig in ihrem Vorwärtsschnellen, daß sie aus dem Gleichgewicht geriet. »Du.« Sie rutschte vom Bett und kam auf Brann zu, die mörderischen gelben Augen unverwandt auf sie gerichtet, ohne auf die übrigen Eindringlinge zu achten.

Jaril ergriff Yarils Hand. Nach kurzer stummer Verständigung schwebten sie als Kugeln bernsteingelben Feuers empor, erleuchteten den Raum mit grell-goldgelber Helligkeit.

Der Tekora befreite sich mit Tritten aus den Steppdekken und wälzte sich vom Bett, stand im nächsten Augenblick so nackt da wie die Hexe, allerdings weniger wach und handlungsfähig. Aituatea musterte ihn, spürte etwas wie Weißglut im Bauch. Der Temueng war nicht länger ein alter Mann, vielmehr hatte er einen festen, sehnigen, gelenkigen Körper, er sah aus wie ein Mann in den besten Jahren, zeichnete sich durch Stärke aus, die er mit dem Blut der eigenen Kinder erkauft, eine gräßliche Kraftfülle, die Hotea das Leben gekostet hatte. Er beobachtete die zwei Frauen, langte nach oben und zog mit einem leisen metallischen Gleitgeräusch das lange

Schwert aus der Scheide, die überm Kopfende des Betts hing. Zweimal schwang er es überm Scheitel, lockerte den Arm. Er schenkte Aituatea nur einen Blick, tat seine Anwesenheit als unwichtig ab. Er setzte sich hinüber zu Brann in Bewegung.

Die Dondi und Brann kreisten in einer Art von unregelmäßiger doppelter Schraubbewegung umeinander, näherten sich allmählich gegenseitig an, jede die Aufmerksamkeit so eindringlich, so ausschließlich der anderen gewidmet, daß es niemand anderes mehr für sie zu geben schien. Hotea umflatterte sie nachgerade, zog weitere Kreise, blieb stumm, jedoch gingen von ihr Schwingungen des Zorns aus.

Die Feuerkugeln loderten lebhafter, dann schoß eine von ihnen dem Tekora geradewegs ins Gesicht. Er riß die freie Hand hoch, um sie wegzuschlagen, schrie auf, als sich auf seiner Haut Blasen bildeten; er wirbelte herum und hieb mit dem Schwert nach der Feuerkugel, die Klinge sauste mitten hindurch, ohne ihr etwas anzuhaben. Sie sank vor ihm abwärts, war schon, als sie den Fußboden erreichte, eine Bulldogge geworden. Der Hund sprang den Mann an — nein, die Hündin: Yaril —, knurrte aus der Tiefe der Kehle. Aituatea zückte das Messer aus der im Ärmel versteckten Scheide und schleuderte es nach dem Tekora. Die Klinge durchbohrte die dicke Schlagader am Hals des Tekoras. Es hätte ein Schwall von Blut hervorspritzen, der Tekora hätte als Todgeweihter niederstürzen müssen.

So hätte es kommen sollen. Aber der Tekora riß sich das Messer aus der Wunde, schmiß es beiseite. Die Halswunde schloß sich sofort. Er hob das Schwert und stapfte auf Aituatea zu.

Hastig spähte Aituatea umher, packte einen Schemel und warf ihn dem Temueng entgegen, traf ihn am Ellbogen, unwillkürlich öffnete sich des Tekoras Faust, das Schwert flog auf die zerwühlten Bettdecken. Die Yaril-Dogge schnappte ihm nach der Gurgel, doch er konnte noch einen Arm hochreißen, und statt in den Hals verbissen sich die krummen gelben Zähne in den Arm; Yaril zerfleischte den Arm und trat mit ihren kräftigen Hinterbeinen zudem den Tekora in den Unterleib.

Aituatea wich zurück. Ludila Dondi hatte, während sie Brann umkreiste, einen Gesang angestimmt, ein Singsang uralter Worte drang ihr in verwickelter Melodie, von der etwas Zwingendes ausging, über die Lippen. Als die Tür aufflog und Aituatea sie vom Bett hatte hochfahren sehen, hatte er sie für völlig nackt gehalten; jetzt jedoch sah er, daß ihr an einer silbernen Kette Spiegel um den Hals hingen, kleinere Spiegel an den Ohrläppchen baumelten, andere Spiegelchen in an beiden Handgelenken getragene Armreifen staken. Sie bewegte Oberkörper, Arme und Kopf im Gegentakt zur Melodie ihres Singens, ihr Tänzeln umwog die Gestalt mit Geglitzer, und sie versuchte, das Gespinst des Blinkens und Flimmerns, als würfe sie ein Netz aus, auch auf Brann auszudehnen.

Brann umschlich sie, vermied es, den wüsten Blick der gelben Augen zu erwidern oder ins Blinken der Spiegel zu schauen, rückte der Dondi nach und nach näher.

Die Jaril-Feuerkugel sauste wiederholt auf die Dondi herab, störte den Takt des Schimmerns ihrer Spiegel, und bei jedem Mal gelangte Brann ein wenig näher.

Der Tekora schüttelte die Dogge ab, das zerfetzte Fleisch heilte unverzüglich. Er tat einen Satz aufs Bett, ergriff im Dahinwälzen das Schwert, sprang wieder auf die Füße. Während er dumpf aufbrüllte, machte er Anstalten, Brann anzugreifen.

Plötzlich war die Bulldogge eine lange Schlange, die sich um die Beine des Tekoras wand, ihn umriß, sich verflüchtigte, ehe er mit dem Schwert, das er noch in der Faust hielt, zuschlagen konnte.

Für ein Augenblickchen kam die Jaril-Feuerkugel der Hexe zu nahe, streifte ein Spiegelchen; die Feuerkugel trudelte durch die Luft, verwandelte sich in rascher Reihenfolge in verschiedenerlei Gestalten, bevor sie zuletzt als wie ein Ungeborenes auf dem Teppich zusammengerollter Knabe endete. Sein Aufprall lenkte die Dondi nur für die Dauer eines Herzschlags ab, doch das genügte. Branns Hände umfingen die Rippen der Dondi, sie drückte die kleinwüchsigere Frau fest an sich, ihr Mund erhaschte ihre Lippen, sie preßte Mund auf Mund, dämpfte das Kreischen der Wut und Verzweiflung, das die Hexe von sich gab.

Während Jarils Gestalt zerfloß, hatte Aituatea sich auf den Tekora gestürzt, den Fuß seines heilen Beins zwischen Arm und Schulter des Hingestreckten, die Hände ums Handgelenk des Temueng geklammert, übte er Druck auf einen Nerv aus. Der Tekora wehrte sich und zappelte, vermochte sich dem Griff aber nicht zu entwinden. Aituatea bohrte die Fingerknöchel in die Hand. Die Finger des Tekoras erlahmten. Aituatea packte das Schwert, als es hinfiel, vollführte einen Rückwärtssatz und schlug dem Temueng den Kopf ab, sobald er es mit einem Ruck hob, das Schwert gehorchte Aituateas Willen wie eine Verlängerung seines Arms. Er schwang es in die Höhe, ließ es im Kreis sausen und grinste, meisterte das Verlangen, laut aufzujauchzen; doch seine Begeisterung kühlte allzuschnell ab. Der kopflose Körper des Tekoras regte sich, die Hände tasteten über den Boden, während er sich unbeholfen auf die Knie hochraffte. Etwas rollte gegen Aituateas Fuß: des Tekoras Kopf. Der Mund zuckte, die Zähne knirschten, als ob sie sich in sein Fleisch zu beißen trachteten. Aituatea entfernte den Kopf mit einem Tritt aus seiner Nähe, ihm war danach, sich zu erbrechen. Eine Hand betastete ihn, versuchte ihn zu fassen. Er hieb der enthaupteten Gestalt das Schwert durch die Knie, beförderte die abgetrennten Beine in verschiedene Richtungen. Der Körper schlug auf den Fußboden, lag kurz still, dann fingen die Beinstümpfe sich zu rühren an. Auf dem Seidenteppich fanden sie keinen Halt, bis der Rumpf sich auf die Ellbogen stützte und auf Aituatea zukroch. Er schlug ihm an den Ellbogen die Arme ab, stöhnte auf, als die Hände auf ihn zukrochen. Auch sie schleuderte er mit Tritten zurück, aber sie bewegten sich von neuem auf ihn zu.

Der Kuß zog und zog sich hin, in Branns Armen verwelkte die Hexe — aber welkte langsam dahin, zu langsam, es wohnten in ihr zuviel Leben. Yaril verwandelte sich neben Jaril in ihre Kindsgestalt. Sie berührte den Knaben, Glut knisterte zwischen ihnen, dann blickte Jaril auf. Ein gegenseitiges Anschauen und Nicken, sie reichten sich die Hände, und zwei Feuerkugeln flitzten empor in die Luft. Sie vereinten sich mit der Seelentrinkerin, verschmolzen mit ihr, bis ihr Fleisch von goldgelbem Glanz lohte, und gemeinsam, zu dritt, vollendeten sie das Werk, der Dondi das Leben auszusaugen.

Brann ließ die leblose Hülse der Hexe fallen, das Feuer entströmte ihr, teilte sich in zwei Kinder, die satt und ein wenig schläfrig wirkten. Sie betrachtete die verschrumpelte Hülle zu ihren Füßen und erschauderte.

Aituatea trat eine Hand beiseite, die erneut auf ihn zukrauchte, verharrte bei dem, was von der Kadda-Hexe übrig war, starrte es an. Eine steinalte Mumie, lederähnliche Haut umspannte straff ausgedörrte Knochen. »Habe noch nie irgendwen gesehen, der toter gewesen wär.«

Aus den Schatten nahte sich Hotea. »Wirf sie ins Wasser, sie muß ins Wasser!« Sie eilte zum nächsten Fenster und versuchte die Vorhänge zur Seite zu ziehen, doch ihre Geisterhände griffen glatt durch den weichen dunklen Samt. Sie kreischte vor Erbitterung auf, kehrte hastig zurück. »Ins Wasser!« heulte sie aufgebracht.

Brann nickte. »Sie war viel zu stark, als daß man bei ihr unvorsichtig sein dürfte. Es ist besser, sie modert in den Fluten, bis die Gezeiten ihr Gebein fortspülen. Öffne mir das Fenster, oder möchtest du«, — mit einer Gebärde der Hand deutete sie auf die hutzlige Gestalt —, »sie tragen?«

»Gaah, nein.« Aituatea überstieg ein Bein, das sich am

Boden krümmte, eine Hand, die dahinkrabbelte, machten einen Bogen um den Kopf, der noch immer lautlos den Mund bewegte, zerrte die Vorhänge beiseite und klappte die Fensterläden auf.

Wind fauchte ins Zimmer, kalt und voller Tanggeruch, blies die Lampe aus, fegte über die seidenen Steppdekken, riß Aituatea die Läden fast aus den Händen. Er erfaßte das kürzere Haar über Branns Ohren, wehte es ihr vom Kopf nach hinten, und aus den Haarspitzen knisterten Funken blauweißen Feuers. Sie rümpfte die Nase, strich sich unwillig übers Haar, die Hand im Geflakker des Funkenstiebens fast unkenntlich. »Halt den Kopf hoch!« murmelte sie Hotea zu, die wieder drauflosschnatterte, sie umtänzelte. Sie hob die Überreste der Hexe auf, knurrte aufgrund der Anstrengung, schleppte sie zum Fenster und schob sie hindurch. Hotea an seiner Schulter, stellte sich Aituatea neben sie und beobachtete, wie die Mumie, so wie vor einem halben Jahr Hotea, aufs windgepeitschte Wasser hinabstürzte, hineinklatschte und versank.

Hotea gab einen leisen Seufzer der Genugtuung von sich, tätschelte ihrem Bruder die Wange. »Eine Ehefrau«, sagte sie. »Hör diesmal auf mich, nimm dir eine Frau, Bruder!« Noch ein Seufzlaut erklang; dann war sie verschwunden.

Aituatea rieb sich die Schulter. Er war sie los. Er blickte zum Fenster hinaus, ohne etwas zu sehen. Seit sie von den Toten zurückgekommen gewesen war, hatte er sie heimlich und auch unverhohlen verflucht. Als sie noch lebte, hatte er sie nicht weniger verwünscht, Abneigung gegen sie empfunden. Sie hatte ihn das meiste von allem gelehrt, was er wußte und konnte, ihn gestichelt, bis er sich die Fähigkeit aneignete, sein zu kurzes Bein zu vergessen; sie hatte ihn gescholten, getröstet und zum Durchhalten bewogen, wenn die Dinge schlecht standen. Immer war sie bei ihm gewesen. Und nun war er sie los. Allein.

»Hina.« Er hörte das Wort, aber es schien für ihn ohne Bedeutung zu sein. »Hina!« Die Stimme klang schärfer, erheischte Aufmerksamkeit.

»Was?« Er wandte den Kopf, sein Blick suchte die Sprecherin.

»Das Schwert. Die Waffe, die du so umklammerst. Darf ich sie sehen?«

Aituatea senkte den Blick. Er lehnte, die Fäuste um den Griff, auf dem langen Schwert, die Spitze hatte den Teppich durchbohrt, stak darunter im Fußboden. Mit einem kräftigen Ruck mußte er es herausziehen, ehe er es heben konnte. Er betrachtete es, erinnerte sich an die Lebendigkeit, die er darin gespürt hatte, als seine Hände es schwangen, schüttelte den Kopf; gegenwärtig verstand er ohnehin kaum etwas von allem, was sich zutrug, und er hielt Brann das Schwert hin.

Sie besah sich die Hände. Im schattenhaften Zwielicht des Schlafgemachs glommen sie schwach. »Nein, lieber nicht. Leg's mir aufs Bett!« Kurz zögerte sie. »Hina, laß mich dich berühren!«

»Warum?« Argwöhnisch wich er, das Schwert noch in der Hand, vor ihr zurück.

»Slyas Odem, Mann, glaubst, ich wollte noch mehr vom gleichen verschlingen? Ich habe davon in mir bereits ein Übermaß. Hör zu, du bist erschöpft, hast Beschwerden, und wir müssen fort, das Kliff hinab. Ich vermag nicht nur zu nehmen, ich kann auch geben. Einige Stunden lang wirst du dich fühlen, als hättest du Awsengatsa-Kraut gekaut, sonst nichts. Du brauchst mir lediglich die Hand zu reichen.« Sie streckte ihm, die Handfläche nach oben gekehrt, eine Hand entgegen und wartete.

Aituatea musterte Brann; sie wirkte ungeduldig. In seiner Hüfte wütete Schmerz; er hatte sich heute nacht stark beansprucht. Schultern und Arme schmerzten, an einem Fuß hatte er Abdrücke von Zähnen, im Magen schienen Eisbrocken zu lasten. »Das Kraut, hä?«

»Aber ohne die Folgen.«

»Ich könnte tatsächlich einen Blick auf Jah'takashs erfreulichere Seite vertragen.« Aituatea warf das Schwert aufs Bett, schloß die Faust um Branns Hand. Ein Gefühl wie von warmem Wasser strömte sanft in seinen Körper über, es hatte eine beruhigende Wirkung, die Wärme vertrieb seine Beschwerden, seine Schmerzen, verscheuchte die Müdigkeit. Schon nach ein, zwei Atemzügen nahm Brann die Hand zurück. Aituatea wünschte, es hätte länger gedauert, wagte jedoch nicht, sich aufzudrängen. Er schlug die Augen auf. »Ich schulde der Meisterin aller Überraschungen eine Handvoll Räucherwerk.« Er schaute vom Schwert — es glich einem gleißenden Streifen auf der Seide der Steppdecken — zu dessen Scheide an der Wand überm Bett. »Deshalb bist du nach Silili gekommen, nicht wahr?« Er stieg aufs Bett, holte die Scheide herab, schob das Schwert hinein, hüpfte vom Bett.

»Richtig. Das ist Schlangenzahn, Sulinjoas zuletzt gefertigtes Schwert, jene Klinge, die er für ... Wie hieß er doch? Jedenfalls ist es für euren letzten Hina-König geschmiedet worden. Es schneidet stets die Hände seines Besitzers. So wird's zumindest behauptet. Seine Gemahlin — sie soll eine Art Dämon gewesen sein — fluchte dem Schwert, als er die Klinge das letzte Mal im Blut ihres jüngsten Sohns kühlte.« Sie ließ sich das Schwert reichen, diesmal ohne Zögern, zog es aus der Scheide, schnalzte mit der Zunge, als sie die Blutflecken auf der Klinge erblickte, benutzte den Saum des Vorhangs, um sie sauberzuwischen, putzte sachte Stahl mit Samt, hielt dann die Waffe ins Mondlicht, erzeugte erneut mit der Zunge Schnalzlaute, als sie die noch verbliebenen Blutspuren sah. »Wenn ich wieder an Bord des Schiffs bin, muß ich es gründlicher säubern.« Langsam und sorgsam schob sie die Klinge zurück in die Scheide. »Euer König hat Sulinjoa damit das Haupt abgehauen, auf daß er niemals für jemand anderes ein besseres Schwert schmiede. Der Temueng, der sich zum Kaiser aufgeschwungen hat, tötete mit dieser Waffe euren König, verschenkte es anschließend an einen Gefolgsmann, den er nicht sonderlich schätzte.« Sie lachte verhalten. »Auch der Gefolgsmann hat die Schenkung nicht lange überlebt.«

»Wer will denn das Schwert mit einer solchen Vorgeschichte haben?« Aituatea schielte die Waffe voller Abscheu an; dann fiel ihm wieder ein, wie sie sich in seiner Faust angefühlt hatte. Er schüttelte den Kopf.

»Jener Mann, der mir dafür fünftausend in Gold zahlen wird.« Brann schaute zu Boden, verzog das Gesicht und trat die Hand weg, die ihr am Fuß entlangkroch. »Er ist kein Freund, ein Umstand, der mir lieb ist, weil's ja den Anschein hat, als wäre jener alte Fluch noch wirksam.«

Aituatea brummte und begann nach seinem Messer zu suchen, nicht dazu bereit, hier etwas von seinen Habseligkeiten zurückzulassen. Als unversehens über ihm helles Licht aufleuchtete, hob er den Blick. Über ihm schwebte eine Feuerkugel. »Danke«, sagte er leise. Er fand das Messer an der Seite eines Schränkchens, wischte es am Teppich ab, steckte es ein. Das Licht erlosch.

Brann beugte sich gerade aus dem Fenster, als sich Aituatea aufrichtete. »Die Morgendämmerung naht«, sagte sie, als sie sich zurück ins Innere des Zimmers wandte. »Es empfiehlt sich, nun schleunigst zu verschwinden.« Mit Gekicher flog etwas an Aituatea vorbei. Aus einem Leuchten überm Bett hagelten fingerlange Gold- und Silberbarren, Ringe sowie Armreifen und bildeten auf der Seite einen Haufen. »Für dich«, erklärte Brann. »Eine Gabe Yarils und Jarils. Sie dachten, du solltest für deinen jüngsten Verlust eine gewisse Entschädigung erhalten.«

Plötzlich war es eine Eule, die über dem Bett flatterte, in den Klauen einen rundlichen Lederbeutel. Mit Rufen, die wie unheimliches Gelächter klangen, schwirrte sie zum Fenster hinaus in die Nacht. Eine zweite Eule mit einem ähnlichen Beutel zeigte sich, sauste der ersten Eule hinterdrein. Betroffen fuhr sich Aituatea mit der Hand übers Gesicht. Während des letzten Weilchens hatte er das Gefühl der Vereinsamung, das ihn unmittelbar nach Hoteas Abgang befiel, schon aus dem Bewußtsein verdrängt gehabt; jetzt war ihm beides zuwider, an seinen Verlust erinnert zu werden ebenso wie die Einsicht, dermaßen leicht durchschaubar zu sein. Doch dies war nicht der rechte Augenblick, um sich Ärger oder Trauer hinzugeben. Er entledigte ein Kissen des Bezugs, füllte das Gold und Geschmeide hinein, verknüpfte die Zipfel zu einer Schlinge, durch die er den Arm schob, so daß er beide Hände frei hatte. »Fliehen wir auf dem Wege, wie wir hereingelangt sind?«

»Ja, es sei denn, du wüßtest eine Möglichkeit, um uns an den Wachen auf dem Damm vorüberzuschleichen.« Brann klemmte sich das Schwert unter die Achselhöhle und strebte zur Tür. »Du kannst mich, so du's möchtest, zum Schiff bringen. Es wird in der Morgenfrühe auslaufen.«

Der Nebel trieb zurück aufs Meer, der Wind roch weniger nach Salz und deutlicher nach Grünpflanzen, es roch nach Land, einem neuen Tag und dem Nahen eines Unwetters. Während Aituatea den Kahn auf den Weidenhain zusteuerte, sah er, wie sich hinter dem Tempeldach der Himmel leicht rötlich färbte. Offenbar braute sich mehr als eine Art von Ungewitter zusammen. Das Schlafgemach zu betreten und den Tekora in Stücken vorzufinden, die sich noch bewegen! Hei-ho, hei-ho, hoffentlich gab man der Kadda-Hexe die Schuld, denn sie ist ja fort. Mich kann niemand damit in Verbindung bringen, das ist nunmehr völlig ausgeschlossen, zumal Hotea jetzt vollends im Jenseits weilt. Er band den Nachen fest, watete durchs flache Wasser ans Ufer. Aus der Ferne hörte er Trommeln und Klapperrasseln, die Woda-an feierten das Auslaufen des Blinden Schiffs. Seelentrinkerin, du bist von keinem schlechten Schlag, trotzdem hoffe ich, daß ich dich niemals wiedersehe. Aber Tungjii segne dich. Ich hätte nie geglaubt, ich könnte Hotea einmal so vermissen. Einsamkeit plagte ihn, während er sich durchs Hängelaub der Weiden schlich, die Steigung zum aufgegebenen Lagerhaus hinaufwanderte.

Aituatea machte es sich in seiner warmen, von Wohlgerüchen erfüllten Stube bequem, setzte sich mit einer Schale Wein ans Kohlenbecken, das den einzigen Helligkeitsquell abgab, einen Steinkrug mit Wein neben den Füßen auf dem Tisch. Er hatte die bloßen schmutzigen Füße mit Absicht auf den Tisch gelegt, um Älteste Großmutter zum Schelten herauszufordern. Die Laute, die er von ihr im Schädel vernahm, waren nicht länger Worte, sondern nur ein tröstliches wohlvertrautes Babbeln. Er trank Wein, dachte an Brann, fragte sich, wer der Narr sein mochte, der sie damit beauftragt hatte, ihm das verfluchte Schwert zu verschaffen. Er dachte an Hotea. Sie hat recht, sann er, ich sollte mir eine Ehefrau nehmen. Ein Weib, das sich darin zu schicken vermochte, hier zu wohnen, und auf alle Fälle eines, das den Mund zu halten verstand. Er streckte sich im Lehnstuhl, bis er beinahe in der Waagerechten ruhte, überkreuzte die Fußknöchel und setzte die Weinschale auf dem Bauch ab. Aber erst, wenn sich die Unwetter verzogen hatten. Beide Unwetter. Er ließ einen Mundvoll Wein warm durch die Kehle rinnen, lächelte dösig den Geistern zu, die sich um ihn versammelten. Ihm war, als könne er darunter ein paar neue Gesichter erkennen, war jedoch zu faul, sich danach zu erkundigen. Es ist vorbei, überlegte er. Tatsächlich vorbei. Ich habe den Temueng-Tekora umgebracht. Ich. Jedenfalls gewissermaßen. Er schmunzelte.

»Kaum bin ich für eine Weile weg, um zu schauen, was sich zuträgt, und schon bist du betrunken. Aufs widerwärtigste betrunken.«

Aituatea schrak hoch, verschüttete Wein, stierte wild umher. »Hotea?«

Ihre kristallgleiche Geistergestalt schwebte überm Feuerbecken, dessen rötlicher Schein auf sie abfärbte. »Hast du eine zweite Schwester, von der ich nichts weiß?«

»Ich war der Meinung, du hättest deinen Frieden gefunden.«

»Darauf habe ich keine Aussicht, Bruder, solange ich dich nicht mit der richtigen Frau vermählt habe, bei der du gut aufgehoben bist.« Hotea winkte mehrere weibliche Geister herbei, die sich um ihn scharten. »Horch, ich empfehle dir Kellavoes jüngste Tochter. Man erzählt über sie, mit ihren Händen sei sie fast so geschickt wie ich, sie könnte einem schlafenden Drachen die Wimpern abschneiden. Sie wohnt, seit die Temueng ihren Vater gehängt haben, bei ihrem Ohm, und du kennst den alten Kezolavoe, er ist garstiger als ein brünstiger Eber, und doch beklagt sie sich nicht. Ein wackeres Mädchen. Der Verwandtschaft treu. Erweis dem Kind 'ne Gefälligkeit, hol's von ihm fort ...«

»Oho — oho, gemach, gemach, ich werde mir das Mädchen ansehen, aber erst nach dem Ungewitter, wenn's recht ist, Schwester!« Aituatea stand auf, machte sich daran, Weinschalen für die Geister hinzustellen. »Warum feiern wir nicht erst einmal? Schnüffel ein wenig Wein und hilf mir beim Erzählen der Geschichte unseres Eindringens in des Tekoras Palast.« Er füllte die flachen Schälchen mit Wein und fühlte, wie er sich körperlich und geistig entspannte, auf vertraute Weise gleichzeitig zufrieden und gereizt wurde. Viel Zeit hatte er, gute Freunde, und seine Familie wuchs. Er schaute rundum, zählte die Gestalten und fügte eine Schale hinzu. Eindeutig neue Gesichter in dem gemischten Haufen, einige Hina, ein paar Temueng und ein Woda-an. Er trat zurück, hob seine Weinschale. »Auf alte und neue Familienbande!« sagte er. Die Geister seufzten, schwelgten im Duft des Weins und ließen sich ein Behagen anmerken, das Aituateas Befriedigung entsprach.

2

Flucht aus Arth Slya

Brann sitzt wach da. Sie sickern in ihr Gedächtnis ein, die Geräusche ringsum, Wassergluckern, gedämpfte Rufe von Decks und Masten, Schiffsgeräusche, Planken und Taue raunen ins Morgengrauen, Laute des Winds, *Seufzen* und gedehntes Heulen. Brann sitzt an einem kleinen Tisch, das Licht der Morgenfrühe kriecht herein, scheint auf ihrer Gestalt Muster zu malen. Das Zusammenwirken von Geräuschen und Gerüchen vertieft die stille Schwermut, die sie geweckt, aus dem Bett getrieben, dazu bewogen hat, sich auf den Stuhl zu setzen, die Haare sind ihr ins Gesicht gefallen, sie hält die Das'n vuor-Kanne zwischen den Händen. Ein pechschwarzes Gefäß, die Wandung so dünn wie zartes Porzellan, und ebenso tönt es, das echte Das'n vuor aus des Tincreals Brennofen.

Brann hauchte auf die Kanne, rieb die Oberfläche mit einem weichen Fetzen Stoff ab. Wer es auch war, der dich besessen hat, er hat gut auf dich achtgegeben. Und wieso auch nicht? Du bist ein Schatz, mein Kännchen, obwohl du sehr alt bist. Fast so alt wie ich. Hundert und mehr Jahre. Es kommt mir nicht so vor, als wäre es bereits dermaßen lange her. Die Jahre sind verflogen, o ja, wie sie dahingeschwunden sind! Sie legte das Tuch weg und hielt die Kanne schräg, um ins Schwarz des Hohlraums zu lugen, und was sie darin sah, waren Bilder, die Gesichter ihres Vaters, ihrer Brüder, Schwestern, Vettern und Basen, Onkel und Tanten, auch ihrer Mutter, wie sie die längst tote Ruan säugte; sich selbst schaute sie, ein mageres kräftiges Mädchen mit mausgrauen Zöpfen, aus denen Strähnen feinen Haars wehten. So war sie vor langem gewesen. Vor derartig langer Zeit, daß sie sich nur mit Mühe an die damalige Brann zu entsinnen vermochte. Sie fuhr mit dem Finger über den schwarzen Glanz, hinterließ einen schwachen öligen Streifen. Ob die Straße nach Arth Slya wieder offen ist? Veranstalten die Croaldhine in Grannsha ihre dreijährige Messe? Ich möchte gern wieder einmal hin. Jupelang hat einmal geäußert — jedenfalls glaube ich, er war es —, man könne nie zweimal in denselben Fluß steigen. Dennoch würde ich das Tal gern wiedersehen, ganz gleichgültig, wie nachhaltig es sich verändert hat oder wie sehr das Wiedersehen schmerzt. Dort gibt es für mich keinen Platz, aber zu gern wollte ich noch einmal am Tincreal über die Hänge schweifen und mich an jene junge Brann erinnern.

Sie lächelte in stillem Vergnügen, als Schiffsherr Chandro, inzwischen halb wach, sich herumwälzte. Ihr kamen weitere Erinnerungen. Mein alter Freund Sammang, du hast bei mir eine Schwäche für Seeleute hinterlassen, die mich niemals reute. Chandro blinzelte, verschränkte die Finger unterm Hinterkopf, grinste Brann zu, inmitten seines zerzausten schwarzen Barts, den er anläßlich jedes Besuchs in einem Hafen zu sorgfältig gedrehten Zöpfchen flocht, der gegenwärtig allerdings zu etwas ähnlichem wie einem Dornengestrüpp verwildert war, glänzten die Zähne. Er gähnte, genoß diese letzten Augenblicke in dem warmen Bettzeug, das nach ihnen beiden roch, einen schwülen moschusartigen Duft verströmte, der zusammen mit den Erinnerungen an gemeinsame Lust die Wirkung eines starken Liebesmittels hatte. Brann schickte sich an, die Kanne abzustellen und sich zu ihm zu begeben, aber ausgerechnet da klopfte der Oberbootsmann an die Tür.

Mit einem Auflachen schwang sich Chandro aus dem Bett, erhob und reckte sich, stöhnte vor Wohlbehagen, während er dem hochgewachsenen sehnigen Körper die Schläfrigkeit austrieb. Er schlug sich auf den Bart, musterte Brann voller verschmitzter Belustigung. »Spar deine Gelüste für später auf, mein Brombeerchen, es wird nicht weh tun, ein wenig zu schmoren.« Brann schnob, verwendete den Tuchfetzen, um die Abdrücke der Finger von der Kanne zu wischen. Nachdem Chandro sich angekleidet und den Bart gekämmt hatte, kam er zu ihr, betrachtete die geballte Schwärze in ihren Händen. »Das'n vuor. Tausend in Gold könnte ich dafür kriegen.« Brann schnob nochmals, und Chandro lachte. »Ich weiß, du würdest dich nicht für zehntausend davon trennen.« Er strich ihr Haar beiseite, küßte sie in den Nacken und ging hinaus, pfiff eine beschwingte Melodie, bei der sich Branns Lippen widerwillig zu einem zärtlichen Lächeln verzogen.

In geruhsamer Zufriedenheit putzte sie das Kännchen.

Im Spiegel des schwarzen Glanzes der Kanne verschwimmt ihr vom weißlich-seidigen Haar gerahmtes Frauengesicht, verlängert sich zum schmalen Gesicht eines übermütigen Mädchens mit unordentlichen mausgrauen Zöpfen und schmuddligen Händen, die für die Arme zu groß aussehen. Es sitzt auf einer grasigen, von hohen Zedern gesäumten Lichtung, auf den Knien einen Zeichenblock, auf dem es Eindrücke einer Herde kleiner pelziger Coynos festhält, die im Gras umherhüpfen …

Am Tag der Zerstörung Arth Slyas rumpelte der Tincreal. Brann beugte sich vor und stützte beide Handteller neben sich ins Gras, spürte im harten rötlichen Untergrund die Erdstöße, kostete die Wüstheit des Berges aus. Sie warf den Zeichenblock zur Seite, ergriff eine niedrige Astspitze, zog sich hoch, riß weit die Augen auf, als sie das schaurige Schlottern des Baums fühlte. Rings um sie ächzten und zitterten die Zedern, während sich unter ihnen die Erde aufbäumte und Vögel, diesmal ruhiger als die Erde, sich himmelwärts emporschraubten, ein stets größerer, dichterer Schwarm in Rot, Schwarz und Blau, fleckigem Braun, Weiß leuchtete, Krähen, Spatzen, Lerchen, Mondfisch-Schnäpper und andere Taucher, Mojays, Kleiber, Meisen, sie kreisten immer höher, erfüllten die Luft mit ihrer Furcht. Sie umklammerte die nadelreichen Zweige der Zeder, begann sich gleichfalls zu fürchten, als das Beben und Dröhnen des Erdreichs weiterging, bis sie selbst zitterte. Nach einer Zeitspanne, die eine Ewigkeit zu währen schien, wurde der Berg still, das ferne Donnern der Bergrutsche verstummte, das Beben verebbte, und Slya sank erneut in unruhigen Schlummer.

Brann spreizte die Hände, besah sich das klebrige, scharfriechende, auf Handflächen und Finger geschmierte Harz, schnitt eine Fratze und rannte durchs Gras zum Ufer des Bachs, zu dem Stein, auf dem sie sich häufig sonnte, einem flachen Findling, der ins Wasser ragte. Mitten auf dem Felsbrocken blieb sie stehen, um den Ottern zuzuschauen, die sich aus ihren verwüsteten Bauten befreit hatten und nun das gezauste Fell putzten, beobachtete die Vögel, wie sie erneut in den Baumkronen niedersanken und den Himmel leer hinterließen, abgesehen von ein paar Schäfchenwolken über dem breiten schneebedeckten Gipfel des Tincreals. Zum erstenmal war sie allein an einem seiner Abhänge gewesen, während eines der Beben stattfand, die an warmen Frühlingstagen stets öfter auftraten. Ein Vorzeichen kommenden Unheils, sagte die Yongala, packt für den Fall, daß wir vor ihrem Zorn fliehen müssen, was ihr braucht. Und Ältester Ohm Eornis hatte Geschichten aus seines Urgroßvaters Zeiten erzählt, als Slya schon einmal erwachte. Mit einem Kichern der Beklommenheit klatschte Brann in die Hände, tanzte auf dem Felsklotz den Yongala-Tanz, sie sang das Schlaflied für den Berg und des Berges Herz — Arth Slya, Slyas Heim —, für Slya, die Schutz gewährte, die den Frühling erwärmte, dem Tal im Winter eine gewisse Behaglichkeit bot, für Slya, die Feuer in den Brennöfen von Branns Vater entfachte, für die Schlafende Göttin Slya, die mächtige Hüterin und gefährliche Nachbarin. Sie sang »Slya erwacht«.

»Slya erwacht,
Berg kracht.
Lüfte hallen,
Felsen fallen.
Aschenhauch
tötet auch.
Schlaf, Slya — Slya, schlaf:
Yongala tanzen für dich Träume.
Regt Slya die Beine,
schmelzen gar Steine.
Rote Flüsse brodeln, brausen,
Finsternis bringt Grausen.
Tiere flugs entfleuchen,
Menschen sich verkreuchen,
Giftdünste Haine verseuchen.
Schlaf, Slya — Slya, schlaf:
Yongala tanzen für dich Träume.«

Gleichzeitig hingerissen und furchtsam tanzte Brann sich, während sie sang, um die Gottheit zu ehren und zu besänftigen, den Schrecken aus dem Leib; dann machte sie sich auf die Suche nach Seifkraut, um sich das schwärzliche Zedernharz von den Händen zu waschen.

Geh weiter zurück in den Erinnerungen, besinn dich auf den Tagesanbruch, den letzten Morgen, an dem Arth Slya heil blieb.

An jenem letzten Morgen, der keinen andersartigen Eindruck als jeder beliebige Morgen erweckte, hatte Brann nach dem Frühstück und der Erledigung ihrer morgendlichen Hauspflichten die Küche betreten. Gingy-Fast-noch-Säugling stand vorm Waschbecken auf einem Stuhl, Seifkrautschaum umschwappte die Ärmchen, er scheuerte Töpfe und Teller. Er drehte sich um, schnippte eine Handvoll Schaum in Branns Richtung. »Du«, sagte er, »hülf!«

»Du bist dran, Maus, ich hab's gestern getan.« Brann wischte sich den Schaum vom Arm, ging zu dem Knaben und zauste ihm die kurzen braunen Locken, sie kicherte, als er regelrecht zusammenschauderte und wieherte wie ein kleines Pferdchen, warf dann einen Blick in die Vorratstruhe. »Shara.«

»Mmm?« Ihre jüngere Schwester saß am Frühstückstisch und pflegte eine kleine Pflanze, knipste Strünkchen ab, lockerte rings um die Wurzeln die Erde. Sie war erst neun, aber über ihre Berufung bestand für sie und jeden anderen bereits Klarheit; obwohl vorerst noch nicht endgültig, war sie schon Ohm Sahah, einem Bauern, als Anlernling zugewiesen, den größten Teil des Tages brachte sie inzwischen bei ihm zu, arbeitete schweigsam, von der Sonne gebräunt und vollauf zufrieden auf den Feldern. Sie setzte das Pflanzengefäß ab, blickte sich um, die grünen Augen halb verborgen hinter schweren Lidern, wenn sie am wachsten war, wirkte sie immer so schläfrig. »Was ist denn?«

»Hat Mama bei Ohm Djimis neues Brot bestellt? Nicht?« Brann hielt das hartgewordene Ende eines Laibs Brot in die Höhe. »Tja, das ist alles, was noch da ist. Und ich nehm's mit.« Sie legte das Brot in ihre Tragtasche; zwar war es alt, aber Ohm Djimis' Brot zeichnete sich durch eine Güte aus, die es bis zum allerletzten Krümel genießbar machte. Nachdem sie ein Stück Käse und zwei Äpfel hinzugefügt hatte, schlang sie die Tasche um die Schulter und tänzelte hinaus, die langen Zöpfe hüpften ihr auf den Schultern. »Betragt euch anständig, ihr Kleinen!« rief sie laut, knallte mit einem Tritt die Tür zu, bevor ihr die empörten Antworten ihrer Geschwister ans Ohr drangen, durchquerte das stille Haus bis zum rückwärtigen Vorbau, wo ihre Mutter in der Hängematte aus Netzwerk ruhte, sachte hin- und herschaukelte, im

Arm Klein Ruan, wortlos eine eintönige Melodie summte. »Ich gehe«, sagte Brann zu ihrer Mutter. »Hast du irgendwelche besonderen Wünsche?«

Accyra streckte eine Hand aus, umfing Branns Finger, drückte sie zärtlich. »Gib auf dich acht, mein stachliges Brombeersträuchlein, gegenwärtig ist der Berg unberechenbar.« Sie schloß die Lider, hielt Branns Hand fest, summte noch ein wenig vor sich hin; schließlich lächelte sie, blickte auf. »Mal Coynos, so viele Ansichten von ihnen, wie du schaffen kannst, dazu einige sonstige Vierfüßler. Ich erwäge, zu Ehren des Berges einen Wandteppich zu weben.« Sie wölbte die Brauen. »Und sei rechtzeitig zurück, um beim Abendessen zu helfen.«

Brann nickte, schnalzte dann mit der Zunge. »Ach, ich hab was vergessen. Ich wollte Shara sagen, sie solle neues Brot bestellen. Den letzten Kanten hab ich dabei.« Sie patschte mit der Hand auf die Tasche. »Soll ich unterwegs Ohm Djimis Bescheid geben?«

Ihre Mutter hob schwere Lider und seufzte. »Ohne daß Callim mich an alles erinnert, werde ich mir nie etwas merken können. Was brauchen wir?«

»Na, 'n paar Laibe vom üblichen Brot. Und Honig-Nuß-Semmeln fürs Frühstück? Hmmmm? Bitte!«

Ihre Mutter lachte. »Also schön, ein Dutzend Honig-Nuß-Semmeln. Sag Shara, bevor du gehst, sie soll alles holen.«

»Danke, Mama.« Brann eilte zur Tür.

»Sei ein wenig achtsam, mein kleiner Wirbelwind, laß dir nicht den Berg auf den Kopf fallen.«

»Werd ich nicht.« Brann hastete nochmals durchs Haus, steckte den Kopf zur Küchentür hinein. »Shara, Mama sagt, du sollst Brot und Semmeln besorgen.« Auf dem weiteren Weg durchs Haus sang sie vor sich hin. »Ich werde mir nicht den Berg auf den Kopf fallen lassen, fallen lassen, fallen lassen.« Während sie die mit weißem Sand bestreute Straße entlangzog, legte sie ein ruhigeres Gebaren an den Tag, winkte den Onkeln, Tanten und Vettern zu — entweder gebührten ihnen diese Anreden als Ehrentitel, oder es handelte sich um tatsächliche Blutsverwandte —, denen sie begegnete, derweil sie zu den Werkstätten längs des Stroms strebten.

Ohm Migel schwitzte in der Schmiede, hatte bereits einen Stapel nützlicher Gegenstände hergestellt; heute war ein Tag, an dem er alle die kniffligen kleineren Dinge anfertigte, die man im Tal benötigte: Nägel und Nieten, Pfeilspitzen, Angelhaken, Scheren, Schrauben, Bolzen und dergleichen. Die Lehrlinge liefen umher wie Ameisen eines aufgestörten Ameisenhaufens, Dampfwolken umwallten die beiden älteren Gesellen. »He, Brombeer«, dröhnte Migels Stimme, »reiche deinem alten Ohm etwas zu trinken!« Mißmutig wegen der Verzögerung, warf Brann die Zöpfe nach hinten, doch die Sitten im Tal verlangten eindeutig gegenüber Erwachsenen Höflichkeit. Sie klappte den Deckel von der Kühlkruke, die Immer, ihres Vaters Lehrling, gemacht hatte, brachte Migel einen so vollen Schöpflöffel, daß der Trank über den Rand troff. Migel schlürfte einen Großteil des Inhalts, spritzte sich danach den Rest über das ausgedünnte schwarze Haar. »Hast du unterdessen deine Berufung geklärt, Brombeerchen? Die Zeit drängt.« Brann nickte, Migel zupfte sie an einem der Zöpfe, grinste ihr zu. »Maulfaul, hä?« Er lachte, als sie eine Schmollmiene zog, sein hartes, stets gleiches Gelächter, und wurde wieder ernst. »Du ziehst hinauf zum Berg, stimmt's? Vortrefflich. Venstrey«, — mit dem Kopf wies er hinüber zu einem der Gesellen —, »braucht für einen Messergriff, an dem er arbeitet, die Darstellung eines schlafenden Otters, eines ausgestreckten Otters, damit du mich nicht mißverstehst, zusammengerollt gäbe er ja 'nen recht seltsamen Griff ab.«

Brann nickte, hängte den Schöpflöffel mit der Schlaufe an die Kruke und kehrte zurück auf die Straße.

Während Brann Ohm Djimis' Treppe hinabpolterte, kam Marran, der Lehrling ihrer Mutter, mit zwei warmen Milchsemmeln um die Ecke des Hauses. »Heda, Brombeerlein, fang!« Er warf ihr eine Semmel in hohem Bogen zu.

Brann reckte sich, um die Semmel aufzufangen — und stürzte um ein Haar von der untersten Stufe, mußte mit Armen und Beinen fuchteln, ein wahres Narrentänzchen aufführen, um zu verhindern, daß sie mit dem Gesicht in den Staub fiel, ein Vorgang, der ihre Laune keineswegs verbesserte. »Marran, du elendiger Trottel, wenn du dafür sorgst, daß ich mir den Hals breche, werde ich dich dein ganzes Leben lang verfolgen.«

Marran schenkte ihr sein bedächtiges, freundliches Lächeln, schwieg jedoch. Er hatte selten viel zu sagen, aber nur wenige Bewohner des Tals, ob Mann oder Weib, jung oder alt, vermochten seinem Lächeln zu widerstehen. Dies war sein drittes Jahr in Arth Slya, und er fand sich recht gut zurecht. Branns Mutter beteuerte, aus ihm würde der beste Weber und Teppichknüpfer werden, den man seit Zeitaltern in Arth Slya gesehen hätte. Falls ihre Mutter sich wirklich dazu entschloß, einen Berg-Wandteppich unter Verwendung von Branns Zeichnungen zu fertigen, würde es Marran sein, der die Bildvorgänge malte und einen erheblichen Teil der Arbeit verrichtete. Erst vor einem Monat war er fünfzehn geworden, also für so etwas noch ziemlich jung, doch ihre Mutter hatte vor, ihn anläßlich der Feier des Hundertjährigen Ältesten Ohms Eornis zum Gesellen zu ernennen. Dem Tag von Branns Berufung; ihrem elften Geburtstag. Es mußte ein überaus geschäftiger Tag werden.

Ein Fußtritt Branns ließ Sand aufstieben, sie widmete Marran (der grinste, als er es sah) einen verstohlenen Blick, entfernte sich dann die Straße hinunter, stopfte die Semmel in ihre Tasche, brummelte mürrisch, halb verärgert, halb erfreut über die Aufmerksamkeiten, die er ihr fortwährend erwies. Ihre Mutter und einige Tanten grübelten schon an Plänen, wiederholt hatte sie bemerkt, wie sie Marran und sie mit Blicken anschauten, die so viel Bedeutungsschwere ausdrückten, daß Brann sie am liebsten gebissen hätte.

Sie klomm hinauf zur Werkstatt ihres Vaters, lugte hinein. In einem der Räume saß Vetter Immer, zerbrach sich den Kopf über Entwürfen für einen Satz Teller, den ein Onkel für die Aussteuertruhe seiner Tochter haben wollte. Die Schwierigkeit bestand darin, daß der Ohm und seine Tochter außerordentlich unterschiedliche Vorstellungen von Tellern hegten, und Immer, der ein Gemüt voll des Wohlwollens besaß, bemühte sich um einen Vorschlag, dem beide zustimmen könnten. Er war ein Umstandskrämer und manchmal patzig, aber Brann mochte ihn sehr gern; selbst wenn er über jedes gewohnte Maß hinaus beschäftigt war, fand er Zeit und erübrigte Beachtung für ein lästiges kleines Mädchen. Brann ging zu ihm, stellte sich an seinen Ellbogen, sah zu, wie er beharrlich Umrisse mit Farben ausmalte. Er arbeitete einen bestimmten Entwurf in verschiedenerlei Farbzusammenstellungen aus, um sie später dem gegensätzlichen Paar zu zeigen. Sie tätschelte ihm den Arm. »Mit Slyas Segen wirst du damit Glück haben.«

Er seufzte. »Falls nicht, geb ich's auf, Brombeerchen. Dann mag 'n Yongala-Schiedsspruch gefällt werden. Ich fürchte, sonst wird gar keine Entscheidung herbeigeführt.«

Brann tätschelte ihn nochmals am Arm, streifte anschließend durch die Werkstatt, reinigte Werkzeug, rückte die Ware in den Vorratsnischen zurecht, kehrte die kleinen Staubansammlungen und großen Spinnweben fort, hatte dabei ihren Spaß, niemand schalt sie dafür, im Weg zu sein, kein ungeduldiger älterer Bruder jagte sie hinaus. Während sie ein Häufchen Kehricht und Scherben zur Tür fegte, erbebte der Boden, wirbelte Staub auf; es war lediglich eine ganz winzige Regung des Bergs, sie endete sofort. »Schlaf, Slya, Slya, schlaf«, sang Brann, indem sie Unrat und Scherben nochmals zusammen- und endlich zur Tür hinauskehrte.

Sie verweilte auf der Schwelle, hatte ihre Freude am hellen frischen Morgen, schaute durchs grüne Geflecht von Birkenlaub hinauf zum Himmel, so klar wie das Wasser im Bächlein, das an der Werkstatt vorübergluckerte. Sie genoß die kühle Luft, schüttelte den Besen aus, lehnte ihn an die Mauer, schlang sich ihre Tragetasche um und stieg am Bach entlang bergan, hüpfte von Stein zu Stein, wanderte zu ihrem bevorzugten Sonnenplatz auf einem bis in den Bachlauf vorgeschobenen Felsklotz. Darauf konnte sie liegen und den Kopf über die Kante hängen lassen, die glänzenden Fische durchs Wasser schießen sehen. Oder sie konnte dasitzen und die Vierfüßler beobachten, die zum Trinken ans Ufer kamen. Wenn sie so still wie der Stein unter ihr saß, fanden sich sogar Kitzen mit ihren Muttertieren ein, um an der grasigen Böschung umherzutollen.

Am Morgen vor Arth Slyas Zerstörung hockte Brann auf dem Fels und schaute hellblauen Mondfisch-Schnäppern zu, die unter Geschrei durch die Luft sausten, zwei der Vögel hatten es auf den Fisch abgesehen, der in den Krallen eines ihrer Artgenossen zappelte. Brann hatte den Eindruck gewonnen, daß es ihnen allemal mehr Vergnügen bereitete, einander Fische zu entreißen, statt selber welche zu fangen, obwohl ein Mondfisch-Schnäpper, damit überhaupt solche räuberische Zänkereien ausbrachen, von selbiger Neigung abweichen und sich erst einmal einen eigenen Fisch greifen mußte.

Als der Streit ausgestanden war und der siegreiche Mondfisch-Schnäpper sich mit seiner Beute in größere Höhen schwang, schöpfte Brann Wasser, spritzte es sich ins Gesicht; die Sonne schien allmählich sehr warm. Sie begab sich auf die nahe Lichtung, wo es kühle Schatten gab, es würzig nach Zedern roch, holte den Zeichenblock heraus und wartete auf die Schar Coynos, die sich gewöhnlich um diese Zeit hier zeigte.

An Arth Slyas letztem Tag bebte und dröhnte der Berg, Gestein rutschte die Hänge herab, so daß Brann Furcht packte, die sie mit einem rituellen Tanz vertrieb, mit dem Schlaflied, und danach ging sie, um sich das schwärzliche Zedernharz von den Händen zu waschen.

Nachdem sie sich die Hände gesäubert hatte, streifte sie über des Tincreals Abhänge, zum Zeichnen zu ruhelos geworden. Sie vermißte ihren Vater. Zwar liebte sie ihre Mutter, wußte sich umgekehrt auch von ihr geliebt, doch verkörperte ihre Mutter nicht die gleiche Art von Nähe, überwiegend beanspruchten ihre Tätigkeit und der neue Säugling sie, Feuerschopf Ruan, die in einem Körbchen beim Webstuhl schlief, dem Surren und Krachen lauschte, so wie einst auch Brann als Wickelkind ihm gelauscht hatte, atmete im Einklang mit den Geräuschen des Webstuhls, wurde von seinem ständigen tröstlichen Lied eingelullt. Brann beneidete Ruan, verabscheute jedoch gleichzeitig dies Gefühl, sie wußte recht genau, wie der Rest ihres Lebens beschaffen sein würde, dagegen empfand sie Auflehnung, sie brauchte Zeit für sich selbst, spürte auch, daß man ihr eine Frist ließ, ärgerte sich über das gelassene Verständnis ihrer Umgebung. Im Tal wußte jeder über jedermanns Angelegenheiten Bescheid, wußte sogar, wie sich jeder andere — in nahezu jedem Fall — unter diesen oder jenen Umständen verhalten würde, noch bevor derjenige selbst darüber Klarheit erlangte. Nur eineinhalb Monate trennten Brann noch von ihrem elften Geburtstag, dem Tag der Berufung. Er fiel auf denselben Tag wie der hundertste Geburtstag Ältesten Ohms, ein Riesenfest sollte stattfinden, auch für sie, und zum Schluß mußte sie ihre Berufung bekanntgeben, ihre Entscheidung für die Kunst oder das Handwerk, das sie fortan auszuüben beabsichtigte. Und so gut wie niemand würde über ihre Entscheidung überrascht sein.

Das Dasein in Arth Slya war angenehm, sogar richtig schön, wenn man sich vollständig einfügen konnte, aber fühlte man sich dazu weniger imstande, ähnelte es einem Paar neuer Stiefel, man scheuerte sich ein wenig wund, während man sich daran gewöhnte. Branns Vater und ihre zwei älteren Brüder waren mit der Karawane gezogen, die zur dreijährigen Messe zu Grannsha aufgebrochen war; sie hätte sie gern begleitet, doch ihre Mutter hatte ein fürs Reisen noch zu junges Kind und konnte nicht fort, und wenn ihre Mutter blieb, mußte auch Brann bleiben. Sie hielt es für Blödsinn, nicht mitzudürfen, doch außer ihr betrachtete niemand die Sache so. Und sie machte deswegen auch kein großes Aufheben, denn es stand der letzte Sommer bevor, den sie nach Belieben verbringen konnte, der letzte Sommer, ehe sie eine Lehre antreten und jede Menge richtige Arbeit auf sich nehmen mußte, der allerletzte Sommer, da sie noch am Berg umherstreifen, Tiere und alles andere beobachten konnte, mit Tinte und Pinseln (die zu gebrauchen und selber herzustellen Tante Seansi sie gelehrt, Arth Slyas Dichterin und Schreiberin) auf dem Zeichenblock (den Onkel Gemar, der Papierer, für sie geheftet hatte) Gesehenes festzuhalten vermochte.

Anhand von Zeichnungen Branns hatte ihre Mutter ihr ein knielanges Kleid mit einem Zierstreifen voller Frösche und Wasserjungfern gewoben, dazu Dunkelgrün-, Braun- und Rottöne auf hellem graugrünen Hintergrund verwendet. Während die Zeit verstrich, erkannten auch andere Leute den Wert ihrer Zeichnungen. Der Maler und Wandschirm-Hersteller Sjiall begab sich, nachdem er ihre Abbildungen von Pflanzen und Insekten gesehen hatte, selbst in die Berge, um ähnliche Entdeckungen zu machen. Ihr Vater und Immer hatten sie Entwürfe etlicher für ihr Steingut bestimmter Muster anfertigen lassen. Onkel Migel hatte mehrere Bilder von

Ottern und Wölfen als Vorlage genommen und Nachbildungen in die Griffe von Schwertern und Messern geschnitzt, Brann später sogar mit besonderen Aufträgen auf die Berghänge geschickt. Ohm Inar, der Glasbläser, sowie der Kupferstecher und Einlegekünstler Idadro hatten ihre altüberlieferten Gestaltungen um Anregungen aus Branns Zeichenwerk bereichert. Sie konnte sich für eine Lehre in jedem dieser Häuser entscheiden; das war ihr erklärt worden. Der Gedanke an das Lob dieser Menschen verursachte Brann vor lauter Freude Verlegenheit.

Obschon das Leben, das sie im Tal führte, sie bisweilen verdroß und ihr künftiges Dasein, wie es sich voraussehen ließ, ihr manchmal wenig befriedigend vorkam, empfand sie die Welt außerhalb des Tals als beängstigend. Das wenige, was sie von ihr wußte — von Bewerbern, die das Tal aufsuchten —, schreckte sie ab. Nur selten waren darunter Mädchen, und sie hatten Geschichten zu erzählen, die einem Gänsehaut bereiteten, den Magen umzudrehen drohten. Die Jünglinge sah sie bei jeder Schelte zu bibbern anfangen oder aus heftiger, trotziger, jedoch unterdrückter Widerspenstigkeit zittrig werden, in übertriebener Weise auf ihre Besitztümer und gar ihre Gedanken achtgeben, sie sah ihre Verzweiflung, nahm man sie nicht als Lehrling an. Selbst jene Bewerber, die man einstellte, brauchten mehrere Jahre, um offener, unbekümmerter und freimütiger zu werden, schließlich mehr oder weniger wie jeder andere Bewohner des Tals zu sein. Und noch etwas gab Anlaß zur Sorge: Seit der letzten Messe war die Zuwanderung junger Menschen in die Berge völlig zum Erliegen gelangt. Von jener Messe waren Talbewohner mit Gerüchten über Unruhen sowie Berichten über ein allgemeines Mißbehagen in den Ebenen heimgekehrt. In Grannsha, so hieß es, seien Legaten vom Festland gewesen und hätten Forderungen erhoben, die die Kumaliyn unmöglich erfüllen könnten. Dennoch erwartete niemand, daß irgendein

Unheil Arth Slya heimsuchte, der Ort war abgelegen und schwer erreichbar; keine richtige Straße führte her, lediglich ein unwegsamer gewundener Gebirgspfad, den mit einem Heer zu beschreiten niemand versuchen würde, der noch den Verstand beisammen hatte.

Brann schlenderte zurück zu ihrem Felsklotz, setzte sich hin und aß einen Apfel, sah den Possen der Otter zu, die sich eine Schlammrutsche gebaut hatten und nun wild umherhetzten, den Schlick hinabschlitterten, im Wasser planschten, das abgehackte Gekläff ihrer Lustigkeit ausstießen. Ihre Hand sank in den Schoß, als die Otter ihr Spiel urplötzlich unterbrachen und zwischen den Bäumen verschwanden.

Über den Wipfeln glommen zwei leuchtende Erscheinungen, die goldenen, auf die Luft gemalten Schlieren glichen, kamen gleich darauf näher, während sie dem Verlauf des Bachs folgten, wechselten ständig den Ort, schwangen sich tief aufs Wasser herunter, sausten wieder höher. Brann spähte ihnen entgegen, durch ihr Flimmern und Glimmern sowie ihr unheimliches Singen, eine Art von hellem Gesumme — mal schnell, mal langsam, manchmal nachgerade unerträglich süß —, in einen regelrechten Bann gezogen. Sie hockte sich auf die Fersen, lächelte ihnen zu, den zur Erde herabgekommenen Stückchen der Sonne.

Ruckartig verhielten sie, als hätten sie sie irgendwie gesehen, summten herüber, nahten sich ihr, indem sie immer engere Kreise um sie zogen, dann schossen sie auf sie zu, sausten wiederholt durch sie hindurch. Brann stieß einen verhaltenen Schrei der Bestürzung aus, sackte auf dem warmen Fels zusammen.

Schon wenige Herzschläge später erwachte sie so plötzlich, wie sie das Bewußtsein verloren hatte. Zwei Kinder saßen am Ufer des Bachs, betrachteten sie aus kristallglitzernden Augen, blasse kleine Geschöpfe mit aschblondem rundgeschnittenen Haar, seidig und ganz glatt, ein Schopf etwas heller als der andere. Das Paar war sich dermaßen ähnlich, daß Brann nicht begriff, wieso sie sofort im einen Kind einen Knaben und im zweiten ein Mädchen erkannte. Beide trugen Blusen und Hosen, die kaum von Branns Kleidung abwichen, und sah man einmal von ihren recht ungeheuren, unmenschlichen Augen ab, so unterschieden sie sich wenig von den Kindern, die sich drunten im Tal tummelten. Das Mädchen lächelte Brann ernst zu. »Ich bin Yaril. Das ist Jaril. Du bist Brann.«

Brann stemmte sich hoch, bis sie erneut den Fersensitz einnahm. »Ich habe euch meinen Namen nicht verraten.« Yaril nickte, beantwortete die unausgesprochene Frage jedoch nicht. Jaril hörte nicht zu. Er schaute sich alles ringsherum mit einem Eifer an, als hätte er noch nie so etwas wie blauen Himmel gesehen, von Wind durchrauschte Zedern, Schmetterlinge überm Bach und Wasserjungfern, die hin- und herflitzten, wie Otter, die an Böschungen entlangstrichen, die schwarzen Knopfaugen licht und voller Neugierde, wie Fische, die zum Fressen an die Oberfläche schwammen und auf dem Wasserspiegel kleine Wellenringe erzeugten. »Woher stammt ihr? Wo sind eure Eltern?«

Yaril blickte, während sie sich an der kleinen geraden Nase schabte, Jaril an. »Wir sind die Bergkinder.«

»Hä?«

»Geboren aus Feuer und Fels«, sagte Yaril in andächtigem Tonfall, der nach Erhabenheit klang.

Ungläubig musterte Brann sie. »Sei nicht albern!«

»Es stimmt. Gewissermaßen.« Yaril maß Brann eindringlichen Blicks.

In Branns Kopf begann es zu kribbeln wie von winzigen Fingerchen; sie schnitt eine böse Miene, fuhr sich mit der Hand übers Gesicht. »Laß das sein!« Sie richtete sich auf, floh vom Felsen ins Gras, umkreiste das Paar vorsichtig.

»Hab keine Furcht, Brann!« Hastig stand auch Yaril

auf, streckte ihr die Hand entgegen. »Bitte hab keine Furcht! Wir wollen dir nichts antun. Jaril, erklär's ihr!«

Brann wich immer weiter zurück, bis sie die Bäume erreichte, dann wirbelte sie herum und flüchtete in die Schatten. Hinter sich hörte sie das helle süße Singen der Sonnenschlieren, und schon gaukelten vor ihr Flecken gelben Lichts zwischen den Bäumen. Die Lichter sanken herab auf die rote Erde, verwandelten sich, und mit einem Mal standen da Yaril und Jaril, erwarteten sie. Außer sich vor Entsetzen schlug Brann einen Haken und rannte in eine andere Richtung. Das Summen folgte ihr, erneut durchlohte das Leuchten Brann, koste sie, streichelte sie innen und außen, besänftigte sie, versuchte ihr die Furcht zu nehmen. Sie fiel in den Dreck, hatte Erde im Mund, in der Nase und den Augen, das war das letzte, an das sie sich später erinnerte, der Geschmack des Bergs im Mund.

Als sie wiederum erwachte, ruhte ihr Kopf in Jarils Schoß, neben ihr kniete Yaril, strich ihr über die Stirn. Brann wollte aufspringen, doch die Arme des Knaben, der sie festhielt, waren zu stark, obwohl sie gar nicht so recht glauben konnte, daß es sie wirklich gab. Steif wie ein Brett blieb sie liegen, harrte dessen, was die beiden mit ihr vorhaben mochten. »Scht!« machte Yaril. »Scht, Brombeer-voller-Dornen, hab vor uns keine Furcht. Wir brauchen dich, daran läßt sich nichts ändern. Aber wir werden dir nichts antun. Bitte glaub mir.«

Jaril tätschelte Brann die Schulter. »Wir brauchen dich, aber wir werden dir nichts antun«, sagte er, seine Stimme klang nahezu genauso wie die seiner Schwester, allerdings geringfügig dunkler, so wie auch sein Haar sich durch eine leicht dunklere Färbung auszeichnete. Er äußerte ein Brummen, als aus dem Berg ein Grollen drang, der Untergrund wankte, das dritte Beben am heutigen Tag. »Du solltest eure Ortschaft warnen, Brombeer-voller-Dornen, diese Hügel werden alsbald bersten ... Hmmmm, um eure Ausdrucksweise zu verwenden, Slya wird bald mit Bauchschmerzen aufwachen und über alles rundum ihr Morgenmahl erbrechen.«

Brann entwand sich seinem Griff, stand wacklig auf. Sie schaute zur Sonne, doch sie stand zu tief im Westen, war über die Baumkronen hinweg nicht zu erkennen. »Huch, es ist spät geworden! Mama wird mir so viel Haare ausreißen, daß mein Kopf kahl wird.« Sie entfernte sich hangabwärts. »Kommt mit!« sagte sie über die Schulter, weil die Sitten im Tal es erforderten. »Es ist fast Zeit fürs Abendessen. Ihr könnt mit uns essen. Mama ist bestimmt einverstanden.«

Die Kinder holten sie ein, als sie an den Bach gelangte und daran entlangstrebte. »Was euer Abendessen angeht«, sagte Yaril, »verhält's sich so, daß wir eure Art von Nahrung nicht verzehren. Ich muß es dir wohl erklären ...« Sie verstummte und sah ihren Bruder an. »Zu früh? Ich bin anderer Meinung. Du kennst den Grund. Nun gut, es ist wohl so, daß es 'n großer Brocken ist, um ihn auf einmal zu schlucken.« Yaril blinzelte, als sie von neuem Branns Blick erwiderte, sie merkte, daß sie mit beträchtlichem Interesse lauschte. »Verzeih uns«, sagte sie, »wir vergessen das gute Benehmen. Wir werden uns gern zu euch gesellen, wenngleich nicht um der Mahlzeit willen, sondern um eure Ortschaft zu warnen, was den Berg betrifft.«

»Macht euch deswegen keine Sorgen! Slya ist schon oft erwacht, wir kennen ihre Launen, wir leben seit tausend oder mehr Jahren in ihrer Nachbarschaft.« Brann lief hurtiger durch die stets längeren Schatten, achtete trotz der Eile darauf, wohin sie die Füße setzte, sprang von Stein zu Stein, rannte über Wiesen, rutschte auf Ansammlungen abgefallener glatter brauner Nadeln aus, bewahrte das Gleichgewicht, während sie an umstehenden Bäumen Halt erhaschte, erreichte im Laufschritt den

Pfad, der von den hohen Brennöfen zur Werkstatt führte. An der Werkstatt eilte sie die Außentreppen hinauf, stieß die Tür auf. »Immer, Zeit zum Essen!«

Sie erhielt keine Antwort. Ratlos ging sie hinein, durchquerte die Räumlichkeiten. Niemand war da. Das war seltsam. Sie trampelte hinaus zu den Kindern, empfand nun doch Besorgnis. Immer arbeitete täglich bis zum Anbruch der Dunkelheit. Jeden Tag.

Von den Werkstätten aus war der Weg ins Tal breit und ausgetreten, verließ an der Ausblickshöh das Wäldchen, verlief durch zwei Biegungen und endete beim Landungssteg am Fluß. Brann spürte einen kalten Klumpen im Magen, während sie den Wg entlangrannte, wurde jedoch langsamer, als sie sich dem Waldrand näherte, verharrte dort, spähte hinunter ins Tal. Sie konnte es zum größten Teil überblicken, sah durch die Mitte den Strom fließen, die verstreuten Häuser und Werkstätten, die Äcker mit dem Getreide, die Kühe, Schafe und Pferde, auch die ausgedehnte Fläche bläulichen Felsgesteins, die Tanzplatte hieß und an deren Westseite die Galaradeiche wuchs, die Brann für den größten und ältesten Baum der Welt hielt. Auf der weißen Sandstraße zwischen den Häusern hätten Kinder spielen müssen. Arbeiter hätten von den Feldern heimkommen, vor den Werkstätten Leute stehen sollen. Am Fluß hätten auf den Bänken die Alten sitzen müssen, um noch ein wenig von der letzten Wärme des Tages oder die erste abendliche Kühle mitzukriegen, zu plaudern und Geschichten zu erzählen, während sie sich mit einfachen Handarbeiten beschäftigten. Doch nichts davon war der Fall.

Krieger trieben die Dörfler zum Tanzplatz, wo sich eigentlich die Töchter des Tals mit der Yongala hätten treffen müssen, um den Berg zurück in seinen Schlummer zu tanzen. Brann biß die Zähne zusammen, um zu verhindern, daß ihr das Kinn zitterte, aber die Erschütterung war ihr bereits bis tief ins Mark gedrungen. Sie schloß die Augen. Mehr zu sehen, konnte sie nicht verkraften. Deshalb ist Slya so unruhig, niemand tanzt ihre Grimmen fort, dachte sie, verspürte eine gewisse Erleichterung. Es fiel leichter, an Slya zu denken als an … Ihre Beschwerden mußten weggetanzt, sie mußte wieder in den Schlaf versetzt werden. Ja. Ja. Darum geht es. Slya hat dies geträumt und ihre Kinder gesandt. Brann wandte den Kopf, öffnete die Augen, nachdem sie sie vom Tal abgekehrt hatte, schaute Yaril und Jaril an. Sie sind *wirklich* des Bergs Kinder. Slya hat sie geschickt. Brann ballte die Hände zu Fäusten, doch das Zittern wollte nicht nachlassen, sie drehte mit einem Ruck von neuem den Kopf, richtete den Blick wieder hinab ins Tal. Kaum etwas zu erkennen … Muß näher. Abseits der Straße. Zum Harragssprung. Ja. Am besten dorthin. Wo die Berge das Tal zu einem schmalen Einschnitt verengten, erhob sich eine senkrechte Steilwand aus Granit, von den Bewohnern Arth Slyas nach jenem Schmied, der vor ein paar hundert Jahren verrückt geworden war, fliegen zu können schwor und — um es zu beweisen — die Felswand hinabsprang, Harragssprung genannt. Brann eilte zurück zwischen die Bäume, rannte so schnell wie es möglich war, ohne zu fallen. Es wäre schlecht, sich hier oben ein Bein zu brechen. Wer würde hier jemals nach ihr suchen? Zuletzt warf sie sich, während sie mit langen gierigen Keuchlauten Luft schnappte, droben an der Felskante der Länge nach hin und lugte über den Rand.

Sie befand sich nahe genug, um die Gesichter der Menschen zu erkennen, die sich auf dem Tanzplatz drängten, um zu hören, was man sprach; aber ließ man einige Befehle der Krieger außer acht, sagte kaum jemand etwas. Die Einwohner des Dorfs wirkten genauso verwirrt, wie sich Brann fühlte. Warum geschah so etwas? Wer könnte etwas dadurch gewinnen, daß er Arth Slya belästigte? Branns Mutter war auch dabei, hatte Ruan auf dem Arm, sah zornig und furchtsam aus. »Mama«, flüsterte Brann. Mit einem Mal wollte sie um jeden Preis bei ihrer Mutter sein, vermochte es nicht zu ertragen, den Ereignissen bloß von oben zuzuschauen, es verlangte sie danach, drunten bei ihren Onkeln, Vettern und Tanten — wenn nicht Bluts-, so doch Herzensverwandte — zu weilen. Sie schluchzte, raffte sich auf, aber zwei Paar Hände hielten sie zurück.

»Du kannst nichts für sie tun, wenn man dich ergreift.« Eines der beiden Kinder sprach zu ihr, aber welches, das hätte sie nicht zu sagen gewußt. »Bedenke, Brombeer, deine Mutter ist wahrscheinlich darüber sehr froh, daß du dich am Berg aufhältst, sie weiß dich in Sicherheit. Schau hin, Brombeerchen, schau genau hin! Wo sind die Kinder? Siehst du Gingy oder Shara? Siehst du — mit der Ausnahme Klein Ruans auf deiner Mutter Arm — irgendein anderes Kind deines Alters oder gar ein jüngeres Kindlein?«

Ein Schaudern durchfuhr Brann, sie erschlaffte. Die beiden ließen sie los, und sie musterte die auf dem Platz zusammengetriebenen Menschen. Gunna, Barr, Amyra, Caith und ein Dutzend andere Jugendliche befanden sich unter ihnen, doch sie waren alle fünfzehn oder älter, hatten ihre Berufung längst hinter sich; die Jüngeren fehlten, ausgenommen Ruan. Und noch während Brann das Geschehen beobachtete, bahnte sich einer der hochgewachsenen schwarzhaarigen Eindringlinge eine Gasse zu ihrer Mutter, entriß ihr Ruan, trat ihr die Füße weg, als sie versuchte, ihm ihren Säugling zu entwinden, schob sich mit Stößen und Hieben aus dem Gedränge, brachte mit der stachligen Rückseite seines Panzerhandschuhs ringsum Blut zum Fließen.

Und vor Branns Augen, während Yaril und Jaril dicht neben ihr kauerten, sie festhielten, trug der Krieger Ruan zur Galaradeiche, faßte sie an den Fersen und schlug sie gegen den dicken Baumstamm, hob sie in die Höhe, schüttelte sie, schlug sie nochmals, diesmal fester gegen den Baum, dann schleuderte er sie auf einen Haufen von etwas, das Branns Aufmerksamkeit bisher entgangen war, nämlich der Leichen der Kinder des Tals.

Brann schlotterte. Sie bekam keinen Laut heraus, vermochte nicht zu weinen, sie war zu überhaupt nichts fähig, empfand nicht einmal Wut. Sie war vollständig benommen. Fortgesetzt suchte sie nach bekannten Gesichtern. Die Alten fehlten in der Menschenmenge genauso wie die Kinder. Alle Jungen und Starken waren da, etliche hatten Verbände an Armen oder Beinen, Frauen ebenso wie Männer; ein, zwei hockten mit auf die Knie gesenkten Köpfen auf dem Felsboden. Doch keiner von den Alten war dabei. Yongala Cerdan fehlte. Uronkel Gemar, der Branns Zeichenblöcke machte, war nicht da. Eornis, der am selben Tag wie sie Geburtstag hatte, sollte seinen Hundertsten nun doch nicht mehr erleben. Lathan, Sindary, Fearlian, Frin, Tislish, Millo ... und so weiter und so fort, ihre Namen ergaben eine lange Litanei des Grams, ein ganzes Sterbeverzeichnis für sich. Brann verstand die Vorgänge nicht. Warum? Was hatte man davon? Warum? Sie sah Krieger in die Häuser gehen und herauskommen, jeden ins Freie treiben, der sich zu verbergen versucht hatte, die Wohnbauten und Werkstätten plündern, viel mehr zerstören, als sie an Beute wegschleppen konnten. Weshalb? Von welcher Art waren diese Männer, daß sie so etwas tun konnten? Sie sah mit an, wie einige von ihnen Ohm Cynoc, den diesjährigen Dorfsprecher, traten und prügelten, ihn anschrien, es ging um Gold, wo Arth Slyas Gold sei, wollten sie wissen. Er bemühte sich, ihnen klarzumachen, daß sie schon sämtliches Gold hatten, jene winzigen Mengen, die Inar, Idadro und Migel für Einlegearbeiten und Verzierungen brauchten. Sie hörten nicht auf ihn. Als sie es müde geworden waren, ihn zu mißhandeln, rammte ein Krieger ihm ein Schwert in den Leib, man ließ ihn liegen und verbluten. Sie schaute mit an, wie eine andere Rotte Krieger eine Anzahl Frauen, darunter auch ihre Mutter, vom Tanzplatz zerrten. Das Kinderpaar versuchte, sie von der Felskante wegzuziehen, aber sie klammerte sich ans Gestein, regte sich nicht vom Fleck, sah dem zu, was die Eindringlinge drunten mit ihrer Mutter und den anderen Frauen trieben. Sie wimmerte, aber wollte den Blick nicht von der Verwüstung wenden, sie sah Morden und Schlimmeres, einige so willkürliche und sinnlose Gewalttaten, daß sie sie als unwirklich empfand, derartig unwirklich, daß sie fast erwartete, die Toten würden sich erheben und den Schauplatz verlassen, so wie es bei den Magischen Schlachten anläßlich der Tagundnachtgleichen geschah, jenen Kampfspielen, die mit Tanz die ganze Nacht hindurch, Kesseln erwärmten Apfelweins und am nächsten Tag einem Fest endeten. Diese Toten jedoch blieben tot, lagen da wie blutüberströmte Puppen, bar jeder Spur von Leben.

Nacht breitete sich übers Tal, verhüllte vieles davon, was sich auch dann noch drunten zutrug, doch dämpfte sie nicht die Geräusche und Laute, die hinauf zur Felskante und an Branns Ohren drangen. Sie lauschte voller Schaudern, so wie sie vorher voller Schaudern zugesehen hatte. Wieder versuchten die beiden Kinder, sie vom Rand der Steilwand fortzubringen, aber sie ließ es nicht zu, und das Paar schaffte es nicht, sich gegen ihre Weigerung durchzusetzen. Die ganze Nacht lang lag sie an der Felskante und lauschte, auch als es nichts mehr zu hören gab, nur noch bedrückendes Schweigen herrschte.

Unter der Oberfläche ihrer Betäubung wuchs in ihrem Innern Entschlossenheit. Dafür, was vorgefallen war, mußte es einen Grund geben. Ihrem Gedächtnis hatte sich eine prächtige Gestalt eingeprägt, die sich von der düstereren, in Braun und Schwarz gehaltenen Gewandung der übrigen Krieger abhob, ein Mann mit blutrotem Umhang und geflügeltem Goldhelm. Er hatte durch ein Nicken seine Zustimmung zur Schändung von Branns Mutter sowie der restlichen Frauen erteilt, er hatte die Plünderung der Häuser und Werkstätten überwacht, hatte dabeigestanden, während man die Dorfbewohner in Achtergruppen aneinanderband, am Ende in die Versammlungshalle sperrte, um sie dort die Nacht verleben zu lassen, so gut sie es konnten. Er weiß den Grund, überlegte Brann, ich muß ihn dazu zwingen, ihn mir zu sagen, irgendwie werde ich ihn zum Reden bringen.

Im Lauf der Nacht, die sich endlos hinzuziehen schien, ließen Yaril und Jaril Brann mehrmals allein, kehrten aber jedesmal nach kurzer Frist wieder. Dumpf war sich Brann ihrer Ausflüge bewußt, doch mangelte es ihr an Antriebskraft, um sich bloß die Frage zu stellen, wohin sie gehen mochten. Zusammengeduckt harrte sie aus, wo sie sich befand, und wartete — worauf, darüber besaß sie keinerlei Klarheit, weder grübelte sie, noch empfand sie irgend etwas, sie war einfach nur vorhanden, so wie es Stein gab. Während sich Tau niederschlug, wurde es ihr sehr kühl, aber nicht einmal die Kühle durchdrang die inwendige Taubheit, die sie zurückhielt, wo sie weilte.

Die Nacht färbte sich grau, dann rot. Einige Krieger betraten die Versammlungshalle, holten zweimal acht Frauen heraus, darunter auch Branns Mutter. Brann strengte die Augen an, um durch den Morgendunst etwas zu erkennen. Hose und Bluse ihrer Mutter waren in Fetzen gerissen, nur noch irgendwie um sie gewickelt. Sie bewegte sich steif, Arme und Gesicht wiesen Quetschungen auf, ihre Miene war starr, doch Brann sah ihr sogar von weitem den Zorn an, der in ihr schwelte. Erst einmal zuvor hatte sie ihre Mutter wütend gesehen, als ein neuer Lehrling, der sich noch nicht auf die Sitten des Tals umgewöhnt gehabt hatte, Branns ältesten Bruder Cathor wegen einer Kleinigkeit anfiel, jedoch ließ ihr damaliger Ärger sich nicht im mindesten mit dem Zorn vergleichen, den Brann ihr heute anmerkte. Man schnitt die Frauen los, und sie mußten Essen zubereiten, zuerst für die Krieger, danach für die Gefangenen.

Langsam erhellte sich der Morgen. Der Geruch des Essens drang an Branns Nase, und ihr Magen krampfte sich zusammen. Yaril entfernte sich abermals für ein Weilchen, fand sich dann mit Nahrung wieder ein, die sie drunten für Brann entwendet hatte. Eine Zeitlang starrte Brann Brot, Käse und den Krug Buttermilch nur an. Obschon sie Hunger verspürte, kam es ihr entsetzlich vor, essen zu sollen, während sich in ihrem Kopf die mitangesehenen Greuel immerzu wiederholten, alle die Dinge, die sie niemals vergessen würde, ganz gleich, wie lange sie lebte.

Yaril schlug ihr auf die Schulter. »Iß!« bat sie. »Du brauchst Kraft, kleine Brombeere. Möchtest du deine Mutter und die anderen Gefangenen nicht aus den Klauen dieser Mörder befreien? Wie sollte dir das möglich sein, wenn du vor Schwäche nicht einmal auf den eigenen Beinen zu stehen vermagst? Du bist ein vernünftiger Mensch, Brombeer-voller-Dornen. Du weißt selbst, es ist richtig zu essen, um bei Kräften zu bleiben.«

Brann schaute vom einen zum anderen blassen spitzen Kindergesicht. »Glaubt ihr wirklich, es könnte mir gelingen, sie zu befreien?«

Yaril nickte. Einen Augenblick lang zauderte sie, ihre Gestalt schien an den Rändern undeutlich zu werden, aber ihr Nicken bezeugte nichts als nachdrückliche Entschiedenheit. »Mit unserem Beistand. Wir werden dir zeigen, wie es zu bewirken ist.«

Brann schöpfte tief Atem und ergriff den Krug. Anfangs fiel ihr das Trinken schwer, der Magen drohte sich heftiger denn je aufzubäumen, aber je mehr sie trank, um so wohler wurde ihr zumute.

Gerade als sie die hastige Mahlzeit beendete, begannen die Bewegungen unten Ordnung und Überschaubarkeit zu erlangen, die Krieger reihten die aneinandergefesselten Dörfler auf, beluden Lastmaultiere und Packpferdchen, koppelten auch sie aneinander. »Du willst Vergeltung üben«, raunte Yaril zu Brann. »Du kannst's. Laß sie abziehen. Man braucht fünf Tage, um die Berge zu verlassen. Wir helfen dir beim Vorbereiten der Vergeltung. Mögen sie wähnen, sie hätten gesiegt. Hör auf uns, wir werden dir sagen, wie du sie dafür, was sie verbrochen haben, büßen lassen kannst.« Sie redete Brann in schmeichlerischen, sanften Flüstertönen zu, während Brann beobachtete, wie die Krieger den Kochfeuern entflammtes Brennholz entnahmen, die Fackeln in die Häuser längs der mit weißem Sand bestreuten Straße warfen, ihnen beim Abmarsch nachschaute, bei dem sie die gefesselten Gefangenen zum Mitziehen zwangen, die beladenen Lasttiere die Nachhut bildeten.

Brann blieb, wo sie hockte, atmete mühsam, fast übermäßig stark, während der Pimush sein Roß bestieg und in sorglosem Trab losritt, die Stimme des Schrittbestimmers der Einheit hallte durch die Morgenfrische, die alle Laute verstärkte, die Flammen knisterten, die markigen Stampfschritte der Krieger dröhnten, als sich die Kolonne in Bewegung setzte, Waffen und Rüstzeug klirrten, eine kleine Marschtrommel löste die Stimme des Schrittbestimmers ab. Sie schlang die Arme um die Beine, saß da und lauschte den Klängen, bis sie verebbten und die Geräusche von Fluß und Wind sie übertönten. Dann hob sie den Kopf. »Und wie?«

Für einen längeren Augenblick schauten Yaril und Jaril sich an. Schließlich nickte Yaril, wandte sich wieder Brann zu. »Du hast uns vieles zu verzeihen. Wir haben beteuert, wir würden dir nichts antun, Brombeer, aber ... Tja, du mußt selber entscheiden, wieviel Unheil wir dir aus Unwissenheit und Not zugefügt haben.« Sie hustete, die Ränder ihrer Erscheinung schienen, wie schon einmal, zu verflimmern. Brann verkrampfte die Hände zu Fäusten, bis die zerkerbten Fingernägel sich in die Handflächen gruben, biß sich auf die Lippen, um zu vermeiden, daß sie angesichts dieser Zauderei in Geschrei ausbrach; sie war in keiner Laune, um für Yarils

Verlegenheit Verständnis zu hegen. »Wir haben dich verändert«, ergänzte Yaril, blieb bei ihrer Saumseligkeit, obwohl sie Branns Ungeduld bemerken mußte. »Wir mußten's tun, wir behaupten nicht, es sei recht oder eine gute Sache gewesen, doch wir glaubten, nicht anders handeln zu können. Du warst das erste denkende Wesen, dem wir in dieser Wirklichkeit begegneten. Wir hatten nicht die Absicht, sie aufzusuchen. Zufällig sind wir — durchs Feuer — in deine Wirklichkeit geboren worden, in deine Welt. Ich weiß, was ich sage, klingt wenig begreiflich, doch hör zu, es besteht keine Veranlassung zur Eile, wir können sie ohne weiteres einholen. Hör zu, Brann, du mußt's verstehen, oder du wirst dich ... mit dem, in das wir dich verwandelt haben, nicht zurechtfinden. Und wir vermögen's nicht rückgängig zu machen. Wir drei sind miteinander verschmolzen, Brann, zu einem neuen Ganzen geworden, zu dritt sind wir eins. Wir selbst sind im Herzen des Feuers gewandelt worden, Brann. Auch unter unseresgleichen waren wir Kinder, unvollkommen und formbar. Wie würdest du dich fühlen, Brann, wachtest du eines Morgens auf, und dein Mund wäre fort, du könntest nur Suppe durch die Nase schlürfen und hättest keine Hände mehr? Wie wäre dir zumute, schrumpfte dir aus Hunger der Magen, derweil's rundherum genug Nahrung hat, die du jedoch nicht anzurühren vermöchtest? Und dann, wenn etwas in dir, von dem du weißt, daß du ihm trauen kannst, dir sagt: ›Diese Person kann dich ernähren, wenn du sie in dieser und jener Hinsicht veränderst‹, was tätest du?« Erneut begannen Yarils Umrisse zu schimmern, ihre kristallgleichen Augen leuchteten im Morgenlicht, erflehten Branns Verständnis.

Brann bewegte die Lippen. Zunächst kam kein Laut aus ihrem Mund. »Seid ihr Dämonen?« brachte sie zu guter Letzt hervor.

»Nein. Nein. Wir entstammen bloß einem vollständig andersgearteten Volk. Nimm einfach hin, daß wir sind, wie wir uns genannt haben: Bergkinder. Wir sind wirklich und wahrhaftig aus dem Berg geboren worden. Wo wir ... Ach, sagen wir, wo unser Dasein seinen Anfang nahm, nährten wir uns von so etwas wie Sonnenschein und ... ähm ... der Glut im Innern der Dinge. Dazu jedoch sind wir nicht länger fähig.«

Brann preßte eine Hand auf den Bauch, fuhr sich mit der Zunge über die Lippen, schluckte. »Ihr ... ihr wollt mich auffressen?«

»Nein, nein! Du hörst uns nicht richtig zu. Du mußt darüber genau Bescheid wissen. Vielleicht wär's besser, wir zeigen's dir.« Nochmals wechselte Yaril mit ihrem Bruder einen langen Blick; wiederum nickte sie und wandte sich an Brann. »Warte hier, Brombeer. Wir werden ein Tier aus den Bäumen zu dir treiben, nimm's in die Hände und trink.«

Es schauderte Brann. »Sein Blut?«

»Nein. Sein Leben. Dazu bedarf's nur des Willens, es zu nehmen.« Yaril erhob sich. »Du wirst verstehen, was ich meine, sobald du das Tier berührst, dir ist bereits verinnerlicht, auf was es ankommt.« Sie nahm die Gestalt eines großen Jagdhunds an, trottete hinüber zum Wald; auch Jaril verwandelte sich in einen solchen Hund und folgte ihr.

Brann fühlte sich entsetzt und kalt bis ins Mark, während sie auf dem Kliff saß und wartete, daran dachte, was sie tun sollte. Sie hörte die Hunde irgendwo in der Ferne bellen, dann sich immer mehr nähern, schließlich hetzten sie ein großes junges Coyno über den Fels auf sie zu. Es rannte in seiner Panik blindlings in Branns Richtung und wäre, hätte sie es nicht abgefangen, über die Felskante gestürzt. Ohne nachzudenken, indem sie vollkommen aus ihrem neuen Trieb heraus handelte, packte sie schneller zu, als sie es für möglich gehalten hätte, hielt den sehnigen kräftigen Körper des Tiers mit den Händen fest und verfuhr, wie Yaril es ihr empfohlen hatte, *bot den Willen auf, ihm das Leben zu nehmen.*

Ein Strom von Wärme floß in sie über, erwärmte ihre Mitte auf eine Weise, die sie als beunruhigend empfand, obwohl sie nicht in Worte zu fassen vermocht hätte, wieso. Binnen weniger Augenblicke erschlaffte ihr das Coyno zwischen den Händen. Sie schaute es an, hätte sich am liebsten geekelt, warf es das Kliff hinab. Dann erinnerte sie sich daran, wie der Krieger Ruan auf den Haufen toter Kinder geschmissen hatte, und bereute ihr Verhalten. Sie legte die Hände vors Gesicht, aber ihr kamen keine Tränen. Über den Felsboden tappte der männliche Jagdhund zu ihr, stieß ihr mit der kalten Nase an den Arm. Gewohnheitsmäßig streichelte sie ihm mit der Hand den seidenweichen Strich des Rückens, kratzte ihn versonnen hinter den weichen Hängeohren. »So wird es sein?« Der Hund winselte. Brann schabte sich mit der Faust die Brauen. »Es geht mir gut, keine Sorge. Sorge? Ich vermute, ihr sorgt euch um mich, sonst würdet ihr mir nichts erklären, sondern mich einfach dies und das tun lassen. Und nun? War das genug, oder benötigt ihr mehr? Nur zu! Ich werde mir vorzustellen versuchen, es sei nichts anderes als Hühner fürs Abendessen zu rupfen. Treibt noch ein paar Tiere her, ich singe euch dazu den Segen, während ihr fort seid.« Über die Schulter blickte sie das Kliff hinab und schluckte, ballte die Hand erneut zur Faust. »Slya sagt, alles Leben ist heilig, jeder Tod muß gefeiert und beklagt werden.« Sie sprach ernst und würdig, fühlte die Bürde des Brauchtums auf den schmalen Schultern. Jaril rieb sich den Schädel an ihrem Arm und lief seiner Schwester nach.

Ein Tag, eine Nacht und noch ein Tag verstrichen, Brann und die Kinder lernten die Regeln ihrer neuartigen Vereinigung. Einen Tag, eine Nacht und einen Tag lang saugten sie das Leben kleiner und größerer Tiere auf, fanden dadurch gemeinsame Nahrung. Brann setzte sich über Trauer, Zorn, Ungeduld und Furcht hinweg; nur im Traum mißlang es ihr, wenn Erinnerungen sich zu Alpträumen auswuchsen. Die Kinder bargen Essen und Gebrauchsgegenstände, kümmerten sich, als sich Brann an dies Erfordernis entsonnen hatte, ums Vieh. »Die Kühe werden keine Milch mehr geben«, sagte sie. »Könnt ihr nicht irgend etwas tun?«

»Brombeerchen«, entgegneten die Kinder, »wir sind nur zu zweit. Wenigstens werden die Tiere am Leben bleiben.«

Einen Tag, eine Nacht und abermals ein Tag verstrichen; und dann noch eine Nacht. Als sich die Sonne über den Horizont erhob, machte sich Brann daran, den Dörflern zu folgen.

Brann ritt auf einem wilden schwarzen Werhengst den Berg hinunter, die schwarze Mähne wehte ihr ins Gesicht, Bruder und Schwester waren in dem Roß eins geworden, trugen sie und die aus den abgebrannten Häusern geretteten Sachen. Wie der Wind sausten sie bergab, Brann ebenso wilderregt wie das große Tier, auf dem sie saß. Bergab durch den klaren kühlen Morgen, einen wunderschönen prachtvollen Morgen, obwohl Arth Slya zerstört war, völlig vernichtet. Der Tag hätte weinen, die Sonne hinter dicken Wolkenschichten verborgen bleiben, die Bäume hätten sich neigen und seufzen, der Fluß hätte düster-grau sein müssen, aber es war nicht so. Und Brann vermochte sich so wenig zu grämen wie der Tag, die Berge und der Himmel. Die Sprungkraft der starken Pferdemuskeln unter ihren Beinen erregte sie, der Muskeln, die ihre Kraft — genau wie sie selbst — aus dem Leben von Wölfen und Coynos bezogen. Brann lachte laut, lachte noch einmal, als der Werhengst vor Vergnügen schnaubte.

Am Spätnachmittag erreichten sie den ersten von etlichen Wasserfällen. Der Werhengst hielt bei einer vom Sturm gefällten Esche, die langsam in die Erde moderte, zerfiel in zwei gefleckte Jagdhunde, nachdem sich Brann mit einem Aufstöhnen hinabgeschwungen hatte, die steifen Muskeln schmerzten, die aufgescheuerten Schenkel brannten. Die Hunde ließen Sattel und Gepäck liegen, schnürten ins Gehölz. Brann räkelte sich, stöhnte noch einmal, durchsuchte dann das Gepäck, holte das Beil hervor und ging Brennholz für ein Feuer schlagen, wankte auf Beinen dahin, die sich wie feuchte Nudeln anfühlten, die Knie gespreizt, um die Schenkel zu schonen. Sobald das Feuer loderte, an einem aus Ästen errichteten Dreibein der Kessel baumelte, streifte Brann die Kleider ab und setzte sich in einer kleinen Bucht bei den Wurzeln der Esche, wo die Strömung sie nicht mitreißen konnte, ans Wasser, auf eine vom Naß blankgespülte Wurzel, senkte die Beine in den Fluß, sah zu, wie das rauhe Rot an den Innenseiten der Schenkel rosa wurde, das Rosa zur stumpfen Weißlichkeit gesunder Haut. Beim Bemühen, den Kessel richtig ans Dreibein zu hängen, hatte sie sich den Finger verbrannt. Die Brandblase trocknete, vor Branns Augen entstanden in der verdorrten Haut Risse, sie pellte ab, und von der Verletzung blieb nicht die geringste Spur zurück. Eine bemerkenswerte Veränderung, befand Brann. Sie rutschte von dem Wurzelstrunk, tauchte kurz ganz unter, stieg aus dem Wasser, streckte den triefnassen Körper auf dem harten hellen Stamm der Esche aus, die Sonne schien ihr mit willkommener Wärme auf Rücken und Beine, und sie döste, bis ein Zischen aus der Richtung des Kochfeuers bezeugte, daß das Teewasser siedete. Sie kleidete sich wieder an, verspürte gelinde Neugier bezüglich der Frage, wann die Kinder zurückkehren mochten, doch die Neugierde verging, während sie den Tee zubereitete.

Mit einer heißen Trinkschale in den Händen ließ sie sich am Feuer nieder, senkte das Gesicht in den wohlriechenden Dampf, der vom Tee aufquoll. Er war ihres Vaters Werk, dieser Becher, er zeichnete sich durch die hochgradige Güte aus, die man an allem feststellen konnte, was ihr Vater anfertigte. Brann schlürfte Tee, lauschte aufs Gebell der Hunde, die irgendwo im Wald jagten, wünschte sich, ihr Vater säße hier mit ihr neben dem Eschenstamm. Sie trank nochmals, versuchte den Kloß hinunterzuspülen, der ihr in der Kehle zu stecken schien, die Schrecknisse zu verdrängen, sich statt dessen an schöne Zeiten zu erinnern. Wie ihr Vater sie, damals seine Jüngste, zum erstenmal mit in seine Werkstatt nahm, in der es nach trockenem und feuchtem Ton roch, nach Pulvern und Mischungen von Glasur, Zedernschränken und Eichentischen, in der ständig Töpferscheiben surrten, das Krachen der Tritte ertönte, die die Scheiben in Bewegung hielten, Immers Summen und das gekonnte Pfeifen eines anderen Lehrlings zu hören waren, dann und wann auch ein Scherz, Gelächter und Rufe — Gerüche und Geräusche, die sich Brann so nachhaltig eingeprägt hatten wie das Pochen und Knacken des Webstuhls ihrer Mutter, deren tonloser, vernuschelter Singsang. Schöne Zeiten. Wie sie stets gemeinsam mit dem alten Ohm Eornis Geburtstag gefeiert hatte, er sie mit Kuchen vollstopfte und ihr Apfelwein reichte, ihr die spannenden, unheimlichen Geschichten erzählte, die sie so gern anhörte. Der rüstige Greis hätte wohl noch ein Dutzend Jahre länger leben können. Jeder im Tal war dabei gewesen, aus Anlaß seines bevorstehenden Hundertsten etwas Besonderes für ihn zu machen. Brann hatte ihm eine Tuschezeichnung eines Mondfisch-Schnäppers mit im Zank wüst aufgerissenem Schnabel gemalt. Ihr Vater hatte, um ein Geschenk herzustellen, zwei Jahre gebraucht: Eine Das'n vuor-Kanne und einhundert Das'n vuor-Trinkbecher, einen für jedes Lebensjahr des Alten. Kanne um Kanne zerbrach, Becher um Becher zerschlug er, bis das Gefertigte ihn befriedigte. Für Branns Begriffe hatten die meisten ganz ordentlich ausgesehen, doch ihr Vater zeigte ihr die Mängel, verhalf ihr zu einem Blick für Unvollkommenheiten, ließ sie sie immer wieder betrachten und befühlen, bewahrte mit ihr Geduld, bis sie verstand, wovon er redete. Nachdem er die letzten Becher aus dem Brennofen genommen hatte, schlug er drei davon in Stücke, aber den vierten putzte er sorgsam und gab ihn Brann behutsam in die Hände. Tief und tiefer schaute sie in den schwarzen Glanz, der Licht zu trinken schien, erfreute sich an der Form, die eine Ebenmäßigkeit hatte wie die Galaradeiche, oder ein Ebenmaß wie der Yongala-Tanz, wenn Slya von ihr Besitz ergriff, eine Art von Richtigkeit, die man im Innersten flüstern hören konnte. Als würde in ihr ein Licht entfacht, erkannte sie mit einem Mal, wieso ihr Vater den Wert seiner Arbeiten so rasch und sicher zu bestimmen vermochte. Leuchten und Gewisper erfüllten sie, ihr war, als müsse sie ihre Zehen um irgend etwas haken, um nicht einfach davonzuschweben. Von diesem Augenblick an stand die Wahl ihrer Berufung fest. Mehr als alles andere in der Welt wollte sie eines Tages etwas machen, das so vollkommen war wie dieser Becher in ihren Händen. Sie reichte ihn ihrem Vater zurück und seufzte. Er bettete ihn umsichtig ins seidene Polster, dann hob er sie hoch, schwang sie empor, drehte sich mit ihr immer, immer wieder im Kreis, lachte voller Stolz, sein Geist war nun, da er das Werk endlich vollbracht hatte, von aller Anspannung befreit, er staunte selbst bis an den Rand der Hingerissenheit darüber, was seine Hände geschaffen hatten, frohlockte über Branns hinsichtlich ihrer Berufung gefällte Entscheidung. Vielleicht würde er niemals mehr ein so herrliches Teegeschirr machen, und irgendwie fügte es sich vortrefflich, daß seine Tochter es mit einem Entschluß fürs Leben auszeichnete, ein noch erfreulicherer Umstand als die Tatsache, daß er sein großartigstes Werk nicht für Gold, sondern aus Liebe und für einen feierlichen Anlaß zustande gebracht hatte.

Brann füllte die Trinkschale nach, verbrannte sich am Tee die Zunge, verkniff die Augen, um Tränen zu unterdrücken. »Er soll's nicht haben, ich werd's nicht zulassen, er darf's nicht haben.« In hilfloser Wut erinnerte sie sich an den Anblick, wie Krieger Beute aus ihrem Elternhaus geschleppt hatten, darunter auch die Truhe mit dem Das'n vuor-Geschirr, die Truhe mit der Das'n vuor-Kanne, die Truhe mit den hundert Bechern, wie der Temueng-Pimush mit dem Goldhelm sich mit gieriger Miene über sie gebeugt, alles begrabscht, für sich beansprucht hatte. »Nein!«

Das Hundegebell erscholl lauter, näher. Brann setzte die Trinkschale ab, stand auf, wartete in geduckter Haltung.

Aus dem Wald kam unter Kreischen und Fauchen ein schwarzes Tier gesprungen, es zögerte, sobald es sie sah, ein Malouch mit Krallen, die sogar einem zähen alten Eber das Fleisch in Fetzen herabreißen konnten. Er heulte erneut auf, warf sich herum, wollte kehrtmachen, aber die Hündin war für ihn zu schnell, wich seinem Prankenhieb mit einer Flinkheit aus, die bewirkte, daß ihre Gestalt zu einem fleckigen Schlieren verschwamm. Sie biß ihn in den Hinterlauf, vollführte einen Rückwärtssatz. Sobald Yaril den Malouch abgelenkt hatte, eilte Brann hinzu, schlug ihm eine Hand seitlich an den Schädel. Der Malouch drehte sich, seine Krallen schrammten über Branns Arm, doch da erstarrte er, als sie ihm das Leben zu entziehen begann, glich plötzlich einem schwarzen Mahnmal des Hasses, außerstande zu jeder Bewegung, unfähig zu jedem Laut. Während sie das Bluten des Arms und den Schmerz mißachtete, legte Brann ihm auch die andere Hand an den Kopf. Seine heiße rohe Lebenskraft strömte zu ihr über, schrecklich und erschreckend, bereitete ihr das mulmige Behagen, das sie verabscheute, aber ihr unterdessen unentbehrlich zu werden begann. Zuletzt war der Malouch nur noch ein Häuflein Fell und Fleisch, das ihr aus den Händen sackte.

Jaril und Yaril, wieder in Kinder verwandelt, faßten Branns Hände, und die Glut floß aus ihr zu ihnen über. Allmählich fühlte sie sich innerlich wieder reiner, jedoch blieb einiges in ihr zurück; der Malouch hatte sich mit einer Wut ans Leben geklammert, die ihr nachträglich Kummer und Widerwillen verursachte, und sie wäre lieber alles, was sie ihm genommen hatte, wieder losgeworden; sie versuchte die Kinder noch zurückzuhalten, sich der ganzen geraubten Lebenskraft restlos zu entledigen, doch das Paar zerlief gleichsam, entwich ihrem Griff, verflüchtigte sich, leuchtete über dem verwühlten Gepäck, verschmolz dann erneut zum Werhengst, der schnaubte und ungeduldig mit den Hufen stampfte, die Kinder gedachten den Weg zügig fortzusetzen.

Brann strich mit den Fingern am aufgeschrammten Arm entlang. Die Verletzungen hatten sich bereits geschlossen, durch die Risse im Ärmel waren bloß narbige rötliche Furchen noch sichtbar. Mit dem Messer, das sie am Gürtel trug, schnitt sie die blutigen Fetzen des Ärmels ab, warf sie ins Feuer. Nach kurzem Nachdenken trennte sie auch den anderen Ärmel in gleicher Höhe ab. Anschließend kniete sie am Flußufer nieder und wusch sich das geronnene Blut vom Arm. Als sie damit fertig war, hatten sich die Kratzwunden geschlossen, sogar die rötliche Verfärbung war verschwunden. Für einen Augenblick betrachtete sie den Arm, dann bückte sie sich noch einmal, schöpfte Wasser, spritzte es sich ins Gesicht, trank auch ein wenig. Der Werhengst teilte sich wieder in zwei Kinder, die zu ihr kamen, sie mit Fragen, Forderungen und Bitten bestürmten, während sie sich auf der Lichtung betätigte, mit den Füßen Laub auf den Kadaver des Malouchs häufte, die von seinen Krallen ins Gras gescharrten Kerben glättete, mit peinlich genauer Sorgfalt die Satteltaschen packte, das Dreibein abbaute, das Lagerfeuer löschte, das verkohlte Brennholz vergrub. Sie redete kein Wort mit ihnen, weigerte sich hartnäckig, nur ihre Gegenwart zur Kenntnis zu nehmen; vielmehr stellte sie sich in ihrem ganzen Trübsinn ans Ufer, sang ein Klagelied für den Malouch und das verfeuerte Holz, sang auch ein Loblied auf den lebendigen Strom, den lebendigen Wald. Eine Woche vorher hätte sie alles das getan — die Wiederherstellung des Naturzustands, das Absingen der Lieder —, nur weil sie ähnliches schon hundertmal ausgeführt hatte und das Einhalten überlieferter Bräuche ihrem Dasein beruhigenden Halt bot. Diesmal jedoch war es ein Mittel, um den mörderischen Eindringlingen das Beharren darauf entgegenzusetzen, daß sich nichts geändert hatte, daß Arth Slya lebte, solange eines der Kinder Slyas lebte und Slyas Gebote befolgte.

Als sie dem Strom zuletzt den Rücken zukehrte, wartete der Werhengst bei der gestürzten Esche. Sie sattelte ihn, warf ihm die ausgebeulten Satteltaschen über, band Spaten und Beil fest, stieg dann auf den Baumstamm und schwang sich aufs Pferd. Es trabte zum Bergpfad, tänzelte ein paarmal, um sich aufzulockern, sprengte danach von neuem den Berg hinab, seine kristallgleichen Augen hatten keinerlei Schwierigkeiten mit den düsteren Schatten zwischen den Bäumen. Abwärts ging es, abwärts ...

Bis sie einen neben den Pfad geworfenen Leichnam erblickte, die Leiche eines Jünglings, der sich um eine klaffende Wunde in seinem Brustkorb zu krümmen schien. Sie schrie dem Pferd zu, es solle anhalten, sprang ab und rannte auf dem Weg zurück. Sie kniete neben dem Toten nieder, wälzte ihn herum. »Marran«, flüsterte sie, streifte ihm Dreck und Laub vom Gesicht. Seine Augen standen offen, waren glanzlos und eingesunken. Sie versuchte sie zu schließen, aber ihre Hände zitterten, sie schaffte es nicht. Hinter ihr stampfte der Hengst ungeduldig mit den Hufen, wieherte endlich und stieß sie mit der Nase an. »Laß das«, sagte Brann, »laß mich in Ruhe!«

Sie gab ihre Bemühungen auf, Marrans Leichnam auszustrecken, hockte sich auf die Fersen und schaute rundum, die Zunge zwischen den Zähnen.

Yaril erschien als Kind bei ihr, kauerte sich neben Marrans Leiche. Sie legte eine Hand aufs Gesicht des

Jünglings, nahm sie fort. »Tot seit über einem Tag, Brann. Da kannst du nichts mehr tun.«

Langsam zwinkerte Brann, fuhr sich mit der Hand übers Gesicht. »Es ist Marran«, sagte sie, richtete sich auf. »Helft mir Holz zu sammeln!« Mit unsicheren Händen löste sie das Beil vom auf der Erde zurückgebliebenen Sattel, entfernte sich. »Wir müssen ihm durch Verbrennen die Freiheit geben.« Ihr Blick forschte nach trokkenem Reisig. Yaril und Jaril liefen mit, redeten auf sie ein, versuchten sie umzustimmen.

»Wir sind den Temueng inzwischen zu nah, es wird dunkel, sie werden ein Feuer sehen, das groß genug ist, um einen Leichnam zu verbrennen. Er ist tot, welche Bedeutung hat's noch, ihn auf einen Scheiterhaufen zu betten? Befrei deine Leute und laß sie sich seiner annehmen, Brann, Brombeer, Brombeer-voller-Dornen, es wird bald soweit sein, wenn wir uns nun sputen, im Morgengrauen können sie frei sein und bei Sonnenaufgang auf dem Rückweg zum Ort hier vorüberkommen, vorwärts, Brann, los doch ...«

Brann schüttelte den Kopf, den Mund trotzig zusammengepreßt. Sie mochte sich von etwas, das sie als richtig bewertete, an dem sie festzuhalten beabsichtigte, nicht abbringen lassen; verzichtete sie auf einen Bestandteil, entglitt ihr möglicherweise nach und nach auch der Rest. Verwirrt und verunsichert, allein und zur Anleitung mit nichts als Erinnerungen ausgestattet, blieb ihr nichts anderes übrig, als sich an das zu klammern, was sie wußte: daß dies Marran war. Daß sie ihm sein Feuer schuldete. Sie bebte, die Knie drohten ihr einzuknicken, sie griff nach einem Zweig, der ihr Gesicht streifte. Holz. Ja. Sie straffte die Glieder und hob das Beil.

Eins der Kinder gab einen gereizten Summton von sich, und im nächsten Augenblick erschienen sie beide vor Brann, faßten ihre Arme, entwanden ihr das Beil, sie versuchte zu entweichen, doch ihre Fäuste packten sie, als wäre ihr und Branns Fleisch miteinander verschmolzen. Ihre Glut drang in Brann ein; sie lähmte sie, bannte sie an den Fleck, auf dem sie stand, als hätten ihre Füße Wurzeln geschlagen. Sie schrie, unternahm noch einen Versuch, sich ihnen zu entziehen; aber sie hielten sie fest, die Glut hielt sie zurück. Furchterfüllt wand sie sich wie eine Rasende, wehrte sich vergeblich gegen den zweifachen Zugriff, bis Yarils Worte ihr schließlich durch die Panik ins Bewußtsein drangen.

»Warte, warte, hör uns an, Brombeerlein, hör zu, wir vermögen dir behilflich zu sein, so horch doch, wir werden dir helfen, wir verstehen dich ja, hör nur zu ...«

Brann beruhigte sich, atmete schwer. Die Umklammerung der Arme lockerte sich; plötzlich konnte sie sich wieder rühren, leckte sich die rauhen Lippen. »Hören?«

»Laß uns dir ein Feuer entzünden!«

»Wa ...?«

»Geh hin, setz dich zu dem Jüngling und wart ab! Wir werden für deinen Freund ein heißeres, pureres Feuer entfachen, Brombeer, er wird brennen wie im Herzen des Bergs. Ist dir das nicht lieber, als seinen Scheiterhaufen aus moosigem Holz zu errichten, das qualmen müßte?«

Branns Blick huschte vom einen zum anderen kleinen bleichen Gesicht; alle Erregung wich aus ihr, sie wandte sich um und kehrte zu Marrans Leichnam zurück, verharrte dort im Stehen und betrachtete ihn eine Zeitlang. »Mama ...« Endlich begab sie sich auf Abstand, um dem Feuer Platz zu lassen, setzte sich mitten auf den Trampelpfad, die Arme krampfhaft auf der schmalen Brust verschränkt.

Yaril und Jaril kamen aus den Schatten, stellten sich beiderseits der Leiche einander gegenüber auf, bewegten sich dabei so förmlich, als vollführten sie die Schritte eines Tanzes, verwandelten sich jedoch sogleich in Lichtkugeln, die auf- und niedergaukelten, als wären sie Blasen an einem Faden. Abermals vernahm Brann ihr süßes auf- und abschwellendes Singen — Jarils tiefere

Töne herrschten darin vor —, sie sah noch einmal Marran an, halb im Schatten, halb vom Mondschein erhellt, schaute am Ende fort, verdrängte ihre Trauer, verschloß sie in ihrem Innern, geradeso wie ihren übrigen Zorn und Schmerz, ohne daß sie merkte, wie oft sie mittlerweile so verfuhr, ohne zu ahnen, was für eine gewaltige seelische Last sie anhäufte, die üble Nachwirkungen haben mußte, war der Wirrwarr der Ereignisse zum Schluß vorüber, lenkte nichts sie länger von Gedanken an das alles ab, was sie verloren hatte, oder vom eisigen Schrecken der Erkenntnis ihrer ungewissen Zukunft. Immer schnellere Schwingungen durchrasten die Lichtflecken, von oben bis unten wallten Farben — Blau, Grün und Karmesinrot — über sie, stets schneller-schneller-schneller, ihr Summen und Singen steigerte sich zu einem schrillen, durchdringenden Sirren. Dann schossen sie nach beiden Seiten ein Stück weit davon, machten kehrt und zischten aufeinander zu, prallten dann in blendend-hellem Aufflammen zusammen. Wie ein Bündel Blitze knallten Stichflammen, blaues Feuer lohte. Anfangs schwebte es inmitten der Luft, dann jedoch senkte es sich bodenwärts, bis es Marran erfaßte, danach verzehrte, es loderte an dem verkrümmten Leichnam entlang, verschlang Fleisch und Knochen, bis man nur noch Asche sah.

Die blaue Flamme wurde fahler, zweiteilte sich, ihre Hälften waberten auseinander, und im nächsten Augenblick lagen, müde und blaß, die Kinder auf dem Laub des Waldbodens.

Yaril setzte sich auf. »Bevor wir aufbrechen, müssen wir auf Jagd gehen.« Jaril wälzte sich herum und nickte, nahm unverzüglich die Gestalt des Jagdhunds an und trottete fort, Yaril schloß sich an, ein Großteil der Sprungkraft war ihr aus den Beinen gewichen. Marrans Einäscherung hatte das Paar ein erhebliches Maß an Kraft gekostet.

Brann blickte den beiden nach, blieb noch für einige

Atemzüge sitzen, dann erhob sie sich, reckte sich zu voller Körpergröße empor und stimmte das Klagelied für Marran an.

Ungefähr eine Stunde vor Anbruch der Morgendämmerung verlangsamte der Werhengst weitgehend seine Geschwindigkeit, die Hufe wandelten sich plötzlich, einer nach dem anderen, während sie sich vom Erdboden hoben, in krallenbewehrten Pratzen um. Mit einem langsamen Schritt nach dem anderen geisterte das Roß lautlos durch den Sternenschein, bis die Stimme eines Menschen, der ein sinnloses Geklage ausstieß, zum Bergpfad heraufdrang. Brann saß ab, zog dem Pferd die Satteltaschen vom Rücken und trug sie zu einem Wurzelgewirr, verbarg sie in der Höhlung unterm Baumstamm, darum bemüht, Geräusche zu vermeiden. Sie kehrte zurück an die Seite des Pferds, öffnete die Sattelgurte und nahm ihm den Sattel ab, bewegte sich, die Zähne zusammengebissen, so achtsam wie nur möglich, damit nichts klirrte oder klapperte. Als sie den hohen Baum erreichte, war Jaril zur Stelle, um ihr beim Verstecken des Sattels zu helfen.

Sie umschlichen den Umkreis der Lichtung, auf der sie das Lager entdeckten, bis sie zu einem Pfefferstrauch gelangten, der krüppelig zwischen den Wurzeln eines Edelharzbaums hervorwuchs, so daß sie hinter einem dünnen Geflecht gezahnter Blätter Deckung fanden, sehen konnten, ohne gesehen zu werden.

Die Gefangenen schliefen in der Mitte der Lichtung, die um ihre Mitte geknüpften Stricke waren an Pfosten befestigt. Vielleicht hatten in den ersten beiden Nächten etliche wachgelegen, zu aufgewühlt durch Furcht und Gram, um schlafen zu können, aber in dieser Nacht schliefen sie alle, schlummerten tief und geräuschvoll, man hörte Stöhnen, Fürze, Schnarchen, Schluchzer und jenes unverständliche Raunen, das Schlafende von sich gaben, wenn sie im Traum sprachen.

Schwerfällig schlurften zwei Männer um den Rand der Lichtung, begegneten sich in Abständen von etwa einer Viertelstunde, latschten gelegentlich zwischen die angebundenen Gefangenen, versetzten denen Tritte, die zu laut stöhnten oder schnarchten. Sämtliche übrigen Krieger hatten sich in zwei Reihen am Flußufer in ihre Decken gewickelt, ihr Pimush ein wenig abseits seiner Männer.

Yaril kroch dicht an Branns Schulter. »Jaril ist unterwegs zur anderen Seite«, flüsterte sie. »Ich sag's dir, sobald er bereit ist. Du brauchst nicht mehr zu tun, als dich nahe genug an diesen Wächter heranzuschleichen, ihn zu berühren, bevor er einen Warnruf ausstoßen kann. Dann erledigen wir den Rest.«

Brann brach der Schweiß aus. Unvermittelt bar jedes Zorns und aller Trauer, nicht länger von bequemer Benommenheit geschützt, mußte sie sich dem tatsächlichen Dasein jener Männer stellen, denen sie die Lebenskraft aussaugen sollte. In ihren ganzen elf Lebensjahren hatten ihre Eltern ihr Achtung vor Leben eingeschärft. Slyas Gebote forderten die bereitwillige Übernahme der Verantwortung für jedes genommene Leben. Brann entsann sich der Verzweiflung, mit der sich der Malouch ans Leben gekrallt, und an die Leichtfertigkeit, mit der sie es ihm dennoch geraubt, an den Widerwillen, den sie danach empfunden hatte. Aber jetzt gab es kein Zurück mehr.

Yaril schmiegte sich enger an Brann, auf ihre unheimliche Art durchaus warm und lebendig. »Schau dir das Gesicht des Wächters an, der nun auf uns zukommt!« flüsterte sie Brann ins Ohr.

Als der Wächter aus dem Schatten trat, erkannte Brann das Gesicht des Kriegers, der Ruan an den Fersen gepackt und zweimal gegen die Eiche geschlagen, sie fortgeworfen hatte wie Abfall auf einen Misthaufen. »Halt dich bereit!« sagte Yaril, ihre Worte glichen lediglich einem Hauch dicht bei Branns Ohr. »Wenn er uns den Rücken zudreht, wird Jaril den anderen Wächter beißen.« Der Wächter stapfte an Brann vorüber. »Vorwärts!« Hochgescheucht von dem einen geflüsterten Wort, rannte Brann zu dem Mann hinüber, klatschte ihm eine Hand auf den bloßen Arm, ehe er eine Gelegenheit zum Aufschreien hatte, faßte ihn dann auch mit der anderen Hand, zog das Leben aus ihm heraus, die Glut strömte mit wahrer Wucht in sie über, unterschied sich in Art und Stärke von der Lebenskraft, die sie kleineren, weniger gefährlichen Wesen ausgesaugt hatte. Dieser Mann war ein Räuber unter Räubern, ein zum Töten geborener und herangezüchteter Mörder, durch den Drill im Temueng-Heer nur geringfügig gezähmt. Soviel erkannte Brann binnen eines Augenblicks, während seine Lebenskraft heftig in sie überfloß. Gleich darauf fiel er tot um. Brann atmete schwer, bemühte sich, ihre Übelkeit zu unterdrücken, schaute hinüber zu dem anderen Wächter. Er lag inzwischen ebenfalls auf der Erde, hatte lautlos das Leben verloren. In ihrer Schlangengestalt konnten die Kinder aus ihren Körperstoffen ein Gift erzeugen, das vom einen zum anderen Atemzug tötete, nur ein winziges Tröpfchen in einem Giftbeutel, aber genug für den Tod eines Dutzends Menschen.

»Nun gilt's zu handeln«, wisperte Yaril. »Nicht denken, Brombeerlein, einfach tun, was du zu tun hast. Das ist der einzige Weg, um deine Leute zu retten. Diese Mörder haben den Tod gründlicher verdient, als du's ahnst.« Sie tätschelte Branns Arm und lief ihr voraus zu den Reihen schlafender Krieger. Ein bläßliches Schimmern, und schon war sie eine Schlange geworden, glitt durch den Staub, staubfarben und im schwachen Sternenschein nahezu unsichtbar, außer wenn ihr Natternkopf sich über einem Schläfer in die Höhe reckte und im Zubeißen auf ihn hinabzuckte.

Brann riß sich zusammen, schloß sich ihr an. Sie huschte von Mann zu Mann, legte die Hände auf jene, denen die Kinder noch kein Ende bereitet hatten, saugte ihr Leben ein wie schier endlose Schwälle eines glutheißen Stroms, dessen Fluten in sie überflossen. Sie trank und trank, bis kein Leben mehr da war, das sie hätte rauben können, versuchte die Anwandlungen von Häme zu mißachten, die sie, während sie sich über Schlafende bückte und sie berührte, schwül durchschauderten. Sie empfand sie als unrecht. Ihre Rache sollte reiner Natur sein, durch nichts Niedriges besudelt, nur bestimmt von gerechtem Zorn.

Die Kinder gaben ihre Schlangengestalt auf und gesellten sich zu Brann, ihre Hände vereinten sich mit ihren Händen, sie nahmen und nahmen Lebenskraft aus ihr, bis sie zu guter Letzt wieder klar denken konnte, sich nicht mehr aufgedunsen und unbeholfen fühlte. Sie wandte sich um, betrachtete die Toten. In zwei Reihen lagen sie da, fünfzig Mann, Schlangen und dem zum Opfer gefallen, was sie jetzt war — was es auch sein mochte —, kaum einen Laut hatten sie ausgestoßen, jeder Widerstand war ausgeblieben, sie ruhten unter ihren Decken, als ob sie noch schlummerten. Stumm trat Brann zu Temueng-Pimush, dem Anführer der Eindringlinge, dem Mann, der zu allem, was von ihnen angerichtet worden war, die Befehle erteilt hatte; er schlief ruhig, ungestört durch Träume oder Reue. Du kennst den Grund, dachte Brann, aber wie soll ich dich befragen, welche Fragen soll ich dir stellen? Er schnaufte, bewegte die Hände. Brann sprang zurück in den Schatten, doch er erwachte nicht. Jaril zupfte sie am Ärmel. Brann beugte sich hinab. »Was?« fragte sie im Flüsterton.

»Entziehe ihm Lebenskraft, jedoch nur einen Teil, just genug, um ihn seines Willens zu entheben, so daß wir ihn aus ihrer Nähe fortbringen können.« Der Knabe nickte in die Richtung der im Schlaf befindlichen Gefangenen. Brann senkte den Blick und sah zu ihrer Überraschung, daß ihre Hände in der verwaschenen Trübnis kurz vor Anbruch der Morgendämmerung wie die runden Porzellanlampen leuchteten, die ihr Vater als Nachtlaternen hergestellt hatte. Sie kniete neben dem Pimush nieder, nahm seinen Kopf zwischen die Hände. Er wachte halb auf, döste jedoch wieder ein, als sie das zunächst langsame Absaugen seiner Lebenskraft ein wenig beschleunigte. »Genug«, sagte Jaril, faßte Branns Hand. Brann seufzte und kauerte sich auf die Fersen.

»Was nun?«

»Fort in den Wald! Er wird zu gehen vermögen, wenn wir etwas nachhelfen.«

Mit Unterstützung der Kinder führte Brann den Pimush ein Stück weit von der Lichtung mit dem Lager weg, lehnte ihn an die hoch gewölbten Wurzeln einer alten Eiche. »Das wäre geschafft. Und was jetzt?«

»Gib ihm Kraft zurück!«

»Hä?«

»Du willst doch, daß er zu reden imstande ist, oder? Leite das Fließen der Lebenskraft zurück in sein Inneres. Du brauchst ihn nur anzurühren und deinen Willen aufzubieten, Brombeer, es ist so leicht wie Atmen.«

»Ich glaube, ihr atmet gar nicht.«

Jaril grinste ihr zu. »Zumindest nicht in der Weise wie du.«

Brann kratzte sich mit einem schmutzigen Zeigefinger am Mundwinkel. Der Temueng war ein großer Mann, Kopf und Schultern ragten höher empor als bei den meisten Bewohnern Arth Slyas, das Fleisch umhüllte seine Knochen hart und fest. Ihr schauderte erneut. »Er sieht aus, als könnte er mich ohne weiteres entzweirupfen. Sollen wir ihn nicht fesseln?«

»Nein.« Jaril wechselte die Gestalt, kroch als Schlange, Windung um Windung, auf den Brustkorb des Temueng, richtete den breiten dreieckigen Schädel auf, schaukelte in dieser Haltung hin und her, die Giftzähne entblößt, zum Biß bereit. Yaril kniete an der rechten Seite des Temueng nieder, verlieh ihrem Gesicht die raubgierige Miene eines hungrigen Wiesels, die ihre zarten kindlichen Gesichtszüge so gut ergänzten, daß sie schauriger aussah, als hätte sie sich in einen dreimal so großen wutentbrannten Kerl verwandelt. Brann schaute von dem Kind zu der Schlange, strich sich mit der Hand übers Gesicht, wischte erneut ausgebrochenen Schweiß ab. »Weshalb fühle ich mich jetzt bloß nicht sicherer?« flüsterte sie, kicherte dann beunruhigt.

Morgendlicher Wind regte sich, rauschte im Laub, da und dort durchdrang das noch schläfrige Zwitschern eines Vogels die Stille. Yaril klackte mit den Zähnen. »Brann, wartest du auf Regen, oder was ist mit dir?«

Brann ließ sich neben dem Temueng auf die Knie sinken, legte ihm eine Hand auf die Stirn, stellte fest, daß Jaril recht hatte, es war ganz leicht; die Glut, die unter ihrer Haut lohte, sickerte durch die Fingerspitzen in den Mann. Sein erbleichtes Gesicht bekam wieder eine gesundere Färbung, wiedergekehrte Lebenskraft rötete es. Überhastet sprang Brann auf, tat ein paar Schritte rückwärts.

Der Temueng öffnete die Augen. Von neuem wich ihm die Farbe aus den Wangen, er wurde blaß, als er über sich das Schlangenhaupt sah; er erstarrte, unterließ sogar das Atmen.

»Mann«, sagte Yaril.

»Was?« Seine verkniffenen Augen ruckten umher, schweiften von der Natter, die sachte auf ihm schwankte — allerdings ohne die erhöhte Anspannung, die anzeigte, daß sie im nächsten Augenblick zubeißen würde —, zu dem wieselgesichtigen Kind, das die spitzen Zähne bleckte, und schließlich zu Brann, auf der Mondlicht wie der Widerschein eines Feuers glänzte. Er regte sich nicht; zwar hatte er Furcht, aber er beherrschte sich, bemühte sich um eine Einschätzung der Lage, sann auf Möglichkeiten, wie er der Gefahr entfliehen könne.

»Wir sind Seelentrinkerin und die Bergkinder«, säuselte Yaril. Sie packte seine Hand, die Stärke ihrer dünnen Finger mußte auf den Mann so erschreckend wirken wie ihr Äußeres. Sie bog die Hand zu einer Faust zusammen, umschlang sie mit ihren Händchen, musterte ihn mit unpersönlicher, jedoch eifriger Aufmerksamkeit. »Ihr habt eine Anzahl unserer sterblichen Anverwandten ermordet und andere verschleppt. Unsere Mutter habt ihr beschmutzt und mit Blut besudelt. Warum?« Ihre helle, klare Stimme klang gelassen, so als plaudere sie lediglich. »Antworte mir, Mann!« Sie verstärkte den Druck um seine Faust, sah zu, wie er sich angestrengt darum bemühte, ruhig zu liegen, Schweißtropfen bildeten sich auf dem langen, hageren Gesicht. »Warum?« Yaril lockerte den Griff. »Warum?«

»Es war etwas«, antwortete der Pimush, sobald er wieder zu sprechen vermochte, »womit wir uns die Zeit vertreiben konnten.«

Yaril gab der Natter einen Wink, und sie verwandelte sich in eine Riesenschlange mit zart gefiederten Schwingen, kaum größer als eine menschliche Hand, die hinter dem kantigen Drachenkopf flatterten, aus dem Rachen züngelte eine gegabelte Zunge; das schillernde Gefieder schwirrte und flirrte, und die riesige Schlange wurde noch größer und auf der Brust des Temueng immer schwerer, die Windungen des dicken Leibs breiteten sich von seinem Körper über die Wurzeln der Eiche aus. Während der Pimush sie anstierte, den Mund krampfhaft zusammengepreßt, aber die Augen vor Furcht geweitet, die er nicht leugnen konnte, rann eine qualmende ölige Flüssigkeit an einem dolchartigen Fangzahn der Drachenschlange hinab, sammelte sich an der Spitze, tropfte ihm endlich auf die Brust. Das Gift brannte sich durch seine Bluse in sein Fleisch. Seine Gestalt zuckte, wand sich in Krämpfen, soweit es überhaupt möglich war, solange Yaril seine Faust in einem Griff hatte, aus dem sich befreien zu können für ihn keine Aussicht bestand, solange auf Beinen und Unterleib das fürchterliche Gewicht der Drachenschlange lastete.

Yaril fuhr mit einer Hand über das Brodeln der Flüs-

sigkeit, nahm sie in sich auf. Der Schmerz verging, der Mann lag wieder ruhig. »Warum?« erkundigte Yaril sich erneut. »Jedes Jahr haben wir getreulich Tribut nach Grannsha gesandt, die Übereinkunft zwischen Arth Slya und dem Kumaliyn ist innerhalb der tausend Jahre, seit sie getroffen ward, niemals gebrochen worden. Weshalb seid ihr nach Arth Slya gekommen?« Der Temueng befeuchtete sich mit der Zunge die Lippen, stieß auf einmal lauthals einen Hilfeschrei aus. »Deine Männer sind tot.« Yaril tätschelte ihm die Faust. »Nur ihre Geister könnten dir antworten. Ruf getrost noch einmal, wenn du's wünschst. Schrei, soviel du willst. Bloß die Gefangenen können dich hören, und sie sind an Pfosten gefesselt. Warum habt ihr Arth Slya zerstört?« Von neuem verstärkte sie die Umklammerung seiner Faust, schaute zu, wie er sich abmühte, um nicht laut zu stöhnen, sich dem Gefühl der Wehrlosigkeit widersetzte, das ihm ihre unwahrscheinlichen Körperkräfte sowie das Gewicht der Drachenschlange verursachte. Danach verminderte Yaril den Druck wieder ein wenig. »Sprich die Wahrheit, und du darfst rasch und schmerzlos sterben. Solltest du jedoch lügen und zu reden dich weigern, so wird meines Bruders Gift dich Stück für Stück zerfressen, und die Seelentrinkerin wird dafür sorgen, daß du bis zum gräßlichen Ende ständig bei Besinnung bleibst.«

Die dunklen Augen des Temueng blickten gehetzt umher, er rang ein letztes Mal mit sich selbst, ihm war nach Trotz zumute, doch er war zu schlau, um seine Kräfte mit dem Verschweigen von Angelegenheiten zu vergeuden, die drunten in den Dörfern zum Allgemeinwissen zählen mußten. Mit sichtlicher Willensanstrengung entspannte er sich. »Alle tot?«

»Alle. Slya wacht über ihre Kinder.«

»Leichte Aufgabe, ist uns gesagt worden. Die jungen kräftigen Leute aufgreifen, Kinder und Tattergreise nicht ...« Der Atem fauchte ihm durch die straffen Lippen. »Keine Rede von keiner Scheißgöttin nicht, wo uns die Eier schleift. Euer Kumaliyn ist gestürzt worden. Hier herrscht jetzt Abanaskranjinga, Kaiser der Temueng.«

»So. Und weshalb kommt ihr daher wie Wölfe? In Arth Slya waren keine Krieger.«

»Was fragt ihr mich? Ich tu, was mir befohlen wird. Geradeso wie 'n braver Bub, dem man dafür 'n Kopf tatscht.«

»Weshalb seid ihr dahergekommen wie Wölfe?«

Der Kerl schnob. »Der alte Abanaskranjinga mag kein Häuflein Lehmfüße nicht unbeachtet lassen, sie könnten ja denken, sie bräuchten ihn nicht, und andere Dreckfresser kämen womöglich auf den Einfall, sie hätten irgendwelche Rechte. Lehmfüße und Dreckfresser, die Scherereien anstellen, werden schlicht zusammengehauen, aber Abanaskranjinga muß uns entlohnen fürs Zusammenhauen, und von Silber trennt er sich so ungern wie ein Steppenlöwe von Fleisch. Also ist's billiger, sie zu unterwerfen, bevor sie Ärger machen. Der Handel und das Säen und Ernten werden nicht gestört. Ist auch 'n leichter Weg, um an wertvolle Sklaven zu gelangen. Für so was hat der alte Abanaskranjinga 'n Blick. Er dachte sich, eure Künstler in Arth Slya sollten lieber gleich ihr Zeug irgendwo für ihn anfertigen, wo er sie im Augenmerk behalten kann. Dachte sich, Durat wird dadurch mal so 'n Ruf für Handwerk und Kunst haben wie ihr Lehmfüße.«

Brann tat einen Schritt auf ihn zu. »Sklaven«, brauste sie auf. »Das halbe Dorf tot, nur damit ... damit ... er sich mit ihrer Arbeit brüsten kann!«

Er wölbte die dünnen geschwungenen Brauen, das Bedürfnis, die eigene Stimme zu hören verleitete ihn unvernünftigerweise zu weiteren Einlassungen, er versuchte, das Verhör in so etwas wie eine alltägliche Unterhaltung umzuwandeln. »Küken, was soll denn daran neu sein? Für den alten Großkotz sind wir alle seine Sklaven. Wir springen, wenn er an den Fäden zieht.

Springen wir nicht, haut man uns die Rübe ab. Wieso auch nicht? Wir machen das gleiche mit dem Pack unter uns.«

Brann starrte ihn an, verstand wenig von dem, was er redete. Er sprach von einer Welt, die sich von den Verhältnissen, in denen sie aufgewachsen war, vollständig unterschied. Sie entnahm seinen Äußerungen nicht mehr, als daß letzten Endes der Temueng-Kaiser für die Zerstörung Arth Slyas verantwortlich gemacht werden mußte. »Die Messe«, sagte sie. »Was ist aus den Bewohnern Arth Slyas geworden, die zur Messe gefahren sind?«

»Unterwegs, Küken, auf 'm Schiff unterwegs nach Andurya Durat.«

Brann legte die Hände auf den Rücken, ballte sie zu Fäusten, wendete erhebliche Mühe auf, um einen gleichmäßigen Klang ihrer Stimme zu gewährleisten. »Sind welche von ihnen umgebracht worden?«

»Wer würde sich die Rübe abhauen lassen, weil er erstklassiges Fleisch vertan hat? Eh-eh.«

Brann schloß die Lider. Ihr Vater und ihre Brüder lebten. Sie waren Gefangene, aber noch am Leben.

»Brombeer!« Yarils Stimme.

Aus ihrer Erleichterung geschreckt, umrundete Brann die Füße des Temueng, blieb neben Yaril stehen. »Ja, was?«

»War das alles, was du wissen wolltest?«

»Ja ... äh ... ja.«

»Und?« Yaril vollführte eine Gebärde der Ungeduld.

Brann rieb sich die Hände an den Seiten der blutigen Bluse, das Blut stammte von der Verletzung ihres Arms, war längst geronnen. Irgendwie war es diesmal anders, weil sie dem Opfer in die Augen schaute, seine Stimme hörte, die Furcht bemerkte, ihn als Mensch sah, ihn *kannte.* Trotz des Unheils, das er angerichtet hatte, scheute sie es, ihn des Lebens zu berauben; der Abscheu, den sie verspürte, war beinahe zu stark, um überwunden werden zu können. Umständlich langte sie nach ihm, sah die Furcht in seinem Blick sprungartig wachsen, dann die Augen stumpf werden, als Schicksalsergebenheit das Grausen ablöste. Branns Hand sank herab. »Ich kann nicht«, heulte sie auf. »Ich ...« Da ergriff eine unerhört heiße Wut von ihr Besitz, erstickte ihren Willen, bewegte ihre Arme, senkte die Hände auf des Temueng Stirn und Mund, entzog ihm das Leben in einem einzigen wüsten Schwall.

Dann war er tot, und das *Etwas*, das sie überwältigt hatte, entschwand aus ihr wie ein Wirbel. Die Kinder waren es nicht gewesen; wie undeutlich ihr Denken auch sein mochte, soviel war ihr klar. Vorsichtig näherte Yaril sich ihr, hob die Hand. Zwischen ihnen knackte ein Funke, und Yarils kleine starken Hände umfaßten Branns Arm, sie drängte sich an sie, warm und lebendig, murmelte ihr Worte des Trostes zu. Nochmals knackte ein Funke, und Jarils Hände streichelten Branns Schultern, rieben ihr sanft dort und im Nacken die Muskeln. Das Paar half ihr beim Verwinden des Schreckens, gewährten ihr den Halt, den sie brauchte, bis sie wieder aus eigener Kraft auf den Beinen zu stehen vermochte.

»Was war *das?*« Yaril blieb an Branns Seite, hielt ihre Hand.

Brann bewegte die Schultern, spannte die Finger an, empfand die sogar leicht schweißigen Kinderhände, die sie berührten, als angenehm menschlich. »Ich weiß es nicht. Ich glaube ... ich *glaube*, es war Slya, die sich meiner bemächtigt hat.«

»Oh!« Einige Atemzüge lang bewahrten beide Kinder vollkommenes Schweigen; danach tat Yaril ruhig eine wohl absichtlich völlig nüchterne Äußerung. »Am besten schneiden wir nun deine Leute los.«

Während sie gemeinsam durch die Bäume zur Lichtung strebten, blickte Jaril zu Brann auf. »Was tun wir danach, Brombeer? Kehren wir mit deinen Leuten zurück ins Tal?«

Brann hielt inne. »Eigentlich wollte ich's ... bevor ich von Papa gehört habe ... Meint ihr, wir könnten's schaffen, auch ihn zu befreien?«

Jaril grinste. »Warum nicht?«

Brann verharrte in den Schatten einiger verkümmerter Erlensträucher, eine unsichtbare Hand hemmte ihre Schritte, eine Mauer aus Luft trennte sie von ihrer Mutter und den übrigen Überlebenden Arth Slyas auf der Lichtung. Keine Worte erschollen, ihr kamen keinerlei Hinweise zu, sie spürte nichts, und doch wußte sie mit einem Mal, daß sie in Arth Slya nichts mehr zu suchen hatte. Sie sank auf die Knie, schwang die Beine nach vorn, setzte sich mit im Schoß gefalteten Händen nieder, spähte durch ein dünnes Gefächer fingerdicker Triebe und spärliches Flechtwerk aus Laub hinüber zum Lager. Die Kinder wechselten Blicke der Ratlosigkeit, dann kauerten sie sich wortlos neben sie.

Ohm Migel hatte sich bei einem Pfosten auf die Knie hochgerafft, schaute sich nach allen Seiten um. Er fuhr sich mit der Hand über den Mund, klaubte vor seinen Knien auf der Erde herum, nahm einen Erdklumpen und warf ihn nach einem der in Decken gewickelten Krieger. Er äußerte ein Brummen, als der Klumpen traf, auf dem Mann zersprang, Brocken über ihn und den Untergrund ringsum flogen. »Sie schlafen nicht«, sagte er, steckte zwei Finger in den Mund, stieß einen gellenden, durchdringenden Pfiff aus. »Hm, will mir so scheinen, als wären sie alle tot.«

»Wieso?« Das war die Stimme von Branns Mutter.

»Alle?« Tante Seansi kniete neben ihr. »Ja, ich glaub's, Migel, dein Pfeifen könnte ohne weiteres die Bewohner Grannshas wecken.«

Migel klammerte seine dicken Finger um den Pfahl und wackelte ihn hin und her, dann riß er ihn mit einem lauten Aufächzen aus dem Untergrund. Er rappelte sich hoch, die mit demselben Strick aneinandergebundenen

Dörfler standen gleichzeitig auf, alle acht umrundeten die Pfosten und strebten zu der Zweierreihe ausgestreckter Krieger. Migel trat einem Temueng die Decken weg, zog ihm ein Messer aus dem Gürtel und schnitt sich los. Er zertrennte auch das um den Hals geschlungene Seil, warf danach das Messer mit eingefleischter Geschicklichkeit hinüber zu Branns Mutter, vor der es sich ins Erdreich bohrte, die es mit dem Ausruf »Slya!«, der aus tiefstem Herzen drang, an sich nahm und sich vom Pfahl losschnitt. Als sie sich befreit hatte, gab sie das Messer weiter an Seansi und ging zu einem Stapel Brennholz, von den Kriegern am Vorabend geschlagen, trug Reisig zu einer freien Stelle, benutzte dort Zunder und Feuerstein, gefunden bei einem der Toten, um ein Feuer zu entfachen.

Brann beobachtete das Durcheinander der geräuschvollen Betriebsamkeit auf der Lichtung, der Stolz auf die Zähigkeit ihres Völkchens erwärmte ihr Inneres. Heimgesucht vom Entsetzen und den Gewalttätigkeiten des Überfalls, aller Hoffnung beraubt, fortgeschleppt, einem unbekannten Schicksal entgegen, nun inmitten lautlosen Todes aufgewacht, von dem sie sich nicht vorstellen konnten, wie oder wann er zuschlug, hockte jetzt doch keiner von ihnen trübselig herum oder beschränkte sich aufs Jammern, vielmehr sah jeder oder jede Gefangene, sobald er oder sie des Stricks ledig war, was es zu tun galt, und tat es. Zeit zum Grausen und Trauern fand man später. Dies war die Stunde, um sich den Bauch mit Essen zu füllen und siedendheißen Tee zu trinken, damit das Blut in Bewegung kam. Jetzt war es erforderlich, die Maultiere und Kleinpferde aus dem mit Seilen um sie geschaffenen Pferch zu holen, die von den Kriegern aus dem Tal mitgenommene Beute irgendwo sicher zu lagern, wo man sie beizeiten finden konnte, um sie zurückzuholen. Binnen einer geschäftigen halben Stunde räumte man den Lagerplatz auf; nur die Leichen der Krieger ließ man unangetastet (allerdings legte man den

Leichnam des Pimush, als man ihn entdeckte, zu den übrigen Toten, und die Dörfler, die das taten, stapften dicht an Brann und den Kindern vorbei, doch was diese daran hinderte, die Lichtung zu betreten, verhinderte ebenso, daß jemand sie sah). Danach schwangen die Dorfbewohner sich auf die Maultiere und Pferdchen und ritten heim; wer kein Reittier hatte, lief im Laufschritt mit. Nach einem kurzen, wenngleich hitzigen Streit blieben das Roß und der Besitz des Pimush zurück. Onkel Migel wollte das Pferd mitnehmen, Branns Mutter war entschieden dagegen. Inar, Seansi und ein Dutzend andere Dörfler redeten Migel die Absicht aus. Das Roß, ein richtiger Renner, stammte offensichtlich aus edlem Gestüt, jeder mußte auf den ersten Blick merken, daß man es nicht im Tal gezüchtet hatte. Migel wandte wiederholt ein, daß jeder, der ihnen im Tal nahe genug kam, um das Pferd zu sehen, ihnen ohnehin zu dicht auf die Pelle rückte. Die anderen hielten ihm dagegen, es bräuchte bloß irgendeinem Außenstehenden das Roß flüchtig ins Blickfeld zu gelangen, und ihnen sei, wenn er es den Temueng melde, neuer Unsegen gewiß. Wolle er ein solches Tier haben, solle er auf der nächsten Messe eines kaufen. Als die Dorfbewohner zuletzt die Lichtung verließen, rumpelte der Berg für die Dauer einiger Atemzüge, verstummte wieder, so als lache Slya: Die Krieger tot, die Einwohner Arth Slyas kehrten heim, um ihre Häuser wiederaufzubauen, und Brann hatte ihr Sinnen und Trachten auf den Temueng-Kaiser gerichtet, als wäre sie ein Pfeil.

Während der Morgen heller und wärmer wurde, als die Sonne höherstieg, hockte Brann noch immer da und starrte auf die leere, verlassene Lichtung, ohne etwas zu sehen. Sie war nicht müde, nicht schläfrig; sie fühlte sich lediglich ausgehöhlt.

»Brombeer.« Yarils Stimme erheischte Aufmerksamkeit. Brann schaute sich mit blicklosen Augen um. »Hier.« Yaril gab ihr einen warmen Becher in die Hand.

»Trink das!« Als Brann sich nicht regte, nur den Becher betrachtete, ließ das Wandelkind ein gedämpftes Fauchen hören, ähnlich wie ein mißmutiges Kätzchen, schlang die Hände um Branns Finger und hob den Becher an die Lippen.

Die kochendheiße Flüssigkeit verbrühte ihr nachgerade den Mund, aber Brann trank. Sobald sie den Becher leergetrunken hatte, entfernte sich Yaril, fand sich gleich darauf mit mehr Tee, schon etwas älterem Brot und dikken Stücken Käse ein, schimpfte mit Brann, bis sie zu essen anfing. Nahrung im Bauch zu haben, belebte ihren Willen neu, stattete sie mit neuer Antriebskraft aus; die Ausgehöhltheit, die sie empfunden hatte, war sowohl körperlicher wie auch seelischer Natur gewesen; das begriff sie, bevor schließlich Jaril ihr das Roß des Pimush brachte, das Tier trug sein bisheriges Zaumzeug, aber Branns Sattel und Gepäck, um einiges Nützliche ergänzt. Das Pferd war ein herrliches schönes Tier — kein Wunder, daß Ohm Migel ein Auge darauf geworfen hatte —, es tänzelte, schnaubte aus den Nüstern, aber die Berührung von Jarils Hand beruhigte es, als Brann Anstalten zum Aufsitzen machte.

»Hinauf mit dir!« rief Jaril. Er umfaßte ihre Oberschenkel, warf sie regelrecht auf das schnaubende Roß, überraschte sie wieder einmal mit seiner Körperkraft; weil sie ihn so oft als zarten Knaben oder unstoffliches Schimmern inmitten der Luft sah, ließ sie sich vom augenfälligen Schein immer wieder dazu verleiten, ihn zu unterschätzen. Sie setzte sich im Sattel zurecht, unternahm ihrerseits einiges, um das Pferd an sich zu gewöhnen, streichelte, besänftigte es, stellte gleichzeitig klar, daß sie sich von ihm keinen Unfug bieten zu lassen gedachte.

Zu guter Letzt ritt sie von neuem bergab, hielt das Roß, das manchmal übereifrig losrasen wollte, in stetem leichten Galopp. Gefleckte Jagdhunde liefen neben ihr mit oder verschwanden zu Erkundungsstreifzügen im

Wald. Der Bergpfad folgte nach wie vor dem Verlauf des Flusses, führte an den Seiten von Hohlwegen entlang, durchdröhnt vom Rauschen von Wasserfällen, bog nur — gleichsam widerwillig — vom Strom ab, wo Fluß und Klippen in von Regenbögchen durchflimmerten Dunstschleiern verschwammen. Hinab ging es, immerzu abwärts, ohne Aufenthalt, Brann saß im Sattel, trank aus dem Wasserschlauch des Pimush, mißachtete das fortwährende Wundwerden der Schenkel, die Krämpfe in Fingern, Armen und Beinen, ununterbrochen ritt sie den Berg hinunter, bis bleierne Müdigkeit das Roß erfüllte, sie die Berge hinter sich gelassen hatten, sich in den leicht gewellten Hügeln des Vorgebirges befanden.

Als der Wunde Mond bereits eine Stunde lang überm Horizont schwebte, rollte sich Brann in einer mit Gras gepolsterten Mulde zusammen und schlief, vertraute das Pferd und ihre Sicherheit den Kindern an. Sie schlummerte tief und fest, und falls sie träumte, erinnerte sie sich anschließend nicht.

Die Sonne stach ihr heiß in die Augen, als Brann erwachte, Schweiß klebte ihr am ganzen erheblich veränderten Körper, sie spürte das Drücken und Kneifen viel zu klein gewordener Kleidung.

Sie setzte sich auf, stöhnte. Hastig riß sie sich, was von ihren Hosen übrig war, vom Leib, die Nähte waren meistenteils geplatzt, während sie schlief, sie seufzte vor Erleichtung, zerrte sich auch die Reste der Bluse vom Oberkörper, drehte die Fetzen zu einem Bündel, wischte sich damit übelriechend-ranzigen Schweiß ab. Dreck und getrockneter Schweiß verklebten ihr das Haar. Sobald sie die Finger hindurchpflügte, fiel es ihr in Büscheln aus. Sie rieb sich mit dem Lumpen, der vorher ihre Bluse war, den Kopf; das gesamte Haar fiel aus, rings um sie sanken dunkle, mausgraue, abgestorbene Strähnen ins Gras. Brann rieb sich den Schädel, bis er völlig kahl war, regelrecht blankgeputzt. Sie warf die Lappen beiseite, befühlte mit den Händen den Körper, den die Nacht ihr geschenkt hatte, die vollen weichen Brüste, schmale Taille, die breiteren Hüften, das Schamhaar, das im Sonnenschein wie verschlungener Silberdraht glänzte. Ihr war zum Weinen, zum Losbrüllen, so verwirrt und ratlos war ihr zumute.

Sie spürte eine Hand auf der Schulter. Erschrocken wandte sie sich mit einem Ruck um, schrie mit einer Stimme auf, die sie nicht erkannte, prallte zurück — da sah sie, es war Yaril. Sie hatte sorgfältig gefaltete Kleidungsstücke auf den Armen. »In der Mulde drüben bereitet Jaril das Morgenmahl zu. Zieh dich lieber an. Hiermit.«

Brann breitete die Bluse aus, sah erstaunt, nachdem sie sie sich angesehen hatte, Yaril an. »Woher ...?«

»Wir haben die Sachen mitgebracht. Für alle Fälle.«

Brann betrachtete die immer noch sich hingehaltene Bluse und schnob. »Bloß für den Fall, daß ich durch irgendeinen Zufall ein paar Spannen größer und ein Dutzend Jahre älter werden sollte?« Sie biß sich auf die Lippen, ihre tiefere, dunklere Stimme — eine Frauenstimme — verursachte ihr Mißvergnügen, sie besaß keine Ähnlichkeit mit jener Stimme, mit der sie zuvor gesprochen hatte.

»Für den Fall, daß dir die Heimkehr nach Arth Slya verwehrt bliebe. Für den Fall, daß es erforderlich würde, außer den Dorfbewohnern, die von den Kriegern verschleppt worden waren, auch deinen Vater und seine Leidensgenossen zu befreien. Jaril und mir kam's naheliegend vor, daß die Temueng als erstes der Messe Besucher ergreifen, ehe sie die Dörfer überfallen.«

»Von alldem habt ihr mir nichts gesagt.«

»Du hast genug andere Sorgen gehabt.«

»Das hier habt ihr mit mir angestellt. Warum?«

»Ein elfjähriges Kind, ein Mädchen, auf Fahrt«, sagte Yaril. »Denk nach, Brann! Steh nicht nur da und sperr den Mund auf wie ein Fisch. Zieh die Bluse an. Wer würde so ein Kind unbehelligt umherziehen lassen? Wahrscheinlich wäre, daß der erste Mann oder die erste Frau, wer eben gerade eine Arbeitskraft braucht, dich bei sich ›aufnimmt‹ und dich für deinen Unterhalt schuften läßt. Wer täte denn schon auf 'n Kind hören? Und das ist noch nicht das Schlimmste, was dir zustoßen könnte. Deshalb haben wir die Lebenskraft, die du dir einverleibt hast, zu dem Zweck benutzt, dich älter zu machen. Du versäumst dadurch nichts, Brombeer-voller-Dornen, du bist durch uns in diesem Alter verhaftet worden. Du wirst dich nicht mehr ändern, es sei denn, du hättest einen diesbezüglichen Wunsch.«

Brann starrte sie an, hatte den Eindruck, als wäre ihr Kopf so hart wie alte Eiche geworden. »Was ...?« Sie streifte die Bluse über, knöpfte das Vorderteil zu, so daß es sich straff über ihre gerade erst erhaltenen Brüste spannte. »›Verhaftet?‹«

»Du weißt, was das Wort bedeutet. Zieh diese Hose an, sie gehörte Mareddi, die ungefähr deine Größe hat, also sollte sie dir passen.«

Brann stellte sich in die Hosenbeine, zog sie hoch, schloß die Bänder. »Aber ich weiß nicht, was es bedeutet, wenn ihr's im Zusammenhang mit mir verwendet.«

»Es soll besagen, du wirst immer in deinem gegenwärtigen Alter bleiben, außer du wünschst's zu wechseln.«

»Dazu seid ihr imstande?«

»Tja, wir müssen's wohl, nicht wahr? Wie wir dir schon erläutert haben, Brombeer, wir sind nun ein dreieiniges Ganzes, wir drei, zwar bist du mehr Grenzen als wir unterworfen, jedoch vermögen wir durchaus auch deine Gestalt in gewissem Maße zu verändern. Nicht viel, es kostet gewaltige Kraft, aber ... Nun ja, du wirst's sehen. Hier, Stiefel. Auch von Mareddi. Könnten ein wenig zu weit sein.«

»Wie komisch.« Brann strich sich mit der Hand über den Kahlkopf. »Bleibe ich glatzköpfig? Ich wär's lieber nicht.« Sie zog die Stiefel an, rammte die Füße hinein.

Yaril kicherte. »Wart's ab, könnte ich sagen. Doch nein, Brombeer. Das Haar hat schon nachzuwachsen begonnen.«

»Ich habe Hunger.« Brann besah sich die Decke, unter der sie geschlafen hatte, stieß sie mit dem Zeh an. »Was für'n Gestank, ich könnte 'n Bad vertragen.« Sie hob die Schultern, dann ging sie in die Richtung, aus der sie der Geruch gebratenen Coynos erreichte.

Am zweiten Tag, nachdem sie die Berge verlassen hatten, gelangten sie in ein kleines Dorf, wo Jaril für Brann einen langen Schal erwarb, den sie als Kopftuch benutzen und so die Haarborsten auf dem Schädel verbergen konnte, dazu Brot und Käse, etwas Speck sowie ein bißchen Tee, das die Frau, von der er die Sachen erstand, zu entbehren vermochte. Brann hatte gar nicht an die Notwendigkeit gedacht, über Geld zu verfügen, darum verblüffte es sie, als er unvermutet eine Handvoll Kupfer- und Bronzemünzen zückte, doch sie war geistesgegenwärtig genug, um in Hörweite Fremder den Mund zu halten. Erst später, während sie zwischen zwei Reihen schlecht gepflegter Begrenzungshecken eine zerfurchte Straße entlangritt, rief sie den Jagdhund, hob Jaril zu sich aufs Pferd. »Woher hast du die Münzen?« Sie lächelte versonnen, schüttelte den Kopf. »Ich hatte vollständig vergessen, daß wir nicht ohne Geld durch die Lande reisen können.«

»Aus den Geldbeuteln der Krieger und des Pimush. Sie haben daran keinen Bedarf mehr, wir hingegen sehr wohl.« Jaril lehnte sich in Kindsgestalt rücklings an sie, weckte bei ihr starke Gefühle der Mütterlichkeit, was sie überraschte, weil sie dergleichen noch nie empfunden hatte.

»Wieder etwas, von dem mir was zu sagen ihr euch gespart habt.«

»Du warst zu sehr damit beschäftigt, die Nase hängen zu lassen, um uns zuzuhören.«

»Hm-hm.«

Jaril bog den Kopf zurück, schaute sie mit einem Lächeln an, das sie zu stark an Marran erinnerte, um ihr wohlzutun, dann rutschte er von Branns Schoß, kam mit vier Hundepfoten auf dem Erdboden auf und lief voraus, um sich wieder zu Yaril zu gesellen.

Weitere Tage verstrichen, Brann ritt durch Dorf um Dorf, sah überall auf den Türmen der Herrenhäuser Temuengkrieger Wache halten. Furcht und Zorn der Einheimischen schienen so greifbar zu sein wie der Staub, den Pflüge und Zugochsen aufwirbelten, in den Dörfern war es still und ruhig, man traf nirgends Kinder an, jene ausgenommen, die mit ihren Eltern auf den Feldern arbeiteten. Es handelte sich um eine Art von Verheerung, die nicht mit Zerstörung einherging, Branns Wut neu anfachte, bei ihr einen gegen die Temueng gerichteten Grimm hervorrief, der an Mordlust dem Gift der Werschlangen nicht nachzustehen schien. Sie bemerkte, daß sie den Temueng sogar das Ausbleiben des Regens zum Vorwurf machte, obwohl die trockenen Tage und Nächte es ihr erlaubten, im Freien zu übernachten, wie es vonnöten war, denn die Bewohner der Ebenen waren mürrische, argwöhnische Menschen, und in den Ortschaften wimmelte es von Temueng.

Gegen Abend des siebten Tages nach Verlassen der Berge erreichte Brann die breite Handelsstraße von Grannsha nach Tavisteen, wandte sich darauf südwärts, ging zu Fuß, weil das Roß vor Erschöpfung zum Straucheln neigte, die Hunde blieben meistens voraus, zogen weite Kreise, achteten mit Nasen und Ohren auf etwaige Gefahren. Ab und zu kehrte einer von ihnen zu ihr zurück, lief eine Zeitlang an ihrer Seite mit, blickte wiederholt zu ihr auf, Reste von Tageslicht glommen in den Kristallen der seltsamen Augen. Der Himmel war stark bewölkt, dicke graue Wolken wälzten sich einher, drohten mit Regen, der jeden Augenblick ausbrechen mochte. Der Fluß strömte von der Landstraße fort und näherte sich ihr wieder, floß in breiten Windungen träge durch die Landschaft, das Düstere des verhangenen Himmels schien seinen Wassern jede Farbe auszusaugen, die mächtige Kraft und die Tiefe der Fluten dämpften mit deren Dahinströmen alle Geräusche.

Brann hatte sich schon mit der Aussicht einer nassen kalten Nacht abgefunden, da erspähte sie ein großes verschachteltes Gebäude zwischen der Handelsstraße und einer Biegung des Flusses, einen Gasthof, vor dem ein Paar Fackeln loderte, schon weit heruntergebrannte Fackeln, denn es war schon lange nach Sonnenuntergang. Die Hunde eilten herbei, verwandelten sich, unmittelbar bevor sie Brann erreichten, zurück in Yaril und Jaril. »Was meint ihr«, fragte Brann, »sollen wir hier einkehren?« Sie fuhr mit der Handfläche vorn an sich hinab und seufzte. »Ein heißes Bad wäre mir nun wirklich angenehm.«

Yaril kratzte sich an der Nase, betrachtete den Gasthof. »Warum nicht, Brombeer? Es hat den Anschein, daß viele Reisende in dieser Herberge Unterkunft nehmen. Deshalb werden Fremde den Leuten kein Grund zur Verwunderung sein.«

»Jaril, du bist unser Kassenhüter. Können wir uns die Preise leisten?«

Er blickte nachdenklich, dann verschmitzt drein. »Wieso denn nicht? Es sind nicht unsere Münzen, und wir können jederzeit mehr stehlen.« Er kramte in den Satteltaschen, brachte den Geldbeutel zum Vorschein, händigte ihn Yaril aus und übernahm von Brann die Zügel. »Geht ihr beide hinein. Laß Yaril reden, du stehst nur dabei und guckst hochnäsig, Brombeer.« Er kicherte, wich Branns geschwungener Faust aus. »Ich werde Coier zu einem Schlafplatz verhelfen, er dürfte nichts gegen einen trockenen Stall und reichlich Hafer zum Nachtmahl einzuwenden haben, nein, bestimmt nicht.«

Als Brann gegen die Tür drückte, öffnete sie sich, und sie trat ein, schaute sich so gleichmütig um wie nur möglich. Yaril, die sie hineinbegleitete, starrte alles mit weit weniger Zurückhaltung an, ihre Kindsgestalt ermöglichte es ihr, viel unverhohlener ihre Neugierde zu zeigen. Ein langer enger Flur mit offenen Bogen zu beiden Seiten führte zu einer breiten Treppe am anderen Ende und einer wie ein Huf geformten Theke am Fuß der Treppe. Yaril lief Brann voraus, schlug ein paarmal den kleinen, an der Wand aufgehängten Gong, verwikkelte danach den schläfrigen, jedoch geschäftstüchtigen Mann, der aus einer Tür hinter der Theke zum Vorschein kam, in eine zwar halblaute, aber heftige Feilscherei. Im Augenwinkel beobachtete Brann das Geschehen, tat so, als wüßte sie genau, um was sich die Unterhaltung drehte, versuchte die Männer zu übersehen, die sich unterm Türbogen der Schankstube drängten und sie mit der Sinnigkeit von Straßenräubern angafften. Insgeheim wuchs Branns Beunruhigung um so mehr, je länger Yaril das Gespräch hinauszog. Wäre sie mit ihrer Mutter und ihrem Vater hier eingekehrt, wie es sich ja hätte ergeben können, wäre sie aufgeregt gewesen, hätte sich ganz der Neuheit aller Eindrücke hingeben dürfen, dabei im Schutz der Liebe sowie der Regeln von Sitte und Anstand; unter den jetzigen Umständen hingegen empfand sie nichts als Angst, sie war an einen Ort verschlagen worden, dessen Verhaltensmaßregeln sie nicht kannte. Sie hob eine Hand, betastete das noch um den Schädel geknüpfte Kopftuch. Ungefähr zwei Fingerbreit lang war ihr Haupthaar bereits nachgewachsen, silberweiß war es und leicht kraus wie die Daunen einer Ente. Es juckte, mußte so dringend einmal gewaschen werden wie ihr gesamter übriger Körper. Wochen schien es ihr her zu sein, daß sie das letzte Mal gebadet hatte. Sie sah sich ihre dünnen Handgelenke an, sie wirkten, als könnte ein Luftzug sie brechen, ihre langen, kräftigeren, braungebrannten, aber auch von einem Schmutz dunklen Hände, den Wasser allein nicht abzuwaschen vermochte. Seife und ein heißes Bad. Sie seufzte voll froher Erwartung.

Yaril kam zu ihr. »Ich dachte mir, du würdest gern erst essen, während er das Wasser für dein Bad erhitzt.« Sie begleitete Brann in die Gaststube und an einen Tisch im hintersten Winkel. Jaril betrat die Herberge, lugte durch den Türbogen herein, half Yaril beim Auftragen von Speisen und allem Dazugehörigen, die zwei verhielten sich genauso, wie man es von Lehrlingen am Anfang ihrer Lehrjahre erwartete, sie erfüllten sämtliche Wünsche und Bedürfnisse ihrer ›Meisterin‹. Das Klingen der Münzen, die die Kinder den toten Kriegern abgenommen hatten, verschaffte Brann ein gewisses Willkommen, und das Betragen der Kinder trug ihr widerwillige Achtung ein, sie wirkte wohl wie jemand, der über ein gefährliches Maß an Macht gebieten mochte, wie sonderbar sie auch aussah. Selbst diese Sonderbarkeit hatte ihre Vorzüge, unterschied sie vom Durchschnitt auf sich gestellter Frauen.

Sobald sie an dem Tisch saß, den Rücken zur Wand, fühlte sie sich wohler, als hätte sie damit eine Art von Zuhause erworben. Und als die Kinder ihr kaltes Brathuhn und warme, mit zerlaufenem Käse gefüllte Semmeln brachten, dazu einen Henkelkrug erwärmten gewürzten Weins, machte sie sich mit dem vom langen Ritt geförderten Appetit ans Essen. Die Kinder knieten sich währenddessen neben sie, blieben den übrigen Anwesenden in der Gaststube verborgen. Als ein Großteil des Weins eine warme Last in ihrem Bauch abgab, der ärgste Hunger gestillt war, schaute sie hinunter zu Jaril. »Ist mit Coier alles klar?«

Jaril nickte. »Guter Stall. Sauberes, frisches Stroh in den Ständen, kein Schimmel im Hafer.«

»Vorzüglich.« Brann setzte den Weinbecher ab. »Und

was ist mit euch zweien, benötigt ihr auch etwas zu essen?«

Jaril schüttelte den Kopf, das feine Haar flog ihm ums spitze Gesicht wie ein Lichtkranz. »Nach dem üppigen letzten Mahl? Nein. Wahrscheinlich werden wir nichts brauchen, bis der Wunde Mond sich von neuem rundet.«

»Oh!«

Brann verzehrte den Rest der Mahlzeit, blieb geruhsam am Tisch sitzen, den Becher zwischen beiden Händen. Sie verspürte Beschwerden im Körper. Noch hatte sie sich nicht an die veränderte Verteilung des Fleisches auf den Knochen gewöhnt, obwohl sie ihr mit der Zeit zur Gewohnheit zu werden begann. Das bedeutete eine gewisse Hilfe, doch sie sorgte sich stets mehr hinsichtlich ihrer Befähigung, sich in dieser fremdartigen Welt außerhalb des Tals zurechtzufinden; auf ebenso klägliche wie gefahrvolle Weise mangelte es ihr an Kenntnissen über Dinge, an die die hiesigen Leute keinen zweiten Gedanken verschwendeten. Zum Beispiel bezüglich des Gelds, das Jaril hütete. Die einzige Münze, die Brann je in der Hand gehabt hatte, war jenes Bronzestück gewesen, das Marran als seinen Glücksbringer bezeichnet hatte. Allem Anschein nach wußten die Kinder, was sie taten, ihre Erfahrungen im Reisen waren anscheinend weit umfangreicher, als Brann es sich nachsagen konnte, aber es bereitete ihr Unbehagen, alles ihnen zu überlassen. In Arth Slya hielt man das Jungvolk innerhalb der Gemeinschaft zur Eigenständigkeit an. Der Nachwuchs mußte seine Fähigkeiten, Wünsche und Begabungen entdecken, um im Hinblick auf die Berufung die rechte Entscheidung fällen zu können, mochte sie nun eine Tätigkeit im heimatlichen Tal oder in der Fremde betreffen; die damit verbundenen Erkenntnisse und das Vermögen, danach zu handeln, waren für das Wohlergehen des Tals sogar noch wichtiger als die richtige Wahl eines Lebensgefährten. Selbst nach der Berufung, falls sich im Lauf der Zeit herausstellte, daß der jeweilige Jüngling oder das junge Weib unzufrieden war und ruhelos, ermutigte man sie dazu, woanders ihr Glück zu suchen; es wurden auswärtige Lehrstellen vermittelt, etwa in Grannsha — gewöhnlich anläßlich der Messe —, in Tavisteen oder andernorts in den Ebenen; junge Menschen verließen die Heimat, um Tänzer, alle Arten von Musikanten, Händler, Söldner oder Seeleute zu werden. Brann hatte Vettern in ganz Croaldhu, ja wahrscheinlich in der gesamten Welt, sie alle hatten jedoch Beistand und vermochten zu lernen, wie sie sich verhalten mußten, Menschen umgaben sie, die sie unterstützten, ihnen Mut zusprachen. Dank dieser Verfahrensweise war Arth Slya über tausend Jahre lang erblüht. Tausend Jahre lang. Kaum zu glauben, daß innerhalb einer so kurzen Frist, wie ein Tag sie bedeutete, diese Lebensart nahezu völlig geendet hatte.

Brann trank Schlückchen des inzwischen lauwarmen Weins, bemerkte zum erstenmal die einzigartig ungewöhnliche Stille in der Gaststube. Anfangs meinte sie, daß sie die Urheberin sei, aber dann sah sie die drei Männer an der Schanktheke, sie lehnten rücklings an der Holzplatte, gefüllte Deckelkrüge in den Händen. Sie waren Temueng mit blasser nordländischer Haut in der Färbung fetter Sahne, trugen das glatte Haar nach hinten gekämmt und im Nacken verknotet, hatten hohe vorgewölbte Wangenknochen und länglich-schmale Augen, so schwarz wie die Blusen und Hosen, die sie am Leib hatten. Sie zeichneten sich durch eine herbe, forsche Säuberlichkeit aus, man sah an ihnen keinen Schmutz, keinen Schweiß, kein Härchen war unordentlich, ihre Gesichter waren sorgfältig barbiert, sie hatten die Fingernägel ihrer Hände lackiert, die wirkten, als hätten sie nie irgend etwas verrichtet, was Brann als Arbeit anerkannt hätte, ihre Sauberkeit hatte etwas Beunruhigendes an sich, sie zeugte von Kälte und Herrischkeit, flößte Brann, genau wie es ihr Zweck war, Furcht ein. Yaril spürte ihre Bangigkeit, löste sich in ein schwaches Schimmern auf, schwebte an der Wand entlang durch die Räumlichkeit, schoß durch die Männer und davon, bevor sie nur zu mehr als zum Zwinkern imstande waren, kehrte längs der Wand zu Brann zurück, verfestigte sich neben ihrer Schulter wieder zu Yaril. »Gib acht auf sie!« flüsterte das Mädchen. »Sie haben die Erlaubnis, mit jedem zu tun, was sie wollen, es sind Vollstrecker eines kaiserlichen Zensors.« Yaril tätschelte Brann am Arm. »Aber denke getrost daran, wer du nun bist, Seelentrinkerin!«

Brann erschauderte. »Mir gefällt's nicht ...«, setzte sie zu einer geflüsterten, jedoch heftigen Entgegnung an. Druck um ihren Arm brachte sie zum Verstummen. Sie hob den Blick. Von irgendwoher hatte sich ein vierter Mann genähert, stand nun an ihrem Tisch. Er zog einen Stuhl darunter hervor und nahm Platz. »Ich kann mich nicht dran entsinnen, Gesellschaft angefordert zu haben«, sagte Brann. Jaril war aufgestanden, verharrte an ihrer anderen Schulter. Brann verlor im Handumdrehen viel von ihrer Furcht; solange die Kinder ihr halfen, blieb dieser Temueng ein Nichts. Sie lehnte sich im Stuhl zurück, musterte ihn voller Haß und Verachtung.

Sein Blick schweifte an ihr auf und ab. »Für was soll man dich eigentlich halten?«

»Eine Seelentrinkerin.« Der von Yaril geprägte Begriff kam ihr ziemlich leicht über die Lippen. Sie schaute in das starre Gesicht des Temueng und lachte.

»Wer bist du?« Er sprach mit äußerster Geduld. Brann kicherte verunsichert, obwohl er und seine Schergen zweifellos keinen Anlaß zur Erheiterung boten. Als sie nochmals aufkicherte, packte der Temueng sie am Arm, grub ihr die Finger ins Fleisch. Er versuchte, Brann den Arm umzudrehen, sie für ihr Gelächter zu bestrafen, doch sie widerstand ihm — ein wenig zu ihrer eigenen Verblüffung — ganz mühelos, saß da und lächelte, während er bald um Atem rang, sein Gesicht rot anlief, die bedrohliche Ruhe von ihm wich. Aber er war kein Dummkopf, kannte sich, was die Mittel und Wege zur Einschüchterung betraf, gut aus. Wenn ein Vorgehen mißlang, mußte man es unterlassen, bevor man sich lächerlich machte, und etwas Wirksameres anwenden. Er hatte einen Fehler begangen, sie in der Gegenwart ihm unfreundlich gesonnener Augenzeugen herausgefordert. Er ließ Branns Arm los, lehnte sich zurück, drehte halb den Kopf, ersparte sich jedoch die Mühe, die Männer anzuschauen, an die er sich wandte. »Schmeißt sie hinaus!« befahl er ihnen. Brann sah zu, wie die Vollstrecker die Gaststube räumten, den Leuten bis in den Flur folgten, sich unterm breiten Türbogen aufstellten, der Stube den Rücken zugekehrt. Sie beobachtete den Temueng mit finsterer Miene, wußte, sie würde ihn töten, wenn es sein mußte. Die friedliebende Erziehung, die sie genossen hatte, und Slyas Gebot, alles Leben zu achten, mochten in einer solchen Umgebung hinderlich sein, doch Brann hatte vor, weder das eine aufzugeben, noch vom anderen zu lassen, solange man sie dazu nicht zwang. Sie hatte bereits genug Schreckliches erlebt, um für den Rest ihres Lebens Alpträume zu haben. Der Temueng wies mit dem Zeigefinger auf die Kinder. »Ihr zwei«, sagte er, »hinaus!«

»Nein«, sagte Brann.

Yaril blähte die Nasenflügel. »Hm«, machte sie.

»Das sind wohl deine Sprößlinge, was?«

»Wir sind die Bergkinder«, sagte Yaril, »geboren aus Feuer und Fels.«

Der Temueng schaute vom einen zum anderen Kind, drehte dann nochmals den Kopf. »Temudung, komm her!«

Einer der drei Männer am Eingang schwang sich herum und kam zum Zensor. »Saöm?«

Der Zensor zeigte auf Yaril. »Das Mädchen. Streck ihm auf der Theke etwas die Glieder. Sodann werden wir sehen, ob der Berg Antworten weiß.«

»Zensor«, meinte Brann leise, aber zornig, »hör auf meine Warnung! Rühr die Kinder nicht an. Sie sind nicht, was sie zu sein scheinen.«

Yaril schnob. »Laß es den Narren selber zu seinem Verderben herausfinden, Herrin!«

Der Vollstrecker achtete nicht auf den Wortwechsel, umrundete den Tisch, hob die Hand, um Yaril am Arm zu packen und sie von Branns Seite zu zerren.

Doch im nächsten Augenblick war es plötzlich kein zierliches kleines Mädchen mehr, nach dem der Temueng griff, sondern ein wieselartiges Tier in der Größe eines großen Hundes, das ihm nach der Gurgel schnappte, ihm die Kehle zerriß und zurücksprang, während es ihm die kraftvollen Hinterläufe gegen die Brust trat und dank dieses Sprungs von einem Großteil des einem Geysir gleichen Blutschwalls, der aus ihm hervorbrach, verschont blieb. Voller Abscheu verzog Brann das Gesicht zu einer Grimasse, tupfte sich mit dem Mundtuch, das der Wirt mit dem Abendessen hatte bringen lassen, Blutflecken vom Gesicht und von der Bluse.

Als der Temueng den Fußboden maß, war das Wiesel schon geschrumpft, zu einem dunklen, gedrungenen, gefährlich aussehenden Wesen geworden, das vor Brann auf dem Tisch hockte, sich mit einer langen roten Zunge Blutspritzer aus dem Pelz leckte. »Ich glaube«, sagte Brann ruhig, »es ist besser, du bewegst dich nicht.« Der Zensor saß nun starr und kerzengerade am Tisch, die Haut hatte einen grünlichen Farbton angenommen, er stierte weder das Tier noch Brann an, vielmehr die Schlange, die sich mit einem Mal neben ihr wiegte. Die beiden Vollstrecker am Eingang waren herumgefahren, als sie das schlagartig verstummte Aufschreien ihres Gefährten hörten, hatten einen Schritt in die Stube getan, aber ruckartig verharrt, als die Schlange zischte, das Wieselgeschöpf zur Abschreckung ein Aufheulen ausstieß. Die leisen Geräusche, die ein Schweigen zu durchdringen pflegten, ließen sich nun in der Stube vernehmen, die Laute, die man inmitten des üblichen Treibens und der Geschäftigkeit in einem Gasthaus nie hörte: Knacken von Holz, das Prasseln des heruntergebrannten Kaminfeuers, das heisere Atmen der Männer und das Zähneknirschen des Zensors, dazu das Summen einer Flirrfliege, die zuwenig Verstand besaß, um die Örtlichkeit zu meiden. »Zensor«, sagte Brann. In aller Eile hatte sie nachgedacht, sich an die Geschichten erinnert, die ihr der alte Ohm Eornis erzählt hatte, Geschichten von Helden, Ungeheuern und Unheilstifter. »Ich bin Seelentrinkerin«, erklärte sie, verlieh ihren Worten alle schwerwiegende Bedeutungsträchtigkeit, die sie ihnen einfließen zu lassen vermochte. »Schätze dich glücklich, o Mensch, daß ich zur Stunde keinen Durst verspüre. Schätze dich glücklich, Mensch, daß die Bergkinder keinen Hunger haben. Wäre es anders, du müßtest nun den Tod aller Tode sterben.« Sie kam sich dabei ein bißchen albern vor, doch allem Anschein nach nahm der Temueng sie vollauf ernst. »Ich begehre nicht mehr, als dies elendige Land in Frieden durchqueren zu dürfen. Laß mich in Ruhe, Temueng, und du wirst meinerseits unbehelligt bleiben, ich werde dir und deinesgleichen nichts antun.« Sie ließ das Schweigen währen, sich hinziehen, bis selbst der leiseste Ton das Gehör zu schmerzen schien. »Ich habe eine Schwäche, Zensor«, versicherte sie schließlich. »Ich erzürne mich allzurasch, Zensor. Du wirst dich versucht fühlen, für die erlittene Schmach den Einheimischen Buße aufzuerlegen. Aber solltest du das wagen, so werde ich überaus zornig sein, Zensor. In dem Fall werde ich dich aufspüren, Zensor, und dich bestrafen.« Damit ließ sie es bewenden und grinste ihn an, die Sache begann ihr Spaß zu machen. Aber genug war genug, sie stand auf, schob mit den Beinen den Stuhl zurück. »Ich begebe mich nun in meine Kammer, Zensor. Ich bin müde und gedenke gesund und fest zu schlafen, doch die Bergkinder schlafen nie, drum ist's ratsam, du störst meinen Schlaf nicht. Erzähl den Leuten hier, was dir beliebt, ich werde dir nicht widersprechen, du kannst vermeiden, Zensor, daß du dein Gesicht verlierst.«

Brann spürte seinen Blick ihr folgen, während sie die Gaststube verließ. Yaril sauste vor ihr die Stufen hinauf, Jaril kam nach, deckte Brann den Rücken; allerdings war sie zu stark mit sich selbst beschäftigt, als daß so etwas ihr aufgefallen wäre, sie begriff es erst, nachdem ihr Triumphgefühl verflogen war, auf dem Weg durch einen vom Lampen erhellten Korridor zu ihrem für die Nacht gemieteten Zimmer.

Im Kamin knisterte munter ein Feuer, behaglich nahe am Kamin stand ein mit heißem Wasser gefüllter großer Kübel, daneben kupferne Kannen mit zusätzlichem Heißwasser zum späteren Nachgießen. Auf dem aus Binsen geflochtenen Sitz eines Lehnstuhls mit hohem geraden Rücken lagen weiche, knotig-flockige Badetücher bereit, dabei stand eine Schale mit nach Duftstoffen riechender Seife. Brann durchmaß das Zimmer, überließ es den Kindern, die Tür zu schließen, betastete das dünne Porzellan der Seifenschale, drehte sie um, strich mit dem Finger über den Boden. Immers Siegel. Die Schale stammte aus den Brennöfen ihres Vaters. Durch die schlichte hübsche Schale wurde ihr regelrecht zum Weinen zumute. Ihr Vater war ein sanftmütiger Mann, dem laute Stimmen zuwider waren, führte sich jemand allzu zänkisch auf, so ließ er ihn am liebsten einfach stehen. Er hob seinen Unmut für Schwindler und Lügner sowie schlampige Arbeit auf, und was letztere anbetraf, so erachtete er sie als unverzeihlich. Als Sklave würde er nicht lange leben, er war innerlich ungebeugt und unfähig zum Buckeln und Bücken. Brann seufzte und kleidete sich aus, verdrängte die Sorge um ihren Vater, in dieser Hinsicht vermochte sie augenblicklich schwerlich irgend etwas zu unternehmen.

Mit einem Aufatmen des Wohlbehagens setzte sie

sich ins heiße Wasser, begann sich den Dreck des ausgedehnten anstrengenden Ritts abzuwaschen, das Vergnügen des Bads entschädigte sie nun für die zahlreichen Härten, die sie unterwegs zu erdulden gehabt hatte, sogar für die Widrigkeiten drunten in der Gaststube mitsamt allen Folgen, die sich daraus noch ergeben mochten. Beim Anblick der Bluse sowie der Hose, die sie, beide vollkommen verschmutzt, neben dem Stuhl auf den Fußboden geworfen hatte, rümpfte sie die Nase, ihr grauste bei der Vorstellung, diese Sachen am Morgen wieder anziehen zu müssen. Keine Mutter war da, kein sonstiger Verwandter oder Bekannter, um ihr das Dasein zu erleichtern. Als sie fertig war, richtete sie sich triefnaß im Kübel auf, der Seifenduft umgab sie wie eine Wolke. Sie schüttelte ein Badetuch auseinander — es war fast so groß wie eine Bettdecke — und trocknete sich, zunächst etwas zimperlich in bezug aufs Berühren des eigenen Körpers, sie empfand das Vorhandensein der weichen vollen Brüste und des Büschels Schamhaar als Peinlichkeit. Danach stellte sie einen Fuß neben den Kübel, trocknete ihn ab, trat auf die Fliesen vorm Kamin, rieb den anderen Fuß trocken, warf das nasse Badetuch zu ihren abgelegten Kleidungsstücken und wickelte sich das noch unbenutzte Badetuch um den Leib.

Jaril und Yaril saßen auf dem Bett und schauten ihr zu, doch im Verlauf der Tage, seit sie das Leben im Tal hatte aufgeben müssen, hatte sie sich an ihre ständige Gegenwart gewöhnt. Mit einem Zipfel des Badetuchs rieb sie sich den Kopf, kämmte sich mit der Hand das kurze feuchte Haar, seufzte aus Erleichterung, als sie sah, daß es sich bereits wieder um die Finger winden ließ. Die Kahlköpfigkeit war ihr genauso peinlich wie das Wogen der Brüste.

Sie betrachtete das Bett, aber sie fühlte sich nicht schläfrig. Sie war müde, ja; erschöpft, verwirrt, in weinerlicher Stimmung, gewiß; aber befand sie sich in einem Zustand solcher innerlicher Anspannung, verhieß das Bett ihr Alpdrücken. Sie trat ans Fenster. Draußen war es stockfinster, es regnete jedoch noch nicht, auch war der Wunde Mond bislang nicht zu sehen, man sah ihn gegenwärtig ohnehin nur als schmale durchbrochene Sichel. Brann lehnte sich aufs breite Fenstersims, spähte in den Westen, wo die Berge emporragten, fragte sich, was ihre Dörfler jetzt wohl taten, wie es ihnen ging, ob sie schon zur Lichtung am Fluß zurückgekehrt sein mochten, um die Beute der toten Krieger heimzubringen. Fortgesetzt starrte sie in die bewölkte Dunkelheit, versuchte ihren Berg zu erkennen, ihren Tincreal, als könnte sie es durch bloße Willenskraft erzwingen.

Und einen Augenblick lang wähnte sie, ihr Wille hätte seine Gipfel tatsächlich mit Licht erhellt. Dann aber erbebte unter ihren Ellbogen das Fenstersims, unter den Füßen erzitterte der Boden, und der schwache rote Glanz, der die Gipfel aufhellte, schwoll zu einem rötlichen Brodeln an, das hinauf an den Nachthimmel barst. Und gleich darauf traf das Donnern ihre Ohren wie ein Hieb; es mäßigte sich langsam zu einem dumpfen Rumpeln und Grollen, das zuletzt einer Art von gespanntem Schweigen wich. Das rote Glänzen versiegte zu einem länglichen Schimmer, der wie der Belag einer Stulle zwischen Himmel und Erde zu schweben schien. Brann ähnelte, wie sie da am Fenster stand, das Gesicht ans Eisengitter gepreßt, den Mund aufgerissen zu einem Schrei, der sich keine Bahn zu brechen vermochte, einem hohlen Standbild aus Gußeisen, so leer fühlte sie sich, sie empfand kein Aufbegehren, nicht einmal Fassungslosigkeit. Als hätte sie so etwas erwartet. Und natürlich hatte sie es, alle hatten sie es erwartet, Vorzeichen waren zur Genüge zu beobachten gewesen, und die Kinder hatten ausdrücklich davor gewarnt, einen baldigen Ausbruch angekündigt. »Nein«, sagte Brann, sagte *nein* zu dem plötzlichen Gedanken, der Berg könnte das wenige vernichtet haben, was die Temueng von Arth Slya stehengelassen hatten. Ein Schuldgefühl befiel sie. Hätte sie die Krieger ziehen, am Leben gelassen, ihnen erlaubt, die Gefangenen mitzunehmen, könnte ihre Mutter, würden alle noch leben.

Ein Zupfen an Branns Arm. Sie senkte den Blick. Jaril. »Es mag sein, sie sind unversehrt geblieben, Brombeer. Falls der Berg seine Glut nicht in Richtung des Tals ausgespien hat. Und es ist nicht deine Schuld. Die Einwohner eures Dorfs kennen, wie du selbst es uns beteuert hast, die Launen des Bergs. Es wäre mir möglich, hinzufliegen und nach dem Rechten zu schauen, am Morgen zurück zu sein. Wenn du's wünschst. Willst du's?«

»Ja«, wisperte Brann kaum vernehmlich, »bitte!« Sie wandte sich wieder zum Fenster, richtete den Blick auf das verwaschene rote Schimmern, schwache Hoffnung mischte sich unter ihre Verzweiflung. Sie hörte, wie sich hinter ihr die Tür öffnete, mit einem Knacken schloß. Kleine Hände faßten Branns Arm. Yaril führte sie zum Bett, half ihr beim Ausstrecken, deckte sie zu. Auf dem Bauch, das Gesicht zur Wand gedreht, entkrampfte Brann sich allmählich, während Yaril leise, besänftigende Laute raunte, mit ihren kleinen, aber kraftvollen Händen ihr immer, immer wieder Schultern und Arme streichelte. Brann hörte auf zu zittern. Mit einem Mal war sie entsetzlich müde. Sie schlummerte ein.

Ein Gewicht lastete auf Brann, sie konnte nicht atmen, eine Hand preßte sich ihr auf den Mund, ein Knie zwängte sich ihr zwischen die Beine. Furcht, Schrecken und Abscheu wallten in ihr auf; sie leistete Gegenwehr, ohne zu wissen, was überhaupt geschah, versuchte den Mund freizubekommen, das Gewicht abzuwerfen, aber der Mann war stark und schwer, hatte sich auf sie gestürzt, bevor sie wach genug war, um eine Gelegenheit zu wirksamem Widerstand zu erhalten. Sein Geschlechtsteil war geschwollen und hart, er bohrte es in sie, grunzte wie ein Tier, fügte ihr Schmerzen zu, Brann spürte ein trockenes Brennen, als hätte er ihr eine Reibahle in den Leib gestoßen, rauhe sie inwendig auf, sie konnte an nichts anderes als daran denken, wie sie es herauskriegen könnte.

Ein längerer Augenblick verstrich, etliche Herzschläge lang, dann meisterte sie ihre Panik, lag für die Dauer eines, dann noch eines Atemzugs still, bewegte anschließend so kräftig und plötzlich den Kopf, daß der Kerl darauf nicht gefaßt war; es gelang ihr, ihren Mund seiner Hand zu entziehen, auf einmal hatte sie Fleisch zwischen den Zähnen und biß fest zu. Er fluchte und schlug sie, tastete erneut nach ihrem Mund. Verzweifelt wand Brann sich unter ihm, zerrte die Hände frei, drosch sie gegen die Seiten seines Kopfs, stemmte ihn hoch, begann ihm die Lebenskraft auszusaugen. Eine flüchtige Frist blieb ihm noch, bevor die Lähmung ihn packte, aber er schaffte es nicht, Branns Zugriff abzuschütteln.

Als sie ihn ausgesaugt hatte, wälzte sie ihn von sich, stand zittrig auf, entzündete mit einem Span aus der Glutasche des Kamins die Lampe, legte im Kamin ein paar Scheite Brennholz nach. Sie stieß dem Toten die Zehen in die Rippen, drehte ihn um. Der Zensor. Sie hatte ihn gedemütigt; er hatte sich rächen wollen. Nun war er tot. Brann schaute zur Seite. Furcht und Zorn waren verflogen, sie fühlte sich nur noch beschmutzt. Besudelt. Sie blickte an sich hinab und sah verdutzt einen Tropfen Blut vor ihre Füße fallen. Ihre Schenkel waren blutverschmiert. Noch ein Tropfen fiel auf den Fußboden. Hastig stieg Brann in den Kübel, griff sich ein Stückchen frischer Seife und fing sich zu waschen an, zuerst behutsam, aber dann scheuerte sie sich den Körper mit dem Waschlappen immer fester ab, als vermöchte sie die Erinnerung an den Toten von der Haut zu schrubben.

Als sie mit dem Waschen fertig war, hatte die Blutung aufgehört. Brann tappte zum Bett, schlang eine Decke um sich, kauerte sich im Schneidersitz auf das blutige Laken, beobachtete die Tür.

Ungefähr eine Stunde später kam Yaril mit einem Bündel Kleidung. Brann blinzelte es an, verstand nun, weshalb Yaril sie alleingelassen hatte. Das Wandelkind hatte den Blick bemerkt, den Brann ihrer Bluse und Hose, beide stinkig geworden, gewidmet gehabt hatte. Sobald Brann in tiefem Schlaf lag, war Yaril saubere Kleidung für sie stehlen gegangen.

»Du hast die Tür nicht abgesperrt«, sagte Brann; ihre Stimme erzeugte nur ein heiseres Flüstern.

Yaril sah den Toten an, schüttelte den Kopf, hielt den ungefügen Schlüssel in die Höhe. »Ich hatte abgeschlossen.«

Brann öffnete den Mund, um noch etwas zu sagen, hatte es allerdings schon vergessen, statt dessen begann sie zu weinen, stieß die gekeuchten Schluchzer eines zutiefst verletzten Kindes aus, die den ganzen Leib schüttelten.

Yaril warf das Bündel Kleidung beiseite und lief zu ihr, setzte sich neben ihr aufs Bett, raunte ihr halblaute Worte der Beschwichtigung zu, tätschelte, beruhigte, tröstete sie, geradeso wie eine Mutter ein verschüchtertes Kind, verhalf ihr endlich mit ihrer Stimme Singsang, als wöbe sie mit ihrer sanften, eindringlichen Stimme die Gespinste des Schlafs, zu festem, heilsamem Schlummer.

Als Brann erwachte, drang das Geräusch von Regen in die Kammer. Während sie schlief, war ihr Körper geheilt: Die Quetschungen und Stauchungen waren verschwunden, ebenso war es der brennende Schmerz zwischen den Schenkeln. Sie setzte sich auf. Der Leichnam war fort. Rasch stieg sie aus dem Bett, machte sich daran, die sauberen Kleidungsstücke anzulegen, die ihr Yaril besorgt hatte.

Jemand pochte an die Tür, just als sie die Bluse in die Hose stopfte. »Herein.«

Jaril trat ein; er wirkte etwas blaß. »Ich hatte recht«,

erklärte er, ohne Fragen abzuwarten. »Der Berg hat ost-, nicht westwärts gespien. Das Flußbett hat sich in einigem Umfang verändert, es sind nun mehr Wasserfälle vorhanden, und der Bergpfad ist dermaßen auseinandergerissen worden, daß niemand Arth Slya, weiß er nicht ohnehin, wo's ist, noch finden kann. Euer Tanzplatz ist gespalten, eine Hälfte liegt schräg. Ein paar Werkstätten sind in den Fluß gekippt. Die Einwohner befinden sich bereits beim Aufräumen, blaue Flecken und allerlei Schrammen haben sie reichlich davongetragen, aber ich habe keine Schwerverletzten gesehen. Deine Mutter ist wohlauf. Ihre Webstühle sind nicht verbrannt, das Feuer in eurem Haus ist vorzeitig erloschen, auch hat das Erdbeben sie nicht beschädigt, so daß sie schon wieder am Werk ist. Sie hält dich für tot, glaubt dich von den Temueng umgebracht. Was sie in bezug auf deinen Vater und die anderen unternehmen sollen, wissen die Leute nicht recht. Wenn sie nicht heimgekehrt sind, bis man notdürftige Unterkünfte errichtet hat, wollen einige deiner Anverwandten nach Grannsha gehen und schauen, was aus ihnen geworden ist.«

»Hu, das sollten sie mal lieber bleiben lassen ...«

»Es wird ihnen schon nichts zustoßen, wenn sie nichts Auffälliges tun. Sie sind gewarnt.«

Brann strich mit der Hand übers Haar nach hinten, wischte sich die Augen. »Danke, Jaril. Hilft mir 'ne Menge. Du siehst ermattet aus.« Sie verzog den Mund zu einem schrulligen Lächeln. »Ich habe in der vergangenen Nacht ein Leben aufgesaugt. Komm und nimm dir davon Kraft.«

Jaril zögerte. »Bist du wohlbehalten?«

»Nicht mehr so aufgebracht wie anfangs. Und ein bißchen klüger geworden, was die Verhältnisse betrifft.« Brann streckte ihm ihre Hände hin. »Übrigens«, fragte sie, als er sie ergriff, »was haben du und Yaril mit der Leiche getan? Und wo steckt Yaril?«

»Sie behält die Vollstrecker im Augenmerk, sie schlafen noch, und Yaril will, daß es so bleibt, bis wir fort sind. Die Leiche haben wir in den Fluß geschmissen. Mit etwas Glück treibt sie ins Meer hinaus, bevor jemand sie bemerkt.« Jaril zog die Hände zurück und kicherte. »Der Zensor wird früher als wir in Tavisteen eintreffen. Ich sehe besser nach Coier und lasse ihn satteln. Hast du Lust auf ein Morgenmahl?«

»Was bedeutet schon eine Wasserleiche mehr oder weniger?«

Nachdem Jaril die Kammer verlassen hatte, schlenderte Brann darin hin und her, sammelte die verstreuten Habseligkeiten ein, faltete alles sorgsam zusammen, packte alles so fein säuberlich und kleinlich ordentlich, wie es ihre übergenaue Tante gehalten hätte. Sobald sie das erledigt hatte, setzte sich sich aufs Bett, um sich erst einmal Mut zum Verlassen des Raums zu machen. Nach ein paar unregelmäßigen Atemzügen sprang sie kurzentschlossen auf, legte sich die Satteltaschen über den Arm, holte tief Luft. Geh langsam, ermahnte sie sich, benimm dich so, als ob es dich nicht im geringsten schert, was irgendwer von dir denkt. Sie umfaßte die Türklinke, ihr wurde schwach in den Knien. Sie war noch nicht soweit, hinausgehen zu können. Noch nicht. Abermals strich sie sich mit der Hand übers Haar, ihr fiel auf, daß sie vergessen hatte, sich das Kopftuch umzubinden, sie sah den langen zerknitterten Schal über der Rücklehne des Stuhls hängen. Brann trat vor den unebenen Spiegel. Weiches weißes Haar bedeckte ihr reichlich den Schädel, mittlerweile so lang, daß das Eigengewicht die Locken loser und weiter kräuselte. Es sah merkwürdig aus, aber ganz nett, es paßte zur Form ihres Gesichts. Brann erwog, ob sie aufs Umziehen des Kopftuchs verzichten sollte, es täte ihr gut, wieder einmal den Wind durchs Haar wehen zu lassen, aber so kurz, so farblos, wie es war, mußte sie zweifellos Aufsehen erregen, wenn sie auf der Handelsstraße ihres Weges ritt. Also schlang sie sich den Schal um den Kopf, verknotete ihn so, daß die Zipfel hinterm Ohr baumelten. Seltsamerweise hatte diese Umwicklung des Kopfs, die seine Umrisse hervorhob, zum Ergebnis, daß ihre Augen groß und wie Schmucksteine aussahen, ihr Mund sanfter wirkte. Ein, zwei Herzschläge lang musterte sie sich im Spiegel, strebte dann zur Tür, riß sie auf und betrat den leeren Korridor. Die übrigen Reisenden, die über Nacht hier Unterkunft genommen hatten, waren schon weitergereist oder lagen noch im Schlaf. Es war noch früh.

Langsam schritt sie über die ausgelegten Strohmatten durch den Korridor zum Treppenabsatz an dessen Ende, unterwegs fielen ihre Schritte fester, sicherer. Am Treppenabsatz betastete sie das Kopftuch, überzeugte sich davon, daß es noch richtig saß — ein Zugeständnis an ihre Unsicherheit —, bevor sie die Treppe hinabstieg.

Eine jüngere Ausgabe des Gastwirts, den sie am Vorabend gesehen hatte — die Ähnlichkeit war so groß, daß es sich um einen Sohn handeln mußte —, blickte hoch, als sie die Anmeldung erreichte. »Du wünschst, Athin?«

»Ich hätte gern etwas zu essen, Athno.«

»Selbstverständlich, Athin«, antwortete der Mann, während er einen Teil der Theke hochklappte und dahinter hervorkam, um Brann an den Tisch zu geleiten, an dem sie bereits gestern abend gegessen hatte. »Es wird ein kurzes Weilchen dauern, etwas zuzubereiten, aber es war klug, so früh aufzustehen, heute wird nämlich die Reisekutsche aus Tavisteen zwecks Frühstück bald hier halten, und mit der Verköstigung der Reisenden und ihrer Eskorte werden wir beschäftigt sein wie brütende Hennen und uns wünschen, wir hätten mehr Hände.« Brann schwieg dazu, doch er mußte aus ihrem Schweigen irgend etwas geschlußfolgert haben, er umrundete den Tisch, blieb neben ihr stehen. »Das Landfahren war nahezu unmöglich geworden, bis die Temueng damit anfingen, den Karawanen und Reisekutschen Geleitschutz zu geben. Tscha, wir haben gekochte oder gebackene Eier zu bieten, frische Semmeln oder Würstchen, besonders lecker, nach Art des Hauses, vielfach werden wir dafür gepriesen, auch wenn ich's bin, der's sagt, ist's doch die Wahrheit. Oder wie wär's mit einem schmackhaften Kotelett? Oder es käme Felswachtel in Frage oder Fisch, mein Zweitältester hat im Morgengrauen welche frisch aus'm Fluß gefangen. Als Trank kann ich dir Bier, Apfelwein, Tee oder eine Neuheit namens Kaffeh empfehlen, letzteren hat uns vor einem Monat ein Händler verkauft. Manche Gäste mögen das Getränk, mir selbst hingegen schmeckts's allzu eigentümlich.« Er wandte den Kopf, lauschte auf das gleichmäßige Herabrauschen des Regens. »Regnet's weiterhin dermaßen, wird die Landstraße alsbald überschwemmt sein, Athin. Es könnte ratsam sein, zu deinem Vorteil zu erwägen, ob du nicht bleibst, bis sich das Unwetter verzogen hat.«

Nachdem sie ihm zugehört hatte, sparte sie sich die Mühe, auf seinen versteckten Versuch, von ihren Münzen etliche für noch eine Übernachtung zu ergattern, zu antworten, bestellte einfach ein warmes, großzügig bemessenes Morgenmahl und dazu eine Kanne Tee. Sein freundliches Geplauder hatte sie beruhigt, sie verspürte jetzt bloß noch Hunger.

Ehe sie mit dem Verzehr des Frühstücks fertig wurde, kamen die Kinder herein, im einen Augenblick klatschnaß und von irgendwie verwahrlostem Aussehen, im nächsten dagegen trocken und gepflegt. Leise und ohne sich an den Blicken anderer Anwesender zu stören, die sich nach und nach in die Gaststube gesetzt hatten, eilten sie zwischen den Tischen hindurch zu Brann, stellten sich zu ihr. Brann schnitt in die Richtung der Gaffer eine ungnädige Miene, und sie schauten überstürzt weg. Gerüchte sind schlimmer, dachte Brann, als die Aufmerksamkeit eines Mückenschwarms. Sie trank vom heißen Tee, schwieg, bis sie den Becher geleert hatte.

Dann setzte sie ihn mit einem leichten Knall ab, der Entschiedenheit anzeigte, und wandte sich an Jaril. »Hast du für die Kammer und das Essen gezahlt?«

»Nein, Herrin, und ebensowenig für Stall und Hafer.« Dem übrigen Raum den Rücken zugekehrt, grinste Jaril und zwinkerte Brann zu.

»So kümmere dich darum. Aber merk dir, ich bin verärgert, wenn du dich wie ein Dorftrottel übers Ohr hauen läßt.«

Jaril zwinkerte ein zweites Mal und entfernte sich, um die Beträge zu begleichen, die Yaril gestern mit dem Wirt ausgehandelt hatte. Brann entspannte sich noch ein wenig, konnte sich aus der Kanne den Becher noch halb füllen, trank gemächlich, schaute in der Gaststube umher. Eine Anzahl neuer Gesichter war zu sehen, wahrscheinlich von Leuten, die bereits im Bett gelegen hatten, als sie am gestrigen Abend im Gasthof einkehrte, die nun ebenfalls ihr Frühstück einzunehmen beabsichtigten, bevor die Reisekutsche mitsamt ihrer Temuengeskorte eintraf. Sie gaben ein seltsames Gemisch ab. Ähnlich waren sie sich nur in ihrer Wachsamkeit; ansonsten wiesen sie kaum Gemeinsamkeiten auf. Da saß ein Händler mit einem kleineren Ebenbild seiner selbst neben sich, die Übereinstimmung ging bis in die Einzelheiten der prächtigen Gewandung, wahrscheinlich ein Sohn, der das väterliche Gewerbe erlernte, er hielt die kleinen Hände verkrampft, das ausdruckslose langweilige Gesicht gab von seinem Innenleben nichts preis. Mehrere narbige Männer mit harten Mienen, gekleidet in verschlissenes Leder, hatten an ihren Gürteln und Gurten mehr Messer, Dolche und Schwerter befestigt, als Brann jemals außerhalb von Migels Schmiede gesehen hatte; sie erinnerten Brann unverzüglich an die temuengischen Eindringlinge, sie waren von andersartigem völkischen Schlag, ihnen im übrigen aber dermaßen gleich, daß kleinere Unterschiede im Wuchs oder hinsichtlich der Hautfarbe weniger ins Gewicht fielen.

Zudem saßen ein halbes Dutzend älterer Männer in der Stube, zumeist mit dem Rücken zur Wand, Gewandung und Verhalten lieferten kaum irgendwelche Hinweise darauf, wer sie waren oder weshalb auf Reisen, man sah nur eins mit Gewißheit: Temueng waren sie nicht.

Durch den Türbogen lugte Jaril in die Räumlichkeit, nickte Brann zu. Mit unbewegter Miene verließ Brann ihren Platz und ging ohne Hast zwischen den Tischen zur Tür, spürte währenddessen ununterbrochen Blicke auf sich gerichtet. Im Flur winkte sie dem Wirtssohn zum Abschied zu, schlüpfte durch den Haupteingang aus dem Haus, verharrte unter dem schmalen Vordach, das zumindest vom Kopf den Regen fernhielt. Es regnete stärker, als sie von drinnen den Eindruck gehabt hatte, graue Schleier fegten herab, die alles außerhalb einiger Schritte Abstand unkenntlich machten. Coier stand gesattelt bereit, gebunden an einen Eisenring an einem der Pfähle mit Wegzeichen vor dem Gasthof, das Roß wirkte unzufrieden und störrisch, anscheinend behagte der Regen ihm wenig. Brann brachte Mitgefühl für das Tier auf, es mißfiel ihr selbst, bei diesem Wetter ins Freie zu müssen, aber es half nichts, sie mußte weit fort sein, wenn Yarils Schlafbann nachließ, die Vollstrecker aufwachten und das Verschwinden des Zensors feststellten. Sie stapfte durch den Matsch und schwang sich in den Sattel, setzte sich mit einem feuchten Patschen hinein, nahm die Zügel, als Jaril sie ihr heraufreichte, musterte ihn voller Neid. Seine Kleidung bestand gar nicht aus echten Kleidern, vielmehr war sie ein Teil des Stoffs, aus dem er war, und wenn er es so wollte, schützte sie besser gegen Nässe als das Gefieder einer Ente. Brann seufzte. »In welche Unannehmlichkeiten ihr zwei mich bringt …« Mit leichten Tritten trieb sie Coier an, lenkte ihn hinüber zur Handelsstraße, ließ ihn im Trab laufen. »Gewiß halten alle mich für ein gemeines Scheusal, weil ich reite und euch Kinder durch den Schlamm rennen lasse.« Sie beugte sich hinab, rief Yaril eine Frage zu.

»Wie lange wird der Schlafbann noch wirksam sein, nachdem du nicht länger da bist, um ihn zu verstärken?«

Yaril wandte das Gesicht aufwärts. Der Regen glitt an ihr ab, ohne sie zu durchnässen. Sie reckte die Hände in die Höhe, und Brann zog sie zu sich herauf, setzte sie vor sich aufs Pferd. »Wahrscheinlich bis die Reisekutsche eintrifft. Der Lärm, so denke ich mir, wird genügen, um sie zu wecken.«

»Was werden sie tun?«

»Berücksichtigt man, was gestern abend in der Gaststube geschehen ist, werden sie wohl, selbstgerecht wie sie sind, 'n Mordskrach schlagen, und man wird das halbe Temuengheer ausschicken, damit's nach uns fahndet.«

»Hui, Yaril, damit können wir nicht fertigwerden.«

»Kann man gegen etwas nicht kämpfen, dann schwirrt man ab wie Sheol und hofft, man kann's abhängen.« Yaril tätschelte Branns Arm. »Du brauchst lediglich schlauer als sie zu sein, mehr nicht.«

»Kein guter Anfang, was?«

Eine Stunde später kam ihr im Regen die Reisekutsche entgegen. Brann hörte sie, ehe sie sie sah, vernahm das Knarren und Rattern, regelmäßiges matschig-nasses Krachen, ängstliches Schnauben, Wortfetzen von ein, zwei Stimmen, vorwiegend unvollständiges Geschimpf; sie lenkte Coier von der Straßenmitte weg und dicht an die Hecken heran, versuchte die spitzen lästigen Dornen zu mißachten. Es regnete inzwischen noch stärker als zuvor, und nach der geräuschvollen Fahrt der Kutsche geurteilt, erwartete man wohl — wer immer auf dem Kutschbock sitzen mochte —, daß jeder ihm den Weg freimachte. Als erstes wurden im Regen die großen gemütvollen Köpfe von Takhill-Zugpferden sichtbar, die schwarzen Mähnen klebten ihnen auf den weißen Streifen zwischen Nasen und Ohren, die ledernen Scheuklappen, die die vorderen Pferde an den am Straßenrand zugewandten Seiten der Schädel trugen, glänzten wie Das'n vuor-Glasur. Die braunen Felle troffen von Nässe, sahen fast so schwarz wie das Zaumzeug aus. Regen und Schlick hatten die Federbüschel an den ausgeprägten starken Sprunggelenken verunstaltet, aber sie hoben und senkten die stämmigen Beine mit einer Gleichmäßigkeit wie ein Pendel: *Tacktack, tacktack.* Zwei, dann noch zwei, danach die beiden Deichselpferde, größer als die anderen, insgesamt ein tüchtiges Gespann. Der Kutscher kauerte über den Zügeln, die Kapuze so tief ins Gesicht gezogen, daß Brann es nicht erkennen konnte und nur die knorrigen Pranken sah, die so geschickt die schwarzen Lederriemen hielten. Er schwieg, und sein Schweigen hüllte ihn in eine Unnahbarkeit, die der zweite Mann auf dem Kutschbock anscheinend gar nicht erst zu durchdringen versuchte; er war ein Temueng, hatte auf den Knien einen kurzen Bogen, den er mit dem Umhang vorm Regen zu schützen suchte, und die Beine hatte er um einen Köcher voller Pfeile geschlungen. Fortgesetzt fluchte er vor sich hin, unterbrach seine Verwünschungen nur, wenn er sich das Gesicht wischte. Er sah Brann, schaute jedoch gleichgültig sofort wieder weg. Brann empfand dabei eine Aufwallung von Haß, die ihr die Eingeweide zusammenkrampfte.

Die Reisekutsche war ein langes kastenartiges Gefährt, ratterte auf drei Paar übergroßen Rädern, die breite Schwälle braunen Regenwassers aufspritzten, die Straße entlang. Wegen des Regens hatte man die geölten Seidenvorhänge an den Fenstern der Kutsche sorgsam geschlossen, aber im Innern des Fahrzeugs brannte eine Lampe — wahrscheinlich waren es sogar mehrere Lampen —, denn Brann sah die Schatten einer Reihe von Insassen sich über die Seide bewegen. Sechs hohe schmale Fenster, hinter denen Umrisse von Gestalten und Rundungen von Köpfen schaukelten. Brann beobachtete die Schatten und fragte sich, was so wichtig sein mochte, daß diese Leute sich bei solchem Wetter auf Reisen begaben. Das letzte Fenster schwankte vorbei, dahinter sah Brann Stapel festgeschnallten Gepäcks. Und wieder verspürte sie jene Hilflosigkeit, die sie ereilt hatte, als sie den Gasthof betrat, eine Unwissenheit in bezug auf das Leben und Treiben in den Ebenen, so kraß, daß sie sie ähnlich empfand, als ob sie vom Tincreal auf eine niedrige Wolke stieg.

Vier berittene Temueng folgten der Reisekutsche in hinlänglichem Abstand, um vom Schlick und Kies verschont zu bleiben, wie die breiten eisenbeschlagenen Räder sie in die Höhe spritzten. Von schweren dicken Umhängen umhüllt, hielten sie ihre Lanzen gesenkt, Pfeil und Bogen versteckt, doch Brann bezweifelte kaum, daß sie für jeden, der die Absicht hegte, die Reisekutsche zu überfallen, eine böse Überraschung bedeuten würden. Der Anführer drehte den Kopf, starrte Brann im Vorüberreiten an. Brann bemerkte das Aufblitzen von Gold, von hellerem Silber. Ein Empush, ein Befehlshaber über vier Mann.

Dann war er vorbei. Alle waren sie auf einmal vorbei. Brann atmete auf. Die Mitte ihres Leibs schmerzte, als hätte sie sich stundenlang immerfort bücken müssen. Sie wischte sich Nässe aus der Miene, trieb Coier mit den Knien an und im Trab zurück auf die Straße, die zwei Hunde eilten stumm zu ihren Seiten mit.

Ein paar Atemzüge später hörte sie Hufschlag sich hinterrücks rasch nähern, gleich darauf überholte sie der Temueng-Empush, wendete sein Pferd, versperrte ihr den Weg. Brann zügelte das Reittier, ihr Magen rumorte, etwas wie ein Knoten aus Furcht und Wut verschloß ihr die Kehle. Sie blieb zum Sprechen außerstande, blickte den Temueng nur grimmig und stumm an. Ihre Sicht verschwamm, erst verspätet begriff sie, daß sie weinte, aber sie tat nichts, um die Tränen zu verbergen, sie hoffte, der Regen, der ihr ins Gesicht wehte, werde sie verhehlen.

»Wer bist du?« schnauzte der Mann sie an, seine

Stimme klang schroff und unfreundlich. »Was treibst du auf dieser Straße? Wohin reitest du?«

»Ich bin eine Reisende«, brachte Brann mühselig hervor, starrte ihm unverwandt in die Miene, »auf dem Weg zum nächstgelegenen Hafen, um diesen feuchtkalten verregneten Landstrich zu verlassen.« Der bissige Tonfall ihrer Auskunft verblüffte sie selbst, nichts von allem, was sie insgeheim empfand, gelangte darin zum Ausdruck, es schien, als spräche jemand anderes für sie. Furcht und Zorn verebbten, die Tränen versiegten, sie saß reglos auf dem Roß, wartete auf die Antwort.

»Deine Genehmigung.« Er trieb sein Pferd näher, streckte die Hand aus.

»Was?«

»Deine Reiseerlaubnis, Athin.« Die Weise, wie er die Anrede äußerte, glich einer Beleidigung. Er zückte das Schwert, hielt es locker in der Rechten. »Den besiegelten Schein.«

»Ach so.« In rasender Hast überlegte Brann. Anscheinend versuchten die Temueng den Reiseverkehr zu überwachen, um Croaldhu um so gründlicher ihrer Gewalt zu unterwerfen; vor drei Jahren, zur Zeit der letzten Messe, waren keine derartigen Bestimmungen in Kraft gewesen; der Kumaliyn hatte sich nie mit solchem Unfug befaßt. Die ersten Entgegnungen, die ihr einfielen, waren Schimpfereien über die Beamtenhaftigkeit der Temueng, die offenbar den Drang hatten, ihre Nasen in sämtliche Angelegenheiten anderer Leute zu stecken. Der Kerl bräuchte nur weiterzureiten und sie in Ruhe zu lassen. Doch offensichtlich erwartete er von ihr irgendeine Stellungnahme, und er erregte nicht den Eindruck, als ob er sich mit Ausreden oder Beteuerungen der Unkenntnis zufriedengäbe. Rasch widmete sie Yaril und Jaril Blicke. Lautlos hatten sich die Werhunde nach den Seiten entfernt, bis der Regen sie beinahe unsichtbar machte. Brann wagte einen Blick über die Schulter zu werfen: Die anderen Reiter sowie die Reisekutsche befanden sich außer Sicht- und Hörweite. Sie hob so langsam eine Hand, daß der Empush sehen konnte, sie hatte nichts darin, bewegte sie aus Yarils Richtung in weitem Bogen hinüber auf Jarils Seite. »Sie sind alles, was ich an Genehmigungen brauche, Temueng.«

Yaril schoß ihm als Feuerkugel an den Kopf, Jaril glich einer Leuchterscheinung, die sein Schwert umgab. Mit einem Schmerzensschrei ließ er die Klinge fallen. »Vertreibt ihn nur!« sagte Brann flugs. »Ich habe vorerst genug Leben aufgenommen.«

Die feurigen Erscheinungen schienen irgendwie gleichmütige Zustimmung anzudeuten, sausten an die Flanken des ohnehin verstörten Pferds und zischten, scheuchten es in einen wilden Galopp der Reisekutsche hinterdrein, unterwegs bockte es ständig, so daß es den erschrockenen Empush alle Mühe kostete zu verhindern, daß es ihn in den Schlamm schleuderte. Eines der Feuer verwandelte sich in einen großen Falken, kam zurückgeflogen, flatterte zum Schwertgriff, nahm die Waffe in die Krallen und verschwand damit in den Regenschleiern. Gleich darauf fand er sich wieder ein, ließ sich neben Coier auf der Erde nieder, wurde zu Yaril, kaum daß die Krallen den Schlick berührten. Brann schwang sie vor sich aufs Roß. »Ich habe dem Narren sein Schwert nachgebracht«, sagte Yaril. »Es ist besser, er muß keinen Verlust der Waffe erklären.« Sie lehnte sich an Brann und lächelte, als auch das andere Feuer zurückkehrte, sich neben dem Pferd in einen Hund umformte. »Wir werden Verdruß genug bekommen, wenn er sich erst einmal mit den Vollstreckern beratschlagt hat.«

Brann trieb Coier zu gemäßigtem Handgalopp an. »Auf alle Fälle bin ich darüber froh, daß er lebt. Wir sind so oder so in Schwierigkeiten, was sollte es, noch so einen miesen Temueng zu töten?« Sie streichelte Yarils mondfahles Haar. »Eine Stunde noch ...« Sie seufzte. »Drecksregen. Wäre er nicht, könnte einer von euch durch die Lüfte fliegen und die Umgebung unter Beobachtung halten. Ich weiß nicht, was ich anfangen soll ... Ich weiß es wirklich nicht ...«

Unentwegt ritt Brann durch den Regen, einen unaufhörlichen trostlosen Wolkenbruch, dessen Wasser aus den Wolken senkrecht herab zur Erde rauschte, einen Regen jener Art, von dem man meinte, er werde niemals enden, bis man gar vergaß, wie sich Sonnenschein anfühlte. Jaril allerdings lachte über die Vorstellung, so etwas Gewöhnliches und Natürliches wie Regen könnte ihm das Fliegen unmöglich machen; er folgte eine Stunde Ritt hinter Brann und Yaril als dunkelgrauer Nebelkranich, der fortwährend Wolke um Wolke durchstieß. Yaril hatte erneut Hundsgestalt angenommen, begleitete das Roß ohne sonderliche Anstrengung. Coier mußte, weil er gut gefüttert und ausgeruht war, so daß er mit höherer Schnelligkeit laufen wollte, wiederholt gezügelt werden; Brann teilte mit ihm seine Neigung zur Eile, aber sie traute sich nicht, ihn ungehemmt drauflosrasen zu lassen.

Eine Stunde verstrich, dann noch eine. Innerhalb des Gesichtskreises vermochten die Kinder über jede Entfernung hinweg miteinander Verbindung zu halten — was es mit dieser Einschränkung auf sich hatte, könnten oder wollten sie nicht erklären —, und Jaril würde mit einer Stunde Vorwarnfrist auf etwaige Verfolger hinweisen, eine ausreichende Zeitspanne, um ein Versteck ausfindig zu machen, das mit einiger Sicherheit den Häschern entging.

Abermals verstrich eine Stunde. Brann ritt zwischen nur halb sichtbaren Hecken, denen das Herunterprasseln des Regens einen Anschein von Ähnlichkeit verlieh, in all dem Gießen und Schütten verschwammen sie zu düster-glänzendem Grün, das inmitten des ganzen Graus von Regen und Schlick regelrecht leuchtete.

Die vierte Stunde des Ritts war zu einem Viertel vergangen, da verwandelte der Hund sich plötzlich in Yaril, die an Branns Knie mitrannte, durchs Rauschen und Klatschen des Regens zu ihr heraufschrie. »Reiter folgen uns. Sie reiten geschwind. Temueng. Drei Mann von der Eskorte der Reisekutsche, ein Vollstrecker, ein Halbdutzend mehr, neue Gesichter. Höchstwahrscheinlich Krieger des Besatzungsheers.« Sie sprang dem Pferd voraus, wurde zu einem Falken, erhob sich in die Luft, in den Regen, um nach einer Lücke in den Hecken auszuschauen.

Brann drohte in Panik zu geraten. Zehn Mann, zehn Verfolger, die wußten, daß sie vor ihr auf der Hut sein mußten. Fast ein Dutzend Männer, die Abstand halten und ihr Pfeile in den Leib schießen, sie mit Pfeilen spikken würden, wahrhaftig keine schöne Aussicht. Obwohl ihr Körper inzwischen über beachtliche Selbstheilungskräfte verfügte, hegte sie doch den starken Verdacht, daß auch sie ihre Grenzen hatte und trotzdem am Ende mausetot sein müßte. Die Hecken beiderseits der Handelsstraße wuchsen hoch und dicht, in wilder Üppigkeit, standen höher als Brann auf Coiers Rücken reichte, und vermutlich waren sie so dick wie hoch. Selbst wenn es ihr gelänge, sich hindurchzuzwängen, diese mörderischen Schergen, die sich ihr an die Fersen geheftet hatten, müßten die Spuren sehen, die sie hinterließ, sie würden ihr von der Landstraße folgen, und sie hätte nichts gewonnen, befände sich vielmehr, falls einer von ihnen sich schon lange genug hier aufhielt, um sich in der hiesigen Gegend auszukennen, sogar noch mehr im Nachteil. Der Streifendienst eines Jahres mußte genügen, um jemanden zu lehren, wie man Gejagte in die Enge trieb.

Yaril kam zurückgeflogen, herabgesaust, wechselte in Kindesgestalt. Brann hob sie erneut zu sich auf das Reittier, so daß sie bei der Unterhaltung nicht zu schreien brauchten. »Nichts«, meldete das Wandelkind. »Keine Abzweigungen, so weit ich zu fliegen wagte. Doch in einer Drittelstunde Entfernung klafft in der Hecke eine Bresche, eine Stelle, an der ein Strauch verwelkt ist.« Brann wollte Bedenken äußern, doch Yaril schüttelte den Kopf. »Mehr bietet sich nicht an, Brombeer. Wir werden uns etwas ausdenken. Nun spute dich!« Sie rutschte von Coiers Rücken, wechselte mitten im Sprung die Gestalt und schwang sich als Falke von neuem in die Höhe. Brann brachte Coier zum Galopp, folgte Yaril auf der Landstraße, fühlte angesichts der entfesselten Kraft, die das Roß unter ihr entfaltete, ein Aufwallen von Entzükken. Die Hecke zur Linken wucherte sichtlich wüster, die Anzeichen nachlässiger Pflege, wie man sie einige Zeitlang hatte sehen können, fehlten nun vollends, aufgeschossenes Gestrüpp rückte langsam aufs Straßenpflaster vor.

Nach einer Weile stand Yaril mitten auf der Straße, winkte Brann zu einer schmalen Lücke, wo das Gesträuch verdorrt war und die wenigen Blätter, die noch an Aststummeln hingen, welk und gelb aussahen. Ohne Zaudern lenkte Brann das Roß von der Landstraße, trieb Coier mittels Fersen, anfeuernden Rufen sowie leichten Schlägen der Hand gegen den Hals auf das brüchige Gestrünk zu. Den Schädel zurückgebogen, brach das Pferd, während es aus Mißmut schnaubte, sich Bahn durch das morsche Gezweig, preschte auf einen seit längerem verwilderten Acker, inzwischen dicht überwachsen mit einem zierlichen Kraut, in dessen Mitte ein ausgebranntes Gebäude stand, das Strohdach war zum Großteil vernichtet, die steinernen Mauern waren geborsten, die Steine schwarz verkohlt trotz des Regens und so mancher vorheriger Regenfälle. Durch eine Tür, von der noch der halbe Rahmen vorhanden war, während der Rest in Splittern zwischen verkohlten Mauersteinen und dem Geschling von Gewächsen lag, ritt Brann das Pferd in den bescheidenen Unterschlupf. Die Überbleibsel des Dachs troffen von eingedrungener Feuchtigkeit, und es regnete durch, aber sie schützten zumindest gegen die ärgste Nässe. Mit zittrigen Beinen und einem Aufseufzen der Erleichterung saß Brann ab, es machte sie heilfroh, dem unablässigen, bedrückenden *Patsch-klatsch* auf Körper und Kopf entronnen zu sein. Sie schloß die Lider, lehnte sich ans Gemäuer, Regenwasser rann von ihr in die dicke Schicht aus Vogelkot, alten Federn, Überresten des Strohdachs und Kraut, die den Boden aus festgestampfter Erde bedeckte. Aber sie konnte nicht einfach auf diesem Fleck verbleiben. Sie schlang die Zügel um den noch aufrechten Türpfosten und lief zurück zu Yaril.

Das Wandelkind wühlte im Schlamm, füllte die Abdrücke, die Coiers Hufe hinterlassen hatte, half dem Regen nach, der sich anschickte, die tiefen Kerben der Eisenhufe im Schlick fortzuspülen. Die Bresche in der Hecke sah für Branns Begriffe breit wie ein Scheunentor aus; sie unternahm einen Versuch, ein paar Äste der grünen gesunden Sträucher vor die Lücke zu ziehen, aber dadurch schien sie nichts zu erreichen, außer daß die kahle Stelle noch auffälliger wirkte. Yaril richtete sich auf, Matsch lief an ihr hinab, und im Handumdrehen stand sie wieder trocken und sauber da. Als sie sah, womit sich Brann abplagte, kicherte sie. »Sei nicht töricht, Brombeer!« Die Verwendung des Spitznamens in diesem Zusammenhang belustigte sie anscheinend um so mehr, sie lachte, bis sie beinahe johlte, nahm sich dann jedoch zusammen. »Geh nur«, drängte sie, »versteck dich! Jaril kommt, er wird bald hier sein und beobachten, was geschieht, solange ich's nicht kann.«

»Solange du's nicht kannst?«

»Erst beobachten, dann auf Kundschaft fliegen.« Yaril lachte nochmals auf, stellte sich neben die verkümmerten Strünke des abgestorbenen Strauchs und veränderte ihr Äußeres. Mit staunenswerter Plötzlichkeit wurde sie zu einem Teil der Hecke, sah so grün und saftig, so wild und dornig aus wie die Sträucher zu ihren beiden Seiten.

Während sie über ihre Gedankenlosigkeit den Kopf schüttelte, stapfte Brann zu dem ausgebrannten Bauwerk, der Scheune, dem Wohnhaus oder Lager, was immer es einst gewesen sein mochte. Dort entledigte sie sich der durchtränkten Kleidung, rieb sich mit einer ihrer Decken trocken, nahm Coier Sattel und Zaumzeug ab und rieb ihn ebenfalls, bis sie infolge der Anstrengung schwitzte, häufte ihm dann als Futter zwei Handvoll aufgesprungener Haferkörner aufs Sattelleder. Sie legte ihn lediglich an die Halteleine, ließ ihm innerhalb deren Länge Bewegungsfreiheit, danach kramte sie ihre alten schmutzigen Sachen heraus, Bluse und Hose, schlüpfte hinein. Zumindest waren sie trocken. Wegen des Gestanks, der aus dem dunklen dicken Stoff aufstieg, rümpfte sie zunächst die Nase, jedoch gewöhnte sie sich rasch daran. Sie faltete die feuchte Decke zu einem Sitzkissen zusammen, setzte sich mit dem Rücken ans grobe Mauerwerk, begann sich fast behaglich zu fühlen, da kam Jaril. »Sie sind fast hier«, sagte er. »Du wirst sie gleich hören.« Er kauerte sich zu ihr. »Soviel ich sehen konnte, haben sie keine Abzweigung beachtet, sie reiten immerzu geradeaus, treiben die Pferde gehörig an, sie hoffen wohl, dich einholen zu können.«

»Was wird geschehen, wenn sie ihre Pferde völlig erschöpft haben, ohne daß sie uns irgendwo begegnet sind?«

»Dann werden sie die Landbevölkerung belästigen, vermute ich. Horch!«

Durch den Regen, der endlich etwas nachließ, hörte man Hufschlag auf dem abgenutzten Pflaster der Handelsstraße dröhnen. Coier hob den Kopf, regte sich unruhig. Brann sprang auf, trat zu ihm, legte ihm eine Hand auf die Nase, für den Fall, daß ihm etwa danach sein sollte, den Reittieren auf der anderen Seite der Hekke herausfordernd zuzuwiehern. Sie lauschte gewissermaßen mit Leib und Seele, während die Reiter vorübersprengten, daß es nur so donnerte, klapperte und platschte, ohne die Geschwindigkeit zu verringern, bis die Geräusche flugs gen Süden verklangen.

Schließlich ließ sie den angehaltenen Atem entweichen. Jaril drückte ihr sacht die Finger. »Ich eile hinfort, Brombeer. Es empfiehlt sich, sie noch ein Weilchen im Auge zu behalten.« Er schaute rundum. »Ich glaube, du kannst's wagen, ein Feuerchen zu entfachen, Yaril wird dir das Nötige bereitstellen, laß die Sachen trocknen. Du solltest auch etwas essen, kann sein, daß es noch anstrengender wird.« Dann war er auf einmal ein Nebelkranich, der zur Ruine hinausstelzte. Brann folgte ihm ins Freie, spähte ihm nach, wie er einen steifen Anlauf nahm, danach jedoch schwungvoll emporstieg, auf dem Erdboden auf putzige Weise unbeholfen, in der Luft dagegen die Schönheit selbst. Sie verweilte einen Augenblick lang, wischte sich Feuchtigkeit aus dem Gesicht, war urplötzlich schlicht und ergreifend darüber froh und glücklich, am Leben zu sein, hatte sogar ihre Freude am Regenwasser, das ihr aus den Haaren sickerte, genoß den Atem in den Lungen, der ihr den Busen zum Wogen brachte, ihr die Rippen dehnte. Sie verharrte lange genug, um zu sehen, wie Yaril sich in ihrer Kindergestalt aus der Hecke löste, durchs nasse Kraut herüberkam, eine zarte hübsche Elfe, die nun zu Brann gehörte, einen Teil ihrer Familie abgab. Brann lächelte und wartete, bis Yaril sie erreichte.

Brann erwachte aus einem längeren Nickerchen und sah, daß der Nachmittag sich aufhellte, während die Wolkendecke aufbrach und das Gewölk sich verzog. Yaril saß stumm an dem kleinen Feuer und starrte in die Glut, das Gesicht verschlossen, die schmalen Schultern gewölbt, die kristallgleichen Augen glommen vom Widerschein der Flämmchen. Brann verspürte eine gewaltige Traurigkeit, eine Sehnsucht, bei der ihr zum Weinen zumute war; doch es war nicht ihr Kummer, den sie spürte, vielmehr gingen diese Gefühlsschwingungen von Yaril aus. Zum erstenmal begriff sie, daß Yaril genausoviel wie sie verloren hatte, von Heim und Familie geradeso getrennt war wie sie. Und es bestand kaum eine Aussicht, daß die Kinder jemals in ihre Heimat und zu ihresgleichen zurückkehren konnten, sie waren ebenso umfassend verändert worden wie Brann, verbannt in eine Welt, in der es niemanden gab, der ihre tiefempfundensten Freuden und tiefsten Kümmernisse mit ihnen zu teilen vermochte. Brann benetzte sich die Lippen, wollte etwas sagen, Yaril versichern, daß sie sie verstand, aber ehe sie die rechten Worte fand, drehte Yaril den Kopf, grinste, sprang auf, vereitelte stillschweigend jedes Eindringen in ihre Gefühle. »Jaril ist auf'm Rückweg. Der Regen hat aufgehört, wir werden die Nacht durchreiten, wenn's sich machen läßt, und erst morgen wieder rasten.«

Brann gähnte. »Was hat er zu berichten?«

»Die Temueng sind geritten, bis der Regen endete, mußten sich aber schließlich eingestehen, daß sie dich irgendwie übersehen hatten. Es gab unter ihnen mancherlei Hin und Her und einigen Schaum vorm Maul«, — Yaril kicherte —, »und zuletzt ritt der Vollstrecker weiter in Richtung Tavisteen, dein teurer Empush befindet sich auf dem Rückritt, er schickt die übrigen Temueng — einen nach dem andern — an den Abzweigungen ins Land, damit sie bei den örtlichen Besatzern Alarm schlagen, und er sieht sich unterwegs ziemlich aufmerksam die Hecken an. Es ist an der Zeit, daß ich wieder hingehe und mich in 'ne Pflanze verwandle. Ist langweilig, aber nicht ganz so übel, wie ein Stein zu sein.« Mit einem abermaligen Kichern lief sie aus der Ruine.

Brann folgte ihr bis zum zerstörten Türrahmen, schaute ihr nach, wie sie über den mit allerlei Kraut bewucherten Acker zur Hecke eilte, mit dem Grün verschmolz. Sie schüttelte den Kopf, wandte sich um und machte sich daran, eine Mahlzeit zuzubereiten, während sie auf Jarils Ankunft wartete.

Der Nebelkranich flog voraus, suchte freie Strecken, führte Brann und Yaril auf gewundene ländliche Wege, bei denen es sich um kaum mehr als Kuhpfade handelte. Überwiegend zogen sie bei Nacht durchs Land, versteckten sich oder wichen Fahndern aus, wenn es sich als nötig erwies, beobachteten Temueng und ihre Handlanger, die wie aufgescheuchte Läuse durch die Gegend wimmelten, selbst in den entlegensten Winkeln umherschnüffelten, Brann bisweilen nur ganz knapp, um Haaresbreite, zu fassen versäumten, während sie sich langsam nach Süden und Westen bewegte, in der Richtung nach Tavisteen blieb, obwohl unter immer größeren Schwierigkeiten, während Zahl und Umtriebe der Fahnder stetig zunahmen. Die Kinder stahlen Essen für sie, für Coier Hafer, um das Tier bei Kräften zu halten, es bekam nie genug Rast und Gelegenheit zum Grasen. Brann wurde hager und knochig, Mattigkeit und Hunger entwickelten sich zu Begleitern, die nicht mehr von ihr wichen, sie schlief unregelmäßig und mit ständigen Unterbrechungen, verzehrte nur hastig gemampfte Mahlzeiten. Fünf, sieben, zehn Tage, bisweilen mußte sie so umständliche Umwege machen, daß sie nahezu im Kreis ritt. Trotzdem schaffte sie es jedesmal, ein wenig weiter nach Süden zu gelangen. Zweimal stieß sie mit Temueng zusammen, doch tötete sie sie mit dem Beistand der Kinder, trank ihr Leben, gab etwas von der Lebenskraft Coier ab, erneuerte die Kräfte, die die Mühsal der Flucht ihn kosteten.

Die ausgedehnte fruchtbare Ebene im Landesinnern Croaldhus senkte sich seewärts immer tiefer, bis Segge und Sumpfgewächse die grasigen Weiden und bestellten Felder ablösten, stilles Wasser in den Geländemulden moderte, schaumig-grün von Schlamm und Algen. Brann erreichte den Rand des Marish, einer weitläufigen

Fläche von Moorland und grasbewachsenen Niederungen, die so etwas wie einen zottigen Bart an Croaldhus Kinn bildete, auf Branns Fluchtweg ein ernsthaftes Hindernis waren, ja sogar zur Falle werden mochten, gab sie nicht acht, kamen die Temueng ihr in dieser Umgebung nahe genug, konnte sie womöglich zwischen sie und ein unüberquerbares Gewässer oder einen abgrundtiefen Schlicktümpel geraten. Der Nebelkranich flog über den Ausläufern des Marish hin und her, erkundete begehbare Wege durchs Moor, eine verschlungene Strecke von einem winzigen Schlamminselchen zum nächsten, er watete durch Teiche und Wasserläufe, um Tiefe und Beschaffenheit des Grunds zu prüfen, blieb dabei möglichst nahe bei der Handelsstraße, damit er die Gefährtinnen im Gewirr dieses feuchten Landstrichs nicht aus dem Blickfeld verlor, hielt es auch noch so, nachdem die Straße in eine auf niedrigen breiten Steinbogen erbaute Dammstraße überging, die etwa mannshoch überm Wasser verlief, denn die bedeutete eine zusätzliche Gefahr, weil Temueng, die darauf entlangritten, einen ziemlich weiten Ausblick in die Sümpfe hatten. Er führte Brann, Coier und Yaril in die von ihm festgelegte Richtung, gewährleistete dabei stets, daß sich zwischen ihnen und der Dammstraße ein dünner Sichtschutz aus Zypressen, Flerpinen und wurzelfaulem Finnshon erstreckte. Der Wunde Mond nahm zu, wurde wieder rund, außerdem sahen die Kristallaugen der Kinder bei Nacht so gut wie am Tag, deshalb wanderte Brann die ganze Nacht hindurch, langsam und mühselig, kämpfte sich über unsäglich schwierigen, tückischen Untergrund vorwärts, rutschte und schlitterte häufig, die halbe Zeit lang mußte sie absitzen und an Coiers Seite durchs Gelände streben, ihn streicheln, trösten, ihm neue Kräfte zuleiten, ihm auszuhalten helfen, und so stapften, stolperten sie einher, bis sie eine Schlamminsel betraten, die so hoch lag, daß sie beide das Wasser vollends verlassen und sich den Egeln und Milbenlarven entziehen konnten, die ihnen, die sie aus Fleisch und Blut bestanden, das Dasein übel erschwerten, während sie den Wandelkindern keinerlei Beachtung schenkten.

Grau. Selbst am hellen Tage war alles grau. Grauer Himmel, graue Gewässer, grauer Matsch, an Riedgras, Büschen und niedrigeren Ästen von Bäumen trocknete grauer Schlick, graue Schwämme und Pilze, graue Insekten, alles war grau. Rings um Brann wallten stickig die Dünste der Feuchtigkeit empor, des Faulens von allem möglichen, von Fleisch, Fisch und Pflanzen. Während dreier grauer Nächte zog Brann durchs Grau, an drei grauen Tagen rastete sie auf mit morschem Schilf bestandenen Schlammhöckern, auf denen sie Coier vom Hafervorrat fütterte, der allzu rasch schrumpfte, das Roß trockenrieb, ihm die Blutegel an den Beinen tötete, ihre kleinen Leben aufsaugte und die gewonnene Lebenskraft ihm zuführte; waren die Egel tot, ließen sie sich leicht entfernen, sie fielen ab wie Streifen getrockneten Gummibaumsafts. Zufällig entdeckte sie dabei einen neuen Vorzug ihres veränderten Körpers, während sie dem ausgelaugten, wackeligen Reittier Kräfte einflößte; als ihre Hand an einer der von den Egeln zurückgebliebenen Entzündungen verhielt, sah sie, wie die Wunde sich schloß und heilte, während sie dem Pferd Lebenskraft zukommen ließ.

Gegen Ende der vierten Nacht hegte sie alle Neigung, auf die Dammstraße überzuwechseln, anstatt noch länger diese zermürbende Schinderei zu erdulden. Während die Morgendämmerung ein ungewisses bläßliches Licht über die Gewässer breitete, geleitete Jaril sie tiefer in den Marish, zu einer Insel mit den Umrissen eines Auges, die erheblich größer war als die übrigen Inselchen; an einem Ende wuchs ein kleines Dickicht aus kräftigen Flerpinen mit ihrem scharfen Duft, in der Mitte gab es eine trockene steinige Erhebung, an dem ein schmales Rinnsal vorbeifloß, dessen Wasser klar und rein aussah und eine große Versuchung bedeutete.

Brann widerstand der Versuchung, besah sich zuerst Coier, tötete mit dem Abtasten seines Fells massenhaft Stechmücken, Milbenlarven, Bohrkäfer, Blutwürmer und allgegenwärtige Egel, übermittelte die Lebenskraft dieser Vielzahl aufgesaugter winziger Leben umgehend dem matten Pferd. Sie war eine nützliche Eigenschaft, diese Tödlichkeit ihrer Berührung, viel zuviel hatte Brann dazu Gelegenheit, sich in der Anwendung dieser Fähigkeit zu üben. Inzwischen war sie eine Milbe auf dem Rücken einer Mücke zu töten imstande, ohne daß die Mücke Schaden nahm. Nachdem sie Coier zwei Handvoll Hafer aufs Sattelleder gestreut hatte, hockte sie sich in das Rinnsal und benutzte ein Büschel Gras, um sich Schweiß und Dreck von der Haut und aus den Haaren zu putzen. Während sie sich wusch, steckte Yaril eine Hand in den Haufen Reisig, den Jaril als Brennholz gesammelt, zur Insel geflogen hatte, entfachte ein Feuer, stellte einen Topf mit Wasser darauf, um es zwecks Zubereitung von Tee zu erhitzen, ging danach mit Branns Kleidern zum Rinnsal und scheuerte sie mit Sand aus der Mulde sauber. Sobald Brann sich innerlich und äußerlich gereinigt fühlte, das Wasser gekocht und der Tee aufgebrüht war, Yaril Blusen und Hosen klatschnaß am struppigen Geäst von Föhren aufgehängt hatte, kauerte sich Brann nackt auf einen Streifen Gras, fühlte sich zum erstenmal seit Tagen auf angenehme Weise abgekühlt, schaute Coier zu, wie er im Wasser stand und trank, schlürfte aus ihrem Becher Tee, zubereitet aus kärglichen Restchen ihrer Vorräte, darum jedoch um so mehr geschätzt. Sie setzte sich den Becher auf die Knie und seufzte. »Es ist mir gleichgültig, wie viele Temueng die Straße entlangpreschen, am kommenden Abend werde ich mit Coier diesen Morast verlassen.«

Jaril blickte Yaril an und nickte. »An den vergangenen paar Abenden war der Verkehr gering, und ...« Er zögerte. »Wir haben an Kraft mehr verbraucht, als ich erwartete. Yaril und ich werden allmählich hungrig.«

»Ich glaube, ich möchte zur Abwechslung wieder einmal Jägerin sein, nicht Gejagte.« Brann nahm einen Schluck Tee, behielt die heiße Flüssigkeit kurz im Mund, ließ sie danach erst die Kehle hinabrinnen, damit sie sie inwendig überall wärmte. »Coier ist krank oder so was, entweder liegt's am Wasser oder an den vielen Bissen und Stichen. Er muß sich ausruhen und grasen, vor allem ausruhen. Und ich auch. Vielleicht finden wir, wenn wir aus diesem Marschland draußen sind, irgendwo ein Versteck, in dem wir ausgiebig verschnaufen können.« Über die Schulter spähte sie zur Sonne, die verschwommen über den Föhren aufging. »Kann einer von euch etwas tun, um meine Kleider zu trocknen? Mir ist nicht danach, mich nackt schlafen zu legen. Es könnte irgend etwas geschehen, das uns zum Abhauen zwingt, ohne daß mir die Zeit zum Anziehen bleibt.«

»Du hast recht.« Während Jaril das Feuer löschte, verwandelte sich Yaril in eine Leuchterscheinung und schwebte, flimmerte durch Branns nasse Kleidungsstükke, trocknete ihr eine Hose und eine Bluse. Als sie die Sachen als hinlänglich trocken erachtete, brachte sie sie Brann. »Gönn dir etwas Schlaf«, sagte sie zu ihr. »Wir halten Wache.«

Beim Aufwachen bemerkte Brann, daß sie in ein Netz gewickelt war, angefertigt aus zu Kordeln gedrehten Schilffasern und behaftet mit Fischgeruch. Sie erwachte durch das Krachen einer Trommel und Coiers Schrei, als man ihm die Kehle durchschnitt, bis er unvermittelt verstummte. Sie erwachte und sah kleinwüchsige graue Männer sich auf der Insel tummeln, grauhäutige Männchen, die Fetzen groben gelben Tuchs um die Hüften trugen, graue Männlein mit rauher trockener Haut, sie war staubgrau und gesprenkelt mit dunkleren Streifen und Tupfern, ähnlich wie die Haut von Echsen, die Brann früher auf ihrem Findling am Bach sich hatte sonnen sehen, lauter kleine graue Männer, die Coier schlachteten, sein Fleisch von den dicken weißen Knochen schnitten. Brann weinte aus Schwäche, Gram und Wut, weinte um das Tier, wie sie nicht einmal um ihre ermordete Schwester, um Arth Slyas gemordete Einwohner geweint hatte, sie weinte und dachte für eine Weile an nichts anderes. Dann entsann sie sich der Kinder.

Sie vermochte ein wenig — ganz geringfügig — den Kopf zu bewegen. Spät am Tag war es, die Schatten fielen lang über die Wasser. Die Kinder waren nirgends zu sehen. In der Nähe knisterte ein kleines Feuer, an dem ein Grauhäutiger saß, die Gestalt in Netzwerk gehüllt, verknotet zu kunstvollen Mustern, von denen Brann mutmaßte, daß sie seine Macht und Bedeutung anzeigten; an einem dicken Tau, locker um den kleinen festen Schmerbauch geschlungen, baumelten Fransen knotenreicher Kordeln. Eine seltsam schöne langfingerige Reptilienhand hielt eine merkwürdige Trommel von furchterregendem Aussehen, gemusterte Schlangenhaut war über den mit hoher gewölbter Hirnschale und nach vorn gerichteten Augenhöhlen ausgestatteten Schädel einer großen Schlange gespannt. Während er vor sich hinlächelte, entlockte er der gespannten Haut ein gedämpftes hartnäckiges Rasseln, kaum lauter als das Rascheln des Winds im Schilf, ein Klang, der Brann störte, wenn sie darauf lauschte, aber dennoch in ihr Inneres drang, bis es mit seinem Takt ihren Herzschlag, ihre Atemzüge bestimmte. Mit einem Ruck entzog sie sich dem Bann, schauderte vor Furcht. Magie. Der Mann schaute zu ihr herüber, und sie schauderte erneut zusammen. Er saß vor dem mit Reisig und Gras entfachten kleinen Feuerchen und betrachtete sie mit einer satten Befriedigung, die ihr eisig bis ins Mark zu dringen schien. Sie dachte an die Kinder, es erfüllte sie mit Erbitterung, von ihnen im Stich gelassen worden zu sein, bis der Trommler eine Hand ausstreckte und damit über zwei dicke Steine neben dem knochigen Knie strich, zwei grau gemaserte Kristalle, groß wie ein menschlicher Kopf, Kristalle, in denen sich das Feuer als eine unendliche Vielzahl von Flämmchen widerspiegelte. Während er wie besitzgierig mit der Hand darüber fuhr, grinste er Brann zu, zeigte ihr die harte Kante des schwarzen Gaumens, der bei diesem Volk wohl die Zähne ersetzte, er genoß ihre sinnlose Wut, bis Lärm am anderen Ende der Insel seinen Blick anzog.

Brann bemühte sich, auch etwas zu sehen, hielt inne, als ein Temueng in ihr Blickfeld trat, der ein Reitpferd und ein Lastpferdchen mit beträchtlichem, in Segeltuch gewickeltem Gepäck mitführte. Graue Männer umdrängten ihn, zischten oder pfiffen, schnippten mit den Fingern, stampften mit den breiten Klauenfüßen, stießen ihn, man merkte ihnen nur mit größter Mühe bezähmten Grimm und Haß an. Der Temueng blähte aus Widerwillen die Nasenflügel, blickte über die Köpfe der Grauen hinweg, stapfte heran, bis er schroff am Feuer des Zauberers verharrte, vermied es auffällig, Brann anzusehen, bis sie begriff, daß die Sumpfleute sie an die Temueng verkauft hatten. Sie blieb still liegen, knirschte mit den Zähnen, ihr Zorn übertraf den Unmut der Grauen.

»Ihr habt Nachricht geschickt, daß die Hexe von euch geschnappt worden ist.« Die Stimme des Temueng klang tief und hallte, er sprach, vermutete Brann, mit Absicht so, um das Keifen und Zwitschern der Grauen zu übertönen. »Ich bringe euch die verlangte Belohnung.«

Der Trommler verfiel in Zuckungen lautlosen Gelächters, versetzte auch seine Trommel in so etwas wie ein heiteres Dröhnen. »Gälber Mann, Geißel där Drockenfieß.« Er lachte wieder vor sich hin. »Du sitzen, Geißel.« Graue eilten geschäftig umher, nährten das Feuer, bis es unter lautem Knacken und Knistern hochaufloderte, nach Föhrenholz roch. Der Zauberer spielte die Trommel, die verhaltenen Töne verschmolzen mit dem Geräusch des Feuers. Der Temueng saß in entschieden würdevollem Schweigen da, wartete aufs Ende des Getrommels, sah sich gelegentlich nach Brann um. Sie erwiderte den Blick voll offenem Haß, grollte ihm stumm, wenn er sie nicht beachtete, fand geringe Genugtuung in seiner sichtlich wachsenden Ungeduld. Mit einem Mal erklang die Trommel lauter, ein *klick-klick-klack* kam hinzu, als der Trommler mit zwei Fingernägeln auf die Schädelknochen tippte. »Ich, Ganumomo, spräche«, sang der Trommler, verzerrte die Sprache der Ebenen so übel, daß Brann kaum verstehen konnte, was er redete. »Ha! Ich, Ganumomo, bin bäste Dräumer in uns Mawiwamo.« Während er weiterhin den Rand der Trommel mit zwei Fingern der Hand abklopfte, mit der er sie hielt, ergriff er mit der anderen Hand einen der Kristalle, hob ihn auf Armlänge über den Kopf. »Ganumomo fürschtet nich Fahfihmo, guck, guck!« Er legte den Kristall ab, spitzte die Wulstlippen, ergänzte das leise *Klickklack* der Trommel durch ein halblautes Pfeifen, das er gleich darauf ebenso unvermittelt beendete. »Schabamawi is sähr stark. Abba nich so stark wie Ganumomo. Ha!« Er bediente sich unversehens eines sachlicheren Tonfalls. »Drockenfuß, du bringen Aulmeamomo?«

Mit einem Brummlaut der Zustimmung erhob sich der Temueng und ging zu dem Packpferdchen. Er schnürte einen Segeltuchpacken auf, entnahm den darin eingeschlagenen Gegenständen einen Beutel, kehrte damit zurück zum Feuer. Dort warf er ihn neben den Trommler, setzte sich wieder ans Feuer, wiederum dem Grauen gegenüber. »Traumbeschwörer«, sagte er, »es wird mehr geschickt, sobald wir die Hexe — wie hast du sie genannt, die Schabummi? — in unserem Gewahrsam haben. Ich bringe noch mancherlei, Axtklingen, Speerspitzen, Angelhaken, Messer. Eine erhebliche Vorleistung auf die gesamte Belohnung. Nun übergib mir die Hexe!«

»Fisch was immer gradaus schwimmt, gäht schnäll in Nätz. Noch mähr Abmachung. Ich, Ganumomo, hab Wunsch, daß Drockenfieß nich kommen in uns Mawiwamo. Ich, Ganumomo, hab Wunsch, daß ...«

Brann verzichtete aufs Zuhören, während sich das Feilschen hinzog, widmete die volle Aufmerksamkeit und die gesamte Willenskraft den Kindern. Doch es hatte keinen Zweck, wie nachhaltig sie sich auch abmühte, sie erreichte nichts. Sie regte sich in dem geringen Maß, wie es ihr möglich war; doch das Netz preßte ihr die Arme fest an die Seiten, die Beine waren mit so viel Netzwerk umschlungen, daß sie nicht einmal die Knie zu beugen vermochte, und je mehr sie zappelte, um so unentwirrbarer verstrickte sie sich in die Maschen. Wut rumorte in ihr wie das feurige Herz des Tincreals, ein Ingrimm, der teils ihr selbst entsprang, teils jedoch handelte es sich um jene Wildheit, die schon einmal von ihr Besitz ergriffen und den Temueng-Pimush getötet hatte. Als sie sie nun von neuem verspürte, war sie entsetzt, irgendwo tief im Innersten empfand sie Grauen, doch ihn überlagerte der ineinander verschmolzene Zorn. Ganz leise, nahezu unhörbar, fing sie zu singen an, sang das Besessenheitslied, das die Schlafende Göttin in die Yongala rief und sie bereit für die Göttlichen Tänze machte.

»Tanze, Slya — Slya, tanz,
ich bin der Weg, so beschreite mich.
Tanz am Himmel, auf Erden, im All,
tanz im Kreis des Lebens, so prall.
Tanze, Slya — Slya, tanz,
tanze Gewalt, Ausdünstung, tanz,
ich bin der Kessel, leere mich.
Tanze Zerfall, Aufruhr, tanz,
tanze das Ende aller Ruh.
Tanze, Slya — Slya, tanz,
ich bin der Leib, komm und fühle mich.
Zeugung und Vermehrung, tanze du,
tanze du den Tod gar schauerlich,
tanze, was ist und sein wird letztlich,
tanze die Leere und Fülle überall,
tanz im Kreis des Lebens so prall.«

Obwohl sie sehr leise sang und der Zauberer sich angelegentlich dem Feilschen widmete, bemerkte er bald, was sich in Brann tat, sich zusammenbraute; er unterbrach die Verhandlungen, strebte ums Feuer, trat ihr in die Rippen und gegen den Kopf. Aber es war schon zu spät. Brann stöhnte, als Slya von ihr Besitz ergriff, Slya riß das Feuer des Trommlers zu ihr herüber, es verbrannte die Netze zu Asche, sonst nichts blieb davon übrig, dann sprang das Feuer von ihr zum Zauberer, im nächsten Augenblick wurde er zu einer Fackel, es sprang von ihr zum Temueng, und auch er verwandelte sich in eine Fackel, und es sprang von Grauem zu Grauem, bis die Insel einem Standort vieler Fackeln glich, erstarrte graue Männer brannten, der Temueng brannte, Gras und Bäume loderten, der Beutel mit dem Traumpulver verglühte. Als wäre sie fernab von allem, davon abgesondert, sah Brann auf Roß und Lastpferdchen Zaumzeug und Gepäck verbrennen, ohne daß den Tieren ein Härchen versengt wurde, obzwar sie aus Panik ins Wasser rannten und flohen.

Schließlich erlosch das Feuer in Brann, ein letztes Lohen züngelte, erfaßte die Kristalle. Yaril und Jaril erwachten aus ihrer Steingestalt, setzten sich auf, blinzelten.

Dann war Slya von Brann gewichen, die Insel leer und kahl, von den Bäumen ragten nur noch verkohlte Stümpfe empor, der Wind wehte die Asche der Verbrannten zu Häufchen zusammen, und eine derartige Müdigkeit überwältigte Brann, daß sie nackt auf den geschwärzten Sand niedersank und einschlief.

Drei Tage später ähnelte Brann in Äußerem und im Gesicht einem Temueng, trug gestohlene Temuengkleider, ritt auf einem Werpferd von älterem, aber wohlgewachsenem Aussehen, das dem Stolz der Temueng genügte, doch bei ihnen keine Habgier erweckte; sie verdankte diese veränderte Gestalt und neue Ausstattung dem

Einfluß der Kinder und dem Tod eines halben Dutzends temuengischer Verfolger, denen sie an der Dammstraße aufgelauert hatten. Am glänzend-klaren Himmel sank die Sonne, und Brann ritt von einer steinernen Brücke auf eine mit dicken Steinen des gleichen Steins gepflasterte Straße auf die Stadt zu, die sich in dunklen massigen Umrissen vom flammendroten Horizont abhob: Tavisteen. Das Tor zur Schmalen See.

3

Mit Sammang Schimli über die Schmale See

Wirre Gerüchte verbreiteten sich in Tavisteen, sogar noch schneller, als die Schwierigkeiten um sich griffen; niemand bekannte sich dazu, sie verbreitet zu haben, niemand gab zu, sie zu hören.

Aufwiegelung in den Ebenen …

Man fand Temueng tot auf, Temueng verschwanden (darüber frohlockten die Tavisteener still in ihren Herzen). Die Temueng schlugen gewissermaßen blindlings um sich, störten das im Frühling fällige Säen, scheuchten ehrliche (und ebenso andere) Leute in ihren Häusern auf, hielten Karawanen an, um die Leute auszufragen sowie das Gepäck und die Waren zu durchwühlen. Die Temueng überwachten den Hafen strenger denn je (alle Tavisteener gerieten deswegen in Wut, die Schmuggelei nahm zu, die Tavisteener waren ein störrisches Volk, kaum verkündete der Temueng-Tekora, der die Stadt verwaltete, einen Erlaß, fanden sich Grüppchen kundiger Tavisteener zusammen und dachten sich Verfahren aus, wie sich diese Erlasse umgehen ließen, während die Einwohner der Stadt schlau und listig genug waren, um Unterwürfigkeit vorzutäuschen); seit die Temueng die Stadt besetzt hatten und sie beherrschten, mußte jeder Händler im Hafen langwierige, verwickelte Verhandlungen durchstehen und hohe Bestechungssummen zahlen, um überhaupt wieder auslaufen zu dürfen (auch das lieferte einen Anlaß zum Mißmut, weil es den Handel zugrunde richtete). Und alle diese Ärgernisse nahmen das zweifache Ausmaß an, weil die Temueng eine Verrückte jagten, die ihnen ständig wie Dunst durch die Finger glitt (trotz des Verdrusses, den sie den Tavisteenern bescherte, bejubelten sie sie in den geheimen Kämmerchen von Herz und Verstand, hofften allerdings, sie werde an einen anderen Ort weiterziehen).

Aufruhr im Marish ...

Sumpfbewohner huschten wie graue Schatten aus dem Marschland, überfielen Temueng und Reisende aus den Ebenen ohne Unterschied, machten die Dammstraße zu einer Todesfalle für alle außer die größten Gruppen, und letztere hatten immerhin Verluste durch Giftpfeile, die ohne Warnung aus dem Marish geflogen kamen. Niemand wagte sich ins Moor, um die Angreifer zu verjagen; der Verkehr auf der Straße nahm ab, versiegte schließlich vollständig.

Unruhe in Tavisteen ...

Leichen ohne Verletzungen lagen in den finstersten Winkeln dunkler Gassen, schwammen in der Bucht, sowohl Temueng wie auch Tavisteener. Die toten Einheimischen waren für die Stadt kaum ein Verlust, ohne Ausnahme handelte es sich um Abschaum, von den Familien verleugnet, mit Schändungen und Räuberei befaßte Kerle. Die übrigen Tavisteener murrten über die wachsenden Kosten für Geisteraustreibungen, die erforderlich wurden, um die vielen entwurzelten Geister loszuwerden, doch sie hörten nicht auf ihre Klagen und sahen davon ab, die Person zu suchen, auf die das Entstehen der Geister zurückging (größtenteils war auch diese Haltung eine Art stillschweigender Beifälligkeit gegenüber jemandem, die sie — trotz des Ärgers, den sie verursachte — als Heldin betrachteten).

Die Temueng hatten bezüglich dieser rätselhaften Macht, die sie beschlich und tötete, eine weit weniger philosophische Einstellung. Temuengische Vollstrecker veranstalteten großangelegte Suchen, riegelten ein Stadtviertel oder einen Teil des Hafens ab, hielten in den Straßen jeden an, ließen sich die Ausweise zeigen, durchsuchten Häuser und Lager, zerschlugen Möbel und Truhen, zerrupften Packballen, rissen Wände nieder, verhinderten sogar das Auslaufen von Schiffen, prügelten Tavisteener und fremdländische Seeleute mit grimmigem Gleichmaß, schleppten diese oder jene — sowohl von den einen wie auch den anderen — zum Verhör in die Muccaits. Manchmal führten sie mehrere solche Suchen an einem Tag durch, manchmal verstrichen mehrere Tage hintereinander, ohne daß sie etwas unternahmen, bisweilen kreuzten sie mitten in der Nacht auf.

Sie entdeckten Schmuggelgut, verbotene Drogen und Waffen, geheime Schnapsbrennereien, aus einem Dutzend verschiedener Muccaits entflohene Sträflinge und andere für den Tekora interessante Dinge. Die Frau fanden sie nicht.

Schiffsherr Sammang saß gebeugt bei einem Deckelkrug wäßrigen Biers, starrte mürrisch auf die zerkerbte Tischplatte, das dunkle kantige Gesicht hatte Ähnlichkeit mit dem Angesicht des Kriegsgottes seiner Heimatinsel; selbiger Gott war von stämmiger kraftvoller Gestalt, ein aus rotbraunem Speckstein gehauenes, zu samtenem Glanz poliertes Standbild, das beim Betrachter Ehrfurcht und Schrecken hervorrufen sollte. Die restlichen Gäste der Schänke, beileibe keine Lämmerschwänze, hockten am anderen Ende der Stube und überließen ihn seinem mürrischen Grübeln. Ab und zu zupfte er an einem in die Länge gezogenen Ohrläppchen; den schweren goldenen Ohrring, der bis vor kurzem daran hing, hatte er am Morgen verkauft, um die Hafengebühr entrichten zu können; der geringe Betrag, der verblieben war, mußte ihn und seine Männer noch für ein Weilchen ernähren. Bald genug würde er aus dem Hafen auszubrechen, vorbei an den Schiffen und dem Wachturm an der engen Ausfahrt auszulaufen versuchen müssen, eine Aussicht, der er keineswegs mit Vergnügen entgegensah. Schleudern standen dort bereit, die Steine von hundert Pfund Gewicht warfen, auch Speerschleudern mit Spießen, die selbst die dicksten Schiffsplanken durchbohrten, und außerhalb des Hafens lagen Brandboote, um jedes Schiff, das den Hafenmauern entrann, zu brandschatzen, Beschreier befanden sich im Einsatz, um auch jedes Fahrzeug zu entdecken, das etwa versuchte, im Schutz von Magie zu flüchten. Die Temueng waren gründliche Leute, Buatorrang verfluche ihre gierigen Wänste! Sammang hatte eine Fracht Waren aus Arth Slya, durch einen unternehmungslustigen Tavisteener von der Grannshaer Messe unter den Nasen der Temueng, die ansonsten alles an sich rafften, dessen sie nur habhaft werden konnten, in die Hafenstadt geschmuggelt, dazu etliche Häute und Felle aus den Ebenen, ausschließlich Güter, die weder verdarben noch an Wert verloren; aber um sie zu befördern, mußte er erst einmal mit der *Meermaid* diesen verwünschten Hafen verlassen. Er brummte aus der Tiefe der Kehle, die breite derbe Pranke umklammerte den Krug, bis das Metall knirschte.

»Sammang Schimli? Der Schiffsherr?«

Er blickte auf, die Furchen zwischen den buschigen schwarzen Brauen vertieften sich, er zog die Mundwinkel noch tiefer hinab, verschärfte die Falten, die schräg von den geblähten Nasenflügeln hinabliefen. Langsam glitt sein Blick über das Weib, das plötzlich auf der anderen Seite des Tischs stand. »Schieb ab, Hure, ich hab kein Interesse.« Er schloß die Lider, gedachte das Weib vollständig zu mißachten.

Die Frau zog einen Stuhl unterm Tisch hervor, nahm Sammang gegenüber Platz. »Ich ebensowenig, Schiffsherr. Mein Interesse gilt allein der Überfahrt von Tavisteen nach Utar-Selt. Ich bin keine Hure.«

»Ich werde schwerlich in kürzerer Frist irgendwohin auslaufen, Weib«, antwortete Sammang, die Augen nach wie vor geschlossen, während die Daumen an den Seiten des Krugs auf- und abrieben.

»Ich weiß.« Ruckartig öffnete Sammang die Augen und schaute sie an. »Wenn du mir sagst, was du brauchst, um ein Auslaufen zu ermöglichen«, fügte die Frau hinzu, »und wir uns über die Bedingungen einigen, werde ich sehen, was ich tun kann, um das Geld aufzubringen.«

Sammang musterte sie genauer. Nein, tatsächlich keine Hure. Sie sprach nicht in der richtigen Weise auf ihn an. Ihre Haltung ihm gegenüber zeichnete sich durch sonderbare Kindlichkeit und Sachlichkeit aus. Ihrem Körper ließen sich keinerlei Anzeichen weiblicher Lüsternheit ansehen. Hinter dieser Maske erkannte er durch Unsicherheit verursachte Beunruhigung. Er schnalzte mit der Zunge an den Zähnen, die Augen weiteten sich ihm, als er begriff, wer sie sein mußte.

Sie hatte große grüne Augen in einem Gesicht, das eher bemerkenswert war als schön, sie wirkte ziemlich ausgezehrt, als litte sie schon seit längerem Hunger. Ein voller, aber streng beherrschter Mund. Die Haut glich Alabaster im Mondschein. Die auf den Tisch gelegten Hände waren lang, schmal und kräftig, keine an Müßiggang gewöhnten Hände. Wenn sie den Kopf bewegte, schimmerte das schulterlange, weiche, silberblonde Haar im Schein der Lampen, die in der Schänke hingen. Sie paßte nicht in eine solche Spelunke. Sammang hatte plötzlich den Verdacht, sie sähe wohl überall verfehlt aus, an jeder Örtlichkeit, die er sich vorstellen konnte. Bei Primalaus gewandtem Pfriem, wie sie in diesem Viertel der Stadt unbehelligt umherzulaufen imstande war, mußte einem Mann ein Rätsel bleiben! Er fuhr sich mit der Zunge über die Unterlippe, tappte mit den Daumen auf die Tischplatte. Vielleicht schaffte sie es wirklich, die *Meermaid* freizukaufen; vielleicht trug sie nur dazu bei, seinen Kopf in die Schlinge der Temueng zu stecken. Ein Wagnis, aber was lief nicht auf ein Wagnis hinaus? »Warum nicht?« meinte er. »Aber hier können wir uns nicht besprechen.« Er dachte an die Gerüchte, die Toten in der Ebene, die Toten in der Stadt, die Toten in der Bucht, dann leerte er den Krug, setzte ihn mit einem vernehmlichem Knall ab, bei dem die Hände der Frau zuckten. »Ich habe oben eine Kammer.«

Unversehens lächelte die Frau, zeigte ein schalkhaftes Grinsen, als wäre sie ein Gassenbalg, es veränderte ihr Gesicht völlig. »Sei besonnen, Schiffsherr! Es ist wenig ratsam, mich zu verärgern.«

Sammang stand auf. »Die Entscheidung liegt bei dir.« Er überließ es ihr, sich ihm anzuschließen, wenn sie es wollte, war sich insgeheim nicht mehr so sicher, ob er nicht doch auf weibliche Gesellschaft Wert legte, hörte hinter sich, während er mehrere Treppen hinaufstieg, ihre gedämpften Schritte. Er hauste im fünften Stockwerk, unter dem Dach, weniger wegen des niedrigeren Preises als aufgrund der Frischluft, die durch die unverglasten Fenster hereinwehte. Er sperrte die Tür auf, schob sie einwärts, betrat die Kammer und blieb stehen.

Auf seinem Bett saßen im Schneidersitz zwei Kinder, Mondlicht glänzte auf ihrem hellen Haar, gleißte in den kristallgleichen Augen.

Das Weib strebte an Sammang vorbei ins Zimmer, ließ sich auf einem wackligen Stuhl am Fenster nieder. »Meine Begleiter«, sagte sie. »Schließ die Tür!« Als er zögerte, lachte sie auf. »Fürchtest du dich vor einer Frau und einem Paar Kindlein?« Sammang betrachtete den Schlüssel in seiner Hand, hob die Schultern. »Könnte durchaus das Klügste sein, was ich seit Monaten getan habe.« Er machte die Tür zu, verriegelte sie, ging zu einem anderen Fenster und hockte sich aufs Fenstersims. »Yaril«, fragte die Frau, »sind irgendwelche Schnüffler in der Nähe?«

»Nein, Brann.« Das Kind mit dem helleren Haarschopf grinste sie an. »Aber Jaril hat Hermy der Nase einen Stein auf die Birne fallen lassen.«

»In der Nähe?«

Das Kind mit dem dunkleren Haar bewegte die Hand hin und her. »Wie man's nimmt. Hab ihn 'n paar Straßen weiter erwischt, er stöberte dort herum, versuchte rauszukriegen, wo du geblieben bist. Sonst hat's niemand auf dich abgesehen ... Außer aus den üblichen Gründen.«

»Ha, sprich nur über Angelegenheiten, von denen du 'ne Ahnung hast, du Flegel. Hmm, ich glaube, es ist trotzdem sicherer, du schaust dich draußen um und sorgst dafür, daß wir nicht gestört werden.« Sie wandte sich an Sammang. »Laß ihn bitte hinaus.«

»Was kann 'n Kind denn schon ausrichten?«

»Weit mehr, als du zu wissen brauchst, Schiffsherr.«

Sammang hob die Schultern. »Also komm, Kind!« Sobald er den Riegel wieder vorgeschoben hatte, stapfte er zurück ans Fenster, stützte eine Hüfte aufs Gesims, beugte sich so hinaus, daß er nicht nur über die Dächer hinweg zur Flußmündung spähen, sondern gleichzeitig auch die Frau und das noch anwesende Kind im Augenmerk behielt. »Weshalb ich?« fragte er. »Warum nimmst du kein Temuengschiff? Es laufen ständig welche ein und aus. Billiger sind sie obendrein, während ich dich teuer kommen werde ... Dein Name ist Brann, ja? Schön. Ich bin teuer. Vielleicht teurer als angebracht. Wenn du bist, für die ich dich halte, hast du schon weit und breit Temueng zu Narren gemacht, folglich denke ich mir, du könntest's geradeso weiter derartig treiben. Weißt du, im allgemeinen bin ich mit zahlungskräftigen Kunden nicht so ehrlich, aber in diesem Fall möchte ich wissen, worauf ich mich einlasse.«

»Ehrlich, so?« Sammang wölbte die Brauen, schwieg jedoch. »Du weißt sehr gut, worauf du dich einläßt, Schiffsherr.«

Das Kind — Sammang neigte immer stärker zu der Auffassung, es war ein Mädchen — rutschte vom Bett, schritt mit unheimlicher Lautlosigkeit über die ansonsten recht geräuschvollen Dielen des Fußbodens, rührte mit einem bläßlichen Fingerchen an den Docht der dikken Kerze, die auf dem klapprigen Tisch stand, dem einzigen weiteren Einrichtungsgegenstand der Kammer.

Der Docht fing Feuer, ein warmer gelber Schein breitete sich über Brann und Sammang, über die Hügel und Mulden des schäbigen Betts. Das Mädchen kehrte dorthin zurück, setzte sich wieder hin, maß Sammang für ein recht unbehagliches Weilchen mit durchdringendem Blick, scharfe Spiegelbilder des Kerzenflämmchens tanzten in den seltsamen Augen. »Sag's ihm!« empfahl das Mädchen. »Er hat angebissen, es mag nützlich sein, er erfährt alles, mag sein, er hat bessere Einfälle als wir, er kennt diese Stadt und die Temueng. Du kannst ihm in nahezu jeder Hinsicht trauen, es sei denn, er will dir etwas verkaufen.«

Verdrossen schaute Sammang das Mädchen an, schnob angesichts des frechen Grinsens der Göre, lenkte den Blick hinüber zu der Frau. »Hast du schon einmal von Arth Slya gehört?« fragte sie. Bei den letzten zwei Wörtern versagte ihr die Stimme; sie räusperte sich, wartete auf seine Antwort.

»Wer hätt's nicht?«

»Es war meine Heimat.«

»War?« Sammang beugte sich vor, verspürte mit einem Mal höchstes Interesse; falls Arth Slya nicht mehr bestand, mußten die im Laderaum der *Meermaid* verborgenen Waren noch wertvoller geworden, wesentlich im Wert gestiegen sein.

»Temueng kamen, ein Pimush und fünfzig Mann. Sie mordeten, verschleppten die Bewohner ...« Nochmals erstickte ihre Stimme; hastig wandte sie den Kopf ab, bis sie wieder sprechen konnte. »Die Jüngsten und die Ältesten haben sie getötet, alle anderen fortgeschleppt ... als Sklaven ... auf Befehl des Kaisers ... der Pimush hat's mir verraten ... Sklaven für den Kaiser ... Einen alten Großkotz ... hat der Pimush ihn genannt ... er ist tot ... seine Männer auch ... Ich habe sie umgebracht ... die Kinder und ich haben sie getötet ... Arth Slyas Einwohner ... die Überlebenden ... sind wieder daheim ... sie bemühen sich ... alles wiederaufzubauen.« Ihre Schultern hoben und senkten sich merklich, eine Zeitlang atmete sie schwer; schließlich hob sie den Kopf, zeigte erneut die Maske der Sachlichkeit, redete in forscherem Ton weiter. »Slya erwachte und hauchte Feuer aus, verwarf das Land, so daß Arth Slya nun vom Rest der Welt abgeschnitten ist. Ich bezweifle, daß die Temueng viel von Arth Slya hören werden, solange sie Croaldhu besetzt halten.«

Sammang zupfte sich am Ohrläppchen, verkniff die Lider. »Du hast's auf den Kaiser abgesehen?«

»Nein. Na ja, nicht unbedingt. Dieses Jahr findet zu Grannsha die Messe statt.«

»Das weiß ich, Slya-Geborene. Ihretwegen segelte ich nach Tavisteen und geriet in diese Rattenfalle.«

»Auch die Einwohner Arth Slyas reisten zur Messe. Der Pimush hat gesagt, man brächte sie nach Andurya Durat, dort sollten sie in eigens errichteten Werkstätten allein für den Kaiser, den alten Großkotz ...« Sie lachte; ihr Lachen klang nicht gerade angenehm. »In diesen Einrichtungen sollen sie ausschließlich für ihn arbeiten. Sklaven, Schiffsherr. Unter ihnen sind mein Vater und zwei meiner Brüder, mein eigenes Fleisch und Blut. Ich habe nicht vor, sie der Sklaverei zu überlassen.« Sie sprach mit steinharter Entschlossenheit, die zur Folge hatte, daß Sammang froh darüber war, weder Temueng zu sein noch Sklavenhändler. Er nickte, weil er ihre Empfindungen billigte; stäke er in solchen Umständen — wohin es mit Buatorrangs und Primalaus Gnade nie kommen würde —, verhielte er sich wahrscheinlich ähnlich. Ganz sicher war er sich in der Frage nicht, ob er sich und die *Meermaid* in die Umtriebe dieses Weibsbilds verwickeln sollte, aber die Sache mochte das Wagnis wert sein; wo er jetzt feststak, würde er voraussichtlich eher Schimmel ansetzen, als daß ihm ein Entweichen gelang. Gewiß verschwieg die Frau ihm alles mögliche, doch gegenwärtig war nicht der geeignete Augenblick, um nachzuhaken. »Meine größte Schwierigkeit ist«, sagte sie, »daß ich nie zuvor außerhalb Arth Slyas gewesen bin und mich deshalb in der übrigen Welt kaum auskenne.«

»Bislang findest du dich nicht schlecht zurecht, Saör.« Sammang lächelte. »Du kennst dich gut genug aus, um nicht Grannsha aufgesucht zu haben, sondern nach Tavisteen gekommen zu sein.«

»Unwissenheit ist nicht dasselbe wie Dummheit, Schiffsherr.«

»Und nun möchtest du nach Utar-Selt. Durch die Hintertür.«

»Ich muß vorsichtig sein. Auch ich kann bloß einmal getötet werden.«

»Es ist reichlich unwahrscheinlich, daß du irgend etwas anderes als deinen Tod erreichen wirst.«

Sie schüttelte mit trotziger Miene den Kopf. »Ich habe die Temueng gelehrt, daß sie nicht die Herren der Welt sind.«

»Freilich. Wie schaffst du's, nicht erwischt zu werden? Es kann schwerlich zwei Frauen geben, die so wie du aussehen.«

»Ich beherrsche ein, zwei Kunstgriffe. Wieviel wird's kosten?«

Sammang schabte sich mit der Hand am Kinn. »Für deine und der Kinder Überfahrt fünfzig in Gold. Im voraus.«

»Einverstanden.« Wieder verzog sie das Gesicht zu dem Grinsen einer Gassengöre; es übte auf Sammang durchaus seinen Reiz aus, wenngleich nicht so nachhaltig, daß er den Preis gesenkt hätte, obschon es ihn enttäuschte, daß sie aufs Feilschen verzichtete. »Es wird ein paar Tage dauern, soviel zu stehlen.« Sammangs Brauen rutschten aufwärts. »Aus temuengischen Schatztruhen«, fügte die Frau — unvermindert trotzig — zur Erklärung hinzu. »Sie schulden mir mehr, als sie mir jemals geben könnten, würde ich sie mein ganzes Leben lang anbetteln. Und sei unbesorgt, Schiffsherr. Weder wird man mich ergreifen, noch wirst du durch mich Scherereien mit den Temueng haben. Nun zu den Einzelheiten. Welche Genehmigungen brauchst du? Welche Unterschriften, welche Siegel müssen darauf sein, wen mußt du bestechen, wieviel Gold brauchst du dafür und wie bald?«

Vier Tage später. In Tavisteen war es ruhiger geworden. Man fand keine Toten mehr. Keine Fahndung nach einem verwegenen Dieb wurde eingeleitet, obwohl Sammang die Ohren aufgesperrt hielt, auch seine Mannschaft dazu anhielt, sich umzuhören, wenn sie nicht damit beschäftigt war, die *Meermaid* zum Auslaufen vorzubereiten.

Die Kammer unter dem Dach der Schänke. Spätnachmittägliche Helligkeit dringt ins Zimmer, durchschwebt von dichtem Staub, salziger Wind bläst schwül und böig durch die Fenster herein, bewegt die von Brann auf den Tisch geworfenen Papiere.

»Schau sie dir an, Schiffsherr! Ich glaube, sie genügen den Anforderungen, doch du dürftest besser als ich beurteilen können, ob sie sich eignen.«

Daß Sammang eine ganze Anzahl von Schriftzeichen zu lesen verstand, war einer der etlichen Gründe gewesen, aus denen die Kinder ihn erwählt hatten; in seinen Träumen hatten sie seinen Geist erkundet, die Sprache seiner Heimatinseln erlernt, viel von alldem in Erfahrung gebracht, was er über die Häfen wußte, die er anzulaufen pflegte, und noch mehr über sein Gemüt. Er war ein Mann mit einem klaren Begriff von Treue, er hielt seine Mannschaft beisammen, sorgte für sie, gab ihnen Geld zum Leben, obwohl seine begrenzten Mittel dadurch noch schneller dahinschwanden, ein Mann, dessen Liebe zu seinem Schiff so stark war wie Branns Liebe zu den Menschen ihres Heimatorts und zum glutherzigen Tincreal; ein Mann, der dank seiner vielfältigen Begabungen Erkenntnisse aus Wasser, Luft, Himmel und Landschaften gewinnen konnte, als wären sie in ein Buch geschriebene Worte, er war hart, wenn es sein mußte, bewahrte jedoch tief im Innern eine Sanftmut, die er nur wenige spüren ließ, ein braungebrannter stämmiger Mann mit kantigem, von ausgeprägten Gesichtszügen gekennzeichnetem Kopf. Wenn er am Fenster saß und die Sonne auf seiner feinkörnigen Haut ein Schimmern von Schweiß erzeugte, glich er einem Geschöpf aus lebendigem Stein, dem aus rotbraunem Jaspis geschaffenen Standbild eines Meergottes mit Augen aus glänzendem Topas. Er übte eine Wirkung auf Brann aus, die sie nicht zu begreifen vermochte, hatte einen Einfluß auf ihren so plötzlich erhaltenen Erwachsenenkörper, den sie gar nicht zu verstehen wünschte; diese Beeinflussung erschreckte sie, stieß sie sogar ab, denn sie konnte, wie sehr sie sich auch bemühte, nicht vergessen, wie der temuengische Zensor auf ihr lag und grunzte, sich in sie bohrte; davon träumte sie immer wieder, die Kinder mußten sie des öfteren wecken, damit ihre Schreie nicht das jeweilige nächtliche Versteck verrieten. Sie beobachtete den Schiffsherrn, lechzte nach seinen Berührungen, ihre Brüste fühlten sich gespannt, wie wund an, zwischen den Schenkeln glomm ein köstliches Brennen. Sie zwang ihren Verstand dazu, den lästigen Leib nicht zu beachten, versuchte ihre Aufmerksamkeit vollständig den Papieren und dem zu widmen, was der Mann dazu sagen würde.

Sammang spürte Branns Unruhe, hob den Blick. »Wo sind die Kinder?«

»In der Nähe. Mach dir keine Gedanken. Wann können wir fort?«

Sammang schüttelte den Kopf. »Du bist 'n Unschuldsseelchen ... Gedulde dich noch 'n Augenblickchen.« Er schaute die Papiere noch einmal durch, hielt sie gegen das Licht, fragte sich im stillen, durch welche

Art von Magie sie an sie gelangt sein mochte. Sie wiesen keine Mängel auf, zumindest keine, die er feststellen konnte. Sobald er mit dem Begutachten fertig war, stieß er die Papiere auf, legte eine Handfläche auf den Stapel. »Wieviel Unruhe hast du bei den Temueng gestiftet, indem du dir diese Fetzen verschafftest?«

»Keine. Die Temueng, die sie unterschrieben und besiegelt haben, waren ... Na, man könnte sagen, sie schlafwandelten. Sie werden sich an nichts von allem erinnern, was vorgefallen ist.«

»Sehr hilfreicher Kniff. Hmmm.« Sammang tippte mit dem Zeigefinger auf den Stoß Unterlagen. »Ohne diese Genehmigungen gelangt man nirgends hin, gewiß, aber sie sind nur der Anfang, o Störerin meines Friedens und der Temueng Ruhe! Selbst mit genügend Gold, um ihren Argwohn zu beschwichtigen, müssen wir vorsichtig sein, uns an die richtigen Männer wenden, bevor die falschen Männer miteinander zu sprechen beginnen.«

»Wieviel Gold muß es sein?« Ohne eine Antwort abzuwarten, lehnte sich Brann zum Fenster hinaus, hob einen schweren Beutel herein, den sie vor Sammang auf den Tisch wuchtete. Ehe er ein Wort äußern konnte, kehrte sie ans Fenster zurück, schwang einen zweiten Beutel herein, stellte ihn neben den ersten, und im nächsten Augenblick hatte sie sich schon abgewandt, um einen dritten Beutel zu holen. Danach entfernte sie sich mit raschen ruhelosen Bewegungen aus Sammangs Umkreis, setzte sich aufs Bett; heute sah sie ihn, so hatte es den Anschein, sehr bewußt als Mann. Damit fand sie wiederum bei ihm Anklang, er musterte sie voller Interesse, fragte sich, wie es wohl sein mußte, mit einer Hexe ins Bett zu kriechen. Hastig schaute sie zur Seite. Ein schüchternes Wesen. Aber ein anderes Mal war auch ein Tag.

Sammang löste den Verschlußdraht vom ersten Beutel, zählte die Münzen ab, seine Brauen wölbten sich langsam aufwärts, während er die anderen Beutel ebenfalls öffnete, sich die Münzstapel mehrten, er zuletzt zehn Reihen von jeweils zehn Stapeln zu je zehn Münzen vor sich auf dem Tisch hatte, tausend Goldmünzen, genau tausend schwere Sechsecke, so weich, daß sie sich mit dem Daumennagel einritzen ließen. Auch ohne sie gewogen und näher geprüft zu haben, hegte er die Überzeugung, daß das Gold nicht mit billigerem Metall vermengt war, hier in Tavisteen, das voll war mit gerissenen Gaunern, mußte man auf so etwas achtgeben. Nachdem er mit dem Zählen fertig war, saß er still da, besah sich den sanften Goldglanz. Und ich wähnte, sann er, ich könnte sie abschrecken, indem ich für die Überfahrt einen beispiellos hohen Preis forderte. Er blickte auf. »So viele echte Goldmünzen dürften gewißlich vermißt werden.«

Brann schüttelte den Kopf. »Nicht so bald. Sie stammen aus der persönlichen Beute des Tekoras. Die Truhen hatten bereits Staub angesetzt und waren voller Spinnweben.«

Mit einem Auflachen und einem Kopfschütteln machte sich Sammang daran, die Münzen wieder in die Beutel zu füllen. »Möchtest du's dir nicht überlegen, ob du mich als deinen Kassenverwalter anstellst? Mir behagt der Gedanke, des Tekoras Männer mit seinem Gold zu bestechen.« Zwei Beutel warf er auf den Stoß Papiere, das dritte Säckchen streckte er Brann hin. »Hier. Behalt's, möglicherweise wirst du's brauchen.«

Nochmals schüttelte Brann den Kopf. »Nein, ich will's nicht. Wann können wir auslaufen?«

Sammang schmiß den Beutel auf den Tisch, runzelte die Stirn. »Morgen vormittag ist Flut, aber ich möchte das Auslaufen lieber auf 'nen anderen Tag verschieben, ich muß noch Vorräte an Bord der *Meermaid* nehmen, die Wasserfässer auffüllen. Das sollte ohne Eile geschehen, damit niemand Verdacht schöpft.« Seine Finger trommelten auf die Tischplatte, während er die Aufeinanderfolge der Gezeiten berechnete. »Wie wäre es mittags in drei Tagen?« Brann dachte für ein kurzes Weilchen nach, dann nickte sie. »Kannst du mit den Kindern an Bord kommen, ohne daß es jemand sieht?« Als sie auf diese Frage nur lachte, sprach er weiter. »Ein temuengischer Lotse wird uns aus dem Hafen begleiten. Er wird uns an den Festungswerken und den Brandbooten vorbeigeleiten, das kann uns selbstverständlich recht sein, aber ehe er uns verläßt, wird er die Nase in jeden Winkel des Schiffs stecken. Vermagst du dagegen was zu tun?«

»Ich glaube ja. Bist du wirklich dazu imstande, so bald auszulaufen?«

»Ich hätte jeden Tag auslaufen können«, — seine Stimme verfiel in einen Tonfall des Ärgers und der Erbitterung —, »wären nicht diese von Lapalaulau verfluchten temuengischen Haie.«

Brann erhob sich vom Bett, strebte zur Tür, drehte sich um. »Ich habe vergessen, dich etwas zu fragen. Wie lange braucht man mit dem Schiff von hier nach Utar-Selt?«

»Wenn der Wind gut ist und wir nicht von irgendwem aufgebracht werden, sagen wir: zwölf Tage. Die *Meermaid* ist 'n geschwinder Segler.«

»So lange ...«

»Wenn du 'nen kürzeren Seeweg willst, bis zur Mündung des Garrunt sind's lediglich fünf Tage, aber verlang nicht von mir, die *Meermaid* in den Bereich des Sumpfsunds zu steuern.«

»Ein Irrgarten aus Morast, Gestank und feindlichen Moorsiedlern, wenn ich mich nicht irre. Nein, vielen Dank. Der Marish war schlimm genug. Ich habe den Eindruck, die längere Strecke ist, alles in allem betrachtet, doch der kürzere Weg.«

Sammang erhob sich, trat zu ihr, berührte die Seite ihres Gesichts, ließ die Hand auf ihre Schulter sinken. »Mußt du gleich wieder gehen?«

Branns Atem stockte, sie wirkte unversehens furchtsam; sie wich zurück, vermied es, ihn anzuschauen. »Ich frage ja bloß«, sagte Sammang freundlich. Er versuchte ihr nicht näher zu rücken.

Sie entließ einen gedehnten zittrigen Atemzug. »Für wie alt hältst du mich, Sammang Schimli?«

Er furchte die Stirn. »Soll ich dir schmeicheln, oder soll ich die Wahrheit sagen?«

»Die Wahrheit.«

»Mmm, Mittzwanzigerin, mag sein, 'n wenig älter.« Er verschränkte die Arme auf der Brust. »Ein vorteilhaftes Alter, Brann, fortgeschritten genug, um einige Reife zu haben, aber noch so jung bist du, daß du das Leben in vollen Zügen genießen kannst.«

Brann lehnte die Schultern an die Tür, ihre Erregung wuchs sichtlich. Ihr Betragen befremdete Sammang, beunruhigte ihn, er stellte sich die Frage, ob sie richtig im Kopf sei. Falls nicht, wäre das ein großer Jammer.

»Ich weiß nichts ... ich verstehe davon nichts.« Sie preßte die Handteller gegen die Tür, dann brach aus ihr ein Redeschwall hervor. »Ich bin elf Jahre alt, ich weiß, wie ich aussehe, mir ist klar, es ist schwer zu glauben, aber innendrin bin ich erst elf Jahre. Die Kinder haben mich verändert, mich äußerlich älter gemacht, ich bin als Mädchen eingeschlafen und als Frau erwacht. So wie ich jetzt bin.« Sie strich sich mit der Hand am Leib hinab, wagte Sammang flüchtig anzuschauen. »Wie hätte ein Kind das tun können, was ich getan habe?«

»Elf?« Verunsichert maß Sammang sie finsteren Blicks.

Scheu nickte Brann abgehackt. »Du ... du erregst mich, Schiffsherr ...« Nach kurzem Stocken sprach sie überstürzt weiter. »Aber ich bin dafür, was du zu bieten hast, noch nicht bereit.«

Unvermittelt glaubte Sammang ihr, es erstaunte ihn, daß er es nicht längst selbst erkannt hatte. Als sie ihm erneut ihr görenhaftes Grinsen zeigte, sich entkrampfte, ihr Gesicht die Maske abstreifte, sah er ihr das vorwitzige Kind an, hätte sie seine kleine Schwester sein können

— solange er nicht ihren Körper anschaute. Er wich vor ihr zurück. Sie war ein nettes, ein wackeres Kind, ebenso gescheit wie herzlich und freundlich. Er entdeckte, daß er Brann ziemlich gern hatte, er ihr nach Kräften helfen wollte. »Zu dumm«, sagte er. »Aber wir sind trotzdem Freunde, oder?«

Sie errötete, nickte. »Wär's anders …« Umständlich öffnete sie die Tür, hastete hinaus.

Sammang folgte ihr in den Flur, blickte ihr nach, während sie die Treppen hinunterstieg, unterwegs langsamer wurde, bis sie wieder das Äußere jener kaltblütigen Hexe besaß, als die er sie kennengelernt hatte. Er schüttelte den Kopf, schloß die Tür von innen, ging zum Tisch und steckte die Unterlagen in eine Ledertasche. Diese Kinder … Unheimliche kleine Bälger. Was für Augen sie hatten. Sie verändert … Bei Primalaus Wabbeltitten! Bei dieser Vorstellung schauderte es ihn, trotz der Hitze lief es ihm kalt über den Rücken. Elf Jahre. Ihr so etwas anzutun … Und mir. Er fuhr mit einer Hand über einen der mit Goldmünzen gefüllten Beutel, fühlte die Härte der sechseckigen Münzen in der Handfläche; danach schnürte er den Beutel auf und verteilte den Inhalt in seiner Kleidung. Die zwei anderen Beutel packte er in die lederne Tasche, auf die Papiere. Keine Waren mehr aus Arth Slya. Wenigstens für geraume Frist nicht. Und ich bin der einzige in Tavisteen, der es weiß. Er lachte vor sich hin, tätschelte die recht bauchig gewordene Ledertasche, summte ein munteres Liedchen. Noch war es zu früh, um sich ans Bestechen zu machen, doch würde es sich lohnen, vor der Abfahrt weitere Waren aus Arth Slya preiswert einzukaufen. Brann hatte das Gold ihm überlassen, es kümmerte sie nicht, was er damit anstellte, wenn er sie nur fortbrachte. Wenn sie ein paar Jahre älter geworden ist, was wird sie dann für eine Frau sein! Sie vermochte es mit dem ganzen verdammten temuengischen Kaiserreich aufzunehmen. Und sie würde sich behaupten, jawohl, er wäre sogar die *Meermaid* zu verwetten bereit, daß sie sich durchsetzte. Ich sollte den Haarigen Jimm drunten die Glotzer aufsperren lassen. Diese Menge Geld wäre für die zahlreichen Diebe, die überall lungerten, wie Honig für Bären. Er bückte sich, steckte sich das im Ärmel verborgene Messer in den Stiefel. Während er fortwährend vor sich hinsummte, verließ er die Kammer, schloß die Tür ab, stieg beschwingten Schritts die Treppen hinab, den überlieferten Kehrreim des Lieds verdrängte in seinem Kopf eine verführerischere Weise, der Sirenengesang der Handelsgeschäfte, bei denen Gewinn einen eindeutigeren Maßstab der Geschicklichkeit als alles abgab, was seinen Wert in sich selbst hatte. Keine Waren mehr aus Arth Slya, sang sein Verstand ihm vor, keine mehr, keine mehr, und wenn es sich herumspricht, wenn das sich herumspricht, dann steigen die Preise, steigen und steigen ... Du bist ein glücklicher Mann, Sammang Schimli, und dabei hättest du noch vor einer Woche mit einem armlosen Tintenfisch getauscht. Arth Slyas Waren werden selten, werden selten, werden immer seltener, noch weiß es niemand außer mir, daß von dort nichts mehr kommen wird ...

Die Temueng-Vollstrecker wühlten wie Heuschrecken in Sammangs Fracht, doch die geschmuggelten Schätze befanden sich tief im Innern der Ballen von Häuten und Vliesen verborgen. Seine Mannschaft machte es wie Lapalaulaus Kastrat und brachte alles wieder in Ordnung, verstaute Ballen und Fässer so, wie es sein mußte, wollte man mit der *Meermaid* auslaufen. Als die Sonne senkrecht überm Schiff stand und die temuengischen Läuse von Bord gegangen waren, die *Meermaid* an den Tauen dümpelte, als wünsche sie so eifrig wie Sammang abzulegen, stand er an der Reling, Wind wehte ihm das Haar in die Augen und Mund, wartete auf den Lotsen. Er beobachtete, wie der dürre Temueng (die Taschen schwer von Branns so umsichtig entwendetem Gold) sich vom

Hafenmeister verabschiedete, der seine gewohnte Miene aus Mißmut zog, in ein Boot kletterte, steif und trübselig in dem Nachen saß, während die Untergebenen des Hafenmeisters ihn zur *Meermaid* ruderten. Flüchtig wunderte sich Sammang, wo Brann und die Kinder sein mochten, dann schlenderte er zum Bug, um dem Lotsen übers Schanzkleid zu helfen.

Er zeigte dem Temueng das gesamte Schiff, schäumte im geheimen vor Zorn, während der Mann in sämtlichen Ritzen und Spalten stocherte, sogar in den Unterkünften der Mannschaft schnüffelte, die Seesäcke öffnete, die lange Nase in Dinge steckte, die ihn nichts angingen. Zwar war sein Benehmen der Mannschaft zutiefst zuwider, aber sie war viel zu froh, endlich wieder aufs Meer zu gelangen, als daß sie sich ihren Unmut hätte anmerken lassen. Mit verhohlener Erheiterung sah sie zu, wie der Temueng (im Flüsterton nannten sie ihn ›Schleimschneck‹) Sammangs Kajüte mit der gleichen kleinlichen Gründlichkeit durchsuchte; immer wieder latschten die Männer an der offenen Tür vorbei, belustigten sich über Sammangs Verärgerung. Mühevoll bezähmte er seine Zunge, gab dem Haarigen Jimm einen Wink, damit er dem Lotsen einen Stuhl auf Deck stellte. Und nachdem der Lotse dem Haarigen Jimm hinausgefolgt war, säumte Sammang noch für ein Augenblickchen, grinste bei sich, während er eine große Seemannskiste anschaute, die der Lotse scheinbar nicht gesehen, nicht beachtet hatte.

Sobald Sammang es einrichten konnte, ließ er den Lotsen sitzen, die Signalflaggen auf den Knien, hauptsächlich jedoch damit beschäftigt, sich die Sinne mit einem Schlauch roten Darra-Weins zu umnachten. Brann kauerte auf Sammangs Bett, zu ihren Seiten die beiden Nichtkinder. Ein Flimmern umgab sie, ein Wabern einer Kraft, die ihr innewohnte. »Wir haben's so gut wie geschafft, der Lotse betrinkt sich an Deck, gleich sind wir auf See, Jung Brann, aber bleib mucksmäuschenstill, bis wir an den Brandbooten vorüber sind!« Sammang senkte den Blick auf die vollen Brüste, die unter der dicken Seide der Bluse zugleich mit dem Schwanken des Schiffs schaukelten, seufzte auf, als er sah, wie sich die Brustwarzen erhärteten.

Brann lächelte. »Elf Jahre«, sagte sie. »Allerdings werde ich von Stunde zu Stunde älter.«

»Tscha, so ergeht's uns allen.«

Der blonde Knabe hatte das Köpfchen in ihren Schoß gebettet, das Mädchen hatte sich neben ihr zusammengerollt, dicht an sie geschmiegt, beide lagen schlaff da, schlummerten fest. Mit geschlossenen Augen wirkten sie stärker wie echte Kinder. »Sie haben in den vergangenen paar Nächten ungemein viel zu tun gehabt«, erklärte Brann. »Deshalb sind sie so ausgelaugt.«

Ausgelaugt. Auch das war etwas, das er lieber gar nicht so bald erläutert haben wollte. »Wenn wir den Lotsen vom Hals haben, hat es keinen Sinn mehr, sich länger unter Deck zu verstecken. Du kannst meinen Männern vertrauen, sie sind 'n anständiger Haufen.« Sammang runzelte die Stirn. »Nein, warte ... Nein, bleib unter Deck, sobald wir den geldgierigen Eunuchen los sind, werde ich 'n Wörtchen an sie richten. Neigst du zur Seekrankheit?«

»Keine Ahnung. Ich bin noch nie auf so 'm Kahn gewesen.«

»Buatorrangs Faust, Weib, Schiff, nicht *Kahn*, Schiff!« Sammang langte unters Bett, zog einen Kübel aus Segeltuch hervor. »Spei da hinein, sollt's unvermeidlich sein.« Er sah die schlafenden Kinder an. »Das gilt auch für sie.« Er stapfte zur Tür, drehte sich dort noch einmal um. »Ich werde euch nicht länger unter Deck lassen, als es sein muß. Meine Mannschaft ... äh ... besteht nicht aus zarten Pflänzchen, aber mach dir nichts aus der Art, wie die Kerls reden.«

»Hör auf mit der Zimperlichkeit, Schiffsherr! Ich nenne ein bißchen Verstand mein eigen, ist dir das noch nicht aufgefallen?«

Daraufhin insgesamt in besserer Stimmung, begab Sammang sich wieder an Deck, stellte sich erneut an die Reling, schaute zu, wie der Haarige Jimm die *Meermaid* zwischen den im Hafen liegenden Schiffen zur Ausfahrt steuerte. Der Lotse schenkte allem, was rings um ihn geschah, kaum Aufmerksamkeit. Lotse war er lediglich in der Beziehung, wie die Temueng seine Aufgabe auffaßten; er war nicht da, um Schiffe durch etwaige natürliche Fährnisse der Hafengewässer zu lotsen, sondern um sie an den von Menschen geschaffenen, viel gefährlicheren Hindernissen vorbeizugeleiten. Der Tag war herrlich, lebhafter Gegenwind blies, aber die Flußströmung sowie die Flut reichten aus, um die *Meermaid* vor Topp und Takel in die Richtung der steinernen Wachtürme beiderseits der Ausfahrt zu befördern. Der Wind umpfiff Sammang, während das Schiff über den Stag ging, nach und nach roch man den Salzgeruch des Meers deutlicher als den Hafenschlamm und den Unrat der Stadt, auf der schimmerndblauen Fläche der See wurden scharfe Wellenkämme sichtbar, weiße Gischt tanzte darauf, an diesem Tag gefiel Sammang einfach alles, die Farben genauso wie die Geräusche, der Mischmasch der Gerüche und Düfte, die umfangreiche Mannigfaltigkeit der Möglichkeiten, die sich ihm nun auftaten.

Als das Schiff sich den beiden wuchtigen Türmen näherte, die an der engen Hafenausfahrt emporragten, stemmte der Lotse sich mühsam vom Stuhl hoch, setzte sich jedoch sofort wieder hin, schwenkte seine Signalflaggen im Sitzen. Sobald auf dem Südturm Punkte heller Farben aufleuchteten, gleichfalls geschwenkt wurden, fuchtelte er ein letztes Mal mit seinen Flaggen, dann rollte er sie zusammen, schob sie in ihr Behältnis und ließ sich auf dem Stuhl zurücksacken, achtete nicht auf die Mannschaftsmitglieder, die jede Gelegenheit nutzten, die sich bot, um zu ihm zu schleichen, ihn anzustarren, sich wieder zu entfernen. Der Haarige Jimm behielt die Männer in bedrohlichem Augenmerk, darum ging ihr Interesse nicht übers Gaffen hinaus. Sammang hatte restlos klargestellt, daß jeder augenblicklich über Bord fliegen werde, der Hand an den Lotsen legte. Mehr als ein Angehöriger der Mannschaft hegte tiefen Groll gegen die Temueng, und das Vorüberschleichen an dem Lotsen hätte leicht zu einem seemännischen Reihentanz mit einem toten Temueng zum Abschluß werden können. Als die Männer Neigung zeigten, sich in zu großer Zahl zu dicht und zu lang um den Lotsen zu drängen, versetzte Sammang dem Haarigen Jimm einen Rippenstoß, und der hünenhafte braunhäutige Bär von einem Mann trottete hin, bereitete dem Treiben ein Ende.

Ohne Zwischenfall glitt das Schiff zwischen den Türmen hindurch, wich vom Kurs ab, weil die Fahrrinne sich plötzlich verbreiterte und die meerwärtige Strömung auffächerte. Der Haarige Jimm schickte Spantenratt und Galgenstrick den Klüver hissen und ließ das Schiff lavieren, damit der Wind es nicht gegen die Spitzen des Gattertors drückte, mit dem die Hafeneinfahrt verschlossen werden konnte. Die *Meermaid* war ein zweimastiges Handelsschiff mit vollen Treisegeln, eine Ausstattung, die sich bisweilen als umständlich erwies, doch die *Meermaid* war Sammangs Traumschiff, vom Kielschwein an hatte er es unter den Händen seines Großonkels Kenyara entstehen sehen; mehr als das, eigenhändig hatte er Modell um Modell angefertigt, sich mit Kenyara zusammengesetzt und sie durchgesprochen, die Modelle überarbeitet, durch seinen Willen, seiner Hände Werk und geradeso durch das ins Pandaysarradup heimgebrachte Gold, das persönlich ausgesuchte und herangeschaffte Holz sowie die in sämtlichen Häfen, die er auf seinen Seefahrten anlief, besorgte Ausrüstung hatte er das Seine zur Herstellung des Schiffs geleistet; die Augen am Bug hatte er selber geschnitzt und bemalt. Die *Meermaid* konnte härter an den Wind gehen als die meisten Schiffe ihrer Größe, auch bei gehörigem Tiefgang in schwerer See auf den Wellen reiten wie ein Sturmvogel. Sie glich einer Erweiterung seiner selbst, er liebte sie viel mehr, als er jemals eine Frau oder überhaupt irgendeinen Menschen lieben würde, liebte sie mit einer Leidenschaft und einem Frohsinn, daß er, hätte er darüber reden sollen, ins Stammeln geraten wäre. Mitanschauen zu müssen, wie sie unansehnlich und still an der Vertäuung lag, war der schlimmste von vielen miesen Vorgängen während der Monate des Nichtstuns in Tavisteen gewesen. Jetzt fühlte er, wie sie unter seinen Füßen, seinen Händen zu neuem Leben erwachte; er stand an der Reling und streichelte sie mit zufriedener, insgeheimer Zärtlichkeit. Jung Brann, ich schulde dir eine Gefälligkeit. Ich werde für euch tun, was ihr wollt, für dich und deine … Mit einem Laut, der halb auf ein Lachen, halb auf ein Stöhnen hinauslief, räusperte er sich. Die Kinder jagten ihm Grausen ein, und er zögerte nicht, diese Tatsache vor sich selbst zuzugeben. An Brann zu denken, war ihm angenehmer — sie war Kind, Weib und gleichzeitig Kämpferin mit einer Hingabe, einer Aufopferung und Halsstarrigkeit, die ihn an einen wesentlich jüngeren Sammang Schimli erinnerten. Verträumt entsann er sich an einige Abenteuer seiner Kindheit, während er die Brander beobachtete, die vor dem Hafen ankerten, das letzte Hindernis, dann waren sie frei. Er schöpfte tief Atem. Hier auf See füllte die Luft ihm die Lungen besser. Sammang betrachtete den Temueng, der halb im Schlaf auf dem Stuhl hing und nach dem getrunkenen Wein roch; sobald sie den Kerl vom Deck der *Meermaid* befördert hatten, würde die Luft auf jeden Fall besser sein.

Man setzte den Lotsen und seine Handlanger in ihr nachgeschlepptes Boot, hißte und braßte die Segel, ließ die Brander hinter der Bugwelle zurück. Sammang schnupperte im Wind, stieß einen kurzen Ruf triumphalen Freiheitsgefühls aus, grinste bei sich, als er das fröhlich-schweinische Grölen Fischkopfs und seines Schattens Aski vernahm.

Er begab sich ans Steuerrad, legte die Hände an den Mund. »Spantenratt, Galgenstrick, Aski, Fischkopf, Staro, Rudar, Zaj, Plünnenaff und Leymas, alle Mann zu mir!« rief er. Als sie sich um ihn geschart hatten, auf dem Deck kauerten, das leicht unter ihnen schwankte, verschränkte Sammang die Hände im Nacken, schwelgte noch immer in dem Vergnügen, das es ihm bereitete, die *Meermaid* freibekommen und zur gleichen Zeit jene Frau, zu deren Ergreifung die Temueng auf der Insel alles auf den Kopf stellten, aus der Reichweite ihrer Klauen geschmuggelt zu haben. »Wir haben einen Fahrgast an Bord«, sagte er, reckte sich, dehnte die Muskeln, bis die Gelenke knackten. »Es ist die Frau, nach der die Temueng nach wie vor fahnden. Die Frau, die diese Haie dort getroffen hat, wo's ihnen am meisten weh tut. Und das ist etwas, wogegen wir bestimmt nichts haben, oder?« Er grinste von neuem, als er die Männer allesamt grienen sah, schnitt eine Grimasse, als der Wind ihm Haarsträhnen zwischen die Zähne wehte. Während des Herumlungerns in Tavisteen waren ihm die Haare gewachsen, er war schlichtweg zu niedergeschlagen gewesen, um sie sich stutzen zu lassen. »Wir stehen in ihrer Schuld«, stellte er fest. »Ohne ihre Hilfe wäre uns das Moos am Schanzkleid hochgewachsen«, fügte er hinzu. »Sie ist 'ne Hexe. Nettes Mädchen, aber kein Buttervogel, weder für mich noch für euch. Habt ihr schon mal gesehn, wie's 'nem Priester in Silili geht, hält er 'ne Rakete zu lange fest, wenn die Zündschnur brennt? Hmhn, so würd's euch auch ergehn, also laßt die Pfoten von ihr. Hört auf den Rat eines alten Seesacks, der ungern einen von euch als gesengte Sau sehn möchte, weil er ihr an 'n Biber gegrabscht hat.«

»Hr-hr-hr!« Der Haarige Jimm strich sich mit einer fleischigen Tatze über den Bart. »Ich habe ein, zwei Sachen über die Möwe gehört, die machen mich vor ihr bang. Was hält denn *ihre* Händ von *uns* fern?«

»Sei unbesorgt, Jimm! Sie ist 'n wirklich duftes Mädchen. Seid zu ihr wie zu 'ner kleinen Schwester.« Er überlegte einen Augenblick lang. »Auch wenn sie nicht so aussieht.« Er schaute in die Runde. »Das war's.«

Die Männer zerstreuten sich und machten sich an die endlosen Arbeiten und Aufgaben, die erledigt werden mußten, um ein Schiff in Fahrt zu halten; nur der Haarige Jimm säumte, zögerte unruhig, wo er stand. »Galgenstricks Metze hat ihm erzählt, daß die Sundpiraten alles überfallen, was sich auf See zeigt, ob man Temueng oder Panday oder sonst was ist. Wie willst du mit so was fertigwerden?«

»Bläst der Wind tüchtig, wird kein Eisenbeiß die *Meermaid* erwischen.«

»Galgenstricks Metze hat allzeit 'n offenes Ohr, sie hat gehört, die Djelaaner hätten 'n Wetterkundigen angeworben.«

Sammang lachte. »Sollte er sich rühren, werde ich ihm die Hexe auf 'n Hals hetzen.« Er wurde ernst. »Sie bezahlt uns für 'ne schnelle Überfahrt, Jimm. Nach Süden zu segeln, müßte mindestens fünf Tage länger dauern. Gib deinem Totem 'nen Tritt von mir und pfeif uns 'ne gleichmäßige Seemannsweise.« Mit Daumen und Zeigefinger rieb er die Anhänger des schweren goldenen Ohrrings im linken Ohr, als erstes hatte er das Schmuckstück mit Branns Gold zurückgekauft, den Käufer ausfindig gemacht und ihn beschwatzt, bis er sich mit dem Rückkauf einverstanden erklärt hatte. »Ich werde mit ihr sprechen und hören, was sie sagt.« Er schaute Jimm nach, wie er davonstapfte, sah ihn die Belastung der Backstagen überprüfen, mit den Augen die Segel nach schwachen Stellen absuchen, auf Schwierigkeiten oder Erscheinungen achten, die man im Hafen nicht bemerkte, die erst auffielen, wenn das Schiff segelte. Während er Saufaus zunickte, der stumm am Steuerrad stand, strebte Sammang zum Bug, verharrte dort, die Hände auf dem Rücken, blickte hinaus ins weite leere Blau. So weit das Auge reichte, war freie Fahrt, aber würde es so bleiben? Für ein Weilchen verdrängte er alle Sorgen, erfreute sich ganz einfach daran, wie die *Meermaid* Wind und Wogen meisterte; nichts scheute sie, diese liebliche *Meermaid*, obwohl Tang und Muscheln den Rumpf verunzierten, tanzte sie nachgerade auf den Wellen. Mochte Primalau gnädig sein und keine Stürme senden, es war an der Zeit, das Schiff kielzuholen und zu reinigen, es auf Holzwürmer und Trockenfäule nachzusehen, jede Länge Tau zu untersuchen und — wenn nötig — zu ersetzen. Sammang wußte so gut wie der Haarige Jimm, wie brüchig das Schiff gegenwärtig war. Er nahm die Hände vom Rücken, betastete die Backstagen, spürte das Schwingen in ihnen, befühlte das Holz der *Meermaid*, fühlte darin das Leben, er liebte sie für ihre Schönheit und ihr wackeres Herz, er fürchtete um sie, verfluchte die djelaanischen Piraten, sämtliche Wetterkundigen und auch die Temueng, die lieber ihren Eroberungen nachgingen, anstatt die eigenen Küsten frei von Seeräubern zu halten. Eine Zeitlang sah er noch den Delphinen zu, die sich in der Bugwelle tummelten, dann begab er sich unter Deck, um zu schauen, wie Branns Befinden war, und um mit ihr über Jimms Enthüllungen zu sprechen.

»Wann werden wir in djelaanische Gewässer gelangen?« erkundigte sich Brann.

»In vier Tagen«, antwortete Sammang.

»Zu weit entfernt«, entgegnete Brann. »Ich möchte die Kräfte der Kinder nicht vergeblich verschleißen.«

»Du hast nicht den Fernblick?« fragte Sammang.

»Die Temueng nennen mich Hexe«, sagte Brann. »Das ist ihr Irrtum. Du solltest nicht den gleichen Irrtum begehen. Ich verfüge über gewisse Fähigkeiten, doch wirken sie nur in körperlicher Nähe.«

»Dann sollten wir in zwei Tagen nach Süden drehen und die djelaanischen Koralleninseln in weitem Bogen umschiffen.«

»Wie viele Tage bräuchten wir dann zusätzlich?«

»Vier, wahrscheinlich fünf.«

»Zu lang«, meinte Brann. »Bis dahin wäre ich ein Schatten meiner selbst, und die Kinder litten Hunger.«

»Dann müssen wir uns beim Segeln auf Glück und Hoffnung verlassen«, sagte Sammang. »Und kämpfen, wenn's sein muß.«

»Andere Möglichkeiten gibt's nicht?«

»Nein.«

Die beiden folgenden Tage verstrichen sonnig und klar, böige Winde trieben das Schiff übers glitzernde Blau, als wäre es eingefettet. Sammang beobachtete Brann, wie sie auf dem Schiff umherschlenderte, dabei sorgfältig darauf achtete, jedem aus der Quere zu bleiben, der irgendeine Arbeit verrichtete. Sie hatte Achtung vor handwerklichem Geschick und hegte Interesse an der Tätigkeit der Seeleute. Beides merkte man ihr an. Die Mannschaft bemerkte es, fühlte sich geschmeichelt, brachte ihr ihrerseits Anteilnahme entgegen; die Kinder begünstigten diese Entwicklung, indem sie unter Deck blieben, wo ihre Sonderbarkeit die Männer nicht an Leichen in dunklen Gassen, an Leichname in der Bucht erinnerte. Ein, zwei Stunden lang mißtraute der junge Spantenratt ihr, erlag jedoch ihrem Reiz, nachdem sie sich für eine Weile, während er auf seiner Flöte spielte, um die Plackerei zu versüßen, in seinem Umkreis gehalten hatte; die Stunde danach brachte er damit zu, sie Seefahrerlieder zu lehren. Als nächsten nahm sie Leymas für sich ein. Er zeigte ihr ein paar Knoten, ließ sie dann Taukränze machen; es erwies sich, daß sie flinke Finger hatte, das Arbeiten mit den Händen gewohnt war, und sie freute sich, als er ihre Mühe lobte. Fortgesetzt behielt Sammang sie im Augenmerk, wann immer er dazu die Gelegenheit hatte, ihn belustigte die Unbefangenheit ihres Umgangs mit den rauhen Kerlen, man hätte meinen können, sie wären allesamt ihre älteren Brüder oder Vettern, und es hatte den Anschein, als könnte sie sie mittels bloßen Willens so beeinflussen, daß sie ihren reifen weiblichen Leib übersahen, als erstickte sie allein durch Willenskraft jede Andeutung von Geschlechtlichem im Keim. Einer nach dem anderen verfiel Sammangs Mannschaft ihrem Liebreiz, die Seemänner begannen sie zu behandeln wie eine kleine Schwester, die sie gern mochten, eine Zuneigung, die sich am zweiten und dritten Tag noch steigerte. Von da an konnte Sammang das Deck nicht mehr betreten, ohne sie mit einem der Seeleute zusammensitzen, mit kräftigen, geschickten Händen Knoten knüpfen zu sehen, während sie mit zur Seite gelegtem Kopf — teils ungläubig, teils vergnügt — der außergewöhnlichen Geschichte lauschte, die er ihr erzählte. Sogar der Haarige Jimm schwatzte ihr die eine oder andere Mär auf, ließ sie einmal das Steuerrad übernehmen, so daß sie die Lebendigkeit des Schiffs selbst zu spüren vermochte, erklärte ihr dabei, wie man die Schwarze Dame deutete, das einer Nadel ähnliche Pendel aus Erzgestein, daraus sowie aus dem Geruch des Winds und dem Aussehen der See schlußfolgerte, wie man das Schiff auf dem richtigen Kurs halten mußte.

Branns Auftreten hatte sich reichlich plötzlich gelokkert, sie hatte ihre Wachsamkeit und ihre Vordergründigkeit vollständig aufgegeben, war wieder das Kind jener freundlichen Umgebung, in der sie einst heranwuchs, und Sammang sah in ihr ein weibliches Spiegelbild des einfältigen, leichtgläubigen Buben, der er gewesen war, als er damals die Enge seiner Heimatinsel verspürt und sich schließlich an Bord eines der Handelsschiffe schlich, die Perando im Pandaysarradup anliefen. Er hatte volles Vertrauen zu seinen Fähigkeiten gehabt, voller Eifer darauf gewartet, die große weite Welt ringsherum kennenzulernen, nie hatte er irgendwem mit Absicht oder aus Bosheit ein Leid zugefügt, niemals geschenktes Vertrauen enttäuscht, immer war er friedlich wie ein Welpe gewesen. Es hatte viel auf ihm herumgetrampelt werden, oft hatte er hintergangen werden müssen, ehe er seine Vertrauensseligkeit abstreifte. Er erkannte die gleiche Art von Arglosigkeit in Brann, es bewog ihn zum Seufzen, wenn er daran dachte, welche schmerzlichen Erlebnisse ihr bevorstanden, aber er wußte, er konnte sie davor nicht bewahren — und wäre er dazu imstande gewesen, hätte er es nicht getan. Um zu überleben, mußte sie Erfahrungen sammeln. Nicht einmal die Temueng hatten sie lehren können, vor anderen Leuten auf der Hut zu sein; hier an Bord, umgeben von Männern, die sich nicht bedrohlich aufführten, die ihr ihre Freundlichkeit mit Gutwilligkeit und Freundschaftlichkeit dankten, hatte sie umgehend jede Zurückhaltung verworfen. Damit legte sie sich eine schlechte Gewohnheit zu. Trotzdem mochte er es nicht glattweg als Torheit abzutun, sie hatte damit bei seiner Mannschaft einen vollen Erfolg zu verzeichnen. Und genauso — das mußte er sich eingestehen — bei ihm.

Der fünfte Tag der Fahrt mündete ohne Umstände in den sechsten; noch ließ sich kein Djelaaner blicken, doch bei Sonnenaufgang zeigten sich im Norden und Westen der *Meermaid* tiefe düstere Wolkenbänder. Die südlichsten Inselchen einer verstreuten Gruppe von Koralleninseln kamen in Sicht, in der Mehrzahl ohne Wasser und mit wenig fruchtbarer Erde, nur dazu brauchbar, Piratenpraue zu verbergen, während die Djelaan auf Schiffe lauerten, die sich vorüberwagten. Finster spähte Sammang hinüber. Gab es dort nichts außer Vögeln und vielleicht ein paar Nagern, oder lagen ein Dutzend Praue auf den bröckeligen Strand gezogen, hielt sich ein Wetterkundiger bereit für seine Beschwörungen?

Brann kam zum Bug und gesellte sich zu Sammang. »Ist das Selt?«

»Nein.«

»Ich dachte mir schon, daß es noch etwas zu früh ist. Djelaan?«

»Wenn sie uns überfallen, dann von dort aus.«

Brann kaute auf der Unterlippe. »Ich vermag Entfernungen auf dem Meer nicht richtig zu schätzen.«

»Um die Mitte des Nachmittags werden wir mit den Inseln auf gleicher Höhe sein, ungefähr eine halbe Tagesfahrt südlich von ihnen.«

»Und du wüßtest gern, ob wir Ruhe bewahren oder uns auf ein Gefecht vorbereiten müssen.«

»Stimmt genau.«

»Und die Überfahrt liegt etwas mehr als zur Hälfte hinter uns?«

»Wenn der Wind weiter so weht und die Piraten uns vom Hals bleiben, müßten wir in fünf Tagen bei Sonnenuntergang in Silili einlaufen.«

»Mmm. Die Kinder faulenzen, sie haben beileibe nicht so viel Kräfte verbraucht wie sonst.« Brann schaute sich zur Mannschaft um, dann rückte sie die Schultern gerade, streckte das Rückgrat. »Jaril wird die Inseln überfliegen, und Yaril wird uns mitteilen, was er sieht. Es dürfte klüger sein, Jimm und die anderen vorzuwarnen, man kriegt irgendwie 'nen Schreck, wenn man zum erstenmal mitansieht, wie sich eins der Kinder verwandelt.«

Sammang war sich nicht sicher, was geschehen werde, vermutete jedoch etwas Beachtenswertes, das ihn und seine Mannschaft nachdrücklich daran erinnern mußte, daß Brann keineswegs die kleine Schwester der ganzen Welt war. Er tätschelte ihr die Hand. »Sie werden nicht in Ohnmacht sinken, Brombeer.«

Brann schaute verdutzt zu ihm auf, dann lächelte sie halb und schüttelte den Kopf. »Na schön ... Also hole ich sie rauf.« Sie verließ seine Seite und strebte in lebhaft betonter Selbstsicherheit das Deck entlang.

Sammang kehrte zurück zum Haarigen Jimm, der für einige Zeit das Steuer übernommen hatte, weil er die

Meermaid fast so sehr liebte wie Sammang und es ihm behagte, sie unter den Händen zu spüren. »Unsere Hexe macht sich daran, uns grausig zu erschrecken.«

»Hr-hr-hr.« Jimm nahm eine Hand vom Steuerrad, kratzte sich im Bart. »Was denn, sie ist *unsere* Hexe, Sammang.« Er brüllte nach Staro. »He-e-e, Stummel! Auf die Beine!«

Der eingenickte Steuermann fuhr auf, erhob sich, blickte schläfrig um sich. »Hä?« Langsam wurde er wacher, gähnte aber noch vor sich hin, während er herbeilatschte.

»Übernimm!« Sobald Staro der Stummel das Steuerrad im Griff hatte, entfernte sich Jimm. »Unsere Hexe hat was vor, und ich will's nicht versäumen.«

Als Brann mit Yaril und Jaril das Deck betrat, hatte sich die Neuigkeit schon unter der Mannschaft herumgesprochen. Selbst jene, die gegenwärtig schlafen durften, hatten sich unauffällig auf Deck verteilt, beschäftigten sich mit belangloseren Tätigkeiten. Erheitert hielt Sammang übers Schiff Ausschau. Die Weise, wie der Haarige Jimm »unsere Hexe« sagte — mit dem Gehabe eines frischgebackenen Vaters, der über seinen Sprößling redet —, fand er zum Lachen, bis er erkannte, daß er gleichartig empfand.

Brann kam zu Sammang und dem Haarigen Jimm. »Welcher ist der größte verbreitete Vogel, der so weit übers Meer hinausfliegt?«

»Der Albatros. Warum?«

Brann wandte sich an den Knaben. »Kennst du den?«

Jaril grinste sie an, und mit einem Mal war sein Grinsen fort, der ganze Bube war verschwunden, wo er gestanden hatte, gleißte es goldgelb, dann schwang sich mühevoll ein großer weißer Vogel mit schwarzen Flügelspitzen in die Luft, stieg auf übers Schiff, während er enge Kreise zog; einen Herzschlag später flog er auf die Inseln zu.

Yaril lehnt mit dem Rücken am Mast, die Lider geschlossen, die helle Kinderstimme dringt durch die Geräusche von Wind und Wasser, das Knarren der Masten und Balken.

»Erste Insel. Aus der Höhe nichts zu sehen, flieg tiefer, scheuch ein paar Vögel auf, keine Strände, keine Ankerplätze. Flieg zur nächsten Insel!«

Schweigen. Die Zuhörer lauschen ruhig, arbeiten still, sprechen kein Wort.

»Überflieg zweite Insel. Mehr Bäume. Kein Anzeichen von Binnenwasser erkennbar. Eindeutig völlig leer, so einsam, daß man eine Ratte sich kratzen hört.«

Schweigen. Sammang mustert Brann, fragt sich, was sie wohl denkt.

»Dritte Insel. Da ist eine lohnende Entdeckung zu machen. Ein Dutzend Praue liegt an einem Bach, der durch einen Streifen Sandstrand verläuft, hauptsächlich das Süßwasser dürfte die Djelaaner zu dieser Insel locken. Ich sehe rund einhundert Djelaaner, es ist eine Kriegsschar, sie sind mit Keulen, Speeren, Wurfhölzern, Langmessern und Streitäxten bewaffnet. Eine Horde feuert regelrecht einen Tätowierten an, der sich wie in einem Anfall umherwirft. Aha, der Anfall ist vorbei. Wie sie jetzt losrennen! Wollte jemand wetten, der tätowierte Bonze hätte ihnen nichts von diesem schönen großen Schiff erzählt, das vorübersegelt? Eile ist geboten, Leute, es kommt Unheil auf euch zu!«

Die *Meermaid* schwamm schnell west- und südwärts, so viel Segel gesetzt, wie die Takelage verkraftete, das Schiff ächzte und zitterte, beharrte gegen das Gewicht des Tangs und der Muscheln am Rumpf auf äußerster Geschwindigkeit. Trotz allem pflügte es vortrefflich durch die See. Bisweilen rissen Taue, dann und wann taumelte es, doch die Mannschaft behob alle Schäden, wenngleich manchmal nur notdürftig, ihr Wille und Geschick hielten das Schiff zusammen. Sammang war auf

Deck nahezu allgegenwärtig, packte handfest zu, wo es nötig war, während seine Augen ständig nach Hinweisen auf einen Wetterwechsel forschten. Er hörte Gelächter, sah neben sich Brann, ihre grünen Augen funkelten aus schierer Wonne angesichts der wilden Aufregung ringsum. Ein, zwei Atemzüge lang betrachtete er sie, fühlte sich fast wieder wie der Junge, der sich in die weite Welt auf- und davongemacht und zuversichtlich wahre Wunder erwartet gehabt hatte. Dann widmete er sich erneut der *Meermaid.*

Zwischen zweimaligem Atemholen kam der Wind zum Erliegen. Die *Meermaid* erbebte, irrte vom Kurs ab, die Last am Rumpf brachte sie mit schlagartiger Plötzlichkeit zum Halten. Sammang fluchte, stand ratlos da, blickte umher. Die Seemänner wechselten Blicke, ließen sich nieder, wo sie gerade waren, um das Weitere im Sitzen abzuwarten, aber noch spleißten Hände Taue, ein Mann schnitzte einen neuen Holzblock zurecht, um einen geborstenen Block zu ersetzen.

Brann berührte Sammangs Arm. »Jaril sagt, die Praue sind um etwa eine Stunde hinter uns.«

»Wie viele?«

»Zwölf. Sie sind in zwei Schwärme geteilt, der Tätowierte — er muß der Wetterkundige sein, Jaril ist dieser Ansicht, und ich bin's auch — hält sich mit zwei Booten zu seiner Bedeckung im Hintergrund. Die übrigen neun Boote jagen in Magischem Wind auf uns zu, Jaril sagt, sie fliegen fast.«

»Wie viele Männer sitzen in jedem Boot?«

»Neun bis zehn.«

»Also achtzig bis neunzig Mann, das Geleit des Wettermanns nicht mitgerechnet.« Verdrossen schaute Sammang die schlaffen Segel an. »Hätten wir nur Wind, und wär's bloß 'n Hauch ...«

»Daran hat Jaril auch gedacht. Er hat versucht, zum Wetterkundigen vorzudringen, aber irgendeine Art von Wehrbann hält ihn fern, ob er sich der Prau durch die

Luft oder unter Wasser nähert. Die einzige Möglichkeit erblickt er in einer Herde mittelgroßer Wale, die er in einigem Abstand gesichtet hat. Als er das letzte Mal zu Yaril sprach, hatte er den Vorsatz gefaßt, sie wiederzufinden. Er hat vor, sie auf die Praue zuzutreiben. Wehrbann oder kein Wehrbann, ein Halbdutzend gereizter Wale dürfte das Boot zum Kentern bringen. Er geht davon aus, daß ein Wetterkundiger genausogut wie jedes andere Wesen ertrinkt, das zum Leben Atemluft benötigt. Und sobald er beseitigt ist, wird sicherlich wieder Wind wehen. Der Nachteil indessen ist, daß Jaril nicht weiß, wie lang's dauern mag, deshalb solltet ihr euch dennoch auf ein Gefecht einstellen.«

Sammang nickte, berührte Branns Arm. »Unsere Hexe«, sagte er, spürte das beifällige Gemurmel der Mannschaft mehr, als daß er es hörte. »Wirst du mit uns kämpfen?«

»Auf meine Weise, ja.« Brann verzog das Gesicht, blickte in die Runde ernster Mienen, hob die Stimme, so daß alle sie verstehen konnten. »Horcht, Brüder, wenn's zum Kampf kommt, bleibt mir fern. Ich bin Seelentrinkerin und tödlicher als eine Natter. Ich möchte nicht, daß Mißgeschicke auftreten, ich zieh's vor, selbst auszuwählen, bevor ich trinke.«

Sammang nickte, schwieg. Yaril zupfte ihn am Ärmel. »Was soll ich sein, Schiffsherr Sammang? Schlange? Wildkatze? Falke? Drache? Am liebsten wäre ich ein kleiner Drache.«

Sammang blinzelte das Nichtkind an. »Falke ist am günstigsten, glaube ich. Dann wärst du uns nicht im Weg, und du könntest ihnen die Augen aushacken.«

Yaril überlegte kurz, dann nickte sie. »Noch besser wär's, ich versehe die Krallen mit Giftdrüsen, damit ich sie bloß zu kratzen brauche.«

Sammang blinzelte nochmals. »Sei vorsichtig«, bat er, sobald er wieder zu sprechen fähig war, »und achte darauf, wen du kratzt!«

»Keine Sorge, ich habe mich in derlei schon geübt.« Yaril räkelte sich, gähnte, rollte sich am Mast zusammen; gleich darauf lag sie in festem Schlummer. Sammang drehte sich Brann zu, hob die Brauen.

»Frag mich nicht!« sagte sie. »Wahrscheinlich war's, ehe sie an mich geraten sind. Ich habe nichts derartiges gesehen.«

Sammang ging unter Deck und kramte seine Streitaxt heraus, eine stählerne Ausgabe der Steinwaffe, die zu schwingen er als Knabe bei den Tänzen des Kriegsgottes gelernt hatte; sie war ihm von seinem Vater vererbt worden, eine Axt, die niemals wieder, seit sein Urgroßvater sie im Zwist mit Setigo, der Nachbarinsel, benutzt hatte, in einem richtigen Krieg verwendet worden war; nach einigen Jahren auf See betrank er sich eines Tages viehisch, wehmütige Erinnerungen suchten ihn heim, und er gab einen Großteil seines noch vorhandenen Gelds dafür aus, sich von einem Schmied eine Nachbildung jener blödsinnigen alten Axt herstellen zu lassen, die er ihm als ein längliches geschwungenes Schlächterbeil beschrieb, kopflastig und mit kurzem Griff, so geschnitzt, daß er sich genau in seine Faust einfügte.

Zaj und Plünnenaff, die Bogenschützen der Mannschaft, klommen aufs Kajütendach, setzten sich dort zurecht und warteten, Pfeilbündel zwischen den Knien. Der Haarige Jimm wiegte seine Keule in der Hand, um sich wieder ein Gefühl für sie anzugewöhnen, ein langes knotiges Stück Eisenholz, zu schwer sogar zum Schwimmen. Andere Angehörige der Mannschaft schliffen Säbel oder Speerspitzen, Wurfscheiben und -sterne, erprobten Knüppel, lockerten Kleider und Körper, um wirksam kämpfen zu können. Die Djelaaner machten nie Gefangene; entweder gelang es, sie abzuwehren, oder jeder an Bord des Schiffs mußte in den Tod gehen. Die *Meermaid* dümpelte in der Flaute. Daneben sprangen mehrere Fische in die Luft und schlugen aufs Wasser, in der unnatürlichen Stille klang das Klatschen unnatürlich laut. Yaril erwachte, zappelte neben Brann herum. »Ich steige auf«, sagte sie plötzlich. Sie löste sich in ein goldgelbes Schimmern auf, verwandelte sich dann in einen großen Rotfußfalken, flog in stets weiteren Kreisen in die Höhe, bis man sie nur noch als schwarzen Punkt sah, der überm Schiff mühelos Runde um Runde schwebte. Brann stand reglos da, machte einen unsicheren, furchtsamen Eindruck.

Die Stunde Frist verstrich, während die Männer kleinere Aufgaben verrichteten, an ihren Waffen hantierten.

Schließlich unterbrach der Rotfußfalke sein Kreisen, schwirrte herab, ließ einen Warnschrei erschallen und setzte sich auf der Rah des Focksegels nieder.

Ein paar Atemzüge lang herrschte noch Stille, blieb die See ringsherum leer, dann waren die Djelaaner, wie aus dem Nichts, auf einmal heran, sie brüllten, wummerten auf flachen Trommeln, die Praue rasten nachgerade auf die *Meermaid* zu, der Magische Wind blähte die dreieckigen Segel, ein Wind, der das erschlaffte Segeltuch der *Meermaid* nicht erreichte.

Zaj und Plünnenaff sprangen auf und schossen, mähten die Insassen der vordersten Prau fast restlos nieder, ehe der Magische Wind die Pfeile erfaßte und zur Seite wehte. Von da an schossen sie langsamer, berücksichtigten beim Zielen die vom Magischen Wind verursachte Abweichung, so daß es ihnen trotzdem gelang, noch ein halbes Dutzend Angreifer zu fällen, bevor kurze djelaanische Wurfspieße, dank der Speerschleudern mit fürchterlicher Wucht geworfen, auf sie zusausten. Sie hüpften umher, wichen den Spießen aus, verschossen noch ein, zwei Pfeile, jedoch ohne Erfolg, bis der Haarige Jimm ihnen beistand, indem er mit seiner Keule Spieße beiseite drosch. Die übrige Mannschaft hastete hin und her, las die aufs Deck gefallenen Wurfspieße auf und schleuderte sie zurück auf die Praue, fügte den Piraten zwar we-

nig Schaden zu, verlangsamte allerdings geringfügig ihr Näherrücken.

Dann krachten Enterhaken ins Holz der Reling, die Djelaaner enterten das Schiff von beiden Seiten. Sammang und andere Seeleute rannten am Schanzkleid entlang, trennten Taue durch, bis es viel zu viele waren und sie gegen Männer statt gegen Taue kämpfen mußten. Yaril schrie, erhob sich von der Rah, stürzte sich auf die Praue, nicht länger ein Falke, sondern eine kleine Sonne, die sich durch die Segel sengte. Der Wetterkundige hielt die Luft unbewegt, die *Meermaid* fest, doch in diesem Fall schützte die Windstille sie; innerhalb weniger Augenblicke dümpelte sie inmitten eines Rings aus Flammen, in denen die Segel der Praue verbrannten, Masten und Takelwerk zu schwelen begannen, die jedoch das Schiff verschonten. Mit Schreckensschreien machte die Hälfte der Angreifer kehrt, um das Feuer zu löschen, das ihnen jede Rückzugsmöglichkeit zu nehmen drohte.

Der Rest schwärmte über die Reling aufs Schiff, und die Besatzung der *Meermaid* mußte um ihr Leben kämpfen; für Säbel und Axt, Keule, Fechtstab und Schwertlanze war dies die Stunde, man hieb, stach und hackte aufeinander ein, ein Kreis von Verteidigern scharte sich um den Fockmast, stemmte sich gegen die Seeräuberhorde, die sie zu überrennen versuchte. Yaril flatterte Djelaanern auf die Rücken, zerkratzte sie ihnen, die messerscharfen Krallen feucht vom Gift, das sie und ihr Bruder erzeugen konnten; sie deckte Brann, die durch die Reihen der Djelaaner schritt, zugriff und berührte, zugriff und berührte, und jedesmal saugte sie einem Mann das Leben aus, so daß er tot zusammensackte. Ein Speer bohrte sich ihr in die Hüfte, sie stockte kurz, zog ihn sich mit einem Aufkeuchen der Pein heraus, Schweiß trat ihr aufs Gesicht, flüchtig entsickerte ihr Blut, dann schloß sich die Wunde, und Brann stapfte weiter mitten durch die Djelaaner.

Anfangs verstanden die Angreifer nicht, was vorging,

dann jedoch trachteten sie danach, den tödlichen weißen Händen auszuweichen. Sie schraken vor Brann zurück, stifteten unter anderen Piraten Verwirrung. Die Männer der *Meermaid* johlten vor Begeisterung, als sie das sahen, fochten mit erneuerter Hoffnung.

Ein kraftvoller Windstoß fuhr übers Deck, füllte die schlaffen Segel. Aus dem Osten, wo die Praue mit dem Wetterkundigen zurückgeblieben sein, die Boote der übrigen Djelaaner im Magischen Wind vor sich hergetrieben haben mußten, schoß durch die Luft ein zweiter Rotfußfalke heran, stieß herab auf Augen und Hände, zerriß Fleisch, das Gift seiner Klauen tötete schmerzhaft, aber rasch. Mit dämonischer Behendigkeit stob er zwischen den Piraten umher, von ihren Waffen unbehelligt, die unglaubliche Flinkheit und Leichtigkeit seiner Attakken entlockte ihnen ein Stöhnen der Furcht. Die Djelaaner wichen vor den Falken, wichen vor Brann zurück, ihr Ansturm brach zusammen. Brann leuchtete nun vom Glimmen einer inwendigen Glut. Während sie ihre Waffen fortwarfen, kletterten die Seeräuber an den Tauen der Enterhaken über Bord, sprangen ins Wasser, schwammen zu ihren vom Feuer beschädigten Booten, die Männer darin zogen die Schwimmer in die Praue, und gleich darauf ergriffen die Djelaaner vor dem durch Teufel verteidigten Schiff die Flucht.

Sammang ließ die Streitaxt fallen und eilte ans Steuerrad, drehte die *Meermaid* bei, um sie in den Wind zu legen, der nun immer stärker schwoll, damit sie ihm nicht ausgeliefert blieb, sondern auf Kurs gebracht werden konnte. Der Haarige Jimm brüllte auf die Männer ein, die sich noch zu regen vermochten, befahl die Segel zu brassen und das Schiff in Ordnung zu bringen, damit der drohende Sturm es nicht zerbrach. Brann und die Kinder taumelten übers Deck, warfen tote und verwundete Djelaaner über Bord. Als sie damit fertig waren, verharrte Brann einige Augenblicke lang, starrte ihre glühenden Hände an, der Wind blies ihr ins Haar, preßte ihre Bluse an die Umrisse ihrer wie entflammten Gestalt. Endlich seufzte sie auf und schaute nach den Toten und Verletzten der Besatzung. Zaj war tot, ein kleinwüchsiger braunhäutiger Inselbewohner, den Männern sehr ähnlich, die die *Meermaid* überfallen hatten. Mit der Hilfe der Kinder trug Brann ihn an die Seitenwand der Kajüte, band seinen Leichnam dort fest, damit Sammang und die restlichen Seeleute für ihn die als angebracht erachteten Riten vollziehen könnten. Anschließend kniete sie neben Fischkopf nieder, dem ein Stück der Kopfhaut ins Gesicht hing; außerdem hatte er tiefe Schnittwunden an einer Schulter sowie den Beinen erlitten. Mit dem einen unverdeckten Auge stierte er zu ihr auf, Entsetzen widerspiegelte sich in seiner Miene, als sie eine Hand nach ihm ausstreckte, er wollte fortkriechen, war aber zu schwach. Als sie die Hand flach auf ihn legte, erstarrte er, ein Aufstöhnen erstickte ihm in der Kehle.

An seinem Standort hinterm Steuerrad beobachtete Sammang sie, fragte sich, welche Absicht sie verfolgen mochte, ob er sie von Fischkopf wegholen sollte. Ihr Umspringen mit den Djelaanern hatte ihr und dem größten Teil der Mannschaft das Leben gerettet, doch was er davon gesehen hatte, erfüllte ihn mit Beunruhigung. Er hatte das Kind in ihr gern und vertraute ihm, aber welche Haltung er zu der Hexe einnehmen sollte, wußte er nicht. Doch zuletzt sah er vom Eingreifen ab.

Brann beugte sich tiefer über Fischkopf, strich ihm mit der Hand aufwärts übers Gesicht, drückte die abgelöste Haut an ihren Platz zurück, ihre Hände verschwammen in mondlichtgleichem Dunst. Die Blutung versiegte, die Haut verblieb fest an Fischkopfs Schädel, als hätte der Mondglanz sie daran verleimt. Brann breitete die Hände auf die übrigen Wunden, strich auch über sie hinweg, das Leuchten umwaberte ihr und Fischkopfs Fleisch. Hinter Brann standen die Kinder, ihre Händchen an sie gelegt, bis sie sich, als die Heilung bewältigt war, auf die Fersen kauerte.

In Spantenratts Lunge stak ein Spieß. Brann brachte ihn, die Spitze aus Bein ebenso wie die hölzerne Stange, zum Verglühen, schloß die Wunde durch Handauflegen, eine Wunde, die ansonsten fast in jedem Fall den Tod zur Folge hatte. Der stets zum Lächeln geneigte Spantenratt war der Barde des Schiffs, Sänger und Geschichtenerzähler, der Liebling der Mannschaft. Diesmal sahen alle Männer, wie Brann seine Verletzung reinigte und behob, sahen mit an, wie die Brust des jungen Seemanns sich gleichmäßig und beschwerdefrei hob und senkte. Geflüster ging um. *Unsere Hexe. Sie ist unsere Hexe.* Unsere Kindweib-Hexe, sagte sich Sammang. Fortgesetzt begleitet von den Kindern, kümmerte sie sich nacheinander um Rudar und Saufaus, sorgte dafür, nachdem sie die Verwundungen gesäubert, geschlossen, geheilt hatte, daß sie schlummerten.

Danach trat sie mutig zum Haarigen Jimm, der zusammenzuckte, als sie ihn anfaßte, man sah ihm Unbehagen und Bedenken an, während sie die Hände über den fleischigen Körper bewegte, ihn da berührte, dort Druck ausübte, während das Glimmen anhielt, ihre Glieder umwallte. Nach wenigen Augenblicken jedoch grinste der Haarige Jimm auf einmal, streckte die Arme nach den Seiten aus, als ließe er einen Schneider an sich maßnehmen. Sobald sie fertig war, tätschelte er ihr den Kopf. »Allzeit zu Diensten, uns' Hexe.«

Brann widmete sich, dichtauf gefolgt von den Kindern, den übrigen Besatzungsmitgliedern: Galgenstrick, Leymas, Plünnenaff. Sie behob selbst die geringfügigsten Schrammen, sämtliche Kratzer, Schnitte und Prellungen, sogar eine Blutblase an Galgenstricks kleinem Finger. Zu guter Letzt näherte sie sich Sammang.

Sie wirkte stark erschöpft, das Töten und Sterben hatte sie wohl tief erschüttert, trotz des unheimlichen Glanzes, der ihr aus der Haut drang, war ihr Gesicht blaß.

»Du bist an der Reihe, Sammang. Übergib für 'n Weilchen jemand anderem das Steuer, es mag sein, was ich mit dir tun will, wird dich womöglich etwas aufwühlen.«

Der Haarige Jimm lachte schallend, schob Sammang mit der Schulter vom Steuerrad weg. »*Aufwühlen* ist wohl nicht 's rechte Wort, nee, nicht 's rechte Wort.«

Brann berührte die Schnittwunde an Sammangs Rippen. Er spürte einen Ruck, danach ein Kribbeln, dann Kühle, und mit einem Mal durchströmten ihn neue Kräfte. Während Branns sehnige Hände ruhelos ihm den Körper abtasteten, beseitigten sie alle nach dem Gefecht zurückgebliebenen Schmerzen und Abschürfungen, als wischte sie sie einfach fort. Und da verstand er den Ausdruck im Gesicht des Haarigen Jimms. Noch ehe Brann ihr Werk halb getan hatte, schwoll ihm das Glied, und als sie von ihm zurücktrat, fühlte er sich dazu imstande, einen Harem vollständig zu befriedigen.

Unsicher lächelte Brann ihm zu, erwiderte knapp seinen Blick, errötete, drehte sich hastig um, wandte sich dem Eingang der Kajüte zu.

Einige harte Arbeit und ein paar Spritzer eisigen Meerwassers, emporgegischtet vom zunehmend stärkeren Seegang, kühlten Sammang ab. Er spähte hinauf zur Sonne, es überraschte ihn, wie wenig sie weitergewandert war: Seit Beginn des Gefechts war noch keine Stunde verstrichen. Er schüttelte den Kopf, empfand einen Anflug von Verwunderung darüber, wieviel sich binnen einer so unbedeutenden Zeitspanne ereignen konnte. Zwei Tote. Aber dank der Kindfrau und der Nichtkinder lebten die Verwundeten, befanden sich wohlauf, keiner war verstümmelt oder entstellt worden. Sammang warf den Kopf in den Nacken und lachte. »Ein Hoch auf unsere Hexe!« schrie er, lachte nochmals, als die drei Besatzungsmitglieder, die nicht im Genesungsschlaf lagen, in Jubelrufe ausbrachen. Er stimmte ein Lied an, grölte los, der Haarige Jimm fiel ein, alle röhrten es in den Wind, während sie die *Meermaid* auf den Sturmwind vorbereiteten.

Einige Zeit nach Mitternacht stapfte Sammang ermattet in seine Kabine. Neben seiner Hängematte baumelte an einem Haken eine Nachtlampe. In der Koje lag zusammengerollt Brann, halb verhüllt von einer Decke, im Dunkeln glomm schwach ihre Haut. Ihre Augen waren geschlossen, und Sammang unterstellte, daß sie schlief; er streifte die Hemdbluse vom Oberkörper, fing sich die Hose aufzuknüpfen an, während er über die schlummernde Hexe nachdachte. Die Feuchtigkeit würde ihn nicht stören, überlegte er, wenn er sich warm hielt. Elf Jahre, rief er sich in Erinnerung, elf, elf. Sein Verstand glaubte daran, nicht dagegen sein Leib. Er schickte sich an, sich in die Hängematte zu schwingen, vermochte jedoch der Versuchung, Brann einen letzten Blick zu widmen, nicht zu widerstehen. Sie lag nun zusammengekrümmt auf der rechten Seite, schaute ihn an. Ihr Gesicht war bleich und verhärmt, die Augen blickten groß drein, umgeben von dunklen Ringen, als richteten sie an ihn Fragen ... Er kehrte ihr den Rücken zu, kletterte in die Hängematte, schlug die Decke über sich und wälzte sich zurecht zum Schlafen.

Erheblich später wachte er auf, sich sofort darüber im klaren, daß irgend etwas ihn geweckt hatte, ohne jedoch zu wissen, um was es sich handelte. Er lauschte auf die Geräusche des Schiffs; aber damit hatte sein Aufwachen nichts zu tun. Erst allmählich gewahrte er Geräusche, die fast zu gedämpft waren, um hörbar zu sein, sehr leises regelmäßiges Knarren und ganz, ganz leises Rascheln.

Brann lag noch gekrümmt in der Koje und hatte Sammang diesmal den Rücken zugewandt; die Kinder hielten sich woanders auf, taten wohl, was Gestaltwandler des Nachts treiben mochten. Brann schluchzte vor sich hin, das krampfartige Schaudern, das ihren Körper schüttelte, versetzte die Koje ins Wackeln. Sammang runzelte, während er sie betrachtete, die Stirn, zögerte, stieg lautlos aus der Hängematte, tappte die paar Schritte zu der Bettstatt. Er faßte Brann an der Schulter. »Brombeer?« Sie grub ihr Gesicht ins Kissen. Immerfort zitterte sie weiter; sie keuchte, versuchte zu weinen aufzuhören, konnte jedoch nicht das Beben unterbinden, das ihr durch den ganzen Körper ging. Sie weinte mit der häßlichen Untröstlichkeit eines gekränkten Kindes. Sammang straffte sich, schaute ratlos rundum, verwünschte die beiden Kinder, weil sie sie in einer solchen Verfassung alleingelassen hatten. Schließlich nahm er sie in die Arme, drückte sie fest an sich, tätschelte sie, streichelte ihr mit einer Hand übers Haar und den Rükken, immer wieder, murmelte auf sie ein, ohne selbst zu wissen, was er da raunte; nach und nach verebbten das Zittern, ihr krampfhaftes Schluchzen. Für eine Weile war sie nichts als ein Kind, dem er Trost spendete. Doch das änderte sich unmerklich, aus dem Tätscheln wurden Zärtlichkeiten. Er vergaß das Kind in der Frauengestalt — bis ihm unvermittelt auffiel, was er tat. Da ließ er von ihr ab. »Jetzt geht's dir wieder besser«, meinte er, sobald er sich zum Sprechen imstande fühlte. Er wollte aufstehen, aber sie schlang ihm die Hände um den Arm, zog ihn zu sich hinab.

»Bleib bei mir«, flüsterte sie, »bitte!«

»Brann ...« Sammang berührte ihr Gesicht, seine Hände glitten über ihre Schulter und auf eine Brust. Branns Augen weiteten sich, ihre Zunge fuhr über die Lippen. Sie seufzte, ihre Brust lehnte sich, die Brustwarze hart, gegen seine Hand. Er senkte die Hand.

»Nicht«, flüsterte Brann.

»Es muß sein«, antwortete Sammang; er zerrte an der Zugkordel seiner Hose, zerriß sie in der Hast.

Brann war warm und feucht, für ihn bereit, ihre Schenkel umfingen ihn fest; zuerst überließ sie alles ihm, dann tat sie, was ihr Körper verlangte. Als es vorüber war, sie neben ihm lag, seine Atmung sich beruhigte, schmiegte sich Brann an ihn, seufzte einen Laut tiefer Befriedigung und schlief ein.

Sammang erwachte mit taubem Arm, weiße Locken kitzelten ihn am Kinn, Sonnenschein drang durch die Schlitze des Belüftungslochs, für ein Weilchen lag er noch still da und lauschte auf die Vorgänge auf und rund ums Schiff. Der Sturmwind hatte nachgelassen, war zu einem frischen Backstagswind abgeschwollen, der die *Meermaid* gleichmäßig vorwärtstrieb, ohne sie zu überlasten.

Branns Atem behauchte Sammangs Schulter wie ein Wallen feuchter Wärme. Sie schlummerte noch, ruhte in völliger Erschlaffung, gab nicht einmal ein Nuscheln von sich, als sich Sammang behutsam unter ihr hervorschob, aus der Koje kroch. Er suchte eine saubere Hose heraus, zog sie an, schlüpfte in ein ärmelloses, von Sonne und Salzwasser zu schmutzigem Grau ausgebleichtes Hemd. Er fuhr sich mit den Fingern durchs Haar und schwor, es von Staro, bevor der Tag verging, stutzen zu lassen.

Er betrachtete Brann. Nun lag sie auf dem Bauch, einen Arm ausgestreckt, den anderen an den Leib gezogen, die Faust an den Mund gepreßt. Ein Kind, ja Verdammnis! Eben hatte er sich noch auf ein morgendliches Mahl gefreut, aber jetzt war ihm der Appetit verflogen. Er verließ die Kajüte, die nackten Füße beschritten die Planken lautlos, und er vermied jedes Geräusch, als er die Tür schloß. Er wollte Brann nicht wecken. Es sollte ihm recht sein, wenn sie den größten Teil des Tages verschlief. Es gab eine Menge, über das er nachzudenken beabsichtigte.

Am Steuerrad stand der Haarige Jimm. Er zwinkerte hinauf zum Himmel, brummte ein Liedchen mit nicht mehr als drei Tönen in den Bart. Er grinste Sammang entgegen, deutete mit einem dicken Daumen himmelwärts. »Man braucht 'ne Weile, um sich dran zu gewöhnen, aber sie sind nützliche kleine Rangen. Weißt du was, Sammang? Du solltest sie alle bei uns behalten. Das müßte doch möglich sein, oder?« Sammang spähte hinauf. Träge kreisten zwei große weiße Vögel über dem Schiff, hielten mühelos dessen Geschwindigkeit. »Sie waren schon fast die ganze Nacht lang droben, 'ne echte Hilfe von ihnen, sie haben gesagt, sie warnen uns, falls sich irgendwer oder irgend etwas nähert.«

Brann betrat das Deck erst am Spätnachmittag. Sammang, der am Bug stand, hörte sie und die Mannschaft einander Äußerungen zurufen, danach schwieg sie; einige Zeit lang streifte sie auf dem Deck umher, rückte Sammang nach und nach näher, aber er ließ sich die Kenntnis ihrer Gegenwart nicht anmerken. Als sie ihm endlich die Hand an den Arm legte, zuckte er zusammen, um ein Haar hätte er den Arm zurückgerissen.

»Du bist wirklich aufgebracht.« Anscheinend staunte Brann darüber.

»Ja«, bestätigte Sammang verärgert, beinahe wütend.

»Ich habe dir doch gesagt, daß ich älter werde. In Tavisteen war ich elf, aber seither ist manches geschehen, wodurch ich gealtert bin. Inzwischen bin ich vielleicht fünfzehn oder siebzehn.« Ihr Zeigefinger strich über seinen harten Armmuskel. »Du hast mir dabei geholfen, Sammang, du hast mich vieles gelehrt, noch ehe du mich angerührt hast.«

»Laß das!« Er entzog ihr den Arm, starrte aufs Wasser, das sich vor dem Schiff weithin erstreckte, ohne es zu sehen. »Warum hast du das getan?«

»Ich weiß es nicht genau. Aus mancherlei Gründen. Ich brauchte Trost. Ich mußte jemanden anfassen, der etwas für mich bedeutete, den ich nicht bloß zum Heilen oder Töten berührte.« Andeutungsweise hob sie die Schultern. »Aus Neugier.«

»Du warst keine Jungfrau.« Sammangs mit Widerwillen vermischte Verwirrung erhöhte noch seinen Zorn.

»Ein Temueng-Zensor hat mich vergewaltigt. Er ist tot.« Langsam ließ sie die Hand an seinem Arm hinabgleiten; er spürte, daß sie es genoß, ihn zu befühlen, und biß die Zähne zusammen. »Du wärst es jetzt auch«, sagte sie, »hätte ich's gewollt.«

Ein Schaudern durchrieselte Sammang: Furcht. Er zwang sich dazu, Brann anzuschauen. Ihre Miene drückte Traurigkeit aus, als wüßte sie, welche Wirkung ihre Bemerkung auf ihn ausübte, wie sie sein Verlangen ausmerzte. *Sie hat es vorsätzlich gesagt,* dachte er. *Aus Mitleid mit mir.* Er nahm einen Schritt Abstand von ihr, empfand nahezu Haß. Dann jedoch blickten ihn aus ihren großen grünen Augen Kind und Weib gleichzeitig an, und seine Erbitterung schwand.

Vorsichtig beugte sich Brann, als gälte ihre Aufmerksamkeit bereits anderen Dingen, übers Schanzkleid, beobachtete die Wogen, die vom Bug zur Seite schäumten. »Die See sieht anders aus«, sagte sie. »Wieso?«

»Inwiefern anders?«

»Vielleicht in der Farbe oder in der Weise, wie das Meer sich bewegt. Ich kann's nicht sagen. Es ist eben anders.«

Sammang musterte sie, sah sich selbst wieder als Knabe, als Schiffsjunge, der Antworten auf ähnliche Fragen suchte. Er lehnte sich neben Brann, fing sie das zu lehren an, was er gelernt hatte.

Der folgende Tag war hell und klar, doch blies der Wind wechselhaft, flaute bisweilen völlig ab, so daß die *Meermaid* lediglich dahintrieb, ihre Segel von neuem durchhingen, die Besatzung wenig beansprucht wurde. Der Geist des Wetterkundigen setzte sich in der Takelage fest, zeterte auf die Männer ein, wodurch sich weder ihre Laune noch ihre Arbeitsleistung besserte. Spantenratt, der nicht nur Barde des Schiffs war, sondern auch der Geisterbeschwörer, hatte die anderen Geister schon verscheucht, aber der Wetterkundige blieb starrsinnig, zeigte sich voller Bosheit, war offenbar dazu entschlossen, den Leuten, die für seinen Tod die Verantwortung trugen, das Leben so übel wie überhaupt nur möglich zu erschweren. Er war ein ziemlich zerzauster Geist, zerfranste zusehends weiter, doch er hielt sich hartnäckig, trotzte Spantenratts Beschwörungsgesängen und heiligen Tänzen, der Ätzwirkung des Räucherwerks, dessen Qualm ihm der Jüngling zufächerte, und den Verwünschungen Sammangs sowie der übrigen Mannschaft. Yaril und Jaril schauten dem Geschehen mit äußerstem Interesse zu, bis es ihre Freunde zu zermürben begann, dann machten sie sich mit vereinten Kräften daran, den Geist aus den Masten zu verjagen, sausten als Lichtkugeln durch ihn hindurch, bis bloß noch zerfaserte Dunstfähnchen verblieben, die sich in einem neuen Anschwellen des Windes verflüchtigten.

Am zwölften Tag nach dem Auslaufen aus Tavisteen warf die *Pandaysche Meermaid* in der vielbesuchten Bucht des Inselhafens Silili Anker.

4

Mit Taguiloa dem Tänzer von Silili nach Andurya Durat

Brennende Kerzen in beiden Händen, verfiel Taguiloa ins abschließende Kreiseln, wirbelte immerzu im Kreis um die eigene Achse, beendete den Tanz mit einem verwickelten Fußgetrappel auf den Korkmatten, die man auf den Fliesen des Sommergartens ausgelegt hatte, beide Arme hoch überm Kopf, die Kerzen brannten. Sein Tanz endete vor dem bemalten Sarg, er vollführte die vorgeschriebene tiefe Verbeugung, pustete die Kerzen aus, verneigte sich vor den Zuschauern, die ihm mit Fingerschnipsen Beifall zollten, stapfte steifbeinig, aber würdevoll ins Dunkel, überließ es Yarm, bei den Geisterzeugen an Münzen einzusammeln, was zu geben ihnen beliebte. Die Einnahmen konnten recht hoch werden. Die meisten Zeugen waren reiche alte Händler, mehr als nur halb betrunken, froh darüber, vom Ableben eines der Ihren abgelenkt worden zu sein, auch wenn der Tod nur einen greisen Verwandten des Hausherrn ereilt hatte. Derlei Vorfälle erinnerten sie zu nachdrücklich an die Verlebtheit der eigenen Körper und daran, wie gering die Zahl der ihnen verbleibenden Jahre sein mochte. Auch Taguiloa behagte es wenig, bei Geisterwachen aufzutreten, aber man verdiente gut, man erhielt einen Grundbetrag und zusätzlich die Gaben der Geisterzeugen.

Er verweilte am Tisch mit den Speisen, tauchte eine Trinkschale in den erwärmten Wein, wich zurück in die Schatten, um die Tänzerinnen zu beobachten, die nach ihm für ihre Vorführung die Matten betraten, deren lange Ärmel wehten, deren hauchdünne Schleier kaum etwas von den geschmeidigen Leibern verhüllten. Tari

Schwarzdorn und ihre Tänzerinnen. Csermanoa knauserte nicht, was seinen Onkel anging. Taguiloa lächelte. Aus Liebe geschah das alles nicht. Csermanoa der Scharfe untermauerte seine Stellung in der Händlerschicht der Hina; gemessen an der Anzahl der Anwesenden und am starren Lächeln ihrer Gesichter festigte er seine Lage — sein Ansehen und seinen Einfluß — mit der gleichen Zielstrebigkeit und Rücksichtslosigkeit, wie er seine Geschäfte betrieb.

Taris Flötenspieler war ein Wundertier, die Töne, die er dem Instrument abrang, waren vollauf abgestimmt auf die feinen Bewegungen von Taris Körper und die Art des Tanzes. Taguiloa schlürfte Wein, runzelte angesichts der Weise, wie die Flötenklänge die Anziehungskraft der Tänzerinnen verstärkte, versonnen die Stirn. Obwohl das Brauchtum vorschrieb, daß Flötenmusik Tänzerinnen vorbehalten blieb, hatte er im vergangenen Jahr mit Taris Flötist Ladjinatuai geübt, eine Verquickung von Tanz und Akrobatik erarbeitet, die sich auf das Fließende des Flötenklangs stützte; öffentlich aufgetreten war er allerdings damit noch nicht. So etwas bedeutete einen verwegenen Schritt und erforderte eine geeignete Zuschauerschaft, wahrscheinlich eine, zu der viele Temueng zählten. Wie sehr er sie auch verabscheute, er mußte einräumen, daß sie nicht so verstockt darauf bestanden, alles so, wie es war, zu belassen. Als er es vor einiger Zeit gewagt hatte, Akrobatik und Gauklerei in einem Auftritt zusammenzufassen, war ihm zwar der Rückhalt Gerontais, seines Meisters, sicher gewesen, er hatte ihn in Schutz genommen, doch Taguiloa entsann sich noch sehr gut an die Schwierigkeiten, die es bereitet hatte, damit Anklang zu finden, bevor ihn zufällig der Tekora sah und die Vorstellung lobte. Mehrere Tage lang war er selbst sich widerwärtig gewesen, weil er wegen dieser Anerkennung Dankbarkeit empfand, doch sein Fast-Vater-Meister hatte ihn dafür gescholten, ihm sein Mißbehagen ausgeredet. Wir werden ohnehin von jenen verachtet, die uns für unsere Künste bezahlen, hatte Gerontai gesagt, darum laß dir nicht von ihnen weismachen, wie du dich zu bewerten hast. Schau dir die Schoßhunde an, die den Temueng den Arsch küssen und dir nun nachlaufen, nachdem der Tekora dich als seiner Beachtung würdig befunden hat. Was soll es denn, wenn es einen Temueng braucht, um zu erkennen, was du taugst? Du kennst dich selbst, Seelensohn, du weißt, daß du besser bist, als ich es je war oder jemals sein könnte. Deine Reinheit liegt in deiner Kunst, sie hängt nicht davon ab, was Hina über dich reden. Aber seine neuen Vorhaben, so wußte Taguiloa, würden günstigere Voraussetzungen als nur die Zustimmung eines Tekoras brauchen. Immer ungeduldiger verlangte es ihn danach, endlich mit ihnen den Anfang zu machen, doch er sah allein eine Möglichkeit zu ihrer Verwirklichung: Er mußte eine Truppe um sich sammeln, nach Andurya Durat reisen und sich eine Gelegenheit zu einem Auftritt vor dem Kaiser verschaffen; von da an würde er bei sämtlichen Veranstaltungen mit dem kaiserlichen Siegel prunken dürfen. Dieser Plan ließ sich nur mit einer unvorstellbar hohen Summe für Bestechungen und Handgelder in die Tat umsetzen, ganz zu schweigen von den allgemeinen Kosten. Er brauchte einen Förderer und viel Glück, um nur halbwegs die Aussicht zu haben, ihn verwirklichen zu können.

Noch eine Zeitlang schaute er zu und lauschte, grübelte über alle die Hemmnisse nach, zu deren Überwindung er gegenwärtig keine Wege wußte, dann stellte er die Trinkschale ab und suchte den Nebenhof auf, in dem Csermanoa für die Artisten und Musikanten einen Pavillon aus Papier hatte errichten lassen, um sie von seinen Gästen fernzuhalten. In einem Winkel sah er Yarm mit einem von Taris Mädchen, musterte es kurz, um sich dessen zu vergewissern, daß es keiner Art von Druck oder Nötigung unterlag, nickte der Tänzerin zu und schlenderte in den Alkoven, der als Wasch- und Umkleideraum diente. Sobald er Hände und Gesicht von der Schminke gereinigt hatte, legte er die seidene Artistenkleidung ab, hüllte sich in ein langes dunkles Gewand, schob die Füße in die alten verschlissenen Sandalen, die er stets mitnahm, wenn ausgedehnte, anstrengende, schwierige Vorstellungen bevorstanden. Er knüpfte sich eine schwarze Schärpe um die Hüften, kehrte in den Hauptraum des Pavillons zurück, schaute rundum. Chinkoury, der m'darjinische Zauberer, und seine Jünglinge bildeten am Eingang eine kleine Traube, hochaufgeschossene Gestalten mit blauschwarzer Haut, selbst die Jünglinge waren einen Kopf größer als Taguiloa. Etwas dahinter, seitlich von ihnen, bereitete sich eine Gruppe felhiddinischer Dolchtänzer vor, sie beugten und reckten sich, überprüften ihre Ausstattung, nahmen einander in Augenschein, schwatzten schnellzüngig in ihrer kehligen Sprache, kleine braunhäutige Männer, bedeckt mit großflächigen Tätowierungen. Er kannte sie nicht, sie mußten neu in Silili sein. Man konnte sich darauf verlassen, daß Csermanoa immer etwas ausfindig machte, was noch niemand gesehen hatte. In der hintersten Ecke lagen zusammengekauert sechs junge Weiber, gönnten sich Schlaf, solange sich die Gelegenheit bot, oder holten ihn nach, eher Freudenmädchen als Tänzerinnen, sie standen in der Rangordnung über den gewöhnlichen Huren, aber weit unter den Kurtisanen, obwohl ihre Mehrzahl entsprechende Hoffnungen hegen durfte. Sie waren zuletzt an der Reihe — mit beiderlei Aufgaben — und konnten erwarten, mit mehr als bloß dem Lohn für die Teilnahme nach Hause zu gehen, wenn sie es zustande brachten, sogar mit längerfristigen Bindungen.

Taguiloa nickte Chinkoury zu und verließ den Pavillon. Er suchte den Schatten auf und sah für noch ein Weilchen den Tänzerinnen zu, sprach Tari bei sich seine Anerkennung für all die Begabung aus, die sie vor diesen trunkenen Pfeffersäcken vergeudete. Einen Augenblick lang betrachtete er die Krämer mit der ganzen Verachtung, die er sonst verheimlichen mußte; etliche fraßen und soffen, manche schnarchten frank und frei, andere schlurften im Sommergarten umher, eine Anzahl verfolgte die Darbietungen der Tänzerinnen, einige davon jedoch mit zusammengesteckten Köpfen und ungemein verschwörerischem Gebaren, ein Verhalten, aus dem sich schlußfolgern ließ, daß sie entweder neue geschäftliche Machenschaften ausheckten oder aber voreinander mit Geschichten früherer derartiger Umtriebe prahlten, um die eigene Schlauheit herauszukehren. Höchstens ein, zwei Händler beachteten Schwarzdorns tänzerische Leistungen mit einem Anflug von Würdigung und Verständnis dessen, was sie sahen, des Zauberhaften, das sie auf den Korkmatten vor dem bemalten Sarg entfaltete. Taguiloa wischte sich den Ärmel übers Gesicht, fühlte sich gleichermaßen belustigt wie verärgert. Inzwischen müßte ich es ja wissen, dachte er, mittlerweile müßte ich wissen, was man zu erwarten hat. Er unterdrückte seinen Verdruß, beobachtete Schwarzdorn beim Beenden ihres Tanzes, sah sie sich erst vorm Sarg verbeugen — ihre Ärmel streiften gefährlich dicht die zahlreichen Kerzen, die in der Umgebung der prächtig beschnitzten Totenkiste brannten —, danach vor der Zuschauerschaft, die sich wenigstens als so geistesgegenwärtig erwies, anstandshalber Beifall zu spenden, denn immerhin war sie ja Schwarzdorn, die gefeiertste Tänzerin seit drei Geschlechtern. Während ihre Gehilfinnen mit Gekicher unter die Zuschauer schwärmten, mit den Sammeltöpfen klapperten, Gegrabsche auswichen, die Köpfe über zotige Bemerkungen schüttelten, dennoch dazu schwiegen und lächelten, entschwand Schwarzdorn mit großherrlicher Gebärde ins Dunkel, gefolgt von ihren Tänzerinnen, und der Flötist spielte eine langsame schlichte Melodie, die verklang, als auch die letzten Mädchen aus dem Innenhof abgingen.

In der Stille vor Chinkourys Auftritt hörte Taguiloa

gedämpfte Unruhe aus der Richtung des Haupttors und erlag der Neugierde, die als seine schwerste Untugend gelten mußte. Hastig spähte er umher, doch das laute Schallen von Becken, Aufwallen gefärbten Rauchs sowie marktschreierische Gejohle der Gehilfen, die ihren Meister zu den Korkmatten geleiteten, beanspruchten nun die Aufmerksamkeit der meisten Gäste und Bediensteten; alle, die jetzt noch schwatzten, würden es nicht einmal merken, stiege der alte Csagalgasoa aus dem Sarg und begänne auf dessen Deckel zu tanzen. Er huschte davon, versteckte sich in einer stockfinsteren Ecke des Vorhofs, zusätzlich vor Entdeckung geschützt durch einen eingetopften Schwarzdorn, den Tari einmal Csermanoa geschenkt hatte, als er noch — bevor sie von einem anderen Liebhaber Haus und Rente erbte — ihrem auserwählten Häuflein von Günstlingen angehörte.

Der alte Grum verstummte, knallte das Guckfensterchen des Tors zu, drehte den Riegel des Mannpförtchens und öffnete es, um die Personen einzulassen, mit denen er gestritten hatte.

Einen Mann und eine Frau. Keine Hina. Zwei hellblonde Kinder. Ebensowenig Hina.

»Wartet!« forderte Grum die Ankömmlinge auf. »Wartet hier!« Zum drittenmal riß er an der Klingelschnur, dann stapfte er zu seinem Pförtnerhäuschen und ging hinein.

Der Mann hatte einen starken Wuchs und Muskeln wie ein Heldenstandbild, dem Aussehen nach mußte er Panday sein, er war kaum größer als Taguiloa, aber gut und gern doppelt so breit. Im Fackelschein schimmerte seine Haut in dunklem Braun, er besaß gelbe Augen, Falkenaugen. Taguiloa grinste. Diese Augen paßten zu der Hakennase. Der Mund des Fremden war groß und recht wulstlippig, eignete sich vorzüglich zum Grinsen oder zu hämischem Schmunzeln. Struppig gestutztes schwarzes Haar bedeckte den Kopf. Er trug barbarischen Ohrschmuck, einen Ohrring in der Länge eines

Fingers, lauter miteinander verbundene Tierfratzen. Der Kleidung zufolge ein Schiffsherr.

Das Weib war hochgewachsen und strotzte geradezu von ruheloser innerer Kraft. Für eine Frau, die keine Hina war, hatte sie ein hübsches Gesicht vorzuweisen, mit ziemlich breitem Mund, geschwungenen Wangenknochen und einer Nase, die Überheblichkeit verriet; über ihren großen glänzenden Augen wölbten sich die Brauen wie Schwalbenschwingen. Grün waren ihre Augen, glaubte Taguiloa, obwohl das Fackellicht es erschwerte, in dieser Hinsicht sicher zu sein. Sie hatte einen Schal aus Seide um den Kopf gewunden, der ihr Haar verbarg. Gekleidet war sie in eine weiße Bluse mit langen weiten Ärmeln, einen weißen, vorn mit Riemen geschlossenen Ledergürtel und eine lange schwarze, ebenfalls weite, achtlos in die Stulpen schwarzer Stiefel gestopfte Hose. Schmuck trug sie nicht, und man sah an ihr auch keine Waffen, aber Taguiloa vermochte ihre Gefährlichkeit regelrecht zu riechen, ganz wie ein starkes Duftwasser.

Dombro, der Verwalter, kam in den Hof, strebte eilends hinüber zu den Besuchern. »Schiffsherr Sammang, du findest dich dieses Jahr früh ein.«

»Aber spät am Abend, wofür ich deines Herrn Vergebung erbitte, doch es ist wichtig, daß ich mit ihm sprechen kann.«

»Das ist Sao Csermanoa mitgeteilt worden. Er läßt fragen, ob du im Gartenhaus des Frühlingsgartens ein wenig warten könntest, Schiffsherr. Noch kann er sich seinen Gästen nicht entziehen.«

Taguiloa schnitt wegen des Verwalters eine böse Miene. Ein kleingeistiger Wurm war der Mann. Artisten mußten von ihm eine Menge Gemeinheiten einstecken; er wirkte, als würde er allzugern seine Boshaftigkeit an dem Schiffsherrn erproben, doch anscheinend traute er sich nicht so recht. Offenbar hatte der Panday für Csermanoa eine Bedeutung. Taguiloa sah den Schiffsherrn nicken und dem Verwalter folgen; er wartete ein paar Augenblicke lang ab, dann schlich er ihnen nach. In diesem Haus waren ihm schon viele Fremdlinge über den Weg gelaufen. Csermanoa hegte die vielfältigsten Interessen; wiewohl die temuengischen Gesetze es den Hina verboten, eine eigene Handelsschiffahrt zu unterhalten, betätigte er sich — ganz im stillen —, als Teilhaber so manches Schiffseigners, und Taguiloas Schnüffeleien hatten ihm zu der erstaunlichen Einsicht verholfen, daß der hochgeachtete Handelsmann Csermanoa auch in beträchtlichem Umfang als Hehler tätig war; über diese Tatsache vernahm man auf den Marktplätzen in und um Silili kein Wörtchen, und Taguiloa wäre, hätte er jemandem davon erzählt, als Mondträumer verspottet worden, doch geizte er mit der Kenntnis der durch ihn entdeckten Geheimnisse, bisweilen schwelgte er ganz für sich in seinem Alleinwissen, wenn der Schlaf ihn floh.

Mit angespannten Sinnen huschte Taguiloa die düsteren Pfade entlang; falls die Ankömmlinge in einem Zusammenhang mit den verdeckten Seiten von Csermanoas Geschäften standen, war zu befürchten, daß der Händler schnell und entschieden eingreifen würde, um seine geheimen Angelegenheiten zu hüten. *Ich sollte mich heraushalten und zur Geisterwache zurückgehen,* sagte sich Taguiloa. Aber er tat es nicht, sondern blieb den Besuchern und dem Verwalter auf den Fersen.

Der Verwalter schloß in einer Mauer eine Pforte auf und öffnete sie, ließ sie offen, nachdem er den Panday und dessen Begleitung hatte hindurchtreten lassen. Taguiloa nahm ein paar unregelmäßige Atemzüge, ehe er zu der Pforte schlich, noch immer halb in der Überzeugung, daß es sich empfahl, lieber abzuhauen.

Ein paarmal scharrten Füße auf Kies, aber niemand sprach. Dombro verhielt sich gegenüber Fremden wortkarg. Einige Herzschläge lang zögerte Taguiloa noch, dann schlüpfte er gleichfalls durch die Pforte, trat so leise auf, wie es sich nur einrichten ließ. Auf der anderen

Seite suchte er flink Deckung im Gesträuch, wünschte er sich, er hätte Kleidung am Leib, die zum nächtlichen Umherschleichen besser taugte. Gleich darauf kam der Verwalter zurück, auf dem Gesicht ein mürrisches Grienen. Er schritt durch die Pforte, knallte sie zu und sperrte ab. Sollte Seshtrango dieser vertrauensvollen Seele Eiterbeulen an den Steiß hexen.

Das Gartenhaus war ein freistehender sechsseitiger Bau, groß genug, um mehrere Räumlichkeiten zu umfassen. Taguiloa umkreiste es, bis er ein Fenster fand, dessen Ölpapier gelbrotes Licht verströmte wie ein Schmelzofen. Er duckte sich unter die struppigen Eiben, die nahe der Wand wuchsen, kauerte sich möglichst tief nieder, als über ihm eine Stimme ertönte und er aufgrund ihrer Nähe und Deutlichkeit erschrak. Zunächst verstand er nicht, was gesprochen wurde, bis er begriff, daß die Frau sich des Pandayischen bediente. Während des Aufwachsens in dieser vielsprachigen Stadt hatte Taguiloa die Grundlagen vieler Sprachen erlernt, und im Lauf der Lebensjahre hatte er die Grundkenntnisse erweitert und vertieft, weil er seinen Meister dafür bewunderte, viele Sprachen zu beherrschen, und es eine Voraussetzung für die Befriedigung seines Dranges abgab, Geheimnisse auszukundschaften.

»Deine Besorgnis ist überflüssig, Sammang.« Die Frau hatte eine rauhe, aber durchaus angenehme Stimme, so tief, daß man sie für eine Männerstimme halten konnte. »In Tavisteen bin ich ohne weiteres zurechtgekommen.«

»Hnn.« Ein ärgerlicher Brummlaut, als räuspere sich ein Löwe. »Du bist 'n Kind, Brombeer-voller-Dornen. Die Tavisteener mögen sich als die pfiffigsten Schelme unter Langareris Gewölbe ansehen, aber im Vergleich mit den Sililier Hina stehen sie wie nicht sonderlich gescheite Kinder da. Die Hina behaupten, sie seien das älteste Volk der Welt, und's mag sein, sie haben recht, das Bemühen, sich mit ihren Sitten und Gebräuchen zurechtzufinden, gleicht dem Durchqueren eines unsichtbaren Irrgartens. Und seit die Temueng hier an der Macht sind, bedeutet nichts von allem, was die Hina tun oder reden, noch eben das, was es zu heißen scheint. Es geht ums Überleben, Brombeer. Hina sind überaus tüchtig in der Kunst des Überlebens.«

»Ich bin's auch, mein Freund.«

Wieder gab der Panday ein ungnädiges Brummen von sich. Schritte entfernten sich von dem Fenster, kehrten zurück, entfernten sich erneut. Stapft auf und ab, dachte Taguiloa. Ein Kind? Diese Frau? Weide knisterte, Seide rauschte. Das Weib setzte sich; nach einem Weilchen tat der Mann das gleiche. »Csermanoa hat zu einem erheblichen Teil das Geld für die *Meermaid* bereitgestellt«, sagte er. »Aber ich habe die Schuld längst beglichen, die *Meermaid* ist mein alleiniges Eigentum. Mittlerweile verhält's sich umgekehrt, er steht in meiner Schuld. Er wird sich deiner annehmen.«

»Ich kann selber auf mich achtgeben.«

»Kind, Kind, du hast nicht die mindeste Ahnung von den wahren Zuständen in der Welt!«

Ein Auflachen voller Herzlichkeit und Zuneigung. »Ha! So war's vielleicht noch vor einem Monat, aber seitdem habe ich einiges dazugelernt.«

»Du hast gelernt, andere zum Narren zu halten, das ist gewiß.«

»Wer sagt, daß ich so was tue?«

»Laß 's gut sein, Brann! Du weißt, wie mir zumute ist. Sei vernünftig und nimm jede Hilfe an, die dir geboten wird. Denk an deinen Vater und deine Brüder. Wirst du umgebracht, bevor du sie findest, wozu wäre dann alles, was du bisher getan hast, von Nutzen?«

»Du führst meine eigenen Überlegungen gegen mich an. Was könnte ich dem noch entgegenhalten?« Es folgte eine Zeitlang des Schweigens. »Mich umzubringen, dürfte ungeheuer schwer sein.«

»Lapalaulau ertränkte mich, ich wollte, du wärst 'n

paar Jahre älter.« Im Tonfall des Mannes schwang eine seltsame Verbissenheit mit.

Taguiloa furchte die Stirn. Er wußte zu wenig über das Paar. Ihm entgingen die Feinheiten der Unterhaltung, die Stimmungen hinter den Worten. Wie er da am Gartenhaus im Finstern hockte, konnte er im wesentlichen nur beider starken Ausdruck von Zugewandtheit erfassen, ein so gründliches wechselseitiges Verständnis, daß sie die Dinge, die er zu erfahren wünschte, nicht auszusprechen brauchte. Neid packte Taguiloa. Ihm stand nicht einmal Tari Schwarzdorn so nahe. Gerontai hatte ihn geliebt, war aber bereits ein alter Mann gewesen, als er ihn, einen streitbaren Gassenlümmel, in sein Haus aufnahm, und zudem jemand, der Alleinsein und Zurückhaltung bevorzugte. Seine Eltern, Brüder und Schwestern hatte Taguiloa bei einem Schiffbruch verloren, als er erst fünf Lenze zählte; er hatte sich an ein Trümmerstück geklammert und war von einem Fischer aus dem Meer geborgen worden, danach bei einer überforderten Verwandten untergekommen, die selbst schon acht Kinder hatte und infolgedessen ihn weder vermißte, als er fortlief, noch sein Verschwinden beklagte.

»Was hast du nun vor?« Die Stimme der Frau.

»Ich werde meine Fracht löschen und sehen, was ich dafür kriegen kann. Ich will versuchen, noch Arth Slya-Waren aufzutreiben, neben anderer Ladung, versteht sich. Dann möchte ich für 'ne Weile nach Hause. Man muß das Schiff kielholen und einer Reinigung unterziehen. Ich habe in Tavisteen nicht einmal die Hälfte deines Golds verbraucht. Bist du dir ganz sicher, daß du's nicht zurückhaben willst?«

»Völlig sicher. Was ich benötige, verschaffen mir die Kinder.«

»Ja, freilich.« Von neuem knarrte Weide, wieder scharrten Stiefel über die Fliesen des Fußbodens. »Wie steht's mit deinem Vater? Wird er für den Kaiser arbeiten?«

»Wie vermöchte er seine Arbeit ohne des Tincreals Glut zu verrichten? Ein Leben lang hat er darauf verwendet, des Berges Glut für sein Werk nutzbar zu machen, er leistet ja mehr, als sich bloß die Formen von Schüsseln und dergleichen auszudenken. Der alte Großkotz …« Das Weib kicherte. »Gefällt dir die Bezeichnung? Ein Temueng-Pimush dürfte den Wert seines Kaisers ja wohl kennen … Wo war ich? Ach ja. Ich vermute, er kann unsere Handwerker, wenn er sie lange genug prügeln läßt, dazu zwingen, etwas herzustellen, aber es wird nicht das gleiche sein, als hätten sie's daheim angefertigt. Was ist er doch für ein Tor! Hätte er uns in Frieden gelassen, er hätte jederzeit das Beste erwerben können. Nun hat der Berg ihm den Zugriff verwehrt, und er wird nichts bekommen.«

Arth Slya dahin, dachte Taguiloa. Er schloß die Augen und verfluchte die Temueng und das Weib, verfluchte sich selbst, weil er stets an dem Glauben festgehalten hatte, es werde immer eine Stätte geben, wo man keine der Zugeständnisse zu machen brauchte, auf die er sich sein Lebtag hatte einlassen müssen, einen Ort, an dem Künstler und Handwerker ihren verschiedenerlei Gewerben nachgehen durften, ohne zu Handlangern blinder, dummer Menschen erniedrigt zu werden, deren einzige Tugend aus dem Gold in ihren Taschen bestand. Falls er richtig auslegte, was die Frau redete, war Arth Slya entweder vernichtet oder auf alle Fälle so stark zerstört worden, daß es auf ein Wiedererstehen keine Hoffnung gab.

Der Panday stieß ein Räuspern aus. »Komm zu mir nach Hause, Brombeer. Warte ab, bis mein Schiff von Tang und Moder gesäubert worden ist. Dann fahren wir mit dir den Palachunt hinauf nach Durat, und zwar viel schneller und sicherer als auf dem Landweg, warten auf dich, bis du die Deinen befreit hast und bringen euch fort.«

Neues Schweigen. Von neuem Knarren des Weidenmöbels, Rascheln der Seide, als sich die Frau an ihrem Platz bewegte. »Ich bedaure es, daß du dich nicht noch einmal mit mir der Liebe hingeben mochtest, Sammang. Ich wollt's, das weißt du.«

»Brombeer, wie hätte ich's denn tun können? Ein Kind bespringen. Für so etwas habe ich einmal 'n Kerl totgeschlagen.«

»Ich hätte in Tavisteen den Mund halten, einfach ablehnen und's dabei belassen sollen.«

»Ich wünschte, du wärst so verfahren.«

»Ich werde rasch älter.«

»Laß mir 'n paar Jahre Zeit, Brombeer, vielleicht werd ich's dann glauben.«

»Slya! Du bist fürwahr starrköpfig.«

»Darin sind wir uns gleich.«

»Du hast recht. Ich werde nämlich bei meinem ursprünglichen Plan bleiben, Sammang. Ich weiß, wie du für die *Meermaid* empfindest, und ich verstehe 'ne Landkarte zu deuten. An dem Fluß gibt's ein Dutzend Stellen, wo die Temueng Steine und andere Geschosse nach dem Schiff schleudern könnten, sobald sie der Auffassung sind, dazu 'n Anlaß zu haben. Du und deine Leute, ihr kämt alle ums Leben, und wenn nicht, jedenfalls um euer Schiff. Diese Gefahr kann ich nicht eingehen, Sammang. Das werde ich keinesfalls tun.«

Schlagartig wichen rings um Taguiloa die Schatten, ein warmes goldgelbes Licht umwaberte ihn. Er unterdrückte einen Aufschrei und sprang hoch, gedachte schnellstens das Weite zu suchen, hoffte unerkannt zu bleiben. Aber seine Füße regten sich nicht vom Fleck. Er versuchte den Kopf zu drehen. Er konnte es nicht. Keine Hand vermochte er zu rühren; nicht einmal einen Finger.

Starr wie Stein und voller Furcht stand er da. So plötzlich, wie das Licht aufgeflammt war, erlosch es, und mit ihm schwand ein Großteil der Furcht Taguiloas. Was auch geschehen sein mochte, entdeckt hatte man ihn nicht. Im Innern des Gartenhauses unterhielten der Mann und die Frau sich in aller Ruhe weiter, im Freien erschollen keine Alarmrufe. Etwas überaus Merkwürdiges hatte sich zugetragen. Floh er jetzt ohne alle Umsicht, würde er dem Ärger wahrscheinlich nicht ausweichen, sondern erst recht hineingeraten. Er spähte umher, sah nur Dunkelheit und Eibenzweige, drückte sich sicherheitshalber vollends an die Erde, begann erneut dem Gespräch im Gartenhaus zu lauschen.

»Ich mag dich nicht einfach gehen lassen.« Der Panday schritt hin und her, seine Stimme klang anfänglich laut, dann gedämpfter.

»Ich will meinerseits auch gar nicht fort.« Abermals knarrte der Diwan, auf dem die Frau saß. »Wenn nicht mein Vater wäre, meine Brüder, meine Verwandten nicht wären, wenn nicht Slya in mir wohnte, mich nicht zum Handeln triebe, wenn ... Wenn! Blödes Wort. Ich kann, was ist, nicht ändern, Sammang.«

»Du weißt nicht einmal, ob sie noch leben, du weißt nicht, was ihnen zustoßen mag, bevor du nach Durat und zu ihnen gelangst.«

»Nein.« Dem Wörtchen schloß sich ein längeres Schweigen an, durchsetzt mit den leisen Geräuschen von Bewegungen. »Sollten sie nicht mehr am Leben sein«, sagte die Frau plötzlich mit von Wut, Erbitterung und Furcht scharfer Stimme, »werde ich Abanaskranjingas Leben trinken und es in den Wind speien.«

»Bei Primalaus Wabbeltitten, Brann, so was darfst du nicht daherreden, ja nicht mal denken!«

»Ich werd's nicht wiederholen, aber gegebenenfalls werde ich's tun. Auch das ist ein Grund, weshalb ich nicht möchte, daß ihr mich begleitet.«

»Ich glaub's dir, hör bloß auf damit, denk dir nur, wenn jemand uns hörte!« Das Geräusch der Tür ertönte, Füße tappten auf den Fliesen, die Stimme des Pandays klang lauter, Fensterläden flogen auf. Taguiloa preßte sich so flach ans Erdreich wie möglich, um eins mit den

Schatten zu sein. Der Schiffsherr sah jedoch allem Anschein nichts als das Dunkel in den Eiben und das vom Mondschein erhellte Gras. Er schloß die Läden, stellte sich — so dicht am Fenster, daß Taguiloa ihn atmen hören konnte — hinter das Weib. »Wo ist der Bub?«

»Hält Wache.«

»Aha.« Schritte auf Fliesen, Weide quietschte laut, als sich ein schweres Gewicht auf die seidenen Sitzpolster senkte. Der Panday hatte neben der Frau Platz genommen. »Ich könnte Jimm den Befehl über die *Meermaid* anvertrauen und dich allein in den Norden begleiten.«

»Sei nicht närrisch, Sammang! Ich müßte mehr Zeit darauf verwenden, mir Sorgen um dich zu machen, als ich für die Abwicklung meiner eigentlichen Angelegenheiten erübrigen könnte. Die Kinder sind dafür die Gewähr, daß mir nichts zustoßen wird. Ihnen vermögen die Temueng nicht zu schaden. Will jemand ihnen etwas anhaben, verflüchtigen sie sich, sind im nächsten Augenblick woanders oder etwas anderes.«

»Mit dir ist's nicht so.«

»Solange sie leben, lebe auch ich.«

Der Schiffsherr brummte, dann lachte er. »Ich glaube, ich mag dieses Streitgespräch nicht fortsetzen.«

Die Frau lachte ebenfalls. Ein langes behagliches Schweigen ergab sich. Taguiloa spürte die Freundschaft und das Wohlwollen zwischen dem Paar, fühlte sie die Stille erfüllen, diese Art der Gemeinsamkeit und Verständigung machte ihn gleichermaßen neidisch-verdrossen wie traurig, weil sie ihm verwehrt blieb. Doch zur gleichen Zeit stieß das Weib ihn ab, seine Reden flößten ihm Furcht ein. Erneut dachte Taguiloa daran, sich lieber zu verdrücken, entschied sich aber dafür, auf Csermanoa zu warten und zu beobachten, was dann geschah.

Als hätte er mit dieser Überlegung ein Stichwort gegeben, brach mit einemmal eine Kinderstimme das Schweigen. »Jaril meldet, Csermanoa kommt.«

Taguiloa lauschte, hörte einige Atemzüge lang nichts;

dann knirschten Füße auf dem Kiesweg, und Csermanoas Stimme befahl Wächtern, Aufstellung zu nehmen. Taguiloa lächelte. Csermanoa der Scharfe teilte die Männer so ein, daß sie nicht hören konnten, was man im Gartenhaus sprach, aber unverzüglich eingreifen würden, falls er ihren Beistand benötigte. Mit schweren Schritten näherte er sich allein dem Gartenhaus, Dielen quarrten, während er die Stufen zum Eingang erstieg, leise quietschten die Türangeln.

»Nun, Sammang, wie steht's?«

»Nicht allzugut, Saöm.« Der Schiffsherr sprach das Hina mit nur geringfügig abweichender Betonung.

»Sieh an!« Weide knisterte, als der rundliche kleine Kaufmann gegenüber des Manns und der Frau Platz nahm. »Ich habe dich erst gegen Ende des Sommers erwartet.«

Verhalten lachte der Panday. »Was geschieht, ist der Götter Wille, Saöm.« Kurzes Schweigen. »Ich besuche dich nicht aus geschäftlichen Gründen. Vielmehr möchte ich zwei Gefälligkeiten erbitten. Über Geschäfte können wir morgen sprechen.« Wieder kurzes Schweigen. »Ich bedaure das Ableben deines Onkels.«

»Er war ein alter Mann in der Fülle seiner Jahre.« Der Tonfall des Händlers zeugte von Wachsamkeit. Taguiloa grinste ins Dunkel, sah geradezu vor sich, wie sich Csermanoas Augen aus Mißtrauen verschleierten, wie das starre Lächeln ihm die Lippen verzerrte. Gefälligkeiten bedeuteten für ihn bare Münze, und davon trennte er sich höchst ungern, außer er bekam dafür einen möglichst hohen Gegenwert.

»Meine Bekannte muß sich verstecken, sie braucht einen sicheren Unterschlupf und eine Unterweisung in den Gepflogenheiten der Hina und Temueng.«

»Spricht sie das Hina?«

Die Frau unterbrach die Unterhaltung mit einer eiligen Frage an den Schiffsherrn, sie wollte den Inhalt erfahren. Sie hörte sich seine Erklärung an und sagte, sie werde am folgenden Tag die Hina-Sprache beherrschen, die Kinder könnten das ›bewerkstelligen‹.

»Sie wird's«, beschied der Panday dem Handelsmann im Ton der Unanzweifelbarkeit.

Aus der Räumlichkeit drang vernehmliches Geknarre, als das Weidenmöbel sich unter den Bewegungen von Csermanoas beträchtlichem Körpergewicht verzog. Taguiloa malte sich aus, wie der Dicke sich vorbeugte, um die Frau genauer zu mustern, seine schmalen schwarzen Augen sie von oben bis unten maßen, als wäre sie ein Sack Reis, dessen Kauf er erwog. »Sie muß sich verstekken?«

»Das ist die zweite Gefälligkeit, um die ich ersuche: Stell keine Fragen!«

»Aha.« Nochmals knisterte Weide, wahrscheinlich lehnte Csermanoa sich zurück. »Dombro wird nicht schwatzen, er ist verläßlich. Grum würde nicht einmal seiner Mutter, hätte er eine, etwas weitererzählen. Wer sonst hat sie gesehen?«

»Meine Mannschaft, aber sie wird nichts ausschwatzen, über sie nicht. Wir haben einen Weg durch die entlegensten Gassen genommen, kein glaubhafter Mensch ist ihrer ansichtig geworden.«

»Ihr Haar war verhüllt? Gut. Das Gesicht eines jungen Weibs mit Altweiberhaar erregt Aufmerksamkeit. Kann sie lesen und schreiben? Ihr eigenes Geschnatter, meine ich? Ja? Gut. Dann hat sie zumindest einen Begriff von derartigen Dingen. Es dürfte nicht allzuschwierig sein, ihr die Hina-Schrift zu vermitteln, wenn sie sich ausreichend Mühe gibt.« Schweigen. Taguiloa stellte sich vor, wie der Händler die Frau verkniffenen Blicks noch einmal betrachtete. »Ist sie ihren Unterhalt zu verdienen bereit?« Dem Schiffsherrn entfuhr ein zorniger Ausruf. »Nicht bei mir«, ergänzte Csermanoa hastig seine Frage. »Ich frage nur, um zu wissen, was ich sie lehren soll.«

Während er in schnelles Pandayisch verfiel — fast zu

schnell, um Taguiloa verständlich zu sein —, erläuterte der Mann dem Weib, worüber er und Csermanoa gesprochen hatten.

»Sammang, ich werde mir den Lebensunterhalt auf meine Weise sichern, das weißt du. Er schwatzt Unsinn, er will dich nur aushorchen. Ich werde überleben.« Das beteuerte sie mit allem Grimm. »Wie ich's tu, das überlaß getrost mir.«

Taguiloa lächelte. Wie ich es erwartete, dachte er. Ein harter Brocken. Csermanoa könnte einen Felsen melken gehen und aus ihm mehr als aus ihr herausholen.

»Du möchtest wohl nicht, daß die Kaiserliche Garde dich in Empfang nimmt.« Sammang sprach in merklicher Verärgerung. Und achtlos, befand Taguiloa. Bestimmt versteht Csermanoa einiges Pandayisch, das Wort *Kaiserliche* war ein arger Ausrutscher, es verrät ihm mehr, als den beiden recht sein dürfte.

»Wieso sollte sie gerade auf mich lauern?«

»Glaubst du, die Temueng in ... woher du kommst ... Glaubst du, sie senden nicht jeden Tag Nachrichten nach Durat?«

»Na und?«

»Sie sind keine Blödiane. Inzwischen ist ihnen sicherlich klar, daß du ihnen entwischt bist, und sie können sich zusammenreimen, wohin du dich gewandt hast. Folglich wird man in Durat auf dich vorbereitet sein. Du mußt mit äußerster Schlauheit und Gerissenheit vorgehen, und du mußt die Verhältnisse kennen.«

»Na schön, also schön, ich habe verstanden. Du hast recht, ich geb's zu. Führ die Verhandlungen weiter. Ich bin müde.«

Sei vorsichtig, Mann! dachte Taguiloa. Csermanoa schuldet dir vielleicht den einen oder anderen Gefallen, aber du bist kein Hina, das beachte und sei auf der Hut, wie er das Weibsbild behandeln wird, hängt davon ab, wie sehr er dich noch braucht. Du mußt ihm verschweigen, daß die Temueng ihr nachstellen und jeden zertreten werden, der mit ihr zu schaffen hat. Er faßte den Vorsatz, von ihr möglichst großen Abstand zu bewahren.

»Saö Csermanoa«, sagte der Schiffsherr, wechselte ins Hochhina über, »wirst du dieser Freien und ihrem Anhang, zwei Kindern, Unterkunft und Unterweisung gewähren?«

Taguiloa wünschte sich, er könnte jetzt das Gesicht des Händlers sehen. Der Panday hatte eine förmliche Frage an ihn gerichtet, vorgetragen im vornehmen Hochhina, wie es ansonsten angebracht war im Umgang mit jener Handvoll Altsippen, die die Temueng bei den blutigen Säuberungen — durchgeführt im Anschluß an die Eroberung — übriggelassen hatten. Taguiloa nickte beifällig. Gewitzt. Wahrhaft gewitzt. Trotz all seiner Durchtriebenheit würde Csermanoa anbeißen.

Tatsächlich antwortete Csermanoa dem Schiffsherrn ebenso in der Hochsprache und mit der gleichen Förmlichkeit. »Ich gebe dir dies Versprechen, o Sammang Schimli: Der Freien und ihrem Anhang, zwei Kindern, sollen Unterkunft und Unterweisung gewährt sein.« Danach bediente er sich wieder der Umgangssprache. »Zwei Kinder, sagst du. Ich sehe nur eins, diese schweigsame Kleine.«

»Ihr Zwillingsbruder gibt draußen acht.«

»Dürfte für so was 'n bißchen jung sein.«

»Aber er ist ungemein fähig.«

Fähig? dachte Taguiloa. *Mich hat er allerdings nicht bemerkt ...* Er zuckte zusammen, hätte sich fast durch einen Aufschrei verraten, als eine kleine Hand ihn am Arm berührte, ihm ein leises Lachen ans Ohr drang. Als er hinschaute, sah er das Gesicht des Knaben im Schatten als hellen länglichen Fleck, ehe es sich in das goldgelbe Leuchten auflöste, das ihn vor wenigen Augenblicken heimgesucht hatte, dann erlosch das Licht; links von Taguiloa raschelte es halblaut, als flöhe ein kleineres Lebewesen. Kein Wunder, daß sich die Frau keinen Sorgen hingab: Sie war eine Hexe, die mit Dämonen im Bunde stand. Es schauderte ihn, er bekräftigte seine Absicht, sich ihr fernzuhalten, da begriff er, daß der Knabe ihr von ihm erzählen würde, sobald sich Csermanoa verabschiedet hatte. Unruhe befiel Taguiloa. Zu gern hätte er sich jetzt davongemacht, er hatte genug erfahren, um damit etwas anfangen zu können, mochte jedoch nicht Gefahr laufen, von den Wächtern gestellt zu werden. Möglicherweise langweilten sie sich ausreichend, um das leiseste Geräusch zu hören, und waren so gemein, daß sie ihre Freude daran fänden, ihn zu verprügeln.

»Gefälligkeit gegen Gefälligkeit«, sagte der Händler. »Sag mir, um was es sich dreht, und ich werde darüber nachdenken.«

»Morgen, Schiffsherr.« Weide quietschte. »Du hast gesagt, übers Geschäftliche reden wir morgen.«

»Saöm, willst du deine Zusage blindlings geben?« Geräusche zeigten an, daß der Panday die Füße bewegte, leisere Geräusche, daß sich auch die Frau erhob. »Meinen Dank fürs Zuhören. Ich werde mir anderweitig zu helfen wissen.«

»Setzt euch, setzt euch!« Csermanoa sprach hastig und mit Untertönen von Gereiztheit in der Stimme. »Von einer blindlings erteilten Zusage kann keine Rede sein. Auf gar keinen Fall. Wir werden uns morgen darüber verständigen.« Gebrumme, noch mehr Knarren und Quietschen der Möbel, ein paar Polterlaute. Nun war Csermanoa aufgestanden. »Die Frau kann bleiben, freilich kann sie bleiben, sie wird Speisung erhalten, es werden Diener bereitgestellt, ihr wird die Unterweisung zukommen, die du erwähnt hast. Ich ersuche lediglich um Verschwiegenheit.« Schwere Schritte auf den Fliesen näherten sich der Tür. »Komm zur Geisterwache, Schiffsherr, bevor du gehst!« Öffnen und Schließen der Tür. Schwerfällig stiegen Füße die Stufen herab. Csermanoa rief nach den Wächtern, entfernte sich mit ihnen.

Taguiloa verharrte, wo er sich befand, bis er hörte, wie die Pforte mit einem Klirren zufiel. Dann richtete er sich auf, machte Anstalten, Csermanoa zu folgen. Da hörte er, daß der Panday und die Hexe sich von neuem zu unterhalten anfingen, zögerte, kauerte sich wieder hin, fluchte über die eigene Dummheit, war aber dazu außerstande, seine Neugierde zu überwinden.

»Unsere Hexe ...« Die Stimme des Mannes zeugte von Zärtlichkeit. »Hier bist du gut aufgehoben. Er wird dich nicht belästigen. Höchstens 'n paar Fragen stellen. Hmmm. Höchstwahrscheinlich sogar. Dir kann nichts zustoßen, solange du mißtrauisch bleibst, Brann, aber sobald du in deiner Achtsamkeit nachläßt, wirst du zuviel reden. Zu mir hast du zuviel geredet.«

»Und was hast du mir Böses getan?«

»Ich war mit dir im Bett, Kind.«

»Dauernd versuche ich dir klarzumachen ...« Ungeduldig seufzte die Frau. »Es war nicht der Körper eines Kindes, den du geliebt hast. Was ich wirklich bin, weiß ich nicht mehr, fest steht nur, daß ich nicht mehr die Brann aus Arth Slya bin, die ihrem elften Geburtstag entgegensieht, um ihre Berufung bekanntzugeben. Sammang, ich wollte meinem Vater nacheifern, Töpferin werden. Er hat eine Teekanne und Becher für den Geburtstag eines unserer Alten angefertigt, für Ohm Eornis. Ich hätte meinen Geburtstag mit ihm zusammen gefeiert, dieses Jahr wäre er hundert geworden ... Er war unser Ältester ...« Die Stimme versagte ihr. Nach einem Augenblickchen räusperte sie sich und sprach weiter. »Daß man ihn umgebracht hat, zwei Wochen, bevor er hundert geworden wäre ... es ist sonderbar, aber das kommt mir schlimmer vor als ...« Sie schien mit sich selbst zu sprechen. Ihre Worte belegten Taguiloa nachgerade mit einem Bann, seine Einbildungskraft wurde durch das Gefühlvolle ihrer gedämpften Stimme angeregt, eine Ausdrucksstärke der Empfindungen, die um so eindringlicher wirkte, weil sie ihre Gefühle dermaßen leicht bezähmte, trotz ihrer inneren Aufgewühltheit langsam und wie unbekümmert zu reden vermochte. »Ich habe mitangesehen, wie ein Temueng meine jüngste Schwester bei den Fersen nahm und ihr an unserer heiligen Eiche die Hirnschale zertrümmerte, ich habe gesehen, wie sie mein Zuhause anzündeten und meine Mutter, meine Tanten, Onkel und Vettern fortschleppten, und doch habe ich nicht geweint, Sammang, die ganze Zeit lang habe ich nicht geweint. Und nun weine ich um 'nen Greis, der ohnehin dem Lebensende entgegensah. Sieh mal, ist das nicht sonderbar?«

»Brann ...«

»Keine Bange, Sammang, ich drehe bestimmt nicht durch! Tante Frin hat immer gesagt, Weinen sei gut für die Seele, 'ne Art von Läuterung.«

Schweigen. Der Mann begann wieder auf- und abzustapfen, blieb stehen, setzte sich erneut in Bewegung, verharrte von neuem, fing abermals hin- und herzuschreiten an, seinem Umherlaufen fehlte es an jeder Regelmäßigkeit. Er fühlt sich im Zwiespalt, dachte Taguiloa, er will fort, und gleichzeitig möchte er bleiben.

»Drei Monate«, sagte der Panday plötzlich, und nun klang seine Stimme aus Entschiedenheit hart wie Stein. »Das ist für dich eine genügende Frist, um herauszufinden, wie du nach Andurya Durat gelangen kannst, und dein Vorhaben auszuführen. In drei Monaten werde ich in Durat im Hafen liegen und auf dich warten.«

»Nein!«

»Du kannst mich dran nicht hindern.«

»Aber wenn die *Meermaid* Schaden nimmt?«

»Diese Frage habe ich schon geklärt. An der Palachuntmündung gibt es etliche Buchten. Jimm wird in einer solchen Bucht mit der *Meermaid* warten. Mit deinem Gold werde ich ein Schiff erwerben, auf das ich keine Rücksicht zu nehmen brauche, es muß nur einen Rumpf haben, der in hinlänglich gutem Zustand ist, um uns den Fluß hinabzubefördern. Und die Kinder können als

Späher in den Lüften kreuzen.« Der Panday lachte. »Was willst du einem so vorzüglichen Plan entgegenhalten, Brombeer-voller-Dornen?«

»Lieber Freund, und wie steht's mit der Mannschaft? Wen willst du in die Schlangengrube mitnehmen? Spantenratt? Staro den Stummel?«

»Du solltest lieber fragen, wen ich zum Zurückbleiben überreden kann. Ich werde Jimm mit seiner Keule den Scheitel ziehen müssen, damit er mit der *Meermaid* wartet.« Er ließ ein Räuspern vernehmen. »Du bist ein Mitglied der Besatzung geworden, Brombeer. Du bist unsere Hexe.«

Unterdrücktes Schnaufen und Schniefen. Die Hexe weinte. Taguiloa starrte gequält ins Dunkel, sein Pulsschlag sprach zu ihm von Gefahr, es war gefährlich, so dicht in der Nähe einer Hexe zu bleiben, die einen solchen Bann auszuüben verstand. Er schickte sich an, aus dem Schutz der Schatten zu schleichen, hielt inne, als die Tür schlug, Schritte das Treppchen herabdröhnten, die der Schiffsherr gleich darauf verlangsamte. Mit einem Quietschen öffnete er die Pforte zum Garten, einen Augenblick später fiel sie geräuschvoll zu. Noch halb in den Schatten, erhob sich Taguiloa, reckte und räkelte sich, um die Verspannungen und Verkrampfungen des Körpers zu beseitigen. Hinter sich vernahm er leises Raunen, die Stimmen des Mädchens und der Frau. Bewußt mißachtete er sie, strebte vorsichtig in die Richtung der Pforte, blieb dabei im Schatten der Gewächse, bewegte sich mit der lautlosen Geschmeidigkeit eines Jägers, die sich schon so oft vortrefflich bewährt hatte.

Neben ihm ertönte ein verhaltenes Kichern. Er schaute nach unten. An seiner Seite lief der blonde Knabe. Taguiloa tat so, als gäbe es ihn nicht, schlich weiter bis zur Mauer.

Der Knabe faßte ihn am Arm. »Warte!« flüsterte das Kind.

Ein Ruck an Taguiloas Arm, und eine große Ohreule

schwang sich empor. Sie flog über die Mauer, kreiste zweimal, kam herabgeschwebt. Feder streiften seine Ärmel, sanft wie eine Seidenpflanze, und mit einemmal stand neben ihm wieder der Knabe. »Niemand da, nicht mal 'n Diener.«

»Warum?«

»Weil's spät ist. Bis zum Morgengrauen sind's nur noch zwei Stunden.«

»Du weißt, was ich meine.«

Der Knabe grinste ihm zu, tänzelte ein paar Schrittchen rückwärts, drehte sich um und rannte fort in die Dunkelheit. Zunächst wollte Taguiloa ihm hinterdreineilen, dann jedoch sah er davon ab und wandte sich zur Gartenpforte. Während er Tungjii ein stummes Dankgebet widmete, hob er den Riegel und schlüpfte durch die Pforte.

Aus dem Haus kam der Kula-Priester und begann unablässig mit Gebinden aus Seidenblumen, Gewinden bemalten Papiers und Mengen von in süßlichen Ölen getränkter Pappe den Scheiterhaufen zu umrunden, um das Feuer mit farbenprächtigem Brennstoff und Wohlgerüchen zu verschönern. Er schwenkte Räucherstäbchen, und der leichte Luftzug trug Taguiloa greulich süßen Geruch zu. Lieferten Totenfeiern nicht ein ständiges Einkommen und Gelegenheiten zum Vorführen seiner Kunst, er würde keine einzige solche Veranstaltung besuchen; der Gestank des schmorenden Fleischs, der Anblick von Erd- und Himmelsseele, wie sie — begleitet von dem übelriechenden Hauch, den alle Duftwasser und alles Räucherwerk niemals völlig überdecken konnten — aus dem Sarg quollen, drohten ihm den Magen umzustülpen, verursachten ihm ein Kribbeln des Widerwillens.

Das Feuer prasselte tüchtig, als der Kula-Priester mit den Räucherstäbchen es das letzte Mal umkreiste. Danach trat er zurück und stimmte einen Gesang an, bannte die Funken innerhalb eines Gespinsts aus Licht, damit sie weder das Haus anbrannten, noch die Geisterzeugen behelligten.

Taguiloa spürte jemandes unmittelbare Nähe, stutzte. Der blondschopfige Knabe stand neben ihm, beobachtete das Treiben mit belustigtem Interesse. Das Wiedersehen hatte bereits etwas Vertrautes an sich, Taguiloa war danach, dem Buben fröhlich zuzugrinsen, ihm in eben der Weise, wie er es als Kind nie bei sich hatte leiden mögen, das Haupthaar zu zausen. Seine Furcht vor diesem Vielleicht-Dämon, diesem Wandelkind, war dahin; er lächelte dem Jungen zu, schaute wieder dem Lodern des Feuers zu.

Das Gleißen der Himmelsseele riß sich los, schoß wie eine Sternschnuppe, die nach oben anstatt nach unten fiel, gen Himmel. Die Erdseele, ein krummes kleines Männchen, dem alten Onkel, wie er im Leben ausgesehen hatte, ganz ähnlich, säumte noch beim Scheiterhaufen, als könnte es sich vorerst nicht dazu durchringen, von dem Fleisch, in dem es gehaust hatte, endgültig Abschied zu nehmen. Aber nach einer Weile zuckte es, so konnte man meinen, die Schultern, mit merklicher Schwerfälligkeit erhob es sich und entschwebte auf Rauchwolken. Der Tod war ohne Makel gewesen, dem Leib war keine Gewalt geschehen, es gab nichts, was die Erdseele zurückgehalten hätte, ein klarer Beweis dafür, wie ernst Csermanoa seine familiären Pflichten auffaßte.

Während das Feuer niederbrannte, wurde die Totenfeier lebendiger. Geschäftig eilten Bedienstete umher, ersetzten die leergefressenen Schüsseln und Platten durch frische Speisen, stellten neue Gefäße auf, in denen erwärmter, mit Gewürzen verrührter Wein dampfte, seilten die Lampen ab und versahen sie mit neuen Kerzen; die Freudenmädchen mischten sich unter die Gäste, scherzten und lachten mit ihnen, ließen sich mit Näschereien verwöhnen, flüsterten den Männern in die Ohren.

Für die Artisten war es eindeutig an der Zeit zum Gehen. Taguiloa schaute abwärts. Das Kind war fort. Einige Augenblicke lang verfolgte er das Geschehen noch; dann schlenderte er längs der Mauer des Sommergartens hinüber zum Pavillon aus Papier. Yarm hatte bereits die Sachen gepackt und sich zusammengerollt daneben schlafengelegt. Taguiloa rüttelte den Jüngling wach, lud sich das eigene Bündel auf und verließ Csermanoas Grundstück. Der dösige Pförtner kam gerade lange genug zu sich, um die Hand für ein Trinkgeld aus dem Verschlag zu strecken. Weil ihm nach Großzügigkeit war, drückte ihm Taguiloa, während er über Yarms Miene der Mißbilligung hinwegsah, ein Dutzend Kupfermünzen in die Hand; das breite freudige Grinsen, das er zum Dank erhielt, lohnte für sein Empfinden den Aufwand.

Während sie die verwundenen schmalen Straßen durchwanderten, blickte Yarm sich immer wieder um, ein Betragen, das Taguiloa allerdings erst bemerkte, als schon ungefähr die Hälfte des Wegs zum Künstlerviertel — zu dem Haus mit Garten, das er vom alten Gerontai geerbt hatte — hinter ihnen lag. Für eine Weile scherte er sich nicht um Yarms Unruhe, dann schaute er sich ebenfalls um, ahnte halb, was er sehen würde, und fand seine Ahnung bestätigt.

Der kleine blonde Knabe schlenderte ihnen ganz gelassen nach, unternahm nichts, um sich zu verbergen. Als er merkte, daß sie sich umgedreht hatten, winkte er ihnen mit einer Hand zu und sprang in eine Gasse zwischen zwei Häusern. Taguiloa tätschelte Yarms Schulter. »Keine Sorge«, sagte er. »Das Bübchen ist kein Grund zur Beunruhigung.«

»Wer ist er? Was will er?« Aufsässigkeit und Eifersucht klangen in der Stimme des Jünglings an.

Taguiloa musterte ihn mit böser Miene, dann ging er weiter, ohne auf die Fragen zu antworten. Yarm hatte einen biegsamen Körper und — wenn er wollte — schnellen Verstand, ferner ein gutes Gehör für Takt; außerdem indessen ein verqueres Gemüt, ohne daß er die geringsten Anstrengungen aufgewendet hätte, um sein Naturell zu mäßigen. Er war auf selbstsüchtige, nahezu abartige Weise besitzergreifend. Taguiloas anhaltende Strenge hielt ihn noch ein wenig im Zaum, aber die Wirkung schwächte zusehends ab. Er mußte ihn loswerden. Leider gab es in dieser Hinsicht Schwierigkeiten, vornehmlich Yarms Vetter, den Räuberführer Hammerfaust. Aber er mußte ihn loswerden.

Tief über ihre Köpfe flog eine Eule daher, stieß leise Rufe aus, stieg schräg in die Höhe, segelte im landwärtigen Wind, der im trüberen Dunkel kurz vor Anbruch der Morgendämmerung auffrischte. Erst schauderte es Taguiloa, aber dann lachte er über sich selbst. Der Knabe machte sich einen Scherz mit ihm, das war alles. Und folgte ihm nach Hause. Taguiloa spähte zu der Eule hinauf, setzte den Heimweg fort. Er konnte dagegen nichts tun. Ohnehin wußten gut und gern hundert Leute, wo er wohnte; sein Wohnsitz zählte nicht zu seinen Geheimnissen.

Einer gingen die Tage in den anderen über, bis eine Woche verstrichen war; ab und zu, wenn Taguiloa auftrat, zeigte der Knabe sich wieder, beobachtete ihn mit derartig wohlwollendem Interesse, daß er Taguiloa nicht die mindeste Sorge mehr einflößte, seine gelegentliche Gegenwart vielmehr mit Gleichmut und Neugier zur Kenntnis nahm. Er verzichtete auf Versuche, mit dem Knaben zu sprechen, nickte ihm lediglich zu und lächelte bisweilen.

Yarm begann eifersüchtig wegen des Buben zu zanken, beschränkte die Streiterei nur mit Mühe aufs Haus, machte das Daheimsein zu einer solchen Belastung, daß Taguiloa schließlich dem Zuhause fernzubleiben begann, wann immer es sich einrichten ließ, sogar das Üben vernachlässigte, was er noch nie getan hatte. Kalte Wut auf Yarm erfüllte ihn, aber er brauchte den Jüngling für bereits vereinbarte Vorstellungen, eine Hochzeit, zwei Totenfeiern, das Gastmahl einer Gilde sowie das Große Fest des Frondienstes. Und er mußte auf Hammerfaust Rücksicht nehmen, der dann und wann bei Taguiloa aufkreuzte, beiläufig zu äußern pflegte, wie es die Familie freue, daß Yarm einen so gutmütigen Meister gefunden habe. All das hätte ausgereicht, um einen Mann dazu zu verleiten, daß er in den Tempel stürmte und Tungjii in seinen/ihren alten feisten Arsch trat.

Taguiloa warf die Stäbchen, und sie bildeten ein Eskimemeloa, die Welle des Wandels, ein Zeichen der Dritten Triade, ein ausgesprochen vorteilhaftes Ergebnis. Zufrieden lächelte er. Vielleicht war das ein Vorzeichen dafür, daß sich sein Schicksal nun günstiger gestalten sollte. Der Apotheker Djeracim gab ein Brummen von sich, klaubte die Stäbe auf und warf sie, stieß ein Aufknurren des Mißfallens aus und leerte seine Weinschale. Neko-karan. Bloß einen Schritt entfernt vom Mahlstrom, vom Nichts. Indem er schon infolge dieser geringfügigen Anstrengung ächzte und schnaufte, sammelte Lagermukaea der Fette die Stäbchen auf, hielt sie für einen Augenblick versonnen in der dicklichen Hand. »Dein Bursche, Taguiloa, hat Pupa böse Sachen über dich geflüstert. Der Schlammwurm hat keine Zeit verloren und ist sofort zum Temuengspitzel gelaufen, um's ihm zu stecken. Du solltest den Lümmel in 'n Sack binden und in die Bucht schmeißen.« Er öffnete die Faust, wirkte regelrecht überrascht, als er die dünnen braunen Stäbchen auf seinem Handteller erblickte. Während er mit der Zunge an den Zähnen schnalzte, warf er die Stäbe, summte ein Bruchstück eines Trauergesangs, als sie in zwei Zeichen zerfielen: Rebh-sembulan — Honigwabe — und Mina-tuatuan, den Allesbelebenden Regen. Er ließ ein Brummen hören. Nicht einmal zusammen waren sie so viel wert wie Eski-memeloa. Im nächsten Augenblick grinste er, schnippte die Kupfermünzen eine nach der anderen Taguiloa zu, der sie auffing und damit jonglierte, sie in der Luft hielt, bis er schließlich eine Münze verfehlte, so daß sie alle herabfielen. Er lachte, knüpfte seine Börse auf und schob die Münzen zusammen mit Djeracims Einsatz hinein, behielt jedoch genug für noch einen Krug Wein zurück.

»Genau das würde ich gern tun«, sagte Taguiloa. »Ihn säcken. Aber vorher müßte jemand Hammerfaust in 'n Sack stecken und an die Haie verfüttern.« Er legte die restlichen Münzen in eine flache dreieckige Schale. »Gebt mir Nachricht, falls jemand, der nicht zu uns zählt, 'n Lehrling sucht, vielleicht kann ich ihm Yarm abtreten. Oder ihr.« Er bog die Zunge und pfiff nach einem neuen Krug Wein.

In dichtem Nebel hockte Taguiloa allein auf der Hafenmauer, lauschte dem Klingklang der Bojen, den fernen Rufen von den Woda-Wohnbooten, den tausenderlei anderen Geräuschen des frühen Morgens. Nebelige Tage hatten ihm seit jeher behagt, es gefiel ihm, von allen Seiten die Laute des Lebens zu vernehmen und dabei gänzlich allein in dem kleinen weißen Raum zu sein, den der Nebel rings um ihn schuf.

Der blonde Knabe kam in diesen Raum und setzte sich neben Taguiloa, ließ die kurzen Beine über die Kante des Hafengemäuers baumeln. Wasser schlug sich auf seiner Haut und in seinem Haar nieder, rann ihm über die Nase und befeuchtete ihm den Kragen der Jacke.

»Weshalb läufst du mir ständig nach?« Taguiloa sprach in laschem Ton, hegte eigentlich kein Interesse an der Antwort.

»Aus Neugier.«

»Um zu erfahren, warum ich vor dem Gartenhaus gelauscht habe?«

»Deswegen? Ach was! Ich weiß längst, was du dort getan hast und wieso. Ich will mehr über dich wissen.«

»Wozu?«

»Meine Gefährtin muß nach Andurya Durat. Ich dachte, du wärst der richtige Mann, um sie hinzubringen.«

»Ich? Nein!« Taguiloa schwieg kurz. »Sie ist 'ne Hexe. Schlimmer noch, 'ne Fremde. Aber am schlimmsten ist, sie macht Jagd auf Temueng.«

»So? Du magst wohl Temueng gern?«

»Ha! Ich lebe gern.«

»Und Gold?«

»Ist mir nicht wichtig genug, um dafür in den Tod zu gehen.«

»Du möchtest doch nach Durat und vor dem Kaiser auftreten. Brann könnte dir das erforderliche Gold verschaffen.«

»Mein Meister ist weit über achtzig geworden, weil er sein Lebtag ein bescheidener Mann blieb.«

»Er ist das Wagnis eingegangen, einen Jüngling, der ihn zu berauben trachtete, bei sich aufzunehmen, ihn etwas zu lehren, ihn zu seinem Erben einzusetzen. War das ein Fehler?«

»Bleib mir aus dem Kopf!« Taguiloa verwahrte sich ohne Feindseligkeit, inzwischen war er hinlänglich an den Knaben gewöhnt, er konnte gar keine Furcht mehr vor dem Wandelkind verspüren, wie sonderbar es sich auch benehmen mochte. »Sieh mal, Jaril, ich behaupte nicht, ich könnte ihre Gefühle nicht verstehen. Wären meine Verwandten versklavt worden … Bitte versteh mich richtig, es ist der gesamte Rest meines Lebens, auf den's mir ankommt.«

»Das ist Brann vollauf klar. Sie benötigt lediglich eine Möglichkeit, um unauffällig in die Stadt zu gelangen, ohne daß die Garde ihr auflauert. Müßte sie nicht darauf achten, wer wahrscheinlich schon weiß, daß sie kommen wird, könnte sie ein Flußboot und ein Gespann Apfelschimmel mieten, in aller Ruhe den Kanal hinauffahren und in Durat prunkvoll Einzug halten.«

»Eine Fremde?«

»Sie könnte durchaus einen Temueng bestechen, so daß er sie mitnimmt. Genügend Gold macht alles möglich.«

»Csermanoas Gold?«

»Freilich nicht. Wir wollen ja Sammang und seinen Leuten keinen Verdruß einhandeln. Doch denk an die Schatzkammer des Tekoras. Wer wäre zu verhindern imstande, daß Yaril und ich uns einschleichen, wo immer wir wollen?«

»Warum seid ihr gerade auf mich verfallen?«

Jaril lachte, widmete ihm aus kristallgleichen Augen einen Seitenblick. »Du selbst hast dich angeboten.« In den vom Nebel getrübten Augen glomm Gutmütigkeit. »Und wer würde argwöhnen, daß die Vergeltung im Wagen eines Artisten naht?«

»Deine Gefährtin unterbreitet also den Vorschlag, die Beträge für die Bestechungen und die Kosten der Ausstattung zu tragen?«

»Und den allgemeinen Aufwand der Fahrt. Deine Einnahmen fallen ausschließlich dir zu, und du kannst sie nach Gutdünken mit deinen Mitarbeitern teilen.«

»Sie ist großzügig.«

»Mit Temuenggold fällt's leicht, großzügig zu sein.«

»Vorausgesetzt, die Temueng wissen davon nichts.«

»Wer denkt schon an Schlangen mit Taschen in der Haut?«

Taguiloa lachte auf. »Ich nicht, Freundchen.«

»Yarm willst du nicht mitnehmen?«

»Noch eine Totenfeier, und ich bin mit ihm fertig.«

»Er hat 'n Verwandten mit schlechten Angewohnheiten.«

»Verwandte hat er 'ne Menge, und sie haben alle schlechte Angewohnheiten.«

»Aber nur einer davon könnte auf den Einfall kommen, dir 'ne Lehre zu erteilen, indem er dich mit 'ner gepolsterten Keule durchprügelt, die nicht die Haut verletzt, nur die Knochen bricht.«

»Tungjiis Arsch! Gehst du manchmal als Fliege an der Wand um?«

»Ich gäbe 'ne ungeheuer dicke Fliege ab, aber ganz unrecht hast du nicht.«

»Warum sprichst du darüber mit mir?«

»Wir mögen dich. Ein Angebot: Ob du das Gold unserer Gefährtin nimmst oder nicht, Yaril und ich werden auf Hammerfaust 'n Auge haben und dich warnen, sobald er gegen dich was im Schilde führt.«

»Einverstanden. Seshtrango schlage ihn mit Krätze und Blähungen und fürs Leben mit Yarm.«

Jaril kicherte, dann kramte er in der Tasche seiner Jakke, häufte eine Handvoll Goldmünzen neben Taguiloa. »Brann wünscht Csermanoas Haus zu verlassen. Er klebt 'n wenig zu stark an ihr, stellt andauernd Fragen, die sie nicht beantworten mag, und die Dienerinnen bespitzeln sie. Sie fühlt sich dadurch beunruhigt. Könntest du einen neuen Unterschlupf für sie ausfindig machen?« Er errichtete aus den Münzen einen säuberlichen Stapel. »Das müßte reichen. Eine ruhige, sichere Unterkunft.«

»Vor Klatsch und Tratsch ist man nirgends sicher.«

»Nicht einmal, wenn sie wie 'ne Hina aussähe? Wenigstens außerhalb des Hauses?«

»Das könntet ihr hinkriegen?«

»Wir könnten's.«

»Mmm. Ich kenne ein, zwei Schlupfwinkel, die sich vielleicht eignen. Laß mir zwei Tage Frist und komm in mein Haus.«

»Alles klar.« Mit der sehnig-schmiegsamen Anmut einer Katze erhob sich der Knabe, winkte mit der Hand und verschwand im Nebel.

Taguiloa blieb sitzen, starrte aufs schwarze Wasser, das unter seinen Füßen schwappte, und fragte sich, auf was er sich da eingelassen haben mochte.

Durch den Vergnügungsgarten folgte Taguiloa der Musik und dem Gelächter zu dem an den Fluten gebauten Strandhaus, in die Richtung vom Wasser feuchter Steine, vom Wind geformter Zedern und an Spalieren hochgezogener Seetrauben-Ranken. Salzblumen blühten in Rot, Orange und gelegentlich auch grellem Rosa. Ein, zwei Weiden verliehen allem ein gewisses Maß an Vornehmheit. Der Morgen war hell, aber kühl, die Sonne schien gerade so stark, daß sie die Haut angenehm wärmte. Flötenspiel durchdrang das Brausen des Meeres, das heimelige Raunen der Zedern, das Rauschen der Weiden. Ladjinatuai, dachte er, dann hob er den Kopf, blieb stehen, als ein anderes Instrument zu spielen anfing, ein sehr klares fröhliches Wirbeln ziemlich metallischer Töne erklang, die die Melodie der Flöte umflirrten.

Er betrat das Haus.

Tari Schwarzdorn ruhte ausgestreckt inmitten eines Bergs Kissen auf einem niedrigen Diwan und schaute zwei Mädchen beim Tanzen zu. Am Rand der Strohmatte kniete ein zwergiger alter Mann mit ein paar Haarbüscheln auf der gesprenkelten, straff über den Schädel gespannten Kopfhaut, seine Finger tanzten wie Spinnenbeine über die Löcher der Flöte. Neben ihm saß auf einem orangeroten Sitzkissen eine kleine dunkelhaarige Frau, auf dem Schoß ein Instrument, das einer vergrößerten, im Aussehen abgewandelten Lautengitarre ähnelte. Ihre Haartracht bestand aus zahllosen winzigen Zöpfchen, von denen einige, anscheinend steif, über ihrem Scheitel putzige Schleifen bildeten. Sie trug kunstvoll gearbeitete Ohrringe, große Reifen, an denen überaus fein gefertigte Scheibchen baumelten. Sie hatte große blaue Augen, das Blau war so dunkel, daß es beinahe schwarz wirkte. Ihr kleines Gesicht war spitz, die Haut dunkel, von bräunlicher Färbung. Die Nase wies eine Neigung zur Hakenartigkeit. Der Mund war breit und rege, lächelte gegenwärtig, während sie den Mädchen beim Tanzen zusah. Die kurzen, eher stämmigen Finger bewegten sich mit behender Sicherheit über die Saiten, der elfenbeinerne Zupfkiel glänzte auf der dunklen Haut.

Tari hob den Blick als Taguiloa eintrat, lächelte und nickte hinüber zu einem Haufen Kissen zu ihren Füßen. Taguiloa ließ sich darauf nieder, schaute ebenfalls den Mädchen zu. Beide waren noch sehr jung, zehn oder elf Jährchen, von ihren Eltern, kaum daß sie alt genug waren, um das Äußere absehen zu können, das sie einmal als Erwachsene haben würden, an die Welt des Nachtlebens verschachert worden. Taguiloa war dem Schicksal entgangen, in Freudenhäusern aufwachsen zu müssen, weil er seine Kunst in der harten Schule seines Meisters erlernt, Tungjii ihn mit einem gelenkigen Leib, Einklang der Gliedmaßen und Flinkheit begnadet und weil er viel Glück gehabt hatte. Er urteilte kühl und sachkundig über die Mädchen, er fand mehr Geschmack an reifen Frauen. Das eine, etwas dickliche Mädchen, ein dralles Geschöpf mit frechem Augenaufschlag, würde keine Tänzerin abgeben; es vollführte die richtigen Bewegungen, aber dem Tanzen mangelte es an Leben, es fehlten die Feurigkeit und Genauigkeit, die Tari Schwarzdorns Tänze auszeichneten. Das andere Mädchen war dünn und in der körperlichen Entwicklung noch ein wenig zurückgeblieben, görenhaft und etwas schlaksig, doch gab es dafür Anzeichen, daß es ein bestimmtes Maß jener Begabung haben mochte, die Tari Schwarzdorn zur erstrangigen Tänzerin Sililis erhoben hatte, bevor sie neunzehn wurde, eine Stellung, die sie seit fünfzehn Jahren hielt.

Taguiloa drehte den Kopf und sah, daß sie ihn musterte. Langsam verzog ein Lächeln ihr die Mundwinkel. Sie bewegte das Gesicht selten auf eine Weise, die das Entstehen von Runzeln begünstigen könnte, eine Vorsichtsmaßnahme, die zu der Vielzahl strenger Grundsätze zählte, mit der sie fast alles in ihrem Leben regelte. Taguiloa war ein Bestandteil des winzigkleinen Gebiets, in dem Tari sich Gefühle erlaubte und die Gefahr von Kränkungen hinnahm, eines geringfügigen Bereichs der Verwegenheiten, aus dem sie den Zauber gewann, den sie ihren Tänzen einfließen ließ. Ihr Lächeln lief höchstens auf ein schwaches Kräuseln des Gesichts und ein Leuchten der Augen hinaus, aber Taguiloa verstand es zu genießen, seit er seinen siebzehnten Geburtstag in ihrem Bett gefeiert hatte. Vor acht Jahren. Sie befand sich heute auf dem Höhepunkt ihrer Laufbahn, er hingegen noch im Aufsteigen. Sie konnte noch einige Jahre lang den Glanz ihres Ansehens auskosten und sich danach würdevoll zur Ruhe setzen — wenn ihr keine Fehler unterliefen. In dieser Hinsicht beschritt auch sie den schmalen bröckligen Grat zwischen Ruhm und Mißachtung, sich stets dessen bewußt, daß ein Fehltritt ihren Untergang zur Folge hätte. Wie jeder Künstler und jede Künstlerin hatte auch sie lediglich ihre Gewitztheit, ihre Geschicklichkeit, ihre Fähigkeiten sowie den dürftigen Schutz des Brauchtums und der Anerkennung zur Verfügung, um den Kaufleuten und Beamten Sililis (die ihrerseits allzeit den Launen der Temueng unterworfen blieben) Grenzen zu ziehen, die maßgeblich das Dasein aller Menschen beeinflußten, die in der Stadt wohnten.

Tari schüttelte die Porzellanglöckchen. Das zweifache Läuten war leise, aber trotz der Musik hörbar. Die Mädchen stellten ihr Tanzen ein und verbeugten sich, warteten dann auf Taris Entscheidung; das dralle Mädchen war ein wenig aufgeregt, hatte sich jedoch hinlänglich in der Gewalt, um zu Taguiloa herüberzuschielen, während das magere Kind für nichts und niemand außer Schwarzdorn Augen hatte. »Du hast's gesehen«, sagte Tari zu Taguiloa. »Wie lautet deine Einschätzung?«

»Die eifrige Dünne.«

Tari nickte. »Wenn man selbst diesen Ehrgeiz kennt, fällt's leicht, ihn anderen anzumerken. Wäre ich fünf Jahre jünger, würde ich ihr vielleicht die Beine brechen lassen.« Sie wandte sich an die zwei Mädchen. »Deniza«, sagte sie zur Mageren, »such wegen deiner Anstellung meinen Bataj auf. Rasbai, deine Begabungen sind anderer Art, ich bin für dich nicht die geeignete Lehrerin. Darf ich dir den Rat geben, dich an ... mmm ... an Atalai zu wenden?« Ohne Umstände ließ sie sie gehen, achtete auf Rasbais mürrische Miene so wenig wie auf Denizas frohes Lächeln. »Dein Schüler hält auf einmal sein Maul. Was hast du mit der kleinen Schlange angestellt?«

Taguiloa schaute den beiden Mädchen nach, wie sie mit ihrer schweigsamen Anstandsdame hinausgingen, wartete mit der Antwort, bis sie sich aus der Hörweite entfernt haben mußten; dann erst drehte er den Kopf, betrachtete gelassenen Blicks die Fremde. »Ich?« meinte er. »Ich habe überhaupt nichts getan.«

Tari öffnete die Augen ein wenig weiter, ihre rechten Zehen stießen ihn in die Beuge des Nackens, kitzelten das Haar hinter seinem rechten Ohr. »Du sprichst mit Schwarzdorn, mein kleiner Schatz. Solltest du das vergessen haben?« Sie stieß ihn mit dem Nagel des großen Zehs an den Kopf. »Wegen Harra? Glaubst du, ich würde fragen, wenn ich ihr nicht vertraue? Fischhirn!«

Taguiloa drehte sich um, packte Taris Fußknöchel, strich mit den Fingerspitzen sachte über die mit Henna gefärbte Fußsohle. »Sogar ein Fischhirn kennt Schwarzdorn.« Er ließ sie den Fuß zurückziehen. »Es ist die Wahrheit. Ich habe ihm nichts getan. Vielmehr schwelgt er in dem Wunsch, daß mir in aller Kürze die Knochen zerschlagen werden.«

»Was?«

»Hammerfaust und 'ne Handvoll seiner Räuber werden mich bald am Schlafittchen packen.«

»In Anbetracht solcher Aussichten bist du aber recht gut gelaunt.«

»Weil ich unter einem Schutz stehe, von dem Hammerfaust und Yarm nichts ahnen. Sobald die Woche endet, jage ich Yarm fort, ich gehe auf Reise, sobald ich meine Sachen beisammen habe. Ich habe 'ne Art von Gönner gefunden, der mich mit Geld fördert und mir den erwähnten Schutz gewährt.«

»Du wirst sie endlich zeigen? Die neuen Tänze?«

»Hm-hm. Ich brauche 'nen Flötenspieler.« Sein Blick schweifte düster über die Matten. »Morgen trete ich bei einer Totenfeier auf, das wird für 'ne Weile mein letzter Auftritt sein. Und übermorgen schicke ich Yarm seiner Wege. Wird nicht unbedingt erfreulich werden.«

»Ich habe dir gesagt, daß er nichts taugt.«

»Das hast du, aber ich habe damals nicht auf dich gehört.«

»Nicht aus Taubheit, sondern aus Dummheit.«

Taguiloa griff sich einen ihrer Zehen und kniff schwach hinein. »Einen Flötenspieler.«

Tari schnappte nach Luft, schwieg einige Augenblicke lang. Mit geschlossenen Lidern lehnte sie sich zurück. Taguiloa beobachtete sie verdrossen, doch ehe er etwas sagen konnte, öffnete sie den Mund. »Ladjinatuai.«

Mühelos erhob sich der greise Flötist, durchquerte die offene luftige Räumlichkeit, sank nahe beim Kopfende des Diwans auf die Knie. »Saör?« äußerte er geruhsam. Die Flöte hielt er locker vor den Oberschenkeln.

»Du hast einen Schüler, einen Enkel deiner Schwester glaube ich. Du kennst ihn, und du kennst Taga. Was meinst du?« Sie schlug die Augen auf. »Es ist ein Wagnis, und die Hügelwölfe werden dreist.« Tari blickte Taguiloa an, kaum merklich ruckten ihre Mundwinkel aufwärts. »Gerüchte besagen, wenn die Jamara-Fürsten und die Jamaraks erst einmal in Bedrängnis geraten, wird's ein Tanz mit dem Tod werden.« Ein zierliches Heben der zarten Brauen, langsam und gleichmäßig: eine stumme Frage an Taguiloa. »Du bist niemand, der solchen Gefahren gewachsen wäre, mein kleiner Schatz.«

»Es sind die Hügelwölfe, die sich hüten müssen.« Taguiloa zögerte, überlegte sich, was er sagen, wieviel er verraten sollte. Immerhin hatte er es mit Schwarzdorn zu tun, die ihn besser durchschaute, als er selbst über sich Bescheid wußte. »Meine Gönnerin ist eine gütige Hexe mit einem Gefolge von Dämonen.« Er kehrte sich der Fremden zu. »Das ist nicht zum Weitererzählen bestimmt.«

Die Fremde nickte, aber schwieg.

Der Alte meldete sich zu Wort. »Taguiloa, wann möchtest du mit Linjijan sprechen? Und wo?«

Schwarzdorn stieß nochmals mit dem Zeh gegen Taguiloas Kopf. »Wär's dir recht, hier mit ihm zu reden?«

»Da du's schon anbietest, ja.« Sachte rieb er den Kopf an ihrem Fuß. »Heute nachmittag? Ich muß mich an die Vorbereitungen machen.«

»Ladji?«

Der Alte schaute an Tari vorbei die Wand an. »Linjijan ist heute morgen mit seinen Brüdern aufs Meer gefahren. Zum Fischen. Er wird erst wiederkehren, wenn die Sonne sinkt. Aber dann wird er Schlaf brauchen.« Er richtete die trüben bernsteingelben Augen auf Schwarzdorn und lächelte, so daß die Falten und Hutzeln sich übers ganze Gesicht ausbreiteten. »Dir dagegen, Saör, ist der Nachmittag die liebste Tageszeit.«

»Wie wahr, mein alter Schatz.« Tari stieß ein kehliges Glucksen aus, ihre Art des Lachens. »Taga, tanz für mich! Ich habe mir ein wenig Zerstreuung verdient, findest du nicht?«

Taguiloa wandte den Kopf und küßte ihr den glatten Rist, ehe er aufsprang. Er schüttelte die Sandalen von den Füßen, betrat barfuß die aus Stroh geflochtenen Matten, fuhr sich mit den Händen über die Seiten, hob die Brauen, während er Ladjinatuai ansah, schnippte mit den Fingern, suchte nach dem Takt, der seiner gegenwärtigen Stimmung, dem jetzigen Gefühl seines Körpers entsprach. Über die Schulter schaute er die Fremde an. »Spiel für mich«, bat er, »gemeinsam mit Ladjinatuai, wenn du magst.«

Ladjinatuai setzte die Flöte an die Lippen, begann zum

wechselhaften Schnippen von Taguiloas Fingern aus dem Stegreif zu spielen.

Ein paar Herzschläge später gurrte ein leises Lachen, und die lebhaften, verwickelten, metallischen Töne des Saiteninstruments klangen auf, übernahmen den Takt, umwoben ihn mit allein von der Eingebung des Augenblicks bestimmten Klanggespinsten, erzeugten eine Musik, wie er sie nie zuvor vernommen hatte.

Für ein Weilchen noch ließ er diese Musik auf sich wirken.

Als er bereit war, vollführte er den anfänglichen Anlauf, während er immer schneller wurde, er die Kraft der Muskeln in den Knochen und im Blut sammelte, ihn mit einem doppelten Purzelbaum abschloß; er kam aufrecht zum Stehen, wechselte die Richtung, ohne an Schwung zu verlieren, sank bodenwärts, kreiselte auf den Schultern, streckte dabei langsam den Körper, bis seine Gestalt einem zur Decke erhobenen Speer glich, dann löste er die Haltung, gleichzeitig unterbrach die Musik, doch sofort schrillte ein langgezogener Triller der Flöte, die Fremde entlockte dem Lauteninstrument Folgen heller Töne, Taguiloa spannte den Leib, dehnte die Glieder, zog sich aufs äußerste zusammen, er wirbelte, schwenkte mal dahin, mal dorthin, er richtete sich vornehmlich nach den künstlerischen Gepflogenheiten der Tänzerinnen, der männlichen Schauspieler und Gaukler, wandelte sie jedoch nach seinen Vorstellungen ab; er spürte jede Bewegung, jede Mühsal und jeden Schmerz, aber zur gleichen Zeit hatte er das Empfinden des Fliegens, er schien auf den Lauten der Instrumente zu schweben.

Bis ein winziges Zittern, eine ganz geringe Abweichung, ihn aus dem Takt brachte; die Musik hallte weiter durch die Räumlichkeit, aber er vermochte sich nicht mehr auf sie einzustellen. Mit einem gekeuchten Gelächter sackte er auf die Knie, kauerte sich auf die Fersen, klatschte die Hände auf die Schenkel, atmete schwer, Schweiß rann ihm übers Gesicht, in Augen und

Mund. Er hörte Schwarzdorns gegluckstes Lachen, ihr Händeklatschen, doch nur wie von fern; in diesen Augenblicken waren ihm die Musik wichtiger, die weitererklang, die Fremde und der alte Flötist wichtiger, die ihre Art von Zauber wirkten, bis sie einen Abschluß fanden, der ihn krönte, und wieder Schweigen herrschte.

Auf den Knien drehte sich Taguiloa der Frau zu. »Wer bist du?«

»Mein Name lautet Harra Hazhani.«

»Stammst du aus dem Westen?«

»Aus weiter Ferne, Tänzer.«

»Warum bist du hergekommen?«

»Aus Zufall, Neugierde ... Wer weiß? Ich kam mit meinem Vater.«

»Deinem Vater?«

»Er ist tot.« Die Frau schlug auf der Lautengitarre ein paar Mißklänge. »Er krankte an einer Erweiterung der körperlichen Gefäße, von der niemand etwas ahnte.«

»Welchem Volk gehörst du an?«

»Du wirst es nicht kennen.« Harra zuckte die Achseln. »Was sollte es, es zu nennen?« Während sie mit der Hand sanft über die Saiten strich, entlockte sie dem Instrument gedämpfte Summtöne und schaute an Taguiloa vorbei. »Ich weile fernab meiner heimatlichen Berge, Tänzer. Der Wind hat mich hergeweht und hier zurückgelassen. Es wird der Tag anbrechen, an dem ein anderer Wind mich erfaßt und weiterweht. Rukka-nag, so heißt mein Volk. Du siehst, der Name besagt dir nichts, und wieso sollte er's?« Sie sprach mit starkem fremdländischen Zungenschlag, der indessen keineswegs störte, zumal sie eine honigsüße Stimme besaß. Sie machte beim Reden beinahe ein Lied aus ihren Worten, verwendete die Fingerkuppen, um die Saiten zu unterschwelligem Schrummen zu bringen. Unvermittelt nahm sie die Hände vom Instrument und lachte. »Schlichter gesprochen, Saö Taguiloa, als meinen Vater der Tod ereilte, hatte Saöri Schwarzdorn mit mir Erbarmen und überließ mir in ihrem Hause Wohnraum, bis ich die Art von Tätigkeit finde, die ich ausüben möchte.« Sie ergriff den Zupfkiel und spielte eine Melodie, die wie eine Frage klang. »Und ich habe sie gefunden, o Mann, der du mit dem Leib Musik machst? Habe ich's?«

»Tanzt du?«

»Die Tänze meines Volkes. Jedoch nicht so vortrefflich, wie Schwarzdorn ihre Tänze tanzt.«

»Zeig's mir!« Taguiloa verließ die Matte, machte Harra Platz, setzte sich wieder zu Taris Füßen.

Harra Hazhani musterte ihn ernst, schätzte ihn ein, dann legte sie ihr Instrument beiseite und erhob sich anmutig. Sie trug schwarze Lederstiefel mit hohen Absätzen und einen langen, hellblauen, aus vielerlei Stoffen genähten Rock, der ihre Fußknöchel umwogte, eine Spanne oberhalb des Saums verlief ein Band mit einfach gestalteten bunten Stickereien; eine langärmelige weiße Bluse sowie eine kurze, enge, vorn geschnürte Weste, deren Schnitt offenbar den Zweck hatte, die Körpermitte schmal und den Busen um so üppiger aussehen zu lassen. An den Handgelenken und am Hals verschlossen zu säuberlichen Schleifen geknüpfte Zuschnüre die Bluse. Harra langte in eine Tasche des Rocks und holte eine Anzahl dünner Goldreifen hervor, die sie sich über die Handgelenke streifte, so daß sie klirrten, als sie mit den Händen einen stark betonten Takt zu klatschen anfing. Unter fortgesetztem Klatschen begann sie zu pfeifen, eine Weise pfiff sie, deren wilder Schmiß in Taguiloas Ohren so wüst klang, wie die Muster und Stickereien von Harras Kleidung für ihn aussahen. Sie pfiff gerade so lange, daß Ladjinatuai, obwohl die Tonart zu seiner Flöte nicht paßte, die Melodie aufgreifen konnte.

Harra warf den Kopf rückwärts, bog die Arme so zurück, daß ihre Hände sich fast berührten, schüttelte sich, so daß die Reifen an den Handgelenken klingelten — leicht außerhalb des Takts —, dann verfiel sie in ein vielfaches Umwirbeln der eigenen Achse, ihre Füße durchtänzelten eine ungemein schwierige Schrittfolge. Ihr Tanz verlieh Stolz, Leidenschaft und Lebensfreude Ausdruck — wenigstens hatte Taguiloa von dem, was er sah, diesen Eindruck —, bis sie urplötzlich stillstand, einen Fuß nach vorn geschoben, das andere Bein ein wenig gebeugt, eine gerade, gestreckte, auch durch die Umhüllung ihres Rocks sichtbare Schräghaltung einnahm, den Kopf zurücklegte, die Hände erhoben, als gedächte sie den Mond zu umarmen.

Sie löste die Haltung auf, lächelte Taguiloa zu und kehrte zu ihrem Sitzkissen zurück, ließ sich mit anmutiger Beschwingtheit neben ihrem Instrument nieder.

»Wie heißt dieses Ding?« Taguiloa deutete auf das Instrument.

»Daroud. Es ist gewissermaßen eine entfernte Verwandte der Laute.«

»Du tanzt recht gut.«

»Danke.«

»Jedoch spielst du das Instrument erheblich besser.«

»Ich weiß.«

»Auch bist du bescheiden und sittsam.«

»Geradeso wie du.«

»Was tätest du, begänne ein Mann dich zu befummeln?«

»Das hängt von den Umständen ab. Wär's ein Beamter, ein Gönner oder irgendein Flegel in einer Herberge, in der wir übernachten?«

»Machen wir den Anfang mit dem Flegel.«

Harra neigte den Kopf zur Seite, zog eine böse Miene und stemmte die Fäuste in die Hüften. »Schieb ab, Lümmel!« Eine Hand bewegte sich so blitzartig, daß sie zu verschwimmen schien. Unversehens ragte aus ihren Fingern eine kurze Klinge; Harra hielt die Hand dicht an den Leib. »Und tät er's nicht, verlöre er womöglich ein paar Finger, auf jeden Fall aber einiges Blut.« Sie warf die silberne Länge Stahl in die Luft, fing sie auf und schleuderte sie in die Richtung der Wand. Die Klinge bohrte sich eine Haaresbreite neben einem kleinen Feuchtigkeitsfleck ins Holz. Harra schnitt eine Miene der Unzufriedenheit, stand auf und holte das Messer. »Kesker hätte ich dafür, bei einem solchen Wurf zu fehlen, am Haar gezogen.«

»Kesker?«

»Meines Vaters Leibwächter. Er fand den Tod.«

»Als er deinen Vater schützte?«

»Nein. Es war Blutrache. Wir wagten uns seiner Heimat zu nahe.«

»Hinter dir liegt bereits ein ereignisreiches Leben.«

»Das kann man wohl sagen.«

»Damit wäre der Fall des Flegels erledigt. Solltest du deswegen Ärger bekommen, werde ich dir Rückhalt gewähren, aber versuch's zuvor mit einfacher Ablehnung, ja?«

»Sicherlich. Warum nicht?«

»Nun nehmen wir einmal an, einen Jamara-Fürsten kitzelt's, fremdländische Leiber in seinem Bett zu haben.«

Harra lächelte. »Ich würde ihm antworten: Mit Freuden, hochehrenwerter Saöm, doch habe ich die Pocken, darum mag's empfehlenswert sein, darauf zu verzichten.«

»Du siehst aber nicht nach Pocken aus.«

»So sind wir fremden Frauenzimmer eben, bei uns kann man nie sicher sein.«

»Und wenn er dir entgegnet, daß er dir nicht glaubt?«

»Dann verfahre ich so.« Harra begann eine seltsame verhaltene Weise zu pfeifen, etwas wie eine Art von Schlummerliedchen. Einige Augenblicke lang beobachtete Taguiloa sie, bis ihre Gestalt in seiner Sicht verwaschen wurde und vollständige Trägheit von ihm Besitz ergriff. Da hörte sie zu pfeifen auf und klatschte in die Hände, das scharfe Geräusch schreckte ihn mit einem Ruck aus dem Dösen. »Im Zustand der Brünstigkeit sind Männer sehr leicht beeinflußbar«, sagte sie. »Ich würde ihm einflüstern, er habe nicht das mindeste Interesse an mir, und er solle alles vergessen, auch das Pfeifen. Mein Vater war Magier. Ich war seine fleißigste und beste Schülerin.«

Taguiloa starrte sie an, brach dann in ein derartiges Gelächter aus, daß er vornüber auf den Fußboden plumpste. Als er sich wieder einigermaßen zu beherrschen vermochte, setzte er sich auf, wischte sich die Augen, bemerkte Taris Blick der Verwunderung und wäre beinahe von neuem in Lachen ausgebrochen. Er nahm einen langen Atemzug, entließ die Atemluft mit heftigem Aufseufzen. »Wenn du mich begleiten willst, bist du willkommen, Harra Hazhani.« Er räusperte sich. »Doch vielleicht möchtest du abwarten, bis du meine Gönnerin kennengelernt hast, ehe du dich endgültig entscheidest.« Er verkniff die Lider, forschte in ihrem Gesicht, betrachtete ihre Hände, versuchte ihr Alter zu schätzen.

»Dreiundzwanzig.«

»Du beantwortest auch unausgesprochene Fragen?«

»Wozu Zeit vergeuden? Du wolltest es wissen.«

»Halt dich aus meinem Kopf fern, Frau!«

»Ein Hineinschauen war überflüssig. Deine Miene hat verraten, womit du dich beschäftigt hast. Weißt du, Männer sind sich sehr ähnlich, zumindest in derlei Angelegenheiten.«

»Mm-hmm. Du und die Hexe dürftet so manches unterhaltsame Plauderstündchen haben.«

»Du weckst meine Neugierde. Wer ist sie?«

»So wie du eine Fremde.«

»Müßte sie mir bekannt sein?«

»Wohl kaum.«

Auf ihrem Diwan regte sich Tari Schwarzdorn, stieß Taguiloa mit dem Fuß an. »Geh heim, Taga, da du mir nun meine Schätze stiehlst. Geh heim, du Eintagsfliege, und mach der Wespe in deinem Nest den Garaus.« Sie schnob gedämpft. »Komm nicht zurück, o du Undankbarer, ohne mir dafür ein Dankesgeschenk mitzubringen, daß du mir den ganzen Nachmittag geraubt hast. Und komm zur zweiten Stunde nach der Mittagszeit, keinen Augenblick früher.« Heiter gluckste sie. »Sonst werde ich dich von meinen Tänzerinnen kitzeln lassen, bis du für den Rest deines Lebens schlotterst wie Espenlaub.«

Taguiloa grabschte sich ihren Fuß, brachte sie mit geschickten Fingern zum Lachen, küßte erneut den Rist, bevor er sich erhob und zur Tür ging. »Bring deine Hexe mit«, rief Tari, als er den Ausgang erreichte, »damit wir dies Wunder aller Wunder kennenlernen!«

Nichtssagend winkte Taguiloa mit der Hand, beeilte sich hinaus, ehe Tari ihn zurückrufen konnte, strebte den verwundenen Gartenweg entlang, pfiff annäherungsweise die Melodie vor sich hin, zu der Harra getanzt hatte, mit der Lage, wie sie sich entwickelt hatte, überaus zufrieden (ausgenommen hinsichtlich Yarms, doch binnen kurzem würde auch das Ärgernis Yarm behoben sein); die/der alte Tungjii ritt ihm auf den Schultern, fast meinte er, er könnte ihre/seine Gegenwart spüren. »So werde ich dir denn eine Handvoll Räucherwerk entzünden, o Patron meines Geschlechts, o Spenderin von Freude und Trauer!«

Der Torwächter ließ ihn aus dem Garten, und Taguiloa schlenderte die mit Weiden und reichlich fleckigem Bambus gesäumte, von Schatten getupfte Straße hinab; vom Meer wallten ein paar Nebelschwaden landeinwärts, und eine Würzigkeit erfüllte die Luft, die ihm behagte. Die Nacht würde sehr nebelig werden, Jaril ihn mit Gewißheit aufsuchen. Für Brann war inzwischen eine neue Unterkunft vorbereitet, ein verschwiegenes Dienstmädchen gefunden worden, das sich darum bemühen würde, der neuen Herrin zu gefallen. Taguiloa bummelte durchs Künstlerviertel, gelangte in den Stadtkern Sililis, wanderte bergan zum Tempel, seine Stimmung besserte sich ständig, wurde immer ausgeglichener, bis er das Gefühl hatte, alle Menschen wären Brüder, alle Tiere besäßen Seelen.

Er streifte zwischen den Lagerhäusern umher, durchs Gewühl der Händler aus tausend Ländern des Ostens und Westens. Man sah M'darjin, schwarzhäutige Menschen, Gestalten wie von Ebenholz, die Häupter geschoren und in Bänder aus gehämmerter Bronze gefaßt, auch um Fußknöchel und Handgelenke trugen sie bronzene Reifen, die sehnigen Leiber hatten sie in weite Gewänder gehüllt, die Muster aus schwarzen und weißen Feldern und Streifen, stellenweise auch Flächen bunterer Farbe aufwiesen, etwa von Blau, Grün, Rot oder grellem Lila; sie lieferten Elfenbein, duftige Hölzer und metallene Gegenstände aller Art; und allerlei Männer und Weiber aus dem Westen, Phras, Suadi, Gallinasi, Eirsan, dazu Angehörige etlicher Dutzend sonstiger Völkerschaften, deren Namen Taguiloa nicht zu nennen gewußt hätte, man konnte rosarote Haut sehen, Haar in allen Farbtönen, von Weiß bis Pechschwarz, blaue und braune, grüne und gelbe Augen, vielfältige rassische Gemische waren vertreten, kaum einer dieser Fremdlinge vermochte auf eine Reinblütigkeit wie ein Hina zu verweisen. Sie kamen mit Uhren und anderen Vorrichtungen, Sätteln und kunstvollen Sachen aus Leder, Büchern, Weinen, köstlichen Gewürzen. Besonders die Frauen galten als kundig im Auffinden von Pflanzen und deren Verarbeitung zu Gewürzen, sie drangen selbst zu den unwegsamsten Örtlichkeiten vor, um das seltenste Kraut zu erlangen. Kunsthändler, Geschmeideverkäufer und Traumvermittler waren zu sehen. Hier gab es alles, was Männer oder Frauen zu kaufen geneigt sein mochten.

Harpish gingen um, von Kopf bis Fuß — trotz des warmen Wetters, das in Silili vorherrschte — in Leder gekleidet, die Gesichter unter schwarzen Lederkapuzen verborgen, die nur die Augen frei ließen, sie traten stets zu dritt auf, nie allein, sie handelten mit Magie- und Hexerei-Bedarf, mystischen Büchern, Nachrichten und kleineren Gottheiten.

Vioshyn waren da, gekleidet in aus zahlreichen Schichten genähten, aufdringlich augenfälligen, grellbunten Gewandungen, sie betrieben Handel mit dem Bein von See-Säugetieren und Fellen aus Gebirgen, mit geschnitzten Truhen, fremdländischen Pulvern sowie den meisten verbreiteteren Drogen und Arzneien. Ebenso Felhiddin, kleinwüchsig und schmal im Wuchs, die Haut walnußbraun, am Leib kaum mehr als die blauen Tätowierungen, die jeden Fingerbreit nackter Haut bedeckten, ansonsten nur knappe Lendenschurze und Sandalen, auch die Weiber, doch jeder Unkundige, der die Bedeutung der entblößten Brüste mißdeutete und die Finger nicht bei sich behielt, bekam an seiner Pfote die von den Frauen getragenen Metallklauen zu spüren sowie von den in ihrer Begleitung befindlichen Felhiddin, die sofort herbeizustürzen pflegten wie ein zum Angriff gewilltes Rudel Hunde, bedrohliches Knurren ausstoßend. Ihre Handelswaren umfaßten Kräuter und Nüsse aus fernen Ländern, Schuppenhäute fremdartiger Tiere, Pelze in schönen hellen Farben, etwa metallischen Rot- und Grüntönen oder hundert verschiedenen Abstufungen von Blau, sowie in großer Einfachheit, aber wundervoller Formgebung aus Edelhölzern geschnitzte Schalen und andere Gebrauchsgegenstände.

Dagegen boten die Henermen nichts als ihre Dienste und die Benutzung ihrer Herden von häßlichen, jedoch starken Begryer an, sie brachten alles, was ihre jeweiligen Auftraggeber befördert haben wollten, auf dem westwärtigen Landweg ins Landesinnere.

Auch Söldner jeglicher Abstammung und beider Geschlechter kamen nach Silili.

Straßenzauberer, Tänzer, Akrobaten, Musikanten und Bettler wimmelten durch die Stadt; Woda-Fährleute und -Träger, breitschultrige Gestalten von gedrungenem Körperbau und mit krummen Beinen, boten mit lauten Stimmen, in einer Art von Singsang, ihre Dienste an.

Priester traf man überall, Diener vieler Götter und Dämonen. In der Mehrheit waren es Hina, Einheimische, auf Selt geboren und dazu bestimmt, auf Selt zu sterben, oder sie stammten aus dem Hochland, wo einst die Hina geherrscht hatten, auf dem nun jedoch die schwere Faust der Jamara-Fürsten lastete, sie weilten als Pilger hier, um den großen Tempel auf dem in Selts Mitte gelegenen Berg zu besuchen, oder gaben Unterricht in den zum Tempel gehörigen Priesterschulen.

Magier, kleine und große Männer, große und kleine Frauen, aller Rassen und jeder Gestalt, unterbrachen für eine Weile ihre geheimnisvollen Fahrten in Silili, manche nur für einen Tag, um das Schiff zu wechseln, einige setzten lediglich den Fuß aufs Land, um es sofort wieder zu verlassen, während andere in den Tempelschulen zu lernen und zu forschen beabsichtigten; dieser und jener Magier schaute sich ganz einfach bloß auf dem dichtbevölkerten Markt um.

Vom Meer her kroch Nebel in die Stadt, und die Straßen leerten sich, die Auswärtigen strömten in die Freudenhäuser oder Wirtshäuser des Fremdenviertels, je nachdem, welches ihrer Gelüste am stärksten nach Befriedigung verlangte.

Taguiloa winkte den Weibern ab, die sich aus Fenstern der Freudenhäuser lehnten, ihn beim Namen riefen, ihn einluden. Bei den Frauen der Nacht war er wegen seiner Ausdauer und der Lust, die er an ihnen und ihren Leibern fand, sehr beliebt. Es war sein Grundsatz, den Anschein jemandes zu erregen, der unbekümmert und lachend durch die Welt ging; alle Sorgen, Ängste und Anwandlungen von Schwermut behielt er für sich. Als netter Kerl galt er, als gutmütiger, rücksichtsvoller Liebhaber, als umgänglicher Spieler, der mit heiterer Gelassenheit verlor und gewann, als Freund, der sich, wenn Schwierigkeiten anstanden, nicht aus dem Staub machte; daher kam es, daß viele Männer und Frauen ihm zuwinkten, seinen Namen riefen, und nur wenige von ihnen wußten, daß seine Verhaltensweisen gleichermaßen auf Berechnung wie auf natürlicher Veranlagung beruhten, daß er sie einer ähnlichen insgeheimen Strenge mit sich selbst verdankte wie Schwarzdorn ihre Schönheit, sie ein Ergebnis von viel Weh und Zorn war und des Nachdenkens. Als Gerontai starb, hatte Taguiloa in Schwarzdorns Armen geweint und geschluchzt, und sie hatte sich für einen Tag und eine Nacht mit ihm eingeschlossen, obwohl das bedeutete, daß sie ihren damaligen Gönner abwimmeln, ihn mit einer meisterhaft geschauspielerten Erkrankung zur Fügsamkeit verleiten mußte; einer vorgetäuschten Krankheit, die sie leidend und hinfällig, gleichzeitig aber zehnmal reizvoller und begehrenswerter als vorher wirken ließ, vielleicht dank ihrer zeitweiligen Unerreichbarkeit. Aus seinem Versteck hatte Taguiloa voller Staunen und Anerkennung alles beobachtet, mitangesehen, wie sie etwas, das einer weniger tüchtigen Frau zum Verderben gereicht hätte, zu ihrem Vorteil nutzte. Er verließ ihr Haus und sperrte sich im Heim seines Meisters ein, das nun seines war, verschloß sich vor jedem, entzog sich allen, dachte lange und ausgiebig darüber nach, welchen Verlauf sein künftiges Leben nehmen sollte, und dieses innere Ringen hatte gewisse Grundvorstellungen von jenem Mann zum Ergebnis, der er, achtzehn Lenze alt und willens, in seiner Kunst so hoch aufzusteigen wie Schwarzdorn in ihrer, einmal zu sein wünschte.

Schwungvoll lief er die Stufen des Tempelwegs hinauf, betrat den Vorplatz des Tempels, wandte sich um und schaute über Stadt und Bucht aus.

Man schloß die Geschäfte, die Papierfenster der darüber befindlichen Wohnungen glommen in dunklem Bernsteingelb, gerade noch sichtbar in der Düsternis, während sich die Nacht über Selt senkte. Im Vergnügungsviertel flackerten Fackeln, leuchteten Lampions auf, der Lärm abendlicher Lustbarkeiten drang zu Taguiloa herauf, Geklimper von Saiten, Flötengedudel, Lachen, Gerufe, verwehte Fetzen eines Lieds. Im Fremdenviertel war es ruhiger, dort sah man nur den Schein der Fackeln vor den Wirtshäusern, Schänken und Nudelbuden. Das Hafengelände lag dunkel und öde da, nur die Streifen der Wächter mit ihren an Stangen gehängten Laternen und Rasseln gingen jetzt dort noch um. Auf dem Wasser zündeten die Woda-an ihre Lampen und Kochfeuer an, sie waren zu weit entfernt, als daß Taguiloa mehr als ein paar dumpfe Geräusche, das Blöken eines Horns und ein bis zwei wilde, rauhe Rufe hätte hören können. Er vermochte dunkle Gestalten zu erkennen, die an den Lampen vorüberhuschten, verschmolzen und sich trennten, manche bewegten sich rasch, abgehackt, andere langsam, wie mühselig, sie boten ein Schattenspiel aus Hell und Dunkel dar, das für ein Weilchen Taguiloas Aufmerksamkeit auf sich zog, es gab Anregungen für eine neue Art von Tanz ab, dessen Ansätze ihm unausgegoren im Kopf kreisten. Die Geister der Ertrunkenen und Ermordeten wallten aus den Fluten und der Erde, der Wind puffte sie wie Rauchfähnchen. *Hier ist gut sein,* dachte Taguiloa, ließ die Temueng außer acht, *und ich bin ein Mann, auf dessen Schultern die Gottheit des Glücks sitzt. Höchste Zeit, daß ich mich erkenntlich zeige, was, Tungjii?*

Er betrat den Tempel, strebte an Godalau und ihren Nebengöttern vorbei, blieb vor einem der weniger großen Götterbildnisse stehen, der feisten Glücksgottheit, deren Bauch von den Hunderten, nein Tausenden von Händen glänzte, die ihn schon gerieben hatten, eine fast gänzlich nackte kleine Zwittergestalt mit prallen dickwarzigen Brüsten und einem kurzen dicken Glied, das linke Auge zwinkerte dem Betrachter fröhlich zu. Taguiloa verneigte sich, tätschelte den Schmerbauch der Figur, warf Münzen in die Opferschale und entzündete eine Handvoll Räucherstäbchen. Beim Gedanken an die

Möglichkeiten, die ihm in Zukunft offenstanden, war ihm nachgerade trunken zumute, er steckte die Stäbchen in die Sandschüssel, kauerte sich hin, sah zu, wie der süßliche Rauch aufquoll und die Gottheit umkräuselte. Nach einer Weile lachte er, sprang hoch, schlug ein paar Räder und einen zweifachen Purzelbaum, kam im Handstand auf, drehte sich auf die Füße und lief aus dem Tempel, noch immer schäumte ihm Heiterkeit im Blut, die Glücksgottheit saß ihm noch auf der Schulter, prustete ihm ins Ohr.

Aus dem Nebel erschien Jaril, stieg neben Taguiloa den Tempelweg hinunter, er schwieg, begleitete ihn lediglich. Taguiloa nickte ihm zu, setzte den Weg abwärts vorsichtig fort; Nässe machte die Stufen glitschig, und die Füße vieler Geschlechterfolgen hatten sie längst ausgetreten. Sich auf diesen Treppen ein Bein zu brechen, wäre das gleiche, als drehte man der Glücksgottheit eine Nase, eine wahre Unglückssträhne ergäbe sich daraus. Als er schließlich wohlbehalten unten anlangte, lächelte er seinem kleinen schweigsamen Begleiter zu. »Ladjinatuai und Schwarzdorn schlagen uns Linjijan, Ladjinatuais Großneffen, als Flötisten vor. Schwarzdorn möchte Brann kennenlernen.« Er zögerte, hob eine Hand, ließ sie sinken. »Ich habe ihnen ein wenig über sie und euch erzählt. Sie werden nichts ausplaudern, Jaril. Ach, und da ist 'ne Fremde, eine Musikantin, Tochter eines Magiers. Sie stößt gleichfalls zur Truppe ... glaube ich. Für morgen, zwei Stunden nach der Mittagszeit, ist ein Treffen vereinbart. Wäre eure Gefährtin zu kommen bereit? Ich habe ein Haus gefunden, in dem sie unterschlüpfen kann. Es liegt nur 'n paar Schritte von meinem Wohnsitz entfernt, und 's steht 'ne Dienerin für Brann zur Verfügung, falls sie sie behalten will. Es ist 'n verschwiegenes Mädchen. Entscheidet sich eure Gefährtin fürs Umziehen, kann sie's morgen früh tun. Möchtest du's vorher besichtigen? Dann komm mit.«

Brann trat durch die Pforte in der Mauer, besaß keinerlei Ähnlichkeit mehr mit der Frau, die Taguiloa am Morgen gesehen hatte. Offenbar hatte sie beschlossen — und das erachtete Taguiloa als sehr vernünftig —, sich doch nicht als Hina auszugeben. Der Schiffsherr war völlig im Recht, die Sitten der Hina ließen sich nicht so leicht erlernen. Branns Haar hing lose herab, aber nicht gewellt, es fiel ihr locker und anmutig, schwarz wie die Nacht und weich wie eine Wolke, ums Gesicht. Auf dem Kopf trug sie eine Kappe aus aneinandergeketteten Goldmünzen, aufgereihte Münzen baumelten beiderseits des Gesichts, am Körper ein langes, weites, mit Vögeln und anderem Getier aus hinaischen Sagen besticktes Gewand aus schwarzer Seide. Die Haut hatte eine dunkle Brauntönung angenommen, die Wangen waren rosig, die Lippen von warmem Rosenrot, die grünen Augen blickten drein wie große Edelsteine, das Gesicht blieb so reglos wie die Göttermasken im Tempel. An ihrer Seite trippelte eine gefleckte Jagdhündin, die Spitzohren zuckten, in den kristallgleichen Augen tanzten Lichtlein, die bezeugten, daß Yaril ihren Spaß hatte.

Im ersten Augenblick verspürte Taguiloa angesichts des Dreigespanns einiges Mißbehagen, obwohl er es gewöhnt war, daß Geister umherschwebten und Götter durch die Welt streiften. Gelegentlich sah jemand Godalau in den Wassern der äußeren Bucht schwimmen, die langen Finger die Wellen wie Mondstrahlen durchpflügen, den Fischschwanz wie biegsame Jade durch Luft und Wasser schlagen, beide aufwühlen. Oder Geidranay, wie er, selbst gewaltig wie ein Berg, an einem Berghang saß und die Bäume pflegte. Taguiloa hatte einmal einen Drachen erscheinen und so das Ende einer ausgedehnten Dürre ankündigen sehen, er hatte dem Wogen vielstimmigen Gelächters geglichen, in Rot und Goldgelb gegleißt, weil die Sonne auf seinen Schuppen glitzerte, und dem Jungen, der Taguiloa damals gewesen war, der bei diesem Anblick das Atmen unterlassen hatte, prägte sich ein unvergeßliches Bild strahlender Schönheit ein. Die minderen Götter — Sessa, die verlorene beziehungsweise verlegte Gegenstände wiederfand, Sulit, der Gott der Geheimnisse, Pindatung, der Gott aller Diebe und Taschendiebe, und ihr gesamter Rest — hasteten wie lustige Mäuse von einer zur nächsten Person, sie kamen ungebeten und verschwanden ohne Vorwarnung, ein launischer, hinterlistiger und wohl eben deshalb besonders stark umworbener Schwarm von Götterchen. Man konnte mit ihnen Vereinbarungen treffen, und war man schlau genug, hatte man davon sogar einen Vorteil. Erwies man sich als zu blöde, brachte Unheil über sich und die Familie dazu, nun, dann war das des Betroffenen eigene Schuld; war man zu gierig, nahm sich zuviel heraus oder war man ängstlich und versäumte es, auf der Hut zu sein, mochte man zum Schluß Gossen- und Grubenreiniger oder Bettler mit eitrigen Schwären als letzten vorzeigbaren Vorzügen sein.

Wortlos schritt Taguiloa mit dem Weib, dem Knaben und der Hündin aus. Wenn sich Tungjii großzügig verhielt, empfahl es sich, das Glück zu nutzen, oder das Glück und noch mehr kamen abhanden. Zu der Zeit, da Taguiloa noch dagegen Bedenken gehegt hatte, die Förderung von Temueng in Anspruch zu nehmen, hatte Gerontai ihm diesen Grundsatz erläutert und ihn durchs Erzählen der Geschichte Raskataks unterstrichen.

Raskatak war ein Fischer mit einem kleinen Boot und wenig Glück gewesen, er brachte gerade so viel Fisch heim, daß er seinen Erwerb nicht aufgeben und sich irgendeine andere Arbeit suchen mußte. Eines schönen Tages schwamm er mit seinem Boot allein auf ruhiger See, hatte die Angelschnüre ausgeworfen, während er das Segel flickte. Der plötzliche Sturmwind, durch den er von den übrigen Booten getrennt und zwischen Wellenbergen hin- und hergeschaukelt worden war, die sich schließlich, als die Böen nachließen, bis die Sonne immer höher stieg, bis sie erbarmungslos aufs Meer herabbrannte, rasch glätteten, hatte das Segel fast mittendurchgerissen. Nichts biß an, die Angelschnüre hingen schlaff übers Dollbord, nicht einmal die gewohnten Geräusche des Boots waren noch zu hören, und der Stich, mit dem Raskatak den Marlspieker durchs Segeltuch bohrte, klang so laut wie ein Fisch, der den Meeresspiegel durchbrach, allerdings war weit und breit kein Fisch zu sehen.

Hoch am Himmel leuchtete und wallte der Sonnendrache in Weiß und Gold, rollte immerzu mit den riesigen Perlmuttaugen. Und vorn auf seinen Schultern ritt Tungjii, ihren/seinen dicken Arsch in eine vom Drachen eigens für sie/ihn zurechtgedrückte Körpermulde gesetzt. Während sie/er sachte vor ihrem/seinem Gesicht mit einem Fächer wedelte, hatte sie/er auf das jämmerliche kleine Boot herabgeblickt und plötzlich breit gelächelt, in das Gegleiße über dem Drachen gegriffen, mit ihrer/seiner Hand eine gezierte Ausholgebärde gemacht, ihre/seine Faust geöffnet und eine Anzahl Goldmünzen übers Boot ausgestreut, um mit gleichmütigem Interesse zu beobachten, ob sie den Fischer auf den Schädel treffen und erschlagen, das Boot verfehlen und ins Meer klatschen oder mit Geklingel als glänzendes Häuflein Reichtum neben den Mann fallen würden. Tungjii war das Ergebnis vollständig gleichgültig, sie/er erübrigte dafür nur Aufmerksamkeit, um sehen, was der Zufall ergab.

Das Gold klirrte ins Boot, die schweren runden Münzen türmten sich vor Raskataks bloßen Füßen, eine von ihnen prallte vom großen Zeh ab, brach den Knochen. Er stierte die Münzen an, die klobigen knochigen Hände verhielten am Segeltuch. Gleich darauf ließ er vom Segel ab, besah sich mißgestimmt den rot geschwollenen Zeh. Er hob den Fuß, legte ihn sich schwerfällig aufs Knie. Unbeholfen betastete er den Zeh mit den Fingern, brummte auf, als er den Schmerz spürte. Während er nach wie vor nicht aufs Gold achtete, kramte er in seiner

Bordkiste, holte ein flaches Stückchen Bein heraus, brach ein wenig davon ab, band es mit dem Fetzchen eines Lappens und einer Länge Angelschnur an den Zeh.

Mit der gleichen schwerfälligen Sorgsamkeit setzte er den Fuß wieder auf die Planken. Jetzt erst klaubte er eine der Münzen auf und betrachtete sie, prüfte sie mit den Zähnen. Er saß da und beglotzte sie, als wüßte er nicht, was er in der Hand hielt. Während er sich der stets gleichen, umständlichen, bedächtigen Weise des Bewegens befleißigte, nahm er jede einzelne Münze in die Hand, prüfte jede mit den Zähnen, packte alle in seine Bordkiste. Das getan, blickte er endlich in die Höhe, forschte am Himmel nach dem Ursprung des Goldregens. Was er sah, war das Gluten der Mittagssonne, ihre leuchtende Pracht. Er räusperte sich und spie über das Dollbord, dann machte er sich von neuem ans Flicken des Segels. Gold oder kein Gold, ohne taugliches Segel konnte er nicht heimkehren.

Er beendete das Nähen und hißte das Segel, aber noch blieb der Wind aus. Das Segeltuch hing schlaff herab, keine Brise wehte, die es nur gegen den Mast gedrückt hätte. Raskatak saß geruhsam im Boot und wartete, die Augen halb geschlossen, befaßte sich in Gedanken damit, was er mit dem Gold anstellen könnte.

Wie um zu beweisen, daß Wunder nie einzeln auftreten, geriet ein Schwarm Fische vor die Haken seiner Angelschnüre, und in den nächsten zwei Stunden hatte er vollauf damit zu tun, die Schnüre einzuholen und erneut auszuwerfen, bis in seinem Boot Massen silberner Fischleiber zappelten und glänzten, und im selben Augenblick, als der Schwarm entschwand, kam frischer Wind auf, wehte das abgetriebene kleine Boot heim nach Selt. Zum erstenmal seit Jahren gelangte Raskatak früher als alle anderen Fischer nach Hause und erzielte für seine schönen dicken Fische Höchstpreise. Danach ging er nach Hause, in das winzige Hüttchen, das er auf einem Fleckchen von einem Verwandten gepachteten Land aus

Treibholz und altem Segeltuch erbaut hatte. Immer wieder zählte er die Münzen, sogar im Dunkeln, wenn seine Tranlampe erloschen war. Und er zählte die Silber- und Kupfermünzen, die ihm der heutige Fang eingebracht hatte, die Einnahmen waren zehnmal höher als gewöhnlich. Weil er befürchtete, das Gold könnte auf genauso absonderliche Weise verschwinden, wie es aufgetaucht war, und er sich zudem sorgte, die Diebe, die überall in seiner Nachbarschaft hausten, könnten davon Wind kriegen und es ihm stehlen — dabei ließ er völlig außer acht, daß kein halbwegs gescheiter Dieb je den Einfall hätte, sein elendiges, nach Fisch stinkendes Hüttlein nur eines Blickes zu würdigen —, versteckte er das Gold unter der Aufhäufung von Planken und Tauen, die ihm als Bettstatt diente; danach hockte er fast die ganze Nacht lang bei einem Krug billigen Weins, versuchte die Pein im Zeh zu mißachten, während er von großartigen Gelagen, erstklassigen Tänzerinnen und prunkvollen Seidengewändern sowie davon träumte, daß seine Verwandten sich unterwürfig vor ihm verbeugten, ihn um Rat ansprachen und um Gunsterweise baten, die er huldvoll und vornehm gewährte oder ausschlug.

Am Morgen wusch er seinen Zeh, verkleisterte ihn mit Spinnweben und Hühnermist und umwickelte ihn mit einem neuen Lappen. Ohne lange zu zaudern, einfach aus eingefleischter Gewohnheit, stand er im ersten Morgengrauen auf, kleidete sich an, humpelte hinab ans Meer und fuhr, geradeso wie alle Tage, zum Fischen aus. Und auch an diesem Tag hatte er großes Glück. Als übten seine Haken auf die Fische eine wahrhaft unwiderstehliche Anziehungskraft auf, so bissen sie an; und wieder füllte er sein Boot so rasch, daß er als erster Fischer heimsegeln und auf dem Markt den besten Preis einstreichen konnte.

Wie es nun einmal die Art der Dummköpfe war, hielt er sich für tüchtig, sah in dem, was sich zutrug, ein Ergebnis seiner persönlichen Überlegenheit. Obwohl er sich so wortkarg wie immer benahm, lief er nun in stolzgeschwellter Haltung umher (dabei merkte er nicht einmal, daß ihm Kinder nachrannten und ihn verspotteten). Die Goldmünzen blieben, wo sie waren, nämlich unter seiner Bettstatt. Nacht für Nacht gab er sich den gleichen Träumen hin, doch in der Morgenfrühe ließ er die Träume Träume sein und fuhr mit seinem Boot aufs Meer, so wie er es getan hatte, seit er alt genug war, um eine Angelschnur zu halten. Allein saß er im Boot und brabbelte vor sich hin. Wenn ich Goldmünzen ausgebe, sagte er sich, wird man wissen wollen, woher ich sie habe, Diebe werden kommen, um mich zu bestehlen, man wird Lohnmörder schicken, um mich zu beseitigen. Folglich blieb das Gold unter seinem Bett, und seine Träume blieben Träume. Sein Fuß hingegen wurde schlimmer, der Zeh schwoll stärker an, verfärbte sich schwarz. Sein täglicher Fang schrumpfte auf den vorherigen Umfang zusammen, die Schufterei eines vollen Tages genügte kaum, um die Pacht zu zahlen, Essen zu kaufen und für einen Krug vom billigsten Wein, der ihm beim Betäuben der Schmerzen half.

Am sechsten Tag erfaßte eine Bö das Boot, ehe er mehr als ein paar Bootslängen vom Ufer entfernt war, zertrümmerte das klägliche Gefährt zu einem Wirrwarr zerbrochener Planken und Balken. Den gesamten Tag brauchte Raskatak, um die Überreste zusammenzusuchen; dann ging er Treibholz sammeln, um das Boot so gut wie möglich wieder zurechtzuzimmern. Er hatte mehr als genug Gold für ein Dutzend solcher Boote, aber es für so einen Zweck auszugeben, kam ihm kein einziges Mal in den Sinn. Einen Tag lang arbeitete er an dem Boot; anschließend kehrte er heim, um zu essen und von neuem in seinen Träumen zu schwelgen. Am Morgen darauf konnte er nicht vom Bett aufstehen, sein ganzer Fuß war schwarz geworden, das Bein geschwollen, sein Körper schweißig von Fieber.

Am Ende der Woche war er tot.

Daraus magst du das folgende lernen, hatte Gerontai zu Taguiloa gesagt: Nutz dein Glück, oder es verdirbt dir so wie Raskataks Zeh.

Linjijan war ein Jüngling mit einem freundlichen Lächeln im Gesicht, neunzehn oder zwanzig Jahre, von sehnig-hagerer Gestalt, seine Hände wiesen von der Arbeit an Bord des Fischerboots Risse und Schwielen auf, hatten jedoch trotzdem die Beweglichkeit und Geschmeidigkeit der Hände seines Großonkels bewahrt. Taguiloa erwiderte seinen friedlichen, jeder Neugier baren Blick und stöhnte inwendig. Der Jüngling wirkte, als wäre er so unselbständig wie ein tagalter Säugling. Aber dann merkte Taguiloa, wie Schwarzdorn, Brann und Harra ihm zulächelten, ihm das halb gereizte, halb von Bewunderung bestimmte Lächeln zeigten, wie eine Mutter es einem garstigen, aber sehr geliebten Kind widmen mochte — und änderte seine Meinung. Linjijan war einer der wirklich Beglückten auf der Erde. Solange er seine Musik hatte, wäre er zufrieden, und alles, was er benötigte, um leben und selbige Musik spielen zu können, fiele ihm ungefragt zu. Frauen und Männer würden für ihn sorgen, ihn beschützen, ihn lieben, und wenn sie sich noch so gehörig über ihn ärgerten. Taguiloa seufzte, aber versprach Tungjii noch mehr Räucherwerk und einen kostenlosen Auftritt anläßlich der Glückstagsfeiern. Er lauschte Linjijans Flötenspiel, seufzte anschließend nochmals, trat unauffällig beiseite und zu Ladjinatuai. »Danke«, sagte er kurz und bündig zu dem greisen Flötisten.

Der Alte verzog den Mund zu einem Lächeln, das ihm die Lippen straffte, genoß wohl die Mehrdeutigkeit des einen Worts. Er schnippte mit den Fingern. Linjijan hörte zu spielen auf, kam herüber und kauerte sich zu ihm. »Möchtest du mit ihm gehen?« Ladjinatuai nickte in Taguiloas Richtung. Linjijan nickte. Er hatte bisher noch kein Wort gesprochen, nicht einmal mit seinem Großonkel, auch ihn bloß mit einem Lächeln und einem Nicken begrüßt. »Das wäre also geklärt. Komm!« Der Alte zog sich ans andere Ende der Räumlichkeit zurück und setzte sich mit dem Rücken an die Wand; Linjijan nahm neben ihm Platz.

Auf dem Diwan regte sich Tari, den Blick unverwandt auf Brann geheftet. Seit dem Augenblick, da Taguiloa sie hineingeleitet hatte, galt Taris Aufmerksamkeit ausschließlich Branns Gesicht, wie Taguiloa dank mehrmaligen Hinschauens, während er Linjijans Flöten lauschte, beobachtet hatte. »Saör Brann«, sagte Tari, »Taga hat erwähnt, daß du für die Landleute in Vergangenheit und Zukunft zu schauen pflegst. Er behauptet, du seist eine wirkliche Hexe.« Sie täuschte Beachtung für die restlichen Anwesenden nicht einmal noch vor. »Tu's nun für mich!« Ihr Blick schweifte umher, ohne daß sie etwas gesehen hätte. »Was brauchst du: Gada-Stäbchen? Feuer und Muscheln? Einen Kristall? Eine Schüssel voll Wasser? Sag mir, was erforderlich ist, und ich lasse es bringen.«

Brann durchquerte den Raum und kniete vor dem Diwan nieder, die fleckige Jagdhündin folgte ihr mit lautloser wilder Anmut. »Es genügt, wenn du mir deine Hand reichst, Saöri Schwarzdorn.« Tari streckte die Hand aus, Brann nahm sie. »Yaril«, sagte Brann, »diesmal wollen wir's richtig machen.«

Die Hündin verflüchtigte sich zu goldgelbem Schimmern, das in die Höhe stieg, es schwebte kurz über Schwarzdorn, sank auf sie nieder und verschmolz mit ihr. Taguiloa entsann sich daran, wie er zum erstenmal ein solches Leuchten gesehen hatte, fragte sich, ob er einschreiten sollte. Er musterte Branns angespannte Miene und hielt den Mund. Das Geschimmer kam wieder aus Tari zum Vorschein, verfestigte sich zu einem kleinen blonden Mädchen. Es stellte sich neben Brann, flüsterte ihr für ein Weilchen etwas ins Ohr, dann entschwand es hinter den Diwan und außer Sicht.

Brann schauderte zusammen, verlor plötzlich die Fassung, aber nur für die Dauer eines Atemzugs. Nacheinander spiegelte ihr Mienenspiel Schmerz und Furcht, Mitleid und Zorn wider. Sie saß ganz still, als wäre sie versteinert, und dann schien sie wieder eine Maske zu tragen. Sie öffnete die Augen, strich mit einem Zeigefinger über Taris Handteller.

»Nicht einmal die Götter wissen, was das Morgen bringt«, sagte Brann mit ruhiger Stimme. »Ihre Mutmaßungen mögen den künftigen Tatsachen näher als eines Sterblichen Vermutungen kommen, jedoch nur, weil sie bereits mehr Zeit dazu gehabt haben, um den Kreislauf der Jahreszeiten und die Torheiten der Menschen zu betrachten. Wenn ich das Schicksal von Männern und Frauen zu erkennen trachte, so sage ich ihnen Dinge, die ihnen Freude machen, wähle meine Worte dergestalt, daß sie sie auf nachgerade alles beziehen können, was sich ereignet. Sie wollen betrogen werden und nehmen mir dadurch den größten Teil der Mühe ab.« Ihre Stimme klang leise, sie sprach in besänftigendem Ton. »Unsere Yongala erklärte mir in aller Heiterkeit, daß Menschen an ihren Träumen festhalten, selbst wenn ihr Verstand ihnen sagt, welche Narren sie seien. Tari Schwarzdorn, Tänzerin auf Feuer, wünschst du diese Art von Weissagung, oder willst du die allseits so gefürchtete Wahrheit vernehmen?«

Tari zitterte, schloß die Augen. »Was weißt du?«

»Soll ich hier freimütig sprechen?«

»Das sind meine Freunde. Ich hätte dich nicht gefragt, erwartete ich von dir keine offene Antwort.«

Brann schaute die Hand an, die sie noch immer hielt, legte sie auf den schwarzen Samtbezug des Diwans. Taguiloa, der sie beobachtete — seine Neugier plagte ihn wie Hunger —, sah ihr an, wie sie sich innerlich sammelte; sein Magen schien sich, wie er so ihrer Antworten harrte, zu einem kalten Knoten zusammengezogen zu haben. »Folgendes weiß ich«, sagte Brann, es kostete sie sichtlich Willenskraft, ihrer Stimme Festigkeit zu verleihen. »An manchen Tagen verursachte jeder Schritt dir Mühsal und Pein. Bisweilen schwellen dir Fußknöchel und Knie an; in ihnen pocht schier unerträglicher Schmerz. Wenn du tanzt, vergißt du ihn, aber ist der Tanz vorüber, leidest du um so grausamer. Du befürchtest ein Ende deiner Fähigkeit zu tanzen. Vor sechs Monaten hast du die Beschwerden in Mohnsaft zu ertränken versucht, inzwischen bist du seine Sklavin geworden, diese Art der Sklaverei flößt dir Entsetzen ein, doch du vermagst ihr nicht zu entfliehen.« Sie wandte sich von Taris verzerrter Miene ab, blickte über die Schulter Taguiloa an. Trotz ihrer Anstrengungen, die sie unternahm, um Ruhe zu bewahren, zitterten ihre Gesichtszüge; sie schloß die Lider, rang um Beherrschung, und als sie weitersprach, klang ihre Stimme ausdruckslos, leblos. »Saöm, ich werde dies in den Dörfern nicht für dich tun, es zöge zu starke Aufmerksamkeit auf mich. Und ich bezweifle, daß ich ...« Sie drehte sich um, rutschte auf den Knien zum Fußende des Diwans. »Yaril, Jaril, kommt zu mir, ich brauche euch!«

Aus den Schatten näherte sich ihr der blonde Knabe, legte ihr eine Hand auf die linke Schulter; die Hand sank durch die schwarze Seide bis in Branns Fleisch. Das blonde Mädchen kam hinterm Diwan hervor, stellte sich an Branns rechte Schulter, auch Yarils Hand versank durch die schwarze Seide von Branns Gewand ins Fleisch. Brann streckte einen Arm aus, schob etliche Lagen feinster Seide beiseite, umfaßte mit ihrer Hand Schwarzdorns Fußknöchel.

Jetzt sah Taguiloa, was er bisher stets übersehen hatte. Der Fußknöchel war ein wenig zu dick, geschwollen und steif. Voller Furcht und Beunruhigung schaute Tari zu, wie Brann mit den Fingern über die Schwellung strich. »Das Leiden steht erst am Anfang«, sagte Brann, räusperte sich, holte Atem, ehe sie ihre Erklärungen fortsetzte. »Duldeten wir, daß es schlimmer wird, wärst du heute in fünf Jahren zum Gehen außerstande.« Sie zeigte ein breites Görengrinsen voll Vergnügen und Mutwillen. »Doch es wird sich, Slya sei Dank, o Tänzerin, nicht verschlimmern.« Während sie die Augen schloß, umfing sie den Fußknöchel mit beiden Händen.

Taris weitete ruckartig die Augen. »Wärme«, raunte sie.

Brann schwieg, es schien, als hörte sie nichts. Nach einer kurzen Weile ließ sie den Fuß auf den Samt sinken und ergriff den anderen Fußknöchel.

Höchst erstaunt schaute Taguiloa zu, seine Besorgnis und die heftige Furcht, die die Äußerungen der Hexe bei ihm hervorgerufen hatten, verebbten und verflogen schließlich, während die langen kräftigen Hände des Weibs von den Füßen zu den Knien hinaufglitten — Brann sparte sich nun den Aufwand, die Seidenlagen des Kleids beiseite zu schieben —, von den Knien hinauf zu den Hüften rutschten, dann die Handgelenke nahmen, die Ellbogen und Schultern. Während sie verhalten vor sich hinsummte, bewegte Brann die Hände von Taris Scheitel über den Körper hinab zu den mit Henna gefärbten Sohlen der lieblichen Füße, und die Kinder vollzogen die Bewegungen mit ihr, an den Händen, Fleisch mit Fleisch, mit ihr verschmolzen. Zu guter Letzt hockte sich Brann auf die Fersen und stieß einen Seufzer aus.

Die Kinder traten zurück, entfernten ihre kleinen zierlichen Hände aus Fleisch und Seide. Yarils Erscheinung verflimmerte, lag im nächsten Augenblick wieder als gefleckte Hündin neben Brann. Jaril kam zu Taguiloa und kauerte sich an seine Seite.

Taris Gesicht rötete sich, dann wurde sie blaß. Sie setzte sich auf, bewegte erst den einen, dann den anderen Fuß, anschließend die Handgelenke, sie beugte das Knie des einen Beins, streckte es, beugte und streckte auch das andere Bein. Ihre Hände bebten. Die Atmung ging schnell und abgehackt. Sie öffnete den Mund, schloß ihn, vermochte nicht zu sprechen, sie schloß ihre

Lider, preßte die Hände auf die Rippen, schöpfte tief Atem, ließ ihn entweichen. »Und der Mohnsaft?«

»Auch davon bist du befreit.«

»Auf der ganzen Welt gibt's nicht genug Gold, um ...«

Brann hob die Schultern. »Ach, Gold!« Sie erhob sich, reckte sich, gähnte. »So was werde ich den Bauern nicht vorführen, o nein, o nein, ich werde ihnen erzählen, was sie hören möchten, gerade genug Possen treiben, um ihnen ein bißchen Ehrfurcht einzutrichtern.« Sie grinste. »Und jeden Hügelwolf, der so dumm ist, uns anzugreifen, werde ich zu Tode erschrecken.«

Taguiloa ließ den Blick durch den Raum schweifen. Harra musterte Brann mit einem Ausdruck lebhaften Interesses, die vollen Lippen gespitzt wie zum Pfeifen, doch pfiff sie nicht. Ladjinatuai streichelte seine alte Flöte mit Daumen und Zeigefinger, er lächelte vor sich hin, als hätte sich nichts Besonderes ereignet, aber aus insgeheimer Erleichterung war seine Körperhaltung matt geworden. Anscheinend war er der einzige Anwesende, der von Taris wachsenden Beschwerden gewußt hatte. Linjijan schaute verträumt ins Nichts, tappte mit den Fingerkuppen auf den Schenkeln herum, als übe er Griffe, Tonfolgen einer Musik, die er ausschließlich in seinem Kopf hörte.

Jaril berührte Taguiloas Arm. Taguiloa blickte abwärts. »Was gibt's?«

»Du wolltest doch einen Knaben, der die Trommel schlägt.«

»Du möchtest dich bewerben?«

Jaril schüttelte den Kopf. »So etwas wäre mir zu langweilig. Aber ich habe 'nen Jungen ausfindig gemacht. Er muß doch kein Hina sein?«

Erneut wanderte Taguiloas Blick durch den Raum. Da saß die Tochter eines Magiers, gekommen aus einem dermaßen fernen Land, daß Taguiloa den Namen ihres Volkes noch nie vernommen hatte. Wenigstens Linjijan war Hina. Da war Brann die Gewandelte, einst aus Arth

Slya, nun gehörte sie nirgends mehr hin. Und wer wußte, was Yaril und Jaril wirklich waren? »Noch ein Fremdling dürfte nicht weiter auffallen.« Er lachte. »Wie lange wird's dauern, ihn herzuholen?« Er kehrte sich Tari zu, breitete die Hände aus. »Verzeih mir, ich sollte nicht so großzügig sein, was die Besucher deines Hauses betrifft!«

Mit schmaler Hand winkte Tari Schwarzdorn ab. »Ich will nicht unbedingt sagen, daß ich in deiner Schuld stehe, doch du darfst von mir aus alle Welt herbringen, ohne daß ich mich beklagen werde.«

»Er wartet draußen.« Jaril rannte zur Tür.

Taguiloa schlenderte zum Diwan, kniete vor Tari nieder, nahm ihre Hand. »Ursprünglich glaubte ich, ich würde diese Truppe leiten.« Er hob Taris Hand, drückte die Lippen aufs Handgelenk, preßte sich die Hand an die Wange. »Du hast mir dein Leid verschwiegen.«

»Ich hab's nicht einmal mir selbst eingestanden.« Tari entzog ihm ihre Hand. »Taga, mein kleines Schätzchen«, — sie flüsterte so leise, daß nur er sie hören konnte —, »siehst du nicht, wie sonderbar dieses ganze Geschehen ist? Dieses Zusammenkommen der Magie mächtiger Fremdlinge? Was führt sie zueinander? Und wer bewirkt es?« Sie krümmte einen Finger, berührte mit dessen Knöchel Taguiloas Kinn. »Sie macht mir Sorgen, deine Gönnerin, ich durchschaue sie nicht. Ich sollte derlei, nachdem sie mir soviel Gutes getan hat, nicht sagen, aber ich gebe dir den Rat, hüte dich vor ihr, Sommerfliege! Warum tut sie das alles?«

»Sie hat ihre Gründe.«

»Und du kennst sie. Weshalb ist das für mich ein Anlaß, um mich gar noch stärker um dich zu sorgen? Nein, erreg dich nicht, mein kleiner Schatz! Ich werde keine weiteren Fragen stellen.« Mit dem Finger strich sie über die Umrisse von Taguiloas Ohr und hinab in seinen Nakken. »Dein Trommler kommt, Taga.« In ihrer Stimme klang ein Lachen an.

Taguiloa wandte sich um. Auf der Schwelle stand unsicher ein m'darjinischer Knabe, umklammerte Trommeln, die halb so groß waren wie er, zehn mochte er sein, vielleicht zwölf, er hatte blauschwarze Haut und große braune Augen, das Haar glich einer mit schwarzen Sprungfedern eng besetzten Kappe. Hände und Füße schien er von jemandem mit viel größerem Körper geborgt zu haben, hingegen ähnelten die Arme dünnen Zweigen mit runden Knoten, wo die Gelenke saßen.

»Sein Name lautet Negomas«, sagte Jaril. »Sein Vater war ein M'raj-Schamane, er hat irgend etwas getan — was, das weiß Negomas nicht —, das ziemlich übel gewesen sein muß, es kostete ihn das Leben, und nun wollen die M'darjin nichts mehr mit Negomas zu schaffen haben, es ist, als hätte er sich bei seinem Vater mit etwas angesteckt und könnte seinerseits sie anstecken, aber es verhält sich keineswegs so, ich habe mich davon überzeugt, und du weißt, daß ich mich darin auskenne.« Er zog den Jungen herein.

Negomas grinste ängstlich. Seine Gestalt war verkrampft, er bibberte vor Eifer und Hoffnung.

»Sind das deine Trommeln?« erkundigte sich Taguiloa.

»Ja, meine Trommeln.« Negomas grinste breiter, Keßheit funkelte in den weiten braunen Augen auf. »Ich wachse noch, eines Tages werde ich zu ihnen passen.« Er fuchtelte mit einer großen knochigen Hand. »Einige Zeit wird's noch dauern.« Er zuckte zusammen, als Jaril ihn ans Bein trat. »Saöm«, fügte Negomas höflich hinzu.

»Dann trommle mir was vor. Etwas, wozu ich tanzen kann.« Taguiloa streifte die Sandalen von den Füßen, betrat die Mitte der ausgelegten Matten und wartete, schüttelte die Gliedmaßen, rüttelte sich von den Fußknöcheln bis zum Kopf und von den Handgelenken bis zu den Schultern durch. Er lächelte dem Knaben zu, blickte dann vor sich hin, ohne irgend etwas Bestimmtes anzusehen, richtete seine gesamte Aufmerksamkeit darauf, nicht nur mit den Ohren, sondern mit dem ganzen Körper zu lauschen.

Er hörte ein verschwommenes Wirbeln von Lauten, dann einige zaghafte rasche Schläge mit ungewöhnlichen Ober önen, sie hatten eine ähnliche Klangfülle wie die tieferen Töne von Harras Daroud. Danach begannen die Trommeln mit erhöhter Kraft zu dröhnen. Taguiloa blieb vorerst bei seinen Lockerungsübungen, lauschte lediglich, bis die Klänge ihm unter die Haut fuhren, in seinem Blut zu pochen anfingen; daraufhin spannte er die Arme an, bog den Leib von Seite zu Seite, ließ sich von der Musik zu einem Purzelbaum rückwärts ohne Benutzung der Hände anregen, ging in eine Reihe von schwungvollen Beug- und Streckbewegungen über, abwechselnd hoch und tief, er kostete das Gefühl aus, das Trommeln in Mark, Blut und Muskeln wummern zu haben, und es überraschte ihn nicht, als er zwei Flöten in die Musik einfallen hörte, sie spielten nicht die üblichen Tonarten, vielmehr erzeugten sie herbe, eindringliche Klänge, und schließlich beteiligte sich auch die Daroud, bereicherte das Ganze um eine eigene Fassung der Melodie, erhöhte die Spannung, die von ihr ausging, indem sie die Trommelschläge mit einem Nachhall versah. Taguiloa tanzte immerzu, immerfort drauflos, bis er zum Schluß auf die Matten niedersackte, er schwitzte und lachte, zwar erschöpft, aber entzückt, sein Lachen und Japsen vermengte sich mit dem Beifall und Gelächter Taris und Branns, den Jubelrufen Jarils und des m'darjinischen Knaben. In dem Schweigen, das sich anschloß, hörte man Taguiloas schweres Atmen.

Er sank zurück, bis er der Länge nach auf dem Stroh lag. Die Hände brannten ihm, die Knochen taten ihm weh, und wahrscheinlich hatte er blaue Flecken und geschundene Muskeln, weil er sich in einer Art und Weise, wie sie noch nie von ihm erprobt worden war, bewegt hatte. Er drehte den Kopf, hob mühsam eine Hand, schob sich vom Schweiß strähniges Haar aus dem Gesicht. »Du bist brauchbar, Negomas.« Er gähnte, schluckte. »Muß ich deinetwegen mit irgendwem verhandeln?« Der Knabe schüttelte den Kopf, seine Finger huschten über die Trommelfelle. Taguiloa schaute Jaril an, wölbte die Brauen. Auch Jaril verneinte durch ein Kopfschütteln. Taguiloa stemmte sich hoch, setzte sich zurecht, stützte die Arme auf die Knie. »Dir ist klar, daß du nicht mein Schüler, sondern nur Mitglied der Truppe sein wirst?« Der Knabe nickte. »So leid's mir tut«, fügte Taguiloa hinzu, »aber die Welt bestimmt nun einmal, daß es so sein muß. Als Schüler darf ich nur einen Hina annehmen. Falls ich jemals 'nen geeigneten Burschen finde. Jaril, schaff her, was der Bub an Habseligkeiten hat, bring ihn in mein Haus und sieh zu, daß Yarm keinen Unsinn anstellt!«

Jaril schnob, blickte auf überdeutliche Weise hinüber zu Brann.

Brann seufzte. »Mein Freund, der Herr und Meister dieser buntscheckigen Truppe ist Taguiloa. Wir werden unserem Anführer nicht widersprechen, auf alle Fälle nicht vor Zeugen, selbst wenn er außergewöhnlich töricht sein sollte.« Sie lachte auf, wurde sofort wieder ernst. »Du weißt, wie Yarm ist. Im Interesse unserer Zwecke kümmere dich also um Negomas' Unterbringung, dann sorg dafür, daß er was zu essen erhält.« Sie lächelte. »Ich weiß, du könntest Taguiloas Leber schmoren, wenn du willst, doch mittlerweile ist er sich auch darüber im klaren, oder er müßte wesentlich dümmer sein, als er den Eindruck erweckt. Und wir wissen, daß du nichts derartiges tun wirst.«

Jaril strebte zu Negomas, wies mit einer Regung des Kopfs in die Richtung der Tür, verließ den Raum mit einem Gehabe, als begäbe er sich so rasch, wie es ihm paßte, an einen Ort seiner Wahl. Negomas raffte seine Trommeln an sich, winkte Taguiloa über die Schulter zu und folgte dem blonden Knaben nach draußen.

Brann stand auf, schaute rundum. »Ich bin darüber froh, daß du's bist, der diesen gemischten Haufen von Künstlerseelen beisammenhalten muß.« Sie nickte Schwarzdorn zu, verabschiedete sich mit einem Lächeln in die Runde und schritt gleichfalls zur Tür hinaus.

Yarm hob den Blick, als Taguiloa eintrat. »Wo bist du gewesen? Und was will dieser dreckige M'darjin hier?«

»Das geht dich nichts an. Und da du von Dreck sprichst, in diesem Haus sieht's aus wie in einer Abfallgrube.«

»Wenn du neuerdings Wert auf Sauberkeit legst, stell'n Mädchen ein«, erwiderte Yarm trotzig. »Du kannst's dir erlauben. Ich bin nicht dein Diener.«

»Du bist auch nicht mein Eheweib, und das ist nur gut für dich, denn wärst du 'n Weib, du taugtest bloß dazu, in 'n Sack gesteckt und ersäuft zu werden. Kein Diener? Beulen an deinen Arsch, Kerl, du bist, was ich will! Und du bist nun gar nichts mehr. Raus!« Mit dem Daumen wies er zur Tür.

»Sofort?« Verdutztheit und Wut verzerrten Yarms Stimme. »Du nimmst an meiner Stelle diesen Fremdling?«

»Raus mit dir, und zwar sofort! Morgen früh kannst du deinen Kram abholen, aber ich habe jetzt ein für allemal von dir genug.«

»Hammerfaust wird dich ...«

»Hinaus!« Taguiloa stürzte sich auf den Jüngling, packte ihn am Kragen der Hemdbluse, halb hob, halb schob er ihn durchs Zimmer und aus dem Haus, setzte ihm den Fuß aufs Hinterteil und gab ihm einen Tritt, so daß er teils strauchelte, teils flog, auf dem mit Laub übersäten Pfad zu Fall kam.

Ein paar Augenblicke lang blieb Yarm benommen liegen, dann rappelte er sich hoch und ging mit Geschrei auf Taguiloa los. Taguiloa verpaßte ihm einige saftige Ohrfeigen, trat ihm mit einem Beinstoß, vergleichbar mit einem Sichelschnitt, die Füße weg, griff sich seinen Arm, hielt ihn in fester Umklammerung, führte Yarm den Pfad hinab und stieß ihn auf die Straße. Er blickte Yarm nach, wie er davonschlurfte, selbst der Rücken zeugte noch von stummen Drohungen, während er sich nicht traute, sich umzuwenden und sie in Worte zu fassen.

»Er glaubt noch nicht, daß du's ernst meinst.«

Taguiloa senkte den Blick. Neben ihm stand Jaril, sein Blondschopf leuchtete im Sonnenschein.

»Ich habe das Gefühl, ich werde heute nacht Besuch erhalten.«

»Hm-hm. Aber wir werden auch da sein. Yaril langweilt sich allmählich, sie sagt, ich hätte allen Spaß allein.«

Taguiloa stand mitten in der Schlafkammer und schaute ringsum. Gerade war er damit fertig geworden, Yarms Sachen zu packen, es handelte sich um lauter schäbiges Zeug, der Bursche besaß tatsächlich keinen Funken Stolz. Schwarzdorn hat recht gehabt, dachte er, so wie sie immer recht hat. Yarm hatte einen wundervoll schlanken Körper, biegsam wie der Leib einer Seeschlange, und das Gesicht eines jungen Unsterblichen — die Weiber unter den Zuschauern pflegten bei seinem Anblick zu seufzen. Außerdem hatte er ein vorzügliches Zeitgefühl, er hatte schnell alles gelernt, was Taguiloa ihm beibrachte. Aber gleichzeitig war er ein verdorbener Querkopf, faul, weichlich, unehrlich in kleinen und auch größeren Dingen, außer wenn er ertappt zu werden fürchtete, und in bezug auf Taguiloas zeitliche Zuwendung und seine Aufmerksamkeit in einem Grad eifersüchtig, daß sein Betragen bald unerträglich geworden war; seine Eifersucht war nicht geschlechtlicher Natur — damit wäre leichter zurechtzukommen gewesen —, sondern irgendeiner anderen Art, die Taguiloa weder begreifen noch sich erklären konnte.

Er empfand Erleichterung, während er die Bündel vors Haus stellte. Es war die Stätte, wo er ruhte, übte, meditierte. Voller Erinnerungen an seinen geliebten Lehrmeister war es, Erinnerungen an Frieden und Zufriedenheit nach der Unruhe seines zuvorigen Daseins auf der Straße. Gerontai hatte ihn weit mehr als artistische Fertigkeiten und Gauklerkünste gelehrt. Taguiloa hatte gehofft, es werde zwischen ihm und Yarm ein ganz ähnliches Verhältnis entstehen, wurde jedoch bald enttäuscht. Er hatte Yarm bei sich einziehen lassen, ohne das Glimmen des Abwägens in den schwarzen Augen zu sehen, eine gewollt kalte Berechnung, die auf Bosheit, Gehässigkeit sowie Gefallen am Kränken anderer Menschen beruhte, einem leidenschaftlichen Bedürfnis, zu besitzen und zu behalten. Feuer und Eis, und beides für seine Mitmenschen schwer zu ertragen. Taguiloa verweilte an der Tür, schabte sich den Rücken an der Kante des Türpfostens, fühlte sich zum erstenmal in den drei Jahren, in denen Yarm bei ihm gewohnt hatte, wieder gelöst und rein.

Im Osten erklomm wie eine zackige Sichel der Wunde Mond den Himmel, sein unterer Zipfel schwebte knapp überm Tempeldach. Ich habe keine Lust, überlegte Taguiloa, die ganze Nacht hindurch hier zu stehen und wie ein Trottel die Mauer anzustieren. Negomas übernachtete bei Brann, um ihn brauchte er sich nicht zu sorgen. »Jaril!« rief Taguiloa.

In der Höhe kreiste eine Eule, sie stieß Rufe aus, die fast wie Gelächter klangen, schwang sich herab, verwandelte sich vor Taguiloa in einen blonden Knaben. Im nächsten Augenblick schrie gellend ein Ziegenmelker, kam heruntergesaust und verwandelte sich in ein kleines silberblondes Mädchen. »Worum geht's?« Yarils Stimme war klar wie Quellwasser und zeichnete sich durch bemerkenswerten Wohlklang aus.

Taguiloa vollführte eine Verbeugung. »Willkommen, Damasaör!«

»Hm. Und?«

Mit einem Gefühl, als stünde er vor dem Geist seiner Großtante, die Damasaör der ganzen Sippe war und in dem Rufe stand, grobschlächtiger zu sein als ein Temueng-Pimush, räusperte sich Taguiloa. »Ich will Bekannte besuchen und von deinem Bruder wissen, ob er mich begleiten möchte.«

Yaril schnob (allerdings hatte Taguiloa von Jaril erfahren, daß seinesgleichen in Wirklichkeit nicht atmete und deswegen auch dazu außerstande blieb, die Flöte zu spielen). »Sollen wir Hammerfaust dein Haus niederbrennen lassen?«

Taguiloa lachte, ohne sich dabei etwas zu denken, erwartete dann unversehens von Yaril für seine mangelnde Achtung gescholten zu werden, doch allem Anschein nach verdroß seine Erheiterung sie nicht. »So unvernünftig ist Hammerfaust nun auch wieder nicht«, sagte er. »Selbst an einem so nebeligen Abend würde jedes Feuer sogleich um sich greifen und halb Silili einäschern. Es wäre übel genug für ihn, Hina an den Fersen zu haben, falls ein Geist oder sonstwer ihn als den Brandstifter benennt, aber ein derartiger Brand müßte ihm sicherlich temuengische Vollstrecker und womöglich gar einen Zensor des Kaisers auf den Hals hetzen. Man würde ihm bei lebendigem Leibe das Fell abziehen und ihn zum Verfaulen aufhängen. Und dazu seine ganze Familie und alle, die ihm helfen, und deren Familien ebenso.« Taguiloa reckte die Arme. »Und nach seinem Tod würden die Geister jener Toten, an deren Tod er die Schuld trüge, seinen Geist verfolgen und quälen. Solche Unannehmlichkeiten bin ich ihm nicht wert. Ausgeschlossen. Nicht einmal um Yarms willen, der großen Hoffnung der Familie.« Er lächelte dem kleinen Mädchen zu. »Magst du auch mitkommen?«

Flüchtig sah Yaril ihren Bruder an, dann nickte sie. »Warum nicht? Diese Vorgänge mit den Geistern sind aber reichlich sonderbar.«

Taguiloa musterte sie. »Stirbt euresgleichen nicht?«

»O doch, klar doch. Aber unsere Toten sind und bleiben tot. Geister? Nee.«

»Hat euer Volk denn keine Seelen?«

»Darüber wird gestritten, seit Ältester Ahn das Sprechen lernte.« Yaril hob die Schultern. »Nichts als Kräfte- und Zeitverschwendung, finde ich.« Sie schaute Jaril zu, wie seine Gestalt verflimmerte, er sich in einen hinaischen Knaben verwandelte. »Dies ist die erste wirkliche Welt, die wir kennenlernen, in der es Geister gibt, mit denen man sich richtig unterhalten kann.« Auch ihre Erscheinung begann zu flimmern, sie verwandelte sich in einen kleinen goldgelben Lemuren, hüpfte ihrem Bruder, um ihn so zu begleiten, auf die Schulter.

»Tja, als kleines Mädchen kann sie ja wohl nicht mitkommen«, sagte Jaril, »es wäre deinen Bekannten bestimmt peinlich.«

Taguiloa zog die Haustür zu, drehte den Schlüssel im Schloß und steckte sich das Stück Metall in die Tasche, dann schlenderte er durchs Rauschen der Sträucher beidseits des Pfads zur Gartenpforte, nahm sich unterwegs vor, die Pflanzen am nächsten Morgen zu gießen. »Ihr wechselt doch ständig die Gestalt, weshalb hat sie sich nicht auch in 'nen Knaben verwandelt?«

Der Lemur gab ein Schnattern von sich, das nach Entrüstung klang. Jaril grinste und täschelte die Pfote des Halbäffchens. »Aber Yaril ist doch weiblich«, antwortete er. »Sie könnt's nicht tun.«

»Weshalb nicht?« Seine Neugierde trieb Taguiloa zur Hartnäckigkeit. »Es sind doch bloß Äußerlichkeiten. Zöge ich Frauenkleidung an, schminkte mir das Gesicht, setzte 'ne Perücke auf und übte mich 'n bißchen in der Bewegungsart eines Weibes, ich wäre, glaube ich, als Frau ziemlich überzeugend, doch an meinem wahren Geschlecht würde sich dadurch ja überhaupt nichts ändern.«

Der Knabe heftete den Blick seiner seltsam kristallhaften Augen auf Taguiloa; als Taguiloa bereits sicher war, er werde keine Antwort geben, tat er es doch. »Bei uns sind das Innere und das Äußere eins. Versuchen wir die Natur des Äußeren zu beeinflussen, leugnen und entstellen wir die innere Natur. Insofern sollte es dir, daß wir als Kinder umgehen«, — Jaril grinste, zeigte das freche Grinsen eines Gassenjungen, das anscheinmäßig bezüglich Taguiloas sowohl Anerkennung wie auch Spöttigkeit zum Ausdruck brachte —, »folgerichtig klarmachen, daß wir in der Tat Kinder sind.«

»Wie alt seid ihr denn?«

»Schwer zu sagen. Zeit ist 'n komisches Ding. Sechs- oder siebenhundert eurer Jahre. So ungefähr.«

»Und da wollt ihr Kinder sein?«

»Wir werden langsam erwachsen.«

»Kommt mir auch so vor.« Taguiloa tippte mit den Fingern auf Jarils Schopf, bemerkte zu seiner Beruhigung, daß er handfest und warm war und leicht fettig. »Da wir über Sonderbarkeiten reden, ihr Wandelkinder seid für meine Begriffe viel merkwürdiger als jeder Geist, den ich jemals gesehen habe.«

Sie streiften durchs Vergnügungsviertel, tranken zusammen den einen oder anderen Krug Wein, und der Lemur mit seinem glatten weichen Fell und gezierten Getue wurde vielfach als putziges kleines Vieh aufgenommen; aus einigen Schänken allerdings warf man sie hinaus, weil Gäste mit schwachem Magen es mitanzusehen sich weigerten, wie ein Tier aus den Trinkschalen von Menschen schlürfte, und andere Gäste, die das Halbäffchen netter fanden als jene empfindlichen Schänkenbesucher, feindeten sie an, man begann gemeinschaftlich die Möbel zu zerschlagen; sie besuchten auch ein Freudenhaus, Jaril zog eine Schmollmiene, und Yaril benahm sich plötzlich trotzig, als Taguiloa es ablehnte, sie mit nach oben zu nehmen, und das Paar verlegte sich darauf, die Freudenmädchen zu unterhalten, Jaril klatschte mit den

Händen und tanzte, Yaril tanzte zugleich, eine kleine feingliedrige Gestalt, die mit der wunderbarsten Anmut schaukelte und sich neigte, deren goldbraunes Fell im Lampenschein glänzte. Der Lemur klimperte sogar auf einer in der Ecke abgestellten Laute eine schlichte Melodie. Nachdem Taguiloa sich wieder zu ihnen gesellt hatte, blieben sie noch für eine ganze Weile, aber schließlich zogen sie weiter, schauten einer Schlägerei mitten auf der Straße zu, warfen im Kreis etlicher Männer auf dem Bürgersteig Knochen, verloren und gewannen mit gleicher Begeisterung, alle drei genossen den Lärm und die Betriebsamkeit rundherum, die vorwiegend — laut, ja wüst, wie sie ablief — Verbotenem und Verwerflichem galt, doch es strotzte alles nur so von Lebendigkeit und war durchdrungen vom Pulsschlag des Lebens. Ab und zu gab es Taguiloa einen Ruck, wenn er in Jarils eifrige Knabenmiene blickte, aber dann sagte er sich: siebenhundert Jahre, Tungjiis Titten und Gemächt!, und verdrängte jede Befürchtung, den Buben womöglich zu verderben.

Einige Zeit nach Mitternacht übergoß er sich den Kopf mit Eiswasser, spähte aus verquollenen Augen in die Runde, rief die Kinder zu sich und machte sich mit ihnen durch die schmalen Sträßchen auf den Rückweg ins Künstlerviertel.

Das Laternenlicht, das Lärmen, die Wärme und das Wohlgefühl blieben im Vergnügungsviertel zurück, und es schauderte Taguiloa, infolge der feuchten Haare fror er stärker, als das Wasser zu seiner Ernüchterung beitrug. »Den letzten Krug hätte ich nicht mehr trinken sollen.«

»Stimmt.« Jaril schüttelte sich wie ein zottiger nasser Hund. Der Yaril-Lemur sprang ihm von der Schulter, leuchtete auf und wurde zu einer großen Eule, die sich steil in die Luft erhob. »Yaril wird darauf achten, was sich hinter unserm Rücken zuträgt.«

»Verfolgt uns jemand?«

»Bislang nicht. Wahrscheinlich wartet man auf uns. Erzähl mir was über Hammerfaust! Was macht ihn bang?«

»Wenig. Hängen. Temuengische Folterer. Drachen. Er schwört, man werde ihn niemals hängen, um ihn zu kriegen, müßten die Vollstrecker ihn töten.« Die eigenen Schritte hallten in Taguiloas Ohren wie das Dröhnen eines Gongs. Jarils Füße erzeugten gar kein Geräusch. »Er ist gerissen, er weiß immer ganz genau, wann er sich zurückhalten muß, er befehligt Banden von Schmugglern, Beutelschneidern und Schlägern, ich weiß nicht, was noch alles.«

»Und er ist der Meinung, mit dir wird er jederzeit fertig, daß 'n bißchen Schmerz und Furcht genügen, und du tust, was er will?«

»Jawohl. Und ich wäre auch dieser Meinung, hätte ich nicht euch Wandelkinder. Warum hätte ich mich sonst so lange mit Yarm herumgeärgert?«

»Und er fürchtet sich vor Drachen?«

»Vor ein paar Jahren, so ist mir erzählt worden, hat Hammerfaust sich von 'nem Seher die Gada-Stäbchen lesen lassen. Der Mann hat ihm geraten, sich vor dem Feuer von Drachen zu hüten.«

»Aha. Na, vielleicht können Yaril und ich diese Weissagung wahrmachen.« Jarils Erscheinung verschwamm, und eine Eule, die der Yaril-Eule aufs Haar zu gleichen schien, schwang sich empor, vermied es nur knapp, sich in den Ästen eines Granatapfelbaums zu verfangen, der über eine Mauer wuchs.

Taguiloa stand da und blinzelte ihm nach. »Daran werde ich mich nie gewöhnen.« Während er weiter durch die schmale Straße latschte, fragte er sich, was in das Wandelkind gefahren sein mochte. Auf jeden Fall zuviel Wein. Er überlegte und fühlte sich verwirrter als zuvor. Die beiden hatten keine Eingeweide wie gewöhnliche Menschen, man sah es ja, wenn sie zu Lichtern wurden. Dennoch hatte Jaril, während er den ganzen

Zwischendurch: [redacted] Wenn Geister wirklich durch den Duft von Wein, Tee und gekochten Speisen in gehobene Stimmung versetzt werden, dann tun wir ihnen – und uns selbst natürlich – einfach zwischendurch den Gefallen: [redacted] Für dieses kleine Glück brauchen Sie nur einen Becher, heißes Wasser und den... [redacted]

Abend lang mit Taguiloa herumgezogen war, Geschmack am Wein gefunden und war davon in erheblich gehobene Stimmung versetzt worden, irgendwie hatte das Trinken also seine Wirkung auf ihn gehabt, vielleicht auf ähnliche Art wie bei Geistern, die den Duft von Wein, Tee und gekochten Speisen aufnahmen. Was aßen solche Wandelkinder? Zu so etwas äußerte Jaril sich nie. Völlig gleichgültig, dachte Taguiloa, er ist ein Freund, er kann essen, was er mag, es geht mich nichts an, Jaril ist ein guter Junge, auch wenn er mir bisweilen Grausen einjagt.

Er hielt sich in den Schatten, wurde auf dem Heimweg langsam nüchtern, näherte sich so leise wie nur möglich seiner Gartenpforte. Hammerfaust hatte gewiß nicht vor, ihn totzuschlagen, bestimmt wollte er ihm lediglich einen Arm oder ein Bein brechen — oder beides — und ein wenig auf ihm herumtrampeln und er würde, wenn die Brüche geheilt waren, diese Behandlung wiederholen, bis Taguiloa nachgäbe und Yarm wieder bei sich aufnähme. Taguiloa verwünschte die Beulen am Arsch des temuengischen Kaisers oder was es sein mochte, das ihn so ruhelos machte, dazu bewog, sich alles zu greifen, dessen er habhaft werden konnte. Hätte sich die übliche Zahl von Vollstreckern in der Stadt befunden, wäre die Garde des Tekoras vollzählig, würde Hammerfaust sich vielleicht auf eine leichte Tracht Prügel beschränken. Tungjii und Jah'takash allein wußten, wie übel er es heute treiben mochte.

Eine Ohreule kam herabgeschwirrt, verwandelte sich in ein blondes Kind. Yaril. »Im Garten warten Männer auf dich«, flüsterte sie Taguiloa aus nächster Nähe zu. »Yarm und ein zweibeiniger Elefant, dazu 'n paar Männer mit Keulen.«

»Hammerfaust in Person.« Leiser fluchte Taguiloa. »Wirklich 'ne ernste Lage.«

»Dachte ich mir. Hättest du was dagegen, wenn Jaril und ich deinen Garten 'n bißchen anbrennen?«

»Was?«

»Ich denke daran, was du über Drachenfeuer gesagt hast. Wir müssen das ausnützen.«

Taguiloa musterte sie, dann griente er. »Drachen.«

»Also?«

»Für einen guten Zweck, warum nicht?« Taguiloa schnitt eine böse Miene, fluchte nochmals. »Hammerfaust ...! Seshtrango strafe ihn mit Fallsucht und einem Schwarm blutgieriger Flöhe.«

Yaril kicherte, blickte in die Höhe, kicherte ein zweites Mal, gleißte auf und verwandelte sich in eine grüne und silberne Nachahmung des kleinen karmesinroten und goldfarbenen Drachen, der über Taguiloas Kopf seine Kreise zog.

Droben wedelte der Jaril-Drache zum Gruß mit dem geschmeidigen Schweif.

Taguiloa grinste zu den Drachenkindern hinauf. »Ihr seid ja beide betrunken.« Lautloses Lachen perlte ihm durchs Blut. Die gewundenen Leiber der zwei Drachen schlängelten sich wie Gelächter durch die Luft, zogen Schleifen des Lachens umeinander, sie hatten ungeheuren Spaß an einer äußeren Gestalt, die sie anscheinend stärker berauschte, als eine beliebige Menge Wein es konnte. Sie nahmen sich zusammen, ehe der Zauber ihrer Schönheit Taguiloa zu beeindrucken nachließ (er war ebenfalls betrunken, und zwar viel stärker, als er es in so einer Stunde hätte sein dürfen), und flatterten in die Richtung seines Hauses.

Taguiloa wartete eine kurze Weile ab, dann folgte er zu Fuß, genoß die Vorstellung, welchen Schrecken sie den Schlägern bereiten würden, die ahnungslos wie unschuldige Kinder in seinen Sträuchern lauerten. Die Drachen flogen ihm geschwind voraus, sausten in flinkem Geschlängel auf seinen Garten zu. Taguiloa strebte notgedrungen auf der Straße dahin, zwischen den hohen, aus Holz und Stein errichteten Mauern, die die Haus- und Gartengrundstücke jener Musikanten und

Künstler umzäunten, die wohlhabend genug waren, um hier einen Wohnsitz erwerben und instandhalten zu können. Er hatte sein Heim geerbt. Nach dem Tod seines Lehrmeisters hatte er einige unsichere Jahre durchgemacht, in denen er befürchten mußte, das Häuschen mit Garten zu verlieren, und er hatte seinen Stolz überwinden und sich von Schwarzdorn Geld leihen müssen, obwohl er wußte, daß sie von ihm keine Rückzahlung erwartete. Dennoch hatte er es getan — und das Geld trotzdem zurückgezahlt —, weil Gerontai ihm Liebe zur Gartenpflege vermittelt hatte, er kannte in dem Garten jede Pflanze, jeden Fingerbreit Erdboden, sogar die Würmer und Käfer, die darin lebten, er kannte den Geschmack, das Gefühl und die Gerüche, jeder Zwergkarpfen im kleinen Teich war ihm vertraut, ebenso jeder Vogel, der in den Bäumen und Sträuchern nistete. Der Garten war seine Zuflucht, seine Stätte der Meditation, er war für ihn notwendiger als alles und alle, sogar als Schwarzdorn. Yarm hatte den Frieden gestört, aber diese Mißhelligkeit war nun vorüber, Haus und Garten waren wieder ein Ort der Ruhe und Sammlung geworden. Negomas erwies sich als stiller zufriedener Hausgenosse, der lebenden und wachsenden Dingen Zuneigung entgegenbrachte, beim Umgang damit entfalteten seine zu großen Hände, die sonst so plump wirkten, eine sanfte Sicherheit. Er hatte einen ungeeigneten Körperbau und keinerlei Begabung für Akrobatik oder die neue Art von Tänzen, die Taguiloa zu entwickeln versuchte, doch er neigte allmählich zu der Auffassung, jemanden gefunden zu haben, dem er all das andere weitergeben konnte, das er von Gerontai gelernt hatte. Und vielleicht vermochten die Wandelkinder einen Hinaknaben aufzuspüren, der dazu fähig war, die erforderlichen Bewegungen zu lernen, einen Knaben, der in ein Heim paßte, wie Taguiloa es zu bieten hatte, der Stille und Frieden zu schätzen wußte. Taguiloa wankte die gewundene Straße entlang, träumte von der Zukunft, fing zu lachen an, als er voraus Schreie, Flüche und Kreischen hörte, Brausen und Knistern, Brüllen und ein Aufheulen. Die Drachenkinder befanden sich am Werk.

Als er vor der Gartenpforte verhielt, lugte ein roter und goldgelber Drachenkopf über die Mauer, ein goldfarbenes, wie kristallisches Drachenauge zwinkerte ihm zu, dann wurde der Kopf zurückgezogen. Taguiloa drückte gegen die Flügel der Pforte, und sie schwangen lautlos einwärts. Das mußte Yarm zu verdanken sein, gestern hatte eine der linken Angeln noch gequietscht. Taguiloa schlenderte in seinen Garten, die Hände auf dem Rücken verschränkt, blieb nach wenigen Schritten stehen, betrachtete mit einem Grinsen den Anblick, der sich ihm bot.

Yarm duckte sich verkrümmt nieder, die Fäuste geballt, sinnlose Wut verzerrte ihm das Gesicht, Hemd und Hose wiesen viele dünne, an den Rändern verkohlte Schlitze auf, waren übersät mit schwarzen Flecken, die noch glommen und qualmten.

Auf den Knien heulte Hammerfaust vor Schmerz, die Seite seines Gesichts war verbrannt worden, die Haut der linken Schulter und des linken Arms warf Blasen.

Zwei andere Kerle lagen mit den Gesichtern auf dem Kies des Gartenpfads, stumm vor Entsetzen, sie wagten kaum zu zucken.

Der Yaril-Drache und der Jaril-Drache flatterten herab, schwebten neben Taguiloa in der Luft, einer zu seiner Linken, einer zur Rechten, beide etwas hinter ihm, wie es sich für wohlerzogene Leibwächter gehörte.

»Sei gegrüßt, Yarm!« sprach Taguiloa. »Bist du gekommen, um deine Sachen abzuholen? Wie ich sehe, hast du meine Freunde kennengelernt.« Wegen Hammerfausts fortwährendem Geheul verzog er das Gesicht, wandte sich an Jaril. »Kannst du nicht was gegen diesen Krach unternehmen?«

Ein goldkristallenes Auge zwinkerte ihm zu, der Drache verflüchtigte sich, als Leuchterscheinung durchschwebte Jaril den Räuberhauptmann, umkreiste ihn, durchquerte seine Gestalt noch einmal, nahm dann wieder das Aussehen eines Drachen an und kehrte zu seinem Platz neben Taguiloas Schulter zurück. Das Heulen verstummte. Vollauf geheilt war der Mann nicht, die Haut war nach wie vor verbrannt und blasig, doch wenigstens schmorte sie nicht länger. Hammerfaust rappelte sich auf. Er streckte und schloß die linke Hand. Die Muskeln in seinem Arm bewegten sich zwar nur steif, doch der Schmerz war nicht mehr unerträglich.

»Meine Freunde haben versprochen, über mich und die Meinen ihre Beschützerhand zu halten«, erklärte Taguiloa. »Sie haben wohl gedacht, ihr hättet, weil ihr hier im Dunkeln steht, feindliche Absichten. Ihr habt doch keine feindlichen Absichten, oder, Hammerfaust?«

Entgeistert glotzte der Hüne die Drachen mit den schlangenartigen Leibern an, wandte den Kopf immerzu von der einen zur anderen Seite, bis Taguiloa vom bloßen Zusehen schwindlig wurde. Seine Augen stierten glasig, vor Furcht rann ihm Schweiß übers Gesicht. Hammerfaust hustete. »Äh, ach was, freilich nicht«, beteuerte er, wandte sich von Yaril und Jaril ab, betastete sich die versengte Körperseite. »Wie du's gesagt hast, wir sind da, um Yarms Sachen zu holen. Es ist alles bloß 'n Mißverständnis.« Er trat den Mann, der in seiner Nähe auf der Erde lag, in die Rippen. »Nicht wahr, Wibbel? Steh auf, du elendes Stück Ziegenmist!«

Die Drachen lachten lautlos. Taguiloa schaute Yaril an, blinzelte voller Staunen, als sie aus den Nüstern zu qualmen begann und aus ihrem Rachen ein knappes Sprühen hellblauen Feuers prasselte. Wibbel schlotterte am ganzen Leib und hatte ernste Schwierigkeiten beim Aufstehen. Hammerfaust wurde derartig bleich, daß er in dem kurzen bläulichen Aufleuchten wie ein Aussätziger aussah.

»Dann ist es wohl am besten, ihr nehmt Yarms Besitztümer jetzt an euch. Sein gesamtes Eigentum steckt in den Bündeln vor der Haustür. Er braucht Hilfe beim Tragen, aber ihr habt ihn ja zu dritt begleitet, großzügig wie ihr mit eurer Zeit und euren Kräften seid, hab ich recht?« Er drehte den Kopf dem Jaril-Drachen zu. »Leucht ihnen, mein Freund! Wenn du magst, versteht sich.« Wieder lautloses Lachen; dann schlängelte der Jaril-Drache sich Yarm und Hammerfaust hinterdrein, drängte sie zu schnellerem Gehen. »Gut«, sagte Taguiloa, als sie zurückkehrten. »Es gibt keinen Grund, aus dem einer von euch noch einmal aufkreuzen könnte, oder? Meine beiden Freunde hier würden womöglich ein gut Teil bösartiger werden, sollten sie euch wiedersehen. Diesmal waren sie noch nachsichtig, aber sobald sie Hunger verspüren, sind sie reizbar und kriegen leicht schlechte Laune. An eurer Stelle würde ich mein Gesicht innerhalb dieser Mauern nicht wieder blicken lassen.«

Schwerfällig und wortlos schlurften die vier Eindringlinge, beladen mit Yarms Gelump, zur Gartenpforte hinaus und auf die Straße. Taguiloa schloß die zwei Türflügel und schob mit gewaltiger Befriedigung den Riegel vor. Anschließend ging er zum Haus, Gelächter durchschäumte ihn, eigene Heiterkeit und die Belustigung der Drachen.

Yaril und Jaril lösten ihre Drachengestalten auf und verwandelten sich erneut in zwei Kinder, sie kicherten und prusteten völlig enthemmt, lehnten sich neben der Haustür an die Wand, hielten sich die Bäuche. »Du hättest ... du hättest sehen ...« Yaril japste. »Du hättest sehen sollen, wie Jaril sie durchs Gebüsch scheuchte. Das hättest du sehen sollen, wie wir sie aus dem Versteck jagten, wir haben ihren Füßen eingeheizt, bis sie umhergehüpft sind wie ... Oh-oh-oooh, ich glaube, ich platze!«

Jaril beruhigte sich in einigem Umfang. »Meinst du, sie kommen wieder?« fragte er, als hoffe er es geradezu.

»In diesem Sommer nicht mehr.« Taguiloa schaute sich im Garten um, blieb jedoch dazu außerstande, viel zu erkennen. Die Mondsichel stand tief im Westen, und der Nebel, der sich vom Meer hereinwälzte, verdunkelte den Sternenschein. Er konnte nirgends Glut glimmen sehen. »Wie ist's mit dem Feuer gegangen?« erkundigte er sich bei den Kindern.

»Alles gelöscht. Wir haben jede Gefahr ausgeschlossen.«

»Falls ihr euch irrt und ich sterbe den Feuertod, kehre ich als Geist zurück und plage euch aufs schwerste.«

»Wissen wir«, entgegneten die Kinder wie aus einem Mund. »Wissen wir.«

Recht früh in jenem langen Sommer in Silili besuchte Taguiloa mit Jaril auf dem Festland den Shaggiler Pferdemarkt.

Laut, schwül und staubig war es dort, die schrillen Herausforderungen störrischer Hengste, das hellere, eher Geplärr ähnliche Wiehern von Fohlen und weiblichen Füllen, die zu einem Singsang vernuschelten Rufe der Versteigerer, das Donnern ihrer Hämmer, mit dem sie Verkäufe besiegelten, erfüllten die Luft, ebenso wie der Geruch von Pisse, Schweiß, Heustaub, aufgewühlter Erde, von Pferden und Menschen, billigem Wein und scharfen Soßen, gekochten Nudeln und Essig, Zimt, Mandelcreme, Moschus, Sandelholz, Kümmel, erhitztem Eisen, Leder und Ölen. Rund um Jamara-Fürsten fanden sich Inseln der Ehrerbietigkeit und Ordnung. Inseln des Chaos bildeten sich um Ringer, Akrobaten, Gaukler von gewöhnlicherer Art, Schwertschlucker, Feuerspucker und Taschenspieler, die Kindern allerlei Kniffe vorführten, um Spiel- und Wettanbieter jeglichen Schlages, die Erwachsene hereinlegten. Hinabauern waren mit ihren vollzähligen Familien gekommen, die Kleinkinder saßen in Körben auf dem Rücken der Väter oder Mütter, die älteren Kinder, durch die riesige Menschenmenge etwas eingeschüchtert, klammerten sich an Zipfeln der Kleidung fest. Fremde waren um der berühmten Shaggil-Stuten angereist, deren Schnelligkeit und Zähigkeit jedes Gestüt bereicherte, in dessen Zucht man sie verwendete. Auf Preisvorteile erpichte Kaufleute waren anwesend, die hofften, sie allein könnten die Vorzüge vernachlässigter Fohlen entdecken, die sie zu niedrigen Preisen zu erwerben vermochten, und auf diese Weise hohe Gewinnspannen erzielen. Kurtisanen hielten nach hübschen, leicht reitbaren Tieren Umschau, um sich in weiterem Umkreis, nicht bloß in den Straßen Sililis, zeigen zu können. Temuengische Pferde-Beliks kauften Schlachtrösser und Takhill-Zugpferde für Nachschubgespanne und zum Ziehen von Kriegsgerät ein.

Taguiloa wanderte durch die Hitze, den Krawall und den Staub, hatte an allem Freude, am meisten jedoch an der Tatsache, daß er sich dank des Goldes, das er in der Geldkatze am Gürtel mittrug, so gut wie alles leisten konnte. Kurz verweilte er bei einem Trüppchen Akrobaten, beobachtete die Darbietung mit dem sachkundigen Auge eines Meisters, seufzte über den Mangel an Vorstellungskraft, wie er in den streng gemäß der Überlieferung ausgeführten Bewegungsabläufen und Sprüngen zum Ausdruck kam. Diese Leutchen vollführten das Althergebrachte mit Leichtigkeit, sogar Anmut, und sie strichen dafür Beifall und Münzen ein, aber Taguiloa hatte solche Leistungen schon mit zwölf Jahren vollbracht.

Jaril mochte ihn nicht säumen lassen, zupfte ihn am Ärmel, zog ihn vom einen zum nächsten Stall, zeigte ihm ein rotbraunes stämmiges Kleinpferd, das das richtige Tier sein sollte, um den Reisewagen zu ziehen und einen grauen Wallach, der als Reittier für Harra geeignet sei, die von sich behauptete — obwohl sie zugab, seit längerem keine Übung zu haben —, früher eine gute Reiterin gewesen zu sein. Das Wandelkind duldete nicht, daß Taguiloa um die Preise feilschte, sondern drängte ihn zu raschem Weitergehen, bis sie an den

Rand des Pferdemarkts gelangten, wo man erst seit kurzem entwöhnte Tiere und Jährlinge zum Kauf anbot. Vor einem kleinen Pferch mit einem einzelnen Fohlen darin blieb der Knabe stehen.

Taguiloa betrachtete den wildäugigen Dämon, den man in dem Pferch an einen Pfosten gekoppelt hatte, und sah Jaril an. »Sogar ich weiß, daß man kein Pferd unter zwei Jahren reitet. Vor allem so eins nicht.«

»Yaril und ich bringen das nachher in Ordnung. Das Alter, meine ich.«

»Aha.«

»Wart hier und tu so, als hättest du an nichts von allem Interesse.« Jaril wies mit einer Gebärde auf die Pferche ringsum.

»Ich hab's ohnehin nicht, ganz gleich, was du wieder ausgeheckt hast, du Bengel.«

Ein unterschwelliges Lachen verhallte, während sich Jaril in ein fahles formloses Flimmern auflöste, in der staubigen Luft so wenig erkennbar wie ein Traumgebilde. Gemächlich kreiste es über den Pferchen, durchquerte sämtliche darin untergebrachten männlichen und weiblichen Füllen, beendete die Begutachtung mit dem Tier, dem Jarils Augenmerk zuerst gegolten hatte. Das Glimmen senkte sich durchs lehmgelbe Fell und verschwand vollständig im Innern des Fohlens. Dieser Anblick machte Taguiloa kribblig, ihm war, als liefen ihm Ameisenfüße übers Hirn, juckten ihm unter der Haut. Er langte sich unter die Hemdbluse und kratzte sich an den Rippen, blickte sich nach irgend etwas um, das Schutz gegen das gnadenlose Gluten der Sonne gewähren mochte. Er schwitzte Ströme von Schweiß aus, seine dicke schwarze Hemdbluse durchzogen schmierige Schweißschlieren und Schwitzflecken, heller Staub bedeckte ihn wie Puder, die Geldkatze glühte ihm am Bauch wie ein Brennofen. Doch in der näheren Umgebung sah er nichts, wo er sich hätte unterstellen können, kein Stall, kein Schuppen stand weit und breit. Hier erstreckten sich die Randbereiche des Pferdemarkts, interessant ausschließlich für die wenigen auf spätere Preisvorteile bedachten Kaufleute sowie einige Bauern, denen das Geld fehlte, um ein ausgewachsenes Tier zu erwerben, die jedoch Land und Futter hatten, so daß sie ein kaum der Mutter entwöhntes Fohlen aufziehen konnten. Taguiloa wischte sich mit dem Ärmel das Gesicht, schnitt eine Grimasse, weil der Stoff sich so feucht anfühlte, die dicke Seide besaß keine Saugfähigkeit. Als er den Arm sinken ließ, stand Jaril wieder an seiner Seite.

»Wir wollen's haben«, sagte das Wandelkind und deutete auf das hellbraune Fohlen, das gereizt an dem Haltestrick zerrte, mit dem Kopf auf- und abruckte, das Fell schweißig, offensichtlich im Zustand ganz übler, schlechter Laune.

»Warum?« Das Fohlen war ein, zwei Handbreit größer als die Jährlinge in den benachbarten Pferchen, hatte einen allzu schmalen Hals, einen häßlichen knochigen Kopf, fransige Ohren, die es selbst dann angelegt hielt, wenn es einmal einigermaßen ruhig dastand, und einen bösartigen, tückischen Blick. Wer es auf den Pferdemarkt gebracht hatte, mußte es mehr aus übertriebener Hoffnungsseligkeit als aus gutem Urteilsvermögen getan haben. »Das kann doch unmöglich dein Ernst sein.«

»O doch, klar«, erwiderte Jaril. »Er ist zäh und schlau, er wird jeden umbringen, der ihn stehlen will, und obendrein ist er schnell.« Er hob die Hand, zog an Taguiloas Ärmel. »Komm! Sobald der Züchter merkt, daß wir ihn unbedingt haben wollen, wird er's darauf anlegen, den Preis in die Höhe zu treiben. Er erwartete, für das Fohlen bloß genug zu erhalten, um die Kosten fürs Futter decken zu können, er denkt sich, ein temuengischer Einkäufer könnte ihn womöglich als Fraß für die Tiger mitnehmen. Du darfst nichts glauben, was er dir über die Abstammung des Braunen weiszumachen versucht.

Die Stute war längst zu alt fürs Gebären, sie befand sich schon auf dem Weg zum Schlächter, da riß sie zur unrechten Zeit aus und wurde von einem entlaufenen Menschentöter besprungen, den man aufspüren und töten mußte, man brauchte fast sechs Monate, um ihn zur Strecke zu bringen. Vom Tag des Fohlens an ist das Füllen mißhandelt worden, selbst wenn es friedlich sein wollte, hat man's nicht gelassen. Biet dem Züchter drei Silbermünzen und laß ihn auf 'n halbes Goldstück hinaufhandeln. Benimm dich, als wärst du völlig unwissend, Züchter wie er haben solche Kunden am liebsten. Er zieht den Käufern das Fell über die Ohren und die Zähne, ehe sie's merken. Sag ihm bloß, du willst das Fohlen kaufen und biet eine Silbermünze, dann laß ihn zetern, soviel's ihm behagt, danach wiederhol das Angebot.« Jaril schenkte Taguiloa einen bedrohlichen Blick, grinste anschließend pfiffig, bevor er sich entfernte, seine kleinen, mit Sandalen bekleideten Füße wirbelten neue Staubwolken auf.

Ebenso verdrossen wie belustigt schloß Taguiloa sich ihm an, er wußte, daß Jaril sich nun für die Male rächte, die er das Wandelkind umhergescheucht hatte. Heute hatte Jaril die Gestalt eines zarten Hinaknaben mit rundgeschnittenem schwarzen Haar und goldbrauner Haut, ununterscheidbar von tausend oder mehr Gassenjungen, die kein Zuhause hatten und Sililis Straßen unsicher machten, ausgenommen in bezug auf die Augen; er trug eine verstaubte Hose aus Baumwolle und eine Wikkelbluse, die den hageren Oberkörper weit und locker umhüllte und im schwächsten Wind flatterte. Er bog um einen Heuhaufen und verharrte vor drei Männern, die um ein Feuerchen hockten und aus großen Bechern pechschwarzen Tee tranken. Er wartete auf Taguiloa, wies dann mit einem Nicken auf einen sehnig-drahtigen Mann mit einem Fuchsgesicht und einem hartfetten Schmerbäuchlein, das den abgeschabten Stoff seines Hemds beträchtlich spannte.

Taguiloa tat zu ihm. »Saöm«, erkundigte er sich, »gehört euch das allein eingepferchte gelbbraune Fohlen dort hinten?«

»In der Tat habe ich einen herrlichen gelbbraunen Jährling, Saöm. Fürwahr ein Fohlen, dessen beiderseitige Abstammung auf die unsterblich ruhmvolle Stute Kashantuea und ihren wunderbaren Hengst Mondspringer zurückverfolgt werden kann. Doch leider, Saöm, leben wir in schweren Zeiten, und so mancher Mann ist dazu gezwungen, sich von der Freude seines Herzens zu trennen.«

»Ah, das ist die Abkunft? So hat man denn des Menschentöters Herkunft festzustellen vermocht?«

Der Züchter schnitt eine flüchtige Fratze des Miß- und Unmuts, setzte dann eine Miene der Bewunderung auf. »Daß jemand von den südlichen Inseln solche Kenntnisse hat! So komm denn, o Wissender, laß uns diesen jüngsten Sproß einer so edlen Abstammung, die unvergleichliche Rassigkeit dieser Perle unter den Rössern in Augenschein nehmen! Eine unermeßlich kostbare Perle ist's, wie ein Mann von deiner Weisheit auf den ersten Blick sehen muß.«

»Ich verstehe nichts von Pferdefleisch«, antwortete Taguiloa, indem er Jarils Rat befolgte. »Dein Brauner soll mir 'n Silberstück wert sein.«

»Ein Silberstück?« Das Gesicht des Züchters lief rot an, die Augen quollen ihm aus den Höhlen. »Ein Silberstück für solche Geschwindheit und Ausdauer? Ihr treibt gewiß auf meine Kosten Scherz, haha! Zwanzig Goldmünzen.«

»Die Rassigkeit ist mir aufgefallen. Er gab sich alle Mühe, das Brett vor seiner Nase zu beknabbern. Kein Zweifel würde er, geradeso wie sein Erzeuger, lieber über Menschen herfallen. Zwei Silbermünzen, wenngleich ich darin bereits eine närrische Großzügigkeit erblicke.«

»Niemals! Und müßte ich, müßten meine Kinder hungern, und fiele mir das Haus überm Kopf zusammen! Fünfzehn Goldmünzen.«

»Dein Haus knabbert er auch an? Bedenk doch, was du an Instandhaltung einsparst, wenn du ihn abstößt. Drei Silberne, das ist mein äußerstes Angebot.«

»Seine Mutter war Singender Huf, berühmt in der ganzen Welt. Zwölf Goldene, nur zwölf Goldene, obwohl's mir schier das Herz bricht.«

»Zweifellos starb die Mutter beim Fohlen infolge ihres hohen Alters.« Taguiloa wischte sich das Gesicht, besah sich die Hand. »Mir ist heiß, ich bin müde, meine Gemahlin harrt meiner mit einem Bad und Tee, laß uns das Geschäft hinter uns bringen. Drei Silberne für das Tier und fünf Kupfermünzen für Strick und Halfter. Wenn's sein muß, findet mein Bub auch an 'nem anderen Pferd Gefallen. Also?«

»Du beliebst erneut zu scherzen, hochvornehmer Saöm, eine so klägliche Summe ...«

»Dann eben nicht. Komm!« Er machte auf dem Absatz kehrt, strebte davon, sich dessen bewußt, daß Jaril widerwillig aufstand, enttäuscht schmollte. Diese Entschiedenheit konnte Erfolg haben oder nicht, Taguiloa war es eigentlich gleichgültig, er wollte sich mit dem bösartigen Vieh in dem Pferch lieber nicht abgeben. Der Züchter ließ ihn drei Schritte gehen, bevor er zu schwatzen anfing.

»Warte, o hochvornehmer Saöm, warum hast du nicht sofort erwähnt, daß du ein Roß für dies göttliche Kind willst, diesen Gott unter den Knäblein? Mein Herz frohlockt bei der Aussicht, daß dies wundervolle Rößlein ein Heim bei deinem jungen Löwen finden soll, ach, sie führt mich aufs stärkste in Versuchung, ja, in solche Hände kann ich mein Schmuckstück für einen so geringen Preis geben, obwohl es, könntest du dich dazu durchringen, hochvornehmer Saöm, ein halbes Goldstück ...« Er seufzte, als Taguiloa noch einen Schritt tat. »Du bist ein harter Mann, hochfeiner Saöm. Also, einverstanden, drei Silber- und fünf Kupfermünzen. Zahlst du die Pferdemarke?«

Mit dem Handel nun zufrieden, schaute Taguiloa trotzdem erst Jaril an, sah ihn nicken, winkte dann in herablassender Zustimmung mit der Hand.

Gemeinsam suchten sie den Pavillon auf, in dem man die Geschäfte amtlich beurkundete, Taguiloa bezahlte die Marktabgabe und die geringfügigen Handgelder, deren es bedurfte, um die Schreiber zum Beurkunden des Verkaufs zu bewegen und die winzige, am Ohr zu befestigende Pferdemarke herauszurücken, und ein größeres Schmiergeld, um den zuständigen Beamten zum Anbringen der Marke im Ohr des gelbbraunen Fohlens zu veranlassen.

Sobald er das richtige Tier vorgeführt hatte, war die Aufgabe des Züchters beendet, aber er säumte noch, genoß wohl den Schrecken in der Miene des Beamten, als der Jährling schon bei seinem Nähertreten schrie, nacheinander mit jedem Huf ausschlug, ihn aus bösen Augen wild anstarrte, die langen gelblichen Zähne fletschte. Der Mann wollte sich weigern und verdrücken, aber Taguiloa hielt ihn mit festem Griff am Arm zurück. »Der Bub wird ihn beruhigen. Schau's dir an!« Jaril erklomm den Zaun, stellte sich auf den obersten Balken, musterte den Braunen, der im vergeblichen Bemühen, auf ihn loszugehen, schier überzuschnappen drohte. Irgendwo tief in seiner Seele entdeckte der Züchter eine Grenze seiner Niedrigkeit und öffnete den Mund, um Einwände zu äußern, schloß ihn jedoch wieder, als Taguiloa lachte. »Schaut's euch an!« wiederholte er.

Der Knabe handelte im günstigsten Augenblick, sprang vom Balken und vollzog in der Luft irgendwie eine Drehung, so daß er im Sitzen auf dem Rücken des Fohlens aufkam. Der Jährling kreischte vor Wut, nahm alle Kräfte zusammen ...

Und schnob freundlich, tänzelte ein paar gezierte Schrittchen, verharrte dann weitgehend still, drehte den wendigen Hals, rieb sanft die Nase an Jarils Knie. Erneut wollte der Züchter einen Warnruf von sich geben, doch wieder blieb die Äußerung ihm im Hals stecken, als der Braune plötzlich den Kopf herumschwang und ihn anschaute. Der Züchter starrte das Tier, das Tier den Züchter an, der Mann blickte als erster fort, davon überzeugt, daß das Pferd ihn verlachte. Während er insgeheim vor Grimm schäumte, stapfte er davon; er merkte jetzt, daß er übertölpelt worden war, er ein wertvolles Tier für einen läppischen Betrag verkauft hatte.

Nachdem Taguiloa und Jaril auch den grauen Wallach und das rotbraune Kleinpferd erworben hatten, verließen sie den Pferdemarkt, Taguiloa auf dem Wallach — den Rotbraunen zog er hinterher —, Jaril auf dem Einjährigen. Sie brachten die drei Pferde bis auf weiteres bei einer Witwe unter, die einen Stall und eine Weide besaß, die sie für diesen Zweck mieteten. In den nachfolgenden Tagen flogen Jaril und Yaril regelmäßig dorthin, um den Braunen abzurichten und ihn vom Jährling in einen hageren, kräftigen, dreijährigen Hengst zu verwandeln. Zur gleichen Zeit plante Taguiloa die Vorführungen und probte sie mit seiner Truppe.

Sie zogen von Silili zu Fuß los, Taguiloa, Brann, Harra, Negomas, Linjijan sowie Jaril als Hinaknabe und Yaril als fleckige Jagdhündin. Taguiloa und Linjijan zogen einen Kippwagen, auf dem sie ihre Besitztümer, die Kostüme, die Lagerausstattung, Essensvorräte und vielerlei andere nützliche Gegenstände beförderten. Brann und Harra schlangen sich Gurte um die Schultern und halfen beim Ziehen des schwerfälligen Karrens. Jaril und Negomas liefen voraus, die beiden Knaben tauschten aufgeregt ihre Gedanken über die Erlebnisse aus, die sie sich versprachen, erörterten ihre Unwissenheit und ihre freudigen Erwartungen. Yaril streifte umher, die Nase an der Erde, kostete die Gerüche der Morgenfrühe aus.

Noch ehe die Sonne ganz aufgegangen war, ließen sie

die letzten Hütten des Armenviertels hinter sich, durchquerten das Brachland vor der Stadt, verfluchten die alten Furchen früherer Wagenspuren und überall hinderlichen, morschen Wurzelstrünke, wechselten danach über auf eine Landstraße, auf der das Vorankommen etwas leichterfiel. Auf dem Gras und auf niedrigen Büschen glitzerte Tau, der Morgen war kühl und hell, der Geruch feuchter Erde und nassen weichen Grases war beinahe stark genug, um den scharfen Mief von Kuhmist und Hundekot zu überlagern. Sie zogen den Karren durch lange, von Frische durchdrungene Schatten von Obstbäumen sowie Nuß- und Gewürzsträuchern und gelegentlich einer Zeder oder Küstenkiefer. Alle Bäume und Sträucher, die Früchte trugen, waren schwer von reifem Obst, Nüssen oder gewürzhaltigen Samenkapseln. Als die Wärme der Sonne zunahm und der Tau verdunstete, lockte sie auch den starken, meist süßlichen Duft von Früchten und Gewürzen, die harzigen Ausdünstungen der Zedern hervor. Bienen und Wespen summten einher, fraßen die frischen Pfirsiche und Aprikosen, Nektarinen und Äpfel, Kirschen und Birnen ab. Die Luft war erfüllt von ihrem Gesurr, von Vogelsang, dem Säuseln in Nadeln und Blättern; und dem Quietschen, Ächzen und Knarren des Karrens, während er in Furchen und wieder hinaus schlingerte. Diese anstrengende Art des Reisens war eines der nicht so kleinen Ärgernisse in einer von den Temueng beherrschten Welt. Hätten sie die gepflasterte Kaiserliche Straße benutzen können, wäre nur die Hälfte an Mühsal und Zeit aufzuwenden gewesen, um die Dammstraße zwischen Selt und Utar zu erreichen, aber von Langeweile geplagte temuengische Wächter drangsalierten selbst die wohlhabendsten hinaischen Händler, die jene Straße befuhren; was sie mit einer Truppe Musikanten und Künstler anstellen mochten, wagte man sich lieber gar nicht erst auszumalen.

Fünf Stunden nach dem Verlassen von Taguiloas Haus gelangten sie auf einen Feldweg, der in die Richtung der felsigen Kliffs führte, wo zwischen Gräsern und Kräutern ein paar dünne hochbeinige Schweine in der Erde wühlten, sicheren Fußes am Rande der Tiefe, der mürben schroffen Steilwände entlangtrotteten. Jaril beobachtete sie vorsichtshalber, schaute zu seiner Schwester hinauf, die über ihnen kreiste, längst Flügel den Hundebeinen vorzog, schnitt ihr eine Fratze, schimmerte und nahm die Gestalt eines großen wilden Jagdhundes an, kehrte so zurück zu den Erwachsenen, die sich abmühten und schwitzten; diese mageren bösartigen Schweine waren die einzigen Haustiere auf der Insel, die keine Arbeiten verrichten mußten, und bisweilen hatten sie üblere Launen als verkaterte temuengische Steuereintreiber.

Vor ihnen ließen sich die Türme der Dammstraße erkennen, eine Hürde, die es zu überwinden galt, wie unfreundlich oder boshaft die Wächter auch sein mochten; nur dort bekamen sie die Siegel, die sie brauchten, um das Temuengreich zu durchqueren, in jedem Dorf, ja jedem Temueng, der sie anhielt und dazu aufforderte, vorzuzeigen hatten. Taguiloa verfügte bereits über eine Reiseerlaubnis für seine Truppe, aber die Siegel der Straßenwacht waren wichtiger fürs Durchkommen. Die Wachtürme bedeuteten, daß sie noch mehr Schmiergelder austeilen und trotzdem alles erdulden mußten, was den Wächtern einfiel, um sie zu schikanieren. Diese Temueng waren der Abschaum ihres Heers, sie blieben in den unterworfenen Ländern, während die besseren Krieger des Kaisers seine Eroberungskriege austrugen. Jedesmal wenn Taguiloa aufblickte, sah er sie dem plumpen Näherwackeln des Karrens entgegenschauen, sich unterhalten; je näher er gelangte, um so mieser wirkten sie. Er begann sich wegen der Frauen Sorgen zu machen. Letzten Endes mußten die Wächter sie alle durchlassen, doch sie wußten — und Taguiloa wußte es auch —, daß sie für nichts, was sie ihm, Brann, Harra, Linjijan oder den Kindern antäten, bestraft werden würden. Sein Magen rumorte, er ließ den Blick gesenkt, die Schultern gebeugt, hoffte darauf, daß sie alles durchstanden, was man ihnen zumutete, sich darüber im klaren, daß er keine Wahl hatte, alles hinzunehmen hatte. Aufsässigkeit würde alles nur verschlimmern.

Der Empush blätterte die Papiere immer wieder durch, begaffte wiederholt jede Marke, jedes Siegel, äußerte fortgesetzt die gleichen blöden Fragen, stieß einen fleischigen Zeigefinger auf Taguiloas Brust, stets auf dieselbe Stelle, bis Taguiloa die Zähne zusammenbeißen mußte, um nicht aufzustöhnen. Nur zwei der vier Untergebenen des Empush waren zugegen, die anderen vermutlich noch betrunkener als ihre Spießgesellen, schliefen wohl im Innern der Türme.

Brann ertrug die Bemerkungen und Zoten der Krieger, auch die übrige widerwärtige Behandlung, obwohl sie sich stark versucht fühlte, den Temueng ein bißchen Lebenskraft abzusaugen; vielleicht täte sie der Welt, überlegte sie, einen Gefallen, würde sie sie völlig leertrinken. Sie sah, wie Taguiloa und Harra unerschütterlich alle Demütigungen bloß zur Kenntnis nahmen, beherrschte sich mit größter Mühe, aber als die Wächter aufhörten, den Frauen zuzusetzen, statt dessen Negomas und Jaril in einen Turm mitnahmen, hatte sie genug. Mit weiten Schritten, wie eine Tigerin, folgte sie ihnen. Harra biß sich auf die Lippen, begann dann eine durchdringende Melodie zu pfeifen, die auf dem Feldweg einen großen Staubwirbel erzeugte, der auf die Dammstraße fegte und den Empush erfaßte, ihn ablenkte, so daß er nicht bemerkte, was geschah. Brann klatschte die Hand in den Nacken eines Wächters. Er sackte nieder, als hätte sie ihn auf den Schädel gedroschen. Einen Augenblick später ereilte den zweiten Wächter das gleiche Schicksal. Während sie die Knaben vorauslaufen ließ, kehrte sie, das Blitzen von Zorn in den grünen Augen, zu Taguiloa und dem Empush um.

Bevor der Empush erneut Fragen stellen oder gar Einwände erheben konnte, packte sie seine Hand, behielt sie für einen längeren Augenblick im Griff. Als sie von ihm abließ, war sein Gesicht erschlafft, stierten die Augen glasig. »Gib uns die Marken!« befahl sie mit Nachdruck. Während er sich wie im Traum bewegte, kramte der Empush in seinem Beutel und holte eine Anzahl der Metallanhänger heraus. Brann zählte die erforderliche Menge ab, drückte den Rest dem Empush wieder in die Hand. »Steck sie weg!« Sie wartete, bis er den Beutel mit der Zugschnur geschlossen hatte. »Und jetzt her mit den Bescheinigungen! Gut. Du wirst all dies vergessen, ja? Antworte mir! Gut. Nun darfst du mit deinen Säufern in den Turm gehen und dich ausschlafen. Wenn du erwachst, wirst du dich daran erinnern, daß ihr euren Spaß mit einer Truppe Künstler gehabt, sie zu guter Letzt aber habt ziehen lassen, so wie üblich. Verstanden? Gut. Stör dich nicht an den Männern, die auf der Erde liegen! Sie werden aufwachen, sobald's an der Zeit ist. Nun geh in den Turm und kriech ins Bett. Ja, so ist's recht.« In stummer Aufgebrachtheit schaute sie zu, wie der Empush sich umdrehte und in den Turm wankte, über seine hingestreckten Männer stieg, ohne sie zu sehen.

Taguiloa hob die Brauen. »Sind sie tot?«

»Nur sehr müde. Zwei Tage wird's dauern, bis sie von neuem zu ihrer gewohnten Schäbigkeit imstande sind.«

»Ich dachte, du wolltest Schwierigkeiten vermeiden.«

»Alles zu seiner Zeit, Taga, alles zu seiner Zeit.« Brann reichte ihm die Bescheinigungen und verteilte die Marken.

»Solange er's wirklich vergißt ...« Taguiloa duckte sich unters Gestänge des Karrens und spannte sich wieder davor. Linjijan sah ihn freundlich an, schaute erneut nach vorn; er hatte das Geschehen fast gänzlich unbeachtet gelassen, die Wächter nur mit so ruhiger Überraschtheit angeblickt, als sie ihn stießen, daß sie ihn aus lauter Angeödetheit nicht mehr behelligten.

Brann fuhr sich mit der Hand übers schweißige verdreckte Gesicht, verzog es, als sie die Schmutzstreifen sah, die an ihren Fingern zurückblieben. »Es hat sich bewährt. Zum Beispiel in Tavisteen ... Na, aber davon weißt du ja nichts. Laßt uns weiterziehen! Mir ist nicht wohl dabei, hier herumzustehen.«

Am Ende der Dammstraße, auf Utar, hielt man sie noch einmal an, doch der dortige Empush interessierte sich lediglich für das Schmiergeld und ließ sie ohne viel Umstände durch. Zwar sah er gemein und mißgestimmt aus, aber seine Untergebenen waren nirgends zu sehen, befanden sich möglicherweise nicht einmal in Rufweite, und er mochte wohl kein Aufhebens veranstalten, während auf Utar, nur einen Taubenschiß entfernt, sein Befehlshaber saß.

Sie umrundeten den in viele Hänge abgestuften Berg, der einen Großteil Utars ausmachte, blieben auf einer tiefergelegenen Ebene der Landstraße, so daß auf Reisen befindliche temuengische Adelige sie erst gar nicht zu Gesicht bekamen, ließen sich von einer dritten Wächter-Empushad abfertigen, hatten damit nun endlich alle Hindernisse bewältigt und nahmen die Dammstraße, die Utar mit dem Festland verband.

Auf dem Gehöft der Witwe, wo Taguiloa die Pferde gelassen hatte, luden sie ihre Ausrüstung und die Vorräte vom Kippwagen in einen farbenprächtigen Kastenwagen um, der von Taguiloa einer inzwischen aufgelösten Artistengruppe abgekauft worden war, deren innere Streitigkeiten sich trotz erfolgreichen Umherreisens und Auftretens nicht mehr hatten beilegen lassen. Nach einem hastigen Mahl verblieb der Karren in der Obhut der Witwe, und sie begannen die zweitägige Fahrt durch die Küstensümpfe. Taguiloa hockte auf dem Kutschbock,

Linjijan neben ihm, erprobte auf seiner Übungsflöte neue Melodien. Negomas kauerte mit seiner kleinsten Trommel auf dem Dach; dort gefiel es ihm am besten, weil der wechselhafte Wind ihm in die steifen, Springfedern ähnlichen Haarzöpfchen fuhr, Bröcken und Klümpchen aus dem Haar blies. Er spielte Trommel, begleitete Linjijans Geflöte oder trommelte Musik seines Volkes, sang manchmal in seiner klangvollen, an Schnalzlauten reichen Heimatsprache. Brann und Harra ritten dem Wagen voraus, Harra auf dem grauen Wallach, Brann auf dem Braunen, dessen Wachstum durch die Kinder beschleunigt worden war, ein friedfertiges Tier, solange sie oder eines der Kinder in seiner Nähe weilten, wenn sie fort waren, ein arges Ungeheuer, ein wahrer Dämon. Brann bemühte sich darum, ihn auch in dieser Hinsicht günstig zu beeinflussen, doch würde es Zeit brauchen.

Sie fuhren die auf Brückenbogen gestützte steinerne Straße entlang, über Wasser und Schlamm hinweg, durch den trüben Nebel des Sumpflands, die beklemmende dicke Luft, die träge von den Fluten längs der Dammstraße aufwallte, in Schwärmen Stechmücken und ähnliches Geschmeiß herauftrieb. Die Gemütsverfassung des Braunen litt sehr darunter, bis sogar Brann ihre liebe Not damit hatte, ihn im Zaum zu halten; selbst das gemächliche Zugpferdchen wurde unruhig, geriet immer wieder aus seinem ansonsten gleichmäßigen Dahintrotten, weil es zuckte, schnob und den Kopf schüttelte.

»Vataraparastullakosakavilajusakh!« Harra patschte sich die flache Hand gegen den Hals, schlug mit den Armen um sich, fing eine schrill gellende eintönige Melodie zu pfeifen an, bei deren Klang sich das Stechgetier zu einer großen dichten, fast schwarzen Wolke sammelte und ins Düstere unter den Bäumen abschwirrte. Länger als eine Viertelstunde vermochte sie das Gepfeife durchzuhalten, dann stellte sie es unvermittelt ein, hustete, spie aus und trank einen ergiebigen Zug aus ihrem Wasserschlauch.

Negomas lachte, wiederholte immerzu einen raschen Trommelwirbel, er beschwor einen Wind herauf, der von hinten heranwehte, mit gleichbleibender Stärke an ihnen vorüberblies, ihre Umgebung weitgehend frei von lästigem Fluggetier hielt, bis sie zu einer jener Raststätten kamen, die der Kaiser für Reisende hatte errichten lassen und die aufgrund seiner Weisung sorgsam unterhalten wurden, einer riesengroßen Hütte mit Reisigwänden, Ziegeldach und — damit Regenwasser ablief — geschrägtem Steinboden sowie an einer Seite in einem Verschlag einen Stoß einigermaßen trockenem Brennholz. Die alljährliche Reisezeit hatte erst angefangen, daher war alles noch sauber, der Futtervorrat reichlich, die Tränke sauber und erst kürzlich mit einem neuen Bodenbelag aus Sand und Holzkohle versehen worden, das Wasser darin war ziemlich klar und rein. Zum Unterstellen von Wagen und Tieren gab es einen zweiten Schuppen mit hohen Steinwänden und einem schweren Tor; Schießscharten ermöglichten es ein paar mit Spießen oder Pfeil und Bogen bewaffneten Leuten, sich in diesem Bau einer ganzen Schar Angreifer zu erwehren. Wenn Yaril und Jaril Wache hielten, würde es, um bei ihnen Beute zu machen, einen Wolf brauchen, der gefährlicher war als die Einzelgänger, die sich in den Sümpfen herumtrieben.

Am nächsten Tag zeigten sie ihre Reisegenehmigungen mitsamt allen Bescheinigungen, Siegeln und Marken an den Toren Hamardans vor, der ersten der Flußstädte außerhalb der Marschen, durchfuhren die Straßen der Stadt, Negomas wummerte auf seinen Trommeln Klänge, die weithin Aufmerksamkeit erregten, Linjijan flötete auf seinem Instrument so bemerkenswerte Töne, als beruhten sie auf Hexerei, und Harra zupfte, während sie ihren Grauen allein mit den Knien lenkte, auf der Daroud eine um die andere fröhliche Weise. Heute war kein Markttag, aber das muntere Musizieren lockte viele Menschen an, Temueng ebenso wie Hina, aus Häusern, Werkstätten und Läden, und ihnen folgten lautstarke Kinder.

In weitem Kreise zogen sie durch die gesamte Stadt und dann in die Mitte des von ihnen erregten Aufsehens, sie ritten und fuhren vor den größten Gasthof der Stadt, die Pferde drehten sich und tänzelten inmitten des Gewühls. Das Gasthaus war ein viereckiges Gebäude mit ein paar Fenstern in der dicken Außenmauer, einem roten Ziegeldach, an dessen Regenrinnen Fetische zum Verscheuchen von Dämonen baumelten, eine Herberge, in der sich auch der wohlhabendste Kaufmann sicher fühlen konnte, sobald man seine Reichtümer in des Hauses Schatzkammer gesperrt, er selbst es sich innerhalb der Gasthofsmauern, vielleicht in der Schankstube, behaglich gemacht hatte. Weil die Reisezeit noch an ihrem Anfang stand, hatten sich erst wenige Händler auf Reisen begeben. Der Sommer ging zu Ende, Erntezeit war es noch nicht, Festtage durfte man vorerst nicht erwarten, und auch in den letzten Monaten hatten keine Festlichkeiten stattgefunden. Die Leute begeisterten sich für alles, was Kurzweil versprach. Obwohl Taguiloa und seine Truppe nur aus Spielleuten und Künstlern bestand und im allgemeinen Ansehen einen niedrigen Rang einnahmen, obschon die Hälfte der Truppe sich aus Fremdlingen zusammensetzte, die man gemeinhin noch geringer achtete als Gaukler, besaß Taguiloa volle Klarheit über den Wert des Angebots, das mit dem Einzug ins Gasthaus einherging, sorgte dafür, daß dabei — zumindest vordergründig — alle Anzeichen des Willkommenseins sichtbar wurden. Er lenkte den Kastenwagen in den Innenhof, sprang mit einem unbekümmerten Purzelbaum vom Kutschbock, landete federleicht auf dem Pflaster, die herbeigeschwärmten Kinder spendeten ihm Beifall, er verneigte sich, lachte ihnen zu, machte sich anschließend daran, Preise für Zimmer und die Nutzung des Hofs für eine Vorstellung am folgenden Abend auszuhandeln, wenn der Markt schloß und die Menschenmassen, die ihn besuchten, sich noch in der Stadt befanden.

Brann baute auf dem Marktplatz ein kleines buntes Zelt auf, ließ Negomas davor die Trommel, Jaril ein paar Räder schlagen und den Leuten zurufen, die vorbeistrebten, sie sollten kommen und sich von einer Seherin vom anderen Ende der Erde Vergangenheit und Zukunft schildern lassen. Obwohl sie es sorgfältig vermied, von den Angaben, die ihr Jaril vermittelte, irgendwelche schmerzlichen Dinge zu verwenden, erweckte sie bei den jungen Mädchen und alten Matronen, die sie besuchten, anscheinend den besten Eindruck, und es dauerte nicht lange, bis sich herumsprach, daß das fremdländische Weib ein Wunder von Seherin sei, sie könnte den Menschen ins Herz blicken und ihre tiefsten Geheimnisse entdecken.

Zweimal wagten männliche Besucher einen Versuch, sich mehr zu nehmen, als Brann geben mochte — aber ein gedämpftes Knurren eines gewaltig großen fleckigen Hundes, der dann aus den Schatten hinterm Tisch zum Vorschein kam, reichte aus, um sogar kühnere Freier zu entmutigen. Diesen Männern forderte sie den doppelten Betrag ab, während sie ihnen grimmig zulächelte und Angelegenheiten nannte, die sie gern geheimhielten, und ihnen gelassen androhte, ihre Armseligkeit oder ihren Geiz — was es eben sein mochte — der Welt zu enthüllen. Beim Gehen murrten sie, alles sei Schwindel, Betrug und Lüge, jedoch hörte niemand auf sie.

Am Abend war der Gasthof dichtgedrängt mit Menschen, buchstäblich jeder war da, der sich den Eintrittspreis leisten konnte, angefangen von Einwohnern der Stadt über Bauern und Fischer aus dem Umland bis hin zum Jamar und seinem Gefolge. Die ärmsten Zuschauer hockten in Trauben, dicht an dicht, auf den Pflastersteinen des Innenhofs, die Händler und ihre Familien saßen auf dem Balkon im dritten Stockwerk zusammengedrängt, und die Ehrenplätze mitten auf dem Balkon des zweiten Stockwerks gebührten dem Jamar und seiner Familie; die seitlichen Abschnitte dieses Balkons nahmen Würdenträger sowie die Jamarak-Temueng ein. Der Kastenwagen stand an der Hausseite des Innenhofs, seine Bretterwände waren abgenommen und auf dicken Stützpfosten zu einer ebenen Bühne von der dreifachen Fläche der Breite des Fahrzeugs zusammengesetzt worden. Die Bühnenfläche und ihre Seiten waren mit mehreren Schichten Korkplatten verkleidet, gesteppt eingenäht in Stoffbahnen, so daß sie nicht verrutschten, und damit gut gepolstert. Der unterste Balkon — im ersten Obergeschoß des Gebäudes — war für Zuschauer gesperrt, weil man ihn für die Vorstellung brauchte; eine Leiter verband diesen Balkon und den Fahrzeugboden miteinander, so daß für die Vorführung zwei Ebenen zur Verfügung standen.

Die Zuschauerschaft erwies sich als freundlich und gutmütig. Am Torbogen, durch den man in den Innenhof Zugang hatte, nahmen Brann und Harra den Leuten das Eintrittsgeld ab, die Herbergsknechte geleiteten die Gäste, die Plätze auf den Balkonen erhielten, zu den Treppen und jagten Gassenjungen fort, die sich ohne Entrichtung des Eintrittsgelds einzuschleichen versuchten. Auf dem Balkon des zweiten Stockwerks stand der Wirt und sah sich all das Leben und Treiben mit stillem Vergnügen an, denn er bekam, weil er Taguiloa die Benutzung des Innenhofs erlaubte, einen bestimmten Anteil der Einnahmen. Gegenwärtig wohnten im Gasthof wenig Leute, für den restlichen Monat mußte man mit noch weniger Übernachtungen rechnen, deshalb war es keine Schwierigkeit, die Künstler im Haus aufzunehmen, alles Umstände, die Taguiloa bei seinen Überlegungen, als er die Vorstellungsreise plante, miteinbezogen hatte; er war mit Gerontai weit genug herumgekommen, um zu wissen, wie hoch man die Gunst eines Gastwirts schätzen mußte.

Das Stimmengewirr im Hof schwoll zu einem Höhepunkt seiner Lautstärke an, sank dann ziemlich plötzlich zu gedämpftem Raunen herab, als die Trommeln zu dröhnen begannen, wilde fremdartige Klänge wummerten, wie diese Menschen sie noch nie vernommen hatten, die Trommeln schollen in einer Weise, die ein wenig ängstigte, aber ihr Schlagen ging unmerklich ins Blut, bis die Leute im gleichen Takt atmeten. Auf dem Balkon im ersten Obergeschoß schaute Taguiloa hinüber zu Brann. »Fertig?« fragte er sie im Flüsterton. Sie nickte. Taguiloa senkte eine Hand auf Negomas' Schulter. Der Knabe hob den Blick, lächelte und wechselte den Takt des Trommelns, verlieh dem Dröhnen der Trommelfelle einen eintönigen Hall; daraufhin fiel Linjijan mit seiner Flöte ein, ergänzte das Tönen um vertrautere Laute, so daß Bestandteile m'darjinischer und hinaischer Musik auf eine Art miteinander verschmolzen, die den Besuchern das Zuhören angenehmer machte. Dann fügte die Daroud ihre metallischen Klangfolgen hinzu, und die Menge betrug sich immer leiser, sie spürte, daß nun etwas bevorstand. Taguiloa sprang aufs Geländer des Balkons, verharrte darauf mit gespreizten Beinen, hochaufgerichtet und die Arme auf der Brust verschränkt, der sanfte Lichtschein der Lampions schimmerte auf der prächtigen, in Gold und Silber gehaltenen Plattstickerei seines üppig verzierten Gewandes.

»Bewohner Hamardans!« Hinter ihm verebbte das Getrommel zu leisem Wirbeln; Flöte und Daroud verstummten. »In den westlichen Landen jenseits des Randes der Welt tanzen Jungfern mit Feuer, um ihrem König zu gefallen und ihre seltsamen, eifersüchtigen Götter zu besänftigen. Ohne die ungeheuerlichen Kosten und Anstrengungen zu scheuen, bringe ich euch das FEUER ...« Er winkte, und über die Bühne schwebten blau-karminrot-goldgelbe Flammen (Yaril und Jaril zeigten sich in solcher Gestalt). »... und die JUNGFER.«

Ein weites weißes Seidenkleid umwallte Brann, als sie sich übers Geländer schwang, in sorgfältig vorausgeplantem Sprung die Leiter halb hinabrutschte, halb fiel, Hände und Füße benutzte, um in der richtigen Haltung nach unten zu gelangen. Einen Augenblick danach stand sie zwischen den Flammen, die Arme über den Kopf erhoben, während sie den Körper hin- und herwiegte und die Flammen sich mit ihr wiegten. Für eine Weile erklang dazu nur Trommelspiel, bis der Takt so laut und eindringlich hallte, daß die Zuschauer sich wie unter einem Bann fühlten, anschließend setzte von neuem die Flöte und zuletzt auch die Daroud wieder ein, Musik aus Arth Slya erscholl, der Verlobungstanz, der getanzt wurde, wenn ein Mädchen der Allgemeinheit bekanntgab, daß sie und ihr Lebensgefährte einander gefunden hatten, es handelte sich um einen schwierigen Reigentanz, der die leibliche Geschmeidigkeit und Sinnlichkeit der Tänzer voll zur Geltung brachte. In Arth Slya wirkten keine Flammen mit, das Mädchen tanzte mit ihrem Liebsten. Brann tanzte an diesem Abend den Tanz mit so viel Frohsinn, wie sie empfinden konnte, aber mehr Traurigkeit, als sie befürchtet hatte, sie tanzte ihn in Gedanken an Sammang Schimli, der ihr die Freude an der eigenen Körperlichkeit bewahrt hatte.

Die Flammen erloschen, die Musik verstummte, der Tanz endete. Brann verharrte gänzlich reglos mitten auf der Bühne, atmete schnell, breitete dann mit Schwung die Arme aus und verbeugte sich vor den Zuschauern. Während Beifall aufbrandete, Pfiffe gellten, eilte sie die Leiter empor und verschwand in den Schatten.

Erneut erklang die Trommel, schlug einen raschen, beharrlichen Takt. Nochmals sprang Taguiloa auf das Balkongeländer. »Einwohner Harmadans, seht nun meinen Tanz!« Er legte das bestickte Gewand mit einer Gebärde ab, die ebenso achtlos wie beeindruckend wirkte, denn er stand hoch über dem Wagen und dem harten Stein des Innenhofs auf einem Geländer, das nur so breit war wie die Hand eines kleineren Menschen. Er trug ein gewirktes enganliegendes Kleidungsstück aus weißer Seide, es war aus einem Stück, dehnbar wie ein Kettenhemd, bedeckte auch die Glieder, umfing ihn wie eine zweite Haut; eine breite karmesinrote Schärpe war um seine Leibesmitte gewunden, die Enden, die vom Knoten baumelten, schwangen und flogen mit den Bewegungen des noch nie dagewesenen Tanzes, den er nun vorführte. Hinter ihm spielten Trommeln und Flöte geläufige Musik, eine hinaische Melodie, jedoch hallten die Trommelschläge dunkler und blieben wohlklingender im Takt, als man es von den überlieferten, eher klanglosen blechernen Spielweisen kannte. Anfangs drangen ganz herkömmliche Töne aus der Flöte; aber dann wechselte sie die Tonart, sobald sich die Art des Tanzes änderte, und klang, als wollte sie mit ihnen Schabernack treiben, verzerrt und abgewandelt. Harra warf Taguiloa seine Glitzerkugeln zu, eine nach der anderen, sie widerspiegelten das Licht der Lampions, vervielfachten es, so daß es schien, als leuchteten in jeder kristallischen Kugel ein Dutzend winziger Lämpchen, die dunkelrot, golden und silbern glommen, indem er erst eine Kugel hochwarf, dann zwei, drei und schließlich vier Kugeln jonglierte, sie durch die Luft kreisen ließ, während er mit Schleifschritten auf dem Geländer tanzte, am Rande des Unheils, bis er unter den Zuschauern eine nahezu unerträgliche Spannung erzeugt hatte, so daß sie ein halblautes Wispern des Aufseufzens von sich gaben, als er einen Luftsprung machte und die Glitzerkugeln nacheinander in die Dunkelheit hinter sich schleuderte.

Die Trommeln rumorten verhalten weiter, die Flöte leitete in eine Volksweise über, die zweierlei Wortlaut hatte, einmal einen unter Kindern üblichen Abzählreim, zweitens heiter-derbe Worte, die Flußfischer beim Rudern sangen. Zu dieser Musik führte Taguiloa — noch immer auf dem Geländer — einen schnellen lustigen Tanz aus lauter Schlurf- und Stolperschritten vor, er taumelte heikel, schien stets im nächsten Augenblick abstürzen zu müssen, doch jedesmal fing er sich durch irgendein ungewöhnliches Verhalten ab, rief bei der Zuschauerschaft abgehacktes Gelächter hervor. Auch diese Darbietung beendete er, als stünde er auf dem Geländer ebenso sicher wie die Besucher auf den Steinplatten des Innenhofs. Die Flöte spielte im Hintergrund ein fröhliches Gefiepe, während er schwungvoll die Arme ausbreitete und sich tief verbeugte. Plötzlich schrillte ein Gellen aus der Flöte, als er das Gleichgewicht zu verlieren schien, die Menge japste in gemeinsamem Erschrekken, lärmte und brüllte jedoch gleich darauf beifällig, als er drunten, auf der Bühne, unbeschwert auf den Füßen landete, unverzüglich eine Reihe von Purzelbäumen schlug. Oben setzten Flöte, Trommeln und Daroud gleichzeitig ein, brachten eine Musik zum Erklingen, die zum Teil vertraute Zutaten umfaßte, aber auch Beiwerk aus drei fremdländischen Kulturen enthielt, ein Musizieren war es, das alle Sinne nachhaltig ansprach, sich wegen der Anteile von Bekanntem um so befremdlicher anhörte. Taguiloa bot unter Einsatz des ganzen Körpers einen Tanz dar, der Akrobatik, Bewegungsarten aus einem Dutzend Kulturen und Ergebnisse seines fruchtbaren Vorstellungsvermögens miteinander vereinte. Diese Musik und seine gelenkige, biegsame Gestalt schufen im Schimmern der Sterne und Leuchten der Lampions etwas völlig Neues, wie Himmel und Erde es nie zuvor gesehen hatten. Und als er innehielt, die Musik verstummte, Taguiloa um Atem rang, herrschte für einen Augenblick im Innenhof tiefes Schweigen, das die Zuschauer dann durch Pfiffe, Geschrei und Fußstampfen brachen, durch das Klatschen von Händen auf Körperseiten, Schenkel und anderer Leute Rücken. Und der Beifall dehnte sich aus, als sollte er niemals enden, so gründlich feierten die Menschen diese Neuheit ohne Namen, die sie dermaßen ergriffen, derartig aufgerüttelt hatte.

Sobald die Truppe sich dem überschwenglichen Wirt und der wortkargen, aber blutegelhaften Aufmerksamkeit des Jamar und seiner Jamika zu entziehen vermochte, traf sie sich in der Badestube des Gasthofs.

Dampf quoll auf, umwallte Lampen, in denen mit Duftwasser gemischtes Öl brannte, die gespenstische Schatten auf die feuchten Fliesen warfen; die Nässe, die sich an den Wänden niederschlug, bildete eine vom Zufall bestimmte Maserung in Hell- und Dunkeltönen und ähnelte so dem perligen Muster einer Schlangenhaut. Bedächtig schwamm Brann im warmen Wasser, ihr von den Kindern verwandeltes schwarzes Haar trieb ihr um die Schultern wie ein Fächer. Yaril und Jaril schossen durchs Wasser wie zwei hellgeschuppte Fische, die Hälfte der Zeit unter Wasser, sie rammten mutwillig die anderen Schwimmer, einträchtig in ihrer übermütigen Ausgelassenheit. Negomas planschte ihnen hinterdrein, fühlte sich im Wasser fast so wohl wie sie, der einzige wesentliche Unterschied war, daß er — im Gegensatz zu ihnen — atmen mußte. Taguiloa schaukelte träge auf dem Wasserspiegel, den Hinterkopf in einer schwimmenden Kopfstütze, die Augen halb geschlossen, ein verträumtes Lächeln zuckte ihm um die Lippen. Ab und zu straffte er das Gesicht, aber der Ausdruck erzwungener Würde löste sich immer wieder zu einem Lächeln schläfriger Zufriedenheit auf. Harra schwamm geruhsam umher, ihr langes dunkelbraunes Haar zog sich über dem spitzen Gesicht stets aufs neue zu krausen Löckchen zusammen.

Beim erstenmal, als die Truppe nach einer langen harten Probe Schwarzdorns Badehaus aufgesucht hatte, war Harra bestürzt, ja gar erschrocken, als die anderen Mitglieder sich splitternackt entkleideten und unter Stöhnen des Behagens ins Wasser sprangen, damit dessen Wärme das Ziehen in den ermüdeten Muskeln linderte. Gemeinschaftliches Baden war eine uralte hinaische Sitte, deren Ursprünge irgendwo in frühen, sagenhaften Zeiten zu suchen sein mußten, noch bevor die Menschen das Schreiben gelernt hatten. In einem Badehaus gab es vollständige Gleichheit, es war die einzige Örtlichkeit, wo sich Hina aller Kasten unbefangen begegneten, eine Stätte, an der das strenge Brauchtum der überlieferten Verhaltensweisen keine Gültigkeit besaß, Männer und Frauen sich gleichermaßen erholen konnten. Nach der Eroberung durch die Temueng wurde der Betrieb von Badehäusern einige Jahre lang verboten, anfangs hatten die Temueng sie als Orte ausschweifender Unzucht betrachtet, zu glauben außerstande, daß zwischen so vielen nackten Menschen ganz einfach keine geschlechtlichen Betätigungen stattfanden, daß man jeden, der gegen die diesbezügliche, die einzige Regel verstieß, sofort hinauswarf und als Barbaren ächtete. Harras Volk, das im großen und ganzen auf dem Wagen lebte, hatte eine recht ähnliche Einstellung wie die damaligen Temueng, es kannte kaum körperliche Zurückgezogenheit, dafür jedoch zahlreiche Vorschriften für das Verhalten beider Geschlechter, entstanden aus beengtem Zusammenleben und der Notwendigkeit, es zu regeln; allerdings war Harras Leben anders verlaufen als im Fall eines durchschnittlichen Mädchens bei den Rukka-nag. Sie hatte weder Brüder noch Schwestern. Als sie vier Lenze zählte, war ihre Mutter bei der Geburt einer zweiten Tochter gestorben, und mit ihr starb das Kind. Danach hatte ihr Vater, ein Magier, kaum noch Zeit bei seinem Volk zugebracht, sondern war, gänzlich getrennt vom Klan, monate- und jahrelang durch die Lande gereist, hatte Harra mitgenommen. Völlig beansprucht von seinen Forschungen, hatte er aus Zerstreutheit unterstellt, sie werde schon irgendwie die Grenzen einzuhalten lernen, deren Beachtung ihre Mutter sie gelehrt hätte, behandelte sie jedoch nicht nur wie eine Tochter, vielmehr ebenso wie einen Sohn, vor allem nachdem sie so alt geworden war, daß er ihre rasche Auffassungsgabe erkannte, doch immerhin stellte er eine Dienerin ein, die dafür sorgte, daß sie ein gepflegtes Äußeres hatte, und ihr neue Kleider nähte, wenn sie welche brauchte oder wünschte. Als sie acht war, begann er sie in seinen Künsten zu unterrichten, unterwies sie in Musik und Zauberkunde, die ihm beinahe als ein und dasselbe galten; sie waren sich in ihren Interessen sehr ähnlich, standen einander sehr nah; er sprach viel mit ihr, häufiger, als daß er sich in Schweigen hüllte, redete mit ihr, als wäre sie ein Magier von seiner Gelehrtheit und in seinem Alter. Doch es gab auch Zeiten, da er sich vollauf in seine Forschungen vertiefte oder in den vielen Städten, in die sie auf ihren Landfahrten gelangten, andere Magier aufsuchte oder einer der abweisenden Einsiedeleien einen Besuch abstattete, die nichts Weibliches betreten durfte; dann verschaffte er ihr in einem der örtlichen Häuser Unterkunft. Sie lernte sich rasch örtlichen Gewohnheiten anzupassen, auf Anhieb die Gefahren zu erkennen, die einem jungen Mädchen drohten, wie sie sich davor schützen konnte, zur gleichen Zeit jedoch solche Freundschaften zu schließen, die ihre Einsamkeit etwas linderten. Bei Gelegenheit — indessen kam es selten vor — blieb ihr Vater bis zu zwei Jahren am selben Ort; manchmal hatte sie sich gerade an die Eigentümlichkeiten einer Stadt gewöhnt, ihre Gerüche, ihren Lärm und das Vergnügen, das sich dort finden ließ, zu schätzen begonnen, und dann brachen sie von neuem auf. Ein seltsames, manchmal von Sorgen geprägtes, zumeist unsicheres Dasein war es, und die Bürde, ihren von Ort zu Ort unterschiedlichen Haushalt zu führen, lastete vorwiegend, nachdem sie den zwölften Geburtstag gefeiert hatte, auf ihren schmalen Schultern, aber diese Belastungen waren eine ausgezeichnete Vorbereitung auf die Kunst des Überlebens, wie sich zeigte, als ihr Vater zwischen zwei Atemzügen an einer Gefäßerkrankung starb, von der niemand Kenntnis gehabt hatte. Nun hatte sie dank dieser Vorgeschichte den Vorteil gehabt, mit einem Blick das in einem Badehaus richtige Betragen erkennen und infolgedessen ihre aus der Kindheit mitbekommenen Vorurteile überwinden zu können. Zwar ihre Verlegenheit zu meistern außerstande, hatte sie sie verheimlicht, sich geradeso wie die übrigen Miglieder der Truppe entkleidet und war flugs ins für ihr Empfinden viel zu klare Wasser gestiegen. Sie achtete zunächst darauf, den anderen Schwimmern den Rücken zuzuwenden, während sie umherplanschte, hoffte darauf, die Wärme des Wassers gäbe ihnen eine Erklärung für ihr hochrotes Gesicht ab, doch am Ende fühlte sich sie gänzlich entspannt und gelockert, seufzte behaglich vor sich hin, während das warme Bad ihre Muskeln entkrampfte.

Inzwischen fühlte sie sich im Badehaus so wohl wie die anderen, sie beobachtete, wie Taguiloa bei sich lächelte, schwelgte im eigenen Wohlbefinden, freute sich auch für ihn. Proben waren eine Angelegenheit, aber am Schluß eines richtigen Auftritts so stürmischen Beifall, ein solches Wohlwollen der Zuschauerschaft genießen zu dürfen — wahrlich, das war eine ganz andere Sache, man konnte es Taguiloa kaum verdenken, wenn er sich vor Freude noch wie trunken fühlte. Harra war selbst eindeutig leichtmütig und albern zumute.

»Ich könnte mich dran gewöhnen«, sagte sie laut.

Taguiloa öffnete ein Auge, grinste ihr zu.

Die Tür zum Bad schwang auf, mehrere Dienstmädchen traten ein. In eine Ecke stellten sie einen langen Tisch, und auf ihn Tabletts mit Leckereien, mehrere große Steingut-Teekannen, dazu Trinkschalen, Weinbecher, gewärmte Tücher. Die rundgesichtige Frau, die alles beaufsichtigte, verbeugte sich in Taguiloas Richtung. »Mit den Grüßen des Jamar, Saöm-y-Saör.«

Faul hob Taguiloa einen Arm aus dem Wasser. »Godalau segne ihn für seine Großzügigkeit.«

Die Alte verneigte sich nochmals. »Saöm, der Wirt wünscht euch nicht etwa zu stören, während ihr euch der Erquickung hingebt, jedoch ist es sein Wunsch, daß ihr erfahrt, es ist des Jamar Begehr, euch morgen abend in seinem Haus auftreten zu sehen.«

Für ein, zwei Atemzüge schwamm Taguiloa still auf dem Wasser. »Richte dem Wirt aus«, sagte er schließlich, »daß wir unter der Voraussetzung, daß wir ein angemessenes Entgelt und geeignete Unterkunft für uns und unsere Pferde erhalten, mit Freuden vor dem Jamar auftreten werden.« Das Weib verbeugte sich ein drittes Mal und ging, scheuchte die neugierigen, aufgeregten Dienerinnen vor sich hinaus. Taguiloa trat einige Augenblikke lang gemächlich Wasser und schwieg, dann seufzte er, kauerte sich im Schneidersitz am Beckenrand auf die Kacheln. »Die Hoffnung auf Entgelt wird wohl leider vergeblich sein. Wir dürften von Glück reden können, kriegen wir Essen und 'n Dach überm Kopf. Trotzdem kann's sein, daß der Aufenthalt die Mühe wert ist. Die Temueng-Jamara stehen untereinander mittels Brieftauben und Kurieren in Verbindung, darum wird unser Ruf uns vorauseilen und vor uns Andurya Durat erreichen.« Lange maß er Brann aufmerksamen Blicks. »Wirst du vorsichtig sein?«

»Ich versuch's, Taga. Slya weiß, ich versuch's.«

Harra stieg aus dem Wasser, wickelte sich in ein Badetuch und ging die Speisen in Augenschein nehmen, sie verspürte auf einmal gehörigen Hunger. Sie schenkte Tee ein und kostete die verschiedenen Leckerbissen auf den Tabletts. »Kommt und eßt, zerbrecht euch mit schweren Sorgen lieber ein andermal den Kopf! Falls ihr so hungrig seid wie ich, ist's hier wie im Himmelreich.«

Der Jamar war ein hünenhafter Mann. Obwohl Brann selbst recht groß war, ragte sie ihm mit dem Kopf lediglich bis zur Mitte des Brustkorbs. Er hatte so breite

Schultern, daß sie für drei Hina gereicht hätten, der Bauch war so dick und hart wie ein Bierfaß, die Beine glichen Baumstämmen, Arme, Füße und Hände hatten dementsprechende Maße. Er hätte eigentlich abstoßend wirken müssen; das war jedoch durchaus nicht der Fall. Er empfing die Truppe mit breitem freundlichen Lächeln des Willkommens. »Eure Gegenwart ist eine Ehre für Haus Hamardan«, dröhnte seine Stimme.

Taguiloa vollführte eine Verbeugung. »Wir sind es, denen Ehre zuteil wird«, antwortete er leise; er fühlte sich noch ein wenig mitgenommen.

Der Hamardaner Jamar führte die Truppe zuerst durch die Räume, die er ihnen im Haus zur Verfügung stellte, eine Gunst, mit der Taguiloa keineswegs gerechnet hatte, und ebensowenig hatte er so schöne Zimmer erwartet. Noch wußte er nicht, wie er mit soviel Gönnerhaftigkeit umgehen sollte. Es verursachte ihm Unbehagen. Im allgemeinen behandelten Temueng Fremde und Hina nicht auf diese Weise.

Während sie sich einzurichten versuchten, blieb der Jamar in der Nähe, schweigsam hielt er sich zurück, war jedoch unmöglich zu übersehen. Seine Froschaugen musterten immer wieder Brann, Harra und die anderen; ständig leckte er sich die Lippen, öffnete den Mund, um etwas zu sagen, schloß ihn aber jedesmal, ohne einen Ton zu äußern. Taguiloa unternahm einige Anstrengungen, um ihn durch die Tür vom Rest der Truppe zu entfernen, damit er aussprach, was ihn beschäftigte, doch allem Anschein nach blieb er blind für alle versteckten Hinweise, und Taguiloa konnte ihn — trotz seiner offenkundigen Leutseligkeit — schlecht hinausschieben. Taguiloa war geistesgegenwärtig genug, um in dieser verzwickten Lage äußerste Umsichtigkeit zu bewahren, obschon es ihm innerlich höchste Willenskraft abforderte und ihn entsprechend zermürbte, sich der gebotenen Höflichkeit zu befleißigen. Er schaute Harra vielsagend an. Und sie — Tungjii lohne ihr die schnelle Auffassungsgabe! — scharte die übrige Truppe um sich, und zusammen verließen sie den Raum. Der Yaril-Hund ließ sich in einem Winkel nieder, die kristallartigen Augen halb geschlossen, aber auf den Temueng gerichtet, ein starker Beschützer, sollten sich Unnannehmlichkeiten ergeben.

Der Hamardan-Jamar wartete, bis alle anderen das Zimmer verlassen hatten, hörte zerstreut zu, während Taguiloa sein zusammenhangloses Geplauder fortsetzte. Unvermittelt räusperte sich der riesige Temueng, unterbrach Taguiloa mitten im Satz. »Wie viele Tage kannst du bleiben ...?« Offenbar überlegte er, was für eine Anrede er verwenden könnte. Das hinaische *Saö* mochte er nicht benutzen, obwohl er sichtlich das Bedürfnis verspürte, zu seinem Gast höflich zu sein; andererseits wollte er einem bloßen Künstler keine temuengische Anrede gewähren, kein Temueng wäre dazu fähig, ohne seine Selbstachtung zu verlieren. Er wich der Schwierigkeit aus, indem er einfach verstummte, in unruhiger Ungeduld wartete er auf Taguiloas Antwort.

»Äh ...« Taguiloa suchte hastig nach einer Möglichkeit, um dem zu entgehen, was er bevorstehen sah. »Ah ... Hochedler Jamar, Saö-jura, wir müssen in Durat sein, ehe von den Hochebenen die Stürme herabwehen.« Er sprach ehrerbietig, aber mit Entschiedenheit, bediente sich der achtsamsten, förmlichsten Ausdrucksweise und hoffte aufs Beste. Wenn dieser Temueng die Ansicht hegte, sich eine eigene Künstlertruppe halten zu müssen, vermochten sie dagegen so gut wie überhaupt nichts zu tun. Fortlaufen hieße nur, alles aufzugeben, und dazu hatte Taguiloa nicht die mindeste Neigung, solange noch eine kleine Aussicht bestand, sich auf anderem Weg entziehen zu können.

»Bleibt hier!« sagte der Hamardan-Jamar. »Es wird nicht zu eurem Nachteil sein.«

»Ein großmütiges Angebot, hoher Jamar, Saö-jura.« Taguiloa redete langsam, dachte noch immer darüber nach, wie es möglich wäre, sich der Klemme zu entwinden. »Wenn du gestattest — wir brauchen mehr als lediglich Zuflucht vor Regen und Essen im Bauch ...« Nachdem er dem Temueng einen Seitenblick gewidmet hatte, wagte er etwas weniger förmlich zu sprechen. »Dieses Jahr sind wir wahrhaft auf der Höhe unserer Fähigkeiten. Wenn du gestattest, wir haben da gewisse Träume ... Doch dergleichen ist für dich ohne Belang, Saö-jura. Ich verschwende mit meinem Geplapper deine Zeit, um Verzeihung, Saö-jura.« Er senkte den Blick, beugte den Kopf und wartete ab.

Erneut stieß der Temueng ein Räuspern aus. »Nein, nein«, entgegnete er, »schon recht.« Schweigen. Hastig schaute Taguiloa den Temueng an. Der Hüne wirkte kummervoll. Plötzlich drehte er den Schädel, ertappte Taguiloa dabei, wie er ihn beobachtete. »Eine Woche«, sagte er. »Meine Jamika grämt sich.« Halb verschluckte er die Wörter. »Unser Ältester weilt bei den Streitkräften in Croaldhu, unser Jüngster ist nach Andurya Durat gerufen worden.« Er blickte an Taguiloa vorbei, als wäre er sich seiner Anwesenheit nicht länger bewußt. »Er ist ihr Herz, der Atem in ihrem Busen. Und ein tüchtiger Bursche obendrein, er reitet, als wären er und das Roß eins, im Umgang mit Freunden ist er freigebig, er ist beherzt und voll des Tatendrangs. Mag sein, ein wenig unbedacht, aber schließlich ist er jung.« Abermals räusperte er sich. »Deine ...« Wieder suchte er nach dem richtigen Wort, entschied sich für die leicht abfällige temuengische Bezeichnung für Hinaweiber. »Deine *ketchin* müßten die Jamika ablenken können. Eure Vorstellung gestern abend hat ihr viel Vergnügen bereitet. Sie hat gelächelt, als du diese Tollheiten auf dem Geländer und all die anderen Sachen getrieben hast ... Ja, und sie hat geschlafen, ohne ...« Er verstummte, runzelte die Stirn. »Verschafft ihr für eine Weile Erleichterung vom Kummer, Künstler, und du kannst verlangen, was du willst.«

Taguiloa nahm den Blick von dem hünenhaften Mann,

der solche Sorgen hatte aufgrund seiner Liebe zu dieser Kuh von Gemahlin und jenem Kalb, dessen Schilderung die Mutmaßung nahelegte, daß es war wie die meisten jungen Temueng, nämlich überheblich, gedankenlos und zu seinesgleichen so rüde wie zu den Menschen, denen das Unglück widerfuhr, seiner Macht ausgeliefert zu sein. Aber gleichwohl, dachte Taguiloa, eine Woche Aufenthalt ist tragbarer als erwartet. Mit Schwung vollführte er eine tiefe Verbeugung. »So verweilen wir denn mit deiner gütigen Erlaubnis eine Woche lang, Saö-jura.«

Der Hamardaner Jamar wandte sich zum Gehen, drehte sich noch einmal um. »Eine der *ketchin* ... sie ist eine Seherin?«

»Bisweilen vermag jemand weiter als einen Tag, eine Nacht vorauszusehen, Saö-jura.«

»Meine Jamika wird die Seherin um Weissagung ersuchen. Ich mag gar nicht wissen, auf welche Art die *ketcha* weissagt, ob sie mehr als nur in einem Gesicht lesen kann, ob sie lügt oder ausspricht, was sie in Wahrheit sieht. All das ist mir gleichgültig, Künstler. Sag deiner Seherin, sie soll meine Jamika zufriedenstellen. Hast du mich verstanden?«

»Ich habe verstanden, Saö-jura.«

Ein, zwei Augenblicke lang zauderte der Jamar noch an der Tür, dann stapfte er hinaus.

Taguiloa stand da und schabte sich den Nacken mit Fingern, die zitterten. Erleichterung, Beunruhigung und Unmut wühlten ihn inwendig auf. Eine Woche. Aber wer gab die Gewähr, daß die Verzögerung damit ein Ende hatte? An eine Woche reihten sich schnell eine zweite und dann eine dritte Woche. Nach einer Woche mußte Schluß sein; es mußte ganz einfach Schluß sein. Taguiloa berührte sich an der Schulter, wo er seinen zwiespältig gesonnenen Patron sitzen gefühlt hatte, fragte sich, ob dieser Aufenthalt eines der zweifelhaften Geschenke Tungjiis sein könnte. Er überprüfte seine jüngste Vergangenheit darauf, wann er seinen Gott mißachtet oder verärgert haben mochte. Aber ihm fiel nichts ein außer den üblichen, durch den Wirrwarr des Alltags bedingten Unaufmerksamkeiten und schnell vergessenen Flüchen. Er zwang sich zur Gelassenheit und machte sich auf die Suche nach der restlichen Truppe, um ihr zu erzählen, was sich ereignet hatte.

Taguiloa hüllte sich in ein gewirktes Kleidungsstück aus schwarzer Seide — außer in der Farbe glich es ganz dem weißen Gegenstück, das er bei seinem Auftritt getragen hatte, also den gesamten Körper bedeckte —, schlüpfte aus seinem Zimmer und begab sich auf seinen abendlichen Streifzug durchs Haus des Jamar; er belauschte dabei alles, was er zu hören bekam, das Bedürfnis zu überleben, trieb ihn ebenso dazu wie bloße Neugier. Die Woche näherte sich ihrem Ende, der Zeitpunkt rückte heran, an dem die Gutwilligkeit des Hamardan-Jamar auf die Probe gestellt werden sollte. Vielleicht ließ er sie ziehen; doch es konnte so kommen, daß er darauf bestand, sie noch für eine Weile bei sich zu behalten; und danach würde er auf einem weiteren und abermals einem Weilchen beharren, und immer so fort, er würde ihnen auf diese Weise die Zeit stehlen, sie niemals gehen lassen.

Taguiloa durchquerte das Gewirr von Fluren in dem Gebäudeteil, in dem die Truppe untergebracht war, strebte zu dem Vorratskämmerchen, das er bei seiner ersten abendlichen Erkundung des Baus entdeckt hatte. Zwei Bedienstete, Mann und Weib, die noch spät umgingen, zwangen ihn zur Zufluchtnahme in dem finsteren, offen zugänglichen Alkoven, doch kaum hatte er Deckung gefunden, mußte er erkennen, daß die zwei beabsichtigten, dieselbe Kammer aufzusuchen. Er fluchte dem geilen Pärchen und schaute sich nach einem anderen Versteck um. Wahrscheinlich würde es keinen Lärm schlagen, falls es ihn sah, sondern sich einfach einen anderen Platz suchen, um seine Lust zu befriedigen, aber später liefe Geklatsche um, das wohl irgendwann jemandem zu Ohren käme, der etwas zu sagen hatte, und daraus ergäben sich unerfreuliche Folgen für die Truppe. An einer Wand der Kammer befanden sich vom Boden bis zur Decke schmale Regalbretter. Taguiloa kletterte daran hinauf, darum bemüht, sich zusammenzukrümmen, sich unsichtbar zu machen. Die Bretter erwiesen sich als für sein Vorhaben nicht breit genug, doch da bemerkte er über sich, in der Decke des Kämmerchens, eine viereckige Vertiefung. Er drückte gegen eine Seite des Vierecks, und sie kippte ein wenig aufwärts. Als das Paar in die Kammer kam, flüsterte und lachte, hatte er sich schon durch die Öffnung geschoben und schloß die Klappe wieder. Zunächst zu furchtsam, um sich zu regen, lauschte er den Geräuschen von drunten, aber nach einer Weile wachsender Langeweile und zunehmender Verkrampfung der Gliedmaßen erhob er sich in die Hokke, hielt Umschau; durch Belüftungslöcher unterhalb der Dachkante drang gerade so viel Helligkeit ein — Licht des Wunden Mondes —, daß er ein Kreuz und Quer von Balken sowie die Lattung sehen konnte. Der Dachfirst verlief hoch über der Stelle, wo Taguiloa kauerte, fiel steil zu den Dachkanten ab. Es sah ganz einem Temueng ähnlich, mit einem so großen geräumigen Innenraum Platzverschwendung zu betreiben, ihn Staub und Eichhörnchen, Spinnen und Mäusen anheimfallen zu lassen. Sobald Taguiloa genauer hinhörte, merkte er, daß es unterm Dach recht geräuschvoll zuging, ein Nagen war zu vernehmen, das Tappen von Krallenfüßchen, das Schnattern von Eichhörnchen, Quieken von Mäusen, denen Hauskatzen auflauerten und die sie erlegten, Geschrei von Katzen, die sich stritten oder paarten. Taguiloas Sorge, man könnte ihn hören, ließ erheblich nach, er richtete sich auf, verschaffte sich einen Überblick und schlich auf den Balken vorwärts, achtete auf Stimmen in den unten befindlichen Räumen.

In den Tagen seit seinem ersten geheimen Streifzug hatte er genug Gerede mitbekommen, daß er ein immer stärkeres Mißbehagen empfand. Nun huschte er eilends über die Dachbalken, strebte zu den Gemächern des Jamar, ohne bei den übrigen fürs Lauschen vorteilhaften Stellen zu verweilen.

Hier war die Schreibstube. Jetzt war es darin still. Einen Augenblick lang verhielt Taguiloa im Stehen über der Ritze, durch die man von drunten Töne hören konnte. Gestern abend hatte sich der Hamardan-Jamar in der Schreibstube mit seinem Aufseher unterhalten, einem seiner Onkel, einem gerissenen Alten, dessen sämtliche Enkel — der Jüngste ausgenommen — im Heer dienten. Sie hatten über die Erhöhung des kaiserlichen Anteils an der Ernte gesprochen, vorsichtige Erwägungen darüber angestellt, was sie bedeuten mochte, beide Männer hatten weit mehr nicht gesagt als gesagt, und mehr als ihre Worte hatte ihr Schweigen über ihre Bedenken und ihren Wissensdurst bezüglich der Dinge verraten, die in Andurya Durat geschahen. Der Alte hatte einen Brief von einem Enkel erhalten, mit der Nachricht, daß noch einer der Enkel gefallen war, der Rest zwar im wesentlichen wohlauf sei, jedoch nicht allzu zufrieden mit dem auferlegten Los. Der Brief umfaßte auch Neuigkeiten über den Ältesten des Jamar; er lebte, war unverletzt, drohte sich allerdings schier zu Tode zu langweilen, die Croaldheser waren ihm zuwider, das Essen, die Gerüche und die Weiber, schlichtweg alles auf jener verdammten Insel war ihm ein Greuel, eingeschlossen — wie sich gewissermaßen zwischen den Zeilen erkennen ließ — die anderen Hauptleute und seine Untergebenen.

Weder hatte der Jamar eine Ahnung, weshalb der Kaiser auf einmal den Entschluß gefaßt hatte, seine Heere in alle Welt zu schicken und sie erobern zu lassen, noch sein Onkel; zweihundert Jahre lang hatte den Temuengkaisern das fruchtbare Land Tigarezun vollständig genügt. Diese Eroberungszüge gefielen den beiden Männern gar nicht. Tigarezun, das war ihnen wichtig. Sie vertraten die Auffassung, daß die Hina zur Erde keine sinnvolle Beziehung hatten, im Gegensatz zu ihnen; die Gebeine ihrer Vorfahren lagen in der Erde begraben, während die Hina, diese gedankenlosen Geschöpfe, ihre Toten verbrannten (und wie sollten sie irgendein Recht auf Land haben, wenn sie es gar nicht mit dem Fleisch und Bein ihrer Ahnen weihten und für sich beanspruchten?), folglich waren es die Temueng, denen alle Erde gebührte, gewiß, doch diese Aneignung fremder Ländereien erachteten die zwei Männer als Unfug, besonders im Fall einer Insel, zu der man über eine Woche lang segeln mußte, und überhaupt im Fall aller Inseln. Temueng fanden keinen Gefallen an der Seefahrt und fühlten sich auf einem Flecken Erde, den man binnen ein, zwei Tagen von der einen bis zur anderen Seite durchreiten konnte, zwangsläufig unwohl. Die Eroberungskriege waren aufwendig und kosteten viele Söhne der Temueng das Leben. Am gestrigen Abend hatten der Jamar und sein Onkel zwei Stunden lang gemurrt und Überlegungen in bezug auf den Geisteszustand des Kaisers angestellt; er hatte kürzlich eine neue, ganz junge Gemahlin genommen; vielleicht war er im Alter über dem Bemühen, sich wieder jung zu fühlen, verrückt geworden.

Taguiloa tappte die Dachbalken entlang, lauschte in die einzelnen Zimmer der Gemächer des Jamar, den Tagesraum des großen Hauses, das Bad, den Wintergarten, und so weiter, überall Schweigen — bis er überm Schlafgemach des Jamar anlangte.

Dessen Gattin weinte, der Fürst versuchte sie zu trösten. Nach einiger Zeit verebbte das Schluchzen. Danach war es für ein paar Atemzüge still. Schwere, dann leichtere Schritte, ein Stuhl knarrte, die Schritte der Frau ließen sich weiter vernehmen, sie ging ruhelos auf und ab. Taguiloa streckte sich der Länge nach auf dem Balken aus und machte sich aufs Warten gefaßt.

»Sie sagt, es stünde in Durat gut um Empi, er hat ein neues Roß, nicht zuviel Geld beim Spiel verloren und durchaus jede Gelegenheit, bei Hofe die Aufmerksamkeit einer wichtigen Persönlichkeit zu erregen.« Die Frau blieb stehen, seufzte.

»Er wollte es so, Tjena.«

»Ich weiß. Aber ich vermisse ihn so sehr, Ingklio.« Schritte, ein Liegesofa quietschte. »Warum gehen wir nicht für den Winter in die Hauptstadt?«

»Es gibt zuviel zu tun. Und die Ular-drah verüben ihre Überfälle schon in der näheren Umgebung. Du weißt, wie's im vergangenen Monat dem Tjatajaner Jamarak ergangen ist. Das Haus niedergebrannt, die Speicher geplündert, was die Ular-drah nicht wegschleppen konnten, haben sie verdorben.«

»Ohm Perkerdj könnte unsere Ländereien schützen.«

Der Hamardaner Jamar stieß ein Brummen aus. »Dieses Jahr nicht«, sagte er mit einer nachdrücklichen Endgültigkeit, die die Jamika zum Schweigen bewog.

Neues Quietschen, als sie sich erhob und von neuem hin- und herzuwandern anfing, nörglerische Bemerkungen über ihre Zofen und deren Mängel äußerte, die Kränkungen, die sie angeblich seitens der Verwandten und deren Gemahlinnen erdulden mußte, und die Unehrerbietigkeit eines der männlichen Diener. Der Jamar schwieg, er hatte sich längst dermaßen an ihr Gequengel gewöhnt, daß es dem Vorbeiwehen des Winds glich, es zählte zu den jeden Tag hörbaren Geräuschen, die er nicht länger bewußt wahrnahm. Taguiloa lag auf dem Dachbalken, schlief halb, neigte bereits dazu, das Paar seinem Alltagstrott zu überlassen, denn an den vergangenen vier Abenden hatte diese Art von Geplänkel damit geendet, daß er ins Bett kroch. Er gähnte und grinste in die Dunkelheit. Es mußte ein gewaltiges Bett sein, und haltbar gebaut dazu. Die Jamika hatte einen Wuchs, der zum Jamar paßte, dicke Arme und Schenkel, Brüste wie Wassermelonen, war nur einen Kopf kleiner als er;

vielleicht war sie der Grund, weshalb er nie eine Zweitfrau genommen hatte, womöglich war sie das einzige Weib auf der Welt mit hinlänglich stämmigem Körper, damit er es nicht mit seinem Gewicht unter sich zermalmte, neben dem er nicht lächerlich aussah, wie ein mit einer Gazelle vermählter Elefant. Bei diesen Gedanken verflog jedoch Taguiloas Belustigung. Wenn es sich so verhielt, würde der Jamar nachgerade alles tun, um die Zufriedenheit seiner Gemahlin einigermaßen zu gewährleisten. Er hatte offenbar keine Konkubinen, in der Gegenwart Branns und Harras war er verlegen, er schien sich vor Frauen mit herkömmlichem Körperbau beinahe zu fürchten. Fast vergaß sich Taguiloa, hätte er Tungjii verflucht. Er beherrschte sich gerade noch, schließlich war es mies genug, unmittelbar unter der Fuchtel des Jamar ausharren zu müssen, ohne Tungjii, diese so unberechenbare Gottheit, zu reizen. Ihre/seine Gunst war schon eine zweischneidige Sache, ihre/seine Ungnade nicht anders, als käme auf dem Rücken eines Drachens die Hölle selbst angeflogen. Taguiloa rieb sich am splitterreichen Dachbalken die Nase und versprach Tungjii ein Dutzend Räucherstäbchen, die er entzünden wollte, wenn er sich wieder daheim in Silili befand.

»Was ist mit den Schaustellern?« fragte der Hamardan-Jamar auf einmal. »Soll ich sie weiterziehen lassen, oder möchtest du sie bei uns behalten?«

Taguiloa biß sich spürbar auf die Lippe, atmete tief durch. »O Ingklio, würdest du sie behalten? Jenes Weib bedeutet mir großen Trost, es ist eine wahre Seherin, ich weiß es; es hat mir Dinge gesagt, die sonst niemand ... Nun, derlei Sachen eben, und wenn es hier ist, kann's mir mitteilen, was Empi treibt. Er schreibt ja nie.« Lautes Quietschen, als die Jamika sich neben dem Jamar aufs Liegesofa warf. »Denk nur: eigene Schauspieler! Können wir's uns leisten?«

»Hina und Fremdlinge ... Was sollten sie schon kosten?«

In stummer Wut schäumte Taguiloa vor sich hin, lauschte noch für ein Weilchen, während die Unterhaltung drunten in elefantenhaftes Geturtel zu münden begann. Bald hatte er genug; wenn er noch ein wenig länger zuhörte, würde ihm zweifellos schlecht werden. Er stand auf und schlich zum Durchstieg, kletterte hinab ins Vorratskämmerchen und kehrte durch die düsteren stillen Korridore zurück in sein Schlafzimmer. Er pellte sich das einteilige Kleidungsstück vom Leib, wusch sich mit einem Schwamm Schweiß und Staub ab, streifte ein altes weiches Gewand in blauer Farbe über, strebte durch den Korridor zu Branns Tür und klopfte an.

Nach kurzem Warten ließ sie ihn ein. Die Lampen in ihrem Zimmer brannten noch, Jaril und Yaril saßen im Schneidersitz auf dem Bett, ihre Kindergesichter schauten ernst drein, ihre Kristallaugen spiegelten den Lampenschein wider.

»Jaril dachte schon, daß du bald kommen wirst«, sagte Brann. Sie setzte sich neben Yaril aufs Bett. »Es gibt also schlechte Neuigkeiten.« Letzte Äußerung war keine Frage.

»Der Jamar betrachtet uns als 'n kleines Geschenk für sein Eheweib«, antwortete Taguiloa. »Du warst 'n bißchen zu überzeugend. Diese dicke Kuh möchte täglich Neues über ihr mißratenes Kalb erfahren.« Brann sagte ein paar Worte in einer Sprache, die er nicht kannte, aber dank ihrer Heftigkeit bedurfte es keiner Übersetzung. »Und ihr schmeichelt die Vorstellung, 'ne eigene Künstlertruppe zu haben, sie verspricht sich wohl davon, daß es ihr Ansehen bei den Nachbarn hebt. Sie hatte etwas Bedenken wegen der Kosten, aber er macht sich deswegen keine Sorgen, wir sind für ihn bloß 'n Häufchen ›Hina und Fremdlinge‹, er ist der Meinung, so 'n Gesindel könne nicht viel kosten. Essen und ein, zwei Krüge Wein, denkt er, und wir sind gekauft.«

»Mmm. Yaril, hol Harra! Wir müssen uns beratschlagen. Jag ihr keinen Schrecken ein, aber stell klar, daß es dringend ist.« Versonnen sah sie Taguiloa an. »Linji und Negomas brauchen wir nicht zu wecken.« Sie schaute zur Tür. »Harra versteht von derlei Angelegenheiten viel mehr als ich.« Aus Unsicherheit blinzelte sie. »Es gibt so vielerlei, das mir ...«

Jemand pochte an die Tür. Taguiloa stand auf, ließ Harra herein, nahm wieder auf der Sitzbank Platz. »Man bietet uns eine Dauerstellung«, sagte er. »Hier im Haus.«

Harra rümpfte in Branns Richtung die Nase. »Ich habe dir nahegelegt, mit deiner Wahrsagerei Vorsicht walten zu lassen.«

»Leicht gesagt für dich, aber für mich schwierig zu machen. Du hast nicht diese Kuh am Hals, die an jedem meiner Worte hängt.« Brann seufzte. »Ich weiß, ich steigere mich selbst 'n bißchen hinein, aber ich behaupte, daß mein Verhalten keinen wesentlichen Unterschied bedeutet. Die Jamika will mir glauben und dreht alles, was ich sage, zu etwas zurecht, das sie hören möchte. Sogar wenn ich schweige, zieht sie Schlußfolgerungen aus der Art, wie ich atme.« Sie vollführte Gesten des Mißmuts, unter ihr quietschte das Bett. »Hat dein Vater dich irgend etwas gelehrt, was uns in dieser Lage 'ne Hilfe sein könnte?«

»Na ja, er ist bei der Auswahl dessen, was er mich lehrte, nicht sonderlich zielstrebig vorgegangen, nur hinsichtlich seiner Forschungen war's anders, er unterwies mich jeweils darin, was ihn gerade am meisten interessierte. Mmmm.« Finsteren Blicks starrte sie die Wand an, suchte wohl in ihrem Gedächtnis nach aufschlußreichen Kenntnissen. Plötzlich grinste sie. »Ich hab's. Es gibt ein Kraut und einen Zauber, die zusammen den Fürsten mit einem Bann belegen können. Leider wirkt das eine nicht ohne das andere. Ich habe bloß noch ein, zwei Unzen Lixsil im Kräutersack meines Vaters, aber es ist nicht viel nötig. Die Dienerin, die mir meine Mahlzeiten bringt, ist ziemlich redselig, sie hat erwähnt, daß der Jamar bei schönem Wetter das Morgenmahl allein in seinem Gärtchen einnimmt. Sie meinte, morgens wäre er wie ein mürrischer Bär, und jeder ginge ihm aus dem Weg, wenn's sich einrichten ließe. Negomas schwört, in den nächsten drei Tagen wird das Wetter trocken und sonnig sein, er beteuert, daß er sich auskennt, und ich neige dazu, ihm zu glauben. So, ich denke mir, ihr seht schon, worauf ich hinaus will. Eins der Wandelkinder gibt ihm das Lixsil in den Tee, ich brauche nicht dabei zu sein, den Zauber kann ich anwenden, während wir bei der Jamika sind. Brann, du bist mit den Wächtern auf der Dammstraße fertiggeworden, kannst du das gleiche mit ihr schaffen? Sonst würde sie genau die Art von Aufruhr veranstalten, die wir vermeiden wollen, wenn wir abfahren.«

»Hmm.« Brann sah nachdenklich aus. »Wäre ich doch auch der Magie mächtig! Ich kann am besten Leute umbringen, aber Tjena, wie schauderhaft sie auch ist, hat den Tod nicht verdient.« Sie richtete den Blick von Taguiloa auf Harra, dann zurück auf Taguiloa, ehe sie die Schultern straffte und sich sichtlich zusammennahm. »Ich kann ihr so viel Kräfte abzapfen, daß sie tatterig und leicht beeinflußbar wird, und ihr einflüstern, alles, was sie in den nächsten Tagen unternimmt, hätte Folgen für das Schicksal ihres Sohns ... Ich muß es noch gründlicher durchdenken.« Sie lächelte, ihre Haltung lockerte sich, sie gähnte. »Hat noch jemand irgend etwas hinzuzufügen? Nicht? Na, dann laßt uns schlafen.«

Hinaische Bedienstete deckten den Tisch, stellten eine große Teekanne aus Steingut und einen Trinkbecher darauf, dazu einen Berg Semmeln, einen Topf eingelegtes Gemüse, eine Platte mit Würstchen und eine Schale kaltes Hühnerfleisch, eine Schüssel gesüßter Obststücke — Zitrone, Aprikose, Beeren und Pfirsich — sowie eine Terrine voll Bratreis mit Ei. Kaum hatten sie das Frühstück aufgetragen, verzogen sich die Bediensteten, hatten es so eilig, daß man dadurch die Angaben von Harras Dienerin, was die morgendliche Übellaunigkeit des Hamardan-Jamar betraf, bestätigt sehen durfte. Sobald alle das Gärtchen verlassen hatten, hangelte sich ein kleiner Affe mit buschigem grauen Fell von einem Baum und flitzte zu dem Tisch. Er hopste hinauf und suchte sich einen Weg durch die Speisen, hob den Deckel der Teekanne und schüttete aus einem Tütchen etwas hinein. Das Äffchen lugte in die Kanne, sah graue Kräuterschnipsel auf der dampfend-heißen Flüssigkeit schwimmen, kreisen, dann durchfeuchtet werden und sinken; es setzte den Deckel wieder auf die Kanne und huschte davon, verschwand in die Büsche, gerade als der Hamardan-Jamar angestampft kam, zum Himmel hinaufspähte, zum Tisch stapfte, die Ärmel seines Gewands aufkrempelte, sich den Becher mit Tee füllte und das Getränk in den Rachen goß. Der kleine graue Affe grinste wie ein Raubtier, verwandelte sich in eine lange Schlange und kroch durch ein Loch in der Mauer hinaus.

Jaril schlüpfte in die Räumlichkeit, wo Harra stumm eine Hintergrundmusik klimperte, während Brann mit der Jamika über deren Kinder plauderte, mehr zuhörte als selber sprach. Er hockte sich zu Harra. »Er trinkt's«, flüsterte er ihr zu.

Harra nickte. Sie begann die Melodie zu vereinfachen, bis ihre Finger nur noch träge über die Saiten strichen; dann schloß sie die Lider und fing leise zu pfeifen an, und die Pfeiftöne umwoben gleichsam das bedächtige Geklampfe, das die Finger auf den Saiten erzeugten. Mit einem Ausdruck äußerster geistiger Aufmerksamkeit auf dem Gesicht führte sie den Zauber durch, der dem Jamar galt; die magischen Kräfte, die sie dabei freisetzte, verursachten Jaril ein Kribbeln, seine Umrisse verschwammen leicht und flimmerten, Schwingungen durchliefen die Stofflichkeit seiner Gestalt, hatten eine ähnliche Wirkung wie ein starkes Rauschmittel. Eine kalte Nase stieß ihm gegen die Hand. Yaril war als Hündin herübergekommen, schmiegte sich an ihn, zitterte ein wenig, ihre Umrisse schimmerten, auch durch sie wallten die magischen Schwingungen. Wie solche Erlebnisse sich langfristig auswirken mochten, darin war sie ebenso unsicher wie Jaril, doch fürs erste genoß sie das Gefühl: sie war um einiges lebensfreudiger eingestellt als ihr Bruder, zeichnete sich durch die Neigung aus, die Annehmlichkeiten des Augenblicks auszukosten, während er dazu neigte, sich über alles tiefschürfende Gedanken zu machen, in jeder Sache das Was-wird-sein und Was-wenn abzuwägen.

Harras Pfeifen verklang. »Es ist getan«, raunte sie. »Kehr zu ihm zurück und flüstere ihm ein, was du für angebracht hältst.«

Jaril erhob sich und ging hinaus.

Brann drehte den Kopf und schaute ihm nach, überhörte ein Wort der Jamika. Als die Jamika sie mit quengeliger Stimme rügte, wandte sie sich langsam wieder ihr zu, musterte die Temueng, indem sie mit kerzengeradem Rücken dasaß, wortlos abwartete, bis Tjena nichts mehr einfiel. »Bist du fertig?« fragte sie dann in eisigem Hochmut, der die Frau einschüchterte, senkte den Blick auf die eigenen Handflächen. »Wir befinden uns an einem Zeitpunkt der Veränderungen«, sagte sie, sprach jedes Wort gemächlich aus, als ließe sie überreife Pflaumen auf die Tischplatte fallen und sähe zu, wie sie platzten. Als sie sich selbst hörte, verlegte sie sich darauf, etwas weniger dick aufzutragen, rief sich in Erinnerung, daß die Frau zwar beleibt war, aber nicht völlig blöde. »Kräfte fließen aufeinander zu«, sagte sie, »schaffen seltsame Verknüpfungen. Es ist eine Zeit, in der sich umsichtiges Handeln empfiehlt. Jede Tat wird Auswirkungen weit über ihren eigentlichen Zweck hinaus haben. Eine Zeit naht, in der jene, welche dir verbunden sind, diese Wirkungen zu spüren bekommen. Reich mir die Hände!« Sie nahm die großen Pratzen der Jamika zwischen die Hände, bog den Kopf rückwärts, schloß die Augen. »Der Wandel hat bereits eingesetzt«, sagte sie. »Des Geschickes Fäden sind um und um gesponnen, feine Fäden um einen jeden von uns, überall, überall, die Bande sind geknüpft, von Sohn zu Mutter, Mutter zu Sohn. Was die Mutter jenen in ihrem Umkreis antut, das wird dem Sohn angetan werden.« Während sie diesen Unsinn mit sanfter, eindringlicher Stimme daherredete, zapfte sie die Lebenskraft der Temueng an, saugte ihr — ganz behutsam — so viel ab, daß sie in einen Zustand tiefen Dösens geriet und allen Einflüsterungen zugänglich wurde. »Alles was du anderen zufügst«, flüsterte Brann ganz, ganz leise, »wird dir zugefügt werden, halte uns hier fest, und dein Sohn wird eingesperrt, sende nachteilige Kunde über uns zu anderen Jamara, und man wird deinen Sohn verleumden, verursache uns irgendeinen Schaden, und dein Sohn wird Schaden erleiden, vernimm meine Worte, Tjena Hamardan-Jamika, du wirst dich ihrer nicht entsinnen, aber sie werden in deiner Seele sein. Jede Ungunst, die du uns erweist, wird in gleicher Art über deinen Sohn kommen. Nun höre meinen Segensspruch, Tjena Hamardan-Jamika, schaue die vorteilhafte Seite der Münze des Wandels. Was du dem Diener und der Dienerin, die deiner Macht unterstehen, an Wohltaten gewährst, seien es Hina, Temueng oder andere Menschen, wird an dir und deinem Sohn wohltätig vergolten werden, Lobpreisung wird ihm Tage und Nächte verschönern wie ein wundervoller Wohlgeruch. Gutes wird dir in dem Verhältnis zuteil werden, wie du Gutes tust, deine Seele wird Frieden finden, dein Leben wird dich befriedigen, in den Nächten wirst du köstlichen Schlummer genießen, an den Tagen mit dem Dasein im Einklang leben. Höre meine Worte, Tjena Hamardan-Jamika, vergiß sie, obwohl sie in deiner Seele gegenwärtig bleiben, vergiß meine Worte, aber finde in deinem Leben Erfüllung, vergiß meine Worte.« Sie legte die Hände der Jamika auf dem Tisch ab, hörte hinter sich ein verhaltenes, unaufdringliches Pfeifen verklingen; sie begriff, daß Harra die Einflüsterungen mit einem ihrer Pfeifzauber verstärkt hatte. »Nun schlaf, Tjena Hamardan-Jamika. Schlaf nun und erwache zum Mittagstee, um dich fortan dem Guten zu widmen. Streck dich auf dem Diwan aus und schlaf. Erwache zur Mittagsstunde. Dann wirst du wissen, was du zu tun hast. Schlaf, schlaf, schlaf ...«

Mit Harras Hilfe bettete Brann die massige Frau auf den Diwan, glättete ihre Gewandung und faltete die großen, aber durchaus wohlgeformten Hände unterhalb des Busens, machte alles so zurecht, daß die Jamika beim Aufwachen möglichst wenig von dem unangenehmen Gefühl merken würde, das man verspürte, wenn man in den Kleidern geschlafen hatte, brachte ihre Haartracht in Ordnung. Kurz betrachtete Brann die Schlafende mit gefurchter Stirn, dann ließ sie ein bestimmtes Maß an Lebenskraft in sie zurückfließen, ging so sachte vor, daß sie den Schlummer nicht störte; anschließend schritt sie vom Diwan zur Tür des Wohnraums. Im kleineren Nebenzimmer hielten sich mehrere Dienerinnen auf, schwatzten im Flüsterton, beschäftigt mit Sticken und dem Ausbessern von Kleidung, in ständiger Bereitschaft für den Fall, daß sie gerufen werden sollten. Brann winkte die Altdienerin herein, deutete auf die im Schlaf ausgestreckte Gestalt der Jamika. »Eure Herrin wird bis zum Mittagstee schlummern. Sie hat in der Nacht schlecht geschlafen und war sehr verdrossen.« Die Altdienerin, eine ältere Hina, die sich durch die matte Unterwürfigkeit vieler Jahre des Geplagtseins auszeichnete, verpreßte den Mund zu einem dünnen Strich; sie wußte nur zu gut, was Verdrossenheit der Jamika ihr und den anderen Bediensteten verhieß. Brann lächelte sie an. »Wenn sie schläft, ohne gestört zu werden, wird die Jamika in weit besserer Laune erwachen, und ihr werdet für eine Weile ein leichteres Leben haben, wenigstens bis zum nächsten Mondwechsel.«

Die Altdienerin nickte, verstand sehr wohl, was Brann nicht aussprach. »Wenn's so ist, Saör, dann lohn's dir Godalaus Segen«, antwortete sie halblaut, entfernte sich rasch aus Branns Nähe; obwohl sie große Achtung vor den Kräften der Fremden hatte, war sie ihr doch unheimlich.

Brann, Harra und die Yaril-Hündin begaben sich in ihre Zimmer, um zu packen, nachdem sie alles unternommen hatten, um ihren guten Leumund zu wahren und sich für den nächsten Morgen eine reibungslose Abreise zu gewährleisten.

Früh am folgenden Morgen rumpelte ihr Kastenwagen von neuem los, zurück ließen sie das Haus, einen vorzüglichen Eindruck bei den hinaischen Bediensteten und ein zwar verwirrtes, aber zufriedenes Temueng-Paar. Linjijan, der in der Enge der Mauern ruhelos und trübselig geworden war, freute sich ungemein, wieder Freiheit von Leib und Seele genießen zu dürfen: die langen mageren Beine aufs Schutzbrett gestützt, den Kopf auf sein zusammengerolltes Bettzeug gelegt, spielte er die Flöte, trillerte überschäumend fröhliche Töne, verleitete damit die Pferde zum Übermut, die sich in ihrem üppigen Stall gleichfalls zu langweilen begonnen hatten und nun Laune verspürten, die überschüssigen Körperkräfte mit Ausbrüchen von Wildheit und wüstem Verhalten auszutoben. Branns Brauner scheute beim Anblick des eigenen Schattens, trat aus, wollte sich gar aufbäumen, verursachte seiner Reiterin ein paar schwierige Augenblicke, bis es ihr gelang, ihn wieder zu bezähmen. Als das Haus außer Sicht war, ließ sie ihn eine Zeitlang galoppieren, beschränkte ihn danach jedoch auf einen leichten Handgalopp, damit er sich nicht verausgabte und zudem ihre Kräfte abnutzte.

Harra lachte, gestattete ihrem Grauen einiges Umhergetänzel, ehe sie ihn beruhigte und das Tönen der Flöte sowie das dunkle Dröhnen, das Negomas seiner kleinsten Trommel entlockte, um das Klimpern ihrer Daroud bereicherte.

Gegen Mittag trafen sie in Hamardan ein, hielten vor dem Gasthof, um eine herzhafte Mahlzeit mit heißem Tee einzunehmen; der Wirt drängte sie, am Abend noch einmal aufzutreten, aber Taguiloa, der Zeit aufholen wollte, schüttelte den Kopf, versprach allerdings, erneut im Gasthof einzukehren, wenn sich die Truppe auf dem Heimweg nach Silili befand.

Während der nächsten vier Wochen, in denen sie auf der Straße am Fluß nach Norden zogen, saß Tungjii ganz zweifelsfrei auf Taguiloas Schulter. Das Wetter eignete sich bestens zum Reisen und für Auftritte im Freien. In Dörfern ohne Herbergen traten sie auf den Marktplätzen vor begeisterten Menschenmengen auf und verbrachten mehr als einmal mehrere Nächte im Haus eines Jamar, doch ergaben sich keine neuen Verwicklungen, sie konnten weiterziehen, sobald es ihnen beliebte. Ihr Ruf eilte ihnen voraus; es hatte den Anschein, als ob jedes Dorf, jede Stadt des Festlands schon auf sie warteten, die Leute umwimmelten in Massen ihren Wagen in städtischen Straßen und Dorfstraßen, folgten ihm, wenn sie hindurchfuhren, riesige Menschenmengen und bejubelten sie. Die verborgenen Schatzkästen im Boden des Wagens füllten sich mit schweren Münzen, die Aufnahme und der Anklang, die die Truppe bei Temueng gleichermaßen wie bei Hina fand, blieb so günstig wie das prächtige Wetter. Mochte es daran liegen, daß die Zeit jetzt reif war, daß der lange Sommer ein starkes Verlangen nach Zerstreuung in den Menschen angestaut hatte oder ob der hohe Anteil von Temueng unter den Zuschauern den Grund abgab, was immer der Anlaß sein mochte, die Truppe stieß mit der fremdartigen, bisweilen anspruchsvollen Musik sowie den vielfach von Eingebungen des Augenblicks bestimmten, ganz von althergekommenen Formen abgewichenen tänzerischen und artistischen Darbietungen, die Taguiloa vorführte, kaum auf die Ablehnung, die er eigentlich in viel stärkerem Maß erwartet hatte. Er begann Sorgen zu empfinden. Sie verkörperten ein verführerisches Angriffsziel für die Ular-drah, die Hügelwölfe, deren Gebiet sie durchqueren mußten, eine kleine Schar Künstler, die eine außerordentlich erfolgreiche Rundreise machte und die Kasse voller Geld hatte, allein unterwegs, ohne bewaffnetes Geleit, zwei Weiber, zwei Kinder, zum Schutz nur eine Hündin, die eine Räuberbande schwerlich abschreckte. Taguiloa hätte darauf bauen können, daß ihm Tungjii auch weiter zur Seite stand, aber er kannte genau die Launenhaftigkeit seines Patrons und wußte um die Vergänglichkeit einer solchen Glückssträhne, wie sie sie gegenwärtig an diesen goldenen, lichten Sonnentagen, in diesen lauen, trockenen Silbernächten durchlebten.

Sie verließen die Stadt Kamanarcha früh an einem hellen, frischen Morgen. Auf der Erde glitzerte eine Andeutung von Frost in den langen schrägen Strahlen der ersten Helligkeit. Der Wächter am Stadttor hatte sichtlich steife Gliedmaßen und gähnte, schlief noch mehr als bloß halb, während er die Winde drehte, um das Tor zu öffnen. Taguiloa warf ihm eine kleine Silbermünze zu, erhielt zur Antwort einen lauten Segenswunsch, dem sich die von Herzen geäußerte Bitte anschloß, doch bald wiederzukehren. »Hütet euch vor den Ular-drah, Schausteller, es heißt, sie machen die Gegend unsicher!« rief der Wächter ihnen zum Abschied nach.

Auf dem Dach des Wagens grinste Negomas und schlug trotzig die Trommel. Linjijan hatte sich im Halbschlaf ausgestreckt, gab sich Träumen hin, über die er nie sprach. Von allen Mitgliedern der Truppe hatte er sich während der Vorstellungsreise am wenigsten verändert, er war ein verträglicher Reisebegleiter, der tat, worum man ihn bat, ohne Mühe zu scheuen oder zu murren, aber nichts, das er nicht tun sollte. Weder war er eine Belastung noch eine großartige Hilfe; die anderen hatten sich anfangs des öfteren über ihn geärgert, bis sie der Reihe nach lernten, sich damit abzufinden, wie er war, denn ändern würde er sich voraussichtlich nicht. Seine Flöte war ein Quell der Freude und ein Segen fürs Geschäft; das mußte genügen.

Negomas und Harra saßen häufig beisammen, tauschten untereinander ihre Kenntnisse der Magie aus. So wie Taguiloa Bestandteile von Tanz, Akrobatik und Gauklerkünsten zu einem neuen erregenden Ganzen vereint, er Harra, Negomas und Linjijan zusammengeführt, sie gewissermaßen dazu gezwungen hatte, die Musik zu entwickeln, die er für seine Tanzauftritte brauchte, so verschmolzen diese beiden Waisen ganz unterschiedlicher Abkunft und verschiedenen Hintergrunds ihr Wissen und schufen eine seltsam vermischte, aber wirksame Art von Magie, die nur sie beherrschten, die ihre jeweilige Macht steigerte, sie gleichzeitig jedoch zu einer höheren Gesamtheit erhob, die den einzelnen weit übertraf.

Brann blieb von den anderen Angehörigen der Truppe ähnlich abgesondert wie Linjijan, nur war sie sich dessen bewußter; inzwischen unterschied sie sich längst zu stark von gewöhnlichen Menschen, ihre Zwecke wichen von deren Streben zu sehr ab. Die Trugbilder, die Harra und Negomas hervorriefen, nur zum Spaß, um sich Kurzweil zu bereiten, beeindruckten sie genauso wie die tiefgehende Verbindung zwischen Magie und Musik, die den Anschein erweckte, als beeinflusse das Ineinandergreifen der Klänge von Trommeln, Daroud und Harras Pfeifen das Unsichtbare in einer Weise, die dem Knaben und der jungen Frau erlaubten, es sich gefügig zu machen. Nach der Abfahrt aus Hamardan hatte Brann von Harra zu lernen versucht, doch es gelang ihr nicht. Es erging ihr, als wäre sie taub für die Tonarten und wollte dennoch das Singen lernen. Es gab in oder an ihr etwas, das keine Magie duldete. Das wiederum verblüffte Harra aufs äußerste, sie stellte mit Brann eine Anzahl von Versuchen an und fand heraus, daß jeder Zauber und sogar alle nicht zweckgebundene magische Kraft, die sie an Brann anzuwenden sich bemühte, ganz einfach an ihr abglitten. Magie versagte bei Brann, ließ sich bei ihr nicht verwenden. Harra und Negomas konnten in ihrer Anwesenheit nur solche magischen Verrichtungen ausführen, die nicht ihr galten. Sie war keine Unwirksammacherin, kein menschlicher Abgrund, in den Zauberkraft nutzlos verschwand; sie war schlichtweg dagegen gefeit. Neuerdings jedenfalls. Sie erzählte Harra von dem Schamanen im Marish, der sie und die Wechselkinder so gründlich überrumpelt hatte. Harra zog daraus die Schlußfolgerung, daß der Anschlag des Schamanen irgendwie die Ursache ihrer und der Wandelkinder Gefeitheit gegen Magie gewesen sein mußte. Brann hörte zu, seufzte und nickte. »Slyas Werk«, sagte sie. »Sie will nicht, daß irgendwer außer ihr über mich Macht ausübt.«

Die Landschaft bräunte sich, man sah immer mehr Stoppelfelder, während die Ernte eingebracht wurde, der Herbst rückte heran. Das Weideland verfärbte sich gelblich, wies nur da und dort noch grüne Flecken auf, wo etwas Gras oder — noch karger — andere Pflanzen wuchsen. Die Truppe näherte sich dem Ödland, wo das Erdreich hart war und rissig, von Salz und Laugen strotzte, so daß dort — und das lediglich stellenweise — nur die widerstandsfähigsten Gewächse gediehen. Selbst längs des Stroms, wo es reichlich Wasser gab, stand wenig Grün, und die Bäume hatten ein kümmerliches Aussehen.

Einige Stunden lang zogen sie durch langgestreckte gerade Aufreihungen von Panja-Sträuchern dahin, niedrigen Büschen mit glatter, harter, rotbrauner Rinde, krummem Geäst und kleinen runden Blättern, so hart wie gekochtes Leder. Diese Strauchreihen waren als Windschutz gegen die Winterstürme gepflanzt worden, die von den nördlichen Ebenen herabwehten, den ebenen, trostlosen Steppen, die die Temueng hervorgebracht hatten. Kurz nach Mittag blieben die letzten Buschreihen hinter ihnen zurück, sie verließen das Kamanarcha-Jamarak und gelangten ins Ödland.

Die Straße stieg an, die Bäume standen dünner, fehlten bald völlig. Karg wuchs gelbliches Gras an den Hängen, aber es wirkte wenig gesund. Der Fluß verschwand zusehends in der breiten Schlucht, die die Matigunns teilte; während die Straße am Rande der Schlucht entlanglief, nahm der Treidelpfad seinen Verlauf weit drunten in deren Tiefe, die mit Steinen aufgetürmten Säulen, die die Ufer des Kanals kennzeichneten, ragten wie graue Finger aus dem kalten klaren Wasser, das in der Spätsommersonne blauer als blau glänzte. In dieser Gegend verband ein Stück des Stroms Abschnitte des Kanals miteinander, das Felsgestein des Berges war zu hart, als daß etwas anderes möglich gewesen wäre; das Anlegen des Treidelpfads war bereits ein gewaltiges Werk gewesen, alten Erzählungen zufolge sollte in sagenhaften Vorzeiten, noch ehe Popokanjo auf den Mond schoß, Drachenbrodem den Weg in den Fels geschmolzen haben. Noch verkehrten keine Schleppkähne auf dem Fluß, auch befuhren ihn keine sonstigen Schiffe. In ein paar Wochen, wenn flußauf, flußab die Ernte vorbei war, würde die Jahreszeit des Handels einsetzen, würden die großen kaiserlichen Apfelschimmel, die in Gespannen von acht oder zehn Tieren die Schleppkähne von Hamardan bis zum Biraryry-See zogen, stur gen Norden stapfen, eskortiert von Reitern der kaiserlichen Garde. Ausschließlich kaiserliche Gestüte züchteten diese Grauschimmel und bildeten sie aus; jeden anderen, den man mit einem derartigen Pferd erwischte, hieb man in Stücke und verfütterte ihn an die Grauschimmel, sie fraßen nämlich nicht bloß Hafer, sondern auch Fleisch, vorzugsweise Menschenfleisch, obschon sie sich mit Hund oder Kuh oder auch dem Fleisch anderer Pferde zufriedengaben, saß einmal niemand in den Kerkern des Kaisers, der so wohlauf war, daß man ihn an sie verfüttern konnte. Vom Wurf der für ein solches Gespann gedachten Tiere an teilte man ihnen einen nur für sie zuständigen Treidelführer zu; von Anfang an schlief und aß er mit ihnen gemeinsam, er leitete ihre Paarungen in die Wege, pflegte sie in jeder Beziehung, beschlug sie, flocht Mähnen und Schweife zu Zöpfen, wusch und kämmte ihnen den Federschmuck an den Fesseln, behob Schäden an den Geschirren, putzte die Hufeisen, ölte das Zaumzeug, damit es glänzte. Das alles tat er aus Stolz und aus Zuneigung zu den ihm anvertrauten Pferden, allerdings auch deshalb, weil sie jeden Fremden, der ihnen näherzutreten versuchte, töteten und auffraßen. Selbst die dreistesten Ular-drah-Banden ließen von ihnen die Finger. Der Treidelverkehr war sicher, aber sehr teuer.

Hoch über einem Berg schwebte ein Adler würdevoll durch weitgeschwungene Schleifen, Yaril hielt wachsam Ausschau über die Straße und die benachbarten Hügel. Sie konnte jeden Hinterhalt ausspähen, ehe er den Reisenden ernsthaft zur Bedrohung wurde. Harra und Taguiloa scherzten miteinander, bis auf weiteres waren beide in gelöster Stimmung und sorglos; Yarils Gegenwart bot die Gewähr, daß für die Truppe keine unmittelbare Gefahr bestand. Brann ritt dem Wagen voraus, grübelte über eine Schwierigkeit nach, deren Behebung immer stärker drängte: die Kinder hatten Hunger. Die Auftritte verbrauchten ihre Kräfte schneller, als Brann es erwartet hatte. Vierzehn Tage lang war sie durch die Gassen Sililis gewandert, hatte jedem Mann die Lebenskraft abgesaugt, der ihr folgte, um sie zu berauben oder zu vergewaltigen oder beides zu tun, sie hatte davon so viel an die Kinder weitergegeben, daß sie nicht die geringste Menge der Kraft, die sie für ihr sonderbares Leben benötigten, mehr hatten aufnehmen können, und einen zusätzlichen Vorrat entwendeten Lebens hatte sie im

Körper gespeichert, bis ihr Fleisch davon leuchtete. Seither hatte sie die Kinder mit diesem Vorrat ernährt und ihn anhand tierischen Lebens aufgefrischt, wie sie es gerade erwischen konnte, durch Hunde und Katzen, die sich in den Straßen und Gassen der Städte und Dörfer umhertrieben, in denen sie Vorstellungen gaben. Menschenleben auszulöschen, vermied sie während der Landfahrt völlig. Sie wollte nicht, daß irgend jemand womöglich einen Zusammenhang zwischen mancherlei rätselhaften Todesfällen und der Truppe sah. Sie verfluchte den Hamardaner Jamar, er war der Urheber der Schwierigkeit; ohne seine Sonderwünsche wären sie längst in Andurya Durat angelangt und hätten den Abschaum der Stadt als Quell der Lebenskraft verfügbar. Noch ein, zwei Tage, und sie würde sich auf Jagd begeben müssen, auf alles, was sich in diesen kahlen Bergen greifen ließ, zweibeinige oder andere Wölfe, Wildkatzen, Hochwild, alles eben, was ihr die Kinder zutrieben. Die Kinder hatten Geduld, aber bald würden sie Not leiden, und dann mußten sie Brann zum Handeln drängen.

Gegen Abend war die Truppe weit ins Ödland vorgedrungen. Yaril hatte einen der Pferche entdeckt, in denen man die Apfelschimmel des Kaisers abstellte, wenn sie die Straße nach Hamardan benutzten, um zurückzukehren und einen neuen Flußkahn zu schleppen. Es handelte sich um einen Steinkreis mit einem Tor aus dicken Balken und dreiwandigen, also an einer Seite offenen Ställen, verschlossenen Haferkästen sowie einer steinernen Tränke. Neben der Straße erhob sich ein aus langen Balken gezimmertes Dreibein, das zum Teil über den Fluß ragte, versehen mit einem Kübel und einem Strick; dank dieser Einrichtung hatte die Truppe keine große Mühe, für sich und die Pferde Wasser zu schöpfen. Sie schlug innerhalb des Pferchs ihr Lager auf, füllte die Tränke mit Wasser, und einen halben Sack Hafer in den Futtertrog (die Vorratskästen rührte man nicht an, obwohl die Kinder die Schlösser zu öffnen vermocht hätten, das Futter war für die Apfelschimmel bestimmt, und davon zu nehmen, hätte geheißen, den Kaiser selbst zu bestehlen, ein Verhalten, das schlimme Folgen haben konnte). Die Nacht verhieß kalt und düster zu werden, obschon Tungjii noch gnädig war, denn der Himmel war wolkenlos, kein Regen drohte. Die Kinder streiften durch die Anhöhen und brachten Kohlebrocken für das Lagerfeuer, berichteten von einem an der Oberfläche gelegenen Flöz etwa eine Meile abseits der Gebirgsstraße. Nachdem sie Brann und die Kinder am Lagerplatz als Wächter zurückgelassen hatten, nahmen Taguiloa, Linjijan und Harra leere Futtersäcke und holten so viel Kohle, wie sie tragen konnten; auch diesen Fund bewertete Taguiloa als Gunstbeweis Tungjiis, sie würden nämlich kein Brennholz sammeln können, solange sie sich im Ödland aufhielten. Und die Nächte versprachen keineswegs wärmer zu werden.

Während Harra und Taguiloa unter Verwendung vorhandenen Dörrfleischs und Gemüses eine Mahlzeit zubereiteten, fröhlich über die Zusammensetzung und darüber stritten, wieviel Reis im anderen Topf gekocht werden mußte, Negomas und Linjijan mit rauhen Bürsten die Pferde abrieben, ihnen Mähnen und Schwänze kämmten und die Hufe säuberten, entfernte sich Brann mit den Kindern zum Dreibein, wo sie vom Innern des Pferchs aus nicht gesehen werden konnten. Sie streckte die Hände aus, und die Kinder entzogen ihr neue Lebenskraft; Brann spürte, wie sie sich darum bemühten, ihren Hunger, der mit jeder Nacht zunahm, zu beherrschen, und litt mit ihnen. Als sie ihre Hände losließen, seufzte sie. »Wollt ihr heute abend auf Jagd gehen?«

Yaril trat einen Stein über die Kante der Schlucht, schaute ihm nach, wie er das fast senkrechte Kliff hinabfiel und ins Wasser klatschte. »Vielleicht ist's überflüssig.«

»Ular-drah?«

»Hm-hm. Seit dem Spätnachmittag hat uns 'n Mann beobachtet.«

»Wo steckt er jetzt?«

»Er ist weg. Er hat sich fortgemacht, bevor wir die Kohle fanden, sobald feststand, daß wir unser Nachtlager aufschlagen.«

»Aha. Du könntest recht haben.«

Yaril nickte, ihr silbriges Haar schimmerte im Schein des Wunden Monds. Sie kicherte. »Unser Abendessen kommt freiwillig zu uns.«

»Was glaubt ihr, wann?«

»Erst wenn die Kerle denken, daß wir alle schlafen. Sie betrachten das für uns als Falle.« Yaril nickte hinüber zu dem Pferch. »Ich bin der Meinung, wir sollten daraus eine Falle für sie machen.« Sie sah Jaril an. Er nickte. »Ich kläre als Eule in weiterem Umkreis auf. Jaril bleibt bei dir und unterrichtet dich vom Lauf der Dinge. Wie verhalten wir uns je nach ihrer Anzahl? Vier oder fünf, würde ich sagen, sollen uns recht sein, dafür sind wir hungrig genug. Sind's zehn oder mehr, vertreiben wir sie, greifen uns einige heraus, zwei oder drei vielleicht, wir stellen sicher, daß sie nicht weglaufen können — was meinst du, Brombeer?«

Brann empfand einen Anflug von Widerwillen, jedoch nur flüchtig. Die Ular-drah waren eine ganz besonders abscheuliche Räuberbande, sie gaben sich nicht einmal den Anschein irgendwelcher Tugenden, selbst die Gutmütigsten unter ihnen waren nur so umgänglich wie menschenfressende Haie. Brann wies mit dem Kinn in die Richtung des Pferchs. »Weihen wir sie ein?«

»Ich bin dagegen«, antwortete Yaril.

Jaril nickte. »Laß sie schlafen! Sie wären uns nur im Weg.«

Brann seufzte, dann lächelte sie. »Wieder liegt's alles an uns.« Ihr Lächeln verbreiterte sich zu einem Grinsen. »Nehmt euch in acht, Hügelwölfe!«

Jaril blickte auf. »Es sind sechs. Sie haben sich auf den Weg gemacht.« Seine Gestalt verschwamm, er wurde zu einem Wolf und trottete davon ins Dunkle.

Brann strich sich mit den Fingern durchs Haar, das Schwarz wich daraus, bis es wieder weiß war und wild im kräftigen kalten Wind wehte. Sie streifte das Gewand ab, warf es neben dem Steinwall des Pferchs auf die Erde, stieg aus der Hose, beförderte sie mit einem Schlenkern des Beins auf das Gewand. Sie spürte die Luft ziemlich kühl auf der Haut, aber sie hatte von den Kindern genug gelernt, um dem Stein unter den Füßen eine beträchtliche Menge Wärme entziehen und in ihrem Körper speichern zu können. Gleich darauf fühlte sie sich wieder vollständig wohl, wartete jedoch noch; wenig später hörte sie das Kläffen des Wolfs und eilte in die dadurch angezeigte Richtung, lief leichtfüßig durch die Finsternis, ihre Augen paßten sich dem Dunkel so gut an, wie ihr Körper mit der Kälte fertigzuwerden vermochte. Sie erreichte eine kleine, von Felsen umsäumte Geländemulde mit recht abschüssigen Wänden, durch die Mitte verlief ein ausgetrocknetes Bachbett, und an den Hängen oberhalb der Mulde sah man ein paar Büschel von dürrem Gras und einige größere Findlinge. Eine Ohreule flatterte vom Nachthimmel herab, verwandelte sich, als sie die Erde berührte, in Yaril. »Du kannst ohne weiteres hier warten. Sie sind ganz nahe.« Dann war sie ein großer, grauer Wolf und verschwand zwischen den Felsklötzen.

Brann schaute rundum, hob die Schultern und setzte sich auf einen geeigneten Felsen, schlug die Beine übereinander, legte die Hände auf die Schenkel, bemühte sich um eine lässige, lockere Haltung.

Aus der Finsternis kamen die Ular-drah zum Vorschein, allen voran ein hagerer haariger Mann, der sich mit der achtsamen Leichtigkeit einer Katze auf Pirsch bewegte. Die übrigen Ular-drah hinter ihm glichen Schatten, zauderten zwischen den Findlingen. Der

Mann blieb vor Brann stehen. »Was soll 'n das für 'n Spielchen sein?« Langsam stand Brann auf, schaukelte schwungvoll mit den Hüften, lächelte ihm zu und trat ihm einen Schritt entgegen. Er wirkte verunsichert, aber wich nicht zurück. Brann hob die Hand. Mit rohem Griff umklammerte er ihren Arm. »Was soll das, Weib?«

»Ich bin auf der Jagd nach einem richtigen Mann«, gurrte Brann. Ihre Finger streichelten ihm den harten, sehnigen Arm, dann streckte sie auf seiner bloßen Haut die Hand und saugte ihm das Leben aus.

Als er niedersackte, sprang sie zurück, zerrte ihren Arm frei. Zwischen den Findlingen schrie ein Mann, andere Räuber stürzten auf Brann zu, Messer und Schwerter in den Fäusten. Brann wich ihnen nachgerade tänzerisch aus, spürte an ihrer Seite ein Brennen, als eine Klinge ihr oberflächlich die Haut aufschlitzte, schlug die Hand auf das erste Stück nackten Fleischs, das in ihre Reichweite gelangte, nahm auch dies Leben in sich auf, fühlte erneut Schmerz. Mehrmals vermochte sie Hieben und Stößen auszuweichen, ein Dolch jedoch bohrte sich ihr in die Hüfte, während sie anfaßte und tötete, anfaßte und tötete. Zwei voneinander unterscheidbare, silbergraue Wölfe schnappten nach den Beinen der Räuber, brachten mehrere zu Fall, wenn Stahl sie traf, verflimmerten ihre Erscheinungen, verdichteten sich genausoschnell wieder zu Wölfen. Schon waren drei Räuber tot, zwei gefällt, krochen fort. Berühren und töten. Auf einem Bein versuchte ein Räuber sie niederzumachen, stieß ihr ein Messer in die Seite. Berühren und töten. Berühren und töten. Endlich waren alle sechs Räuber tot.

Brann biß die Zähne zusammen, um den Schmerz besser ertragen zu können, als sie sich das Messer aus dem Leib zog, es fortwarf, die Wunde heilte, ehe die Klinge auf Fels schlug, davon abprallte. Sie straffte sich, fühlte Lebenskraft in sich kribbeln. Die Wölfe verwandelten sich, im nächsten Augenblick standen vor ihr Yaril und Jaril, hielten ihr die durchscheinend blassen Händchen entgegen. Sie hatten sich nicht geschont, um die Räuber zur Strecke zu bringen, und die Anstrengungen hatten sie gefährlich nahe an den Rand des Vergehens befördert. Brann gab ihnen die Hände, ließ das geraubte Leben in die Bergkinder überfließen, lächelte freudig, als sie sah, wie sie zu neuen Kräften kamen, ihre Blässe verloren.

Als die Speisung beendet war, betrachtete Brann die ringsum verstreuten Leichen, und sie empfand erneut Ekel. Ich habe Slya weiß wie viele Leben gerettet, indem ich diesen Räubern das Leben nahm ... Sie schüttelte den Kopf, die Mulmigkeit im Magen blieb vorhanden. Sie schlotterte vor sich hin, während sie zum Steinkreis umkehrte, Yaril und Jaril dagegen, die sie begleiteten, wirkten rundlicher als zuvor und zufrieden mit der Welt. Brann strich sich mit den Händen übers Haar, wandelte die glänzende Silberfärbung in ein gleichermaßen glänzendes Schwarz um. Sie legte die Hose wieder an, verknotete die Zugkordel, streifte das Gewand über, glättete es. Mit einem Mal fühlte sie sich erschöpft, lehnte sich an einen der Hinkelsteine. »Ich werde schlafen, als ob jemand mich über den Schädel gedroschen hätte. Muß diese Nacht mit weiteren unerbetenen Besuchern gerechnet werden?«

»Vorerst nicht«, entgegnete Yaril. »Ich habe keine Banden gesehen, die nahe genug wären, daß sie uns vor Anbruch des Morgens erreichen könnten, aber ich werde noch einmal Umschau halten, um mich zu vergewissern.«

Brann nickte, sah zu, wie sich zwei große Eulen schwerfällig in die Luft erhoben. Sie beobachtete, wie sie im Finstern verschwanden, verspürte in diesem Augenblick Haß auf die beiden. Ein Leben lang mußte sie Menschen aussaugen, um dieses Paar zu nähren, und Slya allein mochte wissen, was *ein Leben lang* bedeutete, wenn es sich auf eine so weitgehend veränderte Person wie sie bezog. Aber die Aufwallung verflog so rasch, wie sie entstand. Es wäre unsinnig gewesen, die Kinder zu hassen; sie folgten ihrer Natur und ihren Bedürfnissen. Und was den Umgang mit den Weiterungen dieser Bedürfnisse betraf, so hatte sie in den vergangenen Monaten gelernt, wie formbar Körper und Geist eines Menschen waren, welch starken Willen zum Überleben sie selbst hatte. Genau wie die Kinder würde sie alles Nötige tun, und versuchen, den Schaden für ihre Seele möglichst gering zu halten. Ebenso wie sie befand sie sich in der Gewalt der Göttin, sie versuchte, Herrin ihrer Handlungen zu bleiben, so gut es ging, während Slya ihren Weg lenkte. An der hohen steinernen Einfassung entlang schritt sie zum Tor und betrat den Pferch.

Taguiloa kauerte am Lagerfeuer, zerschlug mit dem Griff seines Messers dicke Brocken Kohle, warf die Bruchstücke gemächlich, in hohem Bogen, mitten in die Flammen. Er hob den Blick, als Brann ins Helle trat, setzte dann seine Tätigkeit fort. Brann zögerte, strebte hinüber, blieb bei ihm stehen.

»Wie viele waren's?« erkundigte sich Taguiloa.

»Sechs. Wie hast du's gemerkt?«

»Ich habe mir einiges zusammengereimt. Habt ihr sie alle gekriegt?«

»Ja.«

Taguiloa warf eine Handvoll schwarzer Klumpen ins Feuer, wischte sich auf den Steinplatten der Feuerstelle einen Großteil Ruß von den Händen. »Ihr drei habt schon ziemlich ausgelaugt ausgesehn«, sagte er nach einem kurzen Weilchen des Schweigens.

»Wir würden dir oder den anderen niemals was antun.«

»Antun. Ich frage mich, was du damit wohl meinst.« Ohne Brann anzuschauen, klopfte er mit dem Messergriff auf einen neuen Kohlebrocken. »Was wird geschehen, wenn wir in Durat sind?«

»Keine Ahnung. Woher soll ich's wissen? Ich muß die

Meinen finden, meinen Vater, meine Brüder, sie irgendwie befreien. Das wußtest du, als du dich mit mir eingelassen hast. Ich möchte mich nicht zwischen dir und den anderen einerseits und meinen Verwandten andererseits entscheiden müssen, Taga. Wenn es sich machen läßt, halte ich dich aus allem heraus. Sobald wir in Durat sind, verlasse ich die Truppe. Ich werde mein Äußeres verändern.« Sie hob die Schultern. »Was könnte ich mehr tun? Du warst dir darüber im klaren, daß es mit Gefahren verbunden sein könnte, mich nach Durat mitzunehmen. Du hast gewußt, was ich bin. Willst du jetzt 'n Rückzieher machen?«

»Du könntest mein Untergang sein.«

»Ja.«

»Mir die Arbeit unmöglich machen, überall wo Temueng sind.«

»Ja.«

»Das war dir schon in Silili klar.«

»Ja.«

»Inzwischen kennst du uns ganz gut. Wir sind Freunde geworden, und falls nicht Freunde, so doch Kollegen. Trotzdem würdest du dich also, wenn's sein muß, nicht scheuen, uns ins Unglück zu stürzen.«

»Ja.«

»Na schön. Wenigstens sind wir offen zueinander.« Plötzlich lächelte Taguiloa, verzog auf eine Weise spöttisch die Lippen, als ob er sich über sich selbst belustigte. »Du hast recht. Ich habe mich wissentlich auf diese gewagte Sache eingelassen. Dein Gold fürs Zustandekommen der Vorstellungsreise und die Gelegenheit, womöglich mit dem Kaiserlichen Siegel ausgezeichnet zu werden, gegen die Möglichkeit, daß du uns ins Unheil bringst.« Er berührte die eigene Schulter. »Tungjii hat mit Kleinmütigen kein Herz. Ich mache weiter. Was deinen Vorschlag angeht, die Truppe zu verlassen, so würdest du damit vielleicht mehr Aufmerksamkeit erregen, als wenn du bei uns bleibst. Du bist 'ne Angehörige der

Künstlertruppe, auf die die Durateser bereits warten. Bis wir am Kaiserlichen Hof auftreten — falls wir's jemals dürfen —, bist du eine von uns, beachte das und sei vorsichtig.«

Brann hob die Hände, besah sie sich, ließ sie sinken. »So vorsichtig, wie's mir gestattet wird, Taga.«

5

Andurya Durat: Befreiung und andere Wunder

TAGUILOA HIELT DEN WAGEN auf der Höhe einer steilen Erhebung an, blickte vom Kutschbock hinunter auf eine gewundene Landstraße, die zu der Oasenstadt Andurya Durat führte. Zwei Ketten ausgedörrter, brauner, kahler Berge, uraltes Gebein der Erde, jeglichen Lebens entblößt und dem Verwittern überlassen, wehrten die Winde aus Osten und Westen ab, bildeten einen südwärtigen Windfang für die eisigen Winde aus den Nordebenen. Mit diesen Bergen im Hintergrund wirkte Andurya Durat doppelt grün und fruchtbar, es strotzte von dampfend-feuchtem, üppigem, dunklem Grün, bewässert durch die heißen Quellen am Fuß des Cynamacamals, des höchsten Gipfels im Umland, dessen kantiges Gleichmaß eine Wolkenbank verbarg, doch war die kegelförmige Kuppe heute sichtbar, dick bedeckt mit bläulich-weißem Schnee.

Während sie zerstreut ihrem reizbaren Reittier den Hals streichelte und tätschelte, blickte Brann hinüber zu dem Berg, empfand ein unerhört starkes Hochgefühl. Er glich einer kahlen Nachbildung des Tincreals. Warm und tröstlich spürte Brann Slyas Gegenwart. Sie würde dazu imstande sein, die Ihren zu befreien, zwar wußte sie noch nicht, wie es möglich sein sollte, aber das war nur eine Frage der Einzelheiten.

Taguiloa bemerkte, wie Brann den Berg betrachtete, und fragte sich, was an diesem Anblick sie zu so einem Lächeln bewegen mochte, das eine Sanftheit und stille Zufriedenheit widerspiegelte, wie er sie ihr zuvor nie angesehen hatte. Er schaute wieder zur Straße hinab, runzelte angesichts der dunklen Ausdehnung bebauter

Flächen rings um die Ufer der Seenplatte die Stirn, atmete einmal tief durch und setzte den Fuß auf den Bremshebel, ließ die Zügel dem Zugpferdchen auf den Rücken klatschen, lenkte es den langgestreckten steilen Abhang hinunter, wünschte sich, er könnte auch bei Brann eine Bremse anwenden. Godalau mochte geben, daß sie nicht einfach drunten in Durat unter den Temueng zu wüten anfing.

Andurya Durat. Die Stadt wimmelte von Temueng sämtlicher Ränge. Sie glänzte von marmornen Meslaks, wie ungleichmäßige Zähne ans Ufer des größten Sees gebaut, in unmittelbarer Nachbarschaft des gewaltigen, noch immer unvollendeten Palasts, den der Kaiser und seine Untergebenen bewohnten, unterschiedlich großen Herrensitzen, in denen die Meslar-Großfürsten walteten, die den Jamara-Fürsten im Süden und den Bassharnomaden-Häuptlingen im Norden Abgaben abforderten. Am Fluß und an den kleineren Seen standen die Schänken und Gasthöfe, in denen Jamara Unterkunft fanden, die aus dem Süden anreisten, wenn sie beim Kaiser eine Audienz zu erbitten beabsichtigten, um damit bei ihren Nachbarn prahlen zu können, wenn sie den Obersten Magistrat um ein rechtsgültiges Urteil anzurufen gedachten oder die Hauptstadt aus einem von tausend anderen möglichen Beweggründen aufsuchten; es gab Zeltplätze und Weidepferche für die Basshar, ihre Pferdezüchter, die aus den Zelten der Steppen mit verwöhnten Rassetieren kamen, um sie gegen kaiserliches Gold zu verkaufen, oder mit Herden von zum Schlachten bestimmter Kounax, auch mit Lederwaren, mit aus langen kräftigen Kounaxhaaren gewobener Kleidung, Garn, Tauwerk, Klebstoffen, beschnitzten Knochen oder sonstigen Erzeugnissen nomadischen Handwerks. Zwischen den Gehöften, die die Stadt ernährten, lagen verstreut Reitbahnen zum Bewegen der Pferde und Spielplätze, auf denen man mit Schlägern blutige Kounaxschädel über den Rasen schleuderte, eine lautstarke, grobschlächtige, aber allgemein beliebte Veranstaltung, die an frühere Zeiten erinnerte, als die Durater Temueng bloß Nomaden und Viehzüchter auf dem Meer aus Gras gewesen waren, immerzu dem Blöken ihrer Herden nachzogen, Kleinkriege um Wasser und Holz ausfochten. Vergangene Zeiten, von denen die Greise unter den Meslar voller sehnsüchtiger Wehmut erzählten, sie lobten die alte Stärke und Derbheit des Volkes. Einstige Zeiten, die selbst ihre leidenschaftlichsten Anhänger nicht im geringsten Neigung hatten, sie noch einmal zu erleben.

Hinter wuchtigen Mauern gab es ein anderes Andurya Durat, das Fremdenviertel, in dem sich ein tatenlustiger Pöbel nichttemuengischer Fremdlinge drängte. Schiffseigner und Kaufleute aus allen vier Himmelsrichtungen, angelockt vom Wohlstand des alten Königreichs. Schausteller aller Art, die hofften, vor dem Kaiser auftreten und von da an mit dem Kaiserlichen Siegel prunken zu dürfen. Handwerker der verschiedensten Sorten, viele von ihnen standen unter Vertrag, hatten die Aufgabe, die vergoldete Pracht der Riesenstadt instandzuhalten und ihr — außerhalb der Mauern des Fremdenviertels — neue prächtige Bauten zu errichten. Schank- und Gastwirte, Bauern von den umliegenden Höfen — meistens Hina —, die Fleisch und andere landwirtschaftliche Erzeugnisse heranschafften, Schreiber, Dichter, Maler, Magier und Priester, Bettler, Diebe und Huren. Und Kinder, Schwärme und Horden von Kindern, füllten jeden Winkel, jede Lücke. Verwundene Straßen, enge Wohnhäuser mit mehreren Stockwerken, Geschäften im Erdgeschoß und wahren Irrgärten von Kammern in den Obergeschossen, Schankstuben, Lagerhäuser, Märkte, alles befand sich in kaum gemäßigter Wirrnis neben- und hintereinander, durchwogt von unaufhörlichem Lärm, Gerufe, Gezänk, von verschiedenerlei Musik, die sich gegenseitig übertönte, rauhkehligem

Gesang, Höker und Hökerinnen priesen ihre Waren an, Möwen kreischten, Tauben gurrten, Spatzen und Meisen zwitscherten und zirpten, mehrerlei Aasvögel hörte man harsches Krächzen ausstoßen, aus großen Höhen ertönten die Rufe von Falken, die dort schwebten, im Flug zeichneten sie sich scharf und klar gegen den Himmel ab wie die zweischneidigen Äxte der Scharfrichter.

In diese lautstarke, farbenfrohe, mannigfaltig gemischte, vielsprachige Gemeinde begab sich nun Taguiloa mit seiner Begleitung, ein Farbklecks mehr in einer Buntscheckigkeit, so vielfältig in den Abstufungen ihrer Farbtöne und gleichzeitig aufdringlich in den Farben wie vom Frost verfärbte Blätter im Wirbelwind, brachte seine Truppe zu der Herberge, in der er und Gerontai schon damals abgestiegen waren, als sie sich um einen Auftritt vor dem Kaiser bemüht hatten.

Papa Jao saß vor seiner Herberge auf einer Art von Thron, auf dem er jeden Temueng überragte, einem wahllos aus zerbrochenen Ziegeln und Bauschutt aufgetürmten Buckel, gefestigt mittels eines selber hergestellten Mörtels, der mit den Jahren immer härter und dunkler wurde, so daß man die einzelnen Schichten der Aufhäufung so deutlich erkennen konnte wie die Streifen auf der Schale einer Muschel. Auf diesem Höcker hatte er sich einen Sitz mit Rücken und Armlehnen sowie Polsterkissen aus alten Lederresten gebaut. Er schnitt damit auf, niemals ein Gesicht zu vergessen, und wahrscheinlich sprach er diesbezüglich sogar die Wahrheit, denn er stützte die Hände auf die Armlehnen, sobald er Taguiloa sah, beugte sich vor. »Taga«, rief er, »kommst du, um endlich dein Glück zu machen?«

»Das weißt du doch, Papa Jao. Wie steht's?«

»Die Zeiten sind schwer und karg, Taga, schwer und karg.« Jaos schwarze lichte Augen hefteten den Blick mit ihrer nimmermüden Neugierde auf den Kastenwagen und die übrige Truppe. »Aha, aha!« Er gluckste vor Heiterkeit. »Du bist's also, der das ganze Geld aus den Börsen der Jamara gekitzelt hat.« Das Glucksen steigerte sich zu einem kurzatmigen Gelächter, das jede schlaffe Hautfalte inner- und außerhalb seiner Kleidung schüttelte. Er war ein Mann mit der Gestalt einer Birne und einem ähnlich birnenförmigen Kopf, dicken Backen und einem fransig-zottigen weißen Schopf, den er hinten zu einem Haarschwanz zusammenband, so wild wie der zwischen steinerne Mühlräder geratene Schweif eines Bergpferdchens. »Wieviel Zimmer braucht ihr? Vier? Freilich, sind zu haben, zweites Stockwerk, gutes Zimmer, jedes 'n Silberling je Woche, bist du einverstanden? Ja wahrhaftig, ausnahmsweise einmal stimmen die Gerüchte!« Er neigte sich seitwärts. »Jassi!« schrie er. »Jaaas-si, heraus mit dir, du Schlupfwespe!« Er drehte sich wieder den Ankömmlingen zu. »Ihr wollt die Pferde im Stall unterbringen und den Wagen im Hinterhof abstellen? Einen Silberling die Woche für die Pferde, Futter inbegriffen, drei Kupfermünzen für den Abstellplatz ... Ach was, schon recht, den laß ich euch umsonst.« Erneut wandte er sich um. »Angait— Angaaa-it! Komm her und weise Saö Taguiloa ein!«

Am Tag darauf widmete sich Taguiloa hartnäckig der schwierigen, umständlichen und zermürbenden Aufgabe, für die Truppe eine Genehmigung für Vorstellungen in Durat zu erlangen, kämpfte sich beharrlich durch die Rangordnung der Schreiber und Beamten, entrichtete mit Branns Geld Gebühren und Handsalben, so sparsam es ging, kehrte am Abend erschöpft, verärgert, aber auch voller Triumph in die Herberge zurück, schwang die Genehmigung, ein besiegeltes Stück Papier, in der Faust überm Kopf im Kreis. Harra lachte, Brann klatschte Beifall, Negomas trommelte ein paar Töne auf einer Tischplatte. Linjijan gesellte sich mit seiner Übungsflöte dazu, ohne die man ihn kaum jemals sah.

Taguiloas Rückkehr gestaltete sich zu einem aus dem Stegreif veranstalteten Auftritt vor den Gästen von Jaos

Herberge, Taguiloa tanzte im Gegentakt mit Brann, Harra begleitete sie mit Gepfeife, Linjijan flötete auf seinem Instrument eine leichte, heitere Weise, Negomas trommelte mit einem Paar Löffel auf dem Tisch — und das Ganze klang aus mit Gelächter, Wein und Ermattung. Als Taguiloa die Treppen zu seiner Kammer hinaufstieg, tat er es in entspannter Laune, seine Erbitterung war verflogen, er fühlte sich innerlich gelockert; so unter seinesgleichen wurde er den Gestank, der von den Temueng und ihrem Hochmut auf ihn übergriff, wieder los.

Während Taguiloa gegen den Strom der temuengischen Gleichgültigkeit und Dummheit geschwommen war, Negomas und Harra über die Marktplätze schlenderten, Straßenzauberern und sonstigen Unterhaltungskünstlern zuschauten, um zu sehen, wer mit welchen Darbietungen mit ihnen um die Gunst der Zuschauer wetteifern würde, hatte Brann eigene Erkundungen unternommen, ohne allzu große Eile nach einem ruhigen Ort Ausschau gehalten, an dem sie sich, ohne irgend jemandes Aufmerksamkeit zu erregen, einigen Veränderungen unterziehen konnte; sie wollte vermeiden, daß irgendwer eine Verbindung zwischen Sammang — falls er nach Durat gekommen war — und Taguiloas schwarzhaariger Seherin erkannte. Das Fremdenviertel war mit Menschen überfüllt. Keine Ecke, kein Hauseingang, keine Ruine, kein Vordach fand sich, wo es nicht Kinder und Bettler in Mengen gegeben hätte, Weiber und Männer, die das Hin und Her in den Straßen beobachteten. Brann bahnte sich durchs Gewühl einen Weg zum Hafen, wo sie zwischen den Speichern und Lagerhäusern mehr freien Platz entdeckte, sie mußte nur den Wächtern aus der Quere bleiben, die sichern sollten — angeworben und bezahlt von den Händlern —, daß Langfinger die Pfoten von ihren Waren ließen. Yaril machte ein gesprungenes Brett an einem der schäbigeren Lagerhäuser ausfindig, schwebte als Dunst hinein, trat als Kind das Brett von innen los, während Jaril als Falke in der Höhe kreiste und auf Wächter achtgab.

Brann kroch in das Gebäude, legte den Rock und die Kappe mit den Münzen ab, strich sich das Schwarz aus den Haaren, veränderte ihr Gesicht, bis es wieder so wie das aussah, das Sammang kannte. Sie straffte sich, lächelte, fühlte sich auf einmal stärker wie sie selbst als seit Wochen, ihr war, als hätte sie eine zu enge Hülle abgestreift. Ein Geräusch. Sie wirbelte herum, riß die Hände hoch, hielt inne. Vor ihr stand Jaril, schaute zu ihr auf. »Ich bleibe hier«, sagte er.

»Warum?«

»Ich bin müde.«

»Soll ich heute nacht auf Jagd gehen?«

»Hm-hm.« Der Knabe blickte sich in der staubigen Dunkelheit um. »Wer weiß, was sich in diesem Bau herumtreibt? Du wirst sicherlich den Rock und die Kappe haben wollen, sobald's soweit ist, daß du zurück in die Herberge möchtest, und's wäre gut, wenn sie dann auch noch da sind.«

Brann musterte ihn strengen Blicks. »Bist du auch bestimmt wohlauf?«

»Keine Bange, Brombeer. Ich habe Yaril 'n wenig Kraft abgegeben, sonst nichts. Für den Fall, daß du in irgendwelche Schwierigkeiten verwickelt werden solltest.« Seine Erscheinung verschwamm, er verwandelte sich in einen schwarzen Malouch, rollte sich auf dem Rock zusammen, senkte das Kinn auf das Häufchen verketteter Münzen, schloß die Augen, entzog sich ihr, wie er es immer tat, wenn sie seine Gedanken, seine Empfindungen zu verstehen versuchte. Genauso wie auch Yaril es stets tat. Unwillig schüttelte Brann den Kopf, kämmte sich mit den Fingern die Haare nach hinten, kniete nieder und schlüpfte zurück ins Freie.

Yaril begleitete sie, hatte zu diesem Zweck erneut die Gestalt eines zierlichen hellblonden Mädchens angenommen. Brann begann das Hafengelände nach Sammang oder einem Mitglied seiner Mannschaft abzusuchen. Etwa dem überaus lebhaften Spantenratt, der wahrscheinlich irgendwo pfiff und dazu tanzte, den Mittelpunkt einer lauten Menschenansammlung abgab. Oder dem Haarigen Jim, der jedermann um mindestens einen Kopf überragte, so daß man seinen wilden Krausschopf von weitem sehen konnte. Oder Staro den Stummel, so breit wie groß, im Schädel große braune Ochsenaugen, die noch unschuldiger dreinschauten, wenn er jemandem aufs Maul drosch, der sich über seine geringe Körpergröße belustigt hatte. Oder Spantenratts Schatten, dem braunen, hageren, schweigsamen Galgenstrick. Oder Leymas, Plünnenaff, Rudar, Fischkopf oder Saufaus. Kleine braunhäutige Männer, die Ähnlichkeit mit tausend anderen solchen Seeleuten von hundert fremden Schiffen hatten, doch Brann würde sie erkennen, sobald sie sie sah. Und Sammang. Unterhalb des Bauchs kribbelte es in Brann, als sie daran dachte, daß sie ihn möglicherweise wiedersehen sollte. Sie durchquerte die Reihen der Lagerhäuser, schritt die Molen ab, die in den Strom hinausragten, hielt überall, überall Umschau, das Gesicht einer Maske gleich, sie zauderte keinen Augenblick lang, wehrte Hände ab, die sie begrabschten, saugte den Kerlen, die nicht von ihr ablassen mochten, so viel Lebenskraft ab, daß sie völlig benommen davontorkelten. Von der West- bis zur Ostmauer der Stadt wanderte Brann und suchte, aber fand keinen von den Gesuchten; am Ostwall verweilte sie endlich, Tränen juckten ihr hinter den Augen, sie spürte etwas wie einen Klumpen in der Kehle — bis sie sich die Überzeugung eingeredet hatte, daß Sammang wohl gegen etwaige Verstrickungen seiner Männer vorbeugte, während er auf Brann wartete, und die beste Möglichkeit, um Ärger abzuwenden, bestand darin, sie aus dem Hafen fernzuhalten. Brann rieb sich die Stirn, bemühte sich um klares Überlegen. Wo könnte er stecken? Falls er da war. Wie könnte er sich sichtbar, auffindbar machen, ohne auffällig zu sein? Jawohl: Stellte man die Frage so, war die Antwort offenkundig. War er hier, saß er in einer Hafenschänke und wartete auf Branns Erscheinen.

Sie durchmaß die Stadt nochmals in westlicher Richtung, tat einen Blick in jede Taverne, während sich der Nachmittag dem Ende zuneigte, überhörte lautstarke Angebote von Händlern, Schiffsherren, Seeleuten und anderen Männern, die ihr Verhalten mißdeuteten, überhörte auch die gehässigen Bemerkungen mehrerer Wirte, die gegen ihr oder Yarils Aufkreuzen in der Schankstube Einwände hatten. Als sich Schatten über die Straßen breiteten und auf den Fluß legten, näherte sich Brann einer reichlich verkommenen Spelunke an der Westmauer. Inzwischen wollten die Füße Brann nicht mehr gehorchen, ihre Knie waren das Beugen müde, sie stand kurz vor dem Aufgeben. Wahrscheinlich war es Sammang, sobald sie aus seinen Augen, seiner Reichweite verschwunden gewesen war, sehr leicht gefallen, zu der Ansicht zu gelangen, er sei ein Narr, sich alles anders zu überlegen und ungefährlichere Gewässer anzulaufen.

Ohne viel Hoffnung schob sich Brann zur Tür hinein, blickte sich drinnen um, blinzelte ins Zwielicht, versuchte die Gesichter der dunklen Gestalten zu erkennen, die an den Tischen des Schankraums saßen. Der Mann hinter der Theke verließ seinen Platz, eilte durch die Stube, ein kleiner rundlicher Kerl ohne Saft und Kraft.

»Wir wollen hier keine Kinder. Du solltest dich schämen, Weib, in deinem Gewerbe ein Kind zu mißbrauchen. Hinaus mit dir, verschwinde, hinaus, hinaus!« Er fuchtelte mit schwammigen Händchen, ähnlich wie eine Bäuerin es tun mochte, die Hühner aus dem Kräutergarten ihrer Küche verscheuchte.

Brann betrachtete ihn von oben; er überforderte ihre Geduld. »Du nennst mich eine Hure, du Zwerg?«

Er prallte zurück. »Kein Grund zu Streitigkeiten, was

schert's denn mich, was du treibst? Bloß treib's nicht hier.«

»Ich habe nichts anderes zu ›treiben‹ vor, als mich hinzusetzen und einen Becher Wein zu trinken, und meine kleine Freundin wird das gleiche tun.« Brann drängte sich an ihm vorüber, ging zur Theke, schwang sich auf einen Sitz, rieb sich die Knie. Yaril klomm neben ihr auf einen Sitz, stützte das schmale Kinn in die Handflächen, die Ellbogen aufs alte dunkle Holz.

Aus einem der finstersten Winkel der Schankstube drang ein Auflachen. Branns Magen drohte sich aufzubäumen, es verschlug ihr den Atem, als sie die Stimme erkannte. Sammang trat in den Lampenschein, blieb bei Brann stehen. »Ich grüße dich, Hexe. Du hast's also geschafft.«

Der Kleinwüchsige zuckte zusammen, riß die Augen weit auf, stellte einen Weinbecher vor Brann und einen zweiten Becher vor Yaril, schob Brann den Krug zu und entfernte sich hastig, ohne auf Bezahlung zu warten. Brann maß Sammang mit einem Seitenblick, füllte die Becher und trank Wein, seufzte vor Behagen, als sich in ihrem Leib Wärme ausbreitete. »Und du auch.« Sammang langte an ihr vorbei, ergriff den Krug am Henkel, kehrte zurück zum Tisch. Yaril kicherte. Brann schaute sie böse an. »Trink aus, wenn's recht ist, und geh auf Wache.« Yaril nickte, leerte den Becher, ohne das Stieren des Kleinen hinter der Theke zu beachten, hüpfte von ihrem Platz und verließ die Stube. Brann rückte die Schultern gerade, rutschte von dem hohen Stuhl, strebte mit ihrem Besucher hinüber zu dem Tisch in der stockfinsteren Ecke, wo Sammang schon saß und auf sie wartete. Mit einem lauten Geräusch setzte sie den Becher ab, zog einen Stuhl unterm Tisch hervor, setzte sich nahe genug an den Tisch, um sich auf verschränkte Arme stützen und Sammang ansehen oder an ihm vorbeischauen zu können, wie sie es jeweils für richtig hielt. »Wer ist mit dir gekommen?«

»Alle. Sie sagten, wenn ich versuchte, sie zurückzulassen, täten sie den ganzen verdammten Fluß hinaufschwimmen.« Sammang schenkte ihr ein, schob ihr den Becher zu. »Nur die Ruhe, Brann, ich werde dir die Knochen, die du wirfst, nicht durcheinanderbringen.«

»Hnn! Was ist aus der *Meermaid* geworden?« Brann trank erneut Wein, stemmte die Ellbogen auf die Tischplatte, um ihre Hände am Zittern zu hindern, vermied Sammangs Blick, sah ihn nur ab und zu flüchtig an.

»Ich habe Perando umsegelt, mich mit einem Verwandten und seiner Mannschaft getroffen. Er gibt ein Stück weiter droben an der Küste auf sie acht. Wann bist du eingetroffen?«

»Gestern. Und du?«

»Vor einer Woche. Ich habe 'n paar Geschäfte abwikkeln können, dank glücklicher Umstände mit genug Gewinn, um alle Kosten zu decken. Gestern, mmm. Deine Leute hast du noch nicht gefunden?«

»Heute nacht werden die Kinder sich auf die Suche machen. Sag Jimm, er soll für mich an sein Totem klopfen und mir Glück wünschen. Je früher wir handeln, um so leichter wird's sein.« Sie schabte sich im Genick, betrachtete trübsinnig die Tischplatte. In ihr regte sich etwas, das nicht mit den Gefühlen zusammenhing, die Sammang bei ihr hervorrief, ein Schwellen wie von Gezeitenkräften, das ihr Furcht um sich selbst, um die Ihren, um Sammang und die Truppe einflößte, um jeden und alles, das ihr etwas bedeutete. Sie nahm den Becher, trank Wein, zwang sich dazu, die Furcht zu mißachten.

»Wir können fort, wann immer du willst.«

Brann schaute Sammang an, dann zur Seite. »Vielleicht kann ich dir morgen Genaueres sagen. Ist es möglich, daß wir uns künftig hier treffen, um Pläne zu schmieden?« Es kostete sie Mühe, mit fester Stimme zu sprechen. »Du wohnst doch hier?«

Sammang streckte die Arme aus, umfaßte Branns Hände. »Trink deinen Wein aus und komm mit hinauf.«

»Ist das auch dein Ernst?«

»Ich habe beschlossen, es so zu nehmen, wie's kommt. Weil ich dich vermißt habe.«

»Ich ... ich hatte darauf gehofft ...« Brann leerte ihren Becher und stand auf, sie schwankte, als das überstürzte Hinabgießen des Weins ihr einen Schwindelanfall verursachte. Sammang griff zu, stützte sie. Seine Berührung glich einer Flamme, wühlte Brann inwendig stärker auf als der Wein. Das erste Mal, als sie in seiner Kabine zusammengelegen hatten, war alles ganz einfach, so natürlich wie Atmen gewesen, während es sich jetzt vorsätzlichen, kühleren Sinnes anbahnte ... Nein, nicht kühl, keineswegs kühl ... Aber mit bewußter Absicht, es war keine zufällige erregende Begegnung, sondern etwas, auf das sie sich in vollem Verständnis dessen einließ, was bevorstand. Sie fühlte sich unsicher, war zappelig, sorgte sich, sie könnte ihn womöglich diesmal nicht zufriedenstellen. »Und was wird der Zapfer sagen?« Ihre Stimme quietschte albern; aus Verlegenheit lief Brann rot an.

»Ihn geht's nichts an, Brombeer-ohne-Dornen.« Sammang tätschelte ihr die Wange. »Ganz ruhig, kleine Hexe! Wir haben viel Zeit.«

Durch die Lebenskraft etlicher Ratten und Schlangen des Fremdenviertels zu neuen Kräften gebracht (Brann wollte nicht, daß wütende Geister ihre Anwesenheit in Andurya Durat in die Nachtwinde hinausschrien, so daß möglicherweise die Temueng davon erfuhren), flatterten Yaril und Jaril zu Branns Fenster hinaus und flogen auf weiten Eulenschwingen zu dem gewaltigen Palast, der sich vom Felsgestein des feuerherzigen Cynamacamals erhob. Brann lehnte sich mit der Hüfte aufs Fenstersims und sah die beiden zwischen den zerfransten Wolken verschwinden, blieb noch für ein Weilchen am Fenster, genoß den feuchten kühlen Wind, der vom Fluß heraufwehte. Hinter ihr lag ein langer Tag. Vollständige Dunkelheit hatte geherrscht, ehe sie sich von Sammangs Seite loszureißen vermochte, sie traf gerade noch rechtzeitig wieder in der Herberge ein, um Taguiloas Erfolg mitfeiern zu können. Danach war sie von neuem auf Jagd ausgezogen. Nun kauerte sie auf dem Fensterbrett, das dünne Seidengewand dem schwachen Wind geöffnet, erinnerte sich an das Gefühl von Sammangs rauhem, starkem Körper an ihrem Leib, seinen Geruch, die harte Glattheit seiner Haut, die Lockigkeit seines Haars. Sie sah den Wunden Mond über die Stadtmauer aufsteigen, er war ziemlich schmal und ging spät auf, bis zur Morgendämmerung blieben nur noch wenige Stunden, und spürte tief in ihrem Innern ein Schnurren, das kein Teil von ihr war, ein bißchen ärgerte sie sich darüber, es verdroß sie, und sie hoffte, daß Sammang nicht gemerkt hatte, Slya war durch ihn vielleicht im gleichen Maße befriedigt worden wie Brann. Sie räkelte sich und gähnte, ließ sich vom Fensterbrett gleiten, tappte zum Bett, streifte unterwegs das Gewand ab, so daß es auf den Fußboden fiel, streckte sich auf der Wollmatratze aus, sank sogleich tief, tief in traumlosen Schlaf.

Yaril und Jaril kreisten über den Hauptgebäuden des Kaiserpalastes, drehten plötzlich eilends ab und sausten davon, als drunten irgend etwas Bösartiges, Wachsames sie wahrnahm und nach ihnen griff, mit langen unsichtbaren Fingern in die Luft krallte. Sie erklommen größere Höhen, hörten für eine Weile auf zu denken, waren eine Zeitlang nur Eulen, bis sie merkten, wie jene Finger zurücksanken, wie der ganze Palast sich zu verschließen schien wie eine Blutige Lilie im Morgengrauen. Einige Zeit hindurch schwebten sie in den Wolken umher, schwirrten dann abwärts und flogen in geringer Höhe erneut auf den Palast zu, machten die Unterkünfte der Garde ausfindig, die beengten Wohnräume der Bediensteten, die weit großzügiger bemessen ausgestatteten Ställe der Apfelschimmel des Kaisers sowie die sorgsam gepflegten Reitbahnen, auf denen sich diese Ungeheuer tummelten, die Werkstätten und Treibhäuser, die Gießerei, die Glashütte mit ihren Schmelzöfen, die Gemüsegärten, bis sie eine zwischen den Verwerfungen des Bergs errichtete neue Anlage entdeckten, ein abgetrenntes Grundstück, das noch nach frischem Mörtel und erst kürzlich geschlagenem Holz roch. Hohe Mauern umgaben es, ein Wachturm überragte ein schweres verriegeltes Tor. Über dem Tor loderten Fackeln und erhellten dessen Umgebung, im Turm brannten Lampen, die Wächter dösten, doch waren sie immerhin so aufmerksam, daß das geringste verdächtige Geräusch sie hochscheuchen konnte. Die zwei Eulen überflogen die Mauer und setzten sich auf einen Firstbalken, verflüchtigten sich zu hellem Geflimmer und sanken durch die Dachziegel ins Innere des Gebäudes.

Es umfaßte geräumige Werkstätten. Gut eingerichtet, obwohl man keine stählernen Werkzeuge sah. Entweder waren sie über Nacht weggeschlossen oder fortgebracht worden, oder man hielt sie zurück, bis die Menschen, die sie benutzen sollten, so weit unterworfen waren, daß das Vorhandensein solcher Werkzeuge weder eine Gefahr für sie noch für die Wächter bedeutete. Die beiden Kinder schwebten als Lichtschlieren durch die Werkstätten zu den Unterkünften. Eine Kammer nach der anderen fanden sie leer vor, dann dort einen Schlafenden, da noch einen, danach weitere leere Räumlichkeiten. Nur zwölf Personen waren in dem weitläufigen Bauwerk untergebracht, von den rund vierzig Bewohnern Arth Slyas, die zur Messe nach Grannsha gereist waren, lebte nur noch ein Dutzend. Im Gegensatz dazu, was der Pimush geäußert hatte — vielleicht hatte er bloß irgend etwas dahergeplappert, um seinen Tod hinauszuschieben —, konnten die Temueng mit den Sklaven aus Arth Slya keinesfalls sanft umgesprungen sein. Beiläufig fragten sich die Wandelkinder, ob der Kaiser eigentlich noch auf seine zweimal hundert Sklaven aus dem Tal

Arth Slyas hoffen, ob der Sribush, der die Eroberungsstreitmacht befehligte, mittlerweile des Wartens überdrüssig geworden sein und Kundschafter ausgeschickt haben mochte, um feststellen zu lassen, was es mit dem Ausbleiben des Pimush und seiner Gefangenen auf sich hatte.

Nachdem sie die gesamte Anlage abgesucht und sich dessen vergewissert hatten, daß man nicht noch in diesem oder jenem Winkel irgendwen festhielt, schwebten die Wandelkinder nochmals in die belegten Kammern, ermittelten die Namen der Bewohner, um Brann berichten zu können, wen sie gefunden hatten, sie erkannten jeden, weil sie wußten, was Brann wußte.

Callim. Branns Vater. Man hatte ihn geprügelt, wahrscheinlich weil er sich zu arbeiten geweigert hatte. Er war auf dem Wege der Besserung, man mußte ihm die Prügel bereits vor etlichen Tagen verabreicht haben, die Striemen waren klebrig von Salbe, er schnarchte ausgestreckt auf der einzigen Pritsche der Kammer, zuckte im Schlaf, wenn ihm Fliegen über den Rücken krabbelten. Cathar, Branns ältester Bruder, schlief zusammengekrümmt in der Ecke auf einer Matte; Duran, ihr jüngerer Bruder, saß neben dem Bett in einem Stuhl und döste, verscheuchte ab und zu, wenn er aufschrak, die Fliegen.

Im Nebenraum saß mit schlaffer Miene und stumpfen Augen ein Mann und zupfte mit den Fingern unaufhörlich an gar nichts: Ohm Idadro, der Kupferstecher und Einlegekünstler, ein Mensch, der sich stets durch übertriebene, peinliche Genauigkeit ausgezeichnet hatte, nie war er sonderlich begabt im Umgang mit Fremden gewesen, darum war in den meisten Jahren seine Gemahlin Glynis zur Messe gereist, bis sie unvermutet an einer Herzschwäche starb und ihn ohne festen Halt zurückließ — sein letzter Rettungsanker wider die Zumutungen der Welt war Trithin, sein Ältester —, allein zurechtzukommen war er völlig außerstande. Dieses Jahr hatte er Trithin nach Grannsha zur Messe mitgenommen, der Jüngling war gesegnet mit Frohsinn und der Fröhlichkeit seiner Mutter und konnte gut mit Menschen umgehen. Kleinen Freund aller Welt hatte man ihn als Säugling und auch noch als Kleinkind genannt. Nirgends auf dem Grundstück befand sich eine Spur von Trithin; vielleicht lebte er, hielt sich andernorts auf, aber keines der Wandelkinder glaubte daran, sie erachteten es als wahrscheinlicher, daß der Wunde Mond eines Tages wieder heil und ganz aufging, als daß man Trithin jemals lebend wiedersehen würde.

Dies war die Liste der Lebenden, die sie Brann später vortrugen: Callim, Cathar, Duran, Trayan, Garrag, Reanna, Theras, Camm, Finn, Farra, Fann und Idadro. Acht Männer, vier Weiber.

So lautete das Verzeichnis der Toten: Trithin, Sintra, Warra, Wayim, Lotta, Doranynn, Imath, Lethra, Iannos und Rossha.

Nach Beendigung dieser abschließenden Untersuchung schwebten die beiden Lichtkleckse in der Mitte einer leeren Räumlichkeit, sangen zueinander die Fragen, die sie offen sahen. Was war das Etwas im Palast, das Ding mit den unsichtbaren Fingern? Wie machtvoll war es, daß es nicht nur den Kaiser dazu verleitete, Völkermord zu verüben, sondern gar Slya dazu bewogen hatte, verdeckt zu handeln, sie beide aus den heimatlichen Räumen zu verstoßen, zu Brann zu senden, damit sie sie veränderten und zu einem Gefäß für Slya machten, Slya die Möglichkeit hatte, in menschlicher Gestalt Durat aufzusuchen und ihren Feind zu bekämpfen? Sie umkreisten einander und sangen das Lied ihrer Ungewißheiten. Sollten sie ihre Überlegungen Brann mitteilen? Manches wußte sie bereits, ihr war längst klar, daß Slya gleichzeitig in ihr und im Tincreal schlummerte, Slya sie geradeso antrieb, wie sie die Felsen und das Gestein des Tincreals bewegte, ohne die mindeste Rücksicht auf sie und jene, die Brann etwas bedeuteten. Die Wandelkinder betrachteten diese Rücksichtslosigkeit mit einem Gefühl der Kälte in ihren Glutleibern, das ihr Glimmen verblassen ließ, sie beinahe in ihre Form des Tiefen Schlafs umwandelte, die Kristallgestalt, die Angehörige ihres Volkes annahmen, wenn ihre Körper keine Kräfte mehr gespeichert hatten und für längere Frist keine Auffrischung zu erwarten stand, eine Ruheform, die kein Tod war, aber eine Verfassung, die ihr Volk nicht schätzte, vielmehr wendete es erheblichen Einfallsreichtum auf, um ihn zu vermeiden, außer wenn statt dessen der Verfall des wirklichen Todes drohte, ein Zerfall in Asche und Nichts, als wären sie ausgebrannte Sterne. Während sie da schwebten, schauderte es den Wandelkindern, sie fürchteten sich stärker, als sie sich je gefürchtet hatten, seit sie an den Hängen des Tincreals erwacht waren und im Sonnenschein zu hungern begannen. »Mag sein«, sang Yaril, »sie holt uns heim, wenn wir für ihre hiesigen Zwecke nicht mehr gebraucht werden.«

»Nein ...« Die Verneinung glich einem gedehnten Seufzer, geprägt von einer Stimmung, die nicht ganz Verzweiflung war; immerhin hatte diese Welt ihre Vorzüge, und das gleiche galt für ihre Gefährtenschaft mit Brann.

»Sobald alles vorüber ist, könnten wir mit ihr reden«, sang Yaril. »Brann ebenso. Wenn Slya uns heimholt, kann sie Brann zurückverwandeln.«

»Brann ist für Slya ein Blatt, das sich bräunt und zur Erde sinkt«, sang Jaril, »es wird nicht verachtet, aber es ist ausgeschlossen, daß es jemals in seinen zuvorigen Zustand zurückkehrt. Warum sollte sich Slya, nachdem sie die Bewohner Arth Slyas befreit und Rache geübt hat, derlei Mühe machen? Ich glaube, die Hohen sind in allen Wirklichkeiten gleich, sie benutzen die Niedrigen und lassen sie fallen, benutzen nur und lassen dann fallen, diesen ebenso wie jenen, alles zu Gunsten dessen, was sie als das höhere Wohl bewerten, und damit meinen sie ihr Wohl. Arme Brann.«

»Wir sind genauso arm dran.«

»Stimmt.«

Zwei kleine Lichtflecken, sehr jung für ihresgleichen, so daß noch ein Großteil des langen langwierigen Lernens, dessen ihre Art sich befleißigte, vor ihnen lag, stiegen durch die Dachziegel — als triebe Zorn sie empor — in die Luft hinauf, verwandelten sich in zwei einander ähnliche Eulen und flogen zurück zu Brann, sich darüber im ungewissen, was sie ihr berichten sollten oder würden, hofften mit jedem Kleinstteilchen ihrer unvorstellbaren Körper, daß sie schlief und von den geringfügigen Freuden träumte, die sie dem Wirrwarr ihres Daseins abzuringen vermochte. Sie wußten nicht, was sie tun sollten, wie die Arth Slyaner befreit werden könnten, ohne daß Leute, die ihre Freunde waren, dadurch Schaden erlitten, was sie Brann antworten sollten, falls sie sie um Rat fragte.

Sie schwebten durchs offene Fenster in Branns Zimmer, verwandelten sich in ihre Kindsgestalt, schlichen auf Zehenspitzen zum Bett. Brann schlief fest, unter den Lidern bewegten sich die Augäpfel, ein andeutungsweises Lächeln umzuckte die Lippen. Yaril blickte Jaril an; er nickte, und sie zogen sich beide in eine Ecke zurück, sanken dort in die Starre, die bei ihnen die Stelle des Schlafs einnahm.

Jassi steckte den Kopf zur Tür herein, klopfte an die Wand. Taguiloa schaute von der Glitzerkugel auf, die er gerade putzte.

»Da ist wer für dich.« Jassi zwinkerte ihm zu. »Ein fieser Bonzenknecht mit Maratulliks Brandzeichen. O Mann, des Kaisers Linke Hand darf er sich nennen. Sieht aus, als hättest du 'ne richtige Glückssträhne.«

Vorsichtig setzte Taguiloa die Kugel in ihr Samtpolster, stand auf und ging im Zimmer auf und ab. Die Bonzen wurden, nachdem ihm die Auftrittserlaubnis erteilt worden war, erstaunlich früh aufmerksam; er hatte damit gerechnet, daß etliche Tage verstrichen, ehe die Temueng seine Anwesenheit zur Kenntnis nahmen, falls sie es überhaupt taten. Am Fenster blieb er stehen, blickte hinunter in den Hof, ohne irgend etwas zu sehen. Ich bin nicht vorbereitet ... Er schnippte mit Daumen und Zeigefinger, wandte sich um. »Habe ich auch. Hm-hmmm.« Er lächelte Jassi an. »Sag dem Fiesling, ich hätte zu tun, aber wenn er warten möchte, käme ich gleich runter. Falls er bleibt, reich ihm 'n Becher vom besten Wein, damit er sich nicht allzusehr ärgert.«

»Damit könntest du gehörig auf die Nase fallen, Taga.« Unsicher musterte Jassi ihn, allerdings mit mehr Achtung als vorher. »Bist du deiner Sache so sicher?«

»Jassi, Liebling meines Herzens und anderer Körperteile, ich bin's nicht, nein, wahrhaftig nicht, aber wenn du einen Temueng jedesmal kratzt, sobald's ihn juckt, werden von deinen Fingern bald bloß noch Stümpfe übrig sein. Also geh und erledige, was ich dir aufgetragen habe.« Er rümpfte die Nase. »Sollte er sofort gehen, sag mir Bescheid.«

Jassi zuckte mit den Schultern und ging.

Taguiloa klammerte die Hände ums Fenstersims, verkniff die Augen, holte tief Luft. Jetzt stand er vor dem Erfolg oder dem Scheitern. Er besaß so gut wie Jassi darüber Klarheit, daß er viel wagte. Wenn der Sklave sofort umkehrte, war die Aussicht gering, daß er — oder jemand seines Schlages — sich noch einmal einfand. Ein Wagnis. Taguiloa berührte seine linke Schulter. Tungjii, du hast es in der Hand, hab auf uns ein Auge.

Er stieß sich vom Fensterbrett ab, suchte die Reisegenehmigungen und -bescheinigungen sowie die dazugehörigen Metallmarken heraus, die er für die Mitglieder seiner Truppe aufbewahrte, außer für Brann. Einen Augenblick lang stand er da und betrachtete sie, dann warf er sie aufs Bett, schleuderte die Sandalen von den Füßen, kleidete sich aus. Während er sich rasch im Zimmer hin- und herbewegte, wusch er sich, bürstete sein langes schwarzes Haar, glättete es, band es mit einem dünnen schwarzen Seidenband im Genick zusammen, knüpfte überm Knoten säuberlich eine kleine Schleife. Flugs zog er eine Hose und das Gewand aus schwarzer Baumwolle an, dazu die kurzen schwarzen Stiefel, die Kleidungsstücke, die er anlegte, wenn er Eindruck von Bescheidenheit zu erwecken beabsichtigte. Als er fertig war, besah er sich sorgsam seine Erscheinung, strich ein Haar vom Ärmel, zupfte die Vorderseite des Übergewands glatt. Sein Aussehen war gediegen, aber nicht auffällig. Er lächelte vor sich hin, nahm die Papiere und Marken, verließ den Raum und strebte durch den Korridor zu Harras Zimmer.

Sie ließ ihn ein, widmete sich wieder dem Rock, an dem sie Stickereien anbrachte, sie widmete sich der Handarbeit, um sich zu beruhigen und die Zeit zu vertreiben. Taguiloa sah sich im Zimmer um. Außer Harra war niemand da. »Hast du Brann gesehen?«

»Sie ist heute morgen ziemlich früh mit den Wandelkindern weggegangen. Sie war wegen irgend etwas aufgeregt.« Harra verengte die Lider. »Das ist deine Besuch-beim-Bonzen-Kleidung.«

»Des Kaisers Linke hat 'nen Sklaven geschickt, um mich zu holen.« Ihm zuckte ein Auge, er verschränkte, keineswegs so ruhig, wie er gern gewirkt hätte, die Hände auf dem Rücken. »Ich lasse ihn 'n Weilchen schmoren.«

»Lieber nicht zu lang. Aber du brauchst mich nicht, um solche Angelegenheiten beurteilen zu können. Meinst du, 's könnte mit Brann zusammenhängen?«

»Keine Ahnung. Jassi sagt, er hat nach mir gefragt.«

»Aha. Das verheißt entweder sehr gute Neuigkeiten, und wir sind auf dem Wege zum Kaiserlichen Hof, oder sehr schlechte Neuigkeiten, und des Kaisers Linke Hand wird dir Fragen stellen, die du ungern beantworten würdest.« Harra schwieg kurz. »Letzteres kommt mir allerdings unwahrscheinlich vor. Hätte er die Absicht, unangenehme Fragen an dich zu richten, er hätte 'n Empush mit seinen Männern geschickt, um dich holen zu lassen, keinen Sklaven.«

»Du hast recht. Hier! Bewahr diese Sachen auf.« Taguiloa überreichte ihr die Unterlagen und Marken der Truppe, behielt nur die eigenen Papiere und seine Marke zurück. »Für alle Fälle.« Er lächelte schief, vollführte eine Gebärde mit der Hand. »Vornehmlich für den Fall, daß des Kaisers Linke Hand arglistiger oder verrückter ist, als wir's uns gegenwärtig vorstellen können. Du müßtest Negomas und Linjijan nach Silili zurückbringen.«

»Und Brann?«

»Falls ich nicht wiederkehre, ist's für dich am günstigsten, so großen Abstand wie nur möglich von ihr zu halten. Du weißt, weshalb sie hier ist.« Er wischte mit dem Daumen über seine Metallmarke, schob sie sich in den Ärmel. »So, nun haben wir genug Zeit totgeschlagen. Ich gehe hinunter.«

»Bewahr die Ruhe, Tänzer!«

»Ich werd's versuchen, Magiertochter. Ich will's versuchen.«

Taguiloa folgte dem schweigsamen Sklaven durchs Westtor auf die marmorgepflasterte breite Prunkstraße am See, erinnerte sich in Gedanken an jenes vergangene Jahr, da er und Gerontai schon einmal hier gewesen waren. Damals hatten sie lediglich zu den unteren Rängen der Temueng vordringen können, den Kaufleuten, Beamten und kleineren Bonzen, während die wirklich Mächtigen sie unbeachtet gelassen hatten, und sie waren nach Silili heimgekehrt, ohne einen Fuß in den Kaiserpalast gesetzt zu haben. Meslar Maratullik, genannt des Kaisers Linke Hand, war Vorgesetzter der Zensoren und Spitzel, trug die Verantwortung für die Sicherheit der Person des Kaisers. Hoffnung und Furcht, Hoffnung und Furcht, sie wechselten bei ihm wie rechter Fuß, linker Fuß, deren Schritte auf dem körnigen Marmor quarrten, während er dem wortkargen, hämischen Sklaven folgte, die Prunkstraße am See entlangschritt, an deren einer Seite Mauern standen, recht hohe, glatte, weiße Mauern mit nur wenigen Lücken, bloß ein paar Gassen zwischen den einzelnen Meslaks und die wuchtigen Tore unterbrachen sie; die Uferseite war mit niedrigen Sträuchern und in Abständen auch mit Bäumen bepflanzt, kurze Molen ragten hinaus in den See, an denen Vergnügungsboote lagen, sowohl mit Segeln, wie auch solche, die bestückt waren mit Ruderbänken. Auf dem See selbst war es still und ruhig, das Wasser spiegelte das Grau der Wolken wider, die sich am Himmel dick zusammenballten. Regen fiel nicht, nur das gräuliche Licht dieses Nachmittags und eine dumpfig-feuchte Hitze herrschten, die das Gehen sogar auf solchen weißen Steinstraßen, so sauber, glänzend und leblos wie Muscheln am Strand, zur Plackerei machten. Ab und zu kamen Grüppchen junger Temuengburschen auf ihren hochgezüchteten Schlachtrössern die breite Prunkstraße heruntergesprengt, sie johlten und grölten, scherten sich nicht darum, wen sie niedergaloppierten, manchmal hetzten sie gar einen unglückseligen Sklaven bis zum Zusammenbruch, ließen ihn dann als verkrümmtes Häufchen Elend liegen und sein Plebejerblut auf den teuren Stein fließen. Taguiloas Begleiter trug an einer Stange unübersehbar ein Schild mit einer Abbildung des Siegels Maratulliks, deshalb wagten sich die Reiter an ihnen nicht zu vergreifen.

Maratulliks Meslak umfaßte ein ausgedehntes, weitläufiges Grundstück am Ufer des Sees, ein Reitplatz gehörte dazu, es gab Gebäude mit Werkstätten und Gesindehäuser, große Gärten; das Meslak konnte sich innerhalb seiner Außenmauern selbständig versorgen, sollte es infolge irgendeines Unheils oder einer Bedrohung in eine Festung verwandelt werden müssen. Taguiloa folgte dem Sklaven durchs Eingangstor und durch die großflächigen, sehr förmlich angelegten Prachtgärten mit ihren Springbrunnen und farbenreichen Blumenbeeten, sorgfältig gepflegten und geschnittenen Rasen; er schaute sich nach allen Seiten um, dachte an das laute, von Ratten geplagte Fremdenviertel und begriff, daß er, müßte er sich unbedingt zwischen diesen zwei Möglichkeiten entscheiden, würde er nicht diese Leere, sondern Lärm und Ratten vorziehen, doch war es sehr unwahrscheinlich, daß er jemals vor einer solchen Wahl stehen würde; was er sich zu verschaffen gedachte, war eine weniger abwegige Möglichkeit, nämlich die Aussicht, den Armenvierteln fernbleiben zu können, dafür zu sorgen, daß er und Schwarzdorn (sobald es einmal soweit war) noch ein einigermaßen behagliches, angenehmes Leben führen durften, wenn seine Beine nicht mehr mitmachten, sein Körper nicht länger tat, was sein Wille verlangte. Was er gegenwärtig hatte, genügte ihm vollständig: Stille, Meditation, Gemütlichkeit im Häuschen am Hügel, lautes Treiben und Erregendes in den Nächten Sililis.

Über eine Viertelstunde verstrich, bis sie durch die Prachtgärten und eine Reihe von Fluren in einen kleinen Wintergarten gelangten, in dessen Mitte leise ein Brünnlein gluckerte, Gehänge und Garben winziger Orchideen leuchteten, einer Art, wie Taguiloa sie noch nie gesehen hatte, ein stämmiges Bäumchen wuchs unterm Glas, mit Seilen und Rollen bewegten Sklaven im Innern des Hauses Fächer, nie sahen sie die Schönheit, die sie kühlten. An verschiedenen Stellen standen Weidensessel, manche einzeln, manche in kleinen Gruppen, aber Taguiloa verspürte trotz des zweistündigen Laufens und der Schmerzen seiner Füße keine Versuchung, sich hinzusetzen. Er bewegte die Schultern, spannte und lockerte die Muskeln, versuchte Gelassenheit zu bewahren. Es hatte keinerlei Sinn, sich über den Temueng zu ärgern, und zudem sprach eine ganze Anzahl von Vernunftgründen dagegen. Er war sich darüber im klaren, daß er seinen Mißmut verheimlichen mußte. Untertänigkeit fiel ihm nicht mehr leicht, in den vergangenen fünf Jahren hatte er sich diese Unart abgewöhnt, doch alles, was er in Silili erreicht hatte, zählte hier nicht im geringsten.

Meslar Maratullik, Berater des Kaisers und seine Linke Hand, betrat den Wintergarten mit der katzenhaften Geschmeidigkeit und den lautlosen Schritten eines erfahrenen, geschickten Jägers. Für einen Temueng war er kleinwüchsig, obwohl er Taguiloa um einen Kopf überragte; sein Gesicht war runder, als man es von Temueng kannte, weniger knochig, die Gesichtszüge nicht so grob wie bei den meisten Temueng. Er trug ein enges dunkelgraues Gewand aus schwerer dunkelgrauer Seide und von vornehmem Schnitt, in dieser Schlichtheit wirkte es bereits wieder anmaßend. Während sich Taguiloa mit der vorgeschriebenen Ehrerbietigkeit tief verbeugte, wurde es ihm innerlich plötzlich eisig kalt, als er erwog, ob es irgendwann unter den Vorfahren der Linken Hand einmal Hinablut gegeben haben mochte. Falls es sich so verhielt, befand er sich in einer doppelt heiklen Lage. Oft genug hatte er erlebt, was geschah, wenn in einer Hinafamilie jemand mit Woda-an-Eigenschaften zur Welt kam, wie so ein Mensch sich mit äußerster Strenge zum Hina erzog, alles ablehnte, was die Hinakultur verwässern könnte, wie er offen ebenso wie verborgen jeden Woda-an peinigte, der das Pech hatte, in seine Gewalt zu geraten. Und häufig stiegen gerade derartige Männer in hohe Ämter auf, in denen sie, so wie des Kaisers Linke Hand, große Macht über das Leben anderer Menschen ausübten, besonders jenen, die sie so heftig haßten. Womöglich konnte Taguiloa an diesem Mann scheitern, ohne zu merken oder je zu erfahren, was er eigentlich falsch gemacht hatte. Vorsicht, laß Vorsicht walten! ermahnte er sich. Ich darf nicht in meiner Wachsamkeit erlahmen, bis ich wieder draußen bin, und vielleicht auch dann noch nicht.

Maratullik begrüßte Taguiloa mit einem abgehackten

knappen Nicken, ging zum Springbrunnen, setzte sich daneben in einen Weidenstuhl, verbrachte einige Augenblicke nur damit, sich die schwere Seide seines Gewands glattzustreichen.

Anschließend hob er den Kopf — die dunklen Augen ähnelten in Mattheit und Stumpfheit der Seide —, winkte Taguiloa heran, hielt ihn mit erhobener Handfläche auf, sobald er ihn als nahe genug erachtete. Taguiloa verbeugte sich ein zweites Mal, wartete stumm, ließ den Blick gesenkt. Ein Spiel, das war es und nicht mehr, allerdings ein Spiel mit höchstem Einsatz. Er mußte beweglich genug sein, um sich diesen Temueng günstig zu stimmen, der Gerüchten zufolge ein Ungeheuer sein sollte, aber nicht so unterwürfig, daß er seine Selbstachtung verlor, mußte den schmalen Pfad zwischen Selbstaufgabe und Verderben beschreiten. Die Hände auf dem Rücken, um seine Angespanntheit zu verhehlen, wartete er ab.

Maratullik schwieg lange, versuchte möglicherweise die Art der Ehrerbietung Taguiloas zu durchschauen, jedoch war es wahrscheinlicher, daß er einfach daran Spaß hatte, ihn ein bißchen schmoren zu sehen. »Wir haben über dich Vorteilhaftes vernommen, Hina.« Das Ungeheuer hatte eine helle schwächliche Stimme.

»Das ehrt mich, Saö-jura Meslar«, antwortete Taguiloa leise. Er spürte, wie ihm unter den Armen Schweiß das Gewand näßte; mit aller Willenskraft bemühte er sich um Fassung, sagte sich, daß des Kaisers Linke Hand solche Anzeichen von Unruhe als natürlich voraussetzte, im Gegenteil ihr Fehlen ihn argwöhnisch machen müßte. Ein beiderseitiges Schweigen schloß sich an, zog sich dahin. Taguiloas Kopf fing weh zu tun an. Es war unmöglich, jemandem wie diesem Temueng etwas ähnliches wie Achtung abzuringen, aber wenn er sich als Kriecher zeigte, würde er den Mann nur dazu verleiten, auf ihm herumzutrampeln.

»Deiner Truppe gehören Fremde an.«

»Ja, Saö-jura Meslar.« Taguiloa hatte den Blick gerade weit genug gehoben, um Maratulliks Hände anschielen zu können. Bei dem Wort *Fremde* hatten die Finger gezuckt, als wollten sie sich krümmen, sich nur langsam, nahezu widerwillig, wieder gelockert. Bei Taguiloas höflicher, aber nichtssagender Entgegnung verkrampften die Finger sich zu Klauen. Taguiloa schwitzte noch stärker. In diesem Spiel mochte sich ein Sichergehen als nicht sicher genug erweisen. Sollte er seine Bestätigung um eine Erklärung ergänzen, oder würde er dadurch den Temueng um so mehr verdrießen? Nach einem kurzen Weilchen angestrengten, zermürbenden Nachdenkens beschloß er, auf die nächste Frage zu warten und zu sehen, wie die Antwort auf Maratulliks Hände wirkte, und hoffte, daß der Meslar sich nicht dessen bewußt sei, wie deutlich seine schmalen zierlichen Finger seine Empfindungen preisgaben.

»Wieso?«

Taguiloa wechselte das Standbein, ließ sich seine Unruhe etwas stärker anmerken, verlegte sich mit seiner Stimme auf eine schwerfällige, eintönige Sprechweise. »Aus drei Gründen, Saö-jura Meslar.« Er sprach leise und langsam, wählte die Worte bedächtig, während seine Augen hin- und herhuschten, weil er darauf achtete, Maratulliks Hände nie zu lange anzuschauen. »Erstens, Saö-jura Meslar, bin ich in jüngeren Jahren mit meinem Meister Gerontai durch Tigarezun gereist und habe bemerkt, wie begeistert des Landes Bewohner fremdländische Vorführungen aufnehmen und wie reich sie jene belohnen, die ihnen solche Schaustellungen bieten.« Insgeheim widerte ihn die schwülstig ausgedrückte Beflissenheit seiner Äußerung an, doch sie hatte zum Ergebnis, daß sich die Finger entkrampften; offenbar entsprach sie den Erwartungen. »Zweitens, Saö-jura Meslar, ist eine solche Vorstellungsreise eine überaus kostspielige Unternehmung, vor allem am Anfang. Über ihre jeweiligen Begabungen hinaus haben die Mitglieder der

Truppe — ausgenommen die Kinder — zu den Kosten für Ausrüstung und Ausstattung beigetragen und werden zum Ausgleich einen Anteil unserer Einnahmen erhalten, die Fremdlinge freilich einen viel kleineren Anteil als die Hina.« Er warf einen Blick auf die Hände. Sie lagen nun fast gänzlich ausgestreckt da. Gut. Aber er durfte die Langweiligkeit nicht übertreiben. Und ebensowenig den Anschein von Habsucht. »Drittens, Saö-jura Meslar, aufgrund meiner Bestrebungen, die für dich ohne Belang, für mich jedoch von Wichtigkeit sind. Es ist mein Trachten, Akrobatik, Gaukelkünste und Tanz zu etwas völlig Neuem zu verschmelzen, wie kein Mensch es je zuvor gesehen hat. Die Musik, die wir zur Begleitung solcher Auftritte erarbeiteten, ist gleichfalls ein Gemisch, eine Musik, die gespielt wird mit m'darjinischen Trommeln, einer rukka-nagischen Daroud sowie einer hinaischen Flöte, es handelt sich um eine Art von Musik, die hinlänglich fremdartig klingt, um die Zuhörer zu bezaubern, gleichzeitig jedoch in ausreichendem Maße von vertrautem Klang, um sie nicht zu befremden. Eine erregende Musik ist's, Saö-jura Meslar, darin sind alle, die sie schon gehört haben, sich einig.« Er verbeugte sich nochmals und verstummte. Gib darauf acht, was du redest, der Mann ist alles andere als ein Dummkopf, sonst hätte er nicht die Stellung, die er einnimmt.

»Teile mir Näheres über diese Fremden mit. Zunächst über die Weiber.«

»Deine Beachtung ehrt sie, Saö-jura Meslar.« Taguiloa räusperte sich. »Ich weiß lediglich allgemeines über sie, muß ich gestehen, Saö-jura Meslar, an ihrer Lebensgeschichte hegte ich kein Interesse, nur an ihrem Geld und ihren Fähigkeiten. Harra Hazhani ist eine Rukka-nag von irgendwo fern im Westen, gewiß ist jenes Volk dir bekannt. Sie kam mit ihrem Vater nach Silili, er starb und ließ sie ohne Schutz und Heim zurück sowie mit einer beschränkten Menge Geld, so daß sich für sie die Notwendigkeit ergab, eigenständig welches zu verdienen. Die Sitten und Bräuche ihres Volkes verbieten ihr bei Todesstrafe zu verkaufen, was eines Weibes Begehrtestes ist, außerdem ist sie ja eine Fremdländische, ausschließlich Entartete würden ihr dafür Geld zutragen. Jedoch ist sie auf ihre Weise eine vortreffliche Tänzerin und eine Musikantin von beträchtlicher Begabung. Das andere Weib nennt sich Brannish Tovah, sie ist eine Sujomann, stammt ebenfalls aus dem Westen, von irgendwoher hoch im Norden, sie erzählt, der Winter währt dort das halbe Jahr lang, und es schneit so, daß der Schnee selbst Berge zudeckt. Ich suchte eine Seherin, die auch zu tanzen imstande ist, und sie ist mir von kundiger Seite empfohlen worden. Ihr Gott hat es ihr zur Obliegenheit gemacht, stets mit dem Wind zu ziehen, oder so sagt sie es uns jedenfalls, sie geht mit dem Wind, einen Gemahl und zwei Kinder hat sie ans Eis und an Wölfe verloren, erzählte sie, sie hält eine fleckige Jagdhündin und einen Straßenbuben aus, letzterer hilft ihr irgendwie bei ihren Riten und ruft sie aus, so daß Leute zu ihr kommen und sich weissagen lassen, die beiden sind nun für sie so etwas wie eine Familie. Ähnlich wie dem Hazhaniweib ist es ihr aufgrund ihrer heimatlichen Sitten sowie durch die Gottheit, die in ihr Wohnstatt genommen hat, gänzlich verboten, sich zu Männern zu betten, die nicht ihrem Volk angehören, und sollte sie genötigt werden, ist sie durch besagte Gottheit dazu verpflichtet, denjenigen zu entmannen und den Freitod zu verüben. Das mindert die Gelüste eines jeden, der an ihr Gefallen findet. Offen gestanden, Saö-jura Meslar, als ich von diesen Dingen erfuhr, war ich recht erfreut. Frauen in einer Truppe zu haben, ist zumeist eine heikle Sache, es kann zu Verwicklungen mit den Landbewohnern führen, wenn derlei Weiber es als angebracht erachten, ihre Einnahmen durch Arbeit in der Waagerechten zu verbessern. Der m'darjinische Trommler ist ein Bub von etwa zehn Lenzen, bei seinem Volk ist das Alter solcher Kinder schwer zu schätzen. Er hat keinen

Vater und keine sonstigen Anverwandten, die darauf Anspruch erhöben, ihn in ihre Obhut zu nehmen, obwohl mir unklar ist, warum es sich so verhält. Ich habe ihn nicht ausgefragt, mich hat nur die Art und Weise interessiert, wie er die Trommeln schlägt. Linjijan, unser Flötist, ist Hina, der zweitbeste Flötenspieler Sililis, der beste dortige Flötist ist sein Großonkel Ladjinatuai, der für Schwarzdorn spielt.« Er verneigte sich und wartete gespannt auf die Antwort der Linken Hand des Kaisers.

Die Hände locker auf den Oberschenkeln, schwieg Maratullik ein paar Atemzüge lang. »Beide Weiber stammen also«, sagte er schließlich, »aus dem Westen.«

»Das haben sie mir erzählt, Saö-jura Meslar.«

Die Befragung ging noch für kurze Zeit weiter, aber Maratulliks Hände blieben locker, seine Stimme klang nunmehr nach Geistesabwesenheit und bezeugte gelinden Widerwillen. Er hatte an den Auskünften kein sonderliches Interesse mehr, und Taguiloa faßte seine Antworten rasch immer knapper, so bündig, wie die erforderliche Höflichkeit es erlaubte. Trotz ihrer Kürze unterbrach der Temueng ihn am Ende. »Ihr werdet morgen hier auftreten«, sagte er. »Die entsprechenden Abmachungen kannst du mit meinem Hausverwalter treffen. Warte hier.« Er stand auf und verließ den Wintergarten mit der gleichen geschmeidigen Lautlosigkeit, übersah Taguiloas tiefe Verbeugung, seine Haltung zeigte an, die gesamte Angelegenheit war in seinem Dasein von so geringer Bedeutsamkeit, daß er sie schon vergessen hatte. Taguiloa klammerte die Hände ineinander, beließ das Gesicht so starr wie eine Maske, er war innerlich höchst aufgewühlt und mußte alle Mühe aufwenden, um ruhig zu bleiben. *Ich habe gewonnen,* war alles, was er zu denken vermochte. *Ich habe fast gewonnen.*

In Branns Nacken glänzte weiß ihr verknotetes Haar; gekleidet in ein schwarzes Gewand und eine schwarze Hose sowie verschlissenen Sandalen an den Füßen, schlenderte sie über den geschäftigen Markt, befand sich unterwegs zu dem Gasthaus, in dem Sammang abgestiegen war, jedoch ohne Eile, vielmehr genoß sie die Vorfreude, freute sich an der üppigen Lebendigkeit des Lebens und Treibens ringsum auf dem Marktplatz. Plötzlich fiel ihr in der Menschenmenge ein Gesicht auf, dann gewahrte sie noch zwei bekannte Gesichter. Sie unterdrückte einen Aufschrei in ihrer Kehle. Cathar. Camm. Theras. Ihr Bruder. Ein blutsverwandter Vetter. Ein Herzensanverwandter. Sie kannte ihre Gesichter so gut wie sich selbst. Brann folgte den dreien, versuchte sich so unauffällig wie möglich zu verhalten, obwohl sie sich sorgte, sie könnte sie aus den Augen verlieren.

Während Cathar über den Markt wanderte, leuchtete in seinen Augen Vergnügen an der Vielfalt von Farben und Formen, da und dort blieb er stehen, feilschte um Früchte und Kräuter, eine Länge Tuch, scherzte mit seinen Begleitern; alle drei hatten keine Eile, keine Aufseher bewachten sie, soviel Brann sehen konnte. Cathar beglich die Einkäufe durchs Vorzeigen einer Metallscheibe beim Händler. Zu gern hätte Brann mit ihm gesprochen, aber sie wagte es nicht, sich ihm zu nähern. Nach dem ersten Aufwallen des Gefühls trat wieder ihr Verstand in den Vordergrund. Aus welch anderem Grund außer dem könnte er sich hier auf dem Markt aufhalten, um für sie als Köder zu dienen? Weshalb sonst sollten die Temueng ihn und die anderen außerhalb ihrer Gefängniswerkstatt umherlaufen lassen, die Gefahr eingehen, daß sie ausrissen? Wegen der Geiseln, die die Temueng hatten, war diese Gefahr gering, aber sicher konnten sie nicht sein. Folglich mußten Schnüffler in der Nähe sein. Zu sehen vermochte sie keine, aber das hatte in diesem Gedränge wenig zu besagen. Wie sollte sie einen Schnüffler überhaupt von den vielen übrigen Menschen unterscheiden? Sie ließen sich nicht am Geruch erkennen. Diesmal unterdrückte Brann ein irres Kichern. Und wenn sie mit Cathar spräche, was sollte sie sagen?

Hallo, ich bin deine kleine Schwester! Einen Fuß größer, das Haar weiß, fünfzehn Jahre zu alt, und doch bin ich Brann. Brombeer-voller-Dornen. Nein, ich bin keine Verrückte. Ich bin wirklich deine Schwester. Inwendig elf Jahre alt, trotz der Äußerlichkeiten. Ha! Bestimmt würde er ihr auf Anhieb glauben, ganz sicher. Sie biß sich auf die Lippen, während sie ihn im Augenmerk behielt, darüber nachdachte, wie sie eine Unterredung mit ihm zustandebringen könnte, ohne sich den Schnüfflern ans Messer zu liefern.

Yaril zog sie am Arm. Brann ließ sich von dem Wandelkind in eine Nebengasse führen, wo eine Einbuchtung eines Hauses ihnen die Möglichkeit zu einer ungestörten Unterhaltung gab.

»In der benachbarten Straße ist ein vornehmes Freudenhaus«, erklärte Yaril halblaut. »Verleih dir 'n Hinagesicht und miete dort 'ne Kammer, ich bringe Cathar hin.«

Brann verzog das Gesicht. »Yaril ...«

Das Wandelkind kratzte sich am Kopf, vollführte mit der anderen Hand eine Geste der Ungeduld. »Auf die Haustür sind umeinandergeschlungene Schlangen gemalt. Du klopfst einfach an und sagst, du möchtest für den Nachmittag ein Zimmer mieten, gibst der Alten drei Silbermünzen und sagst ihrer Dienerin, es wird nachher jemand gebracht, und läßt dich von ihr aufs Zimmer führen. Wenn das Mädchen fort ist, ziehst du dich aus, legst das Gewand an, das du dort vorfindest, setzt dich und wartest.« Yaril runzelte die Stirn. »Behalt das Hinagesicht bei. Am günstigsten ist's, du machst's recht faltig, viele alte Weiber bezahlen Jünglinge, damit sie ihnen zu Willen sind. Nur für den Fall, daß 'n Schnüffler es für ratsam hält, dir nachzuschleichen.«

Brann rümpfte die Nase. »Na so was! Nicht zu glauben.«

»Es braucht dir nicht zu gefallen, die Hauptsache ist, du machst es richtig.«

»Laß dir nicht zu lange Zeit. Glaubst du, du kannst ihn zum Mitkommen überreden?«

Yaril kicherte. »Cathar? Du kennst doch deinen Bruder, nie im Leben würde er eine Gelegenheit versäumen. Halte dich bereit, ich bringe ihn dir mit Gewißheit.«

Brann saß an einem Tisch am Fenster, als Cathar eintrat, in seinen graugrünen Augen schimmerte Neugierde, sein dunkelbraunes Haar hatte sich zu einem Gewirr kleiner weicher Löckchen gekräuselt. Sie empfand tiefe Zuneigung, als sie ihn sah, hätte fast geweint vor Freude, weil er, trotz allem, was sich ereignet hatte, noch immer wie er selbst wirkte. Er trat näher und betrachtete sie, in den Augen ein Glitzern der Belustigung und des Interesses, verneigte sich. Brann spürte, wie sich in ihrer Magengegend etwas wie ein Knoten zusammenzog, sie wollte nicht, daß ihr Bruder sie so anschaute, selbst wenn er nicht wußte, wer sie war, vielmehr annahm, sie sei irgendein wohlhabendes Hinaweib, das seine Gelüste befriedigte, indem es sich junge Männer vom Marktplatz holte. Sie beugte sich vor, um zu sprechen.

»Warte«, sagte Yaril hastig. Sie sprang in die Schatten der Bettvorhänge, kam als Lichtfleck wieder zum Vorschein, begann an den Wänden entlangzuschweben.

Cathar riß die Augen auf, blickte von dem Lichtfleck zu Brann, er wich zur Tür zurück, seine Hand tastete nach dem Türgriff. »Warte, Cathar!« flüsterte Brann.

»Du kennst mich?« Er blinzelte, stand starr vor Schreck da, während sich Branns Miene wellte, sie das Gesicht erhielt, mit dem sie während der Flucht aus dem Tal eines Morgens aufwachte. Er benetzte sich mit der Zunge die Lippen. »Was ...«

Brann sah Yaril an, die erneut zu einem kleinen blonden Mädchen geworden war; das Wandelkind nickte. »Gegenwärtig lauscht niemand. Ich werde zur Sicherheit drunten achtgeben. Er hatte«, — Yaril winkte in Cathars Richtung —, »'nen Schnüffler an den Fersen, so wie du's vermutet hast.« Sie grinste ihn an. »Keine Bange, Mann, du wirst nicht aufgefressen!« Sie faßte den Türgriff, öffnete die Tür und schlüpfte hinaus.

Brann seufzte. »Ich weiß selbst nicht recht, wie ich dir das alles erklären soll, Cathar. Nimm Platz, ja? Deine Zappligkeit steckt mich an.«

Er verkniff die Augen, zog sich einen Stuhl heran, setzte sich auf die andere Seite des Tischs. »Müßte ich dich kennen?«

»Ich bin froh, daß du's bist und nicht Duran, er ist dermaßen dickköpfig, er täte mir nie glauben. Ich bin Brann. Deine Schwester.«

Während er sich vorbeugte, um ihr Gesicht zu mustern, schnitt er eine finstere Miene. »Du ähnelst meiner Mutter. Jetzt jedenfalls. Vorhin nicht.«

Brann zupfte sich am Haar; es war noch schwarz, sie hatte sich die Mühe gespart, die Farbe nochmals zu ändern. »Ich bin 'n Dutzend Jahre zu alt und fernab der Heimat. Und ich bin eine Art von Gestaltwandlerin geworden.«

»Aha.«

»Slya ist erwacht, Bruder, sie hat diese Veränderungen bewirkt. Haben die Temueng euch erzählt, daß sie einen Pimush mit fünfzig Mann ausgeschickt haben, um die Bewohner unseres Tals zu versklaven?«

»Sie haben's erzählt.«

»Gingy und Shara sind tot, Cathar. Sie haben alle Kinder unter elf Jahren umgebracht. Und ebenso alle Alten. Ohm Eornis. Die Yongala. Die anderen ...« Brann schloß die Augen. »Wie oft habe ich schon daran denken müssen, Cathar, mich erinnern ... Einiges habe ich beobachtet, ich habe mitangesehen, was sie Mutter antaten, wie sie Ruan totschlugen, Ohm Cynoc töteten. Die Häuser sind gebrandschatzt worden, aber sie haben nicht allzulange gebrannt. Ich war den ganzen Tag lang droben am Tincreal, du weißt ja. Dort bin ich den Kindern begegnet. Als ich heimkehrte, waren die Krieger noch im Tal. Vom Harragssprung aus konnte ich alles überblicken, dann bin ich ihnen gefolgt. Slya hat mich verändert. Wie ich schon erwähnte. Und mir die Kinder gesandt. Yaril hat nämlich einen Bruder.« Sie schlug die Augen auf, tippte sich auf die Brust. »Sie haust in mir. Slya, meine ich. Ich weiß nicht, welche Absichten sie hat. Ich habe sie alle getötet, Cathar. Den Pimush und seine Männer. Die Kinder haben mir geholfen. Sie verfügen über ein Gift, es tötet vom einen zum anderen Atemzug. Was sich in Grannsha zutrug, weiß ich von dem Pimush. Er sagte mir, man würde euch schonen. Aber von Jaril weiß ich, daß nur die Hälfte von euch hier ist, also hat man wohl doch gemordet. Mutter ist wohlauf. Na ja, soweit eben wie sie's danach, was geschehen ist, sein kann. Ihre Webstühle sind unbeschädigt geblieben. Eine Woche später hat der Tincreal Feuer gespien. Jaril ist zurückgeflogen, um im Tal nach dem Rechten zu schauen. Die Hügel sind stark verworfen worden. Nur wenn man genau weiß, wo es ist, kann man den Weg ins Tal noch finden. Aber die Überlebenden sind unversehrt. Ach, ich hab's vergessen: Auch Maran ist tot. Ich habe ihn erstochen aufgefunden. Auf dem Bergpfad. Ich habe ihm ein Totenfeuer gewährt. Den Temueng nicht. Wir glauben, daß ihr — du und die andern, die man umherlaufen läßt — einen Köder für mich abgebt. Die Kinder und ich vermuten, daß der Sribush auf Croaldhu weiß, seine Männer sind tot. Bevor ich Croaldhu verließ, habe ich den Temueng gehörigen Verdruß bereitet. Ich nehme an, sie ahnen, daß zwischen mir und Arth Slya ein Zusammenhang besteht. Darum habt ihr Schnüffler an euren Fersen. Seit wann läßt man Arth Slyaner in die Stadt gehen?«

»Seit ungefähr einem Monat.« Cathars Tonfall klang kühl, noch ließ er sich auf nichts ein.

Gedehnt schöpfte Brann Atem. »Du bist genauso starrköpfig wie Duran. Na schön, dann hör zu. Entsinnst du dich daran, wie du und Trihan einmal Ohm Cynoc in deine Dammar-Falle gelockt habt? Erinnerst du dich daran, auf welche Weise er euch bestraft hat? Ihr mußtet den ganzen Sommer hindurch den Abfall des Schlachthofs vergraben.« Brann machte eine abgehackte, ungnädige Gebärde. »Entweder du glaubst mir, oder du läßt's bleiben. Hat man euch gesagt, warum einige von euch Ausgang kriegen?«

Cathar hob die Schultern. »Uns ist gesagt worden, man wollte nicht, daß ihre hinaischen Diener mit uns Zeit vergeuden, wir sollten selber für uns sorgen, wir erhalten eine Metallmarke zum Vorzeigen beim Einkauf, und über unsere Einkäufe wird Buch geführt. Nur jene bekommen Ausgang, die hier nahe Verwandte haben. Mir ist klargemacht worden, daß man erst Duran, dann Vater die Haut abziehen wird, falls ich ausreiße. Ähnlich hält man's mit den anderen. An den ersten paar Tagen hatten wir Aufpasser dabei, aber danach hat man uns mehr Freizügigkeit zugestanden. Mir ist nicht aufgefallen, daß jemand uns folgt. Aber es dürfte wohl leicht sein, uns unter Beobachtung zu halten.« Er schaute sich im Zimmer um. »Schlau von dir eingefädelt, Brombeer.« Er grinste. »Also gut, ich glaube dir, obschon's nicht leicht ist, wenn ich dich so ansehe. Was hast du vor? Auszubrechen kann nicht besonders schwierig sein, aber wenn wir's geschafft haben, was tun wir dann?«

»Der Schiffsherr, der mich von Croaldhu nach Silili übergesetzt hat, befindet sich jetzt in Durat, er wird euch den Plachunt hinabbefördern und mit euch zur Nordküste unserer Heimatinsel segeln. Der Gegend, wo die Schmuggler landen. Du weißt Bescheid. Es ist am besten, wir zaudern nicht lange, sondern handeln schnell, das mindert die Gefahr, daß uns Unannehmlichkeiten dazwischenkommen. Du mußt die anderen dazu veranlassen, sich in den nächsten fünf Tagen bereitzuhalten. Die Kinder wissen, wo sie euch finden, sie vermögen überall ein- und auszugehen, ohne daß jemand sie bemerkt. Wie steht's um Vater? Die Kinder haben berichtet, er ist geprügelt worden.«

»Ja, weil er nicht arbeiten wollte, und er läßt sich keine Befehle erteilen. Er ist auf dem Wege der Genesung, aber wohler fühlt er sich nicht. Mutter lebt und ist wohlauf, sagst du? Bestimmt?«

»Hm-hm. Das letzte Mal, als Jaril sie sah, stellte sie sich ihren Webstuhl auf.« Brann lächelte. »Du weißt, wie Mutter ist, das halbe Haus kann abgebrannt, alles rundum verwüstet sein, aber solange über den Webstühlen das Dach dicht ist und sie das erforderliche Garn zur Hand hat, zählt alles andere für sie nicht.«

»Ich werde Vater davon erzählen, vielleicht hilft's ihm dabei, wenn's sein muß, 'n wenig nachgiebiger zu sein. Aber er ist dazu imstande, mit uns zu fliehen, wenn's das ist, was dir Sorge macht.«

»Schauen die Wächter des Nachts bei euch nach dem Rechten? Nach Sonnenuntergang und vor Morgengrauen?«

»Nein. Wenigstens haben sie's bisher nicht getan. Kurz nach Sonnenuntergang, ungefähr um die siebte Stunde, ist Wachwechsel, die Wachen bleiben die ganze Nacht und werden erst kurz nach Anbruch des Morgens abgelöst. Ich habe sie über die lange, langweilige Nachtwache nörgeln hören.«

»Dann wird's, je eher wir euch herausholen, um so länger dauern, bis jemand merkt, daß ihr fort seid. Es sei denn, wir hätten auf einmal 'ne Pechsträhne.«

»Zu früh dürfen wir nicht abhauen, sonst ...« Cathar verstummte, als ein großer brauner Vogel durchs Fenster hereingesaust kam, die Umrisse des Tiers verschwammen, verfestigten sich neben Brann zu einem zierlichen blonden Mädchen, dessen Gestalt ebenfalls verschwamm, und gleich darauf stand da das Hinakind, das ihn zu Brann geführt hatte.

»Der Schnüffler ist zu der Ansicht gelangt, genau wissen zu müssen, was du hier oben treibst. Er verhandelt gerade drunten mit der Alten und wird in wenigen Augenblicken oben sein, um durch die Gucklöcher zu glotzen.« Yaril eilte zum Bett, verwühlte flugs die Decken, redete unterdessen schnell weiter. »Cathar, zieh dein Hemd aus, zerzause dir das Haar, du mußt aussehen, wie du immer aussiehst, wenn du dich der Lust hingibst. Brann, du mußt schleunigst wieder das Hinagesicht haben. Und nimm die Haarnadeln aus dem Haar, damit es aussiehst, als wärst du gehörig durchgestoßen worden, ja?« Mit mürrischer Miene blickte sie vom einen zum anderen, ging dann zum Tisch, nahm die Glocke, stapfte zur Tür, beugte sich hinaus und läutete nach der Dienerin. »Sie wird gleich Tee bringen. Ihr hättet sofort läuten sollen.«

Brann schloß die Augen, lehnte sich auf dem Stuhl zurück und sammelte sich innerlich; ihr Gesicht, ihr ganzer Körper wellte sich, schien zerfließen zu wollen, und gleich darauf besaß sie Gesicht und Hände eines Hinaweibs, einer Matrone mittleren Alters. Sie öffnete die dunklen braunen Augen, sah Cathar sie reichlich verunsichert anstarren. »Ich kann jede Frage beantworten, die du mir stellst, Bruder. Trotz allem, was mit mir gemacht worden ist, bin ich Brann. Du hast Lionnis umworben, ich habe zu erwähnen vergessen, daß sie auch unter den Überlebenden ist, weißt du noch, wie Maus und ich euch einmal belauert haben?«

Yaril schwang die Tür weit auf, als das Dienstmädchen ein schweres Tablett mit Tee und Plätzchen brachte; es stellte das Tablett auf den Tisch, verbeugte sich und lächelte, als Brann ihr ein Silberstück zuwarf. Yaril schloß hinter der Dienerin die Tür, kam zurück zum Tisch. »Die Wände haben jetzt Augen«, flüsterte das Wandelkind. Es kauerte sich mit geschlossenen Augen zu Branns Füßen, das spitze Gesicht zu einer maskenhaften Miene der Gleichmütigkeit verzogen.

Cathar streifte sich das Hemd wieder über, begann die Bändchen zu knüpfen, machte nachgerade eine regelrechte Vorführung daraus, ein Funkeln in den graugrünen Augen. Die Sache fing an, ihm Spaß zu bereiten, nachdem nun klar war, daß es Hoffnung gab, daß er und seine Leidensgenossen eine gute Aussicht hatten, ins heimatliche Tal, an die heimischen Hänge des Tincreals zurückkehren zu können. Diese Hoffnung war es, die seine Schritte beschwingte, ihm ein beglücktes Lächeln ermöglichte.

Seine Hochstimmung näherte sich einem Ausbruch seiner Gefühle, von dem Brann hoffte, daß er ihn aufschob, bis er sich wieder in der Unterkunft befand. Sie sah zu, wie er die Goldmünze nahm, die sie auf den Tisch gelegt hatte, sie in die Höhe warf und auffing, grinste und aus dem Zimmer stolzierte, sie sah es und wäre ihm am liebsten nachgelaufen, um ihn an sich zu drücken, bis er quietschte. Aber das durfte sie auf keinen Fall tun. Daran waren die Temueng schuld, und dafür sollten sie verflucht sein. Sie goß sich Tee in einen Becher und starrte zum Fenster hinaus, trank von der heißen Flüssigkeit, bekämpfte das Bedürfnis zu weinen, fühlte sich überwältigt von der Liebe, die sie zu ihrem Bruder empfand, begriff jetzt, wie einsam sie gewesen war in den vergangenen Monaten. Selbst in der Gesellschaft Sammangs und seiner Mannschaft, in der Gemeinsamkeit mit Taguiloa und Harra, sogar in der engen Vereintheit mit den Kindern blieb sie stets einsam; nichts konnte das Gefühl der Gemeinschaft inmitten ihrer Anverwandten und Herzensverwandten ersetzen, in der sie Wärme, Herzlichkeit und Zuneigung atmete, wo der Platz, den sie beanspruchte, aus einem Raum bestand, in den sie hineingewachsen war, in dem sie sich unter sicheren Verhältnissen entfaltete. Vor noch nicht allzulanger Frist hatte jenes Maß an Nähe sie mit Unruhe erfüllt, hatte sie das Empfinden gehabt, in soviel Geborgenheit zu ersticken, doch nun begann sie den vollen Umfang ihres Verlusts zu erfassen. Aber sie hatte keine Zeit, um deswegen in Grübelei zu verfallen. Mit zwei

Schlucken leerte sie den Becher, tupfte sich geziert mit dem auf dem Tablett bereitgelegten Mundtuch die Lippen ab, wandte sich an Yaril. »Das war ein tüchtiger junger Hengst, Kind«, sagte sie, drückte sich absichtlich überdeutlich aus. »Geh und suche mir noch so einen Schwengel.« Sie langte in eine Schatulle und holte eine zweite Goldmünze hervor. »Spute dich, Kind, ich werde ... wieder hitzig.«

Wortlos und ohne die Miene zu verziehen, klaubte Yaril das Geldstück von der Tischplatte und verließ die Kammer. Brann schenkte sich erneut Tee in die Schale und blickte von neuem durchs Fenster nach draußen, schlürfte das allmählich kühlere Getränk. Leer und still, wie es nun im Zimmer war, glaubte sie alsbald, kaum vernehmliches Scharren zu hören, das der Schnüffler dann und wann verursachte, wenn er sich hinter den Gucklöchern regte, und meinte, seine Blicke zu spüren.

Die Stille schien sich endlos lang auszudehnen. Mit der Zeit konnte Brann die Geräusche jenseits der Wand deutlicher unterscheiden, sie ertönten lauter und häufiger. Dann bewegten sie sich an der Wand entlang, ganz leises Geknister, das sich leicht mit Knacken und Knarren im Holz des alten Gebäudes verwechseln ließ. Auch als die Geräusche ausblieben, verweilte Brann auf dem Stuhl am Fenster, ohne sich zu rühren, ohne den Gesichtsausdruck zu ändern, trank Tee, als hätte sie alle Zeit der Welt. Als goldenes Schimmern, das sich mit der gräulichen Helligkeit im Freien vermischte, kam Yaril durchs Fenster ins Zimmer zurückgeschwebt. Sie schwebte durch die Wände, gesellte sich anschließend in ihrer Kindsgestalt zu Brann. »Er ist fort.«

»Haben wir ihn überzeugt?«

»Immerhin so weit, daß er keine weiteren Nachforschungen anstellen wird, jedenfalls vorerst nicht. Andernfalls würde er vorm Haus warten, um dich zu verfolgen. Aber für den Fall, daß er einen anderen Schnüffler auf dich angesetzt hat, solltest du dein Aussehen noch eine Zeitlang beibehalten.« Brann schnitt eine Grimasse. Yaril tätschelte ihr die Hand. »Armes Brombeerchen.«

»Ha!« Brann streifte das Gewand ab, warf es aufs Bett, legte wieder die eigene Kleidung an. »Laß uns gehen! Mir gefällt's hier nicht.«

Der Tag verstrich, ebenso die Nacht, und am Spätnachmittag des folgenden Tages, als die Schatten lang und dunkel gewesen wären, hätte die starke Bewölkung am Himmel genug Sonnenschein durchgelassen, fuhr der Wagen der Truppe durchs Westtor, die Planung war beendet, ein zweiteiliger Plan entwickelt worden, alle Beteiligten staken voller Unruhe, fragten sich, ob die ganze Sache nicht mißlingen und sie unrettbar ins Verderben stürzen mußte, während sie sich auf dem Wege zu Maratulliks Meslar befanden, geführt von dem Sklaven, der Taguiloa abgeholt hatte, diesmal jedoch auf einem schlaksigen Maultier ritt, das sich allerdings durch eine träge Natur auszeichnete, seine Vorstellung von angemessener Schnelligkeit beschränkte sich auf eine leicht höhere Geschwindigkeit als herkömmlicher Schlendergang. Ein Paar schweigsamer Krieger ritt voraus, ein zweites Paar hinter der Truppe.

Darüber kreiste als Eule Yaril, Jaril hingegen hockte mit Negomas auf dem Dach des Kastenwagens, beide Knaben verhielten sich ruhig: Negomas, weil ihn die Krieger sowie die großen Häuser, die im perlgrauen Licht weiß, still und unheimlich die Prunkstraße säumten, ängstigten und einschüchterten, und Jaril, weil er keine Aufmerksamkeit erregen wollte.

Brann ritt neben dem braunen Zugpferdchen, schaute übers aufgewühlte graue Wasser des Sees aus, die kurzen Molen, an denen man die Vergnügungsboote zum Schutz gegen Regenfälle mit straffen Segeltuchbahnen überspannt hatte. Die Prunkstraße war menschenleer, nicht einmal Sklaven waren unterwegs, denn es drohte schon seit einer Weile zu regnen, es war diesig, böiger

Wind blies, er wehte und flaute ab, wehte immerzu und flaute ab, und gelegentlich spritzte er Brann einige verfrühte Regentropfen ins Gesicht.

Der Wagen rollte vorwärts, rumpelte über den rauhen kiesigen Marmor, das Rollen hallte dumpf von den Mauern wider, und jedesmal, wenn der Wind aussetzte, klang das langsame *Klippklapp* der Eisenhufe besonders laut. Taguiloa lenkte den Wagen, neben ihm auf dem Kutschbock saß Linjijan, hatte seine Flöte gut eingepackt, damit etwaiger Regen sie nicht durchnäßte. Linjijan fläzte sich ausgestreckt auf dem Sitz, übte die Fingerbewegungen des Flötenspiels auf den Rippen, kümmerte sich um gar nichts von allem, was rings um ihn geschah. Gegenwärtig war seine Anwesenheit richtig erholsam; Taguiloa fühlte Ruhe von ihm ausgehen, war deswegen froh und dankbar, sein Pulsschlag beruhigte, seine Atmung verlangsamte sich, die Verkrampfung wich aus seinen Muskeln. Er konnte nicht verhindern, daß immer wieder seine Träume seine Gedanken beherrschten: Wenn ihr Auftritt gefiel, des Kaisers Linke Hand daran Interesse fand, dann reifte ihre große Gelegenheit heran, die Gelegenheit zu einer Vorstellung bei Hofe, auf die er schon seit so langem hinwirkte. Er versuchte, nicht an Brann und deren Pläne für den heutigen Abend zu denken, verbannte aus seinen Überlegungen jeden Gedanken an die Wandelkinder und das, was sie tun würden, während er tanzte.

Weiter vorn trat der Sklave dem Maultier die Fersen in die Flanken, um es, weil es nun ernstlich zu regnen anfing, zu rascherer Gangart anzutreiben.

Brann tanzte mit Feuer, einer Feuersäule aus ineinander verwobenem Rot, Goldgelb und Blau, die schillerte, brauste und sich wiegte, Jaril war es, der so prächtig leuchtete, im Schatten hinter Brann dröhnten dumpfsinnlich die Trommeln, die Daroud schrummte tief und klangvoll, ertönte mal im Takt, mal im Gegentakt zum

Wummern der Trommeln. Des Kaisers Linke Hand, die gleichfalls dort in den Schatten saß, ließ sich durch keinerlei Anzeichen anmerken, ob der Tanz oder die Musik irgendeine Wirkung auf ihn ausübten beziehungsweise welche Wirkung, aber die männlichen Temueng, die zu seinen beiden Seiten Sitzreihen füllten, stampften mit den Füßen, stießen Pfiffe aus. Beides verursachte Brann Besorgnis, das Schweigen der Linken Hand sowie das grobschlächtige, lärmerische Betragen der Meslarlümmel, zehrte an der Kraft, die sie doch fürs Tanzen brauchte. Sie war es der Truppe schuldig, ihr Bestes zu geben, deshalb griff sie auf Kraftvorräte in ihrem tiefsten Innern zurück, steigerte sich zu einer Erhöhung des Schwungs und der Sinnlichkeit ihrer Darbietung. Es schien, als spürten Negomas und Harra ihre Schwierigkeiten und verliehen ihrem Musizieren um so stärkere Ausdruckskraft, so daß der geräumige Saal davon widerhallte, die Linke Hand sich wider Willen doch zu regen begann, sich vorbeugte, sich anmerken ließ, daß das Vorgeführte auf ihn einen gewissen Eindruck machte. Dann hatte Brann ihren Auftritt bewältigt, verbeugte sich und lief in die Schatten hinter den Wandschirmen, die man für die Zwecke der Truppe aufgestellt hatte.

Taguiloa faßte sie an der Schulter. »Du warst nie besser«, flüsterte er.

Fahrig lächelte Brann. »Die Zuschauerschaft ist ganz übel«, murmelte sie. »Dumm und überheblich.«

Taguiloa nickte, läutete kurz das Glöckchen, gab Linjijan und den anderen Musikanten das Zeichen, mit der nächsten Musik zu beginnen. Er nahm seine Keulen zur Hand, fing mit seinen Atemübungen an, lauschte der Musik, die Lider geschlossen, ging in Gedanken die Bewegungsabläufe seines Auftritts durch. Hoch auf dem Geländer des Gasthofs war sein Tanz widersinnigerweise einfacher gewesen, als er hier sein würde, dort hatte er weniger Mühe mit den lustigen Einlagen gehabt.

Er hörte die Klänge, die seiner Darbietung unmittelbar vorangingen, verdrängte alles außer seinen Körper und der Musik aus seinem Bewußtsein, sauste mit einer wohlberechneten Ungeschicklichkeit, die vortäuschte, er drohte sich noch im selben Augenblick in unausdenkliche Knoten zu verwickeln, die Beherrschung über die Keulen zu verlieren und kopfüber auf den Fußboden zu prallen, hinaus auf die Tanzfläche.

Während Taguiloa sich selbst und seine Keulen umherwirbelte, wieselte Jaril als schattengraues Frettchen durch die von Lampen erhellten Flure, bis er ins Freie gelangte, erhob sich dann als Nebelkranich in die Lüfte, flog durch den Regen und stieß zu Yaril, die in den Wolken kreiste und schon auf ihn wartete, weil es nun stark regnete, ebenfalls als Nebelkranich. Zusammen schwebten sie durchs Gewölk zum anderen Ufer des Sees, überflogen die in den Regenschleiern wie formlosen Steinmassen des Riesenpalasts und näherten sich den Sklavenwerkstätten an der Rückseite.

»War schon Wachablösung?«

»Müßte so sein, aber wir werden's nachprüfen.«

Die beiden Kraniche ließen sich auf dem Dach des Wachturms nieder, ihre Gestalten verschwammen, sanken durch die Dachschindeln, hingen als getupfte Schlangen unterm Dach, nahezu unsichtbar im Wallen der Schatten, die die geruchsstarken Öllampen warfen, die mitten auf einem verwetzten Tisch standen. Anfangs blieb die Turmstube leer, dann kamen Wächter herein, stapften umher, schüttelten Feuchtigkeit ab, wischten sich mit den durchnäßten Umhängen Gesichter, Arme und Beine, danach mit einer Decke von der Pritsche in der Ecke, murrten fortwährend darüber, einen Haufen Lehmfüße bewachen zu müssen, ohne sich wenigstens ein bißchen mit den Weibern vergnügen zu dürfen, die ganze Nacht lang, bloß für den Fall, daß einer dieser stinkigen Dreckfresser abzuhauen versuchte, hier herumsitzen und frieren mußten.

Yaril hob den Schlangenkopf, blickte Jaril an, nickte. Sie verwandelte sich in ein Geschöpf, das große Ähnlichkeit mit einem geflügelten Krallenaffen besaß, der Giftzähne hatte, hangelte sich lautlos an den Dachbalken entlang, bis sie über einem Wächter hing. Als sie ein Schnalzen Jarils hörte, das anzeigte, auch er sei bereit, schwebte sie auf geräuschlosen Schwingen abwärts, landete auf Rücken und Schulter des ausersehenen Opfers, biß ihm die Zähne in den Hals, stieß sich ab, ehe der Mann sie packen konnte, flatterte in enger Schraubenbewegung aufwärts, als er zusammensackte, noch einmal schwach zuckte, ein wenig Schaum auf den Lippen. Jaril schlug sofort nach ihr zu, sein Opfer fiel über den anderen Wächter, war tot, ehe er sich ausstreckte.

Jaril und Yaril zerfaserten zu Lichtschlieren, schwebten durchs Dach zurück ins Freie und flogen hinab zum Tor. Mit lediglich geringfügigen Schwierigkeiten hoben sie den Riegel aus der Aufhängung, ließen jedoch das Tor geschlossen, um keine Aufmerksamkeit zu erregen. Sie schwebten durch die Balken, aus denen es bestand, verwandelten sich dahinter in kleine blonde Kinder, die durch den Regen, ohne naß zu werden, zu den Unterkünften eilten.

Mit einem Tritt beförderte Taguiloa die Keule in die Luft, hüpfte umher und hielt sich mit einer Hand den Fuß, ließ gleichzeitig mit der anderen Hand die Keule durch Schleifen kreisen, in der Miene einen übertriebenen Ausdruck der Pein. Indem er die Keule noch höher als zuvor emporwarf, tanzte er vor und zurück, während die Keule in die Höhe flog, näherte sich der anderen Keule, die auf dem Fußboden lag, die Musik schrillte durchdringender. Er trat mit der Ferse auf die abgelegte Keule, überschlug sich hintenüber und machte eine Reihe von Rückwärtspurzelbäumen, landete flach auf dem Rücken, fing die hochgeworfene Keule erneut auf, ehe sie ihm auf den Kopf fiel, schwenkte sie wie im

Triumph, dann ließ er den Arm fallen, die Keule knallte auf den Boden, und im selben Augenblick verstummte die Musik so abgehackt wie infolge eines Schwerthiebs. Einige Atemzüge lang blieb er still liegen, dann schwang er sich durch rasches Zusammenkrümmen des Körpers in die Senkrechte, vollführte eine Verbeugung und lief von der mit Matten gepolsterten Fläche des Saals in den Sichtschutz der Wandschirme.

Während Taguiloas gesamter Darbietung hatte die Linke Hand des Kaisers unmißverständliche Anzeichen der Heiterkeit gezeigt, sich allem Anschein nach dazu durchgerungen, diesen Schaustellern sein Wohlwollen zu schenken. Die Jugend des Meslarviertels stampfte auch diesmal mit den Füßen und stieß Pfiffe der Begeisterung aus. Taguiloa trat noch einmal vor die Zuschauer, verbeugte sich nochmals, zog sich wieder hinter die Wandschirme zurück. Negomas und Linjijan spielten eine ruhige Melodie, während Harra, noch außer Sicht, ihre Reifen um die Handgelenke streifte und die Fingerglöckchen anlegte. Sie nickte Brann zu, dann Taguiloa, hob eine Hand an die Wange und wackelte mit der Schulter, so daß das Erklingen der Glöckchen Linjijan mitteilte, daß sie bereit war, sie verharrte und wartete aufs Wechseln der Musik.

Jaril grinste Cathar an. »Es ist soweit. Zeit zum Abhauen.«

»Nun gut.« Cathar blickte sich über die Schulter um. »Duran, hol die anderen!« Er wandte sich wieder an Jaril. »Was ist mit den Wachen?«

»Tot. Das Tor ist offen. Draußen regnet's stark, deshalb treibt sich kaum wer herum. Wir müssen zum See, aber das dürfte keine Umstände verursachen, Yaril und ich vermögen mit so gut wie allen Schwierigkeiten fertigzuwerden, die sich ergeben könnten. Ihr und die andern, ihr braucht nichts zu tun, außer uns zu folgen.«

»Das hört sich ausgezeichnet an. Duran und ich werden das eine, Farra und Fann das andere Boot übernehmen. Liegen die Boote bereit?«

»Na, verhielte sich's anders, wären wir ja wohl nicht hier.«

»Ich hatte nicht vor, euch zu kränken, es kommt wohl von der Aufregung.«

»Kann sein. Reiß dich zusammen, bis zum See ist's noch 'n gefährliches Stück Weg.«

Camm und Theras schleiften den geistig nahezu umnachteten Ohm Idadro mit — sicherheitshalber hatte man ihn geknebelt —, während Duran und Reanna auf ihren Schultern Callim stützten. So folgten die Arth Slyaner Jaril aus der Anlage mit den Sklavenwerkstätten. Cathar schloß hinter ihnen das Tor von außen und wuchtete mit Garrags Hilfe die Riegel wieder an seinen Platz; anschließend betätigten die beiden sich als Nachhut. Garrag war Holzschnitzer, er hatte sich stets in der Werkstatt beschäftigt, ohne viel zu tun, sich dabei eingeredet, er täte es, um den Zensor zu täuschen, der täglich kam, um zu schauen, wie es um den Fleiß der Sklaven stand, doch in Wirklichkeit war er ein Mann, der Müßiggang nicht vertrug, er mußte ständig seine Hände betätigen, und wenn er bloß schnitzte. In der Vorratskiste mit dem gelieferten Holz hatte er ein kürzeres Stück hartes Eichenholz gefunden und sich daraus eine mörderische Keule gefertigt. Zwar schaffte man Meißel, Beite und sonstige Werkzeuge jeden Abend fort, aber ums Holz kümmerten der Zensor und seine Handlanger sich nicht. Mit diesem Knüttel schritt er nun, Grimm in der Miene, neben Cathar aus, seine kurzsichtigen Augen starrten angestrengt in die grauen Regenschleier.

Auf einem langen gewundenen Pfad, auf dem man sonst Lieferungen beförderte, strebten sie durch den Regen zum Haupttor, dem einzigen Weg, um das Gelände des Palasts zu verlassen. Yaril flog voraus und beobachtete die Umgebung, Jaril führte sie an, brachte sie durch den Irrgarten verzweigter Pfade und angepflanzter

Sträucher, vorbei an den Ställen der Apfelschimmel, den Reihen übriger Sklavenbehausungen, und in die Gärten vor dem Haupttor, die gegenwärtig völlig verlassen dalagen, wegen des schlechten Wetters befanden sich Gärtner und Wächter allesamt in den Gebäuden, sogar die Raubkatzen, die man sonst des Nachts in den Gärten laufen ließ, hielt man heute im Trockenen. Die Flüchtlinge kamen dicht an einer der Höhlen vorüber, ein Malouch lag darin und döste. Cathar und Garrag fuhren herum, um sich dem Angriff des großen schwarzen Tiers zu stellen, aber da bildete sich zwischen ihnen und dem Malouch ein Leuchtstreifen, wand sich um die Großkatze wie eine Schlange aus Feuer, versetzte sie ins Toben, sie kreischte und schlug in dem Bemühen um sich, das lange Etwas abzuschütteln, das ihr die Flanken versengte.

Der Malouch schoß ins Dunkel davon, und der Leuchtstreifen verwandelte sich wieder in einen blaugrauen Nebelkranich, der unsicher, aber unerschrocken durch den von Böen durchfegten Regen flog, dessen Raubvogelaugen das Laub nach etwaigen weiteren Gefahren absuchten.

Harra verharrte reglos in der Schlußhaltung, horchte auf die Pfiffe, den Beifall und die gegrölten Anzüglichkeiten, versuchte alles weitgehend bloß zur Kenntnis zu nehmen. Die Zuschauerschaft bestand aus einer verdorbenen jungen Brut, meistenteils erwachsenen Söhnen von in Andurya Durat ansässigen Meslar und Magistratsmitgliedern. Sie löste die Haltung, verbeugte sich und eilte in die vergleichsweise ruhige Zuflucht hinter den Wandschirmen. »Flegel«, raunte sie.

Taguiloa legte ihr eine Hand auf die Schulter. »Du hast ihnen gefallen. Sie wollen dich noch einmal sehen.«

»Pah! Ihnen gefällt alles, was Röcke trägt, vor allem, wenn sie ausgezogen werden.« Harra schnitt eine Fratze, setzte ein Lächeln auf, kehrte zurück ins Licht, verbeugte sich ein zweites Mal, kam wieder hinter die Wandschirme. »Du wirst's schwierig haben, ihre Aufmerksamkeit wiederzugewinnen, Taga. Sie haben dafür, was sie zu sehen bekommen, keinerlei Einfühlungsvermögen. Godalau gebe, daß es sich mit dem Meslar anders verhält.« Sie entledigte sich der goldenen Reifen und der Fingerglöckchen, legte sie auf den Tisch, rieb die Handflächen aneinander.

Taguiloa lauschte dem Geblök und Gepfeife, das Lärmen zeigte wenig Neigung zum Abebben; er war sich vollauf darüber im klaren, vor welchen Schwierigkeiten er stand. Von vornherein war es gewagt gewesen, Harra vor dieser Horde verwöhnter Jünglinge tanzen zu lassen, aber nach seinem Scherztanz hatte er schlichtweg eine Verschnaufpause gebraucht. Er ging zu dem anderen Tisch, auf dem die Linke Hand des Kaisers für sie Speise und Trank hatte bereitstellen lassen, schenkte sich Wasser ein und trank einige Schlückchen, gerade genug, um sich den Gaumen zu befeuchten, sah Harra zu, wie sie durstiger trank, anschließend die Finger ins Wasser tauchte, um sich ein wenig ins Gesicht zu spritzen. Im Saal spielte Linjijan eine beschauliche Melodie, die er selbst ersonnen hatte, Negomas' Fingerspitzen huschten sachte über die Trommelfelle, begleiteten Linjijan mit verhaltenem hallenden Wummern, doch das Krakeelen der Zuschauer übertönte fast ihr kunstvolles Spiel. Harra seufzte, nahm ihre Daroud, machte eine Miene der Mißgelauntheit. »Willst du, daß ich außer Sicht bleibe, damit's nicht noch länger so weitergeht?«

»Nein. Ich kriege sie in den Griff. Geh an deinen Platz. Du wirst dort gebraucht.«

Harra nickte, wischte sich die Hände am vom Tafelmeister des Hauses bereitgelegten Tuch, warf es auf den Tisch, umquerte das äußerste Ende der aufgereihten Wandschirme und setzte sich so unauffällig wie möglich zu Negomas, mißachtete das verstärkte Aufbranden des Krawalls, der erst nachließ, als jemand neben Maratullik einen hellen Gongschlag erzeugte. Sie nahm die Melodie auf, fiel mit ihrer Daroud in die Musik ein, wirkte dann daran mit, sie in die schroff unstimmigen Töne und den eindringlichen, harten Takt umzuwandeln, deren Taguiloa für seinen Tanz bedurfte.

Taguiloa lockerte sich durch Schütteln die Arme, atmete einige Male tief durch, schloß die Lider und vergegenwärtigte sich im Geist noch einmal die einleitende Folge von Purzelbäumen sowie die unmittelbar anschließenden Tanzbewegungen; er würde es auf Schnelligkeit anlegen, zusammen mit der Musik immer, immer geschwinder werden, bis er die Grenze seiner Fähigkeit erreichte, die Gewalt über den Körper zu behalten. Er schlug den kleinen Gong, um den Musikanten seine Bereitschaft anzuzeigen, schüttelte sich nochmals, lauschte dann der Musik, die sich anschickte, ihn beim letzten Tanz zu begleiten.

Jaril lief zu dem kleinen Hain zurück, in dessen Schutz, in kalter klatschnasser Finsternis, die Arth Slyaner beisammenhockten. »Wir haben die Sklavenpforte geöffnet. Yaril behält die Wächter im Augenmerk, aber sie haben sich Apfelwein gewärmt, er interessiert sie weit mehr als alles, was sich im Freien zuträgt. Bewegt euch langsam und ganz leise! Wir möchten diese Wächter nicht töten, weil wir nicht wissen, wann sie abgelöst werden oder was geschähe, fände die Ablösung sie tot auf. Es dürfte besser sein, wenn erst am Morgen Alarm geschlagen wird, vorteilhafter für Brann und ebenso für euch alle. Folgt mir und bleibt im Schatten, es wäre mir am liebsten, ihr würdet beim Atmen nicht so laut schnaufen, und sobald wir durch die Pforte sind, haltet euch an der Mauer, bis wir so weit vom Wachturm entfernt sind, daß es belanglos ist, falls man uns erspäht. Alles klar? Gut. Also vorwärts.«

Sie folgten dem Kind durchs Gesträuch, der Sturmwind übertönte sämtliche von ihnen verursachten Geräusche, in ihnen allen wuchs unablässig die Spannung, bis Cathar danach war, zu schreien und Gegenstände zu zerdreschen, und er wußte, den Gefährten war ähnlich zumute. Bevor sie die schmale Mannpforte im viel größeren Gartentor erreichten, mußten sie eine kleine Fläche freien Geländes überwinden. Jaril zauderte keinen Augenblick lang, er huschte über den Kiesweg, seine Füße bewegten sich nahezu lautlos. Cathar beobachtete, wie die anderen Arth Slyaner dem Knaben im Gänsemarsch nacheilten, zuckte bei jedem Knirschen zusammen, das ihre Füße erzeugten. Er wartete, bis der letzte Entflohene zur Pforte hinausgeschlüpft war, dann hastete er hinter Garrag über den Kies, der Rücken verkrampfte sich ihm aus böser Erwartung, er rechnete mit Alarmrufen oder nach ihm gesschleuderten Speeren. Fast empfand er Enttäuschung, als nichts dergleichen geschah, sobald er ebenfalls durch die Pforte gelangt war, längs an der wuchtigen weißen Mauer schlich, die das Palastgelände umgab. Jaril eilte in Gegenrichtung an ihm vorüber, kehrte durchs Portal hinter die Außenmauer zurück. Über die Schulter sah Cathar, wie die Pforte zufiel, danach ein Lichtfleck durch ihr Holz schwebte, sich wieder zu dem Knaben verdichtete. Jaril kam gelaufen, rannte erneut an ihm vorbei, winkte ungeduldig, wollte Cathar wohl zu verstehen geben, daß jetzt nicht die geeignete Stunde zur Befriedigung von Neugierde sei. Cathar hob die Schultern und grinste, verfiel in leichten Laufschritt, um die anderen einholen zu können. Slyas Segen, die beiden Kinder waren ein nützliches Paar! Er schaute zu dem fast unsichtbaren Nebelkranich hinauf, der über ihnen flog, blickte der zarten Knabengestalt nach, die sie führte. Ein wahrer Segen Slyas!

Gleich darauf geleitete Jaril sie über die Prunkstraße und zu einer der kurzen Molen am Ufer des Sees. Am Ende der Anlegemauer lagen zwei Segelboote bereit. Indem sie so flink wie möglich handelten, verteilten Cathar und sein Bruder, Farra und ihre Schwester Fann ihre Leidensgefährten auf die Boote, setzten die Segel, machten die Leinen los. Kräftiger Wellengang herrschte, der Wind erschwerte das Segeln, und der Regen erleichterte es nicht unbedingt, aber sobald sie vom Ufer abgelegt hatten, erfüllte der Regen einen guten Zweck, er entzog sie nämlich der Sicht. Von da an war die Flucht nur noch eine Sache des Durchhaltens in Nässe und Kälte, sah man davon ab, daß es ein Kentern der Boote zu verhindern galt. Zwei Nebelkraniche flogen voran, wiesen ihnen die Richtung, bis sie sich ungefähr auf der Mitte des Sees befanden; dann flog ein Kranich voraus, um sich der Wächter an der Stelle anzunehmen, wo die Wasser der Seenplatte in den Palachunt übergingen.

Als Cathar sein Boot in die Strömung zum Fluß lenkte, leuchteten wie üblich zwischen den Wachtürmen die Aufreihungen großer Laternen, erhellten den Fluß so gründlich, daß Schmuggler oder Störenfriede keine dunklen Bereiche finden konnten, an denen sie unbemerkt durchzuschlüpfen vermocht hätten. Cathar kaute auf der Unterlippe, aber der Nebelkranich, der die Führung hatte, flog so ruhig und gelassen über die Türme hinweg, daß er versuchte, gleichfalls Gelassenheit zu bewahren, den Kindern zu vertrauen. Etwas Dunkles schwang sich seitlich in Cathars Blickfeld empor, dann waren es wieder zwei Nebelkraniche, die über ihnen durch die Wolken schwebten. Von den Türmen erschollen keine Rufe, keine Katapulte verschleuderten Steine nach den Segelbooten. Slyas Segen, welch ein Paar!

Sie umsegelten eine Anzahl vertäuter Handelsschiffe, im Dunkeln und im Sturm eine heikle Aufgabe, bei der die Strömung des Flusses ebenso hinderlich war wie hilfreich; schließlich verflüchtigten sich die beiden Kraniche über den Masten eines kleineren Schiffs, das etwas abseits von den anderen Schiffen vertäut lag, zu schimmernden Lichtkugeln.

Als sie an diesem Schiff längsgingen, beugte sich ein breitschultriger, kraftvoll gewachsener Mann über die Reling, ein Panday, an dessen Ohr ein augenfälliger Ohrschmuck klingelte, warf Cathar ein Tau zu. »Willkommen, Freund!« rief er herab. »Spantenratt, die Netze übers Schanzkleid!«

Taguiloa wirbelte über die Matten, vollführte mit dem Schwung einer Sprungfeder zwei Rückwärtsüberschläge, dann eine Drehung, landete auf den Händen, stieß sich sofort mit ihnen vom Boden ab und kam dadurch zurück in die Lotrechte, auf die Beine, ließ sich zum Schluß zu einer tiefen Verbeugung aufs Knie sinken, während hinter ihm die Musik ebenso plötzlich verstummte.

Zuerst bewahrten die Zuschauer Schweigen, dann brach Beifall aus, man rief nach mehr, wollte mehr sehen. Doch Taguiloa war vollkommen erschöpft, sich nicht einmal sicher, ob er sich aufzurichten vermochte. Er verharrte in der Verbeugung, die Arme zunächst ausgestreckt, dann stützte er sie aufs Knie.

Maratullik schlug den an seiner Seite aufgestellten Gong, und der Beifall verklang. Er beugte sich vor. »Eine bemerkenswerte Darbietung.« Er beobachtete Taguiloa, während er sich schwerfällig erhob und aus der Hüfte nochmals verneigte, sich damit für das Lob bedankte. In diesen Augenblicken glich der Meslar für ihn lediglich einem Scherenschnitt, blieb gänzlich undurchschaubar, das Gesicht eine Maske, hinter der sich alles verbergen mochte, die mit glatter Zunge sprach und Gefälliges sagte. »Höchst bemerkenswert. Ich bin überaus beeindruckt, Tänzer. Tritt näher, wenn's beliebt.« Taguiloa wankte vorwärts, übertrieb es etwas mit seiner Mattigkeit, allerdings nur wenig, fragte sich, was nun bevorstehen könnte. »Für das Vergnügen, das du meinen jungen Freunden bereitet hast, empfange diesen armseligen Lohn.« Mit schwungvoller Gebärde brachte Maratullik eine schwere lederne Börse zum Vorschein, zeigte sie vor, er lächelte, als von den Sitzbänken Gejohle und Beifall ertönte.

In tadelloser Ehrerbietigkeit sank Taguiloa erneut auf das Knie. »Godalau schenke dir für deine Großzügigkeit ihren Segen, Saö-jura Meslar.«

»Mach uns mit deiner Truppe Angehörigen bekannt, Hina! Auch sie verdienen unsere Anerkennung.«

Brüstete er sich vor den Söhnen der Männer seiner Kaste, oder hatte er irgend etwas anderes im Sinn? Ließ sich der Scherenschnitt zu Gesten des Großmuts herab? Falls der Lärm, den sie veranstalteten, einen verläßlichen Gradmesser ihrer Gefühle abgab, gefiel sein Verhalten den jungen Rüpeln. Bedächtig richtete sich Taguiloa auf, hielt die Börse vor die Brust. »Dieser Jüngling ist der Hina Linjijan, der zweitbeste Flötist Sililis, der beste dortige Flötenspieler ist sein Großonkel, der hervorragende Ladjinatuai, der für die berühmte Tänzerin Schwarzdorn spielt.« Des Kaisers Linke Hand nickte. Von den Sitzbänken erscholl pflichtgemäßer Beifall. »Jener Knabe ist unser m'darjinischer Trommler Negomas.« Wie zuvor nickte die Linke Hand gemessen, und vereinzelt erklang unter den Jünglingen Händeklatschen. »Unsere Tänzerin und Daroudspielerin, die Rukka-nag Harra Hazhani.« Ein Nicken der Linken Hand. Maratullik forschte in Harras Gesicht, sagte jedoch nichts. Auf den Sitzbänken stieß man Rufe und Pfiffe aus, es wurde erst wieder ruhig, als Maratullik abermals den Gong schlug. »Die Sujomann Branish Tovah, Tänzerin und Seherin.«

Maratullik forschte auch in Branns Gesicht, sagte auch diesmal nichts, beendete das Lärmen der Meslarsprößlinge, sobald er des Krawalls überdrüssig wurde, wiederum mit einem Gongschlag. »Mein Hausverwalter hat vermeldet, daß es stark regnet. Ihr erhaltet Zimmer zur Verfügung, um hier zu übernachten. Ihr könnt morgen früh ins Fremdenviertel zurückkehren.« Ohne eine Antwort Taguiloas abzuwarten, wandte er sich an Brann.

»Du kannst uns eine um so größere Freude machen, o Seherin, wenn du zugegen bleibst und uns wahrsagst.«

Brann hob den Kopf, musterte ihn kühlen Blicks. »Selbstverständlich, Saö-jura Meslar. Jedoch nur unter der Voraussetzung, daß Ihr Wachen aufstellt und sie anweist, die Begeisterung Übereifriger in Grenzen zu halten.« Unendlich langsam ließ Taguiloa den Atem aus den Lungen entweichen; Branns Entgegnung entsprach noch den Geboten der Höflichkeit, aber nur mit knapper Not. Brann, o Brann, o Brombeer-voller-Dornen, denk daran, wer dieser Mann ist und warum du hier bist!

»Du willst andeuten ...«

»Beileibe nichts, Saö-jura Meslar. Ich möchte bloß eine Warnung äußern. Meine Göttin wacht eifersüchtig über meine Person und neigt bisweilen zu überstürzten Taten.«

»Ach ja. Ich weiß einiges über die Sujomanni. Welche ihrer Gottheiten ist deine Schutzgöttin?«

»Die Hexe ohne Namen, Saö-jura Meslar, jene Alte, die des Schicksals Fäden spinnt.«

»Daher also rühren deines Daseins Auflagen. Dann ist's verständlich.« Maratullik ließ den Blick von Sitzbank zu Sitzbank schweifen, unter den übrigen Zuschauern war es jetzt ruhig — sah man von einigem Gemurmel ab —, verzog zuletzt die Lippen zu einem ebenso wohlwollenden wie freudlosen Lächeln. »So werden wir auf die Weissagungen verzichten, Seherin. Zumindest heute abend. Vielleicht sind sie dir ein anderes Mal und unter günstigeren Umständen möglich.«

»Dein Wille ist mein Wille, Saö-jura Meslar.« Brann machte eine Verneigung und wartete mit den restlichen Angehörigen der Truppe darauf, daß der Meslar sie gehen ließ.

»Ich wünschte, so wär's, Sujomann.« Maratullik schlug den Gong, und sein Hausverwalter trat vor, um Taguiloa und seine Truppe aus dem Saal zu führen.

Mit reichlich guter Laune und sehr zügig brachte die Mannschaft des Schiffs die Arth Slyaner unter Deck, ins Trockene. Die Flucht durchs Palastgelände und über den See hatte beinahe drei Stunden gedauert, und selbst die Kräftigsten der Flüchtlinge waren durchgefroren, ausgelaugt und bis auf die Haut durchnäßt. Nachdem sie sich abgetrocknet, neue Kleidung angezogen und in Hängematten gebettet hatten, sobald sie sich endlich, in Dekken gewickelt, ausruhen konnten, in den Hängematten schaukelten, während das Schiff die Anker lichtete und flußabwärts schwamm, wich die Anspannung allmählich aus ihnen, sie hatten es warm und behaglich, und die Mehrheit sank in festen Schlummer.

Cathar hingegen fühlte sich zu unruhig, als daß er hätte schlafen können. Schließlich schwang er sich aus der Hängematte und begab sich zurück an Deck. Die Masten ragten kahl empor, nur ein kleineres Dreieckssegel war gesetzt; der Schiffsherr entfernte das Schiff von den Ankerplätzen, so still und unauffällig es sich bewerkstelligen ließ. Während er versuchte, den Seeleuten aus dem Wege zu bleiben, die auf Deck hin- und hereilten, tastete sich Cathar unsicheren Schritts, während ihm Wind und Regen den Rücken peitschten, an der Reling entlang zum Bug, wo der Panday stand und ins Düstere spähte. Er berührte den Mann am Arm. »Schiffsherr?«

Der Panday wandte ihm ein Gesicht zu, das einem steinernen Götterbild hätte gehören können, Strenge und Ernst kamen darin zum Ausdruck, linderten sich nur wenig, als er sah, wer ihn angesprochen hatte. Selbst wenn man diese Milderung berücksichtigte, wirkte er noch abweisend, und die Worte unterstrichen seine spürbare Abneigung gegen Lehmfüße, die auf dem Deck seines Schiffs herumliefen. »Unter Deck dürftest du dich wohler fühlen. Du bist Cathar, Branns Bruder, stimmt's? Klar. Wenn wir hinter der Flußbiegung dort sind, nehmen wir volle Fahrt auf. Dann ist hier kein Platz für Fahrgäste.«

»Warum ist Brann nicht an Bord?«

»Deine Schwester hat für alles, was sie unternimmt, gute Gründe, die man achten sollte. Sie hat euch herausgeholt, und ich bring euch heim, und das genügt. Beizeiten wirst du sie wiedersehen. Hör zu, Cathar, unter gewöhnlichen Umständen braucht man drei Tage den Palachunt hinauf und zwei Tage den Fluß hinab, wenn man 'n Schiffsherr ist, der sein Schiff gut behandelt. Wir dagegen wollen uns mit den Brieftauben messen und gehen auf dieser Fahrt Wagnisse ein, daß mein Haar ergraute, würde ich dran denken. Erreichen wir die Flußmündung bis zum Mittag des morgigen Tages, haben die Temueng keinerlei Möglichkeit, um das dortige Fort noch rechtzeitig zu verständigen, so daß man uns aufzuhalten vermöchte. Aber eins, Bursche, eins können wir, soll uns Erfolg beschieden sein, nicht gebrauchen, nämlich Störungen auf Deck. Sorg dafür, daß deine Gefährten unten bleiben, ja?«

»Ich habe verstanden. Warum tust du das?«

»Brann ist nicht nur deine Schwester, sondern auch unsere Hexe. Eines Tages, wenn ich gutgelaunt und betrunken bin, werde ich dir diese Geschichte vielleicht erzählen.«

»Hexe?« Da erinnerte sich Cathar an die Art und Weise, wie Brann die Gesichter zu wechseln imstande war, schaute zur Seite, empfand bei dieser Vorstellung Unbehagen.

»Und nun hinab mit dir!« Eine starke Hand faßte Cathar an der Schulter, drehte ihn um. »Geh!«

Brann stand am beschlagenen Fenster, sah draußen die Regenschleier und im Glas das Flackern der einzigen Lampe, die die Dunkelheit in der engen Kammer aufhellte. Im Spiegelbild der Fensterscheibe entstand Bewegung, jemand öffnete die Tür. Brann verharrte verkrampft, ihre Haltung lockerte sich, als Jaril eintrat, der aussah wie ein kleiner schwarzhaariger Hinabengel. Er kam zu Brann und lehnte sich an ihre Hüfte; für eine Weile sprach keiner von beiden ein Wort, dann begann Jaril zu singen, seine Stimme säuselte so verhalten, als ob sie keine Schwingungen verbreitete.

»Kranich fliegt hoch über alle Türme
durch des grauen Himmels Stürme,
Wunder Mond steht hoch und bleich
überm Strom in der Nacht Reich.
Oh, des Nebelkranichs Streich:
Unvermerkt entreißt er jemand
des habsüchtgen Herrschers Hand.
Geendet hat des Nebelkranichs Flug,
der Schiffsherr hielt Wort ohn Trug.
Von Furcht ist jemand frei sogleich,
lacht ins Gesicht dem Kaiserreich,
und vor der Sonne Dunkles weich.
Den Schlüssel dreh,
in die Freiheit geh.
Segen empfang statt Weh,
die Heimat wiederseh.«

Brann seufzte, wandte sich vom Fenster ab. »Der Flug des Nebelkranichs mag beendet sein, aber es sind noch einige Gefahren zu meistern. Halt Wache, während ich schlafe, mein Freund. Ich traue den Türschlössern so wenig wie den Wänden.«

Kraftvoller Wind blähte die Segel des Schiffs, das mit der Strömung ohnehin geschwind dahinschwamm, und während sich das Unwetter achtern verzog, kam vor ihnen klarer Himmel in Sicht, das kleine Schiff ächzte und knarrte, aber es eilte den Fluß hinab, Sammang, Jimm und Spantenratt beobachteten die Fluten, als wären sie ein tückischer Berg, der sie bei erstbester Gelegenheit abschütteln könnte. Sie segelten von einer zur nächsten Landmarke, verließen sich dabei auf ihre bei der Fahrt flußaufwärts eingeprägten Erinnerungen, gingen große Wagnisse ein, aber das Glück blieb ihnen hold, als stünde Tungjii im Bug und streue vor ihnen Segen aus.

In der Morgendämmerung durchquerten sie auf dem gewundenen Flußlauf hohe Kalksteinklippen und gelangten ins breite Dreieck des Sumpflands, das sich hinunter zur Küste erstreckte. Sammang schickte Spantenratt auf den Klüverbaum, damit er auf Wurzelwerk achtgab, ließ Segel reffen, bis die Geschwindigkeit des Schiffs auf die Hälfte absank, stellte den Haarigen Jimm ans Steuerrad und scheuchte die übrige Mannschaft umher, während das Schiff die gefahrvolle, gewundene Strecke ins Mündungsgebiet befuhr, stets zwischen halb überfluteten Bäumen, deren Modergeruch so dicht überm grünlichbraunen schlammigen Wasser hing, daß Sammang das Empfinden hatte, den Gestank zusammen mit den winzigen Mücken, die der launische, völlig unverläßliche Wind von den Baumstämmen aufwehte, zu schlucken, zu trinken und zu atmen.

Sie verließen den Abschnitt mit den überschwemmten Bäumen um die Mitte des Vormittags und nahmen auf dem breitesten Wasserweg des Mündungsgebiets wieder schnellere Fahrt auf, segelten zwischen Flächen von Riedgras und kümmerlichen Gestrüppen in Richtung zur Küste. Unverzüglich wirkte die Luft reiner, und sie war spürbar kühler. Sammang seufzte und räkelte die Schultern, schabte sich den Rücken am Fockmast, um etwas von der Steifheit aus den Muskeln zu lösen. Spantenratt stieg aus der Takelage herab, rieb sich die müden Augen, stöhnte und nörgelte, war jedoch guter Dinge. Sammang lachte über ihn, sandte ihn dann unter Deck, um den Arth Slyanern ausrichten zu lassen, sie könnten, wenn sie wollten, nach oben kommen, um sich ein wenig Sonnenschein und Frischluft zu gönnen. Er sah dem Jüngling nach, wie er davonsprang, ihm war schon jetzt klar, daß Spantenratt über diese Eilfahrt den Palachunt hinab ein Lied dichten werde, ein Lied, das ihm sicherlich Spaß bereitete, dessen Verbreitung er allerdings unterdrücken mußte — wenigstens für eine Zeit —, wollte er weiter in Silili Geschäfte machen. Er verklammerte die Finger im Nacken und drückte den Kopf dagegen, entließ ein stoßartiges Aufseufzen des Behagens, während er den Gegendruck spürte, die Muskeln bewegte. An einem Hindernis galt es noch vorbeizugelangen: An der Flußmündung stand ein Fort. Er schaute an den heißen fahlen Himmel empor, an dem zahlreiche Vögel durch die Lüfte schwärmten. Dabei war keiner, der Nachrichten beförderte, das wäre Sammang zu beschwören bereit gewesen. Ein durch einen Hexer herbeigerufener Dämon hätte ihnen nun trotz ihrer Schnelligkeit noch einen Strich durch die Rechnung machen können, aber er bezweifelte, daß sich ein ausreichend mächtiger Magier innerhalb hinlänglich kurzer Frist auftreiben ließ, um noch zum Eingreifen fähig zu sein; die Temueng neigten dazu, jedem zu mißtrauen, der soviel Macht besaß, und ihn vorsorglich zu beseitigen. Sammang gähnte, nickte Jimm zu und ging nachsehen, ob Leymas zufällig frischen Kaffee in der Kanne hatte.

Durchs Fenster starrte Taguiloa hinab in die Geschäftigkeit des Innenhofs, unruhig trommelten seine Finger auf dem Fensterbrett. Brann befand sich irgendwo auf dem Markt, hatte dort zum Wahrsagen ihr Zelt aufgebaut, machte sich vorsätzlich sichtbar, während die Kaiserliche Garde im Fremdenviertel das Unterste nach oben kehrte und nach den entflohenen Sklaven fahndete. Seit die Truppe kurz nach Sonnenaufgang müde die Treppen zu ihren Zimmern erklommen hatte, war er Brann nicht mehr begegnet. Er wollte sie auch gar nicht sehen. Er mochte sie, sie machte es jedem leicht, sie gern zu haben, sie tat ihr Bestes, um auf den Scherben ihres Daseins ein neues Leben zu führen. Das Heikle war: Er selbst stand so dicht davor, seinem Leben die entscheidende Wendung zu geben. Nur ein Schritt trennte ihn noch vom Kaiserlichen Hof. Nur ein Schritt! Es fiel leichter, auf etwas zu verzichten, das zu erlangen man nie eine Gelegenheit erhielt. Aber so dicht davor zu stehen ... Er wußte nicht, wie er damit klarkommen sollte, falls er scheiterte. Er kehrte sich vom Fenster ab, stapfte mit der kaum gebändigten Kraftfülle eines Tigers im Käfig durchs Zimmer. Gardisten des Kaisers durchkämmten das Fremdenviertel; Taguiloa hörte den Wind die Geräusche ihrer Annäherung heranwehen. Gerüchte liefen um. Zusammen mit dem Frühstück hatte Jassi ihm einige davon zugetragen. Die Flüchtigen seien zwölf Schwestern gewesen, einander gleich wie ein Ei dem anderen, sie hätten vor dem Kaiser widernatürliche Handlungen vollzogen, um seine Schaulust zu befriedigen, mit jeder Wiederholung fiel die Beschreibung selbiger Handlungen schauerlicher aus. Oder es seien Schlangenmenschen mit Giftzähnen gewesen, die sich der Kaiser als Waffe gehalten habe, um die Meslar zum Gehorsam zu zwingen, die Meslar hätten sie entführt, weil sie den Kaiser zu ermorden beabsichtigten, und weil er darüber Bescheid wüßte, wäre er so nachdrücklich darauf aus, sie wiederzufinden. Oder sie sollten eine Versammlung von Hexen mit derartig unglaublichen Fähigkeiten sein, daß niemand wirklich sagen konnte, was sie zu tun vermochten, Blei verstanden sie zu Gold zu machen, einen Trank zu brauen, der Unsterblichkeit verlieh, ihre Wahrsagungen unterrichteten den Kaiser über alles, was auch im entlegensten Winkel Tigarezuns geschah. Alles Geschwätz. Nicht mit einem Wort brachte man Taguiloa und seine Truppe mit der Flucht in Zusammenhang. Anscheinend hatte Tungjii an Branns Plan gefallen gefunden und ihn unterstützt, es hatte so stark geregnet, daß sie dadurch die gesamte Nacht lang in Maratulliks Haus festgehalten worden waren, deshalb war es völlig undenkbar, daß sie mit dem Entweichen der Sklaven irgend etwas zu tun haben könnten. Keine Sorge, sagte sich Taguiloas Verstand, die Linke Hand weiß, wo wir uns in der Nacht aufgehalten haben, er kann gegen uns gar keinen Verdacht schöpfen. Aber gerade die Unwiderleglichkeit unserer Nichtbeteiligung, erwiderte sein Gefühl, könnte ihn argwöhnisch machen. Er braucht keine Beweise, um uns zu drangsalieren, für ihn genügen das geringste Mißtrauen und eine gewisse Bösartigkeit. Taguiloa versetzte einem Stuhl einen Tritt, schritt zur Tür und riß sie auf, erschreckte ein Dienstmädchen so sehr, daß es einen Packen schmutziger Badetücher fallen ließ. Er hob die Tücher auf und beauftragte das Mädchen, ihm von drunten noch ein paar Stullen und eine Kanne Tee bringen zu lassen.

»Du bist aufgescheucht wie Flöhe auf 'm toten Hund«, sagte Jassi, nachdem sie das Tablett auf den Tisch am Fenster geschoben hatte, stemmte die Fäuste in die Hüften, musterte Taguiloa aus verengten Lidern. »Negomas hat erzählt, daß gestern abend alles bestens lief, wozu also die Aufregung? Wegen der entlaufenen Sklaven? Pah! So was kommt 'n halbdutzendmal im Jahr vor. Einige Tage lang haben wir Scherereien mit Gardisten, dann fängt man die armen Narren ein, und alles geht weiter wie zuvor. He, weißt du, warum die Garde 'n Bogen um den Gasthof macht? Weil du bei uns wohnst, das ist der Grund. Großvater hat sogar erwogen, ob er dir die Kosten für den Aufenthalt nicht erlassen soll, tja, und's ist nicht bloß beim Gedanken geblieben.« Sie kicherte. »Folglich kannst du in jeder Hinsicht völlig unbesorgt sein.«

Taguiloa quälte sich ein Lächeln ab, schnippte Jassi eine Silbermünze zu. »Mich zermürben lediglich das Warten und die Ungewißheit, Jassi.«

Sie zwinkerte ihm zu. »Keine Bange, Taga, du hast's geschafft. Wir kriegen hier vieles mit, deshalb kennen wir uns aus.« Sie lachte nochmals auf, schwenkte die Hüften von einer zur anderen Seite, ging hinaus.

Taguiloa schloß die Tür und nahm das Hin- und Hergehen von neuem auf, trank unterdessen mehrere Becher des dampfenden kräftigen Tees. Die Leere in seinem Bauch, die ihn dazu veranlaßt hatte, Stullen zu bestellen, war gewichen, bevor Jassi mit einem zweiten Tablett wiederkehrte. Hilflosigkeit, das war es, was er empfand, er war nichts mehr zu unternehmen imstande, das den weiteren Verlauf der Dinge beeinflussen konnte; er entsann sich nicht daran, sich je so hilflos gefühlt zu haben seit dem Tag, da der vier Lenze alte Taguiloa allein auf dem Tosen des Meers trieb, an die Planke eines Boots geklammert, davon überzeugt, niemals gerettet zu werden.

Der Hauptturm des Forts glich einem dunkelgrauen Daumen, der in den Himmel emporragte. Sammang stand am Bug, und wenn er nicht nach den wechselhaften Sandbänken Ausschau hielt, die an dieser Küste die ärgste Gefahr bildeten, beobachtete er das Fort. Die Arth Slyaner versteckten sich wieder unter Deck, waren aus dem Weg und außer Sicht. Langsam näherte das Schiff sich den Befestigungsanlagen. Die Sonne brannte herab wie ein Glutofen, ihr Widerschein auf dem Wasser gleißte in schroffer Grellheit, machte die Sandbänke unkenntlich, bis man fast auflief, bis es beinahe zu spät war, um zu verhindern, daß das Schiff die weichen zähen Schiffsfallen rammte. Das Schiff schwamm in ganz langsamer Fahrt, man tastete sich gewissermaßen durchs Wasser. Im Fort blieb es ruhig. Niemand zeigte sich auf den Wällen, kein Ruf erscholl von den Mauern. Schließlich gelangte das Schiff in die unmittelbare Nachbarschaft der aufgetürmten Steinmengen des Forts. Stille. Gluthitze, die bedrückte und lähmte, als ob sie Starrkrampf verursachen könnte. Das Schiff fuhr in tiefere Wasser, die bräunliche Färbung des Mündungsgebiets verschwand, das Blau der freien See begann sie abzulösen. Sammang wischte sich mit dem Arm übers Gesicht, schlug die flache Hand auf die Reling. »Galgenstrick, Rudar, Fischkopf, die Segel gehißt!«

Um die Mitte des Nachmittags pochte jemand an Taguiloas Tür. Er strich sich das Haar glatt, setzte eine Miene der Gefaßtheit auf, ging mit bedächtigen, willentlich bemessenen Schritten zur Tür und öffnete sie.

Jassi lächelte ihn an. »Er ist wieder da. Der Sklave.« Sie patschte mit der Hand gegen Taguiloas Arm. »Hab ich's dir nicht gesagt?«

Taguiloa räusperte sich. »Sag ihm, ich meditiere, würde aber gleich kommen.«

»Ich gebe ihm nochmals 'n Krug vom besten Tropfen. Du kannst zufrieden sein. Ich sagte ja, du kannst unbesorgt sein.« Jassi lachte. »Du kannst mit ihm reden, wenn du's willst, aber er hat dich nicht zu sprechen gewünscht. Das hier hat er mir für dich ausgehändigt.«

An den Enden des roten Bands, das um die Rolle Pergament geschnürt war, klackten dumpf Bleisiegel. Taguiloa bemühte sich um ruhige Hände, dann erst nahm er die Rolle, hob sie in die Höhe, bis er den ins Blei gepreßten Abdruck sehen konnte. »Das Siegel des Kaisers«, stellte er mit leiser Stimme fest. »Maratulliks Bote, hast du gesagt?«

»Jawohl, hab ich. Wirst du das Schreiben lesen?«

Taguiloa lächelte. »Ich werd's lesen.« Er trat mit der Rolle ans Fenster, streifte das Band ab, hockte sich halb aufs Fensterbrett, glättete das Schriftstück auf dem Oberschenkel. Nachdem er die in sorgsamer Schönschrift niedergeschriebene Mitteilung gelesen hatte, begann er sie noch einmal von vorn zu lesen. Da stand sein Name; da standen die Namen der übrigen Mitglieder der Truppe. Sogar Pferde, Wagen und Besitz hatte man aufgelistet. Es folgte der Befehl, am übernächsten Abend vor dem Kaiser und seiner Gemahlin zu erscheinen. Unter der Bezeichnung *Schausteller der Linken Hand des Kaisers.* Außerdem erhielten sie Weisung, am nächsten Tag in von Meslar Maratullik zur Verfügung gestellte Räume umzuziehen, wo sie dank ihres neuen Rangs als Schaustellertruppe des Kaisers ihren Wohnsitz nehmen durften. Er senkte jetzt die Hand auf das Schreiben, grinste Jassi zu. »Man befiehlt uns, vor dem Kaiser aufzutreten.«

Jassi schlug sich die Hand auf den Schenkel, daß es klatschte. »Hab ich's dir nicht gesagt, hab ich's nicht vorausgesagt? Hab ich's, oder hab ich's nicht?«

»Du hast's, Jassi. Gib Papa Jao Bescheid, er soll für heute abend 'n Fest vorbereiten. Alle Leute im Gasthof und sämtliche Schausteller des Fremdenviertels sind eingeladen, soweit sie an den Tischen Platz finden. Spute dich!«

Er sah ihr nach, wie sie aufgeregt und mit Gelächter aus dem Zimmer eilte, bereits auf der Treppe die gute Nachricht hinausschrie, dann betrachtete er mit gefurchter Stirn das Pergament. Keineswegs hatte er die Absicht, den Rest seines Lebens in diesem lebend-toten Dampfbad von Stadt zu fristen. Aber sich den Klauen des Kaisers wieder zu entziehen, würde einige gewagte Kunstgriffe erfordern. Er durfte von nun an nicht mehr einfach seinen Kram zusammenpacken und weiterreisen. Seshtrango strafe den Kerl mit Pusteln am Hintern und Würmern im Bauch! Taguiloa seufzte. Brann und Harra würden sich irgendwie an Maratullik gewöhnen müssen, bis sein Interesse nachließ. Oder ... Aber mit derlei Fragen konnten sie sich später beschäftigen. Vielleicht ist er gar nicht so versessen darauf, uns bei sich zu haben, vielleicht kommen wir ihm nur gerade recht, um den Kaiser davon abzulenken, daß der für seinen Schutz und die Sicherheit verantwortliche Beamte die Flucht einer Schar Sklaven eingestehen mußte, überlegte Taguiloa. Es kann sein, daß die Truppe nichts anderes ist als ein Spielzeug, das er dem Kaiser vor der Nase baumeln läßt. Brann, habe ich dir außer allem anderen auch das zu verdanken? Er warf das Pergament auf den Tisch, auf dem es sich einrollte. Dann nahm er in einer Ecke der Kammer Platz, um dort die Atemübungen und die Meditation zu betreiben, deren er bedurfte, wenn er innerlich ruhig genug und dazu imstande sein wollte, unter den jetzigen Umständen richtig zu handeln.

An einem anderen Spätnachmittag. Die Truppe biegt auf die Prunkstraße am See ein, fährt diesmal durchs Tor von Maratulliks Meslak. Gardisten begleiten sie vorn, Gardisten eskortieren sie hinten, der Sklave reitet auf seinem eigenwilligen weißen Maultier voraus. Die Wasser des Sees schimmern hell und hart wie saphirblaue Scherben, vom wolkenlosen Himmel brennt die Sonne heiß herab. Man reitet an Sklaven vorüber, die sich noch auf späten Botengängen befinden, sich an die Mauern ducken, der Kolonne beim Vorbeireiten zuschauen. Die Luft scheint Taguiloas Kehle zu versengen, und es schnürt ihm vor Schreck die Gurgel ein, als plötzlich der Cynamacamal rumpelt und eine Rauchwolke ausstößt. Unter Taguiloa und rings um ihn knirscht es in den Mauern, den marmornen Pflastersteinen der Prachtstraße. Kein Wind geht, dieser Tag, der sich dem Ende zuneigt, ist so still, daß jedes Geräusch ihm in den Ohren klingt wie eine Maulschelle. Unheimlich still ist es, nachdem das Rumoren aus dem Innern des Bergs verstummt ist. Böse Ahnungen sitzen in Taguiloas Bauch wie Magengeschwüre. Er versucht sich einzureden, das sei nur die übliche Aufregung vor Veranstaltungen. Heute soll die wohl bedeutsamste Vorstellung seines Lebens stattfinden, nicht weil er vor dem Kaiser tanzen darf — er gibt sich in bezug auf das Kunstverständnis des Kaisers keinen Selbsttäuschungen hin, und zudem hegt er, wie alle Hina, gegen die Temueng eine eingefleischte Abneigung, vor allem Temueng von hoher Stellung —, vielmehr ist sie so wichtig, weil sie über den restlichen Verlauf seines Lebens entscheiden wird. Er sitzt auf dem Kutschbock des Kastenwagens, hat die Zügel lose zwischen den Fingern, läßt das braune Zugpferdchen die Gangart bestimmen, erzwungene Gleichmut beherrscht sein Gemüt. Nichts wird mißlingen, sagt er sich, kein

Unheil wird geschehen, im Haus der Linken Hand ist trotz der vielen anwesenden Lümmel nichts schiefgegangen, um so weniger wird etwas Unangenehmes sich ergeben, wenn wir am Hof vor Leuten mit besserem Benehmen auftreten. Brann reitet dem Braunen voraus, hinter sich Jaril auf dem Pferd, neben ihr läuft die Yaril-Hündin; Branns Reittier verhält sich störrisch, wirft den Schädel hin und her, zieht die schwarzen Lippen zurück, bleckt die langen gelben Zähne. Neben dem Wagen reitet Harra, ihre Miene spiegelt innere Anspannung wider. Auch dessen Kenntnisnahme lehnt Taguiloa ab, er will diese Anspannung nicht sehen, davon nichts wissen, er faßt den Vorsatz, Harra kein zweites Mal anzuschauen. Linjijan sitzt ausnahmsweise einmal aufrecht, bewegt die Finger über seine Übungsflöte, rutscht bisweilen auf dem Kutschbock da- oder dorthin. Sogar der sonst stets so versonnene Linjijan zeigt sich unruhig und mißbehaglich. Wieso? Aber Taguiloa mag daran, mag an Linjijan nicht denken.

Man öffnet ihnen die Tore zum Palast.

Ein Unterkämmerer geleitet sie in einen Vorraum des Audienzsaals — in diesem Saal sollten sie auftreten —, ließ sie allein, nachdem er Taguiloa mitgeteilt hatte, daß der Saal wie erbeten hergerichtet wurde: Der Fußboden mußte mit Matten gepolstert werden, die Musikanten brauchten niedrige Sitze, ein kleinerer Winkel des Saals sollte mit Wandschirmen abgeteilt werden, hinter die sich alle, die gerade nicht auftraten, zurückziehen konnten.

Im Vorraum hatte man bereits Wandschirme aufgestellt, sie bildeten am einen Ende der langen schmalen Räumlichkeit eine Anzahl kleinerer Kammern zum Zwecke des Umkleidens. An einer Wand standen auf flachen Kohlenbecken zwei Kupferkessel mit siedendheißem Wasser, auf zwei Tischchen lagen hohe Stapel weicher weißer Tücher neben Waschschüsseln aus feinem weißen Porzellan. Taguiloa lächelte, als Brann unverzüglich die Schüsseln in Augenschein nahm, mit den Fingern darüber strich, nach den Zeichen der Hersteller suchte. An der anderen Wand, näher an der Tür, stand eine lange halbhohe Tafel mit Kannen voller Tee, Krügen voller Wein sowie allerlei Leckerbissen in hübscher Anordnung. Läufer aus geflochtenem Riedgras linderten die Kühle des Steinbodens. Dicke Seidenkissen waren als Sitzpolster aufgehäuft worden. Des Kaisers Linke Hand mußte sich wirklich regelrecht begeistert über sie geäußert haben.

Bei der offensichtlichen Freude Taguiloas empfand Brann eine Anwandlung von Vergnügen, eine Aufwallung von Befriedigung angesichts dieser Beweise des ausgezeichneten Ansehens, das die Truppe bereits genoß, aber Freude und Genugtuung wichen rasch, so wie alles Gefühl, seit die Ihren mit Sammang fort waren, abgesehen von gelegentlichen Regungen des Unbehagens, wenn sie daran dachte, was in ihr schlummerte. Nachts sang sie darauf ein, Schlafe, Slya, schlaf, Yongala tanzen für dich Träume, und sie hoffte, die Göttin möge schlummern, bis Brann mit ihr an die Hänge des Tincreals heimgekehrt war. Trotz der Mattigkeit, die sie seit drei Tagen ständig verspürte, gab sie sich alle Mühe, der Welt das gewohnte Gesicht, sich Taguiloa und den anderen dankbar zu zeigen, weil sie ihrem Dasein einen Zweck gaben, nachdem ihr Leben jeden sonstigen Sinn verloren hatte. Bei der Truppe zu bleiben und mit ihr aufzutreten, bedeutete für sie, es blieb ihr eine längere Frist, bis sie schmerzliche Entscheidungen bezüglich der Gestaltung des gesamten Rests ihres Lebens fällen mußte, eine Zwischenzeit zum Ausspannen, um den Beifall der Zuschauer, die Freundschaft Taguiloas, Harras und Negomas' und auch die wohltuende Nichtsnutzigkeit Linjijans zu genießen, rings um sich das Leben seinen Gang nehmen zu lassen, ohne es zu erforschen, ohne es zu beeinflussen.

Sie kleidete sich aus, legte das Tanzkleid an, das ihr Taguiloa reichte, wand sich hinein, glättete es auf dem Busen und an den Hüften, fühlte wohlig das Gleiten der Seide über die Haut, erfreute sich an der Weise, wie es sich anschmiegte, ihren Körperbau betonte. »Allmählich werde ich richtig eitel«, sagte sie zu Jaril, lachte angesichts der Miene, die er schnitt.

Auch Taguiloa zog sich rasch um, streifte einen Einteiler aus karmesinroter Seide über, band sich eine breite goldgelbe Schärpe um den Leib, machte sich daran, sich das Gesicht weiß zu schminken.

Unruhe vor der Tür. Er wandte sich dem mit einem Vorhang versehenen Türbogen zu, verstrich Schminke auf einem Handrücken und zwischen den Fingern. Schwungvolle Bewegung blähte den Vorhang. Ein hochgewachsenes dünnes Kindweib stelzte herein, gefolgt von einem hünenhaften Wächter. Nach drei Schritten blieb die junge Frau stehen, schaute sich mit anmaßender, hochmütiger Neugierde um. Der Blick ihrer heißen gelben Augen heftete sich auf Taguiloa. »Ich bin Ludila Dondi«, sagte sie, »die Schwester der Kaiserlichen Gemahlin.«

Taguiloa verbeugte sich. »Damasaörajan.«

Ludila Dondi starrte ihn an, als ob sie mehr von ihm erwartete, doch er erachtete es als ratsamer, zu warten und zu schweigen, er blieb so stumm wie der riesige Wächter, der sich einen halben Schritt hinter ihr hielt. Sie rauschte an Taguiloa vorüber, nahm das Töpfchen mit der weißen Schminke, stocherte darin mit dem Finger, wischte sich den Finger an der Wand ab, ließ das Behältnis fallen, ohne sich darum zu kümmern, wohin es fiel. Zum Glück plumpste es auf ein Kissen; zwar verärgert, aber zum Schweigen gezwungen, hob Taguiloa das Töpfchen auf und stellte es zurück auf den Tisch, sah zu, wie Ludila Dondi durch den Vorraum stakste, alles betrachtete und befummelte. Viel zu kräftig hieb sie eine Hand auf ein Trommelfell, mißachtete die Bestürzung in

Negomas' Miene, immer kräftiger schlug sie auf das Trommelfell, lachte über das Dröhnen, das sie hervorbrachte. Negomas biß sich auf die Lippen und schwieg, aber seine braunen Augen waren beredt genug. Sie gab der Trommel einen Tritt, er fing sie ab, als sie umkippte, schaute ihr verdrossen nach, während sie zu Harra schlenderte. »Bist du die Wahrsagerin?« Sie legte die Hände an die schmalen Hüften und musterte Harra mit unverschämter Aufdringlichkeit vom Kopf bis zu den Zehen.

»Nein, Damasaörajan.«

»Man redet mich mit Dondi an, *ketcha.*« Langsam drehte die Kindfrau sich um die eigene Achse, blickte im Vorraum in herausforderner Weise rundum. »Ich will die Wahrsagerin sprechen.«

Brann trat um einen Wandschirm und vollführte eine Verbeugung, spürte Widerwillen in der Magengrube lasten wie eine Verklumpung. Als sie sich aufrichtete, sah sie, wie die Dondi die Miene wechselte. Das Temuengmädchen fühlte das gleiche: Haß auf den ersten Blick. Es war noch sehr jung, hatte lange magere Arme und lange dünne Beine, trug in den länglichen Ohrläppchen kunstvoll gefertigte Ohrringe, in Silber gefaßte kleine Spiegel. Irgendein Mischling war es, hatte nicht nur Temuengblut, sondern zudem anderes Blut in den Adern. Und obwohl es eigentlich noch ein Kind war, merkte man ihm Gefährlichkeit an. Es hatte zuviel Macht. Brann verspürte ein Gefühl der Vorwarnung, dann regte sich in ihr die Göttin, und da vergaß sie alles andere. Nein, dachte sie mit Entschiedenheit, o nein, du wirst Taga nicht zugrunde richten! O nein, nicht! Sie faßte alle Willenskraft zusammen, unterdrückte das Schwellen der Gotteskraft.

Die Dondi stapfte um sie herum, die Nase gerümpft. »Bist du eine wahrhaftige Seherin oder bloß eine Taschenspielerin?«

»Ich bin Unterhaltungskünstlerin, o Saör Dondi.« Es

freute Brann so sehr, wie es sie überraschte, daß ihre Stimme kühl und beherrscht klang. »Was würdest du vorziehen?«

Mit der schlaksigen Wildheit einer Halbwüchsigen umschlich die Dondi sie, zog an Branns Haar, kniff sie in die Brust, bohrte ihr einen Finger in den Bauchnabel, strich mit der Hand über die Rundung ihrer Hüfte, behandelte sie wie ein Tier auf dem Viehmarkt. Brann empfand keinen Zorn, lediglich noch stärkere, tiefere Abneigung.

Gelangweilt, weil sie Brann zu nichts verleiten konnte, trat die Dondi zurück. »Weissage mir, o Seherin!«

»Sofort, Saör Dondi.« Brann hob die Arme, legte die Hände seitlich aneinander, so daß sie eine Mulde bildeten. »Ich bitte dich, deine Hand in meine zu legen.«

»Welche Hand?«

»Welche dir beliebt, Saör Dondi. Die Wahl der Hand zählt zu den Voraussetzungen des Wahrsagens.«

Die Dondi betrachtete ihre Hände, schickte sich an, Brann die Rechte zu reichen, zog sie jedoch mit heftiger Gebärde zurück. »Nein!« Sie wandte sich ruckartig ab und schritt steif aus dem Vorraum, ihr folgte dichtauf der schweigsame Gardist.

Es schauderte Brann; sie verspürte Ekel. Taguiloa kam zu ihr, berührte sie mit der noch nicht geschminkten Hand an der Schulter. »Was hatte das zu bedeuten?«

»Ich weiß es nicht.« Brann schlotterte vor Abscheu. »Ich glaube, sie war nur neugierig. Oder wollte ausschnüffeln, wer oder was wir sind.« Sie schwieg ein, zwei Atemzüge lang. »Ich hätte nicht mitkommen sollen, Taga. Ich hätte 'ne Knöchelverstauchung oder irgend etwas ähnliches vortäuschen sollen.«

»Unmöglich, solange uns Maratullik im Nacken sitzt.« Taguiloa versuchte Brann zu beschwichtigen, obwohl er insgeheim mit ihrer Ansicht übereinstimmte — er hätte, befand er, selber an so etwas denken können —, aber er wollte vermeiden, daß Beunruhigung ihre Muskeln verkrampfte, ihr das Zeitempfinden störte. »Bring sie zum Hecheln, Brann, sie sollen nach dem lechzen, was sie nicht kriegen können, sorg dafür, daß sie in dir nichts anderes mehr als das Weib sehen.«

Brann schüttelte den Kopf, lachte. »Schon gut, Taga, schon gut. Ich habe verstanden.«

»Vorzüglich.« Taguiloa kehrte an den Tisch zurück und begann sich auch die andere Hand weiß zu schminken.

Branns Tanzdarbietung ging reibungslos vonstatten, niemand sprang auf und bezichtigte ihre Flamme, ein Abkömmling von Dämonen zu sein, niemand beschuldigte sie, Sklaven des Kaisers zur Flucht verholfen zu haben. Als sie fertig war, erklang Beifall, der ein gewisses Interesse bewies, jedoch keine große Begeisterung. Währenddessen beruhigte sich Taguiloa, das Aufkreuzen der Dondi blieb allem Anschein nach ein bloßes Ärgernis, aber kein Anzeichen dafür, daß sich irgendwer über die Truppe ernsteren Gedanken hingab. Eines indessen sorgte ihn: Die Zuschauerschaft zeigte sich kein bißchen lebhaft, die Temueng saßen da wie Baumstümpfe, ließen sich kaum eine Gemütsregung anmerken. Taguiloa kratzte sich im Nacken. Das forderte ihnen lediglich erhöhten Einsatz ab; mehr besagte es nicht.

Beim Audienzsaal handelte es sich um einen Riesensaal, mit einer Decke aus Tonnengewölben, groß genug, um darin den Markt des Fremdenviertels zu veranstalten und noch Platz übrig zu haben. Hunderte von gläsernen und goldenen Lampen leuchteten an den Wänden, baumelten an vergoldeten Ketten unter den Deckengewölben, pendelten leicht in der schwachen Zugluft, warfen ein immerfort wechselndes Muster von Schatten auf den Fußboden und die Gestalten der rings um die Matten versammelten Zuschauer; wie es den Anschein hatte, hockte dort die Mehrzahl der Durater Meslar-Adeligen. Auf der zwei Dutzend Stufen hohen

Empore saß Kaiser Abanaskrasnjinga auf einem aus Holz geschnitzten vergoldeten Thron vor einem ebenso beschaffenen Wandschirm. Taguiloa beobachtete die Bewegung dunkler Gestalten hinter dem Wandschirm, wahrscheinlich der Ehefrauen, Konkubinen und einiger älterer Kinder des Kaisers. Seine gegenwärtige Hauptgemahlin hatte ihren Platz sechs Stufen unterhalb seines Throns, ihr Kopf befand sich in der Höhe seiner Knie. Zu ihren Füßen kauerte auf einem Sitzkissen ein kleiner Knabe mit starrem herrischen Gesichtsausdruck; er war nicht älter als vier oder fünf Jahre und zur Zeit der rechtmäßig eingesetzte Erbe, der Lieblingssohn unter den zahlreichen Söhnen des alten Abanaskranjinga. Der Empore am nächsten saßen keine Meslar, sondern eine Anzahl düster gekleideter Temueng der gleichen rassischen Mischung wie die Dondi, und hinter ihnen stand eine Gruppe Männer und Weiber in schweren braunen Kutten, deren Kapuzen die Gesichter überschatteten.

Taguiloa beendete seinen Scherztanz und verbeugte sich, vermied es, dem Kaiser in die schwarzen habgierigen Augen zu schauen, hungrigen Augen, deren Blick ihn zu kosen, zu verschlingen schien. Während der Darbietung hatte der Kaiser gelacht, sich auf den Schenkel geschlagen, sich nach vorn geneigt und seiner Gattin etwas ins Ohr geflüstert. Er hatte habsüchtige, gierige Augen. Kein Wunder, daß Maratullik dem Kaiser eine Ablenkung bot, um seinen Blick von sich abzuwenden. Taguiloa vollführte noch eine Verbeugung und begab sich hinter die Wandschirme.

Brann reichte ihm einen Becher Tee und ein Handtuch. »Es läßt sich ganz gut an«, bemerkte sie leise.

Harra kam, um ihre Reifen und Fingerglöckchen zu holen. »Es läuft ganz gut«, sagte sie halblaut, blickte dann verdutzt von Taguiloa zu Brann, als die beiden überstürzt ihr Auflachen dämpften. »Narren!« fügte sie gutmütig hinzu, wandte sich ab, schlug den kleinen

Gong, dessen Ton Linjijan und Negomas ihr Bereitsein mitteilte, und wartete auf ihr Zeichen.

Taguiloa schlürfte Tee, betrachtete Brann. Sie war inwendig dermaßen angespannt, daß nur noch eine Kleinigkeit fehlte, und sie mußte irgendeinen Zusammenbruch erleiden. Mit einem Tritt schleuderte er ein Kissen in ihre Richtung, nahm neben ihr darauf Platz. Nach kurzem Zögern senkte er eine Hand auf ihre Hand, die feucht war, kalt und hart wie Eiche. »Was ist nicht in Ordnung?«

»Ich weiß es nicht. Ich weiß es einfach nicht. Es ist, als ob die Luft selbst mich drückt. Angst vorm Auftritt ist's wohl nicht. Ich habe keine Ahnung.« Einige Augenblicke lang schwieg sie. Still saßen sie beide da, lauschten der Musik, dem Tappen von Harras Füßen, dem Schellen ihrer Glöcklein. »Wer sind die Leute in den braunen Kutten?«

»Ist mir unbekannt.«

»Ich habe Furcht, Taga.«

Taguiloa tätschelte ihre Hand, sagte jedoch nichts. In Branns Fall hatten schöne Lügen keinen Sinn; dafür empfand er selbst viel zu starke Beunruhigung. Er hatte den Kaiser aus seiner Schlaffheit aufgescheucht, ihm Gelächter abgenötigt; auch den Zuschauern hatte er ein gewisses Wohlwollen abgerungen. Aber diese Anerkennung war gewissermaßen um Haaresbreite unecht, es mangelte ihr an etwas, das er nicht zu benennen vermochte, dessen Fehlen er jedoch ebensowenig übersehen konnte. Der Erfolg freute ihn, aber ihn wurmte es, ihn nicht ohne dies anhaltende Gefühl eines Mißstands genießen zu dürfen.

Die Musik verstummte. Spärlicher Beifall erklang. Harra kehrte zurück hinter die Wandschirme, man sah ihr Verdruß und Erbitterung an, sie streifte die Glöckchen von den Fingern, die Reifen von den Armen. »Sie sind halb tot. Da waren mir die Flegel vorgestern abend ja noch lieber.« Mit der Genauigkeit mühsam bezähmten Ärgers legte sie die Armreifen und Glöckchen auf dem Tisch ab, ging mit finsterer Miene zum Tisch mit den Speisen und Getränken. Sie schenkte sich einen Becher voll Tee, trank ihn hastig leer, füllte ihn von neuem. »Dieser Auftritt war kein Erlebnis, das ich noch einmal haben möchte.« Sie seufzte und trank erneut Tee, hob den Becher in spöttischer Feierlichkeit in Taguiloas Richtung, wie um ihm zuzutrinken. »Ich wünsche deinen Füßen viel Glück, Taga. Du wirst's brauchen.« Es schauderte ihr, sie stellte den Becher ab. »Zeit für die nächste Vorführung.«

Als Taguiloa hinaus auf die Matten sauste, spürte er die sogar noch wachsende Leblosigkeit der Zuschauerschaft. Sie zehrte irgendwie an ihm, kostete ihn Kraft, als wären die schwarzen Temuengaugen und die gelben Augen der Mischlinge auf sein Fleisch gepreßte Münder, mit denen sie ihn aussaugten, während er für sie tanzte. Er zwang sich zum Weitertanzen, obwohl seine Gliedmaßen sich bald bleischwer anfühlten, seine Sicherheit schwand. Er beschränkte die Verwegenheit seiner Darbietung, wagte weniger, aber selbst dann hatte er noch den Eindruck, am Rand eines Abgrunds zu tanzen.

Die Musik wechselte. Taguiloa tut einen Fehltritt, fängt sich, will den Auftritt fortsetzen. Eine glutheiße Gewalt erfaßt seinen Körper, lenkt seine Füße in verwikkelter Schrittfolge über die für die Vorstellung ausgebreiteten Matten.

Aus der Tiefe der Erde unter dem Palast ertönt ein Grollen. Die Lampen schwanken und flackern. Ihre Schatten gaukeln in zerspellten Mustern über den Fußboden und die Gesichter der stummen Zuschauer.

Brann tritt hinter den Wandschirmen hervor, tanzt auf Taguiloa zu, ihre Füße bewegen sich wie seine Füße. Ihr Haar ist weiß, wallt ihr um den Kopf, als führe Wind hinein, obwohl die Luft still ist, bedrückend stickig. Ihr Gesicht ist verzerrt und bleich. Sie bewegt sich mit einer steifen Widersetzlichkeit, ähnlich wie Taguiloa, tanzt mit ihm gemeinsam, dabei aber — offenbar nach einem bestimmten Muster — um und durch die Bewegungsabläufe seines Tanzes.

Für beide wird das Tanzen leichter. Die Musik wird immer wilder. Die Mauern knirschen. Die Temueng sitzen starr da.

Abanaskranjinga windet sich auf seinem Thron, will aufstehen, schlägt die fleischigen Fäuste auf die Armlehnen. So unabwendbar, unaufhaltsam wie das Verstreichen von Zeit geht der Tanz weiter. Die Kaiserliche Gemahlin versucht sich vom Platz zu erheben, sie keucht und japst, als der Körper ihrem Willen nicht gehorcht.

Brann und Taguiloa berühren sich, gehen auf Abstand, schwingen sich voneinander fort und danach wieder aufeinander zu. Sie durchtanzen Schleifen, nähern sich erneut einer dem anderen, kreiseln auseinander.

Die Braunkutten scheinen zu schrumpfen, sie gleichen einem Schlammgeysir, der brodelt und blubbert, die Köpfe rucken auf und ab, den Kehlen entringt sich ein gewinseltes Stöhnen, gerade noch durch die Musik hörbar, sie widerstreben den Kräften, die sie bannen, stemmen sich gegen sie, doch können sich ihnen nicht entziehen, sie gleichen Fliegen, die sich nicht mehr aus Honig befreien können.

Die Trommeln dröhnen lauter. Lauter. *Lauter.* Negomas wirkt gleichartig furchterfüllt wie besessen, wenigstens halb verschmilzt er mit der Musik, die langen schwarzen Hände huschen, hämmern, sie schlagen die Trommeln, als gehörten sie einem Fremden.

Aus der Flöte trillern grelle, durchdringende, gedehnte Töne, die das Wummern und Wirbeln der Trommeln schroff untermalen, als wolle sie ihre wohlklingende Art verleugnen, Schmerz hinauszugellen. Linjijan schwankt von Seite zu Seite, die Lider geschlossen, er geht vollständig auf im Flöten.

Harra entlockt der Daroud Tonfolgen und Klangreihen, die Augen blicken wild, die Lippen sind nach hinten und unten gezogen.

Die Musik schwillt und schwillt, ihr Hallen erfüllt den Audienzsaal, wird eins mit dem Stöhnen der Zuschauer, dem Gekreisch der Wut, das man vom Kaiser und seiner Umgebung hört.

Die Wände wanken und knarren. Der Fußboden schaukelt.

Branns Füße setzen ihre Schritte trotzdem fest und gleichmäßig. Sie umkreist Taguiloa. Ihm rinnt Schweiß übers Gesicht. Seine Augen wirken glasig. Er faßt Branns Hand. Seine Haut ist kalt und feucht. Er schwingt sich von Brann weg.

Die Flöte gellt, von den Trommeln rollen Wirbel von Wumsern, die Daroud schrummt.

Da verstummt die Musik. Urplötzlich herrscht Stille.

Aus Branns Leib strömt Slya, nimmt in der Mitte der ausgelegten Matten Gestalt an.

Keucher und Röcheln, ein Hauchen von Seufzern durchraunen den Saal.

Die große rote Gestalt stand breitbeinig auf den Matten, Rauchwölkchen quollen über den wie Bergkiefern stämmigen Beinen aus der schwelenden Kleidung, umwallten die feurigen, üppig weiblichen Umrisse der Göttin. Ein Paar Arme hatte sie unter den hochsitzenden runden Brüsten verschränkt, das zweite Paar ausgebreitet, als hätte sie vor, alle rings um den Thron zu umfangen, ihre heißen roten Augen sahen den Kaiser an.

»MEIN!« schrie sie, und das Gebäude erbebte ein weiteres Mal. »DU WAGST DEINE STINKENDE HAND AN MEIN VOLK ZU LEGEN. DU FORDERST SLYA FEUERHERZ HERAUS. MICH!« Sie packte zu, packte zweifach zu, ihre Finger wurden länger, zwei Arme, vier Arme langten zu, die Finger verlängerten sich immer mehr, Slya ergriff die Braunkutten und die Temuengmischlinge, drei mit jeder Faust, widerstand den Greueln, die sie ihr anzuhexen oder durch Hexerei auf sie loszulassen versuchten — Siechtum und Vergiftung, Zauberfeuer und hörige Dämonen —, all der Kadda-Macht und den Kadda-Fähigkeiten, die sie während ihrer unnatürlich verlängerten Schmarotzerleben erworben hatten. »MICH! MICH! MICH GREIFST DU AN!« Sie drückte zu. Der Gestank des Brennens und Glühens von Fleisch und Kleidung breitete sich aus, Geheul erscholl, Blut und sonstige Körperflüssigkeiten sickerten ihr durch die Finger auf den Boden und die noch Verschonten. Sie schleuderte die Maische beiseite und schickte sich an, ein zweites Mal zuzupacken.

Unversehens erschien eine rundliche kahlköpfige Gestalt in zerknittertem Grauschwarz, schob die langen Finger zur Seite. Tungjii tätschelte einen breiten roten Handrücken der Gottheit, lächelte zu der unheilvollen Gestalt auf. »Nicht den Knaben, mein Liebchen, nicht den Knaben.«

Slya starrte ihn an, das Haar umwogte ihren Kopf wie ein Knäuel Schlangen. Dann schrumpften ihre zu Klauen gewordenen Hände (Brann war erstaunt, Taguiloa bewog das Zugeständnis zu einer gewissen matten Achtung), sie verdrehte die roten Augen, ein breites Grinsen entblößte die roten Zähne. Slya hieb die Zwittergottheit auf das dicke Hinterteil. »WEIL DU FÜR IHN BITTEST, TUTI«, antwortete sie mit einer Stimme wie das Rumpeln eines Bergs. Ihr großes Gesicht nahm wieder einen bösen Ausdruck an, als sie den rotglühenden Blick erneut auf Abanaskranjinga richtete. »DU!« Ihre Stimme ähnelte dem Brausen eines Sturmwinds, dem Röhren eines Waldbrands. »EIN NARR BIST DU, KADDA-VERSPRECHUNGEN ZU GLAUBEN.« Eine Faust umkrallte ihn, Slya zerquetschte den Kaiser. Abgehackt verstummte sein heiserer Schrei, obwohl er noch mit Armen und Beinen zappelte, während seine Körperflüssigkeiten längst auf die Marmorstufen troffen. »HA! GROSSKOTZ, *MICH* ANZUGREIFEN!«

Brann schlang die Arme um die Beine, stützte den

Kopf auf die Knie, ungeheuer erleichtert, weil das Warten ausgestanden war, gewaltige Gleichmütigkeit überschwemmte sie, am liebsten hätte sie sich jetzt auf den Matten ausgestreckt, um zu schlafen und zu schlafen und nie mehr aufzuwachen.

Taguiloa kauerte auf den Fersen, atmete schwer, sah die feuerrote Riesin den zermalmten Leib des Kaisers von Tigarezun, des Herrschers über Temueng und Hina, zu Boden schmettern, bloß noch ein Klumpen verkohlten Fleischs, zersplitterter Knochen und Schleim. Das war es also, dachte er, ich habe hoch gespielt und verloren. Er rang sich ein müdes Schmunzeln ab, als er merkte, wie Linjijan die Göttin anglotzte, sogar er verstand, daß ihre großen, aber wohlgeformten Füße in diesen Augenblicken auch sein Leben zertraten.

Slya drosch die Kaiserliche Gemahlin von den Stufen, riß den Wandschirm hinter dem Thron nieder. Sie lichtete die Reihen der Weiber und Kinder, die der von Branns und Taguiloas Tanz und der Musik bewirkte Bann dort festhielt, warf etliche beiseite, während sie andere zerdrückte.

Tungjii hob den in Tränen ausgebrochenen Knaben auf den Arm, trug ihn zu Taguiloa und Brann. Er/sie setzte sich auf die inzwischen zerfransten Matten, schaute gelassen zu, wie die Göttin ihre Feinde zur Strekke brachte, sie verbrannte und zermalmte, in seinen/ihren Augen stand spöttische Belustigung, leise murmelte er/sie kurz und bündig dazu die eine oder andere treffende Bemerkung.

Mit unsichtbaren Krallen durchkämmte Slya den Palast, erfaßte mit ihnen selbst Gärten und Ställe, suchte und fand sämtliche Kadda-Knechte, zog sie an sich und vernichtete sie.

Tungjii hielt sich mit einer Hand den Thronerben an seinen/ihren prallen Busen, mit der anderen Hand streichelte er/sie Branns seidiges Haar, seine/ihre Berührung fühlte sich warm und tröstlich an. »Jemand wird entkommen«, teilte er/sie Brann halblaut mit. »Die boshafte kleine Laus, die zum Schnüffeln kam. Sei auf der Hut, was sie betrifft.« Er/sie strich noch ein paarmal über Branns Schopf, seine/ihre Hand erinnerte sie immer stärker an ihre Mutter, soviel Besänftigung, Ermutigung und Verständnis flößte sie ihr ein. »Möchtest du erfahren, wie das alles sich ergeben hat?«

Brann seufzte, straffte den Rücken und streckte die verkrampften Beine, blickte ihn/sie an. »Ja.«

»Glemma, mein Kind, die just verschiedene Kaisergattin war die Urheberin. Ehrgeiz trieb sie an. Wurde das Oberhaupt der Kadda-Vereinigung. Wollte mehr. Trachtete das feurige Herz des Cynamacamals anzuzapfen. Begegnete dabei Slya, die sie verscheuchte wie eine lästige Fliege. Das brachte sie in Verlegenheit, machte sie wütender als eine Katze im Sack. Und veranlaßte sie zum Nachdenken. Sie verleitete den alten Abanaskranjinga dazu, sie zu heiraten, und sobald sie ihn unter ihrer Fuchtel hatte, verwandelte sie ihn in einen Kadda, so wie sie eine war, und der alte Narr ließ sich darauf mit Freuden ein, wähnte er doch, dadurch ewig leben und zudem wieder jung und schön werden und allzeit bleiben zu können. Die gesamte Bande nistete sich an seinem Hof ein. Mit vereinten Kräften versuchte man's noch einmal. Stach Slya, weckte sie ums Haar. Da grollte es unterm Cynamacamal, es bebte, er spie glühendes Gestein. Das jagte ihnen einen Schrecken ein. Sie wollten Geiseln, um die glutrote Slya zum Wohlverhalten zu zwingen. Deshalb stiftete Glemma den Kaiser dazu an, Heerscharen nach Croaldhu auszusenden, flüsterte ihm ein, die Arth Slyaner gefangennehmen und herbringen zu lassen. Sie meinte, sie könnten ihr als Schild dienen, wenn sie nochmals versuchte, Slya erst aus dem Cynamacamal, später aus sämtlichen Feuerbergen zu vertreiben. Sie glaubte, sie vermöchte sich zur Göttin zu erheben. Viele Lügen hat sie verbreitet. Die Menschen mußten davon überzeugt werden, es sei ein guter Einfall, die

Arth Slyaner herzuholen. Die meisten selbiger Lügen hast du vernommen.«

»Und ich?« Brann blickte der kleinen Gottheit ins runzlige lächelnde Gesicht. »Und die Kinder?« Sie berührte erst Yarils, dann Jarils hellblonden Schopf. »Sieh Slya an, die Kadda sind machtlos gegen sie, ihnen bleibt keine Möglichkeit außer zu sterben. Warum mußten wir in all das hineingezogen werden?«

»Der Kadda-Bund ist erheblich stärker, als es den Anschein hat, kleine Brombeer. Es gelingt der feuerroten Slya, ihn zu zerschlagen, weil sie ihn überlistet hat, bevor er Entscheidendes wider sie unternehmen konnte. Glemma und ihre Handlanger errichteten Bannbereiche, die unsere Freundin daran hinderten, in den Palast einzudringen und das Kadda-Nest auszuheben. Es war klar, daß sie die Kadda nicht überwinden konnte, ohne ihnen Sand in die Augen zu streuen, wenngleich Slya Feuerherz, solltest du sie fragen, jede Begrenztheit ihrer Macht leugnen würde und behaupten, sie hätte so gehandelt, um die kläglichen kleinen Sterblichen, die in des Cynamacamals Nachbarschaft wohnen, zu schonen.« Tungjii lachte. »Wir haben alle unseren Stolz, Brombeerchen. Auf alle Fälle hat sie dich und meinen begnadeten Freund hier«, — er/sie nickte hinüber zu Taguiloa, der mißmutig, aber mit Interesse zuhörte —, »dazu benutzt, um sich durch den Bannbereich in den Palast zu schleichen. Und sie benutzte euch, um das klebrige Netz jenes Banns über die Kadda auszuwerfen, das es ihnen unmöglich machte, ihre Kräfte wider sie zusammenzufassen. Sie ist schlau, wenn's darauf ankommt, unsere feurige Göttin.«

Slya richtete sich hoch auf, wischte sich die vier Hände an den unbedeckten Seiten ihres Körpers ab, brannte restlichen Matsch von den Fingern. Vier rotglühende Fäuste in die gewölbten Hüften gestemmt, schaute sie rundum und lächelte, dann begann ihre Erscheinung zu verblassen.

»Nein!« Erbittert sprang Brann auf die Füße. »O nein, noch nicht!« Sie packte die Göttin am Bein, schrie auf, als sie sich die Handfläche versengte, ließ dennoch nicht los. »Nicht!« schrie sie. »Du stehst in meiner Schuld. Du kannst jetzt nicht einfach verschwinden. Du stehst in meiner Schuld.«

Slya schaute auf sie herab, machte Anstalten, sie von sich zu stoßen. Erneut erhaschte Tungjii Slyas Hand. Er/sie tätschelte sie, im runden Gesicht einen Ausdruck, in dem sich Zuneigung und Mißbilligung vermengten. »Hör sie an, meine Süße. Du weißt, sie hat recht. Zumindest bist du's ihr schuldig, sie anzuhören.«

Die feurige, furchtbare Göttin zierte sich wie ein junges Mädchen, wenn es nach dem Ritual der Reife zum erstenmal wieder in gemischte Gesellschaft kam. Dieser Anblick verdutzte Brann dermaßen, daß sie fast vergaß, was sie zu sagen gedachte. Fast.

»Die Kinder!« rief sie, als ihr Zorn von neuem aufflammte. »Schick sie heim! Du brauchst sie nicht länger. Weshalb sollten sie von ihresgleichen für immer getrennt bleiben? Sie gehören hier nicht her. Sende sie heim. Und dann ist da noch Taga und seine Truppe. Warum willst du sie dem Verderben überlassen? Wieso sollen sie die Folgen dessen tragen, was du getan hast? Du verdankst deinen Triumph uns, Slya Feuerherz. Du hast dich unserer bedient. Bring die Verhältnisse für uns in Ordnung, oder die Welt wird wissen, daß du schlimmer bist als die ärgsten Kadda.«

Slya hauchte Glutatem aus, der einen Teil der Wand verrußte. »WELT? WAS IST FÜR MICH DIE WELT? NICHTS!«

»Bin ich ein Nichts?«

Gleichgültig, nur geringfügig verärgert, heftete Slya ihren Blick unpersönlich auf Brann. »JA.«

Brann erschauderte, schöpfte Atem, schloß flüchtig die Augen, suchte nach Einwänden, ohne viel Hoffnung zu hegen. »Dann bin ich *dein* Nichts«, fuhr sie die Göttin an. Sie winkte mit der Hand in die Richtung der Temueng, die sich ringsum im Saal allmählich wieder zu regen anfingen. »Willst du dulden, daß sie mich bestrafen? Willst du, daß sie dich verlachen und sagen, Slya hätte die eine Hälfte ihres auserwählten Volkes verloren und sich die andere Hälfte durch die Finger rinnen lassen?«

Slya zog eine versonnene Miene, dann erhellten sich ihre roten Augen von einer verschlagenen Böswilligkeit, bei der es Brann trotz der Hitze, die die Göttin ausstrahlte, kalt ums Herz wurde. »WAHR GESPROCHEN, MEIN NICHTS.« Ihre Stimme rumorte wie Lava. Sie sah sich um, ihr Blick traf schließlich Maratullik, der gefaßter als die Mehrheit der Temueng wirkte, Tod und Verwüstung mit einem Slya nahezu ebenbürtigen Gleichmut zur Kenntnis nahm. Ein glühender Zeigefinger wies auf ihn. »DU! TASTET MEIN NICHTS AN, UND DER CYNAMACAMAL WIRD EUCH ZU ASCHE VERBRENNEN. DER CYNAMACAMAL WIRD EUCH SO TIEF UNTER HEISSEM GESTEIN BEGRABEN, UND DIE EINTAGSFLIEGEN VON STERBLICHEN WERDEN VERGESSEN, DASS HIER JE EINE STADT STAND.« Sie stampfte mit dem Fuß. Die Mauern knirschten, der Fußboden erzitterte. »SO«, sagte sie friedfertiger, und erneut verlor ihre Gestalt an Festigkeit.

»Die Kinder und Taguiloa!« schrie Brann.

Slya stieß ein schrilles, grelles Gelächter aus, das in den Mauern ein Knacken hervorrief. »DU GEFÄLLST MIR, KLEINES NICHTS. ICH BIETE DIR EINEN HANDEL AN. ICH GEWÄHRE DIR DIE WAHL ZWISCHEN ZWEI MÖGLICHKEITEN. DU DARFST ENTSCHEIDEN. ENTWEDER SENDE ICH DIE KINDER HEIM, VERWANDLE DICH IN EINEN MENSCHEN WIE ALLE ANDEREN ZURÜCK UND ÜBERLASSE DEN TÄNZER UND DIE SEINEN IHREM SCHICKSAL, ODER ICH BESCHÜTZE DEN TÄNZER UND DIE SEINEN FÜR DEN REST IHRES EINTAGSFLIEGENLEBENS,

VERBRENNE JEDEN, DER IHNEN ETWAS ANZUTUN VERSUCHT, UND ÜBERLASSE DICH UND DIE KINDER EUREM SCHICKSAL! ENTSCHEIDE, KLEINES NICHTS. WIE SOLL ES SEIN?«

Brann schaute von Taguiloa zu Linjijan, Harra und Negomas, dann sah sie Yaril und Jaril an, die ihr zu Füßen hockten. Sie blickte tief in die Kristallaugen der Kinder, entsann sich daran, wie Yaril, während sie auf Croaldhu auf der Flucht vor den Temueng gewesen waren, in dem ausgebrannten Gebäude gebeugt und traurig am Feuerchen gekauert hatte, erinnerte sich an die enge Gemeinschaft mit den beiden, die Male, die sie sie gerettet hatten, besann sich aber auch an alle die Leben, die sie geraubt hatte, um das Kinderpaar zu nähren, dachte an die vielen Leben, die sie noch würde rauben müssen, falls die Kinder blieben. Danach fiel ihr Blick nochmals auf Taguiloa und seine Truppe, die alle ihretwegen in der Klemme staken. Sie war dafür verantwortlich. Sie hob den Blick zu der Riesengestalt, die vor ihr aufragte, das Wallen des roten Haars streifte die Deckenlampen, ein huldvolles Lächeln entblößte die Ränder der eckigen roten Zähne. Sie würde mich zurückverwandeln, hat sie gesagt. Ich könnte heimkehren. Ihr Wunsch, wieder zu sein, wie sie am Sommeranfang gewesen war, wieder bei ihrer Familie zu leben, bei ihrem Vater in die Lehre zu gehen, das Verlangen nach alldem war gewaltig stark. Sie könnte bei ihrem Vater sein und seine Handwerkskunst erlernen, sich darum bemühen, eines Tages auch etwas so Vollkommenes zu machen wie jene Das'n vuor-Kanne und die hundert Becher. Ihr Vater. Sie sah vor sich seine ruhigen braunen Augen, sie musterten sie voll Liebe und Verständnis, aber unerbittlich. Sie hörte ihn sprechen: Prüfe deine Taten, Brombeer-voller-Dornen, für alles, was du getan hast, mußt du einstehen, wenn du Freunde im Stich läßt, mag ich mit dir nichts mehr zu schaffen haben. Aus Zorn und Kummer ballte sie die Hände zu Fäusten, zwang sich dazu, den Kopf so weit zu heben, daß sie der Göttin in die flachen roten Augen zu sehen vermochte. »Taguiloa!« rief sie, wollte auch eine Begründung äußern, aber tat es nicht. »Das ist meine Entscheidung, laß die Kinder bei mir bleiben«, fügte sie noch hinzu, dann konnte sie nicht mehr sprechen.

Slya lachte. Mehrere Lampen zersprangen, verströmten brennendes Öl auf die Meslar und ihre Begleitung, die sich langsam wieder zu regen begannen. »SO SOLL ES SEIN, KLEINES NICHTS. IHR DORT, HÖRT MICH AN, DIE IHR ERWÄGT, DEN MEINEN LEID ZUZUFÜGEN, DIE ICH EUCH NENNE: TAGUILOA, HARRA HAZHANI, LINJIJAN, NEGOMAS. SEHT SIE EUCH AN. VERNEHMT DIES: SINNT DARAUF, IHNEN ZU SCHADEN, BEHELLIGT SIE, UND IHR WERDET BRENNEN. SO ...« Ihr roter Blick schweifte über die Temueng, verweilte für ein längeres Weilchen auf der Linken Hand, fiel dann auf ein Magistratsmitglied, das gerade seine durcheinandergebrachte Gewandung glättete. Der Mann hatte noch genug Zeit, um erschrocken aufzublicken, dann brannte er wie eine Fackel, so heiß, daß unter seinen Füßen der Stein schmolz, und gleich darauf lagen in einem Tempel zerlaufenen Steins nur noch Asche und verkohlte Überreste. Nochmals lachte Slya. Weitere Lampen zersprangen, eine Säule barst. Sie reckte ihre vier Arme, gähnte und war im nächsten Augenblick verschwunden.

Tungjii tröstete das Kind, das auf seinem/ihrem Knie saß und lauthals weinte, stellte es hin und winkte Maratullik heran. »Nimm euren neuen Kaiser in deine Obhut und dien ihm vortrefflich, Linke Hand! Er ist nun dein Glücksbringer, also hüte ihn aufs beste. Sein und dein Glück sind untrennbar miteinander verflochten.« Er/sie grinste den Temueng in die ruhige Miene. »Alles Gute, Ränkeschmied.« Maratullik erlaubte sich ein andeutungsweises, verpreßtes Lächeln, ehe er den Knaben bei der Hand nahm und ihn wegführte. Tungjii raffte sich schwerfällig hoch, tippte Taguiloa auf den Kopf. »Auch dir, Taga, alles Gute!« Über die Schulter wandte er/sie sich ein letztes Mal an Maratullik. »Es ist klüger, Ränkeschmied, du nimmst Slyas Warnung ernst.« Er/sie kicherte. »Du mußt wissen, sie hat Spaß daran, dies oder das zu verbrennen.« Das Kichern schien noch nachzuklingen, da hatte seine/ihre Gestalt sich gleichfalls verflüchtigt.

Brann betrachtete ihre versengte Handfläche, in der bereits heile rosige Haut nachwuchs, dann die Stelle, wo eben noch Tungjii gestanden hatte. »So ein alter Fuchs.« Sie sah Taguiloa an. »Ich bin's verdammt müde, für die Betreibungen irgendwelcher verdammten Gottheiten eingespannt zu werden. Ich bin's verdammt müde, belogen und herumgeschubst zu werden, ohne zu wissen, was eigentlich vor sich geht. Haaah! Tungjii!«

Zerstreut nickte Taguiloa, sein Blick folgte Maratullik. »Ich hab's dir gesagt, Brombeer, er ist die Schutzgottheit der Familie.«

Maratullik besprach sich leise mit einigen seiner Untergebenen, schickte sie eilends auf Botengänge, beobachtete in kalter Belustigung, wie sich die übrigen Meslar aus dem Saal schlichen, darauf bedacht, dem Ort des Unheils rasch zu entrinnen und eigene Intrigen zu spinnen. Sobald sich ein hinaisches Kindermädchen einfand und den Kindkaiser hinausbrachte, kam er herüber zu Taguiloa. »Du hast die Sache interessant gemacht, Hina.« Taguiloa hob die Schultern. »Du wirst darüber Schweigen gewahren. Mitsamt deiner ganzen Truppe.«

»Warum nicht? Wenn's zu meinem Vorteil ist.«

»Verlaß dich nicht zu sehr auf deine feuerspeiende Gönnerin. Solltest du dich als zu lästiges Ärgernis erweisen, wird schon irgendwer einen Weg finden, um dich zu beseitigen.«

Taguiloa lächelte ihn an. »Möchtest du nicht deutlicher werden?« Er lachte. »Droh mir nicht, Linke Hand!« Er straffte die Schultern, richtete den Rücken kerzengerade auf, fühlte sich, als würfe er ein verschlissenes, zu enges Gewand ab. »Hör zu, Temueng! Eure Machenschaften scheren mich nicht im mindesten. Ich bin Künstler, kein Höfling. Ich will nur eins, nämlich mit dem Kaiserlichen Siegel nach Silili heimkehren, damit ich den Narren, die meinen, das Siegel habe irgendeine Bedeutung, die Tänze, wie sie mich gutdünken, zeigen kann.«

»Du bist unverschämt, Hina.«

»Ja, Saö-jura Meslar.« Taguiloa nölte die Anrede, bis sie auf eine Beleidigung hinauslief.

»Aus allem anderen machst du dir offenbar wirklich nichts, nicht wahr?«

»Stimmt.«

»Du könntest dank des göttlichen Schutzes, den du genießt, gewaltige Macht ausüben, Hina.«

»Von allem, was du willst, will ich nichts, Temueng.«

Maratullik verkniff die Augen. »Seltsamerweise habe ich den Eindruck, dir Glauben schenken zu dürfen. Ich verstehe dich nicht, aber ich will dir glauben.« Er winkte einen Wächter zu sich. »Hol ein paar Sklaven, sie sollen die Sachen der Schausteller packen, dann laß sie von einer Empushad zu meinem Haus geleiten, sorge dafür, daß sie sich dort einrichten können.« Er unterbrach die Antwort des Gardisten, wandte sich wieder an Taguiloa. »Nun verschwinde aus dem Palast. Und bis zum morgigen Sonnenuntergang hast du aus Durat verschwunden zu sein.«

»Mit Freuden. Was ist mit dem Siegel?«

»Ich werde dir die Urkunde zustellen lassen, bevor du abreist. Noch etwas? Wie kann ich dir anderweitig zu Diensten sein?« Die knappe Ausdrucksweise der Linken Hand deutete eine Warnung an, Maratullik stand an der Grenze dessen, was er gutwillig mitmachen mochte.

»Wie wär's mit einem Flußschiff und einer Empushad Kaiserlicher Gardisten, um uns sicher in den Süden zu bringen?« Maratullik biß die Zähne zusammen, sein Gesicht lief rot an, der Atem schnaufte ihm durch die Nase. Sprechen konnte er nicht, zwar öffnete er den Mund, aber heraus drang nur ein Knurrlaut. Taguiloa lachte. »Schon gut! War bloß 'ne Frage. Wir kommen allein zurecht.« Er drehte sich um, hüpfte zum Ausgang, die anderen schlossen sich still und zufrieden an, der Wächter folgte ihnen. Harra hatte ihre Fingerglöckchen angelegt, und nach einigen Schritten begann sie einen flotten Takt zu schlagen, pfiff dazu eine geeignete Melodie, verwandelte den Abgang der Truppe in einen Triumphmarsch.

6

Weiter

Noch ein letztes Mal polierte Brann die Teekanne, stellte sie dann in ihr samtenes Polster; sie schloß den Deckel der Schachtel, schob den flachen kleinen Haken in die Öse. Ich werde Chandro bitten, sie in Perando für mich zu hinterlegen. Brann lächelte. Ein Seemann wie mein Sammang ist er, und wie einige andere Seeleute, die ich kannte. Sie blickte auf, als sie den Ruf eines Albatros hörte, der niedrig über dem Schiff seine Kreise zog. Yaril äußerte sich auf diese Weise zu irgend etwas, wahrscheinlich einem anderen Schiff. Hoffentlich gibt es keine Schwierigkeiten aus Silili. Doch das konnte nicht sein, noch nicht, es ist unmöglich, daß man im Tekora-Palast das Geschehene bereits aufgeklärt hat. Sie ließ sich auf dem Stuhl abwärtsrutschen, bis ihr Nacken auf der Rücklehne ruhte, schwang die Beine auf den Tisch und schlug die Fußknöchel übereinander, lag ausgestreckt da, betrachtete versonnen die Deckenbalken der Kabine, verdrängte die jüngsten Vorfälle in Silili aus dem Bewußtsein, dachte über ihre Irrfahrt und das Ende nach. Sie lebten in sonderbaren Zeiten. Götter und Sterbliche gelangten sich gegenseitig in die Quere, rangelten und stritten, jeder wollte etwas anderes, alle verbreiteten Lügen, als wären es Samen zur Saatzeit, nichts war wirklich das, was es zu sein schien.

Plötzlich legte das Schiff sich schräg, der Stuhl wankte und kippte um, so daß Brann auf den Boden plumpste. Sie sprang auf und zum Tisch, konnte die Schachtel gerade noch erhaschen, ehe sie vom Tisch rutschte. »Das war knapp. Vermutlich 'ne Sandbank, sie entstehen hier und lösen sich wieder auf. Wahrscheinlich war's das, was Yarils Ruf zu bedeuten hatte.« Branns Hand strich über den glatten Lack der Schachtel. »In die Truhe mit dir!«

Sie steckte die Schachtel in die schwere Seemannstruhe am Fußende des Betts, kleidete sich an und machte sich auf den Weg zum Schiffskoch, damit sie etwas zwischen die Rippen bekam.

Der Jade-König zog das Schwert aus der Scheide und lächelte, als er die neueren Blutspuren auf der Klinge sah. »Ist der Fluch noch in Kraft?«

»Durchaus.«

»Gut.« Der Jade-König gab seinem Wesir einen Wink. »Bezahl sie!«

Und das war alles. Brann verließ ihn, ohne erfahren zu haben, wem er das Schwert zu schenken beabsichtigte, weshalb er bei der Beschaffung derartige Umwege hatte einschlagen müssen. Ein neues Rätsel ergänzte die vielen Dinge, die sie voraussichtlich niemals wissen würde.

Brann streifte über den Markt von Jade-Halimm. Auf der halben Welt war er berühmt, für sein Aussehen ebenso wie wegen der seltenen Waren, die man hier handelte, ein großflächiger sonniger Platz mit alten Weinranken an ebenso alten Lattengerüsten, die Gewächse ergaben lebendige Trennwände zwischen den einzelnen Marktständen, die Vater an Sohn, Mutter an Tochter vererbte. Die Händler hielten richtige Herden kleiner grüner Echsen, die die Ranken von Insekten freihielten, und wuschen die Blätter mit Schwämmen jeden Morgen ab, so daß sie stets glänzten wie Jade, der die Stadt ihren Namen verdankte.

Am Stand eines Töpfers blieb Brann stehen, um sich die Waren anzusehen, nahm einen schlichten unglasierten Becher zur Hand, strich mit den Fingern darüber; er war aus einem ihr unbekannten Ton gebrannt, die Farbe ein angenehmes Rotbraun, dünn und doch hinlänglich

fest. Während sie ihn in der Hand hielt, ereilte sie unversehens die schreckhafte Erkenntnis der Vollkommenheit dieses Bechers, einer Vollkommenheit, die sie durchglühte wie Feuer. Die Händlerin, eine hübsche junge Frau, widmete sich gerade einem Kunden; ungeduldig wartete Brann, ihre Hand koste den Becher während des Wartens regelrecht, er gefiel ihr um so besser, je länger sie ihn in der Hand hatte. Als sich die Frau ihr zuwandte, hielt sie ihn hoch. »Wer hat das hergestellt?«

»Mein Großvater, Kuralyn. Dayan Acsic.«

»Nimmt er Schüler an?« Brann setzte den Becher mit größter Vorsicht ab, so sehr befürchtete sie, daß sie ihn zerbrechen könnte.

»Ja. Möchtest du ihn kennenlernen?«

»Ja.« Brann seufzte, dann lächelte sie. »Ja, das möchte ich fürwahr.«